U0544318

丁玲作品精选集

从『梦珂』到『杜晚香』
丁玲小说精选

何吉贤 选编

河北出版传媒集团
河北教育出版社

图书在版编目（CIP）数据

从"梦珂"到"杜晚香"：丁玲小说精选 / 何吉贤选编 . -- 石家庄：河北教育出版社，2024. 10. --（丁玲作品精选集）. -- ISBN 978-7-5545-8845-1

Ⅰ . I247.7

中国国家版本馆 CIP 数据核字第 2024JU1930 号

书　　名	从"梦珂"到"杜晚香"——丁玲小说精选
	CONG "MENGKE" DAO "DUWANXIANG"——DINGLING XIAOSHUO JINGXUAN
编　　者	何吉贤
出 版 人	董素山
策　　划	田浩军
责任编辑	刘宇阳　王　哲
装帧设计	郝　旭
出　　版	河北出版传媒集团
	河北教育出版社 http://www.hbep.com
	（石家庄市联盟路705号，050061）
印　　制	河北新华第一印刷有限责任公司
开　　本	787毫米×1092毫米　1/16
印　　张	27.75
字　　数	373千字
版　　次	2024年10月第1版
印　　次	2024年10月第1次印刷
书　　号	ISBN 978-7-5545-8845-1
定　　价	88.00元

版权所有，侵权必究

编 选 说 明

一、本套丁玲作品精选集所选作品贯穿丁玲20世纪20年代至80年代的创作历程，在系统整理丁玲小说、散文与文论的基础上，精选为三卷出版。

二、编选作品主要以文学性、思想性与历史性为标准，兼顾体现丁玲人生道路与文学史影响的篇目，供文学爱好者和研究者阅读。

三、小说卷以作品发表先后顺序排列，散文、文论卷以作品主题分类排列，在编排上参考写作与发表时间，灵活处理。文末的写作成文时间遵照作者原文，无写作时间的尽量按照发表时间排序。

四、入选作品以2001年河北人民出版社出版的12卷本《丁玲全集》为底本，为每篇作品标注最初版本信息，并参考作品初刊版本进行编校。涉及变更语义的字句或删改段落时，统一在脚注里说明。

五、由于创作时代不同，本书中的一些非错误性用字用词，在不引起歧义的前提下，尽量保留作品原貌，以保持丁玲原作的语言文字风格。

编　者
2024年8月于北京

导读

人，在小说中成长
——"小说家"丁玲及其文学探索之路

何吉贤

1947年10月，冯雪峰在上海为远在察哈尔的丁玲选编了一本"文集"。他将为这本精选了丁玲七篇小说的选集所写的后记命名为《从〈梦珂〉到〈夜〉》[①]，以此总结在此（1941年）之前"作者的一个大致轮廓，明白作者所经过来的奋斗与创作的路程"。丁玲以小说出道，以小说成名，以小说传世，她的小说自然值得放在文学史的天平上进行衡量，然以作品（这里是小说）考察作者的生活和人生，即使在作家对文学的投入程度极高，文学与时代变化紧密结合的20世纪中国文学中，也属凤毛麟角。因此，如冯雪峰所言，从作品考察丁玲的"心灵史"和"精神史"，或如王中忱那样，将丁玲的创作归类为"现代中国知识女性命运的典型书写"，"丁玲的生平就是她的代表作"，要结合丁玲的人生来阅读她的代表作[②]，确是独特却合适的方式。本选集以《从"梦珂"到"杜晚香"》为书名，一方面，《梦珂》（1927年）是丁玲最早公开发表的作品，而《杜晚香》（1979年）则是丁玲发表的最后一篇小说，所以从《梦珂》到《杜晚香》，是丁玲半个多世纪小

---

① 此选集以《丁玲文集》为名，1949年3月由上海春明书店出版，为中华全国文艺协会编辑的"现代作家文丛第八集"。冯雪峰为此文集撰写的"后记"，以《从〈梦珂〉到〈夜〉》之名，刊于《中国作家》第1卷第2期，1948年1月。

② 参看王中忱《现代中国知识女性命运的典型书写》，载王中忱编《丁玲精选集》，燕山出版社，2006年版，第1页。

说创作的结晶;而从"梦珂"到"杜晚香",如果从小说主人公作为作者情感和精神的投射——在丁玲的小说中,这是一种显著的特点——这一角度而言,则恰恰是丁玲半个多世纪人生中心灵探索和精神史的写照;小说照见了人,人寓于小说中,人,在小说中成长,是丁玲用生命和不懈的探索为20世纪中国文学讲述的故事。

一

《梦珂》是丁玲公开发表的第一篇小说,这篇小说写于1927年秋,这是一个文学、社会和中国前途都面临重大转折的时代。丁玲当时身在北平,与南方的革命风暴及随之而来的血腥镇压有一定距离,但现实的黑暗,对前途无望的焦虑,在小说中却有充分的体现。

"五四"最大的历史后果之一是个人的解放,尤其是青年人,从传统文化、社会关系和旧式家庭中解放了出来,但"解放"以后怎么办?在知识的求索、情感的安放,以及在社会上的出路等方面,都处于一种迷茫、彷徨和痛苦求索的过程中。用鲁迅的话说,就是"娜拉走后怎样?"《伤逝》中,跨出旧家庭的子君和涓生跌倒了,鲁迅在小说的末尾借涓生的口说出了如下激愤之语:"我要向着新的生路跨进第一步去,我要将真实深深地藏在心的创伤中,默默地前行,用遗忘和说谎做我的前导……"[①] 这是"五四"一代留下的创伤和问题。

丁玲出生于1904年,少年时代在湖南常德、长沙等地求学,与母亲好友向警予、蔡畅和蔡和森等人交往颇多,深受"五四"风潮的影响。1922年,18岁的丁玲离开家乡,辗转上海、南京、北京等地,在平民女校、上海大学等学校求学、自学、寻找出路,其间也受到了瞿秋白、茅盾、冯雪峰等"五四"一代作家的影响,她最初的几篇作品,

---

[①] 鲁迅:《伤逝》,《鲁迅全集》第二卷,人民文学出版社,1991年版,第130页。

包括《梦珂》《莎菲女士的日记》《暑假中》《阿毛姑娘》等，都刊发在《小说月报》上，受到了编者叶圣陶的极大赞赏和关注，并由开明书店出版了丁玲的第一本小说集《在黑暗中》（收以上四篇小说）。可以说，丁玲是"后五四"时代涌现的代表性新锐作家，但又与"五四"有着密切的关系。丁玲早期的小说创作，从《梦珂》到1929年底写成的《韦护》，基本可以看作一个阶段，这是一个年轻的文学天才展露其文学天赋，燃烧其青春热情（也包括苦痛）的阶段。

丁玲在"后五四"时代文坛的出现，"好似在这死寂的文坛上，抛下了一颗炸弹一样"①，带来了极大的震撼，评论者除了对年轻作者的文学天才表示震惊，对她个性化的、富有表现力的语言和大胆、细致的描写给予高度肯定之外，在内容和形式上，主要从以下方面做出了积极评价。

其一，在主题上，她的创作既继承了"五四"的传统，又是对"五四"的深化和突破。茅盾这样评价丁玲早期小说所塑造的人物："在《莎菲女士的日记》中所显示的作家丁玲女士是满带着'五四'以来时代的烙印的；……她的莎菲女士是心灵上负着时代苦闷的创伤的青年女性的叛逆的绝叫者。"② 来自"五四"，又超越了"五四"，这点在毅真的评论中说得更为具体："女作家笔底的爱，在冰心女士同绿漪女士的时代，是母亲或夫妻的爱；在沅君女士的时代，是母亲的爱与情人的爱互相冲突的时代；到了丁玲女士的时代，则纯粹是'爱'了。"③ 如果说冰心的作品，以一种"离去情欲的爱，一种母性的怜悯，一种儿童的纯洁"，将纯良又优美的灵魂，"梦中月光的美，以及姑娘儿女们生活中的从容"，以"略带夸张"却又"美丽与亲切"的文字，"以

---

① 毅真：《几位当代中国女小说家》，原载《妇女杂志》第16卷第7期，1930年7月1日。
② 茅盾：《女作家丁玲》，《文艺月报》第2号，1933年7月15日。
③ 毅真：《几位当代中国女小说家》，原载《妇女杂志》第16卷第7期，1930年7月1日。

一种奇迹的模样出现,生着翅膀,飞到各个青年男女的心上去,成为无数欢乐的恩物"①,则到了丁玲这里,这种"奇迹般"的抽象的爱,必得降落人间,以一种"更深刻的纯粹的爱情"的面目,夹带着苦闷、痛苦、迷茫甚至绝望的人间气息,使文学重新焕发与人的实际生活发生关联的活力。在20世纪20年代中后期这个历史转变的时刻,新的历史主体、新的文学可能性以知识青年女性解放和青年人出路问题的探讨方式,绽露出了新的生机。丁玲后来的人生转变和文学发展具体地践行了这种新的可能性,即将个人的解放融入社会和民族解放的更大视野和进程中。

其二,在小说形式上,丁玲早期小说最显著的贡献和特征是细腻、详尽的心理呈现,这些小说中"率直的女性的心理的描写,真是中国新文坛上极可骄傲的成绩"②。《梦珂》中,主人公梦珂走投无路,为"渺茫的将来"和不自由、虚伪、不真诚、充满虚伪和虚饰的生活辗转难眠,在烦闷无聊中莫名地哭泣,苦于人与人的无法沟通,即使是在亲戚、熟人和朋友的围护之下。《莎菲女士的日记》采用了更具个人化叙事视角的日记体,极尽细致地呈现了三个多月的时间内知识青年女性莎菲的各种心理状态,诸如独处的寂寞和孤独,人与人之间的隔膜,青年女性的欲望,异性之爱与肉体的关系,病痛的折磨和对死亡的凝望,人在极度焦虑下的癫狂状态,对爱和基于理解、热情的理想生活的"生活的力"的思索等等幽微、深层的心理因素,不仅在此前的中国新文学中已属罕见,让人想起对鲁迅早期小说"表现的深切和格式的特别"③的评价,而且,丁玲将其放在某种极端的状态下进行表述,按时人的评论,这是"一种具有非常浓重的'世纪末'的病态的

---

① 沈从文:《论中国创作小说》,《文艺月刊》第2卷第4、5、6号,1931年4月。
② 毅真:《几位当代中国女小说家》,原载《妇女杂志》第16卷第7期,1930年7月1日。
③ 参看鲁迅《中国新文学大系·小说二集导言》,上海良友图书公司,1935年版,第1页。

气氛的所谓'近代女子'的姿态","这种姿态里已经没有丝毫的封建意识存在"①。汪晖将鲁迅的文学起点也定位在"浓郁的欧洲'世纪末'文学和文化的悲观主义和虚无主义气息"上,但不同于欧洲文化中的尼采和基尔凯郭尔等人,鲁迅"把悲观和虚无编织在对截然不同于19世纪、20世纪的召唤和反抗绝望的哲学之中",这是一种"基于被压迫民族的思想者的政治直觉和理论思考,表达的是对'19世纪'政治经济方案的批判和否定"②。从这一角度而言,在"后五四"社会和文化氛围中出现的丁玲式的带有"世纪末"(Fin de Siècle)病态因素的"近代女子",恰恰是鲁迅延长线上的属于20世纪中国的"现代"人物;在另外一方面,正如柄谷行人将"内面(内在)之人"的出现作为"风景的发现"的"颠倒"机制的前提,并认为这同时也"正是国民的确立过程",具有丰富内心心理的个人的出现,以及他(她)们与既有社会和文化秩序的冲突,恰恰是"后五四"时代继续展开和深化的社会和文学革命的前提。从这一点上,丁玲早期小说中的密集心理呈现,既是形式的,也是内容的。

《阿毛姑娘》在丁玲的第一个小说集中属于一篇比较特别的作品,它讲述的是一位16岁的农村姑娘阿毛的故事,而不像其他小说一样是以青年知识女性为主人公,但这位农村姑娘却似乎有着知识女性的丰富内心,她生活在风景秀丽同时也是城/乡、传统/现代鲜明对立的西湖畔乡村,对另一种生活的向往牵引着她的灵魂,以致身体和精神上都脱离了现实的生活,最后抑郁而终。相比其他早期作品,这篇小说在语言和叙事节奏上表现出了某种从容和舒缓,而不是像《梦珂》《莎菲女士的日记》等作品一样稠密、紧促——这体现出了作者叙事才能的多样性,它们在作者之后的乡村题材作品中有了更充分的体现。但这篇小说人物身份与心理、行为的乖离,也使得它具有了某种寓言式

---

① 钱谦吾:《丁玲》,载《现代中国女作家》,北新书局,1931年版。此处转引自《丁玲研究资料》,知识产权出版社,2011年版,第193页。
② 汪晖:《世纪的诞生》,生活·读书·新知三联书店,2020年版,第11–12页。

的内核，它可以是有关现代困境的寓言，预示着现代不断生产的欲望和自我的分裂，现代的未完成性，也预示着人类现实和欲望、自我和他人普遍而永恒的隔离。

丁玲在文坛的一出场，就以"不平凡的文艺才分，惹起广泛读者的注意"，但正如冯雪峰指出的，从《梦珂》到《莎菲女士的日记》，艺术手段上固然有高远的发展，"但这发展，同时也就是一个不能再前进的顶点，面临着一个危机了。那就是从《梦珂》开始，现在达到一个感伤主义了，而这感伤主义又是由绝望与空虚所构成的"①。对这一自我"顶点"和"危机"的克服，一方面内含于丁玲创作要素的内部张力作用的结果，另一方面，则有待于时代变化的背景下，个人生活、经验和思想的转变，这两方面，在丁玲下一阶段的创作中，都获得了某种程度的实现。

二

丁玲的第二本小说集《自杀日记》②在1929年5月出版，1929年底写成《韦护》③，1929年至1930年初，与胡也频、沈从文合办"红黑书店"，出版《红黑》杂志，1930年2月出版第三本小说集《一个女人》④，这段时间，作为靠版税养活自己的年轻作家，她写作勤奋，出版频繁。同时，个人生活上也发生了诸多重大变化，迁居上海，加入"左联"，生下儿子，爱人胡也频在1931年1月被捕牺牲，主编"左联"机关刊物《北斗》，1932年3月加入中国共产党，担任"左联"

---

① 冯雪峰：《从〈梦珂〉到〈夜〉》，《中国作家》第1卷第2期，1948年1月。
② 由上海光华书局出版，收《潜来了客的月夜》《自杀日记》《庆云里中的一间小房里》《过年》《岁暮》《小火轮上》六篇小说。
③ 《韦护》初刊1930年1—5月出版的《小说月报》第21卷1—5号。上海美丽书店1930年8月、大江书铺1930年9月出版单行本。
④ 由上海中华书局出版，收《一个女人和一个男人》《他走后》《日》《野草》四篇小说，以及胡也频的两篇小说《少年孟德的失眠》《在一个晚上》。

党团书记，直至1933年5月被国民党特务绑架囚禁。

　　这一阶段也即丁玲思想和文学创作中重要的"左转"时期，对丁玲而言，重要的是这一"左转"是同时发生在她的生活和创作中的，她的生活和人生轨迹因此而改变，而由于思想的改变和行动的投入带来的变化，创作上也由此留下了明显的痕迹。丁玲此一时期的小说创作，不仅提供了20世纪30年代"革命文学"的典型文本，同时也提供了一位青年作家如何走向革命、投身实践的范例。正如王淑明所说的："丁玲的生平，……就是她自己的最好的说明，她是在她的创作中，给这几年来的历史的特征之姿态附予了筋肉。给她的威力与弱点，都附予了很好的说明。"①

　　《自杀日记》和《一个女人》中的诸篇尽管视野已力图走出知识青年女性的狭小生活空间，投向更广阔的底层和社会，但在情绪和叙述语调上尚保有早期小说"空虚和绝望"的余续。开始对这一倾向表现出某种"过渡的契机"的，是《韦护》和《一九三〇年春上海》。评论者将其转变的内容归纳为两点：其一是上面提到的题材和视野的转换和扩大；其二，"从《在黑暗中》过渡到《韦护》，《一九三〇年春上海》……一向进出于其作品中的颓废倾向，却被后来对于生活的执着态度替代了"②。《莎菲女士的日记》结尾中"悄悄的活下来，悄悄的死去"被《韦护》结尾"我现在一切都听凭你。我们好好做点事业出来吧"代替了。

　　丁玲的转变当然不是一步达成的，这一艰难、激烈而内容丰富的转变过程，在她此一时期密集的创作中有非常具体和深刻的展现，因而也表现出了很强的自觉性和自我反思性能力。相比于同一时期其他文学青年和知识青年的"左转"经历，丁玲的"左转"之路包含了一些特殊的内容和特质。

---

① 王淑明：《丁玲女士的创作过程》，《现代》第5卷第2号，1934年6月。
② 王淑明：《丁玲女士的创作过程》，《现代》第5卷第2号，1934年6月。

首先，丁玲的"左转"是基于对牺牲的身体性体验和对信仰的自觉思考之上的。丁玲在其爱人胡也频的影响下接近革命①，而胡也频的遽然牺牲（从被捕到遭枪决前后仅有20天），给初为人母的丁玲在身心上造成了巨大的打击。她曾在《从夜晚到天亮》（1931年4月）《某夜》（1931年7月）两篇小说中，分别摹写了胡也频牺牲后自己"未亡人"的一段心境，还原了胡也频在龙华监狱被枪杀那一夜的场景，细致如刀刻木头，痛楚如手剑己肉。在1931年5月28日中国公学的讲演中，丁玲将这种失去亲人的个人的痛苦以及牺牲的意义扩大到了更多的人群中："有人说：死去了一个朋友，仿佛丁玲应该努力；也有人对我有善意的勉励。但死人的意志，只在一个人身上吗？难道不在大家身上吗？你们都是大学生，似乎也应该负起这责任才对。"②

曾经交往密切的文友沈从文对胡也频、丁玲的"左转"表示了不解："则促成这人转变的，实在还只是一种南方人单纯勇往的热情，并非出于理智的抉择。不过由于过分相信革命的进展，为一束不可为据的'军事报告与农工革命实力统计'所惑迷，为'明日光明'的憧憬所动摇，彻底的社会革命公式把他弄得稍稍糊涂罢了。"③沈从文的"解释"并非事后聪明，道路的分野，人生的选择早已做出，且已注定，虽然沈从文的《记胡也频》写于胡也频牺牲后的1931年10—11月，《记丁玲》则写于丁玲被捕后的1933年7—12月，但早在1930年6

---

① 丁玲1930年3月赴济南探望在山东省立高中任教的胡也频，发现他变化很大："他成天宣传马克思主义，宣传唯物史观，宣传鲁迅与冯雪峰翻译的那些文艺理论，宣传普罗文学。我看见那样年轻的他，被群众所包围，所信仰，而他却是那样的稳重，自信，坚定，侃侃而谈，我说不出地欣喜。"见丁玲《一个真实人的一生——记胡也频》，载《丁玲全集》第9卷，河北人民出版社，2001年版，第69页。丁玲和胡也频1930年5月从山东返沪后加入了"左联"。

② 丁玲：《死人的意志难道不在大家身上吗？——在中国公学讲演》，《丁玲全集》第7卷，第6-7页。

③ 沈从文：《记丁玲女士》（第14节），此处引自《沈从文全集》第13卷，北岳文艺出版社，2009年版，第156页。

月，丁玲就已在《一九三〇年春上海》（之一）中给出了自己的某种解释。醉心于写作、成名和上流生活的子彬难道不会让人想起沈从文？那位曾经的朋友、如今"总带些不快来给他，使他有说不出的不安"，被子彬骂为"浅薄""盲从"和"糊涂浅薄的投机者"[①]的若泉难道没有"笃诚""真实"的诗人胡也频的影子？而那位最初沉默少语，最后却含了"对于现实的不满"，"大胆的愿意向社会跨进的决心"和"倾心的热忱"，最终离开了自己的丈夫子彬"到大马路做××运动去"[②]的美琳，难道看不出丁玲自己的心迹？胡也频牺牲后约半年，一生极少写诗的丁玲发表了一首诗作《给我爱的》：

……太阳把你的颜色染红了，（红得这般可爱！）/……你是不像那些年轻人的，/你没有想到晴天里的白云，/也没有想到丛林里的鸟声，/还有那些流泉在岩石上琮琮琤琤。……/你绝不会像那些年轻的人的：/只有苍白的面颊，/懒惰的心情，/享受着玩弄着那些单调、无聊的旧套。/只有一种信仰，固定着你的心，/所有的时间和心神，你都分配在一个目标里的各种事上了。/所以你不从不管我的眼睛，或是我的心，/因为你是不会介意着这个的。……/我们不是诗人，/我们不会讲到月亮，也不讲夜莺，/和那些所谓爱情；/我们只讲一种信仰，它固定着我们的心。/这不是个简单的问题，/不是像那些流云泉水容易的玩艺。/须要头脑，须要毅力，/一切的理论与实际，都包括在这里了。……[③]

不仅用对比的方式分辨出了不同的人，也点出了信仰背后包含的"头

[①] 丁玲：《一九三〇年春上海（之一）》，《丁玲全集》第3卷，河北人民出版，2001年版，第283-284页。
[②] 丁玲：《一九三〇年春上海（之一）》，《丁玲全集》第3卷，河北人民出版，2001年版，第293、295、297页。
[③] 丁玲：《给我爱的》，初刊于1931年9月《北斗》创刊号，此据《丁玲全集》第4卷，河北人民出版，2001年版，第317-319页。

脑和毅力""理论与实际"诸因素。当然，更为具体的解释还发生在革命成功后。1951年丁玲在为《胡也频选集》写的序言中专门谈到，1930年初胡也频到济南的山东省立高中去教书后，她去探亲，发现胡也频变化很大，成天宣传马列主义，宣传唯物史观……被群众所包围、所信仰……"我问她：'你都懂得吗？'他答道：'为什么不懂得？我觉得要懂得马克思也很简单，首先是要你相信他，同他站在一个立场。'……当时我的确是不懂得他的，一直到许久的后来，我才明白他的话，我才明白他为什么一下子就能这样，这的确同他的出身，他的生活，他的品格有很大的关系。"① 晚年复出后，在回应青年时期朋友沈从文将近半个世纪前的这一质疑时，丁玲再次强调了这一细节②。

其次，基于一位小说家敏锐的观察和感受能力，丁玲关于唯物史观、阶级分析等"革命文学"论争中"时髦"的理论的运用，多出于自身的生活经验和身体感受，而非单纯的理论学习或搬用。丁玲在转向"革命文学"阵营过程中所创作的作品包含的个人生活的困顿、作为青年创作者单纯依靠稿费（包括同人刊物的编辑费）维持生计的艰难，以及这种困苦背后所包含的社会和政治经济因素，在近些年的研究中，已越来越受到研究者的关注，并由此将丁玲作为20世纪30年代初期全球经济萧条背景下，中国知识青年"左转"的典型之一③。1930年2月，为偿还因创办红黑出版社而欠下的债务，胡也频远赴山东教书。这期间，在写给胡也频的信中，丁玲谈到了生活的困窘问题："姨娘跑来要钱买菜，才知米也没有了，柴也没有了，油也没有了。我买了一块钱的米，没有买柴，买了三百钱煤油。趁着这时，我告诉她

---

① 丁玲：《一个真实的人的一生——记胡也频》，此文为开明书店1951年版《胡也频选集》的序言。此据《丁玲全集》第9卷，河北人民出版社，2001年版，第69页。
② 见丁玲《也频与革命》，初刊《诗刊》1980年第3期，收《丁玲全集》第6卷。
③ 参见丰景《大萧条与中国左翼文学（1929—1936）》，第一章第二节"世界经济危机与丁玲'左转'辩证法"，中国传媒大学博士学位论文，2024年。

我有辞退她的意思……我自然不能用她，不但我个人负担不起，而且我觉得我也应该自己做做事。"① 在同时期的小说创作中，蛰居亭子间写作的为一日三餐发愁的青年时的情景一再出现，发表于1930年6月的《年前的一天》中，一对靠写作过活的青年男女整日为钱发愁，男的要出门取读者寄来的买书钱，女的起先还高兴，"不过一听到只两元钱便懊丧了。但他已经将大衣穿好，他说他必得去的理由：第一得去拿书，好寄去。第二煤没有了，米还不知怎样，得拿来救急。他只希望今夜他能将这篇稿子写好去换点钱来过年"②。女主人公"计算到最近的经济艰难了。……哎，数目差得太远了，她自己都不相信，她们至少得要卖一本十万字的小说才能混过去"③。所以在小说的最后，女主人公感叹："还是应该把钱放在第一项呢！"④

但也正是在这种生活的困顿和经济的考量之中，小说中第一次出现了群众的场景——不过是在梦中——"在梦中，却仿佛是很有力的，将身体在狂乱的嘶喊着的群众中拥挤着"⑤。而且，在小说的末尾，也是第一次地将写作、卖文的文人与出卖体力的工人连结了起来："他们那末茫然地为生活苦着，一直到手足没有了力气的那天为止。……她怕了起来，她觉得那些人与自己不会两样。……她来回在心中说道：'无论如何，我要丢弃这写作的事，趁在未死以前，干点更切实的事吧。'"⑥ 这种关于体力劳动与脑力劳动、工人生活与知识青年生活的对

---

① 丁玲1930年2月22日致胡也频信，收《丁玲全集》第11卷，第4页。
② 丁玲:《年前的一天》,《丁玲全集》第3卷，河北人民出版，2001年版，第261页。
③ 丁玲:《年前的一天》,《丁玲全集》第3卷，河北人民出版，2001年版，第264页。
④ 丁玲:《年前的一天》,《丁玲全集》第3卷，河北人民出版，2001年版，第265页。
⑤ 丁玲:《年前的一天》,《丁玲全集》第3卷，河北人民出版，2001年版，第257页。
⑥ 丁玲:《年前的一天》,《丁玲全集》第3卷，河北人民出版，2001年版，第264页。

比与连结，在《韦护》《一九三〇年春上海》《一天》等小说中也一再出现。

1931年7月，小说《田家冲》发表。这时丁玲已受命主编"左联"的机关刊物《北斗》。《田家冲》是丁玲第一次涉及农民反抗和暴动题材的创作，虽说"材料是真的"，但"没有把三小姐从地主的女儿转变为前进的女儿的步骤写出……却让人有罗曼蒂克的感觉"[1]，因而受到"许多人批评"。不过小说对农村景色的呈现，尽量贴着农民角色的个性表现其对话和行为的努力，还是体现出了丁玲个人的创作特色和在连续中力求变化的努力。这种变化的努力在1930年9月《北斗》第一期开始刊登的《水》中有了进一步的发展。丁玲本人在小说出版后这样解释："还有个突破是写《水》，我一定要超过自己的题材的范围，《水》是个突破。《水》以前是《田家冲》。写了《田家冲》不够，还要写《水》。这两篇小说是在胡也频等牺牲以后，自己有意识地要到群众去描写群众，要写革命者，要写工农。这以后还有一些短篇:《消息》《夜会》《奔》都是跟着这个线索写的。"[2]茅盾评价说，《水》在各方面都表示了丁玲的表现才能的更进一步发展"，它"虽然只是一个短篇小说，而且在事后又多用了一些观念的描写。可是这篇小说的意义是很重大的。不论在丁玲个人，或文坛的全体，这都表示了过去的'革命加恋爱'的公式已经被清算！"[3]冯雪峰把《水》看作是"新小说"的萌芽，因为作者用了"阶级斗争的正确的坚决的理解"，作品里面，主人公不再是个人，而是一大群大众，描写上，不再是个人的心理的分析，而是集体的行动的展开，所以，它既是丁玲个人写作的转变，也

---

[1] 丁玲:《我的创作生活》，《丁玲全集》第7卷，河北人民出版，2001年版，第16页。
[2] 丁玲:《答〈开卷〉记者问》，《丁玲全集》第8卷，河北人民出版，2001年版，第4页。
[3] 茅盾:《女作家丁玲》，《文艺月报》第2号，1933年7月15日。

是"新小说"的诞生①。这当然是一种基于左翼文艺理论家的历史判断，但确实也是符合文学史和丁玲个人创作变化轨迹的②。

在"革命文学"争论的高潮期，鲁迅曾多次谈到他对"革命文学"的看法。在1927年4月8日对黄埔军校学生的演讲中，他说："为革命起见，要有'革命人'，'革命文学'倒无须急急，革命人做出东西来，才是革命文学。所以，我想：革命，倒是与文章有关系的。"③同年10月21日，鲁迅又在另一篇文章中提到："我以为根本问题是在作者可是一个'革命人'，倘是的，则无论写的是什么事件，用的是什么材料，即都是'革命文学'。从喷泉里出来的都是水，从血管里出来的都是血。"④正是基于这种要做"革命文"，先做"革命人"的一贯看法，鲁迅在1934年5月22日接受朝鲜记者申彦俊的采访，当被问到"在中国文坛上，具有代表性的无产阶级作家是谁？"的时候，才会非常明确地回答说："丁玲女士才是唯一的无产阶级作家。"⑤

三

丁玲1936年11月到达陕北，作为第一位到达延安地区的有全国性影响力的新文学作家和具有长期成熟左翼文学创作和组织经验的作

---

① 何丹仁（冯雪峰）：《关于新的小说的诞生——评丁玲的〈水〉》，《北斗》第2卷第1期，1932年1月。
② 夏志清在《中国现代小说史》中对《水》进行了颇为负面的评价。认为"《水》的文字是一种装模作样的文字"，"丁玲明显地忘记了在灾荒下灾民的心理状态"。（参看夏志清《中国现代小说史》，刘绍铭等译，香港中文大学出版社，2001年版，第207页、第208页）这显然是一种脱离语境的"意识形态"的偏见。
③ 鲁迅：《革命时代的文学——四月八日在黄埔军官学校讲》，《鲁迅全集》第3卷，第418页。
④ 鲁迅：《革命文学》，《鲁迅全集》第3卷，第544页。
⑤ 申俊彦：《中国的大文豪鲁迅访问记》，原载朝鲜《新东亚》杂志，1934年4月号。此处引自《鲁迅研究月刊》1998年第9期。

家之一，丁玲受到了中共领导人的高度重视，长期担任延安文艺的组织和领导工作，也是延安文艺运动的重要推动者①。在延安和根据地（1948年7月离开华北根据地北上赴东欧和苏联）的十余年时间内，丁玲进入另一个创作的高峰期，小说上，不仅写出了一批优秀的作品，而且完成了自己的代表作、长篇小说《太阳照在桑干河上》。

从创作题材、风格的变化角度，可粗略地以1942—1943年的"延安文艺座谈会"及随后发生的"整风运动"为界，将丁玲这十余年的时间分为前后两个时期，前一个时期，丁玲初入"红区"，辗转陕北，北上、南下，深入部队，开始接触和承担具体的组织和领导工作。全面抗战爆发后，丁玲组织了由青年文艺工作者组成的西北战地服务团，成为这支准军事化、在战地和城乡之间流动宣传的抗战动员队伍的领导者，约一年后回到延安，在党校学习，编辑文艺刊物。这段时期，除出版了《一颗未出膛的枪弹》②和《我在霞村的时候》③等创作集外，还配合具体工作需要，撰写了大量通讯、特写、报告文学、戏剧和散文，值得注意的是，通讯和报告文学等创作中开始脱离基于个人经验的、以第一人称为主的方式，在深入和完整理解的基础上去叙述"他人"。后一个时期，在"延安文艺座谈会"和"整风运动"后，丁玲的思想和创作发生了极大的变化。创作上，丁玲以报告文学，如《田保霖》（1944年6月）、《一二九师与紧急鲁豫边区政府》（1944年7月）、

---

① 丁玲到达保安后，受到毛泽东等中共领导人的热烈欢迎，毛曾赋诗："壁上红旗飘落照，西风漫卷孤城。保安人物一时新，洞中开宴会，招待出牢人。纤笔一枝谁与似？三千毛瑟精兵。阵图开向陇山东，昨天文小姐，今日武将军。"在陕北的9年多时间里，丁玲曾先后担任苏区第一个文艺团体"中国文艺协会"主任、中央警卫团政治部副主任、西北战地服务团团长等职务，并主编《解放日报》文艺栏，负责"文抗"和"文协"等工作。

② 西安生活书店1938年9月初版，收《到前线去》《南下军中之一页日记》《彭德怀速写》《警卫团生活一斑》《一颗为出膛的枪弹》《东村事件》《最后一页》7篇作品。

③ 桂林远方书店1944年3月初版（胡风代为选编），收《新的信念》《县长家庭》《入伍》《我在霞村的时候》《秋收的一天》《压碎的心》《夜》7篇小说。

《民间艺人李卜》（1944年10月）为突破口，在语言和写作方式上表现出了一种全新的特质。1945年10月离开延安赴东北途中，在河北停留两年半有余，带领工作队参加土改工作，以此经验为基础写成《太阳照在桑干河上》①，在叙事形式和语言运用上，与毛泽东《在延安文艺座谈会上的讲话》后的写作保持了高度的一致性。

《一颗未出膛的枪弹》②是丁玲到苏区后发表的第一篇小说，这篇小说（包括同一时期的《东村事件》《压碎的心》等）在叙述上还是保留有一些明显的过渡期的痕迹，如主观性的视角、脱离情节的景物描写；语言上也保有不少"革命文学"时期的腔调，对话语言尽管有往不同人物身份和个性上靠的趋向，但还是不够口语化，与人物的身份也不尽相符。但与其之前的作品相比，小说的叙述节奏明显变得更加明快，作品的色调也有了某种亮色，似乎叙述者内心的某种羁累一下子变轻，甚至被排除了。

《新的信念》③是丁玲从"西战团"回延安后创作的小说，题材与在前线战地的经验有关。被侵略者日军掳走受尽凌辱后的陈老太婆以"骇人"的样子回来，一步步地，以"讲述"屈辱和公开"控诉"的方式，获得了自我的"解放"，成长为一个"新人"。骆宾基这样评价陈老太婆的转变："她已经有了战斗的能力，已经不是一个中国旧式的一般的老太婆了。虽然她的灵魂还带着锈蚀的斑痕，然而却被同时从那灵魂上发出的光辉所反射而不显明了；不久自然会给风浪冲击得更亮，一点斑痕都不会存在了。作者，让她带着一颗仇恨的火种，向她的周围去燃烧。这已经是一个新的老太婆了，新的陈新汉的母亲，新的中

---

① 1948年6月完稿，9月由东北新华书店出版单行本。
② 1937年4月24日初刊于《解放》周刊创刊号时，原题为《一颗没有出镗的枪弹》，1938年生活书店初版时改为《一颗未出镗的枪弹》，后改为现名《一颗未出膛的枪弹》。
③ 初刊《文艺战线》第1卷第4号，1939年9月16日，原名《泪眼模糊中的信念》，收入桂林远方书店《我在霞村的时候》改题为《新的信念》。

国农村妇女。"① 新研究者从更宏观的新文学史的视野对陈老太婆的"转变"和行为进行了新的解读。20世纪中国发生的战争和革命动员中,"现实"的客观条件常常并非决定革命行动的唯一因素,革命意愿的强度、作用与现实的滞后往往构成某种张力关系。在实际动员过程中,处在现实中的人需要被某种深化到"绝望"状态的心理和情感来唤起"现实感"。在相当的程度上,新文学正是承当了这一功能,而丁玲文学的起点也恰恰是在这一脉络的核心线索上。"因此,《新的信念》这篇小说看上去是一种现实描述,其实,它更是左翼文学所构造的'翻转'式革命理念的作品式(具象化)呈现。它的写法主要延续着左翼文学的观念形态、构思、想象方式,乃至表现技巧。……老太婆以不断讲述来激发人心的方式其实就是'新文学'所诉诸的理念。……使国民从惰性的精神和生存状态中挣脱,反观自己真实的处境,生出反抗的意志。老太婆的讲述不单是一种'回忆',她要最大限度地触动听讲人的神经……老太婆的形象在一定意义上可以看成是'祥林嫂'形象的反动。她们的讲述都被设定为精神遭受沉重打击后陷于疯狂的表征。但在《祝福》中,与'我'构成对立关系的祥林嫂代表着'启蒙'难以有效触及的民众灵魂世界和精神状态,凸显出'启蒙'与'现代'的限度。……而在《新的信念》中,老太婆的讲述虽然也被设定为对受害的疯狂式反映,但她从一开始就有积极、主动的目标,而且有坚定的意志去贯彻。家人和村民虽然有最初的诧异和不理解,但很快就被她所感召。这里面没有曲折、反复、滞后。"②

也是在这一分析的逻辑线上,《我在霞村的时候》③中的贞贞同为

---

① 骆宾基:《大风暴中的人物——评丁玲〈我在霞村的时候〉》,原载《抗战文艺》第9卷第5、6期合刊,1944年12月。此处引自《丁玲研究资料》,知识出版社,2011年版,第245页。
② 程凯:《重读〈新的信念〉与〈我在霞村的时候〉》,《中国现代文学研究丛刊》2013年第6期。
③ 写于1940年12月,初刊《中国文化》第3卷第1期,1941年6月20日,初版桂林远方书店1944年版《我在霞村的时候》。

"受害者",却表现了相当的"不变"。程凯认为,"她的身上展现了'受害'的日常化与反抗的日常化这一更真实的状态,她的回应也挑战了各个立场、认识基础上的对'受害''反抗''斗争''生存'的规范性看法。贞贞不但拒绝成为被简单同情的对象,而且构成对另一主人公'我'的精神教育——'我'这个本来的启蒙革命者恰恰在贞贞身上发现了自己已失落的冲决自我困境的意志。这是另一种意义上的翻转:它不以特定内容的政治觉悟为旨归,而是指向革命庸常化后蕴含的精神危机。"①冯雪峰尽管还是在"新的力量和新的生命"的层面上肯定贞贞的"灵魂",但同样将其放在"日常"和"非常"的关系中加以考察:"《我在霞村的时候》,作者所探究的一个'灵魂',原是一个并不深奥的,平常而不过有少许特征的灵魂罢了;但在非常的革命的展开和非常事件的遭遇下,这在落后的穷乡僻壤中的小女子灵魂,却展开出了她的丰富和有光芒的伟大。这灵魂遭受着破坏和极大的损伤,但就在被破坏和损伤中展开她的像反射于沙漠上面似的那种光,清水似的清,刚刚被暴风刮过了以后的沙地似的那般广;而从她身内又不断地在生长出新的东西来,那可是更非庸庸俗俗和温温暾暾的人们所再能挨近去的新的力量和新的生命。"②

冯雪峰1947年选编的《丁玲文集》中,所选7篇小说,延安时期的占了4篇,他是从"意识和心灵"的再造的角度,对这些小说进行定位的。他认为,它们是"作者跟着人民革命的发展,不仅作为一个参与实际工作的实践者,并且作为一个艺术家,在长期艰苦而曲折的斗争中,改造和生长"③而带来的结果。在这些作品中,丁玲开始"深入现实人物的意识领域",对于这些人物,"作者必须在新的对象的世界中生活很久,并用这新的世界的意识和所谓心灵,才能走得进去。

---

① 程凯:《重读〈新的信念〉与〈我在霞村的时候〉》,《中国现代文学研究丛刊》2013年第6期。
② 冯雪峰:《从〈梦珂〉到〈夜〉》,《中国作家》第1卷第2期,1948年1月。
③ 冯雪峰:《从〈梦珂〉到〈夜〉》,《中国作家》第1卷第2期,1948年1月。

作者并且必须拥有这个世界及其意识和心灵，才能够把这世界和人物，塑造成令人心惊肉跳的形象，用感动力而不是用概念或公式的说教，去感服读者，使他们也走进新世界"[①]。冯雪峰是从创作者主体意识的变化角度做出的考察，而从小说主题的表现看，新的主体的形成，这些主体所包含的"意识和心灵"构成了此一时期小说系列的一条主线。无论是《一颗未出膛的枪弹》中的红军小战士、《新的信念》中的陈老太婆、《我在霞村的时候》中的贞贞、《在医院中》里的陆萍以及《夜》里的何华明，都包含了某种新主体的新质，他们以普通士兵的自觉、受辱的农村老太婆的"讲述"、农村姑娘的坚持和"新的东西"的不断表现、革命队伍中新加入的青年知识分子的成长和革命的日常中革命热情的"怠倦"、基层农村干部对于新的事物和新的生活的朦朦胧胧的向往和感受，共同构成了一幅主体成长的人物画卷。

与人物塑造和主题表现相配合的，是此一时期的丁玲小说创作中叙述方式和语言的成熟和变化。早期写作中较为明显的欧式主观叙述、心理刻画和翻译体语言趋于淡化，原先较为隐含的白描、叙述等手法由于人物速写、报告文学等的写作，在小说中也越来越多地得到了运用，或者说，两者得到更为恰当的结合。这种结合的最完美的例子是发表于1941年6月的《夜》。这篇五千余字的抒情式短篇发表后，受到了各方评论家的好评，骆宾基称其为"一篇完整的、有光润的作品，正如一颗透明的带着一点微瑕的玉珠"[②]。冯雪峰认为："《夜》，我觉得是最成功的一篇，仅仅四五千字的一个短篇，把在过渡期中的一个意识世界，完满地表现出来了。体贴而透视，深细而简洁，朴素而优美。新的人民的世界和人民的新的生活意识，是切切实实地在从变换旧的

---

① 冯雪峰：《从〈梦珂〉到〈夜〉》，《中国作家》第1卷第2期，1948年1月。
② 骆宾基：《大风暴中的人物——评丁玲〈我在霞村的时候〉》，原载《抗战文艺》第9卷第5、6期合刊，1944年12月。此处引自《丁玲研究资料》，知识出版社，2011年版，第245页。

中间生长着的。"① 应该说，所谓"新的人民的世界和人民的新的生活意识"仍然是朦胧和初生的，之所以这篇作品给人"谐和，圆润"之感，恰在于这篇作品在艺术上的成功，那种中国水墨画式的淡然、写意、朦胧，语言上的自然、透明和成熟，加上"新的意识"的流动，给了作品特别的美感，而这种美感也确实是属于丁玲的。

　　初版于1948年、获得1951年度斯大林文艺奖金的《太阳照在桑干河上》是丁玲的代表作（由于篇幅所限，本选集无法选入），也是她根据地十余年生活、"延座讲话""重塑"的结果。这并不是一部有计划的创作，它是丁玲抗战胜利后离开延安赴东北受阻，在河北参加土改运动时创作的作品。但它确是一部总结性的大作品，也正如冯雪峰所鼓励的，丁玲是在"平静"中蕴含着"热情"的饱满情绪中，"沉着、坚毅"而又"深广明快地"② 投入土改工作而创作出来的总结性之作。丁玲曾说过，写作这部作品的时候，虽然是辗转在河北各地，进行短暂的土改宣传和发动工作，但她脑子中多年来那些关于根据地农民、地方干部的记忆都被激活了，她说："我爱这群人，爱这段生活，我要把他们真实地留在纸上，留给读我的书的人。"③ 从整个新文学史的发展历程看，这当然也并非仅仅是丁玲个人生活经验、思想和艺术积累的结果，40年代中后期，经历了长期的战争和流离状态，许多重要作家都进入了一个创作的爆发期，出现了很多重要的作品，如小说中老舍的《四世同堂》，路翎的《财主底儿女们》，钱锺书的《围城》，以及赵树理、张爱玲的创作等；诗歌中的穆旦的写作和李季的《王贵与李香香》等；戏剧中的郭沫若和曹禺的创作等。战争中的流散经验，逐渐沉淀为更趋近民间、日常生活和民族文化、心理的叙事，艺术上

---

① 冯雪峰：《从〈梦珂〉到〈夜〉》，《中国作家》第1卷第2期，1948年1月。
② 语见冯雪峰给丁玲的信。转引自王增如、李向东：《丁玲传》。据首次披露这封信的《丁玲传》说，这是至今发现的丁玲和冯雪峰通信中唯一保存下来的。
③ 丁玲：《重印前言》，《太阳照在桑干河上》，人民文学出版社，1979年版，第3—4页。

也表现出雄浑、沉郁或明快的特色，现代汉语也更趋成熟。《太阳照在桑干河上》也属于这一系列中的作品①。

王瑶在《中国新文学史稿》中将《太阳照在桑干河上》称为"新中国诞生前的叙事诗"，冯雪峰则从"史诗"的角度对这部作品进行了文学史的定位："我认为这一部艺术上具有创造性的作品，是一部相当辉煌地反映了土地改革、带来了一定高度的真实性、史诗似的作品；同时，这是我们社会主义现实主义的最初的比较显著的一个胜利，这就是它在我们文学发展上的意义。"②

四

中华人民共和国建立后，丁玲在50年代初期承担了新中国文学组织的主要领导工作，参与筹备1949年7月2日召开的中国全国文学艺术工作者代表大会，担任新成立的全国文协（1953年第二次文代会时改名为中国作家协会）副主席，负责日常工作，主编其机关刊物《文艺报》。1950年10月创办文学研究所（后改名文学讲习所），培养文学创作和批评的新生力量。由于1955年和1957年相继被打成"丁陈反党小集团"和"右派"，1958年6月，下放至"北大荒"和山西长治等地，1979年初回到北京，历时20余年。后再次当选为作协理事和副主席。1985年1月创办大型文学刊物《中国》，直至1986年3月去世。

由于关注于新中国的文学领导和组织工作，且受政治运动牵连而生活动荡，从新中国成立至去世前的这37年时间内，丁玲的文学工作主要集中在文艺政策的制定和实施、文艺组织的规划、建立和发展、

---

① 参看何吉贤《"流动"的主体和知识分子改造的"典型"——40—50年代转变之际的丁玲》（《中国现代文学研究丛刊》2018年第4期）的相关论述。
② 冯雪峰：《〈太阳照在桑干河上〉在我们文学发展上的意义》，《文艺报》第10号，1952年5月25日。

文艺人才的培养等方面，因此，写作上大量涉及文艺理论和政策以及各种纪念性和回忆性的散文等，小说创作上，除了几十年持续致力却最终未能完成的《太阳照在桑干河上》的续集《在严寒的日子里》完成部分外①，严格地说，完成并发表的小说只有一篇复出后的《杜晚香》②。

《杜晚香》发表于1979年6月，是丁玲阔别文坛20多年后复出的与读者的"见面"之作之一，也是她晚年的倾情之作，是她极为看重的作品。这篇作品她在北大荒时期就写过初稿，后来重写，是她为复出而特意给读者准备的"礼物"。这篇小说有人物原型，有丁玲自身的经验，也贯穿了丁玲创作一贯的女性视角和革命与社会变革中人的成长主题，从语言、叙事等方面，都有显著的丁玲特色，是她晚年的一篇成熟之作。作品所包含的丰富层次和文学史信息已受到越来越多研究者的关注。

但《杜晚香》在发表过程中即遇到了波折③，出版后批评家和读者的反应也不如丁玲期望的热烈。丁玲曾多次感叹，批评家为何只看重她复出时的另一篇见面之作《牛棚小品》，而不看重她自认为更好更重要的另一部作品《杜晚香》呢？其中最主要的原因可能在于，70年代末80年代初，文坛的风气已发生变化，当时文学界最热的风潮是"伤痕文学"。丁玲作为一位饱受磨难的知识分子和老干部，本来最有资

---

① 1956年第10期《人民文学》曾刊登前8章。1979年7月《清明》创刊号又刊登了重写的前20章，人民文学出版社1990年2月出版了单行本。
② 尽管在文体归类上，《杜晚香》还存在一定的异议，丁玲本人在《人民文学》的初刊本的"附记"中称其为"散文"，因此有的评论者也将其归为散文，此处遵从多数研究者的分类，将其归为小说。相反的情况，写于1953年底的《粮秣主任》，不少研究者和选本也将其归为小说，但因主要为记人，这里将其归为散文。最近整理出版的丁玲写于1955年底的小说残稿《杜秀兰》因未完成和出版，也不在此处考虑的范围内。参看《中国当代文学研究》2024年第4期"丁玲小说《杜秀兰》研究专辑"。
③ 参看丁玲《〈"牛棚"小品〉刊出的故事》，载《丁玲全集》第9卷，第297–299页。

格"展示伤痕""参与控诉",但她却写了一位农村小媳妇如何成长为国营农场的劳动标兵的故事,塑造了杜晚香这样一位"从无垠的干旱的高塬上挤出来、冒出来的一棵小草""在风沙里傲然生长出来的一枝红杏"形象。刘心武在读完稿子后给丁玲写信说:"我最欣赏的是最后一段关于杜晚香决定自己拟定讲话提纲,并畅叙心曲的那五六面。她平日的默默无语,并非盲从,更亦非麻木,而是她坚信行动胜于空谈,身教高于言教,因此,一旦她开起口来,便犹如江河奔泻,波声浩荡,扣人心弦了。她对党、对祖国的那种诚挚的爱,您写来真切感人,想必是她之所言,也是您之心声;我今天读来,共鸣不止……"①刘心武点出了当时围绕该作品的主要争议点,丁玲在《人民文学》刊发该作时也坚持保留了杜晚香在会议上的发言内容。

丁玲一生命运多舛,作为一位专注于小说创作的文学家,她计划中的多部长篇大作都因故未能完成,但从其小说系列作品看,《杜晚香》在相当的程度上可看作其"完成之作"。贺桂梅认为:"《杜晚香》实则是丁玲最有意味的作品。那是丁玲在历经磨难的晚年,终于完成的革命者形象。"如果说《在医院中》中的陆萍这样一位"脆弱""感伤"的小资产阶级知识分子仍是一位"未完成"的过渡性的"共产党员"形象,则杜晚香是其完成形态。杜晚香从一出场,身上就包含了吃苦耐劳、顽强不屈、乐于奉献的可贵品质。"她身上包含着两个关键要素:其一是主人公孤独地生长,其二是外在的革命之光全部转化为个人的内在修炼。至此,革命者终于可以超越革命体制而独立存在了:她不是革命体制的附属品,而是革命信念的化身。丁玲就是以这样的方式,超越了受难史的逻辑。"②

丁玲的一生伴随20世纪中国的历程,是一位带有20世纪中国鲜

---

① 见刘心武1979年5月16日《致丁玲信》,转引自王增如、李向东编著《丁玲年谱新编》(未刊稿),第264页。
② 贺桂梅:《丁玲的逻辑》,《读书》2015年第5期。

明和深刻烙印的杰出作家。她以她的作品、她的个人生命史，谱写了一曲关于20世纪中国文学和中国革命历史的生动、顽强的赞歌。"丁玲不简单！"纵观其半个多世纪的小说创作历程，今天的读者还是能被她在不同历史时期所贡献的优秀作品打动。

丁玲是一位彻底现代的"现代中国作家"。读丁玲的小说，你能时时感觉到她作品中所体现的彻底的"现代"品性。无论是早期创作中从青年知识女性角度对传统伦理道德，甚至"五四"所开创的个人解放的虚假性的激烈反抗姿态，抑或从性别的角度控诉侵略战争带来的戕害，以"弱者的武器"，追求彻底的平等，还是在深入社会改造和政治实践中所要面对的个人的改造难题，她都是毫不回避，置身其中。20世纪中国文学不仅是记录和表述现代中国所经历的变化，更要求文学为现代中国人提供精神和情感的支撑，甚至提供核心的价值观。所以，20世纪中国文学在整体向下铺沉的过程中，具有极强的行动性和身体性。丁玲被称为"20世纪中国革命的肉身象征"[1]，丁玲不仅在20世纪的不同阶段创作了不同主题和风格的作品，而且她把自己献身给了文学，她的生命史就是一部文学史，在相当的程度上，她也是20世纪中国文学的"肉身象征"。

读丁玲的作品，读者常常为作品中强大的情感动力和作品背后创作者赤诚的情感"热力"所打动，有研究者评价丁玲的作品为"有情的革命"[2]，这还是不够具体。从情感的角度，贯穿丁玲一生创作的核心动力可称之为"热情"。在相当的程度上，"热情"也是20世纪中国文学最为基本的情感动力之一。而这一动力在丁玲的作品中表现得尤其强烈和持续，在丁玲的创作生涯中，早期激烈、异端的女性立场的底下，是无处寻找出路的"热情的针毡"；"左转"后和加入革命队伍从事具体革命工作中，主体改造、深入生活的依靠和方法是热情构筑的

---

[1] 贺桂梅：《丁玲的逻辑》，《读书》2015年第5期。
[2] 李杨：《"革命"与"有情"——丁玲再解读》，《文学评论》2017年第1期。

"热力的桥梁";80年代复出后,面对"创伤"记忆和普遍的虚无,"热情"仍然是丁玲诉求克服的依靠。

丁玲的小说作品系列为20世纪中国文学提供了一系列光彩照人的人物形象,尤其是女性人物形象,从梦珂到杜晚香,从反叛的个人到成熟的完美的"英雄",这些人物变化构成的画廊深嵌在20世纪中国的历史变化中。在20世纪中国作家的创作中,这个人物画廊非常独特,这些人物用丁玲自己的话说,根本上都是丁玲"自己的人物",她/他们不仅对于中国女性解放、自主和独立意义重大,而且也是20世纪中国变化的一幅浓缩图,是20世纪中国人的精神史。而对于丁玲而言,文学与人互相成就,"人,在小说中成长!"

五

最后再简略地介绍一下丁玲小说入集、选编以及本书选编的情况。以利有兴趣的读者进一步按图索骥,比较阅读。

丁玲在"后五四"时代走上文坛,是第一代以文谋生的"专业"作家,早期小说集较为密集,20世纪30年代中期进入根据地及之后,创作形式更多样,小说集相对较少。以下按时间顺序,梳理了其主要小说集及初版时间:

1.《在黑暗中》,上海开明书店1928年10月版(篇目:《梦珂》《莎菲女士的日记》《暑假中》《阿毛姑娘》《最后一页》)

2.《自杀日记》,上海光华书局1929年5月版(篇目:《潜来了客的月夜》《自杀日记》《庆云里中的一间小房里》《过年》《岁暮》《小火轮上》)

3.《一个女人》,上海中华书局1930年4月(篇目:《一个女人和一个男人》《他走后》《日》《少年孟德的失眠》《在一个晚上》《野草》,其中第4、5篇为胡也频作品)

4.《韦护》,上海美丽书店1930年8月单行本,上海大江书铺

1930年9月单行本

5.《一个人的诞生》，北平新月书店1931年5月（篇目:《作者记》《一九三〇年春上海（之一）》《一九三〇年春上海（之二）》《一个人的诞生》《牺牲》，其中后两篇系胡也频作品）

6.《水》，上海湖风书局1931年（篇目:《水》《田家冲》《一天》《从夜晚到天亮》《年前的一天》）

7.《夜会》，上海现代书局1933年6月（篇目:《某夜》《法网》《消息》《诗人亚洛夫》《夜会》《给孩子们》《奔》）

8.《母亲》，上海良友图书印刷公司1933年6月

9.《意外集》，上海良友图书印刷公司1936年11月（篇目:《自序》《松子》《一月二十三日》《陈伯祥》《八月生活——报告文学试写》《团聚》。附录《莎菲女士日记第二部》《不算情书》《杨妈的日记》）

10.《一颗未出膛的枪弹》，西安生活书店1938年9月（篇目:《到前线去》《南下军中之一页日记》《彭德怀速写》《警卫团生活一斑》《一颗未出膛的枪弹》《东村事件》《最后一页》）

11.《我在霞村的时候》，桂林远方书店1944年3月（篇目:《新的信念》《县长家庭》《入伍》《我在霞村的时候》《秋收的一天》《压碎的心》《夜》）

12.《太阳照在桑干河上》，光华书店1948年8月精装本，9月平装本

小说选本方面，较有代表性的有：

1.《丁玲文集》，上海春明书店1947年10月，冯雪峰选（篇目:《梦珂》《莎菲女士的日记》《水》《新的信念》《入伍》《我在霞村的时候》《夜》）

2.《丁玲选集》，开明书店1951年7月，"新文学选集"之一种（篇目:《自序》《梦珂》《莎菲女士的日记》《庆云里中的一间小房里》《过年》《一九三〇年春上海》《田家冲》《水》《某夜》《消息》《诗人亚洛夫》《给孩子们》《奔》《一颗未出膛的枪弹》《入伍》《我在霞村的时

候》《夜》)

3.《丁玲短篇小说选》，人民文学出版社 1981 年 1 月（共选小说 33 篇，几乎囊括丁玲主要中短篇小说，篇目略，丁玲新写《后记》）

本选本为"丁玲作品精选集"之一种，所选篇目主要为了体现丁玲小说创作的文学成就及其在文学史上的地位，而组成一个选本，也体现了丁玲整个小说创作历程的主要脉络。

本书选编中，以 2001 年河北人民出版社的《丁玲全集》为底本，并与各篇小说的初刊本进行了校勘，对全集本与初刊本"有意义"的修改之处，进行了注释。需要特别感谢的是，中国社会科学院大学的研究生黄雨陶、胡子怡、韩林涧、张双玉、胡冰姿对各篇小说进行了初步的校勘和注释，为本选本的完成做出了实质性贡献。

目 录

梦珂 / 1

莎菲女士的日记 / 37

阿毛姑娘 / 73

韦护 / 109

一九三〇年春上海（之一）/ 212

田家冲 / 243

水 / 277

一颗未出膛的枪弹 / 312

新的信念 / 323

我在霞村的时候 / 343

在医院中 / 362

夜 / 382

杜晚香 / 389

梦　珂*

一

这是九月初的一天,几个女学生在操坪里打网球。

"看,鼻子!"其中一个这样急促的叫,脸朝着她的同伴。

同伴慌了,跳过一边,从荷包里掏出小手绢,使劲的往鼻子上去擦。

网那边正发过一个球来,恰恰打在那喊叫者的腿上。大家都瞅着她那弯着腰两手抱住右腿直哼的样儿发笑。

"笑什么,看呀,看红鼻子先生的鼻子!"

原来那边走廊上正走来一个矮胖胖的教员。新学生进校没多久,对于教员还认识不清。不过这一个教员,他那红得像熟透了的樱桃的鼻子却很惹人注意,于是自自然然把他那特点代替了他的姓名。其实他不同别人的地方还够多:眼睛呢,是一个钝角三角形,紧紧的挤在那浮肿的眼皮里;走起路来,常常把一只大手放到头上不住的搔那稀稀的几根黄发;还有那咳嗽,永远的,痰是翻上翻下的在喉管里打滚,却总不见他吐出一口或两口来的。

这时他从第八教室出来,满脸绯红,汗珠拥挤的在肉缝中用力的

---

* 初刊于《小说月报》1927年第18卷第12号,署名丁玲。收入《丁玲全集》第3卷。

榨出,右手在秃头上使劲的乱搔,皮鞋便在那石板上大声的响;这似乎是警告,又像是叹息:"唉,慢点呀!不是明天又该皮匠阿二咒我了。"

气冲冲的,他已大步的走进教务处了。

操场上的人都急速的移动,打网球的几个人也随着大众向第八教室走去。谁不想知道是不是又闹出了什么花样呢。

"是怎么一回事呢?"一个女生抢上前把门扭开。大家一哄的挤了进去。室内三个五个人一起的在轻声的咕咕着,抱怨着,咒骂着⋯⋯靠帐幔边,在铺有绛红色天鹅绒的矮榻上,有一个还没穿好衣服的模特儿正在无声的揩眼泪;及至看见了这一群闯入者的一些想侦求某种事件的眼光,不觉又陡的倒下去伏在榻上,肌肉在一件像蝉翼般薄的大衫下不住的颤动。

"喂!什么事?"扭开门的女生问。但谁也没回答,都像被什么骇得噤住了的一样,只无声的做出那苦闷的表情。

挨墙的第三个画架边,站得有一个穿黑长衫的女郎,默默的愣着那对大眼,冷冷的注视着室内所有的人。等到当她慢慢的把那一排浓密的睫毛一盖下,就开始移动她那直立得像雕像的身躯,走过去捧起那模特儿的头来,紧紧的瞅着,于是那半裸体女子的眼泪更大颗大颗的在流。

"揩干!揩干!值不得这样伤心哟!"

她一件一件的去替那姑娘把衣穿好,正伸过手去预备撑起那身躯时,谁知那人又猛的扑到她怀里,一声一声的哭了起来。

好容易才又扶起那乱蓬蓬的头,虽说止了哭声,但还在抽抽咽咽的喊:

"这都是为了我啊⋯⋯你,⋯⋯我真难过⋯⋯"

"嘿!这值什么!你放心,我是不在乎什么的!把眼泪揩干,让我来送你出去。"

当她们还走不到几步,从人群里便抢上一个长发的少年,一面打着招呼，一面向她述说他不得不请她慢点走的理由，因为他很伤心这事的发生，他很能理解这事的内幕，所以他想开一个会议来解决这事。同时又有六七个人也一齐在发表他们个人的意见。声音杂闹得正像爆豆一样，谁也听不清谁的。但她却在闹声中大叫起来：

"好吧，你们去开什么会议吧！哼，——我，我是无须乎什么的。我走了！"于是她挟着那泪人儿挤出了人丛，急急的向教室门走去。

教室里更无秩序的混乱了。

"喂，谁呀？"

"三级的，梦珂。"两个男生夹在人声中这样的低语着。

以后呢，依旧是非常平静的又过下来了。只学校里再没见着梦珂的影子。红鼻子先生还是照样红起一个鼻子在走廊上蹭去又蹭来。直过了两个月，才另雇得一个每星期来两次，一月拿二十块钱的姑娘，代替那已许久不曾来的，上一个模特儿的职务。

梦珂，她是一个退职太守的女儿。太守年轻时，生得确是漂亮；又善于言谈，又会喝酒，又会花钱，从起身到睡觉，都耽乐在花厅里。自然有一般时下的诗酒之士，以及贩古董字画的掮客们去奉承他，终日斗鸡走马，直到看看快把祖遗的三百多亩田花完了，没奈何只好去运动做官。靠了曾中过一名举人，又有两个在京的父执，所以毫不困难的起始便放了一任太守。原想在两三年后再调好缺，谁知不久就被革了，原因是受了朋友的欺骗，在不知不觉中做了一点被牵涉到风化的事。于是他便在怨恨、悲愤中灰起心来，从此规规矩矩的安居在家中，忍受着许多不适意的节俭。但不幸的事，还毫不容情接踵的逼来，第二年他妻子在难产中遗下一个女孩死了。这是他十八岁上娶过来的一个老翰林的女儿，虽说是按照中国的旧例，这婚姻是在两个小孩还吃奶的时候便定下的，但这姑娘却因了在母家养成的贤淑性格，和一种自视非常高贵的心理，所以从未为了他的挥霍，他的游荡，以及他后来的委靡而又易怒的神经质的脾气发生过龃龉。他自然是免不了那许多痛心的叹息和眼泪，并且终身在看管他那唯一的女儿中，夹着焦愁、忧愤，慢慢的也就苍老了，在那所古屋里。

这幼女在自然的命运下，伴着那常常喝醉，常常骂人的父亲一天一天的大了起来，长得像一枝兰花，颤蓬蓬的，瘦伶伶的，面孔雪白。天然第一步学会的，便是把那细长细长的眉尖一蹙一蹙，或是把那生有浓密睫毛的眼睑一阖下，就长声的叹息起来。不过，也许是由于那放浪子的血液还遗留在这女子的血管里的缘故，所以同时她又很会像她父亲当年一样的狂放的笑，和怎样的去扇动那美丽的眼。只可惜现在已缺少了那可以从挥霍中得到快乐的东西了。

她在酉阳家里曾念过好几年书，也曾进过酉阳中学。到上海来是两年前的事。为了读书，为了想借此重振家声，她不得不使那老人拿叹息来送别他的独女，叮咛又叮咛的把她托付给一个住在上海的她的姑母，他的堂妹。

这天当梦珂把那当模特儿的姑娘送出校后，自己就跳上一辆人力车。直转了十来个弯，到福煦路民厚南里最末的一家石库门前才停了下来。开门的是个三十多岁的娘姨，一见梦珂便满脸堆下笑来，仰起头直喊："小姐，小姐，客来咧！"楼窗上便伸出一个头来："谁呀？梦妹，快上来！"

这是梦珂最要好的朋友匀珍。她俩在小学、中学都是同在一块儿温书，一块儿玩耍。梦珂到上海不久，匀珍的父亲也把匀珍同她的母亲、弟弟一股儿接到上海来了，自然是因为他的薪水加多了的缘故。自匀珍搬来后，梦珂也就照例的每星期六来一次，星期天下午才回校。至于她姑母家里却要间三四个月才去打一个转。所以她来上海两年了，还不能同表姊妹们厮熟，而匀珍家却已跑得像自己家一样。

匀珍正在替她父亲回一封朋友的信，听着门响便问梦珂今天怎么会有空来，是不是学校又放假，并请她坐，还接着说："只有两句了，等一等好吗？"及至没听到答声，于是赶忙丢下笔，一面把头抬起："不写了。怎么，你，你不舒服吗？"

梦珂始终沉默着。

"哼，不知又是同谁怄了气。"照经验是瞒不过她，只要一猜便猜中，心里虽说已明白，口里却不肯说穿，只逗着她说一些不相干的闲话。

把脸收到手腕中靠在椅背上去了，是表示不愿听的样子。

明白这意思，又赶快停住口不说。

匀珍的母亲也走来问长问短，梦珂看见那老太太的亲热，倒不好意思起来，也就笑了。到晚上吃面时，老太太看到那绿色的，新擀的菠菜面，便不住的念起故乡来。是的，酉阳的确不能和上海相比。酉阳有高到走不上去的峻山，云只能在山脚边荡来荡去，从山顶流下许多条溪水，又清，又亮，又甜，当水流到悬崖边时，便一直往下倒，一倒就是几十丈，白沫都溅到一二十尺，响声在对面山上也能听见。树呢，有多得数不清的二三个人围拢不过来的古树。算来里面也可以修一所上海的一楼一底的房子了。老太太不住的说，匀珍的父亲捻着胡子尽笑。毛子，匀珍的弟弟，却忍不住了：

"酉阳哪里有这样多的学校呢，并且也没有这样好……"

老太太还自有她的见地。本来，酉阳是不必有那样多学校的，并且酉阳的圣宫——中学校址——是修得极堂皇的，正殿上的横梁总有三尺宽，柱头也像桌子大小。便是殿前的那一溜台阶，五六十级，也就够爬了。"哼，单讲你那学校的秋千，看是多么笨，孤零零的站在操坪角上，比起我们祠堂里的来，像个什么东西！未必你们忘记了？想想看：好高！从那桐子树的横枝上坠下来，足足有五六丈，上面的叶子，巴斗大一匹匹的，底下从不曾有过太阳光，小孩子在那里荡着时，才算标致。你大哥在时，还常常荡到东边伸手摘那边杈过来的桂花，只要有花，至少可以抓下一把来，底下看的人便抢着去捡花片。匀儿总该记得吧！"

匀珍眼望着父亲，含含糊糊的在答应。

梦珂因此却涌起许多过去的景象。仿佛自己正穿着银灰竹布短衫，躲在岩洞里看《西厢》。一群男孩子，有时也夹些女孩在外边溪沟头捉螃蟹，等到天晚了，这许多泥泞的脚在洞外跑过去，她也就走出洞来，趁着暮色回去。幺姑娘——看名称总够年轻吧——小孩们有时是叫幺妈的，这幺妈曾在她家做过三四十年的老仆，照例是坐在朝门外石磴上等着她。

"快进去，爹在找你呢！"

先要把书塞给幺妈，怕爹看见了骂人。爹一听到格扇门响，便在厢房里问道：

"是梦儿吧，怎么才回来？"

于是幺妈忙了起来，喊三儿——幺妈的孙女——去给姑儿打脸水，四儿去催田大的饭，自己就去烫酒，常常把酒从酒坛里舀出，没倒进壶里，却漏满了一地，直到喝的时候，才知道是个空壶，父亲和梦珂都大笑，三儿四儿也瞅着奶奶好笑。被笑的就不快活，咕着嘴跑到外面坪上去唤鸡，三儿又舀一壶酒来烫着。

喝酒的时候，两人便说起梦话来。父亲只想再有像从前的那末一天，等到当日那般朋友又忘形的向他恭维的时候，然后自己尽情的去辱骂他们，倾泻这许多年来所尝的人情的苦味……梦珂只愿意把母亲的坟墓修好，筑得像在书上看见的一样，老远便应排起石人、石马，一对一对的……末了，父亲发气了，专想找别人的错处好骂人；有时态度也很温和的，感伤的，把手放到他女儿的头上，摸那条黑油油的长辫子，唉声的说："梦，你长得越像你母亲了。你看，你是不是近来又瘦了……"梦珂便把手遮住眼睛，靠在父亲的膝盖上动也不动。

一到雨天，梦珂便不必上学校去。这天父亲就像小孩般的高兴，带着女儿跑到花厅上——近来父亲一人是不去的——去听雨。父亲又一定要梦珂陪他下棋，常常为一颗子两人争得都红起脸来，结果，让步的还是父亲。

想到父亲绯红着脸朝着她抢棋子的样儿，她不觉得微笑了。匀珍轻轻推了她一下："笑什么？"

望着匀珍更兀自好笑，那梳双丫髻的匀珍的影儿在眼前直晃。还有王三、袁大、自己二伯家的二和大，几人在一块儿时，总喜欢学那些男孩子跑到后山竹园里接竹尖。常常自己接到半路便在一棵大树上溜下来。却窜到桃树上去，并且捡起大桃子去打匀珍的丫鬟。尤其好欺侮"猪八戒"，这是她给袁大的诨名，但袁大却同自己顶要好。这自然是因为常护着她的缘故。顶有趣的还是瞒着幺妈偷一篮芋头，几人跑到山嘴上一棵大松树下烧来吃。捡毛栗，耙菌子……现在想起这些来，都像梦一般了。还有那麻子周先生，讲起故事来多么有味，胡子在胸上拂来拂去的……

越想越恍惚，什么事又都像在眼前一样，连看牛的矮和尚，厨房田大，长工们也觉得亲热了起来……

最可忆的，还是幺妈，三儿，四儿……爹爹的铁青缎袍，自己的长辫，银灰竹布短衫……

刚剩她和匀珍两人时，她便把脚伸到匀珍的椅栏上去，喊了一声"匀姊！"

"梦，想起什么了？"手慢慢伸过去，握着。

"匀姊！"

"……"只把手紧了一下。

"我厌倦了学校生活。"

"果然是同人怄了气。"口里还是不说出，只默默的望着她。

"我想回去，爹一人在家，一定寂寞得不像样……还有袁大她们都要念我的。"

匀珍心里却想："你也常常忘记了你爹。哼，袁大，人家都快有小孩了，谁还会同你玩……"

及至她听了匀珍劝她不要回去的许多话，她又犹豫不决。真的，现在回去再也没有人同她满山满坝的跑，谁也不会再去挡鱼，谁也不会再去采映山红。至于爹呢，现在有五叔家两个弟弟搬到这边来念书，想来也不会寂寞。幺妈也还康健，三儿，四儿想都长大了——但，但是……学校呢……

想到这里，忍不住又愤怒起来：

"匀姊！无论如何我不回学校去。"

于是她诉说：怎样那红鼻子当大众还没到的时候欺侮那女子，那女子骇得乱喊乱叫，怎样自己听见了跑去骂他，惹得那人恼怒了她，反在许多人面前诬蔑她，虽说许多同学都很能理解她，但那无用，那冷淡，那事后的奋勇，都深深的伤了她的心。她真不敢再在那里面住下去，无论如何得换个学校也好点。

两人商量了一夜，还是决定先写封信告诉姑母，她们在上海住得久，对于学校的好歹知道些，并且早先进这个学校，也是姑母的意思。

二

第二天下午从弄巷口上，车铃马铃一路响了进来，这是姑母来接梦珂的车子。表哥晓淞也亲自来接她。这是一个刚满二十五岁的青年，从法国回来还不到半年。好久以前便常常在杂志上看到他的名字，大半是翻译点小说。这天他穿灰哔叽袍，非常谦卑的向匀珍说了几句感谢的话，便扶着他表妹跳进马车。穿制服的马夫把缰绳一紧，马便"的得的得"的走了起来，铃声又不断的响出去。弄巷两边门里的妇女都随着铃声半开着门来瞧。车刚走出了里门，表哥便向她送过许多安慰的话；她写给她姑母的信，大众都看了，并且都理解她，同情她，欢迎她去。"你是知道的，我家还住得有四个顶有趣的朋友。"最后他又称赞她的信写得非常之好，满含有文学的意味，令人只想一口气读完，舍不得放下，完了时，又希望还能再长点就好。

这是她初次听到这样不伤雅致的赞语，想起在西阳中学时，那些先生们的什么"……如行云流水……"过火的批语，以及喊给别人听的"第一名"的粗鲁声音来，使她不觉的眨起那对大眼惊诧的望着表哥。他也望着那浓密的睫毛惊诧起来：

"呵，竟还有如此美丽的一双眼呵。"

马车进了大门，马便慢慢的走着，绕过一大片草地，在台阶边停下。楼上凉台上有个黄毛小头伸出来在喊叔叔。走廊上正走出来表姊：

"我刚想总该到了吧。"

微微的感到了些不安，当自己被一种浓艳的香水、香粉气紧紧拥着的时候，手指不觉的有点跳动在另外一只柔腻的纤手中。

客厅中有个乱发的男子，穿一件毛织的睡衣，蜷在屋角里的一张沙发上。

梦珂认得他。他是她在小学时一个同级的男生，是如何的顽皮呀，常常被先生扣留着要在吃晚饭时才准回家的一个孩子。

她把头侧过去，注视的想考察那一张已不像从前肮脏而是洗得干干净净的脸。

"呵……是……"当他忽然认识出她是谁来的时候，嘴里如此结结巴巴的喊着，杂乱的短发鲁莽的摇了几下。但表姊已携着她的手走出了客厅的门，表哥才走过去拍着他的肩：

"喂，好了些吗？"

在屋后的走廊上才找着姑母，一个正在稍微发胖的四十多岁的太太，打扮得还很年轻，头顶上脱了一小撮头发，但搽上油，远看也看不出什么，两边拢成髻头形，盖住一大半耳朵，拖着一副齐脚的缎子长裙，走路时便发出一种窣窣沙沙的响声；这时候刚在厨房里吩咐怎样做玫瑰鸭子转来，微带点疲倦，把眼皮半垂着，躺在一张摇椅上，椅子在那重的身躯下缓缓的，吃力的摇着。走廊的那端，四个人围着一张小圆桌在玩扑克。

梦珂一看见姑母，装成快乐的样子一路叫了进来。这大约是由于她明白，她懂得她父亲的嘱托，懂得自己一人独自在上海，一切必得依着姑母的话，虽说自己只想暂住在匀珍家里。

姑母也给了她许多安慰的话，要她不要着急，等明年再去考学校，这里伴又多。要练习图画时，还可以给介绍一个教员呢。

大表哥两口子丢了扑克跑过来，表嫂非常凑趣，接着说：

"可不是，我们家更热闹了呢，（扭过头去）哼，杨小姐！我可不稀罕你，你尽管回去。"接着又得意的笑。那穿黄条纹洋服的少年，从桌边踱过来也附和着笑。

可是杨小姐呢，正狂热的摇着梦珂的手，左手抱着她的肩膀："呵，梦妹，梦妹，好久不见你了呵……"

这热烈的表示，微微的骇了她一下，但竭力保持那原有的态度，"呵，是的，好久不见了，是的……"于是又张开那惊疑的大眼望着。

表姊给她介绍了那学经济的学生，那穿黄条纹洋服，戴宽边大眼镜的，挺着高大的身躯，红的面颊上老现着微笑，不待听他说话的腔调，一眼便可认出这是个属于北方的漂亮的男子。

不久行李也从学校搬来了。梦珂独自留在特为她收拾出的一间房子里，心旌摇摇的站在窗台前，模模糊糊的回想适才的一切。客厅，地毡，瘦长的花旗袍，红嘴唇……便都在眼前舞蹈起来。想故意打断这思想，便把手撑在窗台上，伸着头看楼外的草坪：阳光已跑到园中的一角，隔壁红楼上一排玻璃窗强烈的反射出刺目的金光。汽车的喇叭声，不断的从远处送来。反过身来，又只见自己的两只皮箱凌乱的，无声的，可怜的摊在那边矮凳上，大张着口呆呆的朝自己望着。她不觉的倒在靠椅上，一双手盖到脸上，忐忑的心又移到那渺茫的将来。

夜晚，她更不能安睡的辗转在那又香又软的新床上，指尖一触到那天鹅绒的枕缘，心便回味到那一些精致的装饰，漂亮的面孔，以及快乐的笑容……好像这都能使她把前两天的一场气忿消失净尽，而像喝醉酒那样来领略这些从未梦想过的物质享受，以及这一些所谓的朋友情谊。但，实实在在这新的环境却只扰乱了她，拘束了她，当她回忆到自己那些勉强装出来的样子，像是非常自然的夹在那男女中笑谈一切，不觉羞惭得把眼皮也润湿了。过后才拿许多"不得已"的理由，来宽恕自己被逼做出来的那些丑态，但却不敢真的便把那一点愧心放下。如此翻来覆去的，半夜都不能睡着。真的，想起那自由的，坦白的，真情的，毫无虚饰的生活，除非再跳转到童时。"难道这里来的人都是不坦白，不真诚……"最后只好归怨到自己。为什么自己不忠实的来亲近这里所有的人。

"他们待我都是真好的……"在这样默念中，才稍稍含了点快意睡去。

的确，这家里谁也都欢迎她的。第一是表姊提议她的那件黑线呢长袍样式已过时，应当还长些，并且也大了，衣料更太粗，所以第二天一清早便把自己刚做好的一件咖啡色纽约绸的夹袍送来。她怕过分拂了别人的好意，虽说她一走路便感到十分不适意那窄小的袍缘，窸窣的绊着脚背，便是那质料的柔滑、光泽也使她在人前会害羞得举止呆板起来；尤其当她走得稍快时，那珠边就碰在桌边或门缘，她得随时注意走路的姿势，惦记着那珠子总得又碰碎了几颗。

澹明，一个专门学校的图画教员，在她来的第一个晚上便得知这是一个在学习绘画的女子，并且那明眸，那削肩又给了他许多兴趣，他清理了几本顶好的从法国带回来的裸体画、风景画给她。她自然非常珍贵的拿来放在特为她安置的写字台上，以便无事时翻来看。

白天表姊们上学去时，她就同表嫂陪姑母谈话，后来又在她们处学会了玩扑克，倦了就找丽丽（表嫂的三岁的女儿）玩。晚上多半躺在床上把在晓淞处借来的几本小说从头到尾的细看。晓淞特买了一盏杏黄色小纱灯送她，这正宜于放在床头小几上。

时光是箭一般的逝去，梦珂的不安也随着时光逝去，慢慢就放心放胆的过活起来，比较习惯了这曾使她不敢接近的生活。

晚餐后是一天顶热闹的时候，大家总得齐集在客厅里，那学经济的北方先生便放开嗓子唱起皮黄来。醉心京调的杨小姐和表姊就用尖锐的小声跟着那转折处滚。晓淞同澹明常常述说着巴黎的博物馆，公园，戏院，饮食馆……梦珂总是极高兴的听着，有时插进些问话，她存心靠近那幼小时的同学坐着，希望没有同匀珍在一块儿的时候，能找到另外一个可以重复谈着过去的一些乐事的人，在第四夜这谈话终于开始了。

"我想你会不记得了,我和梦如同班,在酉阳县立高小时。"

"怎么,会不记得你,'丙丙'!"

"早就不叫这个名字了,'雅南',在中学时就改了的。"不好意思的笑里微露出一点被人不忘的得意。"近来梦如她们呢,还好吧?"

"我大姊吗,前年就嫁到秀山,近来二伯母一想起她就哭。你几时来的呢?"

"上月才从南京到这里,病了,学校不好住。如果早知道你也在上海,又同他们有亲,那我早就去访你了。亲,如若没有这芝麻大点亲,我不会住在这儿,也不会遇见你……"

于是每夜他们坐在一张长靠背椅上讲着五六年前的一些故事。但当雅南有点讽刺的影射到这家里某人时,梦珂便把眉头一蹙:"呀,九点半,我要休息了。"或者便惊讶的问着:"表姊呢?表姊在哪儿呢?"于是站起来离了客厅。雅南微微感到失意,裹紧睡衣,蜷成一团,默默的听其余的人谈音乐,跳舞,戏剧,电影……等到大家要散的时候,他才一步一步拖回自己的房去。

很明显的,表姊不喜欢雅南。一天晚上,她刚离开客厅的时候,表姊也随她出来,一手附着她的臂膀,两人并排的踏上楼梯。

"梦妹,怎么你们会说的那样亲热?"语调里似乎含有冷冷的讥讽。

"他住在我们对门山上,小时就同学。"

"老说老说从前,也无味吧。梦妹,你可以同澹明谈谈,他真是一个有趣的人。"

"我自然也喜欢同他谈话的。"

表姊把她送到房门边,依旧很快乐的向她说着:"明天见。"

过了几天,她听了她们的怂恿,在澹明处拿了许多颜料,画布,开始学起涂油来。常常整天躲在房子里,照着她自己所爱的几张画模仿着,或涂着那从窗户里看见的蔚蓝的天空,对门的竹篱,楼角上耸起的树……末后,费了四个钟头,她画好一张从窗户里望见的景致,是园里的一角，在那丁香花丛中搬来了屋后那草亭，前面的草坪中，丽丽正在玩一个大球。自己看后还满意，就去送给表姊，杨小姐抢去给楼下大众看。澹明第一个说："好呀。"晓淞也给她许多鼓励的话。她仿佛也惊异自己的天分，从此更努力作画，并且不再像先前只躲在自己房里画画窗外的景致，或又画画自己的手和脚了。

晓淞又送来许多画具和颜料，还有一个极精致的画架，配上一个三角小凳。这自然更能增加她出外写生的兴味。晓淞又欢喜陪她，澹明也常常向学校请假。三个人坐车到野外去，有时也画一两张，有时因为谈话谈得太起劲，忘了画，把带去的一些罐头牛肉、水果、面包、酒……吃完就回来了。但这个小小的旅行却始终很有趣味。澹明具有那天生的活泼和滑稽，表哥又如此的温雅，体贴周到像一个慈爱的母亲，梦珂便显得非常天真非常幼稚，简直像一个小妹妹的样子了。

有一次，她正在晓淞房里帮他换金鱼缸里的水，只听见隔壁房里大嚷大闹。她丢了金鱼冲到澹明房里去，看见那学经济的朱成红着脸在嚷要悔棋。澹明呢，紧捻着那颗"车"笑，硬不准悔。后来澹明听了她的调停，把"车"还给朱成，但说以后不准再悔了。于是她也坐下去。棋又开始走了，先走得都很平稳，过后澹明想吃将军，把"马"放过去，却不知正走进人家的"马"口。朱成也没发现，还以为自己危险，想了半天才叹一口气把"将"偏了一步。澹明想再去走"马"。猛不防梦珂伸出左手把澹明的手压住，右手便把朱成的那个"马"吃了，口里直叫"将军，将军！明哥莫动，我替你走。"朱成知道自己忘记吃人家的"马"，反被人家把"马"吃了，自己的"将"只能又退回来，如果对面的一颗"车"再逼下来，这盘棋便算完了，于是又嚷着要悔。梦珂却已把棋子和乱了，纵声的笑起来，澹明也附和着得意，并且放肆的望着她，还大胆的说了一些平日所不敢说的俏皮话，反使得她有好几天局促的不敢去亲近他。但不久也就又好了，因为她愿意自己再小孩气一点；而他呢，也愿意装得更坦白一点，更老成一点。

又是一个下棋的晚上。她坐在澹明的对面，晓淞斜靠拢她的椅背边坐着，强要替她当顾问，时时把手从她的臂上伸出抢棋子。当他的身躯向前倾去时，微弱的呼吸使她后颈感到温温的微痒，她把脸偏过去。晓淞便又看到她那眼睫毛的一排阴影直拖到鼻梁上，他也偏过脸，想细看那灯影下的黑眼珠，并把椅子又移拢去。梦珂一心一意在盘算自己的棋，没留心到对面还有一双眼睛在审视她纤长的手指，几个修得齐齐的透着嫩红的指甲衬在一双雪白的手上；皮肤也像是透明的一样，莹净里面，隐隐分辨出许多一丝一丝的紫色脉纹，和细细的几缕青筋。澹明似乎想到手以外的事了，所以总要人催促才能动子，看样子还以为在用心，而结果是输定了。她高兴的掉过脸去："讲的不要你帮！二表哥，是不是我进步了？你看他老输！"表哥照例是同意的无声的微笑。输的也高兴，也竭力夸赞她。

棋还没下完，杨小姐同表姊手牵手走了进来。"看我，梦妹！"杨小姐一进门便嚷。

"呵，美透了！"澹明走去便把右手伸给她，还在一束鸵鸟毛上嗅起来，这是那一顶金色软帽上垂下的，嘴里不住的赞美那随着进来的香气。

梦珂并不称许那一套漂亮衣服，尤其是那件大红小坎肩，多么刺激人的颜色呀！袍子也太花，不如表姊那件玄色缎袍，只下边袍缘上一溜织就的金色小浪花。但她却不得不慷慨她的赞谀，但又不知如何说才合意。过了半天只好也重复的学着别人："呵，美透了！美透了！"眼睛便又放到那颜色太不调和的脂粉的面孔。

"梦妹！大哥提议，他做东，他交易所的同事说，新世界的黑姑娘的梨花大鼓，是如何的了不起。去，快换衣服去，你看他今夜回来得多么早！"

"不，"毫不思索的便回答了，因为她一听到"新世界"，便连想到过去的一幕：刚到上海没多久，同几个同学去玩，曾受窘于一群挤眉弄眼的男子。

懂了梦珂眼光的晓淞，微微的笑着，退到一张躺椅上去看书，表示不愿出去的意思。表姊接着再问时，杨小姐一手拖着那还在迟疑的澹明折转身子走了："好，他们不去！我们找'睡虫'去。"

大表哥亲自又来一次，但梦珂上楼去了。

朱成已被他们吵醒，睡眼惺忪的忙着洗脸。

从窗子下面传来汽车的喇叭声，知道大家已经走了。梦珂觉得有点烦闷，把袍子脱下，走到凉台上去吹风。这是二十九日，月亮还没出来，织女星闪闪的在头上发出寒光。天河早已淡到不能揣拟出它的方向。清凉的风，一阵一阵飘起她的头发。沉寂的夜色，似乎又触着她那无来由的感动，头慢慢的低下去，手心紧紧的按着额头，身体无力的凭靠着石栏。

这时，表哥无声的走上凉台。

"着凉，梦妹！"手轻轻的附着她的臂膀。

看见星光下两颗亮晶晶的东西在那双自己所爱恋的黑眼睛里闪烁，忍不住便紧紧的握住那另外的两只手。

梦珂更张大一双大眼望着表哥笑了起来。

两人挟着走进屋里去。

表哥坐在一个矮凳上看梦珂穿衣，在短短的黑绸衬裙下露出一双圆圆的小腿，从薄丝袜里透出那细白的肉，眼光便深深的落在这腿上，好像另外还看见了一些别的东西。梦珂穿好了袍子，他却狠狠的懊悔适才自己不该催促她穿衣，这件宽袍把腰间的曲线也给遮住。因为这样，他不能不称许女人的袍子是应当瘦小点才好。

"我不喜欢这样，你痴痴的在想什么？"

毫不感到困难，立刻他想好了回答："梦妹！我在想你——想你会不会答应同我去看电影。今晚，卡尔登演《茶花女》……"

三年前梦珂读过这篇杰作的翻译本，还曾洒过几次可笑的眼泪，既然现在有影片，为什么不去看？她高高兴兴的倒催晓淞去换衣。

走到楼梯边时，听见丽丽在哭。她跑到丽丽房里，只见表嫂也红起眼睛，丽丽倒在小床头放声的哭，小手小脚不住的在空中蜷动。表嫂看见梦珂，才抱过丽丽，说丽丽肚子痛。丽丽睡到母亲怀里，哭却停止了，听见母亲扯谎，便使劲的用拳头捶着母亲的胸脯。梦珂邀她同去看电影，她始终说丽丽的保姆不在家而辞谢了。

梦珂又去找雅南，听差说，一吃过晚饭南少爷就走了。

因此只剩了她和表哥，两人便往飞凤车行去雇车。

到卡尔登时，影片已开映了。一个小手电灯引导，梦珂紧携着表哥一只手，随着那尺径大的一块光走去，直到侧面最末的一间包厢才算空着。表哥让她坐好，自己轻轻移动了一下那小软椅靠紧她坐下。这时幕上正映着一个胖子，穿一件睡衣在飞机上翻来翻去。飞机一时横过海面，一时掠过高山，后来便在一座城市上打旋。梦珂心里正在疑惑，这是什么呢，恰好表哥凑过头来悄声的说："还好，正片还没开始呢。"梦珂懒得看那胖子，拿眼睛去搜索别的可看的东西。几盏小灯隐隐的在那音乐台上的蓝色纱幔里透出。上排和楼下望去尽是模模糊糊的显出密密人头的线条。隔壁包厢不时送过一阵阵的香味。背后有个人发出小小的嘘声，和着那音乐的节奏，不时用脚尖蹴出拍子。

当映到那拖黑色长裙的女人出现在石阶梯上时，梦珂便聚精会神的把眼光紧盯在幕上，一边体会从前看的那本小说，一边就真把那化身的女伶认作茶花女，并且去分担那悲痛，像自己也是陷在同一命运中似的。

有时也感到旁边正有一个眼光紧盯着她时，便伸过手去。

"真动人！看呀，表哥！"

"是的，真动人！"这是她不能体会出那言外之意的一句答语。

她正看得有味的时候，忽的音乐停止了，灯球也亮了，强烈的光四射着，这是休息的时候。表哥问她要喝点咖啡啵，她默默的摇一下头，神经里还晃着那修眉，大眼，瘦腰，那含愁的笑容，舞态……

表哥从拥挤的走廊中走到外面了，电影院中沉闷的、昏热的空气实苦了他，在他已被激动的感情上加了许多苦痛。他知道得很清楚，在一个不很了解风情的女人面前，放肆是只会偾事的。

食堂里挤进许多人和小孩，卖糖果和卖香烟的地方顶热闹。

没有走动的一些男人，从座位上站起来，伸长颈项在找朋友，其实眼光却在追随一些别的，哪里肯遗漏掉一个女人的影子呢。

太太们喜欢几人把头凑在一处，悄声的评论隔座太太们的装饰，眼光也常常从发边漾过去瞟一下比较漂亮些的男人的面孔。有的朝着小镜搽粉，或拢整颊上的短发。

梦珂隔壁包厢里，一个意大利女人正和几个有须的男人在大声的笑，吸去了周围许多眼光，一只大手放到挨梦珂的厢壁上，指上夹有一支香烟，并戴有一个宝光四射的戒指。

表哥走回时，在障着的铜栏边，向远远的一个人告别。

继续开映了。她在伤心处流下泪来，等不到演完，站起来就朝外走。表哥随着她上了汽车。她默默靠在他伸过来的一只手上，腰肢便轻轻的给那只手围住。两人都无言的在咀嚼，沉醉在那各人所感动的。

车刚停住，她就跑上自己的屋里了。

这时小马车也停在台阶前的柏油路上，姑母刚从李公馆吃寿酒回来。满屋依旧静悄悄的。逛新世界的，怕不是正在劲头上呢。

晓淞陪母亲闲坐，讲讲那些拜寿的客人，以及那些铺张，酒，戏……和今夜的电影。看见母亲的眼皮睁不起时，便退出来，这时自己的神志却很清醒了，想起梦妹只觉得孩气可笑，自己适才的许多昏迷思想，动作，也只让自己暗自发笑，并怀疑，但梦妹的确算得可爱的，于是又细想那自己所赞赏的一些美处。

"……这都是只要我愿意便行的！"

想到这里，不自觉的现出得意的微笑，脱下衣服，安安稳稳的睡在那软被里了。

梦珂这时正回想到那电影，简直爱上那幕上的女伶了。那剧情和许多别的配置都忽略过去，只零星的记牢了那女伶的一颦一笑，和那仿仿佛佛的可悲的身世，这身世只是那女伶的。于是便又回想那女伶的名字，但总想不起，想下楼问表哥，又怕别人已睡觉，只好明天再打听，将来一有这可爱人儿的片子便去看。

她翻来覆去，老是睡不着，便披起一件衣服拣出骨牌来过五关，牌还没有和好，又想发气，手一推①，许多牌便跳到地上去了。她回头看见圆桌上有几个苹果，便把那小高脚盘移来书桌上，一边吃，一边想什么的把眼注视到灯罩，等把三个苹果吃完，从抽屉里拿出一个红色金边的袖珍本，翻到没有字的一页，拿钢笔细细的写下去：

我淡漠一切荣华，
却无能安睡，在这深夜，
是为细想到她那可伤的身世。
…………

还要写下去时，听到楼梯上杨小姐喊"梦妹"的声音，忙关了灯，溜到床上装睡着。

"就睡了吗？梦妹！"

这时她同表姊都站在房门口，走廊上的灯光正射到她两人的身上，梦珂眯着眼睛清清楚楚的看见她们。她们没有听到回声，随手把门带关走了。梦珂独自好笑，默想若不装睡，怕又要惹出许多麻烦呢。

隔壁的两人也睡不着，尽谈那黑姑娘的相貌，声音，还有那戏，顶有趣的要算那开始的"打花鼓"，那丑角的一些唱词，常常还夹上些英文。杨小姐学着那声音唱起来，什么"Sorry sorry 真悲伤……"，表姊也学着唱"那个 miss 也不想……"的从"打花鼓"中听来的小调。

"嘿，姊！听你唱的些什么？多么丑！"

"这是学别人的。"

"那里面还有许多是骂女人的，那丑角真惹厌！"

两人尽着咕哩咕哝，像给梦珂催眠一样，她慢慢的就睡着了。

---

① 初刊本作"送"。

天气一天冷似一天，梦珂看见自己的旧棉袍已不暖和，想另做一件新的，那紫花洋绸面子，和蓝大布罩袍，都有点害羞穿出来。表姊们出去时都披上斗篷了，自己只想能花五六十元做件皮袍也好。凑巧，父亲在这天竟一次汇来三百元，是知道她住在姑母家里，要用钱，赶忙把谷卖了一大半，凑足了寄来的，并说等第二年菜油出脱时才能再有钱来，但决不会多……

她邀表姊同去买衣料，表姊硬作主替她买了一件貂皮大氅，两件衣料，和帽子，皮鞋，丝袜零星东西，一共便去了两百四十五元。表姊还挑剔那些东西的坏处，又把自己的好手套，香水……送给她。想到父亲时，梦珂有点难过，一看钱所剩不多，便请姑母等吃了一餐大菜。

如此一天一天的玩，梦珂竟把匀珍忘了，还是雅南问着她，才记起已是四五个星期不到民厚里了。她要去又被雅南留住，因为雅南决定第二天动身回学校。在这晚上，他给了一个深深的印象在这还不很见过世面的女子心上。

他两人从半淞园出来时，天已黑了，雅南对她说：

"我介绍两个顶有趣的女朋友给你好吗？她们都是中国无政府党党员。"[1]

她不懂什么是无政府党，却答应了[2]。

"她们都很了不起，你可以多亲近她们，她们将告你许多你不曾知道的事和许多你应做的事。"

"真有这么一回事吗？那我们走吧！"

从一个黑弄里踅入，走进一间披满烟尘的后门，从房里传出来一阵又粗、又大、又哑的歌声，厨房里有个十五六岁的小厮在低着头吃饭，爬满桌上灶上的是许多偷油婆。雅南走进客堂门，梦珂站在自来

---

[1] 此处"她们都是中国无政府党党员"为全集版后加。
[2] 初刊本作"她是喜极了"。

水管边窗前，望清了房里，那儿正有两对男女，歌声是那睡在躺椅上的男人所唱出，他的半身被一个穿短裤的女子压着，所以粗声中还带点喘。书桌前面的那一对，搂抱住在吸纸烟。梦珂正不知应如何时，雅南又回转来等她，一边大声的喊着一个外国名字，是梦珂所不懂的。于是客堂里的灯光亮了，四个男女从门边跳出来。那穿短裤的女人双手握住了雅南，用力的摇，口里不断的"同志！同志！"的叫喊。雅南也竭力回敬，手不得空，只扭过脸去接受另外那个麻脸女人的一个用力的大吻。雅南向她介绍时，她已被这些从未见过的这样热情、坦直、大胆、粗鲁而又浅薄的表情骇呆了。她支持着自己，机械的轮流握着那伸来的手。及至看见了那只遍生黑毛的大掌时，忍不住抬起目光，啊，这就是那唱歌的人，一对斜眼！看样子，雅南还最钦佩他似的。

堆满一桌子的尽是些传单，报纸，梦珂走拢去假装着看，耳里忽然听得那斜眼人说什么"……明天开会时，自然可以通过。不过，曾做过什么运动没有？"

"有的，学生运动，在酉阳中学时。"是雅南的声音。

梦珂奇怪了，张大眼睛望着雅南，意思是问："见鬼哟，难道你们说的是我吗？"

雅南回她一个鬼脸。

斜眼的于是转向她来：

"来上海不久吧？"不等别人答话又接下去："你可以常常来此地，这位就是我们的'中国的苏菲亚女士'。真值得再握一次手的。"一只眼睛似乎是望到那穿短裤的。那黄毛女子呢，正缠着雅南，要他替她预备下星期开市民大会时的演讲稿，听到这里说"苏菲亚"，跳过来又攀着梦珂说话：

"下星期我准去约你，无论我怎样的不得空。你看，有许多工作未曾做，单说传单就有这么多，这还只十分之一呢！"

梦珂不懂雅南的扯谎，以及这几个男女发出的那些所谓工作的意义，当他们几人在清检小旗杆时，偷偷的溜了出来，在鹅石的马路上急急的走着，头也不回过去望一望，怕雅南来追。

第二天为躲避雅南，一清早便往民厚里去了。但民厚里已非早先那样的可留恋！一进门便听了许多似责备的讥讽话。她只好努力解释，小心的去体会。但匀珍总不转过她的脸色。单为那一件大衣，她忍受了四五次的犀锐的眼锋和尖利的笑声，使她觉到曾经轻视过和还不曾用过的许多装饰都是好的。为什么一个人不应当把自己弄得好看点？享受点自己的美，总不该是不对吧！一个女人想表示自己的高尚，自己的不同侪属，难道就得拿"乱头粗服"去做商标吗？……她忍不住回报了匀珍几句才回来。

后来匀珍向她又修好过，但她半为负气却没复信。一个冬天尽陪着这几个漂亮青年听戏，看电影，吃酒，下棋，看小说过去了。

但这也并不很快乐，尤其是单独同两位小姐在一块儿时，她们肆无忌惮的讥骂日间她们所亲热的人，她们强迫教给她许多处世、对待男人的秘诀。梦珂常常要忍耐的去听她们愚弄别人后的笑声，听她们发表奇怪的人生哲学的意义。有时为了她们那些近乎天真的顽皮笑过，但看到她们妖狞般的心术和摆布，会骇得叫起来，拳头便在暗处捏紧①。

澹明也大胆了，常常当着她说出许多猥亵的话，她不能像表姊们拿调皮的样子去处理，只装出未曾听见的样子，默默的走开去。

朱成，她即使同在一桌打牌，都很少和他说话，因为她并不像表姊们需要如此一个能供驱使的清客。

那末，表哥呢？是的，她只依恋着晓淞，像从前依恋着匀珍一样。单那态度，就多么动人呀：看见壁炉前的梦珂在沉思什么了，便拿一本书来站在她的椅背边，轻轻拍她的肩，声音细细的，怕骇着她似的：

"让我来念首诗吧。"

---

① 初刊本作"伸缩"。

于是打开书，在一百三十六页上停住，开始念起来：

  在火苗之焰的隐约里，
  她如晚霞之余艳，
  呵，能遣何物
  传递我心灵之颤动！

梦珂的心微微的颤抖，一半由于受惊，一半是被那低沉的声音所感动，脸便慢慢的藏在一双纤瘦的手中。晓淞乘势坐在旁边的矮凳上，从眼皮上拿下那双手。

"梦——"早已把"梦妹"两字分开来叫，有时又只叫"妹"的。这声音也像被感动得微微的抖了起来，两道眼光更紧逼到梦珂脸上。

她竟不敢抬起头来。

表哥无语的望着，那沉默的动人更超过语言。

在不可忍耐时①，她抽身像燕子似的轻飘的跑走了。

表哥便倒在她适才起身的软椅上，得意的称许起自己的智慧，自己审美的方法，并深深的玩味那被自己感动的那颗处女的心。这欣赏，这趣味，都是一种"高尚"的，细腻的享乐。

怕人看出自己的羞愧，大半时候她都找丽丽玩，丽丽一见她不说话，便生气，扳着她颈项问，梦姑在想什么了。

因此表嫂同她却很亲热起来，常常晚上她在表嫂房里玩，这时大表哥是不会回来的。表嫂是川西人，说起故事，总挂念她屋前的西湖，和她八十多岁的祖母，她在六岁时同年失掉了父母的。表嫂还常常低声向她诉说为了祖母自己忍心让那鲁莽的粗汉蹂躏了的事。

"难道他不爱你吗？"梦珂问。

"你不会知道这个的！"表嫂笑了。"你看，近来不常在家了。这

---

① 此处初刊本"夺过来"，全集本删去。

是他故意的想怄我,因为他明白我藏在衣服里面的那颗心,谁知我却舒服多了。嘿,梦妹,你哪里得知那苦味,当他凑过那酒气的嘴来,我只想打他。"

"真的便打了他吗?"梦珂问。

表嫂又笑了,向她诉说她十七岁做新娘时所受的许多惊骇,以及祖母三月后知道她是怎样用惊哭去拒绝新郎的拥抱时她的伤心……原来表嫂还会填词,她从她那几本旧稿中得知了她的许多温柔、蕴藉的心性,以及她的慕才,她的希望,和她的失意。梦珂心想:如果她那时是同二表哥结婚,那她一定不会自叹命蹇的了。于是便问:

"你说,二表哥如何?"

表嫂会错了她的意思,便告诉她,晓淞是如何的细心,如何的会体贴女人……

梦珂喟叹了,她完全在为表嫂;而表嫂却不能领悟这同情,反以为她想起别的感触,倒竭力去安慰她。

春天来后,家里静寂了许多。表姊和杨小姐每天挟着乐谱上学校。澹明,朱成,也都有课;晓淞在一个大学里每星期担任两个钟头。姑母不时要在外面应酬;表嫂有丽丽作伴;只有她闲着。她整天躺在床上,像回忆小说一样去想她未来的生活,不断的幻想,竟体悟出自己的个性,认定:"无拘无束的流浪,便是我所需要的生命。"有时她羡慕那些巴黎咖啡店的侍女……有时又把自己幻想成一个英雄,一个伟人,一个革命家;不过一想到"革命家"时,什么梦想就都破灭,因为那"中国的苏菲亚女士"把她的心冰得太冷了。

澹明想提高她已不热心了的画兴,常去邀她作画,但她已知道了他的轻浮[①],所以也拒绝他[②]。晓淞也早已不提作画了。

为了想去巴黎的梦,她在表哥处学法文。

---

① 初刊本作"但她已在那可爱的滑稽外得知了不安的轻浮"。
② 初刊本作"所以有时也会拒绝他的"。

不久，父亲第二次寄来钱，并附有一封信：

梦儿，接得你的信，知道你很需钱用，所以才又凑足两百元给你，虽说为数不多，但足够全家半年的日用。如果可能的话，我希望你省俭点也好，因为你无能的父亲已渐渐老了。近来年成又不好。我怕你在外面一时受窘又要难过，所以才这样说。不过，你不必听了这话又伤心，我会替你设法，不愿使你受苦的。其实，都是你父亲不好……唉，这都不必说了……

你喜欢的那匹老牛二月间死了，但又添了好些小羊。有只顶小的，一身的毛雪白，下巴处带点肉红色，不怕人，一天到晚都听见它小声的"咩咩咩咩"的叫。四儿喜欢它，说它像你，于是就叫它作"小梦小姐"。现在一家人谁一提"小梦小姐"都会笑的，他们都念你咧。

梦珂沉思了，似乎又看见父亲的许多温情的仪态，三儿们的顽皮，以及晴天牛羊们在草坪上的奔走……还有那小白蝴蝶们……这过去的一些幸福日子，多么够人回忆呵！

如果你还住在姑母家，你就拿这两百元做路费回来也好。我足足有两年半没见着你了。你回来后，要出去时，我也可以送你的。梦儿，你要知道，父亲已不年轻，你莫遗给将来一些后悔呵！

还有一件很可笑的事。前天你姨母来，当面向我要你呢。我自然没有答应，这是要由你自己的。不过祖武那孩子很聪明，你们小时也很合得来，只要你觉得还好，我是没有什么可说的。梦儿，你年纪也不小了呢！

信纸一张张从手指间慢慢滑了下去，一种犹豫的为难弥漫着；但想起祖武那粗野样儿，以及家族亲戚中做媳妇们的规矩，又为避免当面同父亲冲突，于是她决定不回家，回信只说自己在读书时代，不愿议及此等事……

回信话说得宛转，心便觉得安妥了一些，几天后便不想到父亲、祖武了。一人玩得无聊时，她想去找表哥，但表哥已三天不在家了。梦珂是如此的寂寞，自己不住的惊诧：难道表哥于自己竟这样的可念吗？……这天夜里出乎意料的接到表哥的一封信，原来为了朋友一件很要紧的事不得空回来，并且也非常挂念她，详详细细的问她这三天的生活怎样……她把这信看了七八次，好半夜不得安睡。

这几天澹明却老守着她，给了她许多不安和厌烦。

在没有见着表哥的第五天晚上，她正同丽丽剪纸玩，表嫂在旁边修指甲，轻声的向她说：

"梦妹，你说对不对？"

"什么？"

"昨天在楼下找到的那本旧杂志上说的关于女子许多问题的话，你不是也看过了吗？我说真对，尤其是讲到旧式婚姻中的女子，嫁人也等于卖淫，只不过是贱价而又整个的……"

"那也不尽然。我看只要两情相悦。新式恋爱，如若只为了金钱，名位，不也是一样吗？并且还是自己出卖自己，不好横赖给父母了。"

"啊呀！你看，梦姑！你给小人儿的手也剪掉了。"丽丽急了，用手推她，"妈！你等下再和梦姑说话好不好？"

"好，这个不要了，再剪个好姑娘吧，拿一柄洋伞的，你说，还是提一个大钱包的呢？"于是她又另外剪，并接下去说："表嫂！你莫神经过敏了吧，遇事便伤心……"

"你不要说什么神经过敏。真可笑，我也是二十多岁的人，并且还有丽丽，自然应当安安分分的过下去，可是有时，我竟如此幻想，愿意把自己的命运弄得更坏些，更不可收拾些，现在，一个妓女也比我好！也值得我去羡慕！……"

梦珂听了这些从来未听过，如此大胆的，浪漫的表白，是从一个平日最谦和，温雅，小心的表嫂口中吐出，不禁大骇，丢了剪纸，捉着表嫂的手：

"真的吗？你如此想吗？你是在说梦话吧？"表嫂见她那张惶样儿，反笑着拍她：

"这不过是幻想，有什么奇怪！你慢慢就会知道的……"

还要说下去时，杨小姐闯了进来，抓着梦珂便跑，梦珂一路叫到屋前的台阶边。阶前汽车里的澹明，表姊，朱成三人都嚷了起来。澹明打开车门，杨小姐一推，她便在澹明手腕中了。杨小姐上来后，车慢慢的走了起来，她夹在杨小姐和澹明中间，前面的两人转过脸来笑，她虽说有点生气，也只好陪着笑脸：

"打劫我做啥子？"

"告你吧，我一见晓淞二哥有四五天不在家，就疑惑，问他俩人都不知道，心想明哥是同二哥一鼻孔出气的，他一定知道，不过假使他们安心瞒我们，问也不肯说的，于是我去诈他①，果然一下就诈出来了。现在我们去安乐宫找二哥。你，若不抢，你也不肯来，听到'安乐宫'便不快活了。"

"他住在安乐宫做啥子？"

"哈，安乐宫能住吗？他们今夜在那儿跳舞。做啥子，他们在大东旅舍'做啥子'！"

大家都放声大笑。

车过大东旅舍时，杨小姐喊停车。澹明说不能这样进去，但看见杨小姐要发气的样儿，便告了她一个住房的号数，他一人不肯走，其余的都陆续下了车。他们走到一百四十三号门外时，杨小姐先从钥匙孔朝里望了一下，忍住笑才弹门。

"进来！"显然是表哥的声音，梦珂奇怪了。

---

① 初刊本作"于是我便使姊去诈他"。

门开了，表哥弯腰在擦皮鞋，镜台前坐一个披粉红大衫的妖娆的妇人，在悠悠闲闲的画眉毛。

"二哥哥，你——好！还不介绍给我们吗，这位二嫂……"朱成和杨小姐最感着兴趣。

很明显的那两人都骇着了，表哥连耳根都红了，蹬在椅上的那只脚竟不会放下来，口中期期艾艾的不知在说什么。女的呢，把手掩在胸前，不住的说请坐，请坐。

杨小姐们得意的大笑，满屋走着观察所有的陈设。

"你们真岂有此理！这位是章子伍太太，子伍来信要我送她转杭州呢。这是舍妹，这是……她们都太小孩气，没等通报就闯进来了，请章太太不要见怪吧！"

这种敷衍自然没有效力，反引来许多说笑隐射的讽刺话。那善笑的女人这时镇静下来，拖着一双半截鞋，应酬她所迷恋的那人的朋友们。

澹明不安的坐在汽车里，觉得十二分对不起晓淞，以后怎好见他，他是那样的嘱咐来！不过一想到如此或许于自己还有益处时，又踌躇不安，要怎的去进行才好呢……

这时他看见梦珂一人从旅馆里出来，跳下车便跑去迎接。

梦珂无言的随他上了车。

问了梦珂往哪儿去，车便向家里开了。

他把梦珂的两手握着，梦珂也随他。

他向她说了许多那女人的不名誉的事。

她哭了。这事使她伤心，想起自己平日所敬爱，所依恋的表哥，竟甘心搂抱那样一个娼妓似的女人时，简直像连自己也受到侮辱。

澹明倒很高兴的一直挽着她到家。

她拒绝澹明送她进房，一人关着门，躺在床上像小孩般的哭了起来，细细的去想那从前所得的那些体贴，温存，那些动魄的眼光，声音……"呀！他是多么的假情呵！"于是她从枕头底下把前天收到的那封甜情蜜意的信抽出来扯得粉碎,满床尽是纸屑;看见纸屑,心越气了,又把纸屑撒满一地。千怪万怪,只怪自己太老实,信人信得实实的。吃亏,不是应该的吗……如此的自怨,怨人,哭了又笑,笑了又哭,不知过了多少时候,只觉得疲倦,头沉沉的作痛,躺在软枕上犹自流泪。

这时门上,有个轻轻的声音在弹着。

她跳起来,用力抵住门。

"梦!一次,最后一次,许可我吧!梦!我要进——来!"

听了这柔和的,求怜的,感伤的声音,心又跳起来,身躯无力的靠在门上,用心的听外面的声息。

"梦,我的梦……你,……你误会我了!……"

手已抬起,想去开门,但人在这时却昏倒了。

外面没有听到回声,以为这次的脾气发得不小,一边好笑,一边安慰自己下楼去。

等梦珂清醒时去看,门外面只有那头走廊上射过来的灯光,映在粉墙上,现着如死的灰白的颜色。

她反身拿了一条手绢朝外走。

然而她走错了,直走上后园的亭子才知道。于是她坐下来,亭子上灯光,刺着那哭后的眼睛,她走到亭子后面去。那里树丛中放有一张铁椅,她躺在那张她同表哥坐过的长椅上。眼望着上面,星星在繁密的叶子中灿烂着,潮湿的草香,从那蔷薇花,罂粟花……丛中透出。等梦珂感到冷时,椅背早已被露水湿透了。正想站起身来,忽然听到皮鞋的声音,有人在向亭子这方面来。梦珂从椅缝中望去,天哪!那正是表哥!还有澹明,迎着灯光来了。她屏声静气的躺着,看他们。

表哥带着非常严肃的脸色走上亭子,把电灯关了,然后冷涩的说:

"说吧!你有什么说的!"

"我想你生我的气了。"

"为什么?"

"关于梦珂。"

"你以为你有希望吗?"接着只听见不住的冷笑。

"不敢说……"

"哈……哈……"

"晓淞!请不必如此,令人难堪。不过,我们七八年的交情,难道为一个女人而生隔阂!我是这样同你开诚布公:若你不爱梦珂,我自然可以进行,万一梦珂竟准许我,那你可不要生气!——你说,你的态度到底如何?"

"哈!你错了!你以为你的机会来了是不是?我告你,章的事,有什么要紧!我自然想得出许多话向梦妹解释。"

"她如果还要信你的那些假劲,那真是她的不幸!"

"好,好假劲!我正在得意我的假劲咧!哈……你想打主意,你就干吧!只要你行,我是不会吃醋的。只是那时惹起小杨来,我却不管,她可不老实。"

梦珂只想跑出去打他两人,但又把两只手叠着压住嘴唇忍耐着,直到那两人笑着走出园子。

人们正在酣睡的时候,她走回房去。澹明留了一封信在她桌上,她看后用那打颤的手把它扯了。其实一星期来她就害怕这事的发生,每次澹明一人留在她面前时,她便迅速的跑开,因为澹明那局促的,动火的态度,和一些含糊的表白,举动,都使她觉得可怕,尤其是那一双常常追赶着女性的眼睛。不过出她意料之外的便是他竟敢写出这样一封不得体的信。像写给一个已同他定情过的风骚的女人。结果,她觉得她像其他的女人一样,遭这种人的侮辱[①]。她没有比这更伤心了!

第二天吃午饭时,在这所三层楼洋房里,发生了一点点不平静,这屋主人,中年的太太,公布了她侄女的一封告别信。她写得非常委

---

① 初刊本作"痛遭了这种被人开玩笑般的侮辱"。

婉，恳挚，说自己如何辜负了姑母的好意，如何的不得不姑息着自己的乖戾性格的苦衷，她必得开始她的游荡生涯，她走了。每个人听了都感到无可挽回的叹息。晓淞，澹明，更觉怅然，但这是不久的，因为澹明有杨小姐可追随，而晓淞是除章太太外还有两个很有希望的女朋友，所以都说不上这是一个损失。

三

她本是为了不愿再见那些虚伪的人儿才离开那所住屋，但她便走上光明的大道了吗！她是直向地狱的深渊坠去。她简直疯狂般的毫不想到将来，在自己生涯中造下如许的不幸。但这能怪她吗？哦，要她去替人民服务，办学校，兴工厂，她哪有这样大的才力。再去进学校念书，她还不够厌倦在那些教师、同学们中的周旋吗？还不够痛心那敷衍的所谓的朋友关系？未必能牺牲自己去做那病院看护，整天同病人伤者去温存，她哪来这种能耐呵！难道为了自己喜欢小孩去做一个保姆，但敢不敢去尝试那下人的待遇，同一些油脸的厨子，狡笑的听差，偷东西的仆妇们在一块儿……当然，她是应该回去的，不过，她一看到那仅仅剩下的二三十元便发恨，"呵，为什么我要回去！我还能忍耐到回去吗！……"结果，她决定了，她是有幻想的。她不知道这是把自己弄到更不堪收拾的地方去了。

几天后吧，这女子出现在那拥挤的马路上，在许多穿尖头鞋围丝围巾的小男人，拖大裤脚的上海女人中跑着，走到一条比较僻静的街上，在一个高的竹篱的大门边站住，黑漆的竹篱上可以依稀辨认出几个粉字"圆月剧社"，门内没有人，她大着胆子朝里走。在二层门里那角上的铜栏柜台后忽的探出一个扁扁的脸。

"喂，啥事体？"

在扁扁的脸后又伸出一个小后生的头，看样子是当差，或是汽车夫吧，两只小眼睛愣愣的盯住这来访的女客，拍一下扁脸的肩。

梦珂朝着挂有一块儿演员领薪的日期并规则的牌匾的铜栏走去：

"我姓林。"摸了一下口袋，"呵，我忘了带名片……"

"侬找啥人？"

"张先生？龚先生？……"那个小后生夹着问。

"不，我想会会你们的经理……"

"哈，经理！格个辰光弗在此地。"

"哦……什么时候可以……"

"侬是伊啥人？"

"我还不认识他……"

"哈……"那小后生的白牙齿露出来了。

"明天来。"

"上午……"

"啥格辰光，阿拉弗晓得，经理来弗来也呒没定规。"

"哦……那你们此地还有什么办事人，我很想能见一见……"

"侬到底有啥事体？"

"劳驾，请去问一声，我姓林。"

"哈哈……"扁脸把脸笑得更扁了，眼睛只剩一条缝："阿宝，侬去问声张先生看，说是有位姓林的小姐要会他。""姓林的小姐"几个字说得分外加劲，又从那肉缝中，挤着两颗黄眼珠，仔细再打量一下站在柜台前的林小姐。

一会儿，那小后生一颠一跛的跑出来："呀——请，小姐！"脸还是笑笑的，导引着朝里走。

在会客室里等着的，是一位非常整洁的少年，穿一身墨绿色的哔叽洋服，斜躺在锦质的沙发上，悠悠闲闲的望着那边窗台上的花，刚听到门钮响，便很敏快的站起来，还是很从容，闲适得又非常有礼，顺手把那一寸多长的残烟丢到痰盂里，走上两步迎住来客，腰微微的弯着，头就势有点偏，声音是清晰而柔柔的：

"哦，林小姐，请坐！"

"冒昧得很，我是有……"

"不要紧，不过经理不在此地。如若有什么事，我们都可商量商量。"接着递上一张名片，头衔是留美戏剧专家，现任圆月剧社的话剧和电影的导演，名字是张寿琛，籍贯是江苏。

梦珂向这戏剧专家点了一下头："对不起，我忘了带名片来，'林琅'是我的名字。"

"不要紧，请坐，林小姐今天来，想是有事，或是对于我们近来公演的《少奶奶的扇子》有什么批评，或是这次出品的《上海繁华之夜》的影片有什么不好的地方，都请你不客气的赐教。或者有什么用得着我们公司或我自己，都愿意竭力效劳。"

梦珂正憨憨的张着两只大眼审视这生人，在那一张刮得干干净净的脸上，有个很会扇动的鼻孔；在小小的红嘴唇里，说话时露出一排雪白的牙齿。左手是那样的细腻，随意的在玩弄着胸前的表链。呵，领结上的那颗别针，还那样讲究呢！她不转眼的望着这人，心便怀疑到这人以外的一些东西，竟未曾把对面那人说的一些客套话听清楚，直望见那一道同时也注视到自己脸上的眼光，在期待她说话的神情，她才迟迟疑疑的说明她来此地的希望，先是绕着大弯子讲，渐渐就放大了胆，最后这样说：

"……现在我当然可以不必多解释我自己，将来你总会明白的，因了我内在的冲动和需要。我相信我不会使你们太失望……"

这事很使这少年导演吃惊，自然他可以答应下来，但他却向这热心于戏剧的女子解释了许多特殊的情形，又再三盘问了这女子的家庭，经济……状况，最后还使她不得不允许他一个如此令人不快的要求：她无声的举起一双手去勒上两鬓及额上的短发，显出那圆圆的额头并两个小小玲珑的耳垂给他审视。这时候，她伤心——不，完全是受逼迫得哭一样。但她却很受欢迎了。他赞美她，恭维她，又鼓励她，愿帮助她，意思是要她知道，他可以使她在上海成为一个出众的明星。他要她明天来，给她介绍石三先生，就是此地的经理。

她告别时，他把自己的那只白嫩的手递给她，又给她行礼，笑笑的送她出了客厅。

扁脸也笑笑的替她拉开玻璃门："侬去哉，林小姐。"

她出来了，急急的走去，头也不掉过来望一下那黑漆的竹篱。心里昏昏迷迷的，完全被一种嫌厌，或是害怕，或竟是为了欢喜过度的感情所压迫，所包围，以致走不很远，四肢便软了，马路上静静的，没有车，间或有两三个工人提着竹篓过去。她撑着身子在树阴处乱踏着，到路口才雇得一辆黄包车。在车上她忽然想起："为什么我不可以向姑母借债呢？"但一种负气的自尊鼓励了她，车子一直拖回一条小弄里了。

夜色来了。梦珂从小板床上起来，轻轻一跳站在桌子旁边，温温柔柔的去梳理鬓边的短发，从镜中望见自己的柔软的指尖，又拿来在胸前抚摩着，玩弄着。这时她被一种希望牵引着，忘了日间所感到的不快。她又向镜里投去一个妩媚的眼光，一种含情的微笑，然后开始独自表演了。这表演并没有一个故事或背景，只是一个人坐在桌子前向八寸高的一面镜子做着许多不同的表情。最初她似乎是装一个歌女或舞女，尽向着镜里的人装腔作态，扬眉飘目。有时又像一个贵夫人尊严、华贵……但贵夫人、舞女的命运都极其不幸，所以最后在一对凝视着前方的眼里，饱饱的含满一眶泪水。真的，并且哭了，然而她却得意的笑着拿手绢去擦干眼泪："真出乎意料，我自己都不知道我竟哭得出来！"

第二天下午，她高高兴兴去到圆月剧社，她已想好应当用怎样的态度去见经理，并那些导演，那些演员们。

刚刚走进门，第一个迎着她的，又是那扁脸；那嘲笑的滑稽的笑，开始便触了她一下[①]。

"呵，侬又来哉。张先生在楼上，从这门转过去，楼梯口有阿二，

[①] 初刊本作"开始便无意的触了她一下"。

伊会引侬去……"

于是她踅过身走，故意把这笑脸忘掉。她走进办公室时，真的，她居然能够安闲的，高贵的，走过去握那少年导演的手，用那神采飞扬的眼光照顾一下全室的人。有个瘦子走拢来，眼睛从一副大眼镜上面来打量她，一边向张寿琛探询这是否昨晚所说的那人。张寿琛便介绍，这也是一位导演，还是上海有名的文人。可惜她没听清名字，大约是姓程或姓甄吧。她虽说很不喜欢那眼镜上面的看人法，但她不能不也很大方的谦恭的去接见。在这当儿，张寿琛出人意表，而她确确实实的听见他正着上海腔向那瘦子说："阿是？年纪弗大，面孔生来也勿错，侬看阿好？"

那瘦子向她望了一眼，连忙点头："满好，满好……"

这把她骇痴了。她不知道这是不是应该，当着她面前评论她的容貌，像商议生意一样，但她不曾喊出声来，或任性的申斥几句，只忍着气愤，羞惭竟把她弄得麻木了，她不知应如何说话和动作了。

几个吸香烟的妖妖娆娆的妇人走来攀她说话，她竟不会用她活泼的本能去应付，怕人纠缠她反退到室外的走廊上去。

张寿琛拿来一张合同要她签字，她还没看明里面的意思，糊里糊涂的就签上了。后来一位姓朱的穿短汗褂的先生，把他编的《圆月月刊》送过八九本来，还夹上一张名片，她才觉得轻松了许多，道了一声谢，拿着这几本书，退到一边去独自的假装翻书。但不久又走来一个形似流氓的洋服少年，靠在她对面的沙发上看她。这时她真狼狈不堪，不知自己变成了一个什么东西。一举一动都觉得不好，眼也不敢抬起望人，她想："回去吧，我回去吧！"她是这样想回去，不过她却留住了。张寿琛走来把她引到间壁的一间房子去，很不客气的递给她四张十元的纸币。她说她无须乎这个，但这是薪水，如她不拿，便应该挨至十五号在那柜台边用条子向那扁脸兑取了。于是她还得向人道谢。她问是否可以回去了。自然的，她的行止不能由自己了。张寿琛说晚上拍影，她可以来看看，那位甄（？）先生还想请她今晚拍一个不很重要的人物试一试，还说他决定为她编一个剧本。因了她那瘦削，她那善蹙的眉峰，还得请她做个悲剧的主人公呢，一切的情节他都已想好了。但今晚她却不能拒绝那甄先生的请求，先做一个不重要的角色。

这天，无论在会客室，办公室，餐厅，拍影场，化装室……她所饱领的，便是那男女演员或导演间的粗鄙的俏皮话，或是那大腿上被扭后发出的细小的叫声，以及种种互相传递的眼光，谁也是那样自如的，嬉笑的，快乐的谈着，玩着。只有她，只有她惊诧，怀疑，像自己也变成妓女似的在这儿任那些毫不尊重的眼光去观览了。

她竭力镇定自己，为了避免受窘，故意的想起不关紧要的事。她想到晚上她便拍影了，她实在希望有一个人来告诉她所演的剧情，以及她所扮演的角色，所演的地方……于是她走进去问张寿琛。这位张先生想了一想，才弯腰到桌下，从乱报纸堆里翻出一张《申报》给她，那上面登载着一篇名叫《真假朋友》的影片的本事。她看了，算是模模糊糊的知道了一点。

吃过饭不久，张寿琛把她引入化装室。那里坐了七八个对着镜子在搽油的男女。她坐在第三张凳上，一个受了导演吩咐的少年男子走过来请她洗脸，替她涂上那粉红色的油，又盖上一层厚厚的粉。她看别人时都是那样鲜红的嘴唇，紫黑色的眼皮，所以她也想到自己的面孔。她走到大镜子面前，看见被人打扮出来的那样儿，简直没有什么不同于那些站在四马路的野鸡。但她却不知为什么还隐忍着受那位甄先生的引导，去扮一个角色。她随着他走入拍影场时，水银灯都亮了好久，布景是一个月影下的花园，她应当同一个女演员，像朋友一般从黑处扭扭捏捏的跑进灯光辉煌地点，在一张椅上挨挤的坐着，十分高兴的讲着故事，当另一男演员走拢来，她便应当带着一种知趣的神色悄悄的避开。这便完了。甄先生临时把这三个演员教着，并且做样子，最后朝她说："勿要怕，侬试试看好了。"于是她和那女演员站在没有亮光处，预备向前；甄先生坐在一张藤椅上，大声的向她们喊了一声"跑!"然而,在这一瞬间,出人意外的,发生了一种响动,原来这个可怜的新演员骇得晕倒了。

当她清醒过来,知道刚才发生的事,她非常伤心,但她强忍着,只把泪水盈溢的眼光看她的周围。

张寿琛走拢来低声慰问她:

"受惊吗?"

"不。"她回答;"不要紧,这是我的旧病……"

甄先生问她可不可重新来演。

本来,仅仅因了伤心,就够她拒绝这逼迫的要求了,可是她却应诺,她不明白为什么她竟这样的去委屈自己,等于卖身卖灵魂似的。

甄先生于是又开始喊"跑",拍影机也开始映摄。

她忍着,一直忍到走出这圆月剧社的大门。在车上,才放声——但又怕人听见的咽咽的极其伤心的痛哭起来。

以后,依样是隐忍的,继续到这纯肉感的社会里去,那奇怪的情景,见惯了,慢慢的可以不怕,可以从容,使她的隐忍力更加强烈,更加伟大,能使她忍受非常无礼的侮辱了。

现在,大约在某一类的报纸和杂志上,有不少的自命为上海的文豪,戏剧家,导演家,批评家,以及为这些人呐喊的可怜的喽罗们,用"天香国色"和"闭月羞花"的词藻去捧这个始终是隐忍着的林琅——被命为空前绝后的初现银幕的女明星,以希望能够从她身上,得到各人所以捧的欲望的满足,或只想在这种欲望中得一点浅薄的快意吧。

一九二七年秋

莎菲女士的日记*

十二月二十四

　　今天又刮风！天还没亮，就被风刮醒了。伙计又跑进来生火炉。我知道，这是怎样都不能再睡得着了的，我也知道，不起来，便会头昏，睡在被窝里是太爱想到一些奇奇怪怪的事上去。医生说顶好能多睡，多吃，莫看书，莫想事，偏这就不能，夜晚总得到两三点才能睡着，天不亮又醒了。像这样刮风天，真不能不令人想到许多使人焦躁的事。并且一刮风，就不能出去玩，关在屋子里没有书看，还能做些什么？一个人能呆呆的坐着，等时间的过去吗？我是每天都在等着，挨着，只想这冬天快点过去；天气一暖和，我咳嗽总可好些，那时候，要回南便回南，要进学校便进学校，但这冬天可太长了。

　　太阳照到纸窗上时，我在煨第三次的牛奶。昨天煨了四次。次数虽煨得多，却不定是要吃，这只不过是一个人在刮风天为免除烦恼的养气法子。这固然可以混去一小点时间，但有时却又不能不令人更加生气，所以上星期整整的有七天没玩它，不过在没想出别的法子时，又不能不借重它来像一个老年人耐心着消磨时间。

　　报来了，便看报，顺着次序看那大号字标题的国内新闻，然后又看国外要闻，本埠琐闻……把教育界，党化教育，经济界，九六公债

---

* 初刊于《小说月报》1928年第19卷第2号，署名丁玲。收入《丁玲全集》第3卷。

盘价……全看完，还要再去温习一次昨天前天已看熟了的那些招男女编级新生的广告，那些为分家产起诉的启事，连那些什么六〇六，百零机，美容药水，开明戏，真光电影……都熟习了过后才懒懒的丢开报纸。自然，有时会发现点新的广告，但也除不了是些绸缎铺五年六年纪念的减价，恕讣不周的讣闻之类。

　　报看完，想不出能找点什么事做，只好一人坐在火炉旁生气。气的事，也是天天气惯了的。天天一听到从窗外走廊上传来的那些住客们喊伙计的声音，便头痛，那声音真是又粗，又大，又嘎，又单调；"伙计，开壶！"或是"脸水，伙计！"这是谁也可以想象出来的一种难听的声音。还有，那楼下电话也不断的有人在电机旁大声的说话。没有一些声息时，又会感到寂沉沉的可怕，尤其是那四堵粉垩的墙。它们呆呆的把你眼睛挡住，无论你坐在哪方：逃到床上躺着吧，那同样的白垩的天花板，便沉沉的把你压住。真找不出一件事是能令人不生嫌厌的心的[①]；如那麻脸伙计，那有抹布味的饭菜，那扫不干净的窗格上的沙土，那洗脸台上的镜子——这是一面可以把你的脸拖到一尺多长的镜子，不过只要你肯稍微一偏你的头，那你的脸又会扁的使你自己也害怕……这都可以令人生气了又生气。也许只我一人如是。但我宁肯能找到些新的不快活，不满足；只是新的，无论好坏，似乎都隔我太远了。

　　吃过午饭，苇弟便来了，我一听到那特有的急遽的皮鞋声从走廊的那端传来时，我的心似乎便从一种窒息中透出一口气来感到舒适。但我却不会表示，所以当苇弟进来时，我只默默的望着他；他以为我又在烦恼，握紧我一双手，"姊姊，姊姊，"那样不断的叫着。我，我自然笑了！我笑的什么呢，我知道！在那两颗只望到我眼睛下面的跳动的眸子中，我准懂得那收藏在眼睑下面，不愿给人知道的是些什么东西！这有多么久了，你，苇弟，你在爱我！但他捉住过我吗？自然，

[①] 初刊本作"真找不出一件能令人不生嫌厌的心"。

我是不能负一点责,一个女人应当这样。其实,我算够忠厚了;我不相信会有第二个女人这样不捉弄他的,并且我还确确实实的可怜他,竟有时忍不住想指点他:"苇弟,你不可以换个方法吗?这样只能反使我不高兴的……"对的,假使苇弟能够再聪明一点,我是可以比较喜欢他些,但他却只能如此忠实的去表现他的真挚!

苇弟看见我笑了,便很满足。跳过床头去脱大氅,还脱下他那顶大皮帽。假使他这时再掉过头来望我一下,我想他一定可以从我的眼睛里得些不快活去。为什么他不可以再多的懂得我些呢?

我总愿意有那末一个人能了解得我清清楚楚的,如若不懂得我,我要那些爱,那些体贴做什么?偏偏我的父亲,我的姊姊,我的朋友都如此盲目的爱惜我,我真不知他们爱惜我的什么;爱我的骄纵,爱我的脾气,爱我的肺病吗?有时我为这些生气,伤心,但他们却都更容让我,更爱我,说一些错到更使我想打他们的一些安慰话。我真愿意在这种时候会有人懂得我,便骂我,我也可以快乐而骄傲了。

没有人来理我,看我,我会想念人家,或恼恨人家,但有人来后,我不觉得又会给人一些难堪,这也是无法的事。近来为要磨练自己,常常话到口边便咽住,怕又在无意中竟刺着了别人的隐处,虽说是开玩笑。因为如此,所以可以想象出来,我是拿一种什么样的心情在陪苇弟坐。但苇弟若站起身来喊走时,我又会因怕寂寞而感到怅惘,而恨起他来。这个,苇弟是早就知道的,所以他一直到晚上十点钟才回去。不过我却不骗人,并不骗自己,我清白,苇弟不走,不特于他没有益处,反只能让我更觉得他太容易支使,或竟更可怜他的太不会爱的技巧了。

十二月二十八

今天我请毓芳同云霖看电影,毓芳却邀了剑如来。我气得只想哭,但我却纵声的笑了。剑如,她是多么可以损害我自尊之心的;因为她的容貌，举止，无一不像我幼时所最投洽的一个朋友，所以我不觉的时常在追随她，她又特意给了我许多敢于亲近她的勇气。但后来，我却遭受了一种不可忍耐的待遇，无论什么时候想起，我都会痛恨我那过去的，不可追悔的无赖行为：在一个星期中我曾足足的给了她八封长信，而未被人理睬过。毓芳真不知想的哪一股劲，明知我不愿再提起从前的事，却故意邀着她来，像有心要挑逗我的愤恨一样，我真气了。

我的笑，毓芳和云霖不会留意这有什么变异，但剑如，她能感觉到；可是她会装，装糊涂，同我毫无芥蒂的说话。我预备骂她几句，不过话到口边便想到我为自己定下的戒条。并且做得太认真，反令人越得意①。所以我又忍下心去同她们玩。

到真光时，还很早，在门口遇着一群同乡的小姐们，我真厌恶那些惯做的笑靥，我不去理她们，并且我无缘无故的生气到那许多去看电影的人。我乘毓芳同她们说到热闹中，丢下我所请的客，悄悄回来了。

除了我自己，没有人会原谅我的。谁也在批评我，谁也不知道我在人前所忍受的一些人们给我的感触。别人说我怪僻，他们哪里知道我却时常在讨人好，讨人欢喜。不过人们太不肯鼓励我说那太违心的话，常常给我机会，让我反省我自己的行为，让我离人们却更远了。

夜深时，全公寓都静静的，我躺在床上好久了。我清清白白的想透了一些事，我还能伤心什么呢？

十二月二十九

一早毓芳就来电话。毓芳是好人，她不会扯谎，大约剑如是真病。毓芳说，起病是为我，要我去，剑如将向我解释。毓芳错了，剑如也

---

① 初刊本作"怕越令人得意"。

错了，莎菲不是欢喜听人解释的人。根本我就否认宇宙间要解释。朋友们好，便好；合不来时，给别人点苦头吃，也是正大光明的事。我还以为我够大量，太没报复人了。剑如既为我病，我倒快活，我不会拒绝听别人为我而病的消息。并且剑如病，还可以减少点我从前自怨自艾的烦恼。

我真不知应怎样才能分析我自己。有时为一朵被风吹散了的白云，会感到一种渺茫的，不可捉摸的难过；但看到一个二十多岁的男子（苇弟其实还大我四岁）把眼泪一颗一颗掉到我手背时，却像野人一样在得意的笑了。苇弟从东城买了许多信纸信封来我这里玩，为了他很快乐，在笑，我便故意去捉弄，看到他哭了，我却快意起来，并且说"请珍重点你的眼泪吧，不要以为姊姊像别的女人一样脆弱得受不起一颗眼泪……""还要哭，请你转家去哭，我看见眼泪就讨厌……"自然，他不走，不分辩，不负气，只蜷在椅角边老老实实无声的去流那不知从哪里得来的那末多的眼泪。我，自然，得意够了，又会惭愧起来，于是用着姊姊的态度去喊他洗脸，抚摩他的头发。他镶着泪珠又笑了。

在一个老实人面前，我已尽自己的残酷天性去磨折他，但当他走后，我真想能抓回他来，只请求他①："我知道自己的罪过，请不要再爱这样一个不配承受那真挚的爱的女人了吧！"

一月一号

我不知道那些热闹的人们是怎样的过年，我只在牛奶中加了一个鸡子，鸡子是昨天苇弟拿来的，一共二十个，昨天煨了七个茶卤蛋，剩下十三个，大约够我两星期吃。若吃午饭时，苇弟会来，则一定有两个罐头的希望。我真希望他来。因为想到苇弟来，我便上单牌楼去

---

① 初刊本作"只请求他一句"。

买了四盒糖，两包点心，一篓橘子和苹果，预备他来时给他吃。我断定今天只有他才能来①。

但午饭吃过了，苇弟却没来。

我一共写了五封信，都是用前几天苇弟买来的好纸好笔。我想能接得几个美丽的画片，却不能。连几个最爱弄这个玩艺儿的姊姊们都把我这应得的一份儿忘了。不得画片，不稀罕，单单只忘了我，却是可气的事。不过自己从不曾给人拜过一次年，算了，这也是应该的。

晚饭还是我一人独吃，我烦恼透了。

夜晚毓芳云霖来了②，还引来一个高个儿少年，我想他们才真算幸福；毓芳有云霖爱她，她满意，他也满意。幸福不是在有爱人，是在两人都无更大的欲望，商商量量平平和和的过日子。自然，有人将不屑于这平庸。但那只是另外人的，与我的毓芳无关。

毓芳是好人，因为她有云霖，所以她"愿天下有情人皆成眷属"。她去年曾替玛丽作过一次恋爱婚姻的介绍。她又希望我能同苇弟好，她一来便问苇弟。但她却和云霖及那高个儿把我给苇弟买的东西吃完了。

那高个儿可真漂亮，这是我第一次感觉到男人的美，从来我还没有留心到。只以为一个男人的本行是会说话，会看眼色，会小心就够了。今天我看了这高个儿，才懂得男人是另铸有一种高贵的模型，我看出在他面前的云霖显得多么委琐，多么呆拙……我真要可怜云霖，假使他知道他在这个人前所衬出的不幸时，他将怎样伤心他那些所有的粗丑的眼神，举止。我更不知，当毓芳拿这一高一矮的男人相比时，会起一种什么情感！

他，这生人，我将怎样去形容他的美呢？固然，他的颀长的身躯，白嫩的面庞，薄薄的小嘴唇，柔软的头发，都足以闪耀人的眼睛，但

---

① 初刊本作"我是准断定在今天只有他才能来"。

② 初刊本作"夜晚毓芳云霖却来了"。

他还另外有一种说不出，捉不到的风仪来煽动你的心。比如，当我请问他的名字时，他会用那种我想不到的不急遽的态度递过那只擎有名片的手来。我抬起头去，呀，我看见那两个鲜红的，嫩腻的，深深凹进的嘴角了。我能告诉人吗，我是用一种小儿要糖果的心情在望着那惹人的两个小东西。但我知道在这个社会里面是不准许任我去取得我所要的来满足我的冲动，我的欲望，无论这于人并没有损害的事，我只得忍耐着，低下头去，默默的念那名片上的字：

"凌吉士，新加坡……"

凌吉士，他能那样毫无拘束的在我这儿谈话①，像是在一个很熟的朋友处，难道我能说他这是有意来捉弄一个胆小的人？我为要强迫的拒绝引诱，不敢把眼光抬平去一望那可爱慕的火炉的一角。两只不知羞惭的破烂拖鞋，也逼着我不准走到桌前的灯光处。我气我自己：怎么会那样拘束，不会调皮的应对？平日看不起别人的交际，今天才知道自己是显得又呆，又傻气。②唉，他一定以为我是一个乡下才出来的姑娘了！

云霖同毓芳两人看见我木木的，以为我不欢喜这生人，常常去打断他的话，不久带着他走了。这个我也感激他们的好意吗？我望着那一高两矮的影子在楼下院子中消失时，我真不愿再回到这留得有那人的靴印，那人的声音，和那人吃剩的饼屑的屋子。

一月三号

这两夜通宵通宵的咳嗽。对于药，简直就不会有信仰，药与病不是已毫无关系吗？我明明厌烦那苦水，但却又按时去吃它，假使连药也不吃，我能拿什么来希望我的病呢？神要人忍耐着生活，安排许

---

① 初刊本作"谈笑"。
② 初刊本作"今天才知道自己是还只能显得又呆，又默，又傻气"。

多痛苦在死的前面，使人不敢走近死亡。我呢，我是更为了我这短促的不久的生，我越求生得厉害；不是我怕死，是我总觉得我还没享有我生的一切。我要，我要使我快乐。无论在白天，在夜晚，我都在梦想可以使我没有什么遗憾在我死的时候的一些事情。我想能睡在一间极精致的卧房的睡榻上，有我的姊姊们跪在榻前的熊皮毡子上为我祈祷，父亲悄悄的朝着窗外叹息，我读着许多封从那些爱我的人儿们寄来的长信，朋友们都纪念我流着忠实的眼泪……我迫切的需要这人间的感情，想占有许多不可能的东西。但人们给我的是什么呢？整整两天，又一人幽囚在公寓里，没有一个人来，也没有一封信来，我躺在床上咳嗽，坐在火炉旁咳嗽，走到桌子前也咳嗽，还想念这些可恨的人们……其实还是收到一封信的，不过这除了更加我一些不快外，也只不过是加我不快。这是一年前曾骚扰过我的一个安徽粗壮男人寄来的，我没有看完就扯了。我真肉麻那满纸的"爱呀爱的"！我厌恨我不喜欢的人们的殷勤①……

我，我能说得出我真实的需要是些什么呢？

一月四号

事情不知错到什么地方去了。我为什么会想到搬家，并且在糊里糊涂中欺骗了云霖，好像扯谎也是本能一样，所以在今天能毫不费力的便使用了。假使云霖知道莎菲也会骗他，他不知应如何伤心，莎菲是他们那样爱惜的一个小妹妹。自然我不是安心的，并且我现在在后悔。但我能决定吗，搬呢，还是不搬？

我不能不向我自己说："你是在想念那高个儿的影子呢！"是的，这几天几夜我无时不神往到那些足以诱惑我的。为什么他不在这几天中单独来会我呢？他应当知道他不该让我如此的去思慕他。他应当来

---

① 初刊本作"荩献"。

看我，说他也想念我才对。假使他来，我不会拒绝去听他所说的一些爱慕我的话，我还将令他知道我所要的是些什么。但他却不来。我估定这像传奇中的事是难实现了。难道我去找他吗？一个女人这样放肆，是不会得好结果的。何况还要别人能尊敬我呢。我想不出好法子，只好先到云霖处试一试，所以吃过午饭，我便冒风向东城去。

云霖是京都大学的学生，他租的住房在京都大学一院和二院之间的青年胡同里。我到他那里时，幸好他没有出去，毓芳也没有来。云霖当然很诧异我在大风天出来，我说是到德国医院看病，顺便来这里。他就毫不疑惑，问我的病状，我却把话头故意引到那天晚上。不费一点气力，我便打探得那人儿住在第四寄宿舍，在京都大学二院隔壁。不久，我又叹起气来，我用许多言辞把在西城公寓里的生活，描摹得寂寞，暗淡。我又扯谎，我说唯一只想能贴近毓芳（我知道毓芳已预备搬来云霖处）。我要求云霖同我在近处找房。云霖当然高兴这差事，不会迟疑的。

在找房的时候，凑巧竟碰着了凌吉士。他也陪着我们。我真高兴，高兴使我胆大了，我狠狠的望了他几次，他没有觉得。他问我的病，我说全好了，他不信似的在笑。

我看上一间又低，又小，又霉的东房，在云霖的隔壁一家大元公寓里。他和云霖都说太湿，我却执意要在第二天便搬来，理由是那边太使我厌倦，而我急切的要依着毓芳。云霖无法，就答应了，还说好第二天一早他和毓芳过来替我帮忙。

我能告诉人，我单单选上这房子的用意吗？它位置在第四寄宿舍和云霖住所之间。

他不曾向我告别，我又转到云霖处，尽我所有的大胆在谈笑。我把他什么细小处都审视遍了，我觉得都有我嘴唇放上去的需要。他不会也想到我在打量他，盘算他吗？后来我特意说我想请他替我补英文，云霖笑，他却受窘了，不好意思的含含糊糊的问答，于是我向心里说，这还不是一个坏蛋呢，那样高大的一个男人还会红脸？因此我的狂热更炎炽了。但我不愿让人懂得我，看得我太容易，所以我驱遣我自己，很早就回来了。

现在仔细一想，我唯恐我的任性，将把我送到更坏的地方去，暂时且住在这有洋炉的房里吧，难道我能说得上是爱上了那南洋人吗？我还一丝一毫都不知道他呢。什么那嘴唇，那眉梢，那眼角，那指尖……多无意识，这并不是一个人所应需的，我着魔了，会想到那上面。我决计不搬，一心一意来养病。

我决定了，我懊悔，懊悔我白天所做的一些不是，一个正经女人所做不出来的。

一月六号

都奇怪我，听说我搬了家，南城的金英，西城的江周，都来到我这低湿的小屋里。我笑着，有时在床上打滚，她们都说我越小孩气了，我更大笑起来。我只想告诉她们我想的是什么。下午苇弟也来了。苇弟最不快活我搬家，因为我未曾同他商量，并且离他更远了。他见着云霖时，竟不理他。云霖摸不着他为什么生气。望着他。他更板起脸孔。我好笑，我向自己说"可怜，冤枉他了，一个好人！"

毓芳不再向我说剑如。她决定两三天便搬来云霖处，因为她觉得我既这样想傍着她住，她不能让我一人寂寂寞寞的住在这里。她和云霖待我比以前更亲热。

一月十号

这几天我都见着凌吉士，但我从没同他多说几句话，我决不先提补英文事。我看见他一天两次往云霖处跑，我发笑，我断定他以前一定不会同云霖如此亲密的。我没有一次邀请他来我那儿玩，虽说他问了几次搬了家如何，我都装出不懂的样儿笑一下便算回答。我把所有的心计都放在这上面，好像同什么东西搏斗一样。我要哪样东西，我还不愿去取得，我务必想方设计让他自己送来。是的，我了解我自己，不过是一个女性十足的女人，女人只把心思放到她要征服的男人们身上。我要占有他，我要他无条件的献上他的心，跪着求我赐给他的吻呢。我简直癫了，反反复复的只想着我所要施行的手段的步骤，我简直癫了！

毓芳、云霖看不出我的兴奋，只说我病快好了。我也正不愿他们知道，说我病好，我就装着高兴。

一月十二

毓芳已搬来，云霖却搬走了。宇宙间竟会生出这样一对人来，为怕生小孩，便不肯住在一起，我猜想他们连自己也不敢断定：当两人抱在一床时是不会另外干出些别的事来，所以只好预先防范，不给那肉体接触的机会。至于那单独在一房时的拥抱和亲嘴，是不会发生危险，所以悄悄表演几次，便不在禁止之列。我忍不住嘲笑他们[①]了，这禁欲主义者！为什么会不需要拥抱那爱人的裸露的身体？为什么要压制住这爱的表现？为什么在两人还没睡在一个被窝里以前，会想到那些不相干且以担心的事？我不相信恋爱是如此的理智，如此的科学！

他俩不生气我的嘲笑，他俩还骄傲着他们的纯洁，而笑我小孩气呢。我体会得出他们的心情，但我不能解释宇宙间所发生的许许多多奇怪的事。

这夜我在云霖处（现在要说毓芳处了）坐到夜晚十点钟才回来，说了许多关于鬼怪的故事。

鬼怪这东西，我在一点点大的时候就听惯了，坐在姨妈怀里听姨爹讲《聊斋》是常事，并且一到夜里就爱听。至于怕，又是另外一件

[①] 初刊本作"他"。

不愿告人的。因为一说怕,准就听不成,姨爹便会踱过对面书房去,小孩就不准下床了。到进了学校,又从先生口里得知点科学常识,为了信服那位周麻子二先生,所以连书本也信服,从此鬼怪便不屑于害怕了。近来人更在长高长大,说起来,总是否认有鬼怪的,但鸡粟却不肯因为不信便不出来,毫毛一根根也会竖起的①。不过每次同人说到鬼怪时,别人不知道我想拗开说到别的闲话上去,为的怕夜里一个人睡在被窝里时想到死去了的姨爹姨妈就伤心。

回来时,看到那黑魆魆的小胡同,真有点胆悸。我想,假使在哪个角落里露出一个大黄脸,或伸出一只毛手,在这样像冻住了的冷巷里,我不会以为是意外。但看到身边的这高大汉子(凌吉士)做镖手,大约总可靠,所以当毓芳问我时,我只答应"不怕,不怕"。

云霖也同我们出来,他回他的新房子去,他向南,我们向北,所以只走了三四步,便听不清那橡皮鞋底在泥板上发出的声音。

他伸来一只手,拢住了我的腰:

"莎菲,你一定怕哟!"

我想挣,但挣不掉。

我的头停在他的胁前,我想,如若在亮处,看起来,我会像个什么东西,被挟在比我高一个头还多的人的腕中。

我把身一蹲,便窜出来了,他也松了手陪我站在大门边打门。

小胡同里黑极了,但他的眼睛望到何处,我却能很清楚的看见。心微微有点跳,等着开门。

"莎菲,你怕哟!"

门闩已在响,是伙计在问谁。我朝他说:

"再——"

他猛的握住我的手,我无力再说下去。

伙计看到我身后的大人,露着诧异。

---

① 初刊本作"毛孔一个个也会空起的"。

到单独只剩两人在一房时，我的大胆，已经变得毫无用处了，想故意说几句客套话，也不会，只说："请坐吧！"自己便去洗脸。

鬼怪的事，已不知忘到什么地方去了。

"莎菲！你还高兴读英文吗？"他忽然问。

这是他来找我，提到英文，自然他未必欢喜白白牺牲时间去替人补课，这意思，在一个二十岁的女人面前，怎能瞒过，我笑了（这是只在心里笑）。我说：

"蠢得很，怕读不好，丢人。"

他不说话，把我桌上摆的照片拿来玩弄着，这照片是我姊姊的一个刚满一岁的女儿。

我洗完脸，坐在桌子那头。

他望望我，又去望那小女孩，然后又望我。是的，这小女孩长的真像我。于是我问他：

"好玩吗？你说像我不像？"

"她，谁呀？"显然，这声音表示着非常认真。

"你说可爱不可爱？"

他只追问着是谁。

忽的，我明白了他意思，我又想扯谎了。

"我的。"于是我把像片抢过来吻着。

他信了。我竟愚弄了他，我得意我的不诚实。

这得意，似乎便能减少他的妩媚，他的英爽。要不，为什么当他显出那天真的诧愕时，我会忽略了他那眼睛，我会忘掉了他那嘴唇？否则，这得意一定将冷淡下我的热情。

然而当他走后，我却懊悔了。那不是明明安放着许多机会吗？我只要在他按住我手的当儿，另做出一种眼色，让他懂得他是不会遭拒绝，那他一定可以做出一些比较大胆的事。这种两性间的大胆，我想只要不厌烦那人，会像把肉体融化了的感到快乐无疑。但我为什么要给人一些严厉，一些端庄呢？唉，我搬到这破房子里来，到底为的是什么呢？

一月十五

近来我是不算寂寞了，白天在隔壁玩，晚上又有一个新鲜的朋友陪我谈话。但我的病却越深了。这真不能不令我灰心，我要什么呢，什么也于我无益。难道我有所眷恋吗？一切又是多么的可笑，但死却不期然的会让我一想到便伤心。每次看见那克利大夫的脸色，我便想：是的，我懂得，你尽管说吧，是不是我已没希望了？但我却拿笑代替了我的哭。谁能知道我在夜深流出的眼泪的分量！

几夜，凌吉士都接着接着来，他告人说是在替我补英文，云霖问我，我只好不答应。晚上我拿一本"Poor People"放在他面前，他真个便教起我来。我只好又把书丢开，我说："以后你不要再向人说在替我补英文吧，我病，谁也不会相信这事的。"他赶忙便说："莎菲，我不可以等你病好些教你吗？莎菲，只要你喜欢。"

这新朋友似乎是来得如此够人爱，但我却不知怎的，反而懒于注意到这些事。我每夜看到他丝毫得不着高兴的出去，心里总觉得有点歉仄，我只好在他穿大氅的当儿向他说："原谅我吧，我有病！"他会错了我的意思，以为我同他客气。"病有什么要紧呢，我是不怕传染的。"后来我仔细一想，也许这话含得有别的意思，我真不敢断定人的所作所为像可以想象出来的那样单纯。

一月十六

今天接到蕴姊从上海来的信，更把我引到百无可望的境地。我哪里还能找得几句话去安慰她呢？她信里说："我的生命，我的爱，都于我无益了……"那她是更不需要我的安慰，我为她而流的眼泪了。唉！从她信中，我可以揣想得出她婚后的生活，虽说她未肯明明的表白出来。神为什么要去捉弄这些在爱中的人儿？蕴姊是最神经质，最热情的人，自然她更受不住那渐渐的冷淡，那遮饰不住的虚情……我想要蕴姊来北京，不过这是做得到的吗？这还是疑问。

苇弟来的时候，我把蕴姊的信给他看：他真难过，因为那使我蕴姊感到生之无趣的人，不幸便是苇弟的哥哥。于是我向他说了我许多新得的"人生哲学"的意义：他又尽他唯一的本能在哭。我只是很冷静的去看他怎样使眼睛变红，怎样拿手去擦干，并且我在他那些举动中，加上许多残酷的解释。我未曾想到在人世中，他是一个例外的老实人，不久，我一个人悄悄的跑出去了。

为要躲避一切的熟人，深夜我才独自从冷寂寂的公园里转来，我不知怎样度过那些时间，我只想："多无意义啊！倒不如早死了干净……"

一月十七

我想：也许我是发狂了！假使是真发狂，我倒愿意。我想，能够得到那地步，我总可以不会再感到这人生的麻烦了吧……

足足有半年为病而禁了的酒，今天又开始痛饮了。明明看到那吐出来的是比酒还红的血。但我心却像被什么别的东西主宰一样，似乎这酒便可在今晚致死我一样，我不愿再去细想那些纠纠葛葛的事……

一月十八

现在我还睡在这床上，但不久就将与这屋分别了，也许是永别，我断得定我还能再亲我这枕头，这棉被……的幸福吗？毓芳，云霖，苇弟，金夏都守着一种沉默围绕着我坐着，焦急的等着天明了好送我进医院去。我是在他们忧愁的低语中醒来的，我不愿说话，我细想昨天上午①的事,我闻到屋子中遗留下来的酒气和腥气,才觉得心正在剧烈的痛,于是眼泪便汹涌了。因了他们的沉默,因了他们脸上所显现出来的凄惨和暗淡,我似乎感到这便是我死的预兆。假设我便如此长睡不醒了呢,是不是他们也将如此沉默的围绕着我僵硬的尸体?他们看见我醒了,便都走拢来问我。这时我真感到了那可怕的死别!我握着他们,仔细望着他们每个的脸,似乎要将这记忆永远保存着。他们都把眼泪滴到我手上,好像我就要长远离开他们走向死之国一样。尤其是苇弟,哭得现出丑脸。唉,我想:朋友呵,请给我一点快乐吧……于是我反而笑了。我请他们替我清理一下东西,他们便在床铺底下拖出那口大藤箱来,箱子里有几捆花手绢的小包,我说:"这我要的,随着我进协和吧。"他们便递给我,我给他们看,原来都满满是信札,我又向他们笑:"这,你们的也在内!"他们才似乎也快乐些了。苇弟又忙着从抽屉里递给我一本照片,是要我也带去的样子,我更笑了。这里面有七八张是苇弟的单像,我又容许苇弟吻我的手,并握着我的手在他脸上摩擦,于是这屋子才不像真有个僵尸停着的一样,天这时也慢慢显出了鱼肚白。他们忙乱了,慌着在各处找洋车。于是我病院的生活便开始了。

三月四号

接蕴姊死电是二十天以前的事,我的病却一天好一天。一号又由送我进院的几人把我送转公寓来,房子已打扫得干干净净。因为怕我冷,特生了一个小小的洋炉,我真不知怎样才能表示我的感谢,尤其是苇弟和毓芳。金和周在我这儿住了两夜才走,都充当我的看护,我每日都躺着,舒服得不像住公寓,同在家里也差不了什么了!毓芳决定再陪我住几天,等天气暖和点便替我上西山找房子,我好专去养病,

---

① 初刊本作"下午"。

我也真想能离开北京，可恨阳历三月了，还如是之冷！毓芳硬要住在这儿，我也不好十分拒绝，所以前两天为金和周搭的一个小铺又不能撤了。

近来在病院把我自己的心又医转了，实实在在是这些朋友们的温情把它重暖了起来，觉得这宇宙还充满着爱呢。尤其是凌吉士，当他到医院看我时，我觉得很骄傲，他那种风仪才够去看一个在病院的女友的病，并且我也懂得，那些看护妇都在羡慕着我呢。有一天，那个很漂亮的密司杨问我：

"那高个儿，是你的什么人呢？"

"朋友！"我忽略了她问的无礼。

"同乡吗？"

"不，他是南洋的华侨。"

"那末是同学？"

"也不是。"

于是她狡猾的笑了，"就仅是朋友吗？"

自然，我可以不必脸红，并且还可以警诫她几句，但我却惭愧了。她看到我闭着眼装要睡的狼狈样儿，便得意的笑着走去。后来我一直都恼着她。并且为了躲避麻烦，有人问起苇弟时，我便扯谎说是我的哥哥。有一个同周很好的小伙子，我便说是同乡，或是亲戚的乱扯。

当毓芳上课去，我一个人留在房里时，我就去翻在一月多中所收到的信，我又很快活，很满足，还有许多人在纪念我呢。我是需要别人纪念的，总觉得能多得点好意就好。父亲是更不必说，又寄了一张像来，只有白头发似乎又多了几根。姊姊们都好，可惜就为小孩们忙得很，不能多替我写信。

信还没有看完，凌吉士又来了。我想站起来，但他却把我按住。他握着我的手时，我快活得真想哭了。我说：

"你想没想到我又会回转这屋子呢？"

他只瞅着那侧面的小铺，表示不高兴的样子，于是我告诉他从前的那两位客已走了，这是特为毓芳预备的。

他听了便向我说他今晚不愿再来，怕毓芳厌烦他。于是我心里更充满乐意了，便说：

"难道你就不怕我厌烦吗？"

他坐在床头更长篇的述说他这一个多月中的生活，怎样和云霖冲突，闹意见，因为他赞成我早些出院，而云霖执着说不能出来。毓芳也附着云霖，他懂得他认识我的时间太短，说话自然不会起影响，所以以后他不管这事了，并且在院中一和云霖碰见，自己便先回来。

我懂得他的意思，但我却装着说：

"你还说云霖，不是云霖我还不会出院呢，住在里面舒服多了。"

于是我又看见他默默的把头掉到一边去，不答我的话。

他算着毓芳快来时，便走了，悄悄告诉我说等明天再来。果然，不久毓芳便回来了。毓芳不曾问，我也不告她，并且她为我的病，不愿同我多说话，怕我费神，我更乐得藉此可以多去想些另外的小闲事。

三月六号

当毓芳上课去后，把我一人撂在房里时，我便会想起这所谓男女间的怪事；其实，在这上面，不是我爱自夸，我所受的训练，至少也有我几个朋友们的相加或相乘，但近来我却非常不能了解了。当独自同着那高个儿时，我的心便会跳起来，又是羞惭，又是害怕，而他呢，他只是那样随便的坐着，近乎天真的讲他过去的历史，有时握着我的手，不过非常自然，然而我的手便不会很安静的被握在那大手中，慢慢的会发烧。一当他站起身预备走时，不由的我心便慌张了，好像我将跌入那可怕的不安中，于是我盯着他看，真说不清那眼光是求怜，还是怨恨；但他却忽略了我这眼光，偶尔懂得了，也只说："毓芳要来了哟！"我应当怎样说呢？他是在怕毓芳！自然，我也不愿有人知道我暗地所想的一些不近情理的事，不过我又感到有别人了解我感情的必要；几次我向毓芳含糊的说起我的心境，她还是那样忠实的替我盖被子，留心我的药，我真不能不有点烦闷了。

三月八号

毓芳已搬回去，苇弟又想代替那看护的差事。我知道，如若苇弟来，一定比毓芳还好，夜晚若想茶吃时，总不至于因听到那浓睡中的鼾声而不愿搅扰人便把头缩进被窝算了；但我自然拒绝他这好意，他固执着，我只好说："你在这里，我有许多不方便，并且病呢，也好了。"他还要证明间壁的屋子空着，他可以住间壁，我正在无法时，凌吉士来了。我以为他们还不认识，而凌吉士已握着苇弟的手，说是在医院见过两次。苇弟冷冷的不理他，我笑着向凌吉士说："这是我的弟弟，小孩子，不懂交际，你常来同他玩吧。"苇弟真的变成了小孩子，丧着脸站起身就走了。我因为有人在面前，便感得不快，也只掩藏住，并且觉得有点对凌吉士不住，但他却毫没介意，反问我："不是他姓白吗，怎会变成你的弟弟？"于是我笑了："那末你是只准姓凌的人叫你做哥哥弟弟的！"于是他也笑了。

近来青年人在一处时，老喜欢研究到这一个"爱"字，虽说有时我似乎懂得点，不过终究还是不很说得清。至于男女间的一些小动作，似乎我又太看得明白了。也许是因为我懂得了这些小动作，于"爱"才反迷糊，才没有勇气鼓吹恋爱，才不敢相信自己是一个纯粹的够人爱的小女子，并且才会怀疑到世人所谓的"爱"，以及我所接受的"爱"……

在我稍微有点懂事的时候，便给爱我的人把我苦够了，给许多无事的人以诬蔑我，凌辱我的机会，以致我顶亲密的小伴侣们也疏远了。后来又为了爱的胁迫，使我害怕得离开了我的学校。以后，人虽说一天天大了，但总常常感到那些无味的纠缠，因此有时不特怀疑到所谓"爱"，竟会不屑于这种亲密。苇弟说他爱我，为什么他只常常给我一些难过呢？譬如今晚，他又来了，来了便哭，并且似乎带了很浓的兴味来哭一样，无论我说"你怎么了，说呀！""我求你，说话呀，苇弟！……"他都不理会。这是从未有的事，我尽我的脑力也猜想不出他所骤遭的这灾祸。我应当把不幸朝哪一方去揣测呢？后来，大约他哭够了，才大声说："我不喜欢他！""这又是谁欺侮了你呢，这样大嚷大闹的？""我不喜欢那高个子！那同你好的！"哦，我这才知道原来是怄我的气。我不觉得笑了。这种无味的嫉妒，这种自私的占有，便是所谓爱吗？我发笑，而这笑，自然不会安慰那有野心的男人的。并且因我不屑的态度，更激起他那不可抑制的怒气。我看着他那放亮的眼光，我以为他要噬人了，我想："来吧！"但他却又低下头哭了，还揩着眼泪，踉跄的走出去。

这种表示，也许是称为狂热的，真率的爱的表现吧，但苇弟却不假思索的用在我面前，自然是只会失败；并不是我愿意别人虚伪，做作，我只觉得想靠这种小孩般举动来打动我的心，全是无用。或者因为我的心生来便如此硬；那我之种种不惬于人意而得来烦恼和伤心，也是应该的。

苇弟一走，自自然然我把我自己的心意去揣摩，去仔细回忆那一种温柔的，大方的，坦白而又多情的态度上去，光这态度已够人欣赏像吃醉一般的感到那融融的蜜意，于是我拿了一张画片，写了几个字。命伙计即刻送到第四寄宿舍去。

三月九号

我看见安安闲闲坐在我房里的凌吉士，不禁又可怜苇弟，我祝祷世人不要像我一样，忽略了蔑视了那可贵的真诚而把自己陷到那不可拔的渺茫的悲境里；我更愿有那末一个真诚纯洁的女郎去饱领苇弟的爱，并填实苇弟所感得的空虚啊！

三月十三

　　好几天又不提笔，不知是因为我心情不好，或是找不出所谓的情绪。我只知道，从昨天来我是只想哭了。别人看到我哭，以为我在想家，想到病，看见我笑呢，又以为我快乐了，还欣庆着这健康的光芒……但所谓朋友皆如是，我能告谁以我的不屑流泪，而又无力笑出的痴呆心境？因我看清了自己在人间的种种不愿舍弃的热望以及每次追求而得来的懊丧，所以连自己也不愿再同情这未能悟彻所引起的伤心。更哪能捉住一管笔去详细写出自怨和自恨呢！

　　是的，我好像又在发牢骚了。但这只是隐忍在心头反复向自己说，似乎还无碍。因为我未曾有过那种胆量，给人看我的蹙紧眉头，和听我的叹气，虽说人们早已无条件的赠送过我以"狷傲""怪僻"等等好字眼。其实，我并不是要发牢骚，我只想哭，想有那末一个人来让我倒在他怀里哭，并告诉他："我又糟蹋我自己了！"不过谁能了解我，抱我，抚慰我呢？是以我只能在笑声中咽住"我又糟蹋我自己了"的哭声。

　　我到底又为了什么呢，这真难说！自然我未曾有过一刻私自承认我是爱恋上那高个儿了的，但他在我的心心念念中又蕴蓄着一种分析不清的意义。虽说他那颀长的身躯，嫩玫瑰般的脸庞，柔软的嘴唇[1]，惹人的眼角[2]，可以诱惑许多爱美的女子，并以他那娇贵的态度倾倒那些还有情爱的。但我岂肯为了这些无意识的引诱而迷恋一个十足的南洋人！真的，在他最近的谈话中，我懂得了他的可怜的思想；他需要的是什么？是金钱，是在客厅中能应酬买卖中朋友们的年轻太太，是几个穿得很标致的白胖儿子。他的爱情是什么？是拿金钱在妓院中，去挥霍而得来的一时肉感的享受，和坐在软软的沙发上，拥着香喷喷

---

① 初刊本作"眼波"。
② 初刊本作"嘴角"。

的肉体，抽着烟卷，同朋友们任意谈笑，还把左腿叠压在右膝上；不高兴时，便拉倒，回到家里老婆那里去。热心于演讲辩论会，网球比赛，留学哈佛，做外交官，公使大臣，或继承父亲的职业，做橡树生意，成资本家……这便是他的志趣！他除了不满于他父亲未曾给他过多的钱以外，便什么都可使他在一夜不会做梦的睡觉；如有，便只是嫌北京好看的女人太少，有时也会厌腻起游艺园，戏场，电影院，公园来……唉，我能说什么呢？当我明白了那使我爱慕的一个高贵的美型里，是安置着如此一个卑劣灵魂，并且无缘无故还接受过他的许多亲密。这亲密，还值不了他从妓院中挥霍里剩余下的一半！想起那落在我发际的吻来，真使我悔恨到想哭了！我岂不是把我献给他任他来玩弄来比拟到卖笑的姊妹中去！这只能责备我自己使我更难受，假设只要我自己肯，肯把严厉的拒绝放到我眸子中去，我敢相信，他不会那样大胆，并且我也敢相信，他所以不会那样大胆，是由于他还未曾有过那恋爱的火焰燃炽……唉！我应该怎样来诅咒我自己了！

三月十四

这是爱吗，也许爱才具有如此的魔力，要不①，为什么一个人的思想会变幻得如此不可测！当我睡去的时候，我看不起美人，但刚从梦里醒来，一揉开睡眼，便又思念那市侩了。我想：他今天会来吗？什么时候呢，早晨，过午，晚上？于是我跳下床来，急忙忙的洗脸，铺床，还把昨夜丢在地下的一本大书捡起，不住的在边缘处摩挲②着，这是凌吉士昨夜遗忘在这儿的一本《威尔逊演讲录》。

---

① 初刊本作"不是"。
② 初刊本作"摸索"。

三月十四晚上

　　我有如此一个美的梦想，这梦想是凌吉士给我的。然而同时又为他而破灭。我因了他才能满饮着青春的醇酒，在爱情的微笑中度过了清晨；但因了他，我认识了"人生"这玩艺，而灰心而又想到死；至于痛恨到自己甘于堕落，所招来的，简直只是最轻的刑罚！真的，有时我为愿保存我所爱的，我竟想到"我有没有力去杀死一个人呢？"

　　我想遍了，我觉得为了保存我的美梦，为了免除使我生活的力一天天减少，顶好是即刻上西山，但毓芳告诉我，说她托找房子的那位住在西山的朋友还没有回信来，我怎好再去询问或催促呢？不过我决心了，我决心让那高小子来尝一尝我的不柔顺，不近情理的倨傲和侮弄。

三月十七

　　那天晚上苇弟赌气回去，今天又小小心心的自己来和解，我不觉笑了，并感到他的可爱。如若一个女人只要能找得一个忠实的男伴，做一生的归宿，我想谁也没有我苇弟可靠。我笑问："苇弟，还恨姊姊不呢？"他羞惭的说："不敢。姊姊，你了解我吧！我除了希冀你不摈弃我以外不敢有别的念头。一切只要你好，你快乐就够了！"这还不真挚吗？这还不动人吗？比起那白脸庞红嘴唇的如何？但后来我说："苇弟，你好，你将来一定是一切都会很满意的。"他却露出凄然的一笑："永世也不会——但愿如你所说……"这又是什么呢？又是给我难受一下！我恨不得跪在他面前求他只赐我以弟弟或朋友的爱吧！单单为了我的自私，我愿我少些纠葛，多点快乐。苇弟爱我，并会说那样好听的话，但他忽略了：第一他应当真的减少他的热望，第二他也应该藏起他的爱。我为了这一个老实的男人，感到无能的抱歉，也够受了。

三月十八

我又托夏在替我往西山找房了。

三月十九

凌吉士居然几日不来我这里了。自然，我不会打扮，不会应酬，不会治事理家，我有肺病，无钱，他来我这里做什么！我本无须乎要他来，但他真的不来却又更令我伤心，更证实他以前的轻薄。难道他也是如苇弟一样老实，当他看到我写给他的字条："我有病，请不要再来扰我"就信为是真话，竟不可①违背，而果真不来吗？我只想再见他一面，审看一下这高大的怪物到底是怎样的在觑看我。

三月二十

今天我往云霖处跑了三次，都未曾遇见我想见的人，似乎云霖也有点疑惑，所以他问我这几天见着凌吉士没有。我只好怅怅的跑回来。我实在焦烦得很，我敢自己欺自己说我这几日没有思念他吗？

晚上七点钟的时候，毓芳和云霖来邀我到京都大学第三院去听英语辩论会，乙组的组长便是凌吉士。我一听到这消息，心就立刻砰砰的跳起来。我只得拿病来推辞了这善意的邀请。我这无用的弱者，我没有胆量去承受那激动，我还是希望我能不见着他。不过他俩走时，我却请他俩致意凌吉士，说我问候他。唉，这又是多无意识啊！

---

① 初刊本作"敢"。

三月二十一

我刚吃过鸡子牛奶,一种熟悉的叩门声响着,纸格上映印上一个顾长的黑影。我只想跳过去开门,但不知为一种什么情感所支使,我咽着气,低下头去了。

"莎菲,起来没有?"这声音如此柔嫩,令我一听到会想哭。

为了知道我已坐在椅子上吗?为了知道我无能发气和拒绝吗?他轻轻的托开门走进来了。我不敢仰起我滋润的眼皮。

"病好些没有,刚起来吗?"

我答不出一句话。

"你真在生我的气啊。莎菲,你厌烦我,我只好走了。莎菲!"

他走,于我自然很合适,但我又猛然抬起头拿眼光止住了他开门的手。

谁说他不是一个坏蛋呢,他懂得了。他敢于把我的双手握得紧紧的。他说:

"莎菲,你捉弄我了。每天我走你门前过,都不敢进来,不是云霖告诉我说你不会生我气,那我今天还不敢来。你,莎菲,你厌烦我不呢?"

谁都可以体会得出来,假使他这时敢于拥抱我,狂乱的吻我,我一定会倒在他手腕上哭出来:"我爱你呵!我爱你呵!"但他却如此的冷淡,冷淡得使我又恨他了。然而我心里在想:"来呀,抱我,我要吻你咧!"自然,他依旧握着我的手,把眼光紧盯在我脸上,然而我搜遍了,在他的各种表示中,我得不着我所等待于他的赐予。为什么他仅仅只懂得我的无用,我的不可轻侮,而不够了解他在我心中所占的是一种怎样的地位!我恨不得用脚尖踢他出去,不过我又为另一种情绪所支配,我向他摇头,表示不厌烦他的来到。

于是我又很柔顺的接受了他许多浅薄的情意,听他说着那些使他津津回味的卑劣享乐,以及"赚钱和花钱"的人生意义,并承他暗示我许多做女人的本分。这些又使我看不起他，暗骂他，嘲笑他，我拿我的拳头，隐隐痛击我的心，但当他扬扬的走出我房时，我受逼得又想哭了。因为我压制住我那狂热的欲念，未曾请求他多留一会儿。

唉，他走了！

三月二十一夜

去年这时候，我过的是一种什么生活！为了蕴姊千依百顺的疼我，我便装病躺在床上不肯起来。为了想蕴姊抚摩我①，我伏在桌上想到一些小不满意的事而哼哼唧唧的哭。有时因在整日静寂的沉思里得了点哀戚，但这种淡淡的凄凉，更令我舍不得去扰乱这情调，似乎在这里面我可以味出一缕甜意一样的。至于在夜深的法国公园，听躺在草地上的蕴姊唱《牡丹亭》，那是更不愿想到的事了。假使她不被神捉弄般的去爱上那苍白脸色的男人，她一定不会死的这样快，我当然不会一人漂流到北京，无亲无爱的在病中挣扎。虽说有几个朋友，他们也很体惜我，但在我所感应得出的我和他们的关系能和蕴姊的爱在一个天平上相称吗？想起蕴姊，我真应当像从前在蕴姊面前撒娇一样的纵声大哭，不过这一年来，因为多懂得了一些事，虽说时时想哭却又咽住了，怕让人知道了厌烦。近来呢，我更不知为了什么只能焦急。想得点空闲去思虑一下我所做的，我所想的，关于我的身体，我的名誉，我的前途的好歹的时间也没有，整天把紊乱的脑筋放到一个我不愿想到的去处，因为是我想逃避的，所以越把我弄成焦烦苦恼得不堪言说！但是我除了说"死了也活该！"是不能再希冀什么了。我能求得一些同情和慰藉吗？然而我又似乎在向人乞怜了。

晚饭一吃过，毓芳和云霖来我这儿坐，到九点我还不肯放他俩走。我知道，毓芳碍住面子只好又坐下来，云霖藉口要预备明天的课，执

---

① 初刊本作"为了想蕴姊抚摩我，便因那着急无以安慰我而流泪的滋味"。

意一人走回去了。于是我隐隐向毓芳吐露我近来所感得的窘状，我想她能懂得这事，并且能作主把我的生活改变一下，做我自己所不能胜任的。但她完全把话听到反面去了，她忠实的告诫我："莎菲，我觉得你太不老实，自然你不是有意，你可太不留心你的眼波了。你要知道，凌吉士他们比不得在上海同我们玩耍的那群孩子，他们很少机会同女人接近，受不起一点好意的，你不要令他将来感到失望和痛苦。我知道，你哪里会爱他呢？"这错误是不是又该归我，假设我不想求助于她而向她饶舌，是不是她不会说出这更令我生气，更令我伤心的话来？我噎着气又笑了："芳姊，不要把我说得太坏了吓！"

毓芳愿意留下住一夜时，我又赶她走了。

像那些才女们，因为得了一点点不得受用，便能"我是多愁善感呀""悲哀呀我的心……""……"做出许多新旧的诗。我呢，没出息，白白被这些诗境困着，想以哭代替诗句来表现一下我的情感的搏斗都不能。光在这上面，为了不如人，也应撇开一切去努力做人才对，便退一千步说，为了自己的热闹，为了得一群浅薄眼光之赞颂，我也不该拿不起笔或枪来。真的便把自己陷到比死还难忍的苦境里，单单为了那男人的柔发，红唇……

我又梦想到欧洲中古的骑士风度，拿这来比拟不会有错，如其有人看到过凌吉士的话，他把那东方特长的温柔保留着。神把什么好的，都慨然赐给他了，但神为什么不再给他一点聪明呢？他还不懂得真的爱情呢，他确是不懂，虽说他已有了妻（今夜毓芳告我的），虽说他，曾在新加坡乘着脚踏车追赶坐洋车的女人，因而恋爱过一小段时间，虽说他曾在韩家潭住过夜。但他真得到过一个女人的爱吗？他爱过一个女人吗？我敢说不曾！

一种奇怪的思想又在我脑中燃烧了。我决定来教教这大学生。这宇宙并不是像他所懂的那样简单啊！

三月二十二

在心的忙乱中，我勉强竟写了这些日记了。早先因为蕴姊写信来要，再三再四的，我只好开始写。现在蕴姊死了好久，我还舍不得不继续下去，心想为了蕴姊在世时所谆谆向我说的一些话便永远写下去纪念蕴姊也好。所以无论我那样不愿提笔，也只得胡乱画下一页半页的字来。本来是睡了的，但望到挂在壁上蕴姊的像，忍不住又爬起，为免掉想念蕴姊的难受而提笔了。自然，这日记，我是除了蕴姊不愿给任何人看。第一因为这是为了蕴姊要知道我的生活而记下的一些琐琐碎碎的事，二来我怕别人给一些理智的面孔给我看，好更刺透我的心；似乎我自己也会因了别人所尊崇的道德而真的感到像犯罪一样的难受。所以这黑皮的小本子我许久以来都安放在枕头底下的垫被的下层。今天不幸我却违背我的初意了，然而也是不得已，虽说似乎是出于毫未思考。原因是苇弟近来非常误解我，以致常常使得他自己不安，而又常常波及我，我相信在我平日的一举一动中，我都能表示出我的态度来。为什么他不懂我的意思呢？难道我能直捷的说明，和阻止他的爱吗？我常常想，假设这不是苇弟而是另外一人，我将会知道怎样处置是最合法的。偏偏又是如此令我忍不下心去的一个好人！我无法了，只好把我的日记给他看。让他知道他在我的心里是怎样的无希望，并知道我是如何凉薄的反反复复的不足爱的女人。假使苇弟知道我，我自然会将他当做我唯一可诉心肺的朋友，我会热诚的拥着他同他接吻。我将替他愿望那世界上最可爱，最美的女人……日记，苇弟看过一遍，又一遍了，虽说他曾经哭过，但态度非常镇静，是出我意料之外的。我说：

"懂得了姊姊吗？"

他点头。

"相信姊姊吗？"

"关于哪方面的？"

于是我懂得那点头的意义。谁能懂得我呢，便能懂得这只能表现我万分之一的日记，也只令我看到这有限的伤心哟！何况，希求人了解，以想方设计用文字来反复说明的日记给人看，是多么可伤心的事！并且，后来苇弟还怕我以为他未曾懂得我，于是不住的说：

"你爱他，你爱他！我不配你！"

我真想一赌气扯了这日记。我能说我没有糟蹋这日记吗？我只好向苇弟说："我要睡了，明天再来吧。"

在人里面，真不必求什么！这不是顶可怕的吗？假设蕴姊在，看见我这日记，我知道，她会抱着我哭："莎菲，我的莎菲！我为什么不再变得伟大点，让我的莎菲不至于这样苦啊……"但蕴姊已死了，我拿着这日记应怎样的痛哭才对！

三月二十三

凌吉士向我说："莎菲！你真是一个奇怪的女子。"我了解这并不是懂得了我的什么而说出的一句赞叹。他所以为奇怪的，无非是看见我的破烂了的手套，搜不出香水的抽屉，无缘无故扯碎了的新棉袍，保存着一些旧的小玩具，……还有什么？听见些不常的笑声，至于别的，他便无能去体会了，我也从未向他说过一句我自己的话。譬如他说"我以后要努力赚钱呀"，我便笑；他说到邀起几个朋友在公园追着女学生时，"莎菲那真有趣"，我也笑。自然，他所说的奇怪，只是一种在他生活习惯上不常见的奇怪①。并且我也很伤心，我无能使他了解我而敬重我。我是什么也不希求了，除了往西山去。我想到我过去的一切妄想，我好笑！

---

① 原刊作"只是一种在他习惯上不常的奇怪"。

三月二十四

当他单独在我面前时,我觑着那脸庞,聆着那音乐般的声音,心便在忍受那感情的鞭打!为什么不扑过去吻他的嘴唇,他的眉梢,他的……无论什么地方?真的,有时话都到口边了:"我的王!准许我亲一下吧!"但又受理智,不,我就从没有过理智,是受另一种自尊的情感所裁制而又咽住了。唉!无论他的思想怎样坏,他使我如此癫狂的动情,是曾有过而无疑,那我为什么不承认我是爱上了他咧?并且,我敢断定,假使他能把我紧紧的拥抱着,让我吻遍他全身,然后他把我丢下海去,丢下火去,我都会快乐的闭着眼等待那可以永久保藏我那爱情的死的来到。唉!我竟爱他了,我要他给我一个好好的死就够了……

三月二十四夜深

我决心了。我为拯救我自己被一种色的诱惑而堕落,我明早便到夏那儿去,以免看见凌吉士又痛苦,这痛苦已缠缚我如是之久了!

三月二十六

为了一种纠缠而去,但又遭逢着另一种纠缠,我不得不又急速的转来了。我去夏那儿的第二天,梦如便去了。虽说她是看另一人去的,但使我感到很不快活。夜晚,她大发其对感情的一种新近所获得的议论,隐隐的含着讥刺向我,我默然。为不愿让她更得意,我睁着眼,睡在夏的床上等到天明,才忍着气转来……

毓芳告诉我,说西山房子已找好了,并且另外替我邀了一个女伴,也是养病的,而这女伴同毓芳又是很好的朋友。听到这消息,应该是很欢喜吧,但我刚刚在眉头舒展了一点喜色,一种默然的凄凉便罩上了。虽说我从小便离开家,在外面混,但都有我的亲戚朋友随着我。这次上西山,固然说起来离城只是几十里,但在我,一个活了二十岁的人,开始一人跑到陌生的地方去,还是第一次。假使我竟无声无息的死在那山上,谁是第一个发现我死尸的?我能担保我不会死在那里吗?也许别人会笑我担忧到这些小事,而我却真的哭过。当我问毓芳舍不舍得我时,毓芳却笑,笑我问小孩话,说这一点点路有什么舍不得,直到毓芳答应我每礼拜上山一次,我才不好意思的揩干眼泪。

下午我到苇弟那儿去,苇弟也说他一礼拜上山一次,填毓芳不去的空日。

回来已夜了,我一人寂寂寞寞的收拾东西,想到我要离开北京的这些朋友们,我又哭了。但一想到朋友们都未曾向我流泪,我又擦去我脸上的泪痕。我又将一人寂寂寞寞的离开这古城了。

在寂寞里,我又想到凌吉士了,其实,话不是这样说,凌吉士简直不能说"想起""又想起",完全是整天都在系念到他,只能说:"又来讲我的凌吉士吧。"这几天我故意造成的离别,在我是不可计的损失,我本想放松他,而我把他捏得更紧了。我既不能把他从心里压根儿拔去,我为什么要躲避着不见他的面呢?这真使我懊恼,我不能便如此同他离别,这样寂寂寞寞的走上西山……

三月二十七

一早毓芳便上西山去了,去替我布置房子,说好明天我便去。为她这番盛情,我应怎样去找得那些没有的字来表示我的感谢?我本想再待一天在城里,也不好说了[①]。

我正焦急的时候,凌吉士才来,我握紧他双手,他说:

"莎菲!几天没见你了!"

[①] 初刊本作"便也不好说出了"。

我很愿意这时我能哭出来，抱着他哭，但眼泪只能噙在眼里，我只好又笑了。他听见明天我要上山时，显出的那惊诧和嗟叹，很安慰到我，于是我真的笑了。他见到我笑，便把我的手反捏得紧紧的，紧得使我生痛。他怨恨似的说：

"你笑！你笑！"

这痛，是我从未有过的舒适，好像心里也正锥下去一个什么东西，我很想倒向他的手腕，而这时苇弟却来了。

苇弟知道我恨他来，他偏不走。我向凌吉士使眼色，我说："这点钟有课吧？"于是我送凌吉士出来。他问我明早什么时候走，我告他；问他还来不来呢，他说回头便来；于是我望着他快乐了，我忘了他是怎样可鄙的人格，和美的相貌了，这时他在我的眼里，是一个传奇中的情人。哈，莎菲有一个情人了！……

三月二十七晚

自从我赶走苇弟到这时已整整五个钟头了。在这五点钟里，我应怎样才想得出一个恰合的名字来称呼它？像热锅上的蚂蚁在这小房子里不安的坐下，又站起①，又跑到门缝边瞧，但是——他一定不来了，他一定不来了，于是我又想哭，哭我走得这样凄凉，北京城就没有一个人陪我一哭吗？是的，我应该离开这冷酷的北京，为什么我要舍不得这板床，这油腻的书桌，这三条腿的椅子……是的，明早我就要走了，北京的朋友们不会再腻烦莎菲的病。为了朋友们轻快舒适，莎菲便为朋友们死在西山也是该的！但如此让莎菲一人看不着一点热情孤孤寂寂的上山去②，想来莎菲便不死，也不会有损害或激动于人心吧……不想了！不想！有什么可想的？假使莎菲不如此贪心攫取感情，

---

① 初刊本作"又躺下，又站起"。
② 初刊本作"但都能如此的让莎菲一人得不着一点热情孤孤寂寂的上山去"。

那莎菲不是便很可满足于那些眉目间的同情了吗？……

关于朋友，我不说了。我知道永世也不会使莎菲感到满足这人间的友谊的！

但我能满足些什么呢？凌吉士答应来，而这时已晚上九点了。纵是他来了，我会很快乐吗？他会给我所需要的吗？……

想起他不来，我又该痛恨自己了！在很早的从前，我懂得对付哪一种男人应用哪一种态度，而现在反蠢了。当我问他还来不来时，我怎能显露出那希求的眼光，在一个漂亮人面前是不应老实，让人瞧不起……但我爱他，为什么我要使用技巧？我不能直接向他表明我的爱吗？并且我觉得只要于人无损，便吻人一百下，为什么便不可以被准许呢？

他既答应来，而又失信，显见得是在戏弄我。朋友，留点好意在莎菲走时，总不至于是一种损失吧。

今夜我简直狂了。语言，文字是怎样在这时显得无用！我心像被许多小老鼠啃着一样，又像一盆火在心里燃烧。我想把什么东西都摔破，又想冒着夜气在外面乱跑，我无法制止我狂热的感情的激荡，我躺在这热情的针毡上，反过去也刺着，翻过来也刺着，似乎我又是在油锅里听到那油沸的响声，感到浑身的灼热……为什么我不跑出去呢？我等着一种渺茫的无意义的希望到来！哈……想到红唇，我又癫了！假使这希望是可能的话——我独自又忍不住笑，我再三再四反复问我自己："爱他吗？"我更笑了。莎菲不会傻到如此地步去爱上南洋人。难道因了我不承认我的爱，便不可以被人准许做一点儿于人无损的事？

假使今夜他竟不来，我怎能甘心便恝然上西山去……

唉！九点半了！

九点四十分！

三月二十八晨三时

莎菲生活在世上，要人们了解她体会她的心太热太恳切了，所以长远的沉溺在失望的苦恼中，但除了自己，谁能够知道她所流出的眼泪的分量？

在这本日记里，与其说是莎菲生活的一段记录，不如直接算为莎菲眼泪的每一个点滴，是在莎菲心上，才觉得更切实。然而这本日记现在要收束了，因为莎菲已无需乎此——用眼泪来泄愤和安慰，这原因是对于一切都觉得无意识，流泪更是这无意识的极深的表白。可是在这最后一页的日记上，莎菲应该用快乐的心情来庆祝，她从最大的失望中，蓦然得到了满足，这满足似乎要使人快乐得死才对。但是我，我只从那满足中感到胜利，从这胜利中得到凄凉，而更深的认识我自己的可怜处，可笑处，因此把我这几月来所萦萦于梦想的一点"美"反缥缈了，——这个美便是那高个儿的风仪！

我应该怎样来解释呢？一个完全癫狂于男人仪表上的女人的心理！自然我不会爱他，这不会爱，很容易说明，就是在他风仪的里面是躲着一个何等卑丑的灵魂！可是我又倾慕他，思念他，甚至于没有他，我就失掉一切生活意义了①；并且我常常想，假使有那末一日，我和他的嘴唇合拢来，密密的，那我的身体就从这心的狂笑中瓦解去，也愿意。其实，单单能获得骑士般的那人儿的温柔的一抚摩，随便他的手尖触到我身上的任何部分，因此就牺牲一切，我也肯。

我应当发癫，因为这些幻想中的异迹，梦似的，终于毫无困难的都给我得到了。但是从这中间，我所感到的是我所想象的那些会醉我灵魂的幸福吗？不啊！

当他——凌吉士——晚间十点钟来到时候，开始向我嗫嚅的表白，说他是如何的在想我……还使我心动过好几次；但不久我看到他那被

---

① 初刊本作"我就失掉一切生活意义的保障了"。

情欲燃烧的眼睛，我就害怕了。于是从他那卑劣的思想中发出的更丑的誓语，又振起我的自尊心！假使他把这串浅薄肉麻的情话去对别个女人说，一定是很动听的，可以得一个所谓的爱的心吧。但他却向我，就由这些话语的力，把我推得隔他更远了。唉，可怜的男子！神既然赋予你这样的一副美形，却又暗暗的捉弄你，把那样一个毫不相称的灵魂放到你人生的顶上！你以为我所希望的是"家庭"吗？我所欢喜的是"金钱"吗？我所骄傲的是"地位"吗？"你，在我面前，是显得多么可怜的一个男子啊！"我真要为他不幸而痛哭，然而他依样把眼光镇在我脸上，是被情欲之火燃烧得如何的怕人！倘若他只限于肉感的满足，那末他倒可以用他的色来摧残我的心；但他却哭声的向我说："莎菲，你信我，我是不会负你的！"啊，可怜的人，他还不知道在他面前的这女人，是用如何的轻蔑去可怜他的这些做作，这些话！我竟忍不住笑出声来，说他也知道爱，会爱我，这只是近于开玩笑！那情欲之火的巢穴——那两只灼闪的眼睛，不正宣布他除了可鄙的浅薄的需要，别的一切都不知道吗？

"喂，聪明一点，走开吧，韩家潭那个地方才是你寻乐的场所！"我既然认清他，我就应该这样说，教这个人类中最劣种的人儿滚出去。然而，虽说我暗暗的在嘲笑他，但当他大胆的贸然伸开手臂来拥我时，我竟又忘了一切，我临时失掉了我所有的一些自尊和骄傲，我完全被那仅有的一副好风仪迷住了，在我心中，我只想，"紧些！多抱我一会儿吧，明早我便走了。"假使我那时还有一点自制力，我该会想到他的美形以外的那东西，而把他像一块石头般，丢到房外去。

唉！我能用什么言语或心情来痛悔？他，凌吉士，这样一个可鄙的人，吻了我！我静静默默的承受着！但那时，在一个温润的软热的东西放到我脸上，我心中得到的是些什么呢？我不能像别的女人一样晕倒在她那爱人的臂膀里！我张大着眼睛望他，我想："我胜利了！我胜利了！"因为他所使我迷恋的那东西，在吻我时，我已知道是如何的滋味——我同时鄙夷我自己了！于是我忽然伤心起来，我把他用力推开，我哭了。

他也许忽略了我的眼泪，以为他的嘴唇给我如何的温软，如何的嫩腻，把我的心融醉到发迷的状态里吧，所以他又挨我坐着，继续说了许多所谓爱情表白的肉麻话。

"何必把你那令人惋惜处暴露得无余呢？"我真这样的又可怜起他来。

我说："不要乱想吧，说不定明天我便死去了！"

他听着，谁知道他对于这话是得到怎样的感触？他又吻我，但我躲开了，于是那嘴唇便落到我手上……

我决心了，因为这时我有的是充足的清晰的脑力，我要他走，他带点抱怨颜色，缠着我。我想"为什么你也是这样傻劲呢？"他直挨到夜十二点半钟才走。

他走后，我想起适间的事情。我用所有的力量，来痛击我的心！为什么呢，给一个如此我看不起的男人接吻？既不爱他，还嘲笑他，又让他来拥抱？真的，单凭了一种骑士般的风度，就能使我堕落到如此地步吗？

总之，我是给我自己糟蹋了，凡一个人的仇敌就是自己，我的天，这有什么法子去报复而偿还一切的损失？

好在在这宇宙间，我的生命只是我自己的玩品，我已浪费得尽够了，那末因这一番经历而使我更陷到极深的悲境里去，似乎也不成一个重大的事件。

但是我不愿留在北京，西山更不愿去了，我决计搭车南下，在无人认识的地方，浪费我生命的余剩；因此我的心从伤痛中又兴奋起来，我狂笑的怜惜自己：

"悄悄的活下来，悄悄的死去，啊！我可怜你，莎菲！"

阿毛姑娘*

第一章

一

这是一个非常的日子，然而也只在阿毛自己眼中才如是。阿毛已被决定在这天下午将嫁到她所不能想象出的地方去了。

初冬的太阳，很温暖的照到这荒凉的山谷；阿毛家的茅屋也在这和煦的阳光中灿烂着。一清早，父亲（阿毛老爹）照例走到菜园去浇菜。但当他走回来时，看见在灶前正烧饭的阿毛，便说笑话一样，笑容里却显露出比平日更凄凉、更黯澹的脸："哈，明天便归我自己来烧了。"

这声音在这颇空大的屋子里响着，是很沉重的压住阿毛的心了。于是阿毛又哭泣起来。

"嘿，傻子！有什么哭的？终久都得嫁人的，难道就真的挨着我一辈子吗？莫说养不起，就养得起，我死了呢？"

阿毛更大声的哭着，只想扑到父亲的怀里去。

阿毛老爹笑着宽慰她："那边很好，过去后总不至像在家里这样吃苦。哈，你还哭，好容易才对着这样一户好人家呢。你怕丢下阿爸一人在这里不放心，所以哭？不要紧的，等下三姑会来替我作几天伴；

---

* 初刊于《小说月报》1928年第19卷第7号，署名丁玲。收入《丁玲全集》第3卷。

阿宝哥还赖着要住在我这里呢。他也无家,愿意来也好,就把你睡的床让给他吧。"

然而阿毛更哭了,所有用来宽慰的言语把她的心越送进悲凉里去:是更不忍离开她父亲;是更不敢亲近那陌生的生活。她实在不能了解这嫁人的意义;既是父亲、三姑、媒人赵三叔,和许多人都说这嫁是该的,想来总没有错。这疑问也只能放在心里,因为三姑早就示意她,说这是姑娘们所不当说的,这是属于害羞一类的事。虽说她从她所懂得的羞上面,领略①到所谓出嫁,不过她总觉得这事大约于她或她父亲有点不利,因为近来她在父亲的忙碌中,总感到有些不安。

若是别人只告诉她:有那末一家人,很喜欢她,很需要她去,不久就来接她了,那末,她一定会高兴的穿起那特为预备的衣裳,无论她怎样爱她的老父,怎样对于这荒凉的山谷感到眷恋,但是那好奇的心,那更冀求着热闹和愉悦的心,会使她不去挂虑一些纷扰的事②,因为在她的意想里,对于嫁人的观念始终是模糊的,以为是暂时做一个长久的客。

现在呢,她被别人无意中给予她一些似乎恫吓的好意,把她那和平的意念揉成一种重重的,纷纷的担心;她所最担心的日子,她的婚期,竟很快的大踏步的就来了。

吃过早饭,三姑来了,还带来一葫芦酒。

阿毛老爹说:"唉,这个年成,喝什么酒?越简便越好,所以在阿毛的好日子,我也没请客;想在后天回门时,一同吃个便饭就算了。等下阿宝③会来帮忙,其实是什么事也没有。"

三姑是一个五十岁上下颇精明的妇人,虽说也是从这茅屋嫁出去,然而嫁得颇好,家里总算过得去;只是未曾生下一个半个她所热盼的儿子,所以她很爱阿毛,常常周济一下这终年都在辛勤中,还难吃饱

---

① 初刊本作"似乎领略"。
② 初刊本作"是会使她不愿挂虑到一些纷扰的事"。
③ 初刊本作"等下只有阿宝"。

的父女。她很能够①体贴她贫困的哥哥，不过她总觉得既然是阿毛的好日子，又只阿毛这一个女，所以她表示她的反对：

"我告你，年成是年成，事情是事情，马马虎虎不得的。看你还有几个今天？"

但一想到今天，她就住了口，自己圆转她的话："本来，也难怪，昨天一箱衣，就够人累了。客不请，也算了，只是总得应个景，横竖是自家几个人，小菜也现成的。橱里鸡蛋还有吧，阿毛？"

在她眼里看来，阿毛很可怜，虽说她也曾满意②过阿毛的婆家，且预庆她将来的幸运，不过她总觉得连阿毛自己也感到这令人心冷的简陋。于是她拥过阿毛，细心的替她梳理发髻。

其实阿毛并不如是。她很温柔的自己理着鬓前的短发，似乎忘了这非常的事，平心的注意听两个老人讲多年前的旧话。

在吃酒的当儿，才又伤起心来，这是完全为了舍不得离开这十几年所生活的地方，舍不得父亲，舍不得三姑，舍不得菜园，茅屋，以及那黑母鸡，小黄狗，……

然而总得走的，在阿宝哥来不许久，很远很远便传来锣声，号筒声……于是阿毛老爹叹了一声气，走到屋外去；阿宝忙着弄茶；三姑一面陪着揩眼泪，又来替她换衣裳；阿毛真真的感到凄凉在哽咽着。不久，轿子来了。除了三个轿夫外，还跟来媒人赵三叔，和一个阿毛应该叫表舅的六十多岁的老人，他们都显着快乐的脸恭贺着。三姑听说在路上还得住一夜店，就不放心，才又商量好，让阿宝哥送一程，等黑五更轿子又动了身时再回来。于是阿毛才也宽心些，因为那老头子，那不认识的表舅，又是那样一个忠厚像，赵三叔也跟着去，想来或者没有什么可怕的了。

悄悄的又听了许多三姑叮咛的话，知道过两天还要回来的，所以

---

① 初刊本作"她固然很能够"。
② 初刊本作"虽说她也曾很满意"。

只稍微洒了几点泪，便由老父抱上轿了。

这走的凄凉，只留给这两个对着挥泪的老人：三姑想到当日自己出嫁的事；父亲很深的忆念着死去多年的阿毛的娘。阿毛的娘，也正像阿毛一样，终年都是快乐的操作着许多事，不知为什么，在刚刚把阿毛的奶革掉时，就狠狠的害着疟疾。头一次算挨过，第二回可完了。于是老人又把希望和祝福，向太阳落土的那方飘去，那是阿毛的轿子走去了的那方。

在轿子里的阿毛呢，只不耐烦的在想那不可知的一家人家的事。

二

其实一切她都想错了。她实在没有想出那热闹来，那麻烦来，她只被许多人拿来玩弄着，调笑着，像另外的一种人。这时她真该痛哭了，但她却强忍着，这是她第一次懂得在人面前吃的亏。她只这样想："后天回去了，我总不会再来的！"

这家，这才是阿毛真真的家，姓陆，也是阿毛同乡的人。搬来这里，这有名的西湖边葛岭，快有四十年了。早先是阿毛的阿翁划渡船养活一家人，现在变得很兴隆了。这个老头子，还是划船，不过是很漂亮的，有布篷，有铜栏，有靠背藤座的西湖游船了。两个儿子呢，就替别人家种了几亩地，其实单凭屋前的一百多株桑树，每年进款就够可观的了。阿毛，算来是二媳妇。那大的已进屋十来年了。从前由于家计未曾很满足的热闹过，现在就大大的请客了。客大约总属于划船的，旅馆里的茶房账房先生，还有几个熟店铺、丝行里的，其外便是几个庙里面帮闲的朋友，以及邻居之类。

客人既如此混杂，又知道主人是不会厌烦嚣闹的，所以都豪饮着那不十分劣的绍兴酒；加以新娘的菲薄的嫁奁，抬不起他们的敬意来，所以他们那样毫不以为意的来使人受窘。阿毛真觉得苦，但她知道另外有一个人也正像她一样在受人调排，她不禁又同情着那与她同命运的人，只想把头昂起看看，不过想起三姑的话，头依旧垂着，垂着，不怕已是很痛的了。

实实在在，这使她同情的另外那人，便是她还未曾十分领悟出的所谓丈夫，他更吓着她了。她只想能立即逃回家去，她并未曾知道她是应该被这陌生男人来有力的抱住，并鲁莽的接吻。她只坚决的把身子扭在一边无声的饮泣着；那男人也就放了她，翻身睡去了。

一切的人都非常使她害怕，无论她走到什么地方，都带着怯怯的心，又厌恨那每个来呆望着她的脸的人。直到预备回去的那天早上，她才展开了那蹙紧了的眉尖①。

事实自然不像她所想的那样简单，那样无拘无束，终于她又别了她开始才发现的福乐来。有十多年了，自己都是生长在那样恬静，那样自由的仙谷里吗？她好生伤感，好生哭泣（一生所未曾有过的）的向将要离别的一切都投去那深深的一瞥，才随着那健壮的夫婿走向她所惧怕的那个家去。

这家的位置，在从葛岭山门通到初阳台路边的山坡上。屋前满植桑树，冬天只剩枯枝了，因此把湖面却看得更大，白堤只像一缕线样横界在湖中央。屋后是一个姓陈名不凡的"千古佳城"，后来又盖上许多洋式的房子，佳城便看不见了，却从周围的墙上，悬挂出许多花藤，冬天也显得像乱丝一样的无次序。左首②通到另外几个深幽的山坳，那里错错杂杂的在竹林中安置着几所不大的房子。右边，便是上山去的石板大路，路旁遍植着松柏，路的那边，是一所为松柏遮掩不住的粉着淡湖色的房子。界于屋与路之间，是一条已经完全干涸了的小溪。这里同样排着杭州乡下式的瓦屋三家，她的家便是最右临溪，临着大路的一家，既静，且美，又宜于游玩，又宜于生活的一个处所。

---

① 初刊本作"她才在眉尖上展开那蹙紧了的她的心来"。
② 初刊本作"左手"。

三

　　刚住下来，依然还是不安，仅仅从一种颇不熟习的口语中，都可以使她忽略去一切美处。然而时间一拖下来，也就惯了。开始是团团的笑，抹去她所有对人的防御的心；这笑是如此天真，坦白，亲爱，好像从前家中那黑猫的亲昵的叫声了。她时时来找团团，团团又欢喜她。因为常同团团玩，团团的娘，她大嫂也就常来同她闲谈了。大嫂是一个已过三十的中年妇人，看阿毛自然是把来当小孩看，无所用其心计和嫉妒，所以阿毛也感到她的可亲近。

　　第二便是颇能爱怜她的夫婿了。这男子比她大八岁，已长成一个很坚实的，二十四岁，微带红黑的少年，穿一件灰条纹布的棉袍，戴一顶半新的鸟打帽，出去时又加一条黑绿的围巾，是带点城市气的乡下人。冬天没有什么事，又为了新婚，准许在家稍微滞留一下，有时就整天留在家里劈粗的树干。所以阿毛梳头发的当儿，他可以去替她擦一点油；在阿毛做鞋子的时候，他又去替她理线。只要阿毛单独留在自己的小屋子时，他总得溜进去试用他许多爱抚。起始阿毛很怕他，不久就很柔顺的承受了，且不觉的也会很动心，很兴奋，有时竟很爱慕起这男人了。他替她买了一些贱价的香粉香膏之类的东西，于是她在一种报答盛情的谦虚中，珍惜起她一双又红又壮的手来，发髻也变成一个圆形辫式的饼。

　　阿婆看见她很年轻，只令她做点零碎小事，烧火，扫地，洗衣裳……自然比起在家中又要锄地，又要捡柴，又要替父亲担粪等等吃力的事，轻松得多了。所以每天她总有空闲时候去同侄女们玩，大侄女在邻近的一个平民学校读书，已是三年级的一个十岁的伶俐女孩。第二，是不很能给她欢喜的一个顽皮孩子，小的，便是团团，团团只两岁，时时喜欢有人抱，一看见阿毛，便拍着手，学她娘一样的叫着阿毛的名字："阿毛……阿毛……"

　　邻家也是操着同样生涯的两家，阿毛在这里有了两个很投洽的女伴。三姐是住在间壁的一个将嫁的十九岁的大姑娘,在阿毛眼中,是一个除了头发太黄就没有缺憾的姑娘。人非常聪明,能绣许多样式的花,令这新来的朋友很吃惊的。阿招嫂是用她的和气,吸引得阿毛很心服的,年纪才二十多一点,是穿得很时款的一个小腰肢的瘦妇人,住在那靠左边的一家。她一看见阿招嫂走往溪沟头去了,她便也走下石级,在用石块拦成的小水洼中淘米,趁这时,她们交换起关于天气,关于水,关于小菜的话。或是一听见屋前坪坝上传来三姐的笑声,她也就又赶忙把要洗的衣服拿往坪坝上去洗。从三姐的口中,她可以听到许多她未曾看见,未曾听过的新鲜事。三姐说起城里、上海(三姐九岁到过那里的),简直像神话中的奇境,她是无从揣拟的。

一到夜晚,从远远的湖上,那天与水交界的地方,便灿烂着繁密的星星。金色的光映到湖水里,在细小的波纹上拖下长的一溜光,不住的闪耀着,像无数条有金鳞的蛇身在蜿蜒着。湖面静极了,天空很黑。那明亮的一排繁星,好像是一条钻石宝带,轻轻拢住在一个披满黑发的女仙的头上。阿毛是神往到那地方去了,她知道那就是城里,三姐去过的,阿招嫂也去过的,陆小二,她夫婿也去过的,所有人都去过。她不禁艳羡起所有的人来了。她悄悄的向陆小二吐露了这意思,还带着怯怯的心,怕得来的是无穷的失望。

陆小二一听到他幼小的妻的愿望,便笑着说:"没有什么可看的,尽是人,做生意的。你想去,等两天吧,路远呢。"

于是她小小心心的盼望着。到十一月尾的一天,这希望终于达到了。

四

在这旅行中阿毛所见的种种繁华,富丽,给予她一种梦想的根据,每一个联想都是紧接在事物上的;而由联想所引申的那生活,那一切,又都变成仙似的美境,把人捆缚得非常之紧,使人迷醉到里面,不知感到的是幸福还是痛苦。阿毛由于这旅行,把她在操作中毫无所用的心思，从单纯的孩提一变而为好思虑的少女了。

同去的人，连自己算进去，四个人：三姐两母女，和大嫂的女儿玉英，因为这天是礼拜，学校放假，也要陪伴着去玩。阿毛依着夫婿的话，从衣箱中翻出一件最好看的大花格子布的套衫，罩在粗蓝布棉袄上，在镜子里也很自诩的了。然而小二却摇着头，于是又交给三姐一块钱，是替阿毛买衣料用的，阿毛就更高兴了。实实在在这虚荣确是小二鼓舞了她的。

出去的时候，是早半天。她们迎着太阳在湖边的路上，迤迤逦逦向城里走去。三姐一路指点她，她的眼光始终现着惊诧和贪馋随着四处转。玉英不时拿脚尖去踢那路旁枯草中的石子，并曼声唱那刚学会的《国民革命歌》。阿毛觉得那歌声非常单调，又不激扬，苦于不能说清自己从歌声中得到的反感，于是就把脚步放慢了。一人落在后面，半眯着眼睛去审视那太阳。太阳正被薄云缠绕着，放出淡淡的射眼的白光。其外许多地方，望去不知有多么远，不知有多么深的蓝色的天空。水也清澈如一面镜子，把堤上的树影，清清楚楚的影印在那里，一动也不动。

不怕天已很冷，沿路上还有不少烧香的客。穿着老蓝布大衫，挂着大红、杏黄香袋的能走路的小脚妇人，都那样显着乡愁的脸，大踏步的往前赶路。

三姐说："这都是往天竺去的咧。"

她忍不住问天竺是什么地方，原来是几个香火非常好的寺庙。到天竺去，还得走过一个更堂皇的，甚是有名的庙，那里烧香的人更多，去玩的也多。为了香客们、游客们的需要，那儿开了不少店铺。她还想问一问那庙的名字，然而已走上一道桥、桥旁矗立着一座大洋房，这是出乎她想象的那样巍峨，那样美好。她望到那悬在天空中飘扬的一杆旗子①，她心也像旗子一样，飘扬个不住。

---

① 初刊本作"她注视的望到那悬在天空中飘扬的一树旗子"。

她走拢那门,是一个铁栏的门。她想从门隙中看清一切,把眼睛四处溜,忽然,背后响起剧烈的喇叭声,和车轮轧轧声,把她吓昏了,掉过头来想跑。就在她前面,冲来一辆四方笼子样式的大车,黑压压的装满一车活的东西,擦她身前冲上桥去。路旁的眼光,全注到她身上,许多笑谈也投过来,她痴迷的站着在找她的同行者。

"啊——哟——哟——天哪,快来吧!"这声音非常熟,她望见三姐她们已走到一条街市上了①,于是她走拢去,侄女玉英也嘲弄她。

像受欺了一样,很含点悲愤,但瞬息她又忘了。虽说这街市很破乱,阿毛也感到趣味,一手拖着三姐娘的手,随着走,又留心到街两旁的店铺。有些店铺中坐满了人在喝茶,阿毛觉得很有趣。但所有的人,都如同她公公,她父亲,舞着大手在谈天的是一些穿老布的乡下人,所以她忽略过去,只很艳羡那些摆在茶桌边的鸟笼,那里关有不知什么名字的鸟儿,又好看,又机伶。

阿毛想:"一定到了。"

三姐只在唇上笑了一下,说:"才一半路呢,就走不起了吗?为什么那样急于要到呢?"

这城里好像一个神奇的,也许竟不能走到的地方了,阿毛是如此以为的。

是的,在她那可怜的梦想中,不知是怎样的把一切事物幻想得多么够人笑!只要有人注意在湖滨马路出现了的阿毛的脸,就知道这是一个刚从另一世界来的胆小的旅客。什么事物也不能使她想出一个回答来。连那裹着皮大氅,露着肉红的小腿在街上游行的太太们,她不知这也正是属于她一样的女性。她以为那是别人特意装饰起来好看的,像装饰店铺一样的东西,所以她总把眼光追过去。实在太好看了,那好像装上去的如云的光泽的黑发,那弯眉,那黑眼,那小红嘴唇,那

---

① 初刊本作"这声音非常熟,所以她不困难的就望见三姐她们已走到一条街市上了"。

粉嘟嘟的嫩脸,一切都像经了神的手安放上去的。她看见街上人的眼光,也跟着那咯咯的高跟缎鞋走,她就越觉得城里的人聪明:在如此宽阔,热闹,阔气的马路上,会知道预备几个美丽的,活的,比鸟儿,比哈巴狗,比什么都动人的东西,让人浏览;这图舒适的方法,不为不想得周到。她疑心她自己怎么也会插足在这样的一个社会中,她欣赏这样,欣赏那样,她是不是生来也安排定这福气的?

一行人,弯弯拐拐走了几条热闹的街,她遇着许多男的女的,穿着一些她不知是什么东西做的衣服,又光华,又柔软;样子令人只想去亲近,又令人不敢去亲近。他们都坐在洋车上,汽车上(这是刚才学来的知识),在街上游行,在店铺的沉重的大门进进出出。阿毛这才领悟为什么城里要设着这许多店铺,许多穿粗布衣的人来服侍,自然是为的他们。这时阿毛还没有想出为什么那些人会不同,不过立即便来了机会让她了解。

不久,她们走进一个堆满布匹的店铺,那些美丽得如阿毛所艳羡,所景仰的人们身上的布匹,闪着光,一长条,一长条,拖在①玻璃窗的后面。阿毛问,阿毛知道她将要在这店铺中拣一段好看的布做衣服,为了过年穿。她觉得什么都好,进来自己拣,无论在窗中拖着的,在架上堆着的,在匣子里安放着的。三姐替她拣了一段绿色的自由布,夹着一缕缕的白条,像水的波纹一样,她欢喜得跳了,但三姐自己拣的,却令她更喜欢。她希望同三姐一样,然而三姐笑了。三姐说小二哥只给她一块钱,若是要买三姐买的假花哔叽,则要两块多了。

阿毛本没有想到要做衣,小二要去爱惜她,自由布本已使她满足,但既懂得因钱少买不到假花哔叽,自自然然她忘记夫婿的好意,并且

---

① 初刊本作"竟是那样不爱惜的拖在"。

狠狠埋怨那省下钱的小二了。①本来也是，引诱她产生欲望，又不能给她满足。她只是想："为什么他不给三姐两块多钱呢？"

回来的时候，在第二码头，雇了一只船。荡漾的湖水，轻轻把她们推开去，离这繁华的都市，一步一步远了。她把眼睛避过一边，大声的叹气。快到家时，她又非常快乐了，那还是一种虚荣。当三姐和玉英教她辨识她们自己的家时候，她看见她们的家深深藏在一个比左近都好的山洼里，在这山洼里，隐现着许多精致的小屋。从湖上望去，好像她们的家，就正在一幢红色洋楼的上面。她忘记了②在这山洼里，仅仅她们几家是用旧木板盖成的简陋的小瓦屋，随处还须镶补着旧的，上锈的洋铁板，满屋堆着零星东西，从作工，至吃饭，又到睡觉的什么破的、舍不得丢弃的什物都在那里。

五

新的生活，总是惹人去再等待那更新的。阿毛生活在这里，算是非常快乐了。又忙着过年，阿毛整天帮着阿婆，大嫂，兴孜孜的做事。把父亲，三姑，一切都忘记了。一到晚上，阿婆约隔壁婶婶来打纸牌，她偷闲就来看，有时就躲在自己房中同小二玩，近来小二更爱她，她也更乐于接受那谑浪。有时阿婆在外间里喊倒茶，而小二偏把腿夹紧些，看她着急。她虽恨小二太同她开玩笑，但越觉得同小二相好了③。小二的手虽粗，放在她胸上，像有电一样，她在发烧，想把这手拿开，而身子反更贴紧小二了。什么人都觉出他们两家头很好。小二自己也感到他的妻是一天一天更温柔了。

过年很热闹，是她一生中还未尝过的热闹。新年里，又由大嫂引

---

① 初刊本作"阿毛本没有想到要做衣，而小二要去爱惜她，自由布本已太够她满足，但既懂得是因钱少了却得不到假花哗叽，自自然然她会忘记她夫婿的好意，并且似乎在刹那间，她狠狠埋怨了一下那特省下别的钱为她做衣服的小二了"。
② 初刊本作"这是幸而她忘记了"。
③ 初刊本作"但她越觉得要同小二相好了"。

着在庙里玩了几次。这庙就在她们隔壁那洋房的前面,是一个很有名的玛瑙寺。寺的命名的意义,自然她不懂得,不过那大殿的装潢,那屋宇的高朗,她也会赏鉴的。里面几个很会说笑话的和尚,几个帮闲朋友,都非常有趣。阿婆也来庙里打过牌,在玛瑙山居(就是她家隔壁的洋房)看门的金婶婶也常往庙里去。庙里有个叫阿棠的后生,她从她的本能觉得这人也正拿小二望她的眼光在望她,她很怕。阿棠生得又丑。不知为什么,她还是欢喜往庙里去,实在庙里比家里好。家里那瓦檐也太矮了,好像把一个人的灵魂都紧紧的盖住,让你的思想总跑不出屋。

闲了,依旧在三姐处学来许多故事,三姐津津有味的愿意教她。不知是三姐觉得谈讲这些有趣味,还是想从这不倦的言谈中暂时一慰自己对于许多物质上的希求。

总之,她总算很幸福了,而且她真的也觉得快活。不过一到春来后,不知为什么总有许多事物把她极力牵引到又一种思想里去了①。

第二章

一

阿毛从小生长在那荒僻的山谷。父亲是那样辛勤的操作,所来往的人,也不过是像父亲一样忠厚的乡下老人,和像她自己一样几个痴傻的终日勤着做事的孩子。没有什么事物可以使她想到宇宙不只就限于她所处的谷中的,也没有时间让她一用她生来便如常人一样具有的脑力,所以她竟在那和平的谷中,优游的度过那许多时日。假使她父亲,她姑母不那样为她好,为她着想,不把她嫁到这最容易沾染富贵习气的西湖来,在她不是顶好的事吗?在那依旧保存原始时代的朴质的荒野,终身做一个做了工再吃饭的老实女人,也不见得就不是一种

① 初刊本作"不知为什么总有许多事物把她极力牵引到完全堕入思想里去了"。

幸福。然而，现在，阿毛已跳在一个大的、繁富的社会里，一切都使她惊诧，一切都使她不得不用其思想。而她只是一个毫无知识刚从乡下来的年轻姑娘，环境竭力拖着她望虚荣走，自然，一天，一天，她的欲望增加，而苦恼也就日甚一日了。

在新年里面，本是很快乐的，所接触的一些人物，也使她感到趣味。当然，她只看到那谦抑，那亲热，那滑稽，而笑脸里所藏住的虚伪和势利，她却无从领解。她终日都在嘻笑中，带着热诚去亲近所有的人，连从前一度扰着她的城里的繁华都忘掉了。

直到有一天，天气不很冷，温和的阳光晒在屋前院坝里，她和大嫂在那阳光处粘鞋底，三姐，阿招嫂她们也各自搬着小椅在屋外做活。几人谈谈笑笑，也很不寂寞。大嫂时时把她粘好的鞋底拿给别人看，大家又打笑她。她非常愧惭，很悔从前没学好针线，现在全亏大嫂教她。

正在说话有劲的三姐，忽的把话打住了，阿毛看见她在怔怔的望到外面。阿毛也就掉过头来，原来从山门外走进两个人来。那穿皮领的，阿毛从前看见过的美人儿，正被夹在一个也穿有皮领的男人臂膀间，两人并着头慢慢朝山上走。于是阿毛随着三姐走到溪沟边①，等着他们。终于他们也来了，他们是那样华贵，连眼角也没有望她，只是那样慢慢的，含着微笑的一步一步，两双皮鞋和谐的响着往山上蹑。不知那男的说了一句什么话，女的就笑了，笑得那样大方，那样清脆。柔嫩的声音，夹在鸟语中，夹在溪水的汩汩中，响彻了这山坳，连路旁枯黄的小草，都笼罩着一种春的光辉。笑完了，又把两手去抚弄那双玲珑的小手套。于是这手套，在阿毛看来，就成了一种类似敬神的无上的珍品。阿毛一直送着那后影登山后，才怅怅的回转头来。阿毛看见三姐同样也显着那失意的脸，并且三姐又出乎她意料的做了个非常鄙屑的样子。

---

① 初刊本作"溪沟边的这头"。

回到原位时,大嫂和阿招嫂正在谈讲那些时款的衣式。阿招嫂劝大嫂做一件长袍出门时穿,大嫂说她年纪太大,不愿赶时兴。阿招嫂说阿毛顶好做一件。阿招嫂夸说阿毛生得很体面,加意打扮起来,是顶不错的。大嫂也笑了①。

从此,阿毛希望有一件长袍。其实她对于长袍和短衣的美,都不分明②,只觉得在别人身上穿起总是好看的,阿招嫂既说长袍时兴,那自然长袍比短衣好了。

并且,那女人的影子,那笑声,总在她脑子中晃。她实在希望那女人再来一次,让她好看得更清楚点。她想懂得那女人到底是做什么的,她要知道那女人的生活。她常常想,既然那笑声是那样的不同,若煮着饭,坐在灶门前拿起火钳拨着火,不知又将如何的迷人了。但她立即就否认了。别人那样标致,那样尊贵,怎会像她一样终天坐在灶门前烧火呢?于是她想起烧火的辛苦,常常为折断那干树枝,把手划破,那矮凳的前前后后,铺满着脏茅草,脏树叶,把鞋袜都弄得不像样了。阿毛简直忘掉从前赤着脚在山坡上耙茅草,两寸来长的毛虫常常掉在颈上,或肩上的往事了。

不久,阿毛所希望的事,居然来了,并且还超乎她所希望的,实在她应从此得到快乐了!

二

许多人都沸沸扬扬,金婶婶一早就跑过来报消息。阿招嫂说:"看样子很有洋钿呢!"

"上海来的吧?"三姐迷乱的发着话。

阿婆似乎遇到了什么好事一样,眯着眼向金婶婶笑:"你们今年一定可以多赚几个酒钱了。去年住的那和尚,很吝啬吧?"

---

① 初刊本作"大嫂也笑了她几句"。
② 初刊本作"都不能分明的看去"。

"是的,外面人手头大方多了呢。昨天看妥房子,知道我们是看门的,一出手就给了两块钱,说以后麻烦我们的时候多着呢,说话交关客气。转去时又坐了阿金的船,阿金晚上转来,喝得烂醉,问他得了多少船钱,他只摇头,我想至少也给了半块。早上我们还说,可恨上面住的黄家同老和尚不搬,不然换几个年轻人来,好得多了。只有师宾师父还比较好些。"

金婶婶这一番话,使个个人脸上加了一层艳羡的光,都想到①那两块钱,心也发着热。阿婆和三姐的娘都拜托金婶婶,以后有生意,请照顾点。金婶婶俨然贵客一样在这里坐了一个钟头,大家都不敢怠慢的陪着她。

吃过早粥,玛瑙山居的大门前,陆陆续续出现了许多人,扛着箱笼的,抬着桌椅的。阿毛快乐癫了,时时偷跑到金婶婶家去瞧。直到下午二点多钟,那穿蓝竹布袍的年轻听差的东家才坐了洋车来。阿毛认得她,那就是她急想一见的美人,那男子也正是陪着她来玩山的那个。不过这次她的衣服换了一件,依旧是皮领,高跟缎鞋,然而却非常和气,一进门就对金婶婶一笑,看见戴破毡帽的阿金叔,也点着头。阿毛觉得金婶婶也可爱了,仰慕的去望她,而在这时,那和善的眼光,带着高兴的微笑的眼光,又落到她自己脸上。于是阿毛脸红了,心跳不敢再去望人。那女人呢,接过一根很玲珑的棍子,是她丈夫给她的,一步一步的踱上那通到小洋房的曲径。那步法的娉婷,腰肢微微摆动的姿态,还像那天游山时一模一样。

阿毛很想再随着走上去瞧瞧,又觉得气馁,无语的退回家来了。

那久闭的窗,已打开了,露出沉沉垂着的粉红的窗帷,游廊上也抹拭得非常干净,放着油漆的光。

一到夜晚,刺眼的电灯光射放过来,阿毛站在屋外,可以从窗帷

---

① 初刊本作"都听到"。

里依稀看见悬在墙壁上的画，或偶尔一现①的头影。阿毛想知道里面的人在做些什么，常常一人屏息的站着听，可是什么也听不到。直到有一夜，夜深的时候，阿毛被一种高亢的、悲凄的琴声所惊醒。阿毛细细的听，这是从那一对搬来不久的新邻居所发出的，阿毛听到那琴声直想哭了，她悄悄的踱到屋外来。然而那声音却低沉下去，且戛然停止了。瞬即灯光也熄了，一切又都寂静得可怕。

　　阿毛想不出那声音是从什么东西上发出，而那年轻夫妇为什么到夜深还不睡，并弹弄出那么使人听了欲哭的声调来。阿毛更留意到间壁了。

　　是有着明媚的阳光的一天，阿毛正在溪沟头清洗衣服，忽然听着一种声音，就像从自己头上传来的一样，于是阿毛跑上沟边的高岸。她看见那女人裹着一件大红的呢衣，上身倾在栏杆上面，雪白的手腕从红衣的短袖中伸出，向下面不住的挥着，口中不知说些什么，又是那样的笑。而从玛瑙山居的门边，转出几个同样的女人，尖着声音向上回报。这使阿毛恍然，原来那不是什么稀奇东西，也许有成百成千的在她们那个社会里，就同阿毛所处的社会，有不少像阿毛，像三姐的人。

　　天气一暖和，山色由枯黄而渐渐铺上一层嫩绿，所有的树都在抽芽，游山的人一天多似一天了。来玩的，多半属于她邻居一流的人，这使得阿毛非常烦闷。纵然她懂得由于她的命生来不像那些人尊贵，然而为什么她们便该生来命不同，她们整天在享受一些什么样的福乐，这使阿毛日夜不安，并把整个心思放在这上面。

三

　　去年的十月，阿毛嫁到这里来，现在才二月，这几家人又忙着要吃第二场喜酒了。日子选在清明那天，把三姐嫁到城里去。三姐虽比

---

① 初刊本作"偶尔一瞥"。

阿毛更懂得离别的悲苦，时常牵着别人的手哭，然而在她脸上，却时时显着比她还急①，和默默的隐藏不住的高兴的笑。三天，两天，母女俩进城买衣料，打首饰，所有的人都看得出那两颗心整天盘旋在热闹的街市里，早就不安于这破乱的瓦屋了。

三姐嫁得很阔气，在朋友中，邻居中，很骄傲的就嫁到婆家去了。新郎是一个国民革命军中的军爷，新近发了点小财，似乎被神捉弄了一样，一次逛湖，坐了三姐爸爸的船。凑巧那天三姐进城转来，一同坐了一程。那军爷本有老婆，但却很看上了三姐，又欺着三姐爸爸的职业低，敢于开口，三姐一家人就都非常高兴的答应了。

等到三姐再回来，已变得不再是从前的三姐了。穿着一件闪光的肉红色花长袍，一双彤花②皮鞋，虽然不是高跟，但走路的样式，也随着好看多了。特别是连髻子也剪去，光溜溜的短发，贴在头上，垂在鬓旁，那意气，比什么都变得使人惊诧。她不再同阿毛她们随意说笑了。走的时候，还同阿招嫂闹点小气走的。三姐的娘也觉得阿招嫂竟敢开罪于她女儿，是可气的事，女儿走后，数说了阿招嫂几句。大嫂是同情阿招嫂的，借着毫不懂事的团团笑着说：

"好宝贝，你要安分些，你娘是不靠卖你给别人做小老婆来过活的。"

阿招嫂也不时投出带刺的话，不过在三姐第二次回来时，她们又都非常艳羡的同三姐很要好了。

只有阿毛不了解为什么别人要轻视她，同时又趋奉她。阿毛只觉得三姐更可爱，跑到比她自己更高的地方去了。她把三姐的骄矜，看得很自然。那比三姐穿着得更好的女人，不是显得更骄矜吗？她并且想，如若她得有三姐的那些好衣服穿，那她的气概，也会变成三姐那样了。所以她始终都敬重三姐，还特别敬重那未曾见过面的三姐的丈

---

① 初刊本作"却时时显着比她妈还焦急的脸"。
② 初刊本作"挖花"。

夫。三姐不倦的欢喜讲他，那军爷的一些轶事；那轶事一到了三姐会说话的口中，就变成许多有趣味的事了。那主人公似乎是一个神奇的人，一个十足的英雄了。

阿毛虽很天真，但她却常常好用心思，又有三姐、阿招嫂等的教诲，也早就不是从前的阿毛了。这算是她唯一的损失。她懂得了是什么东西把同样的人分成许多阶级。本是一样的人，竟有人肯在街上拉着别人坐的车跑，而也竟有人肯让别人为自己流着汗来跑的。自然，他们不以这为羞的，都是因了钱的缘故。譬如三姐近来很享福，不就是因为她丈夫有钱吗？再譬如那些来逛山的太太们，不也是因为她们丈夫或者爸爸有钱，才能打扮得那么美吗？那末，自己之所以丑陋，之所以吃苦，自然是因为自己爸爸自己丈夫没有钱的缘故了。从前还能把这不平归之于天，觉得生来如此，便该一生如此，这把命运看为天定，还可以消极的压制住那欲望。然而现在阿毛不信命了。现在她把女人的一生，好和歹一概认为系之于丈夫。她想：若是阿招嫂不是嫁给阿招哥，而嫁给另外一个有钱人，那她自然不必怀着孕还要终日操作许多事。假设三姐不给军爷去做小，而嫁到她生长的那山谷去，那三姐还能骄矜些什么呢？再譬如自己不是嫁给种田的小二，那总也该不至于像这样为逛山的太太们所不睬，连三姐也瞧不起的穷人了。

当她一懂得都是为了钱时，她倒又非常辛勤的做事，只想替她丈夫多帮点忙才好。

四

养蚕的时候到了。阿毛从没有看见过，也没有做过这等事，不过她却比所有的人都高兴。阿婆本来只愿孵两张皮纸就够了，但因了阿毛的劝说，就孵了三张。从清早起来到睡觉，都是阿毛在那里换桑叶。公公还说："这孩子倒不懒呢！"

阿毛对小二比以前更温柔了，总承着他的意思做事。谁料得定小二将来不发财，不把老婆打扮起来呢？阿毛总幻想有那末一天，也许小二做了军爷，也许小二从别的方面发了财，那她就可以把这双常为小二亲着的手，来休憩着，或者也去做点别个有钱女人所做的一些事。想来那事体一定各如其衣饰一样的恰合身份，一定非常有趣。而小二呢，小二做梦也不曾知道正有人把这样大的希望建筑在他身上①。他整天都和大哥无思无虑的跑到十里路外的田地里工作，看到太阳下山了，便扛着锄头走回来。回来后，吃完饭，洗了脚，就快是睡的时候了。他连同阿毛玩都没有时间，也打不起心情，哪里得知他妻的耐苦的操作中，压制得有极大的野心？

其实阿毛真可怜！什么人——就是连她自己也决不会懂得，当她打起精神去喂蚕，去烧饭洗衣的那种想从操作中得到自慰的苦味！

阿毛已经消瘦了好多。大嫂总喊她歇一会儿吧，莫做出病来，她却总不愿住手，似乎手足一停止工作，那使她感到焦躁的欲念，就会来苦恼她。她认为这富贵之来，决不是突如其来，一定要经过长久的忍耐的。

一到夜晚，小二倒头就睡熟了。阿毛在黑暗中张着两眼，许多美满的好梦，纷乱的挤着她的心。有时想得太完全了，太幸福了，忍不住便抱着小二的脸乱吻，或者还吻他身上！觉得那身体异常热，自己也就发起烧来，希望小二醒来同她玩一下，就仅仅用力抱她一下，她不就像真的已尝着那福乐了吗②？有一次，她实在忍不住了，推了几下他都不醒，她就去拨那眼皮。小二醒了，但立即在她光赤身上打了一下，并骂着说：

"不要脸的东西，你这小淫妇！"

这能怪小二吗？小二整天走了那么多的路，做了那么多的事，是疲倦使他躺下来的。而他自己，一个正在年盛力强的男人，又是那么喜欢阿毛，岂有不愿去讨好阿毛，而让阿毛感到不满？譬如有几个夜

---

① 初刊本作"小二做梦也不曾知道正有人把火样，无限大的希望来在他身上建筑，且越堆积得高起来"。
② 初刊本作"她不也就更可以像真得已尝着那福乐了吗？"。

晚，他被阿毛转侧的声音所扰醒，他就抱过阿毛来，阿毛温软的身体又鼓舞了他，他不觉就在他妻面前很放肆了。

若是阿毛真的感到需要这性的安慰，那阿毛自然会很有精神的来回报小二了。但阿毛又觉得小二是欺了她，可是她又不反抗，因为太忍受了，反更觉得伤心，这是当小二醒时，也许她正又想到失意的事而很灰心呢！

小二看到她冷淡，也无趣，有时又要骂她几句。

并且常常当她向他说起种田不好时，他也要骂她癫。他问她到底要做什么事才好，她又答不出来。

小二不必定要有那远大的志愿，像他妻一样，只企望有那末一天会被人看得起些，但总该特为他妻生出一种超乎物质的爱来。这样，或者那正在苦咬着欲望的焦愁的心，会慢慢从另一方面得到另一种见地，又快快乐乐的来生活也可能的。然而小二是一个种田人，除了从本能的冲动里生出的一种肉感的戏谑和鲁莽，便不能了解其余的事，想使他稍微细致点，去一看他妻的不好言笑的脸，他都不会留心到与新婚时有什么变异。在这情形下，一个有贪欲的妻，从此把他推远去，是可能的事。

五

阿毛真的对于小二起了剧烈的反感吗？不呵，无论她在她那种阶级中，已是一个勇敢的英雄，不安于她那低微的地位，不认命运生来不如人，然而她却并不真真的认识了什么。她只有一缕单纯的思想，如许多女人一样。她的环境告诉她不能恨丈夫，所以她依旧常常受人蹂躏；同时因为她不了解人们定下的定义，背叛了丈夫去想别的男人是罪恶，所以她又在不知不觉中落在那更其不幸的陷网里，其不幸更苦恼了她。

早先她把所有的希望都建筑在小二身上。这可以勉力使她去忍耐做她已有了怨懑的事。但是，慢慢的，她觉得这希望比梦还渺茫。而小二一点也不能鼓起她再有此希望于他的心。既失了凭藉，她自然是深受到那失望的苦绪，对于一切，都彻底的灰心了。现在鸡生了蛋，没人管；蚕子正在上山的时候，桑叶总换不及。阿婆和大嫂几乎整天都在竹箔边，饭弄得潦草，屋子又脏，所有的事都失了次序。有天晚上阿婆实在生气了，大声嚷着：

"别人养儿子享福，我就该命苦，还要服侍媳妇！"

公公也知道是骂给阿毛听的。公公不知道阿毛真懒散得怕人，只看到许久都是很勤快的，反替阿毛有点不平，他淡淡的说：

"阿毛！你有了什么病①，你就说吧！"

阿毛仍然懒于去回答。

"哼！病！在我们家有人去娇宠的小娘子，怎么不会有病！既然那样娇嫩，就躺着去吧，横竖有人来孝敬的！哼！到底害了什么病——莫不是懒病？"阿婆一口气说完了，打着冷笑。

正在洗脚的小二，觉得母亲好像连自己也着恼似的，并且自己不理这事，决不会就停止的。他讨好的也大声嚷着：

"不做事，就替我滚回去！"

阿毛把眼张开望了她丈夫一下，又把眼阖下来。什么地方都一样，她想，回去也成。

不过阿毛并没有回去，也许这又是错。不久阿毛又犯着从前的老病了，而且更甚，一没有事，就匆匆忙忙的站在屋外，看在山路上上下下的人。左边高处的房子里，又搬来两家像她右邻的人。他们进出得走过她院坝，她常常等在路口仔细看。现在她只看那衣饰了，她已不甚注意那脸蛋，觉得倒是走路时的姿态，反惹人爱慕些。所以在晚上，在黑的院坝里，她常常踮着脚尖去学；觉得很像了，她就更不安。为什么自己就永该如此？阿招嫂告过她，那些女人都是在学校念过书的。但阿毛一想，横竖一样，未必她们念过书，就不同于自己。未必

---

① 初刊本作"你假使有了什么病"。

她们会欢喜穿粗布衣，烧茶煮饭，任人看不起？未必她们不会只希望嫁的丈夫有钱而自己好加意来打扮？并且阿毛也不自量，阿毛不懂得所谓书是如何的难念，她以为如若她有钱，她自然也会念书，如同她也会打扮一样。

现在她把女人看得一点也不神奇，以为都像她一样，只有一个观念，一种为虚荣为图佚乐生出的无止境的欲望，这是乡下无知的阿毛错了！阿毛真不知道也有能干的女人正在做科员，或干事一流的小官，使从没有尝过官味的女人正满足着那一二百元一月的薪水；而同时也有自己烧饭，自己洗衣，自己呕心呕血去写文章，让别人算清了字给一点钱去生活，在许多高压下还想读一点书的女人——把自己在孤独中见到的，无朋友可与言的一些话，写给世界，却得来如死的冷淡，依旧忍耐着去走这一条在纯物质的，趋图小利的时代所不屑理的文学的路的女人。

若果阿毛有机会了解那些她所羡慕的女人的内部生活，从那之中看出人类的浅薄，人类的可怜，也许阿毛就能非常安于她那生活中的一切操作了。

阿毛看轻女人，同时就把一切女人的造化之功，加之于男子了。她似乎这样以为，男子的好和歹，是男子自己去造成，或是生来就有一定。而女人只把一生的命运系之于男子，所以阿毛总那样想："假设他也属于那一流穿洋服，拿手棍的人，就好了。"

然而这是无望，阿毛也早就不再去希望了的；她现在只是对于每天逛山的男人，细心的去辨认，看是属于哪一类的男人，而对于那穿着阔气的，气概轩昂的，则加以无限的崇敬。至于女人呢，她只存着一种嫉妒，或拿来和自己比拟，看应不应有那两种太不相等的运命。

慢慢的，她就更浸在不可及的幻梦里了。

六

白天，她常常背着家人跑到山上游人多的地方去，不过从始至终都没人理她。她希望有那末一个可爱的男人，忽然在山上相遇，而那男人爱了她，把她从她丈夫那里，公婆那里抢走，于是她就重新做人。她把那所应享受的一切梦，继续做下去。她糊涂，又少见识，所想的脱不了她所见的，有时就想出许多极不相称的事。然而她依旧在山上走，希望凭空会掉下什么福乐来。或者不意拣到一个钱包，那里面装有成千成万的钱，拿这钱去买地位，买衣饰，要怎样，便怎样，不也是可能的吗？但那钱包似乎别人都抓得极紧，而葛岭上也决不会有金窖银窖等着阿毛去挖。因之，阿毛失意极了，辛苦极了，反又兴奋着，夜晚长久不能睡，听到枕畔的鼾声，更使她心焦；性子不觉也变得很烦躁。譬如，阿婆骂了，就乘机痛哭；怄了一小点气，总要跑到院坝里大柳树下去抹泪，连公公也看不过，常常叹息，侄女们看见她没有一点喜悦相，也不惹她①。大嫂总嫌她懒，跑到隔壁家去数说。三姐再也不来了。就是三姐来，不也只能更给阿毛一些不平吗？阿毛除了那梦幻的实现，什么也不能满足她的需要。

那梦幻，终于来到了，但阿毛得的什么呢？

一天，阿毛穿一件花布单褂在院坝里迎风坐着，那黑儿就汪汪的吠了起来。转过身来，阿毛看见间壁洋房的那一对和另外一个颇高的男人，从溪沟那边过她这边来。她于是站起身来看。那女人，只穿一件长花坎肩的女人，举着那柔嫩的、粉红的手膀，朝阿毛摇了起来。阿毛不知那另外送过来的笑脸是什么意思，心怦怦的跳，脸就红了，也不知怎样去回报才对。

三个人很大方的走上坪坝，并朝她走来，她起先非常怕，看着几个异常和气的脸，也就把持住了。

"你姓什么？听见别人叫你阿毛，阿毛是你的名字，是不是呢？"那个女的更走近了她。

两个男人互相说着阿毛连一个字也不懂的话。

---

① 初刊本作"也不敢惹她"。

阿毛脸红红的点了几下头。

女的又问着她的家里人，和她的年纪。

阿毛觉得那两对正逼视到自己浑身的眼光的可怕。阿毛想躲回屋里去。忽然她又想莫非那男子，就是她所想象的那个，于是她心更跳了。她望了那人一眼，颇高，很黑，扁平的脸，穿着非常讲究。阿毛眼睛似乎有什么东西烧着一样，痛得垂下来了。她只想随着那人跑去就好，假设那人肯递过一只手来的话。时间似乎走得非常慢，她担忧着，深恐她被什么人瞥见了会走不成。其实阿招嫂就在门边瞧，团团还在院坝那端玩。阿婆这时也看见了，走出屋来喊她。

她一听到喊声，就朝那男人望了一下，好像含了无穷的怨怼一样。那女的呢，却走在阿毛前边，同阿婆招呼。阿婆也笑吟吟的走了拢来。阿婆令她搬几张矮椅来给客坐。两个男人也同阿婆说得很熟了。

闲话说了半天，那女人的机伶丈夫望了阿毛一眼，才向阿婆说：

"我们想拜托你一件事，希望你总要帮这个忙……"

"总要竭力的，请说是什么事吧！"阿婆不等别人说完，插着说话，显然很有兴味的样子。

那人踌躇一下才接着说下去，其余两人都含着微笑听他说。

"这位先生，"手拍了一下那黑高个儿，"住在哈同花园，是国立艺术院的教授，教学生画画的。现在他们学校想请一个姑娘给他们画，每月有五十几块钱。这事一点也不要紧的，没有什么难为情。我们觉得这位姑娘就很好，不知你们肯不肯答应？"

阿婆脸色变得很快，但因为在阔人面前，依旧又装着笑，说阿毛是有丈夫的人，怎么能做那样营生。于是他们又解释那职业，且保证说那里的人都是最规矩不过的。

阿毛自己什么也不懂，只以为那男人一定是爱她，才如此说，听说又有钱，更愿意。及看见阿婆总不肯，心就急了，并且那几个人觉得既无望，站起身就预备走，阿毛忍不住叫了起来：

"我要去的！我要去的！为什么不准我去？"

阿婆一掌就把她打在地下了。当她抬起头时，她看见那男人最后投给她一个抱歉的眼光。

这夜小二也非常咆哮的打她，公公也骂，所有的人故意给她看一些轻视的眼色。阿毛哭也不哭，好像很快乐的挨着打。

七

这能说她一生来就是如此温柔吗，恐怕光靠性情不会撒赖，未必就能如是忍耐那接连落在身上的拳头。她实实在在咬着牙齿笑。有那末一种极蠢的思想正在鼓舞她去吃苦呢；她觉得拳头越下来得重，她的心就跑得越远，远到不可知的那男人的心的处所去了。这痛也好像是为了那欢喜自己的男人才受的，所以倒愿意能多挨几下。第二天，天还没亮，她又唤起她的希望，朝山上跑去。

一口气就跑上喜雨亭，山上一个人影也没有，鸟儿还安静的睡在窠里。湖面被雾气笼罩着，似一个无边的海洋。侧面宝石山的山尖，隐没在白的大气里。只山腰边的丛树间，还依稀辨出隐现着几所房屋。阿毛凝望着玛瑙山居的屋顶，她把所有能希望的力，都从这眼光中掷去。她确确实实在夜深时候，还听出他们传出户外的笑声，她断定那笑声中有一个声音是她所想慕的那高大男人。她等着他来。她在喜雨亭呆等了好久，而他竟不来。雾气看看快消尽了，白堤迷迷糊糊在风的波涛中显出残缺的影。她又向绝顶跑去。她似乎入了魔一样，总以为或者他已先上去了。及至跑过抱朴庐，又到炼丹台，还不见人影。她微带失望的心情，慢慢踱上初阳台。初阳台上冷寂寂的，无声的下着雾水，把阿毛的头发都弄湿了。这里除了十步以外都看不清，上，下，四周都团团围绕着像云一样的东西。风过处，从云的稀薄处可以隐约看出一块大地来，然而后面的那气体，又填实了这空处。阿毛头昏昏的，说不出那恐惧来，因为这很像有过几次的梦境，她看见那向她乱涌来的东西，她吓得无语的躲在石凳子里，动也不敢一动。正在这时，她仿佛看见那路上，正走来一个人影，极像她所想望的人，于是她又叫着跑下去，然而依然只有大气围绕着她。她苦恼极了，疲惫极了，却打着勇气从半山亭绕到赤壁庵。庵里蹿出两条大黄狗朝她乱吠，她才又转到喜雨亭。到喜雨亭时，白堤已显在灰色的湖水里，玛瑙山居的屋顶是更清晰的，被许多大树遮掩的矗立在那路旁的山嘴上。她看着那屋顶伤起心来。而且哭得很厉害，大声的抽咽着。

她想起昨夜的挨打，她不知这打是找不到偿还的，她恨，又不知恨谁。似乎那男人也不好。而阻碍她的是阿婆，是所有人，实实在在确是小二阻碍了她。如若她不嫁，那自然不能藉口她有丈夫而拒绝别人，她真有点恨小二了。她又无理由的去恨那男人，她为他忍受了许多沉重的拳头，清脆的巴掌，并且在清晨，冒着夜来的寒气，满山满谷的乱跑，跑得头昏脚肿，而他，他却不知正在什么地方睡觉呢。既然他不喜欢她，为什么他又要去捉弄她？现在她不知怎样来处置自己了。当她趁着一点点曙光跑出家门时，她没有料到她还该带着失望和颓丧跑转家门去的。但是无论如何她不能留在山上而不回去。假使竟像她所想的，那男人在这有浓雾的清晨把她带走不是顶好的事吗？

雾还没退完时，纷纷细雨就和着她的泪一同无主的向四方飘，葛仙祠的老道士这时趿着草鞋下山来了，是往昭庆寺去买豆腐的，看见阿毛坐在石蹬上不住的哭，就问：

"一清早，什么事跑到这里来哭？小心受凉了，要病的！"

阿毛觉得有人在可怜她，反更伤心了。

道士等了她半天，不见她答应，而且哭得更有滋味一样，便手套着竹篮，从石级上走下去，口里一边说：

"好，我去叫小二来。"

"求你！不要说，我马上回去。"她跳起了，一把抓住那道士。看见他点了头，才向山下跑去，但立即又转过身来，加上一句叮咛："青石师父！求你呵，不要说起这回事吧！"

于是她一边拭着泪，一边连跑带跳的回到家里去。

小二问她到什么地方去了，她说到厕所，砰的一下，小二又打了她：

"你这娼妇，又扯谎！我就刚从厕所来。"

她不做声，转到厨房去煨早粥。打开厨房的侧门，她看见隔壁那粉红窗帷还没掀开，依旧静静的垂在那儿。

第三章

一

自从这次挨打后，阿毛就不再挨打了。虽说阿婆还是不快活她，却找不出她的错处。小二觉得她近来更沉默了，又瘦得可怜，想问问她是否有病，而又为她的冷淡止住了。说恨她没有讲话，又说不出口，所以小二只好也沉默着。常常当两夫妇单独在一块儿，阿毛就装睡。小二也知道，有时受不了那静默，就站起身走到院坝去。阿毛自己看来，或是在什么人看来，她都够柔顺了。然而在家庭的空气中，总保留着一种隔阂，如同在平地上的一道很深的沟。就是说无论阿毛怎么耐心操作，那耐心只表白出她的心的倔强，阿婆，大嫂……一切人都看出那倔强的心，跑得离这家非常之远了。

其实她自己呢，她不愿再计较这些事了。她也不再希望，她觉得一切都无望。她想："也好，就如此过一生吧！像我一样的命运，未必会没有！"

然而她没有不再继续她的梦幻。从前梦幻紧咬着一颗跳跃的心，极望梦幻的实现；现在呢，现在却只图在梦幻中味出一点快乐的甜意，作为在清醒时所感到的悲凉的慰藉就算了。但在夜静后，所现出的一丝笑意，能抵得从梦境醒来后的一声叹息吗？那萦回流荡在黑暗的寂静的小房中的叹息，使她自己听来都感到心悸，而又流泪，她自己也不懂为什么那叹息会发出那样悲凄的音。

无论什么人都是如此，在一种追求中生活，不怕苦恼得使你发癫，这苦恼在另一方面含有别一种力去安慰你那一颗热中的心。只是像这种，像阿毛，只能在无人扰搅她时，为自己找点暂时的麻醉[①]，特意使自己浸沉在一种认为不必希望的美满生活的梦境里，真是可怜[②]！

阿毛偶尔也一望那对屋的人，常常穿一件大衫在游廊喂鸟食的女人，不过瞬间她就掉转眼光，似乎怕看见什么可以刺痛她的心的事物。

更使阿毛不愿常见的，是住在阿毛左边山坡上的一个苍白脸色的年轻姑娘，她常常斜靠在一个世界上最和善的美貌男人的臂膀里，趿着一双嫣红拖鞋，在碎石铺的曲折小径里，铿铿锵锵的漫步到阿毛她们的院坝边，站一会儿，或者坐在路旁的岩石上。两人总是那样细细柔柔的谈谈讲讲，然后又拥着，更其悠悠闲闲的走回去。并且每天她和他都并坐在一张大藤椅里，同翻一本书，或和着[③]高低音共唱一首诗歌。也许阿毛觉得她太幸福了，所以怕看见她，怕看见了她，会相形出自己的不幸来，又感到伤心；阿毛也愿意自己能快乐点才好。其实，那女人却正感到比阿毛更难过，因为她的肺病很重了。不过在阿毛看来，即使那病可以致死她，也是幸福，也可以非常满足的死去。

阿毛不愿出去玩，怕看见一些足以引自己陷在无望的希望的悲苦中去。阿毛也不愿和家里人以及阿招嫂等谈讲，怕让自己更深切的懂得她自己也正是确定属于她们那阶级的人，并且还常觉出她们的许多伧俗处。所以她终日埋着头做事，做完事，就呆坐着，或呆躺着，简直不像从前终日都徜徉在这里，或又躲躲藏藏的在那里了。

二

阿毛病了，她自己不知道，她发青的脸色比那趿着拖鞋的女人的苍白还来得可怕。她整夜不能睡，慢慢的成了习惯，等到灯一熄，神志反清醒了。于是恣肆的做着梦。天亮时，有点疲倦了，但事情又催促她起来。她不愿为了这些让阿婆骂她懒，她又不觉得那些操作有什

[①] 初刊本作"为自己愿意找点可暂时麻醉去悲苦的心灵"。
[②] 初刊本作"真是想不出补救的可怜"。
[③] 初刊本作"谐和着"。

么苦，有时故意让柴划破自己的手，看那红的鲜血冒出皮肤来。又常常一天到晚不吃一口饭。有天小二实在忍不住了，就问她，辞色之间是非常怜惜的样子。

没有人去理会她，她也不知道有病；但一有人去体惜她，她就觉得真的已病得很深了。因为悲痛自己的得病，便似乎应该去怨恨许多人；这病总不是她自己欢喜找得来的！她看着小二那忠厚的脸就怪声的笑起来：

"放心！我不会马上就死的！"她那直向小二射去的两道眼光，明明是显出那怨毒的意思，而且话也是如此话："放心！总有一天我会死去的！"

她自己毫不思量的把话乱投过去，小二自然正如她所愿的感出那话的锋芒了。她自己就好过些吗？她未曾说话以前的心境，也许还平静点；为了那言语迸出得那样伤心，加上从空气中传来那音调的抖颤，反把那不甚凄怆的情调，更加浓了。她好像真的觉得没有一个人不乐意她死的。而这病就是所有人的对于她的好意，她忍不住又要哭，垂下头去抚弄那短衫的边缘。

小二本是一番好意问她，得来的却是相反的恶笑，心也恨了，只想骂她；又看见她那低着头默坐着的样子，显得也很可怜，便制住他自己的怒气、大踏步跑出去了。

如果小二能懂得她的苦衷，跑过去抱起她来，吻遍她全身，拿眼泪去要求，单单为了他的爱，珍惜她的身体，并发出千百句誓言，愿为他们幸福的生活去努力，那阿毛重新再温暖起那颗久伤的心，再爱她的丈夫，再为丈夫的光明的将来而又快乐的生活，也是不可知的事。无奈小二，只是一个安分的粗心的种田的人，他知道妻是应该同过生活的，他不知道他还应该去体会那隐秘着的女人的心思。也许这又是阿毛的幸福，因为在他那简单的，传统的见解上，认为是他妻的不对，更去折磨她也有之的；那末阿毛就可以永远沉浸在她的梦幻中。

阿毛看见小二出去了，觉得他冷淡得很，简直是非常狠心，因此她大颗大颗让眼泪直抛下来。

后来阿婆也觉出她的病来，看见她茶不思，饭不想的，疑是有了喜，倒反快乐，也愿意宽待她些了。觑着无语把一双手浸在凉水里洗衣服的阿毛，老婆子就大声喊着说：

"放在那儿吧。今天你起得太早，去躺一会儿吧！"

家里人都似乎对她很和平了，不过她依然还是那样不见一点笑容在脸上①。

三

八月的一天，阿毛病还没有好，她依然起得非常早，院坝里还没有人影来往。头是异常的晕眩，她近来最容易发晕，大约是由于太少睡眠，太多思虑的缘故。但她还是毫不知道危险的一任这情状拖下去。譬如这早上，已有了很凉的风的早上，就不该穿着薄夹衣站在大柳树下，任那凉风去舞动那短发。她把眼睛放在那清澈的湖水上，心比湖水荡漾在更远的地方去了。看见天空中飞旋的鹰鸟，就希望自己也生出两片强有力的翅，向上飞去，飞到不可知的地方去，那地方充满着快乐和幸福。所以她常常无主的望着天，跟随那巨鹰翱翔。鹰一飞得太远了，眼力已不能寻出那踪迹，于是把那疲倦的眼皮阖下来，大声的叹着气。

她正凝望着那天际线出神的当儿，一只手拍在她肩头，她骇了一大跳，原来是阿招嫂，也没有梳头，衣裳歪歪的披在身上。

她痴疑的望着阿招嫂，觉得她也瘦了些，她是自从七月分娩后就不常见了的。

"喂，你没听见吗，是哪儿来的哭声呢？"

阿毛还没答应，阿招嫂又用力拍了她一下，"听！"并且现着一副紧张的脸。

---

① 此处初刊本"让人放不进一点好意去"，全集本删去。

她觉得很可笑，什么事值得那样注意？然而同时她听见了，那哭声来得那样悲痛，那样动人！

　　慢慢她们听出那哭声是从她们左边山坡上传来，阿招嫂拖着她向那哭声走去，一直走到最后边的一所洋房。她不敢继续去听那激昂狂乱的痛哭，不过她又随着①阿招嫂走上那游廊。房里的听差看见她们，也没有来禁止，都木偶样的站着。从靠东边的纱窗望进去，她们看见那钢丝床上，平平的无声无息的躺着那苍白脸色的姑娘。她的脸色比平常更苍白了，盖一床薄花毯，眼睛半闭着，眉毛和柔发，都显着怕人的浓黑。那美男人呢，挣扎在两个年轻朋友的怀抱里痛哭，硬要扑到那死尸身上去。阿毛望了那女人半天，想不出什么，只觉得那情景和哭声忽然变成了一种力，深深的痛击了她的心一下，便摔脱阿招嫂的手，跑回去了。

　　阿婆，大嫂听说那娇美的姑娘死了，都跑去瞧，都也带着叹息回来。整天，她们都在谈讲这事。

　　到下午，几个人抬来一口白木棺材，又听到更其放纵的可骇的哭声。不久，由几个朋友送那棺材出去了。阿毛坐在门边看着那匠人在不平的石级上，吃力的走下去，好像她自己的心也消失在一个黑洞里面。

　　那棺材中，不就是睡的阿毛所怕见的最幸福的人吗？那病，那肺病，就真的无情，使她不能不弃了她的一切福乐而离开尘世？她是不是像阿毛所想，她死是很满足了的呢？

　　阿毛望着那慢慢远去了②的棺材，那女人最后的一点影，阿毛真想哭了，觉得一切都太可悲。一切的梦幻都可从此打碎。宇宙间真真到底有个什么？什么也没有！到头来，终得死去！无论你再苦痛些也好，再幸福些也好。人一到死，什么也一样，都是毫无感受的冷寂寂躺在

---

① 初刊本作"不过她又不知抵抗的随着"。
② 初刊本作"隐灭去了"。

大地里。那女人不是阿毛所最以为幸福的吗？然而到现在，她还不是毫无所知的一任几个穿短衣的匠人把她抬着，远离她爱人的怀抱，抬到不可知的陌生地方去了？

从此，阿毛不再嫉妒那死去的人了。她也没觉得死有什么可怜，她只感到这个生太无味。她想，假设她现在处在一个很幸福的地位，她也不会不因这女人的死而想到一切事去悲伤。

这一整天，什么人都该看出阿毛是完全浸沉在深思里过去了。

四

那可爱的苍白脸色姑娘的死，给予阿毛思想上一个转变，使她不再去梦想许多不可能的怪事上去。不过她的病却由此更深了。阿婆已知道不是喜，好像很恼她，时时要拿话来刺她。好在她并不在乎，不把那些话放在心上。直到她实在不能起来的那天，为了不愿把空气弄得太不安静，她恳求的对小二说：

"拜托你，帮我一点忙，请阿婆原谅这个吧：今天实在起不来，好不好让我静静的躺一会儿？"

小二摸她的手，觉得异常烧热，又瘦。本来已起身了，他又倒下去吻了她一下，并去摸她全身，身上也如手一样的热[①]，微微的渍着冷汗。小二觉得她很可怜，又觉得自己很抱歉，好久都不理会她了，只因她癖性怪，不好说话。小二抚慰的向她说：

"不要紧，你放心，多躺躺吧！我明天替你请个医生来看看。"

她凄然的一笑，有声无力的回报了小二一个"呒……"

到第三天，她父亲，阿毛老爹来了。老人家依然很健壮的走来，同亲家还没交换上三句话就到阿毛床面前了。阿毛把手递给他时，两人都哭了，都说不出一句话。相别还不到一年，而他以为很可以放心嫁出去的活泼女儿，是变到他一眼已认识不清的一个无生气的瘦弱女

[①] 初刊本作"瘦"。

人了。他哽咽的说：

"唉！……我害了你！现在我来接你，你跟我回去吧！呵，阿毛，同爸爸回去呵。"

阿毛紧紧抓着她父亲，眼泪乱流，想能同父亲回去也好。然而最后她又摇头，说什么地方都一样；又说父亲难得来，她病还不知会好不会好，来了就多住几天，让她多看看他也好的。

父亲伤心的依着她的话暂时留下，不过，只住到第三天，他便发誓他宁肯死，也不愿住在这儿了，他受不了她那种沉默！他看她无声的流着泪，又找不到她的苦痛，问也问不出。于是他苦恼的忍心回去了。

医生来过一次，看不出什么病，开了一个药方也就去了。

阿婆总说不出对于她的不满。又疑心她向她父亲说了什么歹话，所以他去时现着那样不痛快的脸；又疑心小二也偏护她，接连两个晚上都睡得非常迟。

其实，只过得两天，小二仍然不很留心了。夜晚，黑寂寂的，她不由不想起许多事，只望天快亮，听到点外边的闹声，把心事混过去就好。但夜又长，等着等着，她说不出那苦恼来，她希望那庵里的彻夜的木鱼声会传来，那单调的声音不是很可以催她暂时睡一下吗？或是有点别的什么响声也好，可以把她不定的心引开一下。

五

有一夜，当她刚刚想到一个人死去的事，而伤心起来，长长的叹了气后，那声响，那凄恻的声响，又传来了。那是她从前有一夜听过的，就是她右邻的人弹奏出的提琴声，那声调①在那弦上发出那样高亢的，激昂的，又非常委婉凄恻的声音，阿毛又想哭了。她从前懂不了那音节的动人处，为什么会抓着一个人的心，使你不期然的随着它的

---

① 初刊本作"歌调"。

悲楚而流出泪来；现在呢，她觉得那音调正谐和于她的曼声长叹。那末，在那音调里面所颤栗着的，是不是也正同于她那颗无往而不伤的心呢？

她怀疑①，到底那对无忧的美夫妇，为什么要在这夜深奏出如许动人的哀音？她拼命挣起来，走到屋外，从玻璃窗望去。在明亮的电灯光底下，她把那女人望得清清白白的！那女人披着一件红的大衫，蓬乱着一头短发，手抱着一件东西，狂乱的摇摆着半身。那声音便从那不知名的东西上发出。忽然，那女人猛的又掷了那东西，只听见砰的一声，女人也倒了下去。许久，许久，又都寂然。灯光从墙上反射出明亮的光照到好远。

阿毛很想跳到对面去，抱起那女人来哭。那女人曾和她谈过一次话的，是如何的和蔼近人呀！为什么她也独自在夜深如此的悲苦？她不是也显得几多幸福的吗？

阿毛在露水很重的夜里站了许久，心就盘旋在那间精致的，倒有一个美女人在地毯上的房子里，直到阿婆咳嗽，才惊醒了她。她只得勉强一步一步慢移回房去。她本以为幸福是不久的，终必被死所骗去，现在她又以为根本就无所谓幸福了。幸福只在别人看去或羡慕或嫉妒，而自身始终也不能尝着这甘味。这又是她刚从这个女人身上所发现的一条定理。她辗转思量了一夜，她觉得倒不如早死了好。

六

这夜过后的第二个夜晚，小二刚睡熟，便被他妻的转侧所扰醒。她揪着被角把身子弯成一团，不住的喘气。小二也骇倒了，一摸她，满头是汗，身上也是的。而且当小二的手一触着她时，她从咬紧的牙关放出一声尖锐的叫。小二再问她，她又默然了，且强制住那喘气。

小二起身把煤油灯点亮了。她两眼直瞪着，两手紧箍住肚子。小

---

① 初刊本作"她怀疑得利害"。

二再三的问是不是肚子痛，她才点了一下头，立即又大声喊道："放心！不要紧的！"

一阵比一阵厉害，脸色惨白得怕人，于是小二去敲前房的门："大嫂，大嫂，请起来一下，阿毛病得很厉害呢！"

大嫂看见她时，直叫了起来，只喊："怎么了，怎么了，你，阿毛？"

大哥也走了来看，阿毛把被角咬着，手扳着床缘，直望着他们摇头，意思是说不要紧的样子。

这时阿公阿婆都醒来了。阿毛也强制不住，时时大声的叫喊。小二去替她抚摸，她猛然推开他的手，并且叫道："不用！不用！水！拿点水来！"

小二捧过水去，她一下就喝干了①，但更呻吟起来。大哥断定她吃了什么东西，问她，她还是乱摇着头。

阿婆又嚷起来，说是好好的人，要吃什么东西来骇人，逼她说②。

不久，她平静下去，一点力也没有，小二走拢去握着她，她又哭了，她嘶声的说：

"原谅我吧！迟早我总得死，现在死了，免得长年躺着折磨你。我不好的地方，你就忘掉吧……"

她又把眼光望到大嫂，微笑的点着头，说：

"谢谢你③，阿毛死了，来生投报吧！"

大嫂被她的样子弄得也哭泣起来，劝她不要焦急，病总有天会好的。

但猛的她又剧痛起来，在板床上打着滚，口里叫着："痛死我了！痛死我了！"

小二用力的去抱她，扳着她问：

---

① 初刊本作"她一下就吸干了"。
② 初刊本作"反威逼她说出"。
③ 初刊本作"谢谢你一切"。

"说呀!你吃了什么了?"

她哑声的嘶喊着,又怪声的笑起来,在垫被下抓出一大把火柴杆抛出:

"是的,我吃了!我吃了!我现在就死!我现在就会死!"

大哥拔上鞋就朝昭庆寺跑去赶医生。

但等不了医生来,她在狂乱的翻滚中,自己毫无声息的掼在床上了,大张着口,朝上面呆望着。

小二走上去:"阿毛!说,为什么你要寻短见?"

"不为什么,就是懒得活,觉得早死了也好。"

小二还想再问,她作了一个手势,小二就停止了。这时从右邻又传出那动人的哀音。她咕噜着:"唉!什么都完了[①]!"

小二再去看她,她已死了。肚腹间还不住的起伏着。

于是一片哭声号啕起来。同时,那提琴声又慢慢低沉下去,且戛然止住了。

一九二八年夏

---

① 初刊本作"什么事都从此完了"。

韦　护[*]

第一章

一

　　韦护穿一件蓝布工人服，从一个仅能容身的小门里昂然的踏了出来，那原来缺乏血色的脸上，这时却仍保留着淡淡的一层兴奋后的绯红，实在是因为争辩得太多了，又因为天气太闷，所以呼吸急促得很。他[①]很快的朝那胡同的出口处奔去，而且在心中也犹自蕴蓄着一种不平。他觉得现在的一般学者[②]，不知为什么只有直觉，并无理解；又缺乏意志，却偏来固执。一回映起适才的激辩，他不禁懊悔他的回国了。在北京的如是，在上海的如是，而这里也仍然如是。你纵有清晰的头脑，进行的步骤，其奈能指挥者如此其少，而欠训练者又如此其多，他微喟着举起那粗布的袖口，拭额上的汗点。

　　"喂，韦先生[③]！哪儿去？请慢点啊！"

　　他侧过身来，那高个子、穿着白袍的柯君，便站在他身旁了。他皱一皱眉，便说：

　　"对不起，我要用饭去了。"

---

[*] 初刊于《小说月报》1929年第21卷第1—5号，署名丁玲。收入《丁玲全集》第1卷。
[①] 此处初刊本"他没有注意他那步伐的不适宜于他身体"，全集本删去。
[②] 初刊本作"他觉得中国的这般人，这所谓同志，所谓康敏尼斯特"。
[③] 初刊本作"德娃利斯韦"。

"呀，正好，一同去吧。"

柯君的殷勤，并不能引起他的兴致，但他不愿再回绝了，只好请他到远一点的唱经楼那里去。因为在那里有一家吃面包的地方。

时间将暮了，一阵阵归林的乌鸦，漫天飞旋；远寺的钟声也不断的颤响着。两人在暗下来的①路上向东行去。韦护看着偶尔闪起的灯火，不觉有点惆怅的样子，在少人行的马路上，连步履也很懒然的拖着了。

另外那人，默默的随着，时时看那路旁的矮瓦屋，及在屋前张望着的穷人。那些人都裸着半身，赤红的背，粗的短发，带着与那强悍身躯极不调和的闲暇，悠然的挥着大扇，或抽着烟杆。他又去望天，满天阴沉沉的，无一颗星。他自语般说：

"我想快要下雨了，星都被吹走了呢。"

刚说完就觉得错了，因为确是没有一点风。想去改正那吹字，但身旁那人并不理会，所以只在心上加一个改正。并没再说出来。他觉得他的韦先生②仿佛很着恼似的，便又搭讪的向他问及许多闲事。

这个也不住的随口答着，且问：

"你怎么像个安徽人？"

"可不是，我就在安徽生长的。"

"我早先看你身材和气色，还以为是个北方人呢。"他实在不能被什么引起趣味，而且很觉得这谈话之无聊，但人情和工作，都磨炼得他很不愿使人感到不快活，他简直是一个很能迁就③的世故者呢。

于是柯君便讲起许多故乡中的事，话又几次为对面冲来的行人打断了，因为这已是一条很热闹的，有着店铺的大街了，他不惮烦的继续着讲，而韦护却很抱歉，他实在听得太少了。

在一家有着玻璃窗的门边，韦护便让柯君在前，走进了这家在这

---

① 初刊本作"不明的"。
② 初刊本作"德娃利斯"。
③ 初刊本作"牺牲"。

街上很放着异彩的西餐馆子。零零落落有五六张小方桌，桌上铺了灰色的白台布；在另一张大白木桌上，摆满了玻璃杯。他们在最后的一张桌上坐下了，同时还有两个学生模样的人在吃刨冰，诧异的、又缺乏敬意的给了穿短褂的韦护一个白眼。韦护也同时感到这衣服之不适宜于此地了。他轻声说：

"忘了到对门那家天津馆去了。那火烧很不错呢。柯君，我很失悔到这地方来，我没有换衣呢。"

"不要紧，夏天，谁注意你。"

菜一样一样的依次上来，口味真奇特，那炸鱼，像面酱；那牛排，好难嚼呀；韦护不禁笑了。他想起那些连面包屑都感到是美味的人们来，他眼前所晃起的，全是那些裹着大围巾的异国女人，和穿起大皮靴的瘦弱小孩，而且他那时，不也正是每天只能得一磅面包和十支烟卷，虽说他每星期都能领到很够用的薪水，而且家中也不时寄钱去。于是他将那面包皮一口吞到嘴里去，且赞美着："好味呀！"

柯君被他惹得打起哈哈来了。

于是他与柯君拉杂的谈着过去的事。

他的语言是超过那许多的事实①，而柯君的全心神比他那一双木然望住的眸子还专诚。末后他停了话，望着那脸笑了，他笑他怎么他的五官就生好了是专为听人说话的。柯君还要问那里现在怎样了。他告诉他已好多了，如果他现在要去，可不必为那一切忧虑。

吃完了晚餐，韦护把脚伸起，跷②到邻座的一张凳上去，头仰着，腰向后去大大的嘘着气。他实在觉得穿短衣真舒服。但他却厌烦的说：

"这南京真无味！"

柯君也响应了他。其实他在柯君的苍白和阴郁的脸上所感到的无味，只有比从南京得来的多。

---

① 初刊本作"他的语言是超过他所知的"。
② 初刊本作"踏"。

柯君还想找点话来说，却一时想不起，看到站起身预备走的韦护，便又拉着他坐下，说是再吃杯冰激淋。

韦护无可无不可的留住了，因为他认为转去了也一样的枯燥无味。

在冰激淋快吃完的当儿，柯君俯着头看那剩在杯中的，已变为流质的东西，忽然叫了起来：

"走，不要迟延了。我们去吧！"

韦护冷然望着他，略带点可笑的神气。

他急忙站起，去穿他那件白袍，又催着不动的人：

"去，我都忘了！① 你说南京无味，来吧，看看，南京也有有味的地方，也有可谈的人！"

韦护却摇头②，问他，他只是像疯了一般的说：

"唉，告诉你呵！你要答应去，我才说。唉，告诉你呵！哈，我有几个女朋友，都是些不凡的人呵！她们懂音乐！懂文学，爱自由！她们还是诗！③……"

韦护听到这最后一句，忍不住大笑了。他认识他一星期了，他从不想到他会说出这末一句与他思想和灵魂极不相称的话，一定是从什么地方抄袭了来的。

柯君不理会他，且放重了声音，说完他自己的话：

"而且……她们都是新型的女性！④"

女性，这于韦护无关⑤。他不需要，他看得太多了。一个月来，在北京所见就四五十人，在上海又是二十多，就在这南京，不就正有着几个天真的女孩，在很亲近他吗？这些据说也是新的女性⑥。他真受够

---

① 初刊本作"包你不错，去，有趣的地方！"。
② 初刊本作"韦护以为是秦淮河那一类地方了；他却摇头"。
③ 初刊本作"哈，那里有的是酒！有的是音乐！有的是放浪和自由！有的是诗！……"。
④ 初刊本作"而且……有的是女人！"。
⑤ 初刊本作"无用"。
⑥ 初刊本作"他真是够受了这东西"。

了那所得来的不痛快，宁使他害病都成。何况他亲近①的也很多了。那中国另一时代的才女的温柔，那法兰西女人的多情，那坦直的，勇敢的俄国②的妇女，什么他没有见过？现在呢，过去了。他无须这个，他目前的全部热情只能将他的时日为他的信仰和目的去消费。他站起身，去握他朋友的手：

"好，去你的吧！③我祝福你，可是失陪了，对不起，我要休息了呢。"

柯君露出一副欲哭的脸，握着他的手不放，非要他同去一遭不行，一分钟也好，他全为要证实他并没有诳语，他恳求他。

韦护最后抓着他朋友的腕，向外推着说：

"好，走吧，孩子！陪你去。"

二

路是一条弯弯曲曲的小街，魆黑的，没有灯，很怕人。韦护挽着他的朋友，在高高低低不平的路上跑。他极力去辨认那两旁的瓦檐，及屋旁的小隙地，他想到一些很奇怪、很浪漫的事上去。他又望他的朋友，看不清，只是气喘嘘嘘的，带着他朝前奔。韦护不禁从他朋友身上感到有趣起来，就微笑着去碰那膀子：

"说，到底是些谁们④？而且你……你尽管告我，我好明白，我还能帮你忙。⑤"

"瞎说！我是无希望无目的的人，你不必问。见了她们就知道⑥。若是你不愿意⑦，你对我使眼色，我站起身就走。"

---

① 初刊本作"享有"。
② 初刊本作"新俄"。
③ 此处初刊本"去你那有趣的地方吧！"，全集本删去。
④ 初刊本作"到底是什么地方？"。
⑤ 初刊本作"如果真好，我就帮你忙"。
⑥ 初刊本作"去了就知道"。
⑦ 初刊本作"若是嫌不好"。

韦护一听那声音，其中就含有笑。看见他不肯说明白，也就不追问①。只逗搭着说一些别的话②，柯君始终少言语，一直到了一家门首。

门又低又小，而且从那暗灰色天空中相衬出的墙瓦，也是波似的，总疑心什么时候在风雨中便会坍倒下来一样。柯君轻轻的敲门。韦护朝四下一望，见邻近只有很稀少的几栋矮踏踏的黑屋，歪歪斜斜的睡着，安静得像没有住人似的。他想，这哪里像个城市③。他便看定从黑门上所映出的一条长的柯君的影子。

一个清脆的女性的声音响起：

"谁呀！"

韦护退一步站着④。

"是我。"柯君柔和的答着。

"我！'我'又是谁呢？"声音是近了拢来，就在门背后，而且隐隐又听到好几个吃吃的女孩们的笑声。并且又传来一句另一个像水在岩石上流过的声音："不说清，是不开门的。"

柯君大声答："是我，柯君呢。"

门背后的女人大笑起来了，大声朝里说：

"唉，是柯君呢。开不开门？"

韦护为这不敬的声音，打起战来了。并且气恼着，正要拖他的朋友走，而门却在几个女孩子喊声中呀的大开了，从房子里的薄弱灯光中，辨认得出一个颇大的院子，在有着树丛的大院中，有几个人影。韦护随着柯君朝里走，开门的姑娘站在门后面等他们走了进去，才来关门。

---

① 初刊本作"看见他老不肯说，似乎有点生气了。但觉得别人既固执着要保存那趣味，便也原谅了"。
② 此处初刊本"希望能在这里面得一点事实"，全集本删去。
③ 此处初刊本"而且很疑心起来"，全集本删去。
④ 初刊本作"韦护似乎有点怕了起来，便退一步站着。他很想立即明白这是一个属于怎样的社会"。

两人走到院子中心①去。柯君极亲昵的喊着一个可爱的名字"丽嘉"。韦护便也张眼四望②，更注意那所谓"丽嘉"其人者。

"丽嘉不在家。如若不愿走，就这里坐吧。"一个稍微有点胖的姑娘站起身，腾出她坐的那张小长条板凳来。

他们两人便坐到那条不稳的凳上去。

"柯君！说话呀，若是忘记了预备来说的，那我就替你说一句：'丽嘉不在家也不打紧，③我是不走的，就坐在这里了。'"韦护去望说话的人。小小的一团，蜷在石阶上，大约那身体的伶俐，总与其言语的伶俐一样。而且韦护觉得这里的人就没有一个不是说话尖利和擅长那轻蔑的笑。他没有感到愉快，又没有说话机会，只好充个极不重要的角色，旁观下去，且看个明白④。所以他没有感到不安的静坐在那儿。柯君反一点也不像适才的高兴样子了，在这里有一种空气压迫他，他没有力量表现自己，他无聊的向睡在旁边藤椅上的人说：

"谁，睡在这里？睡着了，怕着凉呢。"

一件宽大的绸衣，遮隐了那身体，蓬松的短发，正散在脸面上，一双雪白的脚，裸露着不同姿势的伸在椅子外面去了。韦护不觉在心上将这美的线条作了一次素描，他愿意这女人没有睡着。果然，一个小的、不耐烦的声音说了，她谢了柯君的关心，却又拒绝了他的关心。

柯君不自禁的叫了起来："呵，是你，丽嘉！怎么不做声，装睡着？人不好吗？快告我！丽嘉！"

韦护的精神也提起来了，陡然清爽，他看了他朋友，便又去望躺着的人。

"不，请你莫闹，丽嘉好烦恼呢。"这不耐烦的声音，仍是从椅上

---

① 初刊本作"人堆的中心"。
② 此处初刊本"这些只穿着单衣的女体"，全集本删去。
③ 此处初刊本"横顺有你"，全集本删去。
④ 初刊本作"但他忘了柯君所说的使眼色的话，他愿意充个极不重要的角色，将这幕剧看完去，且看个清白"。

发出。

"为什么呢？为什么？"

柯君便动了一下，像要伸手去扳那人一样，忽的丽嘉便跳着坐了起来，一边摇摆着乱发，一边大声笑着说：

"珊珊你们看，仪贞，你们说，不好笑吗，还问我呢。告诉你，柯君，丽嘉烦恼，就是因为你来了呢！若不信，请问她们，是不是丽嘉刚才还同她们笑着，谈得很起劲……"

丽嘉还待说下去时，那坐在石阶上的小人便吼起她果断的声音：

"岂有此理，丽嘉，我不准你说下去了！安静的躺下去吧，你不知道我们的柯君是经不起这样的玩笑吗？"她又对惶遽的柯君说："不要理她，她常常要这样寻开心的，她不欢迎你，我们大家不会像她一样，这位是谁呢，是同乡？是朋友？①"

丽嘉抢着补充说："是同志！"

院中的人又大笑了。

柯君慢慢朝着众人说出他的名字："韦护先生！"

韦护听到有人嘎了一声。丽嘉也说道：

"请韦护先生到房中坐坐②。让我们大家都来在灯光下瞻仰瞻仰《我的日记》的作者吧。"

于是韦护便被拥到那有着灯光的房里去了。丽嘉在前面，她先将煤油灯捻大，又在桌子边拉出一张椅子来，说声"请坐。"韦护便不由得坐下来了，柯君也由人给了他一张椅子，大家都坐好了。韦护便来细看这里所有的人，他已经了解柯君在这里所处的，是一个怎样可怜的地位。而自己现在又将变成一个被嘲弄的目标。这几个年轻姑娘，都不缺少锋利的眼神③和锋利的话语的。他不愿失败，他愿使她们惊

---

① 初刊本作"她不欢迎你，我愿意招待，在我房中去坐吧，这位生客是谁呢，是同乡……"。

② 初刊本作"领韦护先生到我房中去。你们大家都来坐"。

③ 初刊本作"锋利的神经"。

诧，她们应当知道韦护并不属于柯君一流人，可以任她们随意捉弄的。他开始来望丽嘉。

丽嘉有一头乌黑的头发，黑得发亮，蓬乱得很高，发又长，直披到肩上了，使一个白的颈项，显得越白。穿一件大的白绸衣，领口斜着，可以在肩头上，见到一个小小的圆涡。她坐在桌子对面①，紧紧的瞅着韦护，两个圆圆的大眼，大张着，发着光，显得逼人似的。

韦护便将眼光落在她眼睛上，动也不动。

望了半天，丽嘉忍不住了："不必这样看我，我叫丽嘉，一个没有上学的学生②！而你呢，看你这身，你的手，你的脸皮，与你的胸脯不相称的衣服，你这痴钝的眼光，及你这可爱的朋友，便知道你是一个社会主义者③。虽说我很失望你便是韦护，但我相信你比你的朋友却要高明得多。欢迎你来看望我们④，请说一点话。"她把眼皮闭了下来，装出等待别人说话的神气。

韦护知道他第一步给人的印象并不怎样坏。而且他素来就不愿在女人面前让别人在他身上得了不满去，于是他变了一个声音说话，眼睛仍然望着丽嘉：

"有些人的嘴是生来为打趣别人才说话，我固然在某种情形下，也得用嘴来帮忙，然而到了你们这里，却只须用眼睛来看了。"

于是他巡回望过去，连丽嘉有五个，都在十七八九上下⑤，是些身体发育得很好的姑娘，没有过分瘦小的或痴肥的⑥。血动着，在皮肤里；眼睛动着，望在他身上。他知道柯君要来这里的缘故了。他去望他，柯君垂着头靠在椅子上，不做声。他觉得他可怜，他也明白他纵愿帮他忙，也无用。

---

① 初刊本作"她翘着脚坐在桌子上"。
② 初刊本作"一个乡下女人"。
③ 初刊本作"便知道你是很自谓的一个社会革命者"。
④ 初刊本作"欢迎你坐在这里"。
⑤ 初刊本作"都在二十上下"。
⑥ 此处初刊本"都裸着四肢"，全集本删去。

"韦护先生！请不必浪费你的文章，留着到必要的时候使用吧。这里只有粗野，很听不惯这些精致的语言。你既然欢喜穿着这身可爱的粗布衣服，则请说一点穿粗布衣人说的话，我敢担保这只有更受欢迎的。"这是小一点的人说的。她穿一件绿条纹花绸坎肩，坐在门槛上，将两臂高举着，托住那后仰的头，有一个圆圆的额和尖的下巴。

韦护对这些勇敢的言语和举动①，发生了兴趣。他很奇异这个小小世界是怎样的环境，会将这些年轻姑娘养成这样性情和倨傲，于是他振作精神，先泛泛的将她们恭维了一阵，然后他又找着了她们的嗜好；他同她们谈讲到音乐上面来，因为他看见正有一张小提琴的匣子歪睡在墙根边。她们的眼睛都张开来了。丽嘉头靠到窗户上在叹息。珊珊（那穿绿绸坎肩的）也走了拢来站在桌前面，娇嫩的脸上，放着光，韦护对于外国的乐器虽不会奏，但他却听过贝多芬、柴可夫斯基、施特劳斯②，他说得真动听，比他在会场所激烈争辩的言辞有力得多了。他从音乐又谈到戏剧，末后又转到文学上了。她们都喜欢俄国的作品，这更适宜于他③，她们也不吝惜的发表着意见，于是便更热闹了。他知道怎样不单偏重于冷静的批评。他又列举些她们还没有读过的名作，用他的善于描摹的言语，于是故事便更有声有色了。他又不忘了说一些名人轶事，有趣的，或是恋爱的。这都是人们④所最爱听的。所以渐渐她们都忘了一切，她们不再去敌视他⑤，在每个眼光中，他懂得他很得了些尊敬和亲近。他也不觉得她们是完全只知道嘲弄别人⑥及无意的瞎闹，而且在每个脑中，也不是全然无理解。她们只是太崇拜了自由，又厌恶男性的自私和浅薄，所以她们处处就带了轻视⑦，因此韦护在这

---

① 初刊本作"自由放浪的举动"。
② 初刊本作"但他知道 Chopin，知道 Beethoven"。
③ 此处初刊本"他论及托尔斯泰，屠格涅夫，梭罗古勃"，全集本删去。
④ 初刊本作"女人们"。
⑤ 此处初刊本"不再想到他是一个康敏尼斯特"，全集本删去。
⑥ 初刊本作"男性"。
⑦ 此处初刊本"而且她们是很误解了马克斯，是无疑"，全集本删去。

些地方，总常常留心，不愿太偏袒自己在创作上①、文学上②的主张。她们讲的是自由，是美，是精神，是伟大。她们都觉得投机得了不得。最后她们讲到恋爱了。俄国③的妇女，使她们崇拜，然而她们却痛叱中国今日之所谓新兴的、有智识的④妇女。韦护反对了这话，说俄国的妇女也有她们的缺点，她们都有健壮的身体，和长谈的精神，她们不管一切，门也不敲便到你房里来了。将大的两股塞进软椅去，抽起烟来，她们自己以为可以发笑的话又特别多，不管你听不听，总是大声说下去。⑤他说他就最找不出精神来同她们做无味的消遣。这话使她们都笑了。丽嘉还说她就只欢喜这些能使男人讨厌的女人。韦护又恭维了一阵中国妇女之有希望，每句话都是向着她们身上投来，所以这话更有了效用。

  一直到三点了，煤油灯里的油渐渐的干了，灯光慢慢小了下来，韦护才想起该是告别的时候，一看柯君早已不知道在什么时候熟睡去，打着大声的鼾。而她们中也有两个人的眼睛很疲倦的红着了。韦护向她们道歉说他不该坐得如此久，扰了她们这一夜。她们不答他，只望着睡熟了的柯君笑了起来，韦护心里也发笑，便去喊柯君。

  柯君醒时，犹含糊着说梦话。

  他们走了。她们没有挽留，也不叮咛他再来。只是欣然的从后门送他出来。因为她们说走后门，越过池塘和菜园，隔他宿处便不远了。这时，月亮已出来了；清凉的风，微微的拂着；喧闹的虫声，正四野鸣起；夜是如此静，如此清幽，他再望她们一次，觉得她们都浮着青春和美。他还见了丽嘉是倚在树干上，目送着他。风将她的大衫鼓得飞舞起来。

---

① 初刊本作"政治上"。
② 初刊本作"社会上"。
③ 初刊本作"苏俄"。
④ 初刊本作"解放的，革命的"。
⑤ 此处初刊本"而且找着你闹的方法又不少，无论你怎样表示，她仍然有感到有趣味的才能"，全集本删去。

三

　　这里留下了五个年轻的姑娘，她们的意思①是一致的，她们都不反对她们讨论文学的行为②，她们都承认韦护使人满意，她们都目送着他走远去③。她们转来时，都忘了言语，互相不说一句话，默默的，前后走了回来。在她们脑中，只萦回着适才的有味的长谈，而且抹不去一个瘦的、白的、穿一件短蓝布衣服的影子，那南方人的北京腔，又柔和，又跃动，那抽烟的可爱神情，在说话中，常常将头微仰起，吹出那淡白的烟气。她们又回到房子里了。灯已经熄尽。蜡烛的光摇摇的，椅子狼藉着。桌上散着纸屑和烟头。有一种淡淡的凄凉，氤氲着在，而且填到一些微微有着空虚的脑中去。好久，好久，那较年幼的春芝便说：

　　"睡了吧，时候不早了。"接着她打了个呵欠。

　　"唉，我找不出一点瞌睡来呢，我相信是因为说太多了的缘故。"丽嘉接着说。

　　"韦护真会说话！"这是那稍胖的薇英说的，于是室中静默了。

　　但瞌睡终逼了来。春芝等都回房去睡了。只剩了丽嘉和珊珊两人，在她们之中，她两人更投洽。虽说是两种个性支配了两人。然而珊珊却极羡慕丽嘉的豪迈和纵性，而丽嘉也极仰爱珊珊的聪慧和腻情。两人同一样的爱艺术，爱自由，④是如何的热烈，两人在最近两年中，学了音乐和图画。在起先，为了过分热心和大胆，总是丽嘉显得更有天才，然而到最后，却也是丽嘉先厌倦，终竟是两人都又将嗜好转了方向。到现在珊珊是偷偷的在做诗，为的她较多了烦愁。而丽嘉却愿将热血洒遍了人间，为的她要替人间争得了她渴慕的自由，她常常同一

---

① 初刊本作"思想"。
② 初刊本作"她们都不反抗她们任何种行为"。
③ 此处初刊本"是都忘了那另外一个较高的穿白长袍的人了"，全集本删去。
④ 此处初刊本"（这是宁肯说她们爱玩还较过宜）"，全集本删去。

些所谓中国的文人①来往。但她同珊珊谈到雪莱，拜伦，歌德，那些热情的诗人，是一样的倾心和神往。她常常觉得在她的血管中，也是常常有着那些诗人的浓厚的苦闷存在着。珊珊也不是不同她一样感到，但她对于一切都要忧郁一点。在生活上占有的勇气，她没有她朋友勇敢，然而在谈话上，她却常常要比她朋友来得尖利，所以从外形看来，丽嘉似乎可爱些。唯有在丽嘉心中，则分析得清清白白，她承认，无论在智识方面，性情方面，处世方面，她朋友都比她好得多，而且她承认，很少有人能比得过她朋友。因此俩人是更相契重的生活下来了。

丽嘉一见房里只有两人，不觉的便又将她们适才所谈的问题继续了下来。但是珊珊不答她。于是丽嘉又说柯君可怜，她很替他在路上担忧，真断不定在路上他不会再打瞌睡，看他在那小椅上也能安安稳稳睡着，便足证明他在路上也有睡着的可能。珊珊始终真的怜惜这类人，她责备她朋友太不厚道。于是丽嘉便又辩明她的无须乎慈善的理由，而最后，她问道：

"你说韦护如何？"

珊珊想不出应怎样答应。这是第一次，她不愿将韦护太夸奖了，在丽嘉面前。她只说："这人很聪明。"

"是的，我还没有遇见一个能如他这样的人。珊珊，你说呢？②"

"是的，他不像柯君，不像冬仁，他懂得艺术，而且他懂得人生。你能从什么地方看出他只是一个简单的革命家③？"

丽嘉没有话说了。她走到床前去，整理床上堆积的衣衫，最后她仿佛自语似的："我也有些不喜欢他。我们的意见不一致。"④

珊珊不愿辩驳这句话，她也就默默的睡去了。

第二天，简直是成了无聊的日子。天气热，因为热，不能出去玩，

---

① 初刊本作"安那其党人"。
② 此处初刊本"我只不喜欢他一样，他是一个康敏尼斯特"，全集本删去。
③ 初刊本作"你能从什么地方看出他只是一个社会科学的头脑"。
④ 初刊本作"我不喜欢他。我们的思想不一样"。

又不能睡觉。几人吃了饭没事做,珊珊拿一本小说①翻去覆来的看。她们也各自躺着看书,或挑袖子上的花。丽嘉早已习惯得很会玩,女红的事,她生来便不屑于做,而书本除了特别有文学意味的②她也无耐心看,她常常将书翻了几页,便烦恼的丢下了。她躺在抹干净了的、有着花漆布的地上,横伸着,直睡着,不高兴的东滚过去,又西滚过来,衣衫皱了,长发更乱蓬着。直到两点钟的时候,才来了一个并不受欢迎的客,那就是冬仁。冬仁和柯君都在一年前认识了她们,③她们从不打趣他,而且较亲近,这是因为冬仁从不知道什么叫诗,④他只将她们视为天真的小孩,像自己家中小妹妹们似的。他走到她们这里,鲁莽的说道:

"今天邀你们游后湖,准定去啊!"

丽嘉懒理会他,将脸翻过去,向着墙根,冷笑了一声。薇英说天气热得很。

冬仁便解释,说是在晚上。

珊珊问还有没有旁人,她最怕人多。

于是冬仁不做声了,因为他知道总难免至少有七八个人。但是他说,她们大约都认识的。

"我很想去玩,只是不愿同你们那起人一块儿玩。我们若去,我们自己会去的,不要别人邀。"丽嘉翻过身来说。

珊珊要他数是些什么人。于是他说认识的,大约是浮生,光复,柯君,不认识的有两个姓李,是北大来的,还有一个是刚从俄国回来的。

所谓从俄国回来的这不认识的人,在每个人心上,都是很熟识了

---

① 初刊本作"雨果的小说"。
② 初刊本作"特别有刺激性的"。
③ 此处初刊本"若是只就在女人面前讲,则无论在什么地方冬仁都还及不上柯君",全集本删去。
④ 此处初刊本"叫女人的原故",全集本删去。

的，所以大家都不做声。丽嘉又无言的将身翻过去了，大脚边的肉，露出了一大块，有着细细的红点隐现着，莹洁得真像羊脂真像玉了。

冬仁走的时候，约妥月上时来邀她们，请她们早点吃晚饭，打扮停当。

四

这天是他们会议的最后一天，所有的争辩均有了结束。韦护的困恼，也像一条捆缚的绳一样，在不觉中轻轻的滑走了。他疲倦的躺在一张板床上，眼望着屋顶，想着他今夜要回上海去预备教课的事。

教课于他，实不是心愿的工作，而这次 S 大学给予他的责任，又实在繁重。他曾同陈实同志商量，陈实也劝勉他，督促他，既然这学校的闯入，是议决了的，若是以头脑清醒、办事有序的韦护还想推避这艰难，则诸事似应束手，而以前的计划，也只是理想而已。韦护虽是一切都应允了，心中总还保留着一丝犹豫，所以一当散会的当儿，仲清递过来一笑，且说：

"喂，韦护①，几时上任呵？"他便又想着这事了。这是他个人的事情②，他几次预备同陈实商量，但又觉得可笑便又暗住了。真真实实的，他并不是不愿教课，也并不是怕主任的责任太大，他实在有点不愿同什么事都和他作对的仲清在一间房子里办公，他想他如果去，则一切事的进行，必是很棘手的，且在争辩上的用力，必不下于教务上的用力。他想起他将来的种种困难，在床上不觉呆住了。但是他又自信，希望总有一天能说服仲清，许多人都见着的，他实在比仲清强。而一切事将如意的很容易迎刃而解的做去，他为什么要避着仲清呢？他正应该走上前去。仲清是能干的，很有手腕，只是太狂妄了，处处都带着那鄙夷的笑。他应该同他握手，合作，而且纠正他。他肯定的

---

① 初刊本作"德娃利斯"。
② 初刊本作"秘密"。

便立起来去清检提包。

提包里面很空，一些纸扎之外便只有一件白夏布大褂了。另外还有一些修指甲的，刮脸的，裁书页的小刀，梳发的小梳，小镜子，胰子盒，乱散着。虽然都又脏又旧了，但仍然认得出是非常精致的东西。他像毫不爱惜这些小宝贝们似的，将它们掼在一边，将床上的一床线毯卷拢来塞进去了。线毯里面露出精装的书籍的一角，是赤红的书面，印有金花的，这是他最爱的一本诗集。他将皮包关好，便拿出表来看。这时那高李走进来了，他和矮李都是北大的学生，这次作为代表来南京的。他对于韦护非常爱慕，看着将毯子也捡了，坐在提包边的韦护便说：

"呵！走得这样急吗？我希望明天我们一块儿走，因为矮李觉得很有经上海之必要呢。"

韦护说他想搭下午五点钟的车，因为想同仲清谈谈，交换点意见。听说仲清就搭这次车回沪的。

矮李也进来了，也留他等一天。并提到游玄武湖的事。

他终不感到有趣味，后来矮李像自语般说：

"唉，听说柯君还请冬仁去邀了好几个密司，柯君的爱人也在其中呢……"

一跳的丽嘉的影儿便奔上来了。那两个妩媚的、又微微逼人的眼像正瞅着他，且带点命令的样子，挽留他再做一次晤会。于是他迟疑了一会儿，便决意留下了，但是他一想到那"爱人"两字的刺耳，又映起柯君的那愚蠢的狼狈样子，他不禁很腻烦的要笑出来，他不觉的说：

"矮李，你相信柯君有能力得一个好看的爱人吗？"

"实在不能相信，但他吹得可厉害呢；且有冬仁做证人，他们在南边久，说不定有许多艳事[①]！"

---

① 初刊本作"鬼鬼怪怪的事"。

听到这末了一句，韦护真也觉得很奇怪，柯君怎么一下会和那几个姑娘认识的，过细想起来，实在不是能拉在一块儿的人，但又相识如此之久了。她们那样骄傲，而柯君又如此伧俗。他将昨晚的情形再想过，觉得今晚她们不会来，所以他仍然想走，但好久又决不定。

两李不断的又同着他谈到今天晚上游湖的事①，他心中却慢慢的有点不受用起来。他觉得他们很可鄙，柯君则更甚②。他很希望她们会骂冬仁而不来。他又想他自己去阻止她们前来，总之，柯君实在有点很可笑的地方。而这次的邀请，实在只是游乐而已③。

他正在踌躇的当儿，冬仁跳着进来了，矮李也跳起来欢迎，大声问：

"喂，怎么样，今夜的事？"

"幸不辱命！幸不辱命！她们都去。自然先是不答应罗，问这样，嫌那样，但后来终归答应了。嘿，一群小孩子，都怪可爱的。哼，丽……柯君的爱人还有唉……"

矮李便又抢着问成功了没有。冬仁则打起大哈哈说不晓得。高李也在问其余的人漂亮不漂亮。冬仁就拍着胸膛打赌。韦护一声也不响的夹着皮包朝外走，像生着很大的气。冬仁赶出来一把抓住了，说晚上光复还有话和他说。韦护很忍耐的望了他们半天，便笑着进来，也表示他愿迟到搭夜车走，他觉得他心里也有一点点说不清的东西④。

五

这是第二次了，韦护又来到这小房子里。他夹在许多人中间，涌了进来，只听见一群女孩们的笑声。他退在最后，站在门边，不敢十分望她们。冬仁在为她们介绍两李，两李局促的将眼盯住她们在说客

---

① 初刊本作"今天会议上的事"。
② 此处初刊本"而他也像参与了这不名誉的事一样"，全集本删去。
③ 初刊本作"实在不能说对于那几位女士有什么敬意"。
④ 初刊本作"为的看看他们怎样和这几位姑娘玩也好"。

气话。冬仁又为她们来找这新从外国回来的朋友，她们便都向他微笑起来。他勉强望了她们一下，便笑着又掠开了。只听见珊珊大声向冬仁说：

"哈，我们早就认识了，用不着你来介绍。"

丽嘉什么人也没有理，只牵着浮生的手，同浮生对望着大笑，她责备浮生都不来看她，她又责备浮生太太怎么不同来南京，她又说她挂念他们的小宝宝，而且她鼓起嘴学着小宝宝同人接吻的样子。于是他们又大笑了。浮生不断的拍着她的手，只觉得她天真活泼有趣，而且美丽可爱。唉，那白嫩、丰润的小手，不就正被他那强健有力的手捻着吗？但是浮生有一种好处，他是诚实正直的人，他不愿他有负他太太的地方，因为他们还保持在恋爱中，所以他从不敢有什么不道德的幻想①。他只是用一种客气②，毫无关系的审美态度来望着丽嘉的闪动的黑眼和娇艳的红唇。

韦护已注意到他们，他无所感的，只觉得不很痛快，一切都无意义，都很无聊。他愿早点回上海去，因为那里有的是工作，工作可以使他兴奋，可以使他在劳苦中得到一丝安慰。他无聊的像当着消遣的去暗暗窥察这所有人的神色。忽然，他听见丽嘉的响亮的声音：

"喂，怎么样，你们这新同志？"

他本能的向他们望去。丽嘉正做出一副玩笑的脸觑着他。浮生则笑着，望着他，却向丽嘉说：

"哦，你说韦护吗？③我来替你们介绍？"

韦护心里很着恼，他不等浮生说完便走过去了。丽嘉却忽的笑起来，像正热烈的欢迎着将她的手伸给他：

"我还以为你走了呢！"

---

① 初刊本作"所以他从不敢在其他的美的肉体上，做过一次不道德的幻想"。
② 初刊本作"客观"。
③ 此处初刊本"好不好"，全集本删去。

韦护说出她眼里的另一句话，心不免轻轻跳了一下。便用力的握①着她的手。②

几个男人都嚷着要动身了，因为天已黑了下来，月亮也上来了。

果然，月亮虽还没有全圆，但却明亮极了，这是他们到了两边全是旷野的马路上更容易感出的。他们都能将挨得最近的人的脸，朦朦胧胧看得极清白。而远处的树丛，耸到天际线上的山的波峰，哈，周周围围，都显得像幅画似的了。一切的市声都远离了，只有下关那边的电灯，微微染红了一抹云彩。多么寂静呵，只有他们的杂碎的履声，冲破了这庞大的沉寂。

女士们都落在后面了，她们都悠然的互相将手臂搭在肩头，排排的缓着步伐，眉飞扬的眼望着四方，或是低低的、轻声轻气的哼着歌曲，自然的美景将她们的胸襟洗涤得不染一点尘浊，每个人都不缺少那细柔的情绪来领略这周遭。

只有丽嘉一人离开了她们，她挽着浮生走到最前面去了。只看见她的裙子，时时飘起。

这走在当中的几个人，既不能插足留滞在后面的集团中去，又追不到前面的两人，都有点不高兴，而且都不免有点嫉妒起来。矮李喟着说：

"喂，怎么样，柯君？"

柯君装出一个糊涂样子，唯唯否否的答："呵，什么意思，什么意思，我不懂。"

"恐怕要警戒一下浮生了，他又忘了他同他太太曾有过的几次争执。丽嘉真糊涂呢。"这是冬仁的出于衷心的话。

韦护呢，他都听到和见到了，但他不说，他觉得他很了解这些人。而且他微微有点高兴。无论怎样，他仍保留了一个较好的地位，在这

---

① 初刊本作"捻"。
② 此处初刊本"心里想：'哼，想不到，这女人还有点魔力'"，全集本删去。

群姑娘们心上。尤其是对于丽嘉，他很相信，纵使丽嘉和浮生排排走着，那不过是兄弟姊妹，而她所给他自己的一闪眼光①，却是包涵得有许多话和感情的，他望着她隐隐摆动的腰肢，他自己仿佛觉得有一点点无言的忧伤②。他只是装做精神很好的，热心的同光复在讨论光复的一件事。

"我懂得，这一种名士的遗毒，你自己不会觉得的。你只觉得被冤屈了。而他们又总以为你是太难了解了，他们说你是个人主义，而他们又都以自己的简单而骄傲③。真是不值什么，本来中国人是极浪漫的，古老的民族呵！你，我懂得的，你是一个重感情的人，你相信自己的时候，总是很多，你不甘于平凡。而你的那几位同事又真是不足道得很。我知道的，你自然很痛苦呵。我会替你尽力的。我也曾像你一样怪僻过呢，不过这都早就过去了，我们不说它。你也得学会忍耐，牺牲意见。你们湖南人做事各方面都好，就只常常太偏激了一点。这也是毛病。你觉得我的话怎样？"

光复紧紧的握着他的手，一边走，一边说：

"你真知道我，我们永远做好朋友吧。唉，告诉你吧，你说的不错，名士的遗毒，我从前本是……——不说了，我们以后再谈。"他自己忽然停住了话题，是因为已走到丰润门了的缘故。

穿黑衣服的警士眼炯炯的望着这一群男女，而且警告说到了九点半是必得关城门的。

大众分乘了几只小船，迤逦的、鱼贯的、向生满苇叶的曲港行去。有的地方芦苇太高了将月光遮去，船只在深黑的水潭中无声的滑走，或是嚓的一下，船底触着斜伸出的短的断茎，或是风过去，苇叶的尖全颤颤的，细语着，薄的衣衫全鼓荡起，发覆在额上，呵，这清凉畅

---

① 初刊本作"纵使丽嘉和浮生相搂抱了整天整夜，而她所给与浮生的女人的意义，还不如她所给他自己的一闪眼光"。
② 初刊本作"他自己仿佛觉得曾生了一点点有侮辱这女性的心情在"。
③ 初刊本作"而他们有都常以为自己是曾信仰过安那其而骄傲"。

快的夏夜!

韦护有好几年不曾领略这江南的风味了。它像酒一样,慢慢将你酥醉去,然而你不会感到这酒的辛烈。它诱惑了你,却不压迫你,正像一个东方式的柔媚的美女,只在轻颦轻笑,一顾盼间便使人无力了,这里没有什么紧张、心动的情绪。韦护想起他往年在中学时代的事来,他是多么一个可以十足骄傲的年轻的人呵!到现在,唉,他的才情呢,逸兴呢,一切都已疏远了,而且那些友人呢,那些"郑板桥","王渔洋"……大约到现在仍然在做着一些潇洒的或是感慨的新诗吧。他们一定还是那样多愁落魄的生活着。然而他,那时最惊人的他,却变了,变得太厉害,会使人不相信。他一想起过去的生活,想起他被二十世纪的怒潮所冲激的变形,他真感到有点伟大得可惊叹!

好多人都像想到什么去了,全寂然无声。不久,又经了几个转折,船绕过湖心亭,走到一个桥下,月亮摇摇荡荡飘在荡涤的湖水上。像披了一层薄纱的紫金山更显得俏丽了。忽然在后面的船上,悠然的响起:"啊,良宵呵!"的歌声,是三位女士的合唱。他们不能将歌词细细辨明,然而那声调的柔和,和微微带点感伤的凄切,他们都感动得拍起手来,一致赞好,要求她们再唱,浮生也向坐在对面的丽嘉说:

"怎么样,好不好,你也来唱个吧。"

丽嘉将头扭了一下,哼了一声,接着便笑道:

"欢迎我唱吗?"

同船的矮李忙将两手合拢来轻轻拍了两下,连说欢迎之至。

丽嘉望也不望他一眼就昂起头噘着唇,高高的叫了一声。

这一下大家都哗然笑了。浮生也学着叫起来。

船到宽广的湖面了,都慢慢荡着,彼此距离很近,[①]大家很方便的谈起话来。

可是时间已过去很多了,他们怕拖延得太久,只好从芰荷丛中赶

---

① 此处初刊本"因为局面的改变",全集本删去。

快的划回码头去，大家可以一伸手便攀住那正在满开的花，嗅着这花的清香。

进城时，警士很不高兴的申叱着，他已等待快一刻钟了。

挨了骂的人，反因此增加了笑谈的趣味，比在湖上，在回来的路上更嘈杂了，到最后，丽嘉忽然说：

"这里面有个人真沉默得使我疑心呢。"

好几个人都惊了一跳，连珊珊都以为她朋友是开她的玩笑。柯君是更愁惨的沉默了。其实丽嘉真无心会说到他身上。唉，这可怜的人！

六

十一点钟的时候，韦护已独自踯躅在冷漠的车站。只有稀稀朗朗几个候车的人和几个打着呵欠的搬运夫。稍远的地方，陈列着不少睡熟了的人体，随着微风，送来那粗重①的浓鼾。韦护心里异常不安。他像正恼着什么人一样，可是又找不到可以发泄的对象。他厌烦的望着一切，又觉得都不是可以将眼光放落在那里的。灯光黄黄的，照出那建筑的拙笨和污秽。他又抬头去望天，天空灰灰的，一点云彩也没有，月亮已升到中天了，只冷漠无情的注视着大地。几个星儿，在不关心的眨着眼。这景象真使人愁惨。韦护勉强压住自己的无来由的烦躁，开始去想这次他回上海后应着手先办的事。第一得找个住处，陈实那里是决不能久留的②；学校也不能住，人太杂，做事不方便，这房子事就太难了。他又有一些习惯，是很难邀得同事了解的。他比他们更浪漫，他的历史可作证，他从前因为贫苦，有过两天没吃饭。等将最后的衣当了钱时，却将来买醉了。他为了爱情也曾……即使最近在北京，也因为工作忙迫，有三个星期都忘记换衬衫了，然而他却不愿住在那

---

① 初刊本作"粗蠢"。
② 此处初刊本"他有那末一个不尴尬的家庭"，全集本删去。

终夜都可以听见邻家打牌的房子,而且准能碰到隔板壁就住有一对夫妇。但是住什么地方呢?太麻烦了。他又去想别的事,想到学校,想到仲清,想到这次会面,这次会面上,不是仲清也显然和他作对吗?他不免更焦躁起来,在那空落的月台上,不知来来去去走了许多回。他暴躁的诅咒这迟到的火车,而且在心上竟骂了一句不文雅的话。

但是忽然,又静下去了,他仿佛看见了一个人影,这影子很模糊,却使他喜悦。这影子里显出一双活泼有力的大眼,像丽嘉。他心里想:"如我现在又转到她们那里去,她们将怎样呢?"立刻他有答案了。他断定她们一定都很惊诧的张着惺忪的眼,笑着,感到有趣的笑着来欢迎他,她们真都可爱呢。他真下决心了,他举步朝站里走去,微笑着想到他去惊扰她们的情景,准可以骇她们一跳,她们一定会快乐着来怨他的。可是飕的一下,响起一个责备的声音:

"韦护!你怎么了?难道你还闹这些无意识的玩意儿吗?有几多事等着你去做,你却像小孩般在找着女孩子玩!"

他骇得停步了。而且依稀有点鄙薄自己起来。正在这时,从浦口开来的车便轰起来了,车头尖锐的叫着,凶猛的直冲过来。候车的人都惊慌的忙乱了,搬运夫乱窜着。而他呢?变得很可笑,他仿佛又有点恨这车来得太快了。

直到车又快开了,他才断然的像气愤样的跳上车去,他凝视着城的那方,微微带点怅惘。这一夜他未曾合眼;及到上海时,他却已想好了两首诗,这是已经荒弃到快两年的玩意儿了。

七

第二天,矮李还预备与柯君再来邀请游山,但不凑巧得很,天却变了,大团的黑云,直盖了拢来,到下午,大点的雨,便滂沱起来了,矮李很懊恼的望着天色,自叹的说:

"唉,看情形,今天只得要动身了呢。"他又转过头来,望柯君,"但是,你怎么样,为了你,我想我们有留住几天的必要。唉,我看你，完全失败了呢。"

"本来就没有什么了不得的交情呵！"柯君心中的希望并不绝，他以为丽嘉不过是一个天真的小孩，虽然有时喜怒无常，但却并不是有心的。

"我说，她对浮生太俨然了呢，而且太倨傲，她对我们连正眼也不看；在湖上，她还嘲笑了韦护。唉，我说，她到底凭什么瞧不起我们，瞧不起韦护？"高李简直有点气愤起来了。

"女人么，不就是这样，她若不装出一点自大的样子，她不是就找不到一点自己美好的满足来做安慰么？不过柯君却真有眼力，她实在是出类拔萃的呢，但她单喜欢浮生那呆子，我却感到不平。"

两李的意见，总是与他们的尊躯一样，相差得太远。高李听他说什么出类拔萃的话，他皱着眉，到后来，像想起了什么一样高声的问柯君：

"那个微微有点胖的，白白脸的是姓什么呢？"

"呵，是薇英，姓什么可不知道，她们都废了姓的。她性子比较好些，①你对她怎样呢？"

"谈不到，谈不到……"他们都大笑了。

于是谈话的题材便推广了，但大半总不超过女人的范围。

至于那几位被谈论到的女士呢，也在雨声中讲到夜来游湖的事。不是月亮多皎洁的么，谁知天气一下就变了，这场雨已扫尽了夏日的炎威。风从身上吹过，简直有很深的秋意似的。她们不禁感到时间跑得太快了，而对于这秋季的来临，不知怎样才好。她们讨论着行止。在这些时候，丽嘉总是不愿表示意见的，她说：

"我真住腻了这地方，我们都太闲了，闲得使人真闷，我赞成我们全找事做去。"

春芝第一个反对，理由是她没有技能，她要念书去，她真需要念

---

① 此处初刊本"容易些"，全集本删去。

书呢。

接着薇英赞成，赞成春芝的意见。她来南京时，本是预备学体育的，却为丽嘉和珊珊反对，说她不适宜，强迫她一同待下来学音乐，学绘画，看小说的玩过去了，她的成绩都不好，只在思想上、个性上受了很大的同化，她从前是一个拘谨守旧的人。而她之所以预备学体育，也是不能不走这条生活的捷径，她完全是为了两年毕业后可以不难找到一个位置，她的经济实在不宽裕。正因为她受了她们的影响，她很爱自由，又爱艺术，但她觉得若不能将自己的经济地位弄得宽裕些，那一切只全是美梦。她到底没有全变得像她们，她比她们能多虑到这一层。她说她想到北京进女师大去，那里学费低，录取并不严格，她去学音乐，听说那里的教授很有名，她或者可以有点成就。

珊珊同情她，说：

"本来，我们同着一块儿生活，自然很好，但究竟不是长事，我们都太年轻了。所以我们的懒惰总是胜过我们别的方面，它将害得我们一无成就。你去北京，我觉得很好，再受一番学校的训练，未始不更有益处些。我呢，我也很想能进一个学校，那里人多，凡事都显得有生气。但又因为人多，我受不了那压迫，我始终只愿和几个好友过着理想的生活，像现在一样。所以我虽说希望你们都努力去，但在我心上，我终究是很难过这分离的，若想再聚，恐怕就不易了。"

大家随着都有点黯然了，好像还是不分开的好。

丽嘉则坚持自己的主张，她给一个在南洋做校长的朋友写了一封信，请他找五个教员的位置，她希望大家都到那新的境界去。她说了五打以上的梦想，说得像真有其事一样来鼓惑她的朋友们。真是大家都动心了，只愁找不出那末些位置怎么好。

一个礼拜过去了，回信还没有来。自然回信不会这样快！邮政还没有用到飞机呢。薇英不耐等了，若是再迟延，事又不成功，则学校也不能进，她不能再一玩又半年，所以无论丽嘉怎样说得天花乱坠都枉然了，她决定这天去北京。她们送她渡过浦口上了车才回来。她们在要好的女友前，都不会吝惜那恋别的泪，她们都坦率的热烈的拥抱了好几次，直到车开了，薇英还从窗户口伸出一个嘟着嘴的脸，天真的哽咽着，话说不分明："南洋有……有信来，你们告……告我。我再来看……看你们。"

几天后，春芝和那顶小的一位也考了学校，丽嘉只是焦躁的望着回信。她向珊珊说："你呢，你怎么样？她们都走了。我，我是要走的，我要离开中国，这国度里的一切都使我生恨。我想到法国去，但是没有钱。克强从巴黎来信，说一年只要四百块钱。四百块，数目并不多，我相信纵使家里毫不帮助我，我也可以弄得。什么工作我不可以做？衣装店职员也好，咖啡馆的侍女也好。只是路费，而且，你说，我们能不能够穿起香港布短衣在巴黎城里跑。现在呢，只好到南洋去，南洋总比中国好，因为那里的一切我们都生疏得很呢。等到一觉得不好了，我们再走远一点，再走远一点……慢慢的就可以走到巴黎了。或者到意大利去，到德国去……我相信总不会饿死的，而且总是快乐的……我们还可以见到许多……"

她不说下去了，她想到同一些热情的文学家做朋友，那真是幸福的事。

珊珊却跳起来了："嘉！你真好。我相信你。我们一同走。我们同做流浪天涯的人吧！"

信是终于到了，但信上说[1]：

"近来此地人浮于事，谋事极为困难[2]（朋友中已不乏人，你认识之本德君，亦于昨日抵广州矣），故我等均无法，终日唯有相对闷坐而已。[3]且五人位置，亦甚为难，因教员之聘请，均须取得校董同意，而

---

[1] 初刊本作"但朋友却将她的意会错了，他以为她们来或也是同他抱着同一宗旨的，所以他在信上说："。

[2] 初刊本作"……近来此地政府压迫日甚，言论稍不留意，则以过激党论罪，驱逐出境"。

[3] 此处初刊本"故你来，我殊不赞成，以你之躁进，如来此，徒取祸耳。（乞恕我设辞）"，全集本删去。

校董又全为糊涂之资本家，猪而已……"

丽嘉把几张信纸扯成粉碎，她不屑再给这朋友写信了。

然而她们不得不想法，不久，便决定了，因为丽嘉的一个女友在上海来信要她去看一看，这女友正在一个无理由的失恋中。丽嘉觉得有安慰她的责任，而珊珊也愿同去，她是听了浮生太太的怂恿，想到 S 大学去听一点课，据说这学校是很理想很自由的。

第二章

一

到上海是八月末的时候，气候还不很凉。太阳正要下山的时候，丽嘉和珊珊两人所乘的那趟车，已轰然的停止在北火车站了，一切都格外喧哗。她们从那沉闷的车厢跳出时，直像闯入了另外一个世界。她们想到去年离开这儿的时候了。她们站在船头上，骄傲的摇着手巾，向那些高大的建筑物，那些龌龊的脸，以及一切遗留在记忆里的权势、狡猾、卑鄙告别，她们愿意不要再来了。谁知时间还不到一年，又觉得无路可走一样，又来到这里了。她们带点好奇心，接受了这不堪的嘈嚷，在人堆中挤着向前去，并四处搜求她们要见的人影。忽的，从她们背后响起一声尖锐的叫声："呵！珊！"一个白净的女人便跳到珊珊的胸前了。珊珊也握起她的手，端详着那圆的脸，说："怎么雯姐，你更漂亮年轻了呀！"接着浮生也笑着走拢来。他问她们的行李怎样了，于是她们将一张行李单交给他，而她们便欢笑着走进待车室了。丽嘉第一句便问小宝宝怎样了，乖不乖，因为头次浮生在南京曾告诉她，说小宝宝很像她，尤其那对黑眼最像，时时放出金色的光来。雯便显出母亲的笑，说着睡着了，等下回家便可以看见，她不必说出那小天使的可爱来，她想准可以使她们惊诧而疼爱的。珊珊又去打趣她的旧友。雯颇有点放赖的神情蹲在她身旁了。她正经的说："珊！你不知道，我想你来，比浮生离开我时想他还厉害，总觉得朋友更使人难忘呢。"于是她们都不言的笑起来了。

这夜她们便住在浮生的家里，在他们堆满什物的后楼里，抹去了积尘，费了许多力气，才腾出一张摆了不知多少破乱书籍的床。她们谈到三更天才睡，这在浮生真是少有的事，所以一倒下头便发出沉重的鼾声了。

浮生近来很劳苦，在S大学担任几点钟社会学，这在他不能不算很吃力。他不是苟且的人，所以他备课编讲义的时间是两三倍超过上讲堂的时间，薪水又实在不够用。他参考的书籍又一天一天的觉得太少了，这是不能减省的。而太太也是一天一天觉得所需的多，尤其是关于小孩子的东西，两人常常要为这些事体闹架。譬如太太站在百货公司的帽子部尽瞧，男的却硬拖着她回来了，太太嚷了几个月的要为小宝宝买张摇床，而浮生得了钱，信也不给一个，便换了几本书回来了。太太当时虽不好说什么，然而如此情形一压积多，便总得找机会发泄出来的。所以哪怕是很相爱，但为了这些小事不免要常常反目的。想起往日的日子①，却安宁温柔得使人羡慕不止。浮生在编讲义之外，还要翻译点文章，请人到各书铺去卖，想得点钱使太太欢喜，又常常要到他们小组织里去开会，又常要列席S大学的教务会议，因为韦护很看重他。而且学生们又有一起没一起的来找他谈，他总是振起精神陪他们坐，为他们解释问题。他虽说不感②困倦，然而一歇下来，便颓然躺着了。他忘了他的第一功课，他将陪太太玩的时间减少得可怕。尤其使太太不满的是他对于小宝宝的冷淡，纵有时看着玩，也显然看得出在勉强敷衍。所以不怕浮生怎样自信，他是爱她的，她是他永久的爱人，然而在雯这方面有时总会感到像有所遗憾，这情形使刚来的两人，一下便看清了。第二天，珊珊劝了他们一些话，请浮生替她办进学校的事，又在学校附近去找房子。房子一下便找好了，是一间小

---

① 初刊本作"往日更穷的日子"。
② 初刊本作"喊"。

小的亭子间。浮生他们也要搬，便在她们的间壁找好了房子。进学校的手续很简单，只要缴清费用便可随时上课了。

这些麻烦事，连同帮忙浮生搬家，足足忙了三天。

二

一切事情都很妥当了，丽嘉心里却更茫然。这本来都不是为她预备的，她不需要这些。这天，她送珊珊去上课，到大门时，她向珊珊说：

"小姐，都很好了。你就这样生活吧。我呢，我要离开这里几天。你知道的，我要去看看毓芳了。他们纠葛的事，还不知怎样了呢？"

珊珊给了她愤怨的一眼："你总喜欢使人不快活，为什么不听我的话，两人上课不更好吗？"

她仿佛没有听见一样，笑了一笑，便快步的走了。

她转了几个弯，搭上一辆电车，又转搭了一次车才到了辣斐德路的极西端的一个弄堂口。经过许多热闹的街市，店铺都张着大减价、九折七折的旗子；有的打着洋鼓，有的开着留声机，有的跳叫着，处处都进出着体面的男女。她仿佛很有精神的去观赏一切。直到走进了弄堂里，被一股强烈的便溺的腥臭冲进了鼻管才将那些热闹的影像抹去，她皱着眉心，掩着鼻子，去找门牌的号数。找到最后的一家，门大敞着，三个男人在围着圆桌吃稀饭。她特意去敲响门环：

"喂，我是找赵毓芳的，她是不是住在这里？"

"谁呀？"楼窗上伸出一个头来了，听声音便可以知道那正是毓芳。两个人同时都"呵"了一声，楼板上便只听见咚咚的足音了。

"呵，我正盼着你呢，怎么才来？我们上楼去吧。"毓芳看见她时直嚷。

她也抓着她跳起来："我真高兴！我真快乐！你还是同从前一样，一点也没有变呵！"

她们穿过客堂，走上楼时，那三个年轻小伙子望着她们笑，有一个还说:"毓芳小鬼你真快乐呀!"

两人都紧紧的望着,不知说什么好。还是毓芳先想起来,问她的行李。她告诉她已同珊珊租好房子了。

"你不是说珊珊要上学吗?"

"是的,她已在大学上课了。"

"那你呢?"

丽嘉望了她半天,不知怎样说才好。她觉得她自己很烦恼,又觉得这烦恼不必向人说,因为别人不一定能了解,而且说了也毫无用处。因此她倒呆了半天。毓芳接着说下去:

"那末也上学罗!只是你们在周仲清那一起人门下学什么呢?社会学,他们懂吗?他们一股脑儿看了几本书?文学,你去打听一下吧,什么人都在那里做起教授来了,问他们自己可配?除了翻译一点小说,写几句长短新诗,发点名士潦倒牢骚,可有一点思想在那里?他们太看轻了你们这般大学生呢!我不会去向他们请教,学问是向人学得来的吗?全靠自己呢。"

丽嘉笑了,她早把眼光将全室搜罗遍:只见这房间,一点也不整齐,四处都散着一些报纸,纸屑,桌上脏极了,厚厚的一层灰。几个不干净的茶杯孤零零的站在那儿。床上堆积了许多折皱的被袄、衣服之类的东西。她觉得她的朋友的怠惰的素性,仍然保留得很多。她锐利的望她一眼,将自己的锐利的言语制住了。她遇着别人意见太偏时,她便反承认那被反对者的一部分理由。因为不愿在久别后刚相见的好友前起冲突,她只好笑着说,还用手去拍她朋友的肩膊:

"哈,倒看不出,你有这么多意见。不过,你放心!我不是能耐烦的人。我受不了那上课的罪。横竖我不想学什么,我只想找事做。倒是你呢,你和保霖的关系现在怎样了?我很挂心呢。特意跑来看你的,却将话说到些无意义的事上去了。你详详细细的告诉我吧!"

于是在毓芳口中,便赤裸裸画出一个简单的、浅薄的、过分自私的男子的影子。听着听着,只觉得这历史,这经过,太不精彩了,而且很丑恶，同丽嘉原来的想象全不对，她希望她朋友至少也应有点儿悲哀的调子，或是正又挟着报复的心，谁知事情只是这样：原来两个并不怎样相投，时时吵嘴，这次又为了一点小事，都不相让，终于咆哮动武，于是一个气冲冲的走了，一个也随他，到现在恐怕两人都已记不清到底为的什么事才闹起头，因为那原因太小了。丽嘉只觉得太糊涂，太可笑了，原来本想来安慰朋友的，现在只觉得正适宜于打趣了。可是毓芳又从抽屉里翻出一张照片给她看，说是纪念品，是在保霖走后第三天照的，前几天刚送来，她说她从此要过清静生活，好好做点事。照片拍得异常丰艳。丽嘉不禁望着像片娇媚的说：

"这太美了，只应再来个恋爱，为什么要说尼姑们说的话？看这像，就并不是餍足恋爱的像呢，真的，那楼下面的几位是谁呢？"接着她做了一个会意的笑。

毓芳把嘴一噘，像想起了什么似的，问道：

"醉仙那里你去过没有？他有几次同我谈过你呢，在那里可以见着许多人。大半都是同志——对了，你一定不高兴这名称吧，不过好些人都视你为顶好的同志呢。去，我们就去吧，我想你认识一半人呢。"

"是的，我们早先不熟，只知道他资格很老，但我不高兴他那不庄严的样儿，所以不去亲近他，还是今年在孙九先生那里见到的。我从不佩服人，只是对孙九先生的那种热忱，却不得不钦佩。他无论对人，对事业，对学问，都极其忠实的那样做。我在他面前只觉得惭愧。我希望我能为他感化过来。只是他又走了，我仍然是无头绪，一天天沉于梦想和说不出的不痛快。好，既然醉仙在这里，我和你去，我也很想见见上海的这一些人。"①

她们手携着手便出去了。

---

① 此处初刊本"'唉，走吧，别说那孙九先生了，他们都说他是一个三千年的无政府政策呢，就是说照他那样去总要三千年后才能实现他的理想呢。'"，全集本删去。

三

丽嘉在毓芳处玩了两天，便又很腻烦的走了回来。房子已清检得更清爽美好了，添了两盆桂花，花正盛开，一股甜的香气占满一室，使人油然起一种幽静愉快之感。但是珊珊却不在房子里，只在那铺有织花布的桌上，堆了几本珊珊新买来的书，大都是一些文艺书籍，在每本书角上，都由她写上一些小小的字"与嘉共读之！"丽嘉很高兴，她像小孩一样的又去审视书架上安置的一些小东西，审视墙上的画片，仔细看那精美的床，她不觉很惆怅起来。她希望能立刻看见珊珊才好，好像有好久不见她了。但她不愿到学校去找她，她一步一步踱往间壁浮生家去，想找他们小宝宝玩，好等珊珊回来。

当她走进浮生家的后门时，她便看见韦护正坐在客堂里，脸向着她。她正要喊，韦护也倏的一下迎着她来：

"呵！丽嘉，是你！我总以为你不回来了呢！"他伸着双手望着她这样欢呼。

她也不知所以的便跳过去，将双手投给他："啊！是韦护吗？没有想到会遇见。啊，真好久不见了，近来怎样？"

浮生也走到门口，握她手，她不理他，只望着韦护笑。

珊珊也在这里，却很苍白，丽嘉跑来拥着她说："珊，你真好，我已到过家了，见不着你才来的。"

珊珊淡淡的一笑。

丽嘉并没有注意，转过脸去，拿眼在瞅韦护的新洋装了。简直是一种专为油画用的那沉重的深暗的灰黄的颜色，显然是精选的呢料，裁制得那末贴身，使人一想起那往日蓝色的粗布衣，就觉得好笑，仿佛背项都为这有直褶的衣显得昂然了。丽嘉又看他脚，穿的是黑漆的皮鞋，反射出蓝色的光，整齐得适与那衣裳相配合。发是薄薄的一片，涂了一点油，微微带点棕黄，软软的、松松的铺在脑盖上。在上了胶的白领上，托出一个素净的面孔，带着一点高兴，又带着一点烦恼，常常露出好像是我知道了的微笑，真是一副具有稍近中年的不凡男子的气质，自自然然会令人生出一种爱好的心，不杂一点狎弄的。丽嘉端详了他半天，她那惯于嘲讽的嘴，已失去了效用，只能将眼睛睁大，然而却不是惊愕的神情。这时一室都静默着了，各人都听到自己的心的跳动，而且那跳动的心是正在说什么话。

然而这静默却又同时喊醒了各个人，都仿佛骇着了似的笑起来。韦护便躺到软椅上去，露出一种温柔的倦态。珊珊低着头，凝视自己手指上的细细的指纹，眼睛仿佛有点潮湿了。丽嘉却反过脸，大声的同雯说笑，又抓着浮生的手，这是她适才冷淡了的。她仿佛与从前一样，闪着轻蔑的眼光。她又跑上后楼去，将一个有着巨大的眼，和柔细头发的小孩捧了下来，一个可爱的欲笑的面孔，于是都围拢来，将这做了谈话的标帜，父亲感叹着，母亲又抱怨了起来。真的小孩的东西太少了，连一个粗藤制的有橡皮轮的车也没有，莫说那有精致的把手和垂有重价的小纱帘的车子，这使小宝宝到公园去也不能，小宝宝是正适宜于要晒点太阳，因为她的皮肤太嫩了，而且邻近的这些有着林荫的安静的马路上，就常常有好多小儿车推过的，不过浮生曾好多次愿抱着小宝宝去公园散步，然而这做太太和做母亲的雯却始终害羞将自己这可怜的家庭给别人瞧，她宁肯在家里陪着她生来便穷的小女儿玩。

丽嘉觉得这话题不能再继续下去了，否则又会引起风波来。不知为什么，一个女人一做了母亲，便将一切都缩小了，且总是那样小气，填不满那物质的奢望。她觑着那快要生气的浮生① 大笑起来，她将两个手指按着自己的嘴唇，向浮生命令道：

"禁止发言，不准发挥你的理论，谁都懂得的，说了也无用，因为不适用呢。你不说，我们也了解你，而且同情，但是你假使定要争执起来呢，我个人便完全站在雯的方面，开始攻击你了。"

浮生竖起了眉，预备同这调停人开始争辩，但他看见了那眼光，

---

① 初刊本作"快要生气的一个属于康敏尼斯特的浮生"。

仿佛陡的聪明了许多，他便默然了。

丽嘉制止了他说话后，便继续说：

"总之，车是得买一个的呵，我和珊珊可以借给你二十块钱，你再支二十元薪水便够了。下星期我们大家都要推着小宝宝去公园玩呢。哼，你做爸爸，简直不会享福！雯，事情就这样定了。他不买，我们大家不依就是。"

这话说得珊珊韦护都笑了，浮生也只能笑，吐着不清的言语："好，好，依你们就是，好，好，……"他那癫头癫脑的样子，惹得别人笑个不止，更逗起小宝宝来喊叫着。

韦护再三再四观察她，有时觉得很接近，有时简直是太难捉摸了。他一看到她那目中无人的傲慢样子，他便只想抓下她什么来，问她为什么要这样使人心里难受？但是他一想到她那些凶猛的，其实又是同样柔媚的眼光，他又恨不得将她高高的举起来，而且自己还向她做一些愚蠢的动作。

他看她那末不费力的管领着浮生，像一个驯狮者对那抚弄惯了的狮儿一样。因为他知道浮生是那样一个无邪心的好人，不知人情的憨直的人，却那末并不有所希冀的服从了她。而那做太太的，也不能从她那里找出痕隙，所以他更赞赏她。但是当他看见她将脸伏在小宝宝怀中，那末不知节制的疯狂的笑，他忽然像是耐不住一样的嘲讽般的笑了一下。

丽嘉俨然很着恼，抬起头来，发散满一脸，她粗声的问：

"你笑什么？笑我吗？"

韦护不能立即收回那笑容，不知怎样答复才好，只得连声："没有呀，我是想起了别的。"

"哼，你想起了别的。好，韦先生①，你从什么地方学来的礼貌？当面侮人！我们还没见识过呢。"她不等别人回话，也不再看那向她投

---

① 初刊本作"德娃利斯先生"。

来抱歉的眼光。她飒的立起来，拖着珊珊的手就向外冲去，而且命令珊珊道："走呀，不要在这里了。"

珊珊跟跟跄跄的不知抵抗的就被她抓着走了，真显得那腰肢的瘦弱。

在走出门口时，她没有回头，但却大声说："雯，明天再来看你们。"

雯，没有答应她，只向着韦护安慰似的说：

"完全是小孩，癫子一样，同生人老喜欢拌嘴，一熟就好了。若同她一样小孩气，真怄也怄不完，恨也恨不完。"

韦护也只有一笑置之，视为小孩气而已。但是总有点不痛快，想跑去追她回来，又不好意思，又觉得无意义。他佯装很坦然一样，同浮生讲到他们团体中最近发生的一桩小事。好久以后，他才告辞出来，因为他不愿意让浮生他们能在他身上得到一点可疑的地方。

四

韦护住的地方，离学校很远。他一星期总有五天要这样往返的跑着。他为这住处的事真考虑得太多了。他知道，关于这一层他始终都很难邀得一大部分、几乎是全体人的谅解，就是无论怎样，他不能生活得太脏了。即使在北京①他也生活得较好。所以他必须找一家干净的房子，和一个兼做厨子的听差。但是不知所以然的，他常常为一些生活得很刻苦的同志们弄得心里很难受，将金钱光在住房子和吃饭上就花费那末多，仿佛是很惭愧的。他的这并不多的欲望，且是正当的习惯（他自己横竖这样肯定），与他一种良心的负咎，也可以说是一种虚荣（因为他同时也希望把生活糟蹋得更苦些）相战好久。结局是另一种问题得胜了。就是他必须要有一间较清静的房间，为写文章用。他每月所负的责任不轻，他不能弃置这事不努力。因为能写的人，在他

---

① 初刊本作"苏俄"。

看来，简直是太少了。所以他找到了那个房子又好，房东又好，房东的听差也好的一家了。正因为房东同他有点戚谊关系，虽说他出的钱比较贵了一点，然而向人尽可以说是住在亲戚家里。他又买了一些并不是贱价的家具，和好多装饰品。俨然房子很好，使人疑心这是为一个讲究的太太收拾出来的。韦护住在这里，真的很相安。开始几天太忙了，人很累，一倒下那宽大的、有钢垫的床，便享福一样的睡熟了。等过几天，学校的事走上了轨道，而与陈实等组织一个文学研究社①大体已有了头绪。他除了上午到一个办事处翻译一些稿件，下午到学校上两个钟头的课，其余的时间，都可以由他自由支配。他像一架机器，一回到家，坐在软椅上，抽两支烟之后，便伏在案上，不知天昏地黑的要到人实在太疲倦了才停笔，然后钻进那听差为他理好的薄被中去，再抽一支烟，就睡着了。他仿佛顶满意这伏在案上用笔的工作似的，可是过不了几天之后他将休息的时间，不觉得延长了。而且在笔尖稍一停顿的时候，思想便从笔尖飞跑了开去，不知乱想了一些什么，才又自己觉得好笑，才又将心神收敛了拢来，继续的写下去。但不久，却又忘其所以的，仿佛很有兴致，在另一张空白的稿纸上写出一首两首小诗来。虽说常常责难自己的这些行为，然而也很珍贵的将这些诗稿安放在另一个抽屉里去，真是一些不忍弃置的小东西呵！一到了晚上十一点钟的时候，这在从前实在只能算是太早了，他就仿佛文章已写够了一样，早早的爬上床去，蜷在被窝里，靠在大的软枕上，在小小的红的灯光底下②，他翻了一些大的精装本，又去翻一些小的，更适宜于躺着看的书。他一天天的感出这些文学巨著内容的伟大。他对于艺术的感情，渐渐的浓厚了，竟至有时候很厌烦一些头脑简单、语言无味的人。他只想跑回家，成天与这些不朽的书籍接近。他在这里可以了解一切，比什么都快乐。若不是为另一种不可知的责任在时时命

① 初刊本作"而与陈实等一个特别组织的事"。
② 此处初刊本"他去读杜思退益夫斯基和屠格涅甫的小说，而且他太喜欢诗了"，全集本删去。

令他，他简直会使人怀疑他的怠惰和无才来，他真是勉强在写那文章。

这天别了浮生回来后，他更不安的坐在房里，同时对于自己起着反感。为免除这懊恼，他整个晚上都消遣在小说中。他简直恨起来为什么这时不会有点意外的工作来消磨他的时间，好让他不为别的可笑的事件苦着。

但在睡了一觉之后，他又变得好好的，与从前一样有精神，有兴致的走到那办事的地方去。没有一个人看得出他在夜晚失过眠。而且大家忙碌着，脸上放着光辉，他也就异常有劲了，他需要有许多在拼命努力的人来鼓励他、帮助他。

五

下了课后，他在教务处坐了一个钟头。仲清不在，只有两三个糊涂的人在那里，都异常敬仰的在同他敷衍，因为他们不知应说什么话才好。他毫无趣味的同他们讲学校的事，又讲报纸上的事。然而总无结果，总无真的意见。他们对一切都很朦胧呢。他看表，还只四点钟，回去是太早了，但又无事可做。他再望这些同事们，觉得还不如同那门房老头儿说话有趣味。他无法了，只好站起身，做出一副要走的神情，其中一人便赶忙为他找帽子，另一人便模仿着感叹的声音说：

"唉，韦先生，你简直太忙了呢。"

韦护不禁显出苦笑来，但是却极亲热的与他们周旋了一会儿才急急的离了学校。既到了马路上却又彷徨起来，不知往哪儿走才好。最后还是不觉得向浮生家走去，最近浮生夫妇之于他，仿佛有很亲近的意味了。

一到门边，便听着有那响亮的笑声，他不觉心一动，脚就踌躇了，想退回去。不过他为了一种自负的情绪，他不愿怕什么，所以还是带着一副好的气氛走进去了。他将他的大的满的皮包向桌上一掼，转脸向丽嘉笑道：

"还生气吗，小姐？韦护今天特来赔罪。"

他伸过右手去，仿佛也很倨傲的样子，但眼睛却故意的狠狠的瞅了她一下。

丽嘉将右手放到他手中，柔声的说：

"不懂你的话。我并没生谁的气。只怕你一赌气，不理我们了呢。"她并没有躲避他的眼光。

他又去拉珊珊的手，珊珊却无力举起手来，她说不出有许多抑郁，她一点也不像从前锋芒了。

雯用手指刮着脸去羞丽嘉，露出一副疑问的笑脸，意思是说："没有生过气吗？"浮生也笑着，一半解释，一半安慰的道："完全小孩子，哈哈……"

丽嘉简直不在乎，她坐到韦护坐的那张大沙发上，很亲昵的同他说到生活的一些小事，她当面非议浮生他们的生活太单调，太不艺术，她说到他们的种种无生气，她又仰慕的问到他在北京①的情形，那些女同志一定都非常自由，非常快乐，她真羡慕她们。韦护也说她们好，因为她们有事做，她们有信仰，她们走上了一种固定的生活轨道，总之她们是不会有许多烦恼的，而且生来便不如南方②的女人多感慨似的。

珊珊听来觉得有许多刺耳的地方，而且觉得她朋友的牢骚说得太过分了一些，她忍不住说道："这只是因为太闲了的缘故，一个人成天不做事，仅用脑子乱想，自然就有许多不如意的事了。中国女人，完全因为是没事给她做呀！"

韦护心里想："我却实在忙呢，然而也不安定得可怕呢。"

正为了有人说他生活方法不够好的浮生，心里有点不痛快，他反对他们，拿起他的书本在桌上拍得很响的说："什么'生活'？这只是一些诗人们的话，而且是有钱的人才能讨论的问题。我呢，是一切都

---

① 初刊本作"苏俄"。
② 初刊本作"中国"。

不知道，也不过问。只知道就这样忙迫的过去，一直到死①。人是不会想到什么烦愁的②。"

"哼，然而在工作中③也会为了一点小到可笑的事同雯同爱人吵起架来，还要别人劝和呢。"

"那并非这个意思。你不知道……"浮生无力的辩白着。

"总之，一切都太平凡了。我厌弃这一些不动人的故事。"丽嘉不耐烦的叫着。

韦护解释道："本来是平凡。人并不是超然的东西。但是，得有动力。譬如我们就是架机器吧，我们有信仰，而且为着一个固定目的不断的摇去，可是我们还缺少一点燃料呵！人是平凡得很，正因为此，却不能不常常需要一点这助动的热力呀。浮生，你是成天忙着的，我也成天忙着，但是你能给我一个确实而满意的回答吗？我们一切生活的主宰到底是什么？"

浮生骇得把眼睛张得很大，不知说什么好。他只想喊："你有神经病，你简直有神经病！"

"对了，韦护！我相信你，你懂得只有比我们更多的。我们总是缺少一点什么东西。若将我们生活的经历打开来，真不能使读的人会有什么激动的。无味愁烦和苦痛，哪里是生活的病呢？韦护！我们到底要怎样才能弄得使我们好玩点和充实点？"

韦护用一种极同情的眼光望着她。珊珊只是不安的巡回望着他们两人，时时嘘着气。及至韦护征求她的意见时，她竟无所措手足的呐呐着。

韦护已经了解，他已从丽嘉那里取到了一种精神上和思想上的信用。他很兴奋，他又本不缺少那好的谈锋的，于是他将这情形维持到更好的局面。在这里浮生夫妇没有插嘴的余地，而珊珊也像身体不好，

---

① 初刊本作"一直到非死不可"。
② 初刊本作"在劳苦的工作中，人是不会想到什么烦愁的"。
③ 初刊本作"在劳苦的工作中"。

缺少说话的趣味。韦护观察到她的后颈边，有一颗极圆的黑痣。而当她笑的时候，又现出两个笑涡来，一大，一小，一个在颊上，一个在微微凹进的嘴角边。那两片活动的红唇，真也有点迷人呢。于是他倒常常静着，只听她说话。

直到浮生的晚饭摆上桌子了，大家才知道时候已不早，是应该告别了。

韦护执意要回家去吃自己的饭，所以他先走了。

不过在丽嘉和珊珊也寂寞的走回间壁后不久，他却又沉闷的走了转来，他握住浮生的手说：

"请你原谅我，我发挥了一些那样可笑的论调。但是我很明了，我不是那样怠惰的人，想你也相信。只是我近来真仿佛有点神精变态，你看，我从前那么忙，每天还能写五六千字，到现在却只能写两千字了。然而我会振作的！我现在将这些话告诉你，因为我把你，也只有你是我在国内最好的朋友。"

浮生并不了解这到底是什么意义，只是更紧的握着他，显得又感激，又替他难过，反做出一副乞怜的样子说：

"唉，我晓得，你一定有什么地方不舒服吧，我看，你休息几天，学校方面，我可以替你做。"

"那倒不必。好，你们吃饭吧，我回去了，晚上还得写文章，因为《青年周刊》无论如何明日得付排。好，不必介意我，浮生若得空，下期翻点稿子给我，要切用，又不要太长了。若能写就更好。好，我走了，明日见。"于是他快快的向门外跑去。

浮生还想拉他吃了饭再走时，也来不及了，只凝望那消去的后影，觉得那影又为工作劳苦得瘦了好些，想起他那样不辞劳苦，而又诚恳的从不叹气皱眉的干着，犹不免一部分同事[①]的非难，真为他难过。相形起来，反觉得自己平日的固执和暴躁，竟能邀得别人的谅解，真是

---

① 初刊本作"同志"。

幸遇的事。因此他更同情他了。"德娃利斯韦"这外国名儿，是大部分同事单应用在这位懂得外国礼节的韦护身上的，然而意义却全因用的人而变得不同。

六

韦护离了浮生的家，一人冷清清的落在马路上，说不出的对于自己的嫌厌。他在心里重重的打自己的耳光，这悔恨又并不像向浮生所说的那些话的意义，是完全懊悔，怎么又会向浮生，那老实人说一些那末疯疯癫癫的话。本来别人并没有觉出你有什么病，若是一解释，反使人生疑了。若是浮生知道了，或是雯，女人总容易了解，说是我，韦护怎么了怎么了，一嘲笑开去，唉，那真糟！他又悔，为什么竟忘了一切，同那末一个小姑娘，多幼稚的人谈讲得那末有劲？真太愚蠢了。他越懊恼，他就越兴奋，又越对这兴奋起着反感。他心里说："韦护！忘掉这一切吧，让魔鬼拿去，你去想一点别的更重要的事！"

他竟忘记坐车了，走了好久才到家。

那表亲，一个洋行里的办事员，近来因为事情颇得意，已吃得有点发胖了，走到阶边来迎他："呵，来得正好，你今天迟了好些时呢。我也因为有点事刚回来。好，喊他们开饭吧。"

他颓唐的倒在客厅的沙发上，呻吟的说：

"人有点不好过，不想吃饭。"

房东很殷勤的周旋他，亲自倒了一杯白兰地，说吃了会好点。房东太太也来了，一个虽说颜色稍黑，然而却很健实，又很懂一般太太们的风情的女人。他只好顺从了他们。吃饭的时候，房东仿佛打趣般的正经向他说，他实在应当找一个如意的太太了。房东太太也毛遂自荐的说是愿意帮他忙。然而他只好笑了。说住在这有好主妇的家里，便非常满足，竟忘记太太的事了。若是承情帮忙，也应当找一个像这贤惠主妇一模一样的他才要。男的好像受了奉承，就更乐了，女的则横眉一笑。于是这从未使他稍稍留意的女人，也好像使他心动了。他勉强欢笑着敷衍了一会儿,才离了那对夫妇,回到自己的房子里来。

照例他抽了几支烟,但将稿纸摊开好久之后,还不能写一个字。他努力镇压住自己的感情。他疑心完全是因为他走了太多的路的缘故,他想早点睡只是又找不到瞌睡了,而且连书也懒于看。他从那秘密的抽屉中,取出那些珍贵的诗稿来,翻来覆去又看了一遍,觉得有些确实写得很好,有许多都是在前两年所不能体会出的情绪。不过他不愿将这些他得意的成绩拿去发表,因为只能给一伙没有修养的人作嘲讽的谈资的。他重将这些东西收藏后,便再也找不到别的可以混去时日的事情了。无论在心中他是怎样的在喊着:"明天要发稿呢!难道你存心延期吗?"但他仍然不能执笔。时钟还只到九点半的时候,他就张眼望着天花板躺在床上了。天花板上被那红色的小纱灯反映出许多画着大圆形的黑影,像一个大的、散漫的花朵,他从那些破碎的花瓣中,最先看见了一些他的不明显的意识。多么可笑的意识呵,他闭下眼皮来,愿意这影像消灭去,这会使他不由的要生出惭愧之心来的。但是一些另外的,便在他合拢的眼前跳跃起来了。那逝去了的,曾经陶醉过他的甜蜜。唉!怎么这些本已成为毫不可恋的一些影子,也变得很能诱惑人的在扰乱他,而且使他痛苦。他又厌烦的把眼张开,而那丽嘉,一点没有错,太像那姑娘了,简直就是那副神气望着他,像问他要什么东西一样。他心里想:"唉,这到底是什么意思?难道……"接着他便否认了,决不会。那姑娘决不会把他放在心上的。若果他是一个个人主义者,自由主义者,①或是一个音乐家,一个诗人,他都有希望将自己塞满那处女的心中去。然而,多不幸呵。他再也办不到能回到那种思想,那种兴趣里去。他已经献身给他自己的不可磨灭的信念了。而这又决不能博得她的尊敬的。他想起那最初见她时的一切了。她是那样侮弄了柯君,而且那样不胜其讥刺的问到他,"哼,是同志!"若不是因为他是《我的日记》的作者,而他又幸而还勉强应付

---

① 此处初刊本"无政府主义者",全集本删去。

了过来,她简直不知早就怎样在显示她的傲慢的技术了。他又重新想过一遍她所说的一切的话,他证实了他是怎样的不能给她以人格上的刺激和满足。但是那眼光,唉,为什么在刚开始时,她就那样仿佛欲吞灭人的望着他。而且今天,更使人疑惑的亲切了起来。他越想,越不解。越不解,就越想,竟至有时忘形起来。他不知所以的在床上滚着,几乎将那小几上放的茶杯和水瓶都碰倒了。

总之,这是事实,丽嘉已一反旧日狂狷的态度,她很坦然的同他谈过她自己的无聊的生涯。讲过一切像是属于大众的希望,她很信仰他,她并不暴躁,而且她并没有将他视为一个她所歧视的人。韦护再三想,他实在没有拒绝她的理由。她实在可以做他的一个好朋友。他有许多思想只能给她知道,那些脑筋简单的人是不配了解的,而且也只有她的那些动人的态度,才能引起他有裸露出衷心的需要。他要将她搂过来给她一个拥抱才好。他最后放胆的想"她真可爱"时,他就用力的向空中那幻影的嘴唇上大大吻了一下。

七

这时丽嘉也正在被一种矛盾的思想所纠缠。她觉得她自己简直是太不懂事了,为什么要向韦护一个初次相识的人,将自己的一切生活上的不满足给他瞧,使他在这裸露的天真的人格上任意观览,将一些不真确的(就是说并没有真真了解)概念了去。他一定看出她实在很柔弱,很贫乏;也许现在正同人说到她,且嘲笑起一切女人来了。她不安的向和衣斜躺在床上的珊珊说:

"珊!你为什么老不同我说点亲热话,是不是有点生我的气?我真值得你恨的。你看我会将韦护当成那样一个朋友看,我实在太不顾虑和太不矜持了。你晓得的,我并不是说人应当虚伪点,只是不应到处向人发牢骚。能了解你的呢,他还给你点同情(然而这也够可耻),否则,只能给人拿去做笑谈了。尤其是我们,一个没有职业的姑娘,真该留心给人的印象是不能太坏的。任人恨也好,恼也好,怕也好,只是不要让人看不起，可怜可欺就好了。珊，你说呢，是不是我今天太老实了？而且到底——唉，你看韦护到底是怎么一个人？"

珊珊也有珊珊的烦恼。她比她朋友稍微大一点，百事都忧郁一点。在人情上，她自然比较的周到。她有一颗玲珑的心，她能使人越同她住得久，越接触得深，越能发现她的聪明和温柔的韵致，然而在表现上，无论她怎样锋芒，也及不到她朋友的这方面的天才。她有一种中国才女的细腻的柔情，和深深的理解①。她只说：

"你，相信我吧。我不会对你说假话。你并没有什么不对。你欢喜哪样就哪样。我只是有点不舒服。我实在无生你的气的理由。"

"为什么你还是这样态度？而且你不答复我的话？我要你说那'韦先生'②是怎样一个人！"她跳到珊珊床前去，她将自己的脸去遮住珊珊的视线，她不肯让她再逃避开去。

珊珊坐起身来，握住她的手说："嘉！我不希望我们将别人讨论得太多了。他与我们有什么相干？而且，韦护，我真不能了解他呢。也许他是好的，他是对的，他比一切我们相熟的人的见解都高明，但是我们何必这样无穷尽来说他呢？你说你悔，你不该将他看得太亲近了，然而这样不疲倦的老研究着他，不更觉得是将他的意义更看得不同了吗？我不反对你任何提议，我只不愿他，韦护，来占领我们整个时间。我看你从转来到现在，他的影儿都没离开你脑子的。"说到这里她便笑，用手去抚摸丽嘉③，"这真不值得！"

"真的，我仿佛老不能忘记他。这确不值得，确值你来笑。不过他太会说话了，你未必能否认这一层。想想看，在我们初次见面，他就能将我们的顽固的心，用语言融洽了下来。而且在今天，喂，他那种

---

① 此处初刊本从"她却实在缺少那所谓的 it 这东西"到"但她不愿说出她对韦护的意见"，共267字，在全集本中删去。

② 初刊本作"德娃利斯"。

③ 此处初刊本"但她却咽住了这句感伤的话：'唉，我何独不然！'只接下去："，全集本删去。

态度和话语，我几乎疑心只有他能了解我了。你几时看到我曾同一个什么初次见面的人①谈到这些话，固然是由于我太不检点了，然而，却也因为他有引起我说这话的兴趣和需要啊。现在，这些都已经成为过去了。我将如你所说的'不值得'，我不愿再多想到他。"②

珊珊不愿再继续这谈话，故意扰开些，慢慢便说到浮生，珊珊说他是好人；丽嘉承认，且说他很可爱，但是她永不会爱如此的男人，只有能为好母亲的雯才能同他住。她说："你看那傻样儿，有时真使你觉得他可爱，可是，这是不关紧要的。若是这是你爱人，成天当着人这样，给别人笑，你可真受不了。我喜欢他，因为他有许多特别的地方使你不由要发笑。我也将他当一个好朋友，因为他真是诚恳极了。只是，我们真难了解，他只将我们看作一群天真烂漫的小孩子，他永不能知道我们究竟是怎么一个人。"

话说到这里便停顿了。仿佛想起："谁能知道我们究竟是怎么一个人？"

但是话仍然继续下去，她们说到雯，又说到毓芳。她们意见总还能一致，然而态度却不同。珊珊无论如何，对于同性的宽容，较她朋友能大些。

直到夜深了的时候，眼皮提不起，瞌睡来迷了，才终止了争辩。丽嘉糊糊涂涂的脱了衣，爬进床的里边去。不久，便只听到那微细的匀整的呼吸了。

珊珊没有睡着③。她愿意认真念点书，可是不知从什么地方努力。这位教授讲一点翻译的小说下课了，那位教授来讲一点流行的白话诗，第三位教授又来命他们去翻一点不易懂的易经和尚书。到底这有什么

---

① 初刊本作"一个什么 CPCY 份子"。
② 此处初刊本从"只是你说呢，我总仿佛他也是有点虚伪"到"简直连夸张的意义，她也没感到"，共154字，在全集本中删去。
③ 此处初刊本"只想到些别的。她仿佛觉得身体虚飘飘的，没有一点着落。她认不清她的希望"，全集本删去。

用？她本来对文学很感到趣味，谁知经先生这末一教，倒反怀疑了。①还只听了一个星期的课，便仿佛感到很无聊了。她②不能再像往日一样能和丽嘉毫无忧心的游荡。她看见她朋友在那末兴奋的谈了一回话之后能那末香甜的睡去，她真认为是可羡的事。她异常爱惜的将被替她再盖好一点③，又闭着眼，数那匀整的呼吸去试着睡，好久，才稍稍睡着去。

不过一会儿天就亮了。弄里响起一些铁轮的车声，是赶清早装运垃圾的。珊珊醒了。她很难受的辗转着，头又晕，眼皮又重，她需要睡眠，却又不能睡，她只好张开眼来望天色。天色已由朦朦的，变成透亮了，一定是好天气。房里还有一盏夜来忘记捻熄的电灯，讨厌的黄光照着。珊珊不愿起来关，又合眼躺下了。她不知挨了多久，听到楼下客堂的钟响了七下。她觉得应该振作，应该上课去。于是她起身了，摸摸索索的做着一切事的时候，才把那酣睡的丽嘉扰醒。于是这小房的空气全变样了。她总是感到有浓厚的兴致，给予珊珊许多向前的勇气。她蜷坐在被窝里，用愉快的声音赞美珊珊的柔细的发和那又圆又尖的下巴。她常常好像刚发现一样惊诧的问她："珊！真怪，怎么你的发会那么软而细，你小时一定没剃过的。真好看，像一个外国人的头。而且，你照一照镜子罗，那小下巴简直和沙乐美的一个样子，那皮亚词侣画的。唉，我真爱它呢。我也得有那么一个就好。哼，明天把这丑的削了去。"等不到别人答应，她又叫起来了："呀，好香呀，你看这盆桂花都快谢了，却还香呢。唉，珊，我说又快要买菊花了，只是菊花我并不喜欢。"

---

① 此处初刊本"然而她能学什么，一切艺术的东西，过去了，她不能学好一样。以前还是和丽嘉一起，还可以说也许是受了她喜新厌故的影响。但是现在呢，她是单独的，依着她这半年来的志趣去行的"，全集本删去。

② 此处初刊本"她又并无别的新的嗜好"，全集本删去。

③ 此处初刊本从"她又从那一付可爱的脸上想到日里的许多琐事"到"她心里在悄声的说：'我们要永远联结在一起，莫让魔鬼来毁了！'"，共407字，在全集本中删去。

她就这样常常同珊珊成天讲话。当她睡足了的时候，更高兴。她在珊珊面前毫无忌惮，有时还故意扰得珊珊不能做别的事，她就快活。她又在想法使珊珊缺课了。因为珊珊到学校去后，她太寂寞。但今天珊珊是下了决心的，她柔声的向她说："我要走了，八点钟有课。你无事，可以多躺一会儿。起来看看书，我就快回来了。以后我们想个法子，不要这样空玩就好。嘉，我们已不小，我们得凭自己的力找一条出路。我对我们将来还有一点意见，等我回来后我们再谈。"于是她一点也不觉得有体贴朋友寂寞的必要，快步^①出去了。

八

剩下丽嘉一个人蜷坐在被窝里，带点失望的惆怅，想到她朋友，仿佛有点恼她一样，但随即谅解了："为什么要缺了课，在家里陪我玩？既然是诚心老远跑了来，又花了那么多的听讲费。自然，她是对的，我太自私了。"于是她又笑了，斜身靠在枕头上预备再睡，忽的想起珊珊说的"你无事，可以多睡一会儿"来，不免有点惭愧。但是她转念一想，未必去坐在讲堂上听别人念两段书，便算得是什么事，而且到底上了课的人会有什么与自己不同？她不能相信去上课便有什么了不得的意义。她始终找不到兴趣能在课堂中呆坐，她说（在心里说）："与其在那儿受闷，宁可独自躺着乱想。"她便又很安心的躺着了，而且乱想。她想了许多，将毫无关联的事接在一处。事情并不精彩，又不重要，不过她却感到很有趣。从某一种事体联想开去，一秒钟里便有许多不同的影像旋回过了。但是常常不拘在某种事体中，忽的会跳出一个影子，像韦护；她接着去审视那影子时，便又模糊了。她几次都这样叫，几乎叫出声来了："怎么我老记不清他那样儿，到底那眼睛，那鼻子怎么生法的？"然而她真记得，那眼的光，探求的，那笑容，多么做得毫不懂拘束的呵，并且那态度，她就从没遇到有比

---

① 初刊本作"跳步"。

他更动人的。自然，他并不是美好得很，高贵得很，或是豪爽得很，他只是那末一种不带酸气的倜傥，微微带点惹人的沉静，就全凭这个来打动人的心。丽嘉又温习一遍他所说的一切。没有错，他将她的意思引申了，他补充了许多她未说出和未想到的话。他又说他的意见，那全与她一样，只是更具体，更确定，更将她引向他了。她竟会想起："珊珊也决不会能知道我如此之深的。"她再去想别人，便都觉得俗气了。她只愿再见他，即使说一点小到比什么还可笑的事，也可以从他那里得到极满意的解释。她跳起身预备跑到浮生家里去，在那里准可会到韦护的。有一种直觉，使她断定，若是韦护不逃避她，那他一定也要不断的往这里来。她不觉笑了。她笑她自己所料的决没有错，她又笑自己太急了，但是她仍然急急的穿衣服，要早早的到浮生家去，或是别的地方去，这小房子不能使她逗留了。正在这时呀的一声，门大开了，露出珊珊的头。珊珊望到她那慌慌张张的样子便问：

"急什么？你要怎样？"

她有点不好意思，仿佛被别人窥破了什么秘密似的，倒身在床上大笑起来，她说："你晓得的，我预备出去玩，这房子太寂寞了，你又不在家，我真无聊透了！"

"既然想玩，我陪你，只是到什么地方去？"

她不便说出浮生家，而且现在浮生家里也无味，既然珊珊回来了，她是可以不出去的，所以她懒懒的答道："我也想不出地方。"

珊珊会意的一笑，坐到床上去："那就不出去，还是我们来谈谈，我缺了两个钟头课，就是为不放心你。"

"呵，你太好了！依我看，你不必去了吧。"

"我的意思是我们两人都去，你，得找事做。我呢，你不去，我也坐不牢，总惦记你太寂寞了，怕你心焦。而且，嘉，我真需要你给我兴趣和勇气，我自己常常都觉得奇怪，百事一有你那样高高兴兴的在旁边，我才更感到那事的意义。若是你一反对，我好像也灰心了一样。自然，这怪我太不能忍耐了。只是，嘉，我不是说你，你不免有点任性，若像你现在这样玩，你将来一定要后悔的。我只希望你能同我一块儿念书，我好，你又何尝不好。"

丽嘉作了一个难看的怪样子打断了这谈话。她有一种最不愿意的事，便是想到她眼下最须解决的问题。她厌倦了学生生活，无耐心念书，然而又无事给她做，她又不愿闲待着。她有许多不成理由的理由，没有一个人能了解她，原谅她的。她也想过，但是她所想的都是梦，她知道行不通，所以苦恼得不愿讲到这事了！她一听珊珊说到这里，便忍不住要皱眉，不过一当珊珊看见她怪脸后，她便觉得很对不起她，所以她随即笑着道：

"唉，又来了！你不是已经说过吗？明知无效果，还要来碰钉子，看你这人罗！我，你尽管放心，我不愿负你不能安心念书的责任。好，珊，你既然缺课回来了，我们还是出去玩玩吧！"

但是珊珊却仍旧要将话题继续下去。她说，不错，她曾劝她一同上学校，不过意义完全两样的。以前呢，她完全是自私，她愿她朋友能为她作伴。但现在，她是为着她朋友着想的。她肯定的责问她："你敢说我们能懂些什么？虽说处处我们都显得很聪明，我们同别人谈讲艺术，谈讲种种问题①，以及一切细小的日常生活，而且我们还是多么做得看不起那些谈讲不来的人。但是，到底我们思想的根据在哪里，我们到底懂了那些没有？没有呀！我们没有潜心读过几本书，我们懂的全是皮毛。我们仿佛是在骄傲，然而却一定有许多内行人在讥笑我们了。这些呢，过去了！我们本来是太幼稚了。我也原谅这些，只是现在，嘉！我们都已经有二十岁②，而且，看一看这社会，是不是还能准许我们游荡，准许我们糊涂？我们总得找出一条路来。但是，我不敢说，不多读点书，会能找到一条顶正确的路！"

丽嘉始终摆出一副玩笑的样子，不将那些话当正经话听，时时找

---

① 此处初刊本"主义"，全集本删去。
② 初刊本作"我已经有二十二，而你也满了二十岁"。

她朋友闹着玩,又打岔去问一些不关紧要的话。到后来,看到她朋友太认真了,不好不理她,只好点着头,其实她还是希望这些能早点结束的。但是当她听到她朋友发出那末一些责问之辞时,她忍不住很气愤了,她大声抗争着:

"错了!你简直错了!也许这能应用到你自己身上,可是你不该将我和你说在一起。我要告诉你的是:你既然知道这社会已不准你再游荡,那,也就未必还能准你读书!你说,年纪大了,要找条出路,但是你认不清那最正确的,所以你要靠书来帮忙,但是书太多了,路也因为书更多了,你将更认不清你应该选择的那条路,你将永远走不上一条路的。人只是应该向前走,走不通了,再来,那才会有一条真正的路,你不是几次都感叹你太不懂得什么了么?你不是觉得你对于一切问题①,都只能讲点皮毛么?但是,读书吧!读那些白话诗吧,你就会懂的!哼!不行,我告诉你,这一切都得实实在在去经验。你不懂这个社会,你便读尽天下的书,你仍然只是一个误解!唉!得了,我们不讲这事了,你看你还那般像演讲似的来教训我,我会不会觉得有笑你之必要?吓,珊!我真要笑了!"

她便纵声的打着哈哈。第一次,她将朋友当做了敌人。

另外那个被嘲笑的,自然也把脸变红,她不能忍受这无礼,她坚持着她的意见,她要纠正那错误,她不惮烦再解释且申叱她了。

慢慢的,都忘记了那重要的一点,只在寻求一些精彩的深刻的讽刺,互相抛过来,要打击对方的心。

珊珊说不出的难过,这局面真不是她能臆想的,她纯粹一副好心,她抱着希望的;然而现在呢,她不图在她们的友情中,会产生这可怕的事实来。她真想痛哭了,但是她忍着,她骂她惝恨的那人。

丽嘉更是充满了愤恨。她原本是很快乐的,现在却为她朋友扰乱得不堪了。她觉得她实在应离开这不愉快的地方。她跳步的冲出这小

---

① 此处初刊本"主义",全集本删去。

房的门，她走了，然而却故意做了一个极可恶的样子留给她朋友。

九

外面洒满了金色的阳光，天气像初春。丽嘉仿佛一个被放的囚奴，突然闯入了这世界。她用一种奇异的、狂欢的心情来接触一切。她不断的嘘唇，迎着风快快的向前走去，那清凉的微飕，便频频去摸那脸颊，或是很快的抹了一下便跑走了。她举眼去望天，正有许多团的白的耀眼的东西在那蓝色的天海中变幻着。她仿佛自己也轻了好些一样，只想飞腾起去，脚步换得更快了，像要离开地面似的那末跑了几条马路。马路上都异常安静，即使在白天，也没有很多的行人和车马。她想起适才的争执，简直觉得那是太愚蠢和丑陋了。她捡起一片被秋风吹落在地下的枯黄的叶，像是很珍惜的把玩着，随即便又不经意的抛下了，风将那树叶吹到好远去，她又去捡另外的。她想起珊珊来，看见她红着眼睛，额上有两股细的青筋暴露出。她想："唉，我怎么能知道她为什么这样对待我，她许久来都在爱护我的。"但即刻又转念道："自然，只怪我太粗暴了。"她又想起过去的一年，不正是这时候吗，她们刚跑到南京，成天在北极阁、鸡鸣寺这些地方乱跑，那时她们还没有丢弃绘画，她常常将她喜欢的色调去染污那白纸。她曾有许多自己满意的作品。那时珊珊没有别的信仰，信仰便是她。没有别的兴趣，兴趣亦唯她的兴趣是从。而且她以她的聪明，她的豪迈，她的热情，吸引了一些朋友，她们终日都沉于欢乐中。现在呢，散了，都忘了她，干各自的事去了。珊珊也一样，她只信仰读书，而且她鼓惑了那些人，现在还想来强迫她。她怎能不生气！过去的一时的热闹，使她迷乱，她仿佛她应该争回那失去的王座，她不能寂寂寞寞的生活。珊珊的话，也有一部分理由，她说："这社会已不准我们再游荡了。"对，我们得找事做，我们要钻入社会去，我们要认清一条路。她决计了，她不一定要同珊珊在一条路上走的。珊珊喜欢那些书本子，她就去读书，无论结果怎样。她自己愿意干一点事，她就去找事做，不必在家里使珊珊不安。现在珊珊一定被她气哭了。她知道珊珊是比她多感伤的。她无论如何不能在街上瞎跑了。她要转去看看她朋友,向她解释,向她道歉,这真的不值她们来闹得心里难过的。她掉头在朝来的路走回去,才发现已离家好远了。她正预备雇洋车,迎头却有部洋车停下了,车上走下一个满脸都是笑的人:

"啊,怎么在这儿,要到什么地方去?"

原来是韦护从办公处回来,很高兴的神气,给了那车夫两角钱,打发他走了。他随着丽嘉慢慢的走。

丽嘉也忘记雇车了,他们讲了许多不关紧要的话。丽嘉指着一个极脏的小面馆告诉他,从前她曾和两个朋友在这里吃过面,只四个铜子一碗。她还买了一斤花雕喝,面馆里给她们一点熏鱼和白菜,她脸都喝红了。馆子外面围了许多人看她们,她的朋友实在受窘不过,强拉着她走了。她们走出面馆,那些看的人便让开一条路,不笑她们,也不同她们说一句话。她带着叹息的望着韦护说:

"总之,大约只将我们当做疯子来看而已,他们决不将我们看做同他们一样的人。"

韦护听着这些话,极感到兴趣。他幻想几个鲜艳活泼的女性[1],穿着上海流行的学生装,在一个只有小车夫去吃的馆子里,和那些穿脏的破衣的人厮混着,用大碗斟酒,受一群好奇[2]的眼光凝视着;他再回头去望那面馆,好像有点感情似的笑了起来。他问她好不好再到那地方去吃面,他愿意陪她。她拒绝了,她已经懂得了这意味,再去,便无趣了。他又希望她能和他到别的地方去吃一顿饭。她笑了,那态度又变得与从前一样。韦护恨恨的望了她,她才停住笑,但她立即招来一辆洋车,她向他说:"再——会,"那全个脸都堆满了爱娇,她接着又做出一个嘲笑样子称呼他一声"韦先生!"[3],不等韦护的答语,便

---

[1] 初刊本作"他幻想几个有着明艳的肉体的女性"。
[2] 初刊本作"愚钝"。
[3] 初刊本作"德娃利斯先生!"。

跳上车走了。

韦护心里很不痛快。为什么每当她一说起"韦先生①"时，便露出那末一副鄙屑人的态度？她不过是从那些无聊的人的口中捡来这名词，这并没有被嘲笑的理由呀！韦护再举起眼去望她，只见一个蓬得很高很长的发的头庄严的放在一件紫绛色的夹衫上，被车儿渐渐的拉远去了。不知为什么，他又将她原谅了。他笑自己，怎么韦护会被一个年轻女孩逗着。他应该了解她，她实在比别人还敬重他。于是他向着那车轮所向的方向进行，但只走了几步，便又退回了，他决计还是转家吃午饭，等下课后再到浮生家去会她。

果然，珊珊哭过了，眼皮有点红肿，坐在桌边写信，旁边放的馆子里送来的包饭，饭菜都冷了，还没动一动。她已经看见丽嘉悄悄进来了，但不去理她，仍然低着头写信。

丽嘉坐到桌的那方，搭讪的问："给谁写信？"

"给家里。"

"呵，说些什么呢？"

"不说什么，只要点钱做盘缠回去。"

丽嘉认真的问道："珊！真的吗？为什么？你给信我看，我相信你是在骗我。"于是她将脸色转改来，笑着去赔礼，她要求原谅她适才的粗暴，要求她忘掉这回事，她发誓以后决不给她难受了，她强迫她同意，她又放赖似的定要她笑，最后还乱摇着别人的头，连声问："说，到底要不要回家？"

珊珊是常常向她让步的，自然笑了，而且还同她谈讲一切她的计划。回家的话，当然是临时编来怄她的。她又问她去什么地方跑了一趟。

她便告诉她刚才的情形，告诉她遇着韦护，两人同走了一段路，她说："我都想同他去吃饭了，但是一想起你所说的一些话，便马上丢

---

① 初刊本作"德娃利斯"。

开他，坐车回来了。"

于是两人又和好了，一边说笑，一边将那冷的饭菜放在一口小锅内，在煤油炉上热着，她还取笑珊珊的哭。

吃过饭，她便离了珊珊到醉仙那里去。她梦想那里有许多动人的事做。那里有好些青年，都是同她一样的有许多好的理想，都急切要得到施展生平抱负的机会，都富有热血①，商量着来干点轰轰烈烈的事。她不能再闲着了。

十

韦护上完课，便踱到浮生家里来。浮生家里，冷清清的，小孩睡觉了，雯坐在桌边，织一件小毛绳衣。浮生刚回来，躺在椅子上，无声的看着报②。

韦护躺到椅上去，望了望房内，只想问："她们来过么？"但不好意思，只好装做并没扫兴的样子说话。③

慢慢的，他们讲到一桩恋爱的事④，辗转又讲了一些别的，谈话是更其阑珊了。韦护实在觉得有走的必要，但仍是等着，只是显出了一副无聊的样子。过了一会儿，他正预备要走时，雯却对他一笑，说道：

"我知道你一定闷得很，我去要丽嘉她们来玩吧。"

韦护阻止她，但她却跑到间壁去了。一会儿，便同珊珊两人走了进来。珊珊的脸色，仍然有点苍白，微微罩着一层愁闷。她望了韦护一眼，便坐到先前雯坐的那张方凳上了。韦护很和善的问："怎么今天不过来？"

---

① 此处初刊本"不惜为天下穷苦的人，她要去鼓动那些人"，全集本删去。
② 此处初刊本"报上正用着二号字排浦东一个纱厂罢工的事。看见韦护进房来了，便打探这罢工的事已弄得怎样了"，全集本删去。
③ 此处初刊本从"已经派人去了。今天浦东警察非常多"到"雯只是好奇的说：'警察多吗？有演说吗？我只想去看看。'"，共157字，在全集本中删去。
④ 初刊本作"慢慢的，他们又讲到过去的一桩罢工的事件，又从那事件中牵到一桩恋爱的事"。

"难道天天一定要过来的吗？我不知道这理由。"光这声音就辣辣的，使浮生都诧异了。韦护却笑着向她解释，他不愿使人太不愉快了，他也没有想到为什么她这样刺人。

浮生问丽嘉到什么地方去了。她便微微狡笑道："不清楚呢，是被一个什么人约着上馆子吃饭去了的，不知怎么还不回来？"

韦护没有悟过来，以为是真的，正奇怪着："呀，不是我明明看见她雇车回家吗？"但他也不问。倒是雯反逗着他说："你说丽嘉怎么样？"

"自然了不起，你们朋友中，就没一个错的。"

她们都知道这是假话。

"就只太爱闹恋爱了。"浮生说，"昨天楼上住的人还问我她是谁呢。他前几天有一次看见她同几个男人在公园里玩①。"

"那里面还有一个女人，怎么你们楼上的人就没看见呢？我敢说，丽嘉一次也没同人恋爱过。"珊珊有点气忿的为她朋友分辩。

但是雯却站在浮生方面，她说珊珊太偏护她朋友了。丽嘉被许多人非议过，那是不能只怪别人的。无论是哪个朋友，同丽嘉很好，好到不亚于珊珊的人，也不能不承认她是太过火一点，她同许多男人相处得很亲昵，使别人堕入了情网，好像一个小孩一样，什么都不懂，都不买账②。她也从没同一个女友能相好到稍微长久一点的。

珊珊竭力的辩着，丽嘉从没有同谁有一点恋爱的嫌疑，她完全是一个小孩子，在男人面前，稍微有点任性是有的③，那完全是对方的神经过敏，才闹出一些故事。我们的友谊却是许久来都相融洽的。

她说了许多，有好些话使韦护感到不安，仿佛专为他放射出来。他很难过，又很无趣的坐了一会儿才走。

他还连来了三天，都没见着他要见的人。

---

① 初刊本作"闹得凶呢"。
② 初刊本作"使别人坠入了情网，她却又要糟蹋人了"。
③ 此处初刊本"即使说她是逗别人玩，她都没有存心过"，全集本删去。

第四天他去，又扑了空。这使浮生都对他诧异了。浮生一看到他进房便悄悄向雯说："唉，我不很懂得，他来我们这里好像办公所了。我料定他会来的呢。只是他简直瘦了！"

"我想他是坠在恋爱中了，你看他近来那眼光，不是痴钝了许多么？"雯婉曼的望着她爱人笑，"每个人当在恋爱中，总要变得愚蠢些，或特别聪明些。我看他是变蠢了。而你当时是聪明些。"

浮生又憨笑起来，他好奇的望着韦护。

"呀，你们在议论我什么呢？"韦护心里很不高兴，这不全是因为知道别人在当面议论他，他还是保持着他原来的态度，微微带点倦，又带点兴奋却毫不轻躁的将他俩审视着。浮生拍着他的肩，安慰他："决不会说你的，不要难过。"但他心里沉思道："我是扯谎了！我是扯谎了！"

不过女人总常常不愿埋没了她的聪明，雯便向着他巧笑起来：

"你望我呀，眼睛不要动。我看得出你的心事呢。"

韦护心里退缩了一下，他只想骂她一句："可恶呀，你！"但他瞬即制住了，他要报复她。他就紧盯着她，说："好吧！你看我吧！请你一直看到我的灵魂。我心中正爱着一个女人呢。只是她不会爱我，因为……只是我终究要她知道的！"他故意再狠狠去望她一眼，像要撕碎她一样。

她终竟迷惑的将头垂下了。

浮生诚恳的问着："真的吗？我愿意知道。是谁呢？在你那里办事的那个女同事①吗？"雯这时又昂起头来："我知道！我知道！第一次我就发觉了。"

韦护不知怎样说才好，又加以这几天来的抑郁和对自己的反感，他实在需要一个地方倾泻，他不能隐秘他的这痛苦了。若果有这末一个机会，他能从始至末，连他最微细的思想都表白出来，他便弃置了

---

① 初刊本作"女同志"。

这诱惑，再从新做人了。只是他一望浮生那憨直的脸，他就灰心。若希望他能了解他的情绪和痛苦，是全无望，而且他觉得雯是那样得意，他便生气了。他只想一脚跳开去，他踌躇的望着门。这时雯更迫着他，她叫着：

"是那个大眼睛姑娘啊！那常常卖弄着的。唉，不是吗？丽嘉！丽嘉！"她将丽嘉两个字叫得特别响，跳到浮生怀里莫名其妙的大笑起来。

这使韦护抑制不住了。这样久来从早到晚他都尽了镇定之责任，他没有一点想扰过谁，为什么这女人要故意来戏弄他？他听见那刺人的名字时，几乎都要发狂了，他不耐的望着她。

她本是有着过分的白皙的，激动的笑，将那脸皮陡然染得很红，一排齐整的小牙显了出来，完全是一副唯有年轻妇人才有的那丰满的媚态。韦护看见她那末不知顾忌的扭着浮生大笑，还将那身体摇摆着，简直不知要怎么恨她才好。他凶猛的扑过去便抓着她了。他紧紧捻住她手腕①用力的说："唉！你这人！怎么样？我爱的是你呀！你爱我不爱？②"

她③大发雷霆的嚷着："你疯子！你癫狗！浮生！你怎么？看！唉！我手腕疼死了！④"

浮生骇得像个木头人了。

"看你还凶不凶。"韦护一转身便将她推⑤到软椅上去。他已经清醒了，只好来补救，他向浮生笑着，似乎一点也不介意的说："逗她玩一玩的，谁知这样经不起。"

她从椅上伸过头来大大的冷笑着。

---

① 初刊本作"他抱住她腰肢，要将嘴去咬她脸"。
② 初刊本作"唉！你这女人！怎么样？我只太爱你呀！我非强迫你不可！"。
③ 此处初刊本"两人揪在一团。雯将脸倒仰着，总不让他去接近。腰都几乎挣断了"，全集本删去。
④ 初刊本作"唉！我快死了！"。
⑤ 初刊本作"丢"。

他便又跳到那边去,这次显然是虚张声势,他装着威吓她,而她却格格的笑了。

浮生还是茫然的站着,他不了解这些行为。韦护却极亲昵的抚着他的宽大的臂膀,郑重的说道:

"不好吗,你有这样的爱人?你一切都幸福,使我羡慕。我呢,无论怎么样,都不成了。我是一个不可救药的人呢。请你莫介意适才的事,我完全是游戏。你不会以为太无礼吧!现在我走了。明天再来看,完全是看你。"他匆忙的逃走了。

他又做了这末一桩错事,他一想到心就剧烈的暴躁起来,一切都错了。他应仔细想一想,但他已不能想,他想得太多了,他还得不出一个结论来。总有一部分,他是失去了的,他已不能命令自己了。他抱着深深鄙视自己的悲哀,压制着欲狂的情绪。他怏怏的走回家来了。那房东女人,又来找他谈天。他垂着眼皮,不愿看见那女人①。

这夜他喝了好些酒,他完全醉了。他发誓他要拒绝一切诱惑了②。

第二天他简直没有一点力气的躺在床上,脸色白得怕人。他望望从窗外射进的阳光③,好像很高兴的自语着:"一切暴风雨都过去了,我平地无缘无故的独自害了一场寒热症。我韦护仍然是韦护,我不能稍为放松一点,我还得找点事来做,对的,起来吧,不要再怠惰了。"

他到办事处时,连那大胖子执事人④都注意了,问他近来身体怎么样。他笑着回复,他只稍稍有点发寒热,但已全好了;他极力粉饰着,做出有一副健康人特具的一种兴致。直到下午实在支持不住了,他向学校告了假,吃了一些药,便睡去了。

但他并没有病下去,勉强挣扎着,倒也慢慢有起色了,他又在忙

---

① 初刊本作"他不愿看见那女人凸出了夹衣的外面的部分"。
② 此处初刊本从"虽说他曾几次想跑到一些卖淫妇那里"到"他完全自暴自弃的过了一晚",共76字,在全集本中删去。
③ 此处初刊本"光正落在一本多布罗柳波夫的诗集上",全集本删去。
④ 初刊本作"大胖子外国人"。

着做好多事。

连学校也不多停留,莫说是浮生家了,他还是那天出来后就没有去了的。

十一

有一天,他刚从学校出来,走出校门没几十步,听到有人在耳边叫他名字。他回过头来,看见丽嘉一个人靠在树干上。他皱了一下眉,只好站住了。

"到哪儿去?"丽嘉仍旧不动的靠在树干上。

他再皱了一下眉,不去望她,只说:"有点事,再会吧!"他再向前走。

可是丽嘉却随着他走去,他快走,她便跳着跑着;他一慢,她就悄声的咕咕的笑起来了。韦护不懂她意思,以为她特意跑来逗他玩,他忍不住掉头望了她一下。只见她静静的脸上布着一层和善的微笑,没有一点浅薄的倨傲和轻率的嘲讽,只是一派天真而且温柔。韦护几乎又想去触她了,勉强的笑道:

"我看你是来侦探我的了。喂,到底你想要什么?"

"我来找你玩的。这几天我太寂寞了,我有许多说不出的苦恼,只希望你来谈谈,你却不来。今天我跑到这里来等你,足足站了半个多钟头;你又不理我,借口说有事,我很失望;但我又跟着你跑来了。我相信你总不至真的就不再同我说一句话了。韦护,我们一向都很好的,为什么对我这么冷淡?"她窜到他身旁,一边走,一边说,又一边不住的拿眼睛来观察①他。

他什么都没有说,只长长叹息了一声。

她无言的随着他走了一大段路。到后来韦护简直不觉的去握着她的手了。她稍稍跑在前面半步,反转脸来望着他说:

---

① 初刊本作"瞟"。

"韦护，我只相信你！"

韦护竟抱着她了。

最后她说："今天你有事，明天我再来等你。我好像有许多话要同你讲似的。"

韦护只想能如此再走下去，但也只好说："好吧，明天我来看你们。"

"你说几点钟，我等你。"

"五点十分吧，明天我非到这时不能下课。"

"好，准定呵，记着不要失约！"她便从他手膀中滑跑了。

那旧有的苦恼，像虫一样的，又在咬他的心。他并不反对恋爱，并不怕同异性接触，但他不希望为这些烦恼，让这些占去他工作的时间，使他怠惰。他很怀疑丽嘉。他确定这并不是一个一切都能折服他的人。固然，他不否认，在肉体上，她实在有诱惑人的地方，但他所苦恼的，却不只限于这单纯的欲求。他不能分析他自己的情感，这是太出于他意料了。他从没有想到在他仳离了依利亚之后还能倾心于女人。他也不想他又来爱一个中国女孩子，然而现在他却确实为一个女孩子苦着了。他要摆脱她，他已经摆脱了，而她自己又走拢来。她是那末变得异常女性的被抱在他手臂上，眸子放出纯正的热烈的光辉。他寻找不出拒绝她的理由和勇气，他想不出一个完善的方法。他变得很傻气的在街上四处穿走，望着一些红墙的房子，和褴褛的小孩[①]，从那些上面想些不关己的可笑的小事，延迟他思虑的决断。

这时丽嘉正相反。她在另一条马路上穿着，她时时去搔她蓬松的发，在有着玻璃窗的店前驻下足，赏鉴她自己愉快的仪容。她并不十分了解韦护，但她以一种女人的本能，她知道他有一点隐忧，而这一定又是与她有关的；她很高兴这发现，所以这天她特意单独来观察他，结果她满意了。她想去告珊珊，但怕珊珊要阻挠她，扫她的兴，所以

---

① 初刊本作"小贩"。

她在街上倘佯了好久，等到完全收敛了那得意的欢容才归家。这是她许久以来都没有过的快乐，然而却并不全是她悟出了有一个男人在为她不安，有一大部分还是她以为她可以从这里找到一种精神上的援助。她太孤单了，一切都不如意。纵是相好的珊珊，似乎也显露出一种冷淡，这冷淡，她认为是一种嘲笑的不同情的冷淡。她带着热望走到醉仙他们那里去，而他们都只在一种莫名其妙中享受着自认的自由生活①。那唯一足以使他们夸耀的，只是他们无政府主义者的祖宗师复在世时②的一段勤恳的光荣；然而就只这一点，在他们自己许多人口中也不能解释得很清楚。他们曾吸引过丽嘉，因为丽嘉和他们有同一的理想。而现在呢，他们却只给她失望了。她希望不要单单用梦想来慰藉自己的懈怠，总要着手干起来才好。但他们，她认为可以帮助她的，却也是无头绪，而且也并不是有着互助的、利他的精神的。当丽嘉莫奈何想不出别的方法的时候，说她愿意进工厂做女工的时候，他们竟会笑起来③。丽嘉同他们住了好几天，没有一天不在争辩中，不特使她刚去时的热心，冷了一大半，反受了一些刺耳的话。每当丽嘉用犀利的言语将他们那"崇高理想"的论调一推翻，而他们暂时找不出答语的时候，他们之中总会有一个人来嘲讽她④，所以她不再留在那儿了，那里没有一个是她的朋友。她回来，珊珊也没有表示她的高兴；浮生他们更是不会注意到她了。自然她会想到韦护，她确信韦护能够听她，了解她，同情她。她开始来找韦护，韦护又正因失望而决心不再来了。她从浮生口中探听到韦护最近曾有过的一些情形，她决计瞒着珊珊和浮生他们，悄悄来在马路上等他，她喜欢知道他对她的态度怎么样。现在她满意了，她知道这个她认为唯一可亲的人，并不是不愿来亲近

---

① 此处初刊本"他们徒然的背诵着克鲁泡特金的理想，徒然的讲着高妙的哲学与文艺，徒然的痛叱唯物史观，和那起集产主义者，而他们却终日无动静"，全集本删去。
② 初刊本作"只是当师复在世时"。
③ 此处初刊本"这简直不是像同志的笑"，全集本删去。
④ 此处初刊本"说她是在 S 大学听了课，受了某种的影响"，全集本删去。

她的。而且她觉得当他那样沉静的,像深思到什么的,单是那末无语的抱着她走的样子,是比他在滔滔解释着什么还使人动心些。

十二

整整一天,丽嘉一刻都没有停留过,房子小,她从这边一步跳过去,便被桌子抵住了;她再一跳回来,便又睡在床上了。她很兴奋,时时觉得要笑,因为她又要避着珊珊去玩一点新的花样。正因为这于她有一种新奇的意味,她不能节制她的愉快的慌张。她已经忘掉了这几天来的打击,也不介意珊珊的不温存,她也没有想到要同韦护讲述她新近所得的感想。她连这样的自问也没有:"看见他了怎样呢?为什么要这么鬼鬼祟祟呢?"她只带着一种好奇的心情:"看他怎么样?哈——"一到四点钟的时候,她跳到桌子前去照镜子,她并不是去整理脸上的颜色,因为她从来就不屑用脂粉的。她是在镜子前,做一个可爱的怪脸,为自己发笑的借口。有一次,她竟倒在床上大笑了。这时珊珊坐在桌边看书,已经注意她好久,忍不住的问[①]:

"我真不懂你乐的是什么呢?"

丽嘉大张着左眼,将眯着的右眼一眨一眨的笑起来:

"哈!看我罗,珊!说,我像不像美国明星玛丽碧克馥?"

"我不懂你。"

"不懂吗?有人要开电影公司了,我想去试演呢。"

"我不信。"

"真的要上台了呢,人生不演戏哪成!"

"我赞成,我也想去。"

"自然罗,你也应该演,只是怕你一到那个时候,就要拦阻我了。"她又倒在床上大笑起来。

珊珊把眼张着,怀疑她,但懒于追问,只说:

[①] 初刊本作"忍不住便怀疑的问"。

"好，我知道你，你一定有什么事故，你喜欢恋爱①，我就不问。"

"你不必疑心，没有什么事，如果我有，我会告诉你的，请你看看表是什么时候了，我很想去散步。"

四点三刻，她就辞谢了珊珊的陪伴（竟弄得珊珊都变色了），一人向大学走去。时时都可以遇着一两个穿洋服戴球帽的大学生，夹几本布面书和讲义，她知道学校已经下课了。她站得离校门稍远，约六分钟的光景，韦护穿着一件深灰色的夹大衣，从那大门出来，似乎刚刚同什么人周旋过一样，因为脸上还保持得有薄薄的一层笑容。丽嘉本想笑着去招呼他的，但却没有喊出声，便默默向前走了。

"到哪儿去呢？"韦护迎着她时，仿佛异常怜惜她一样，因为她是那末不做声。她转过身来随韦护走，两个手紧紧的插在毛线衣的口袋里。

"到你那里去，好不好？"

她只用疑问的眼光答应他。

"那末，到我家去。"

她又踌躇着。

"好，还早，我们且走走路吧。昨天我走了不少。"

"为什么呢？"她为那快乐的预感鼓动着。

"唉，不为什么。丽嘉，你不笑我吗？我实在是一个傻子呢。"

两人同时对望了一下，都了解那意义。

在走到比较僻静的路上时，韦护又去抱她，但她挣脱了。她给了一只手给他。她第一次感到那手比别人的要瘦一点薄一点。而她的手向来就被推许为最柔软的，使人只想能像什么东西一样的捻着揉着就好的。

他们走了一大段路，都在一种沉默中咀嚼着那情绪的变幻和心的颤动。到后来，丽嘉忽的想起一件可笑的事来，她向他说：

---

① 初刊本作"秘密"。

"浮生同雯吵了一大架,你一点也不知道吗?"

他不信的望着她:"有几天都没去看他们了。为什么呢?"

"为——真的你还不明白吗?"

他立即抖颤了一下,然而那太无理由;于是他只说他一点也不明白,但他很想知道这究竟,希望她能告诉他一点,而且他决计第二天去看看他们。

"我很不愿意他们这般糊涂,太冤枉了,丽嘉,你怎么去说他们呢?"

"我对于他们两人,都有着一种不同的喜悦。但是我很希望……——你不知道吗?雯很有一部分像传奇上、小说中的女主人,她值得有个'维特'呢。"

"'维特'?你是说……"他说不下去了。

她大声笑起来:"正是呀!"

在黄昏薄薄的天光下,他又看见那曾使他抑制过痛楚的眼睛,一种强炽的欲念,抹去了适才一点轻微的厌烦,他不愿再谈浮生了。他更将身体触拢些,微微带点悼惜似的说:"'维特'在为另一种苦恼所捆缚呢。"他没有望她,但他觉得他两眼正为一些东西烧得很痛,他望不清走到什么地方了。

丽嘉心里也有点惶惑,她想:"我该回去了吧?"但她却仍然仿佛缺少意志似的随着他找寻那最少人行的路,她不知说什么才好了。

两人又沉默的走了一段路,这沉默使两人都焦躁了,都有点恨起对方来。最后韦护下了决心,在街的拐角处找到了两部洋车,他命令她道:"到我家里去坐坐。"不过在脸上,他做出一个从来没有见过的那末一副极可怜的样子。

她没有拒绝他。

一路上他都将头倒转着,眼光停在她脸上,没有闪动一下的到了家。

在客厅里遇见了房东夫妇,他道了一声歉,便急急将丽嘉引上楼了。

房里的装璜，使丽嘉微微惊骇了一下，但随即便坦然了。她看出这房主人没有一点地方与这些精致的东西不相调和。她掷身在一张软椅上，泛泛的赞美这房子布置的匠心。

韦护也倒在椅上，温柔的转侧着，表示客人的降临，给予了他宠赐的光荣，和为这光荣而快乐着。

一个轻轻的指声在门上弹着，两人都骇了一跳，是那好听差送两杯茶来。他们都矜持着，一直等到听差出去。

开始还有许多拘束的地方，不久便很自然了。韦护握着她的手说："我真感激你呵！"

但她将手甩脱了，她翻起桌上的书，只有一本他编的刊物，和一本其他小册子是认识的，其余散着的都是精装的外国书。她问是些什么书，他告诉她了，又引她去看那些俄国有名的文学家的全集。她欣奇的赞叹着，说：

"可惜我不能了解它。然而这也过去了，若是早一点的时候，我知道你有这么多的好书，我一定要学俄文了，只是现在我仿佛又不必了。但我对于这些著作是深深爱慕和尊敬的。[①]"

"那末你对于我的这些书呢，"他指着另一个书架，"这全是世界有名的文学论著[②]。你如果高兴看，我可以帮助你。"

她喜悦的望着他笑了一下，但最后说：

"我现在只想学世界语。"

于是他将话转到原来的方向。他说也正如她一样，只想能放弃文学，曾想将这两书架的书都送给谁去，不过这只是一种想望，他仿佛在生命的某部分，实在需要这些东西来伴奏，在这些里面有许多动人

---

① 初刊本作"但我对于这些著作的尊敬，却当然不同于我对于中国的近日所谓文学"。
② 初刊本作"这全是世界有名的社会科学论者的译著。而且这里有好些种是没有英文译本的"。

的情操，比一篇最确凿的理论还能激发他。而且最大的理由，是他最能在这里找到同情和同调……

丽嘉想起她曾有过的一些经验，她叫着："正是呀，我也感觉过的。"

他问起她为什么要弃置音乐。她说那太气闷了，她没有那方面的天才，她好久都没有弄好。然而他说：

"那有什么要紧呢，一个乐师是并无大价值的。我们也不必要成为大艺术家，只是我们要能赏鉴一切艺术。我们可以从那些不朽的东西里面，认识出那最高的情绪的沸腾，和时代的转变。①"

听差又弹门了。这次都非常坦然的毫没慌张，他们保持着原态，相对的站在书架边。韦护命令道：

"进来。"

她笑着望那听差，是一个很干净和善的年轻人。

"太太问，饭预备好了，是请客下去吃，还是搬上来？还有，太太和老爷都用过了。"

"那就——。他转过来向丽嘉说："我看我们到外边去吃饭，怎么样？"

但是丽嘉拒绝了，她不愿白吃别人的。她要回去。

于是韦护做了一个手势，听差便退出去了。

韦护求她再留一会儿，即使不肯吃饭，也得为他再耽搁一些时，他说："丽嘉！你不知道你走后我会多么难过。"

她做了一个怪样子给他看，意思是说："哼！我懂得你在扯谎。"但她仍然相信了，握起他的手来。

他稍稍表白了一点他近来的苦恼。他望着她的眼睛说道："唉，你多望我一会儿吧，不知为什么在南京第一次看见你，我便深深记住它

---

① 此处初刊本从"你读过翻译本的灰色马吧"到"她又去想灰色马中的事迹"，共166字，在全集本中删去。

了。而且……"他做了一个动作,想去吻那眼睛的样子。但她逃避了;虽说她心里很高兴,因为赞美她眼睛的人太多,而且她也知道自己的眼睛是太美丽而引人了,于是那嘴唇便落在那握着他的手上。他看见丽嘉有点生气的样子,便变得很悲戚的说:

"唉,你责罚我吧,我太无礼了!我知道我不配这样,你太好了。"

丽嘉妩媚①的望了他一眼,嗔道:"你在骂我吗?"

他又解释,解释得过分了,却使人欢喜。丽嘉真变得温柔了,温柔之中,又带着强烈的个性,和大方的豪爽,所以就更使他满意,更觉得有崇拜她,就是说有恭维她的必要。

他再请她吃饭时,她才决意走了。他只做一个苦脸默默望着她。

然而终竟他放了她,他命听差去雇了一辆人力车。他送她直到弄口。他再三再四说他最小的,又是最大的,唯一的希望,他要她明天来。

十三

走回来时,房东迎着他,关心的问到:"谁呢?"

他只摇头。

房东太太好奇的走来问:"唉,太漂亮了,太年轻了。"

这时摆上了一桌菜,因为是预备两个人的;主妇为在生人前表示贤惠,所以菜特别多。韦护问有粥没有。他吃了不多的粥,便觉得有点饱胀了,于是他加倍的抽起烟来。他在楼下客厅里延迟了许久,因为他不愿独自在着。他怕寂寞,因为刚才是太热闹了。他破例的同他们玩了一点钟的扑克。主妇说她会用牌卜命运,他好玩请她卜时,她捉弄了他。房东又问他,他只好叹息着:

"这全不是我预料的,而且也无希望。② 不过我可以说,她太使我

---

① 初刊本作"婉媚"。
② 此处初刊本"不过我可以说,都是她在勾引我呢。'他看见那妇人脸上显出一道鄙视的光,于是他接着说:",全集本删去。

迷惑了。她还年轻，不过是一个姑娘，她还不懂许多呢。"

"我希望你进行，大舅父听了也高兴呢，他老人家也该看你成家立业，快活快活了。"那表亲的房东就这末做出亲戚的关切，说出这一串自以为很得体的话。

韦护自然不会生他的气，虽说他心里想："得了，我还管你希望不希望吗？"他只是敷衍的笑着，又将话说到牌上来。

主人夫妇虽说都太好，然而也太俗，他不能同他们说一句较深的话，他又回到楼上了①，又去想她的一切，一切都可爱。她是那末善于会意的笑，那末会用眼向你表白她的心，一个处女的心。她一点不呆板，不畏缩，她没有中国女人惯有的羞涩和忸怩，又不粗鲁不低级。他早先对于她的印象，只以为是有点美好和聪明而放浪的新型女性②，但现在却不同了。他发现她许多性格上的美处，她那些狂狷的，故意欺侮人的态度，只不过是因为那起人，柯君一流，逼得她使然的。于是他又想起柯君的可怜的样儿，他几乎大声的喊出："啊！他哪配！"

他又去想那第一次见她时候的事，他记不清了，仿佛还有几个姑娘，但她是她们的代表，她们的思想显然是受了她的制约③。自从来上海后，他觉得她有点厌弃他，他曾想过："韦护有什么地方使人不舒服吗？"他觉得只有她，她始终是有生气，她若不叫你爱她，她便会给你恨她的根据。

这一晚，他什么也没做，只坐在丽嘉曾坐过的那张椅上，抽着烟，兴奋着。他不愿去想工作和爱情，因为这已经很苦了，终究是无结果，他想等过几天了再看吧，也许韦护又会厌倦的（他自己觉得这话有点骗自己）。

---

① 此处初刊本"他还看见丢到椅子上的那本曾为丽嘉摸索过的《沙宁》"，全集本删去。
② 初刊本作"而放浪轻佻的女人"。
③ 此处初刊本"他只觉得那时他仿佛对那伶俐的一个就是珊珊也曾稍稍注意过，不过不久就忘怀了"，全集本删去。

他到办事处去得迟了一点,他皱着眉头向别人说:"唉,只怕还得早点回去,唉,有点讨厌的事。"他既粉饰自己的惭愧,又留下早归的余地。

可是一整天丽嘉都没有来。

到六点半钟的时候,他已灰心了,勉强在吃着晚餐。而丽嘉才翩然的从听差大开着的门里,亭亭的走了进来。她在两对闪闪逼人的眼光之下,安详的要韦护不要管她,她可以一人坐在房里等他,她还向那审视她的夫妇笑了一下才上楼去。

"哼,不错呢!"

但是韦护不愿听这些,他快活得了不得的跑回自己房里去,他们见面时,不觉的走拢来友谊的拥抱了一下。

"我等了你一天。"他在她肩膀上说,微微闻着她的发的香气。

"我怕你不在家呢。"她嘴触在他的衣服上了。

"吃过饭吗?"

"自然。"

于是韦护替她取出一些水果来,自己燃起他饭后的香烟,说:"我想你不至讨厌吧。"

"我是不抽的。但我却很喜欢别人抽,只是女人除外。"

"为什么呢?"

"不为什么,大约是因为我不会抽吧。"

"那末,是欢喜我抽的。"他故意做出一副顽皮的神态。

她装着没有看见,去剥一个顶大的橘子的皮。她那又软、又润、又尖的手,在那鲜红的橘子皮上灵巧的转着。他不由的想起一句"……纤手试新橙……"的古词来。

他向她讨了两瓣剥好的橘子。

他觉得有她坐在身边,看她的一举一动,听她说话,即使是最不关紧要的也使他感到幸福。他自己知道在她面前,他是更能敬重她的。他觉得他曾枉自找了那末多的苦吃,简直是愚蠢的事,他问道:

"你那几天到什么地方去了？我真难过，我以为你讨厌我呢。"

"哈，你猜？我想你没有法猜到的。我和一个朋友到浦东的纱厂去过，还会到你的一个朋友，叫——叫什么……"

"是程涛吧。"

"对了。他告诉我他是你的朋友，我逗他说，'先生，你错了，我只认识浮生，那是因为他爱人同我曾同过学。'他回答得真妙，他说没关系，都一样，我终究会认识你的。①"

韦护很诧异，与其说是诧异，毋宁说另一种爱好吧。他注视着她，他说：

"你同她们谈过话？"②

他告诉她他病了几天，他实在不清楚这次事。

"唉，你还不知道我完全是为着别的更烦恼呢。"

但等他再问她时，她又说别的了。她不愿说她曾友好过的那起人的坏话，虽说他们现在使她失望和灰心，甚至动摇起来。

韦护已经了解了一部分，他热烈的希望着说："你还想去做一个女工吗？"

"现在不想了，因为——你愿意我离开这里吗？"

他也笑起来了，在心里大声喊着："她爱我呢。"

于是她谈到他的病，他说那是蠢病，若果她肯早点来这里，他就不会病了。

她对他望了一眼，他又说：

"你如果这样不吝惜你的美，而要再这末望人的时候，那，丽嘉，你可以饶恕我的鲁莽和无礼吗？"

她不觉的又望了他，然而他却并没有鲁莽，他只恨恨的说："残忍

---

① 此处初刊本从"他在那儿一定有理由的"到"我知道那无用处，她们不会听我的话"，共291字，在全集本中删去。

② 此处初刊本从"'而且到过她们家里'"到"'难道你没有听到程涛说起我吗？'"，共181字，在全集本中删去。

呵，可爱的！"

两人不久便坐在一张椅上了，丽嘉很幸福的被他拦腰抱着。她讲了许多她过去的事。他也讲了许多他困苦的经过。他时时很苦痛的望着她，觉得她太美了。他看见她这末不倦的听他说话，他竟快乐得有点悲观起来。他想："若是这时大地会沉下去，倒是最好的事。"而她呢，她没有想到，她只天真的问他：

"你会讨厌珊珊来这里吗？"

"不，绝对的不，只是不能像欢迎你一样的欢迎她。"

"但是她却拒绝我邀她。她说她不会在你这儿坐一分钟的。"

"那是因为她讨厌我。"他想起珊珊说过，说是丽嘉从没有过恋爱的嫌疑的话。他问她珊珊的话错了没有。她笑道："那自然是说的过去。"她又改变道："那是她不懂得我，我常常都在爱人的，只是不长久，一会儿就过去了。而且也不完全，也不热烈。"他问她为什么她知道她在爱人，她便笑起来："我做过梦呢。"于是他紧紧抱住她，在她耳边，他抖战的说：

"丽嘉：不要使我失望，告诉我，你梦见过我吗？"

"没有，但我想你呢。"

他用力将她扳过来，他要求她说一个字，只要一个字也够了，她不肯说，但她却失魂的让他吻了。

以后，没有一个字能逾越爱情的范围，韦护太擅长这些言语了，他使自己陶醉，也陶醉了丽嘉。直到楼下客堂的钟无情的猛打了一点的时候，她才骇得跳起来嚷道："我要回去了。"

韦护戚然的躺在椅上，将脸埋起，不做声。他想留她，但没有表示出。他命听差雇了一辆汽车来，一路上他紧紧的抱着她，吻了她好几次。她说她从前咒骂过汽车，然而现在，若是有他的话，她愿意永远坐在汽车里。这话自然是有点矜夸，不久便到了她住的那弄口了，他送她到后门边。她望见亭子间里射出的灯光，她悄声的说：

"珊还没睡吗？"

"恐怕在等你呢,好,快点进去。"

十四

她只敲了两下门,珊珊便从窗口上伸出头来:

"是嘉吗?"

"唉。"她心里有点抱歉,觉得使朋友太等久了。她望望窗口,韦护正钻到车里去,而珊已经走下楼来,为她开门了。

她随着珊珊走进去,她说:"我以为你早睡了。"

珊珊哼了一声:"我想你不回来了。"

"为什么呢,你会这么想我?"这时已走进房里,她看见珊珊像很不耐烦一样,她想问她,不过珊珊却笑了:"我逗你玩的。因为知道你会回来才等你啦。只是,就是不回来,也不要紧,我很相信你呢。"

她拥着珊珊,感谢的望着她,而且极诚恳的说:

"早上我和你说的,完全是假话呢。但是我并不是想骗你①。说是只逗他玩一玩。那怎能够!他一望你,他就能了解你。我有几次想扯一句谎,只是你还没有说出来,他就说出你的意思来了。他真比我们聪明。我就只喜欢聪明的人。珊,我实在有点喜欢他呢。你不高兴吧?"

"没有,一点也没有。不过我觉得你不只是喜欢他,我早就知道你会爱他的,因为他太聪明了。我希望你能幸福,他好好的永远的爱你就好。他当然爱你的,你是太可爱了。若果他还要丢掉你,那他是傻子。"

"呵,珊珊,你说什么,我不懂得。"

"没有什么。②"

丽嘉为一种自尊心,她不愿再问下去了。她不愿有人在她面前说

---

① 此处初刊本"仿佛也曾那样觉得",全集本删去。
② 此处初刊本"是雯晚上来说的。也许是谣言呢。",全集本删去。

韦护不好①，总之，她喜欢他，就完了。她将衣服都脱了，只剩一件男人们用的坎肩和短裤，钻到被中去，直向珊珊说："你也睡吧，不早了，你明天还要上学校呢。"

"明天上午不去了。但是——还是睡吧。"她也爬上了床，她望了丽嘉半天，望得丽嘉都生气了。她才说："嘉，你真美，我如果是一个男子，我也只爱你，我看你也很感到幸福呢。"于是她关了电门，偎着她睡了。

过了许久两人都没有说话，像是睡着了似的，忽的丽嘉说道：

"珊！我不能不告你，他吻了我呢。"

"我知道，早就从你脸上知道了。那是很自然的事呢。"

丽嘉又回想了一会儿，她想韦护太爱她了，爱得一点也不俗气，一点不骇着她，不恼着她。她还想同珊珊说几句，觉得珊珊已经快睡着了，才闭住了嘴，打了一个哈欠，简直是幸福的哈欠，翻转身去，也睡着了。

她仿佛没有睡好久，便被扰醒了。她模模糊糊听到珊珊说：

"睡得正好呢，很迟才睡着。"

她觉得她床边正坐得有个人，她想睁开眼睛看一看，但是睁不开，只听见这人（决不是珊珊）说道：

"等她睡吧。你尽管看书，我就这么坐一坐。不妨害你吗？"

她心里奇怪，怎么是韦护的声音？她以为她一定在做梦，她反把眼闭着了。

"怎么这样客气，现在我们是朋友了，我们都爱丽嘉。"

"我怕你不高兴我抢走了你的朋友。"

"哪儿的话，并没抢走呀，我们的爱是不相冲突的。"

"那就好了。只是，你看——我觉得我很不配她呢。"

丽嘉已经清清楚楚听见了，她还想未必真不是梦，她故意欠伸了

---

① 初刊本作"她不愿有人在她面前说韦护不好的历史，那与她有什么关系呢"。

一下。她觉得韦护已经将头俯了下来；珊珊也在喊她。她装着含糊的问道："珊！是谁在房里？"

"是我，丽嘉。"

珊珊借口说是叫娘姨泡开水，她避出去了。

"是我，丽嘉，你不愿意我来看看你的房子吗？而且我要来看看你，我不能等到晚上。我已起床许久了，我简直就没睡。"

丽嘉说不出的快乐和骄矜。她张开眼来，嘲笑他像个小孩子。他俯下头要吻她的时候，她才真像小孩似的钻进被窝里去了，他便狂吻了她蓬松的散满了枕上的黑发。

有他在房里，她怎么也不好意思起来。他第一次看见她的时候，她只穿一件薄的坎肩。她分辩她并不怕人，她只是不喜欢在人面前穿着，只要他出外打一转，她便可以一切都弄好了。他要她答应一个要求，才肯出去。于是她只好将那雪白的臂膀伸出来让他在手弯上吻了一下，他看见了那丰满的，没有束着的胸，微微有两条弧线凸出贴身的衣服来。然而他却不能不走了。他要去看一看浮生他们，他还想请他们吃饭呢。

自从他搅扰过他们以后，他没有再来了。以前本是为想跳出爱情的圈子，所以决计不来，他对他们没有什么疏远的必要。他虽说知道他们为了他曾相吵过，但是他没有什么内疚[1]，他觉得那太平常了。纵使他冒犯了雯，他们也应该谅解，何况他并没有怎么样。所以他还是很坦然的到他们这里，他愿意告诉他们他是爱丽嘉的。

可是浮生是一个单纯而又固执的人。他疑心他，他同雯吵了嘴，但他却同情他，更因为他的疏远，便更觉得他们的"韦先生"[2]之可怜。为什么他单单要爱一个朋友的爱人呢？但是在前夜，他从雯的口中听到了一些蜚语，他知道了那天真的丽嘉被这位"韦先生"引到家

---

[1] 初刊本作"又是为了他，但是他仍然不含任何内容的"。
[2] 初刊本作"德娃利斯"。

里去了①。浮生本不相信,现在也怀疑了。他想了好久那天他为什么要扭着雯②,他还是不懂,他不相信这是逗着玩,他觉得韦护在爱情上,一定是有点靠不住的。雯呢,很恨他,一种女人的恨,他不该欺负她的,他曾经冒犯了一个女人的尊严。她起先还以为他是可饶恕的,所以同浮生吵架;现在呢,正因为有吵架那末一次暧昧的痕迹,她越觉得她是被他骗了,侮辱了。她若早知道他是这样的,她当时一定打他的耳光了。他们两人正在谈到他的时候,珊珊过这边来了。于是他们更得知了一些新的消息。他们没有为这消息欢喜,反觉得在自己心上像失去了什么一样的惆怅和不安。浮生只怀疑的反复问道:"丽嘉爱他吗?"

这时,韦护走了进来。他用一种极亲切的态度同浮生握手。浮生却淡淡的,仿佛嘲笑的说道:

"恭喜你呀,你们成功得真快!"

他叹息道:"唉,不快呢。"

他又去握雯的手,雯装做没有看见的走了开去。

"还不快,你太不费事了,因为丽嘉是小孩呢。"

"呵?"韦护去看他们,才发现他们都有着一种使人伤心的态度;他很奇异他们感情的变幻。难道韦护因为承一个女人没有鄙视他,对他和善一点,便有不耻于朋友的理由吗?他想向他们解释几句,但是那刺人的态度,就不像是肯听他的话的。他便和浮生说一点别的事。雯简直是鄙视他的坐在那里听。他不能再讲下去,他赌气似的故意说他要去看丽嘉起来了没有,他做出一副唯有在恋爱中的人才有的那急遽样子冲出去了。

他很伤心的告诉了丽嘉。她笑着说:

"他们嫉妒呢。有什么要紧?过两天就会好的。我可以同浮生讲得

---

① 此处初刊本"雯又引证了他一些过去的仿佛是流氓的行为。(因为她要骂他是流氓)",全集本删去。
② 初刊本作"他想了好久他为什么要抱着雯强逼要接吻的一回事"。

很好,他会了解我们。而雯呢,她很了解我,过几天就会好的①。只怕她仍然要恨你呢,因为——唉,我不说了,你以后对她殷勤点,也就没有什么要责备你的了。你相信这话吗?"

他相信这话,却说他无须他们的了解,他更懒得对人殷勤,只要她不拒绝②他,天天准他来,准去看他,他便幸福了。

他们正要出门的时候,珊珊转来了。于是韦护向她说:"如果你能诚心以我为朋友,而又不反对她,我希望你能到我那里去玩玩。"

珊珊慨然的答应了。

于是丽嘉一手揪住珊珊,一手揪住韦护直跑出里门,这天韦护要请她玩一天。珊珊的准诺,更使她高兴③,她还以为珊珊不愿同她一起玩呢④。

他们在一个广东馆子里吃了一顿便饭,因为珊珊只答应到他家里看看,不肯陪他们在外面玩,所以她们就都到他家里去了。他招待得很好,他向学校请了假,三个人谈了许多闲话。丽嘉时时都来握他的手。韦护觉得珊珊有一种超然的态度⑤,他想到丽嘉有这末一个朋友,真是他的光荣。不久珊珊要走了。韦护没有留她⑥。珊珊笑着说:

"好,嘉是交给你的了。"

丽嘉也想同她朋友一块儿回去,却被韦护用眼睛留住了。她害羞的让珊珊吻了她的发而且看着她走了。

但是他们没有出去玩,他们没有时间,他们不愿意在形式上有一点分离。丽嘉呢,她如今真真懂得了爱情,而且她拼命的享有着,这

---

① 初刊本作"而雯呢,她的小儿车还没有买,我再送小宝贝十块钱,她就会欢喜了"。
② 初刊本作"虐待"。
③ 此处初刊本"简直是出她意外了",全集本删去。
④ 初刊本作"她还只以为珊珊很不愿她同韦护好呢"。
⑤ 此处初刊本"这里面没有喜悦,没有痛苦,只是一种普遍的同情。他很奇怪她是如此的,他很能尊敬她",全集本删去。
⑥ 初刊本作"韦护像极了了解她的没有留她。只握了一次很紧的手"。

决不是像她所想的好玩的事，这是太使人好生兴奋好生难当了。韦护呢，他是战斗过来的，他要在这里偿还他曾有过的痛苦。所以他们只将自己两人关闭在一间小房里度过了一个甜蜜的下午和一个甜蜜的夜。

第三章

一

时间向前慢慢的爬着，韦护和丽嘉的爱情也和时间一样的进展着。很快的一个星期过去了，他们两人变成一对小鸟儿似的，他们忘记了一切，连时光也忘记了。他们日以继夜，夜以继日，栖在小房子里，但他们并不会感觉到这房子之小的，这是包含海洋和峻山以及日月星辰的一个充满了福乐的大宇宙。白天，那温暖的阳光，从那窗户，两扇落地的像门似的窗户晒了进来，照到椅子的一角，他们便正坐到这里。他们的眼光，从没有离开过，而嘴便更少有停止了，有时是话说得多，有时是亲吻得更多。丽嘉常为一些爱情的动作，羞得伏在他身上不敢抬一下头，但却因为爱情将她营养得更娇媚更惹人了。他呢，他年轻了，逝去的青春复回了，且那过去的是多么不足道呵，因为他糟蹋了它。他浪漫过，他颓废过，但他却没有真真的爱过，生活过。现在呢，他爱了，他又被爱[①]。他不能不重视这最使他沉醉，使他忘记一切不愉快的时日。他怕她一旦厌倦了跑开去，一当她不说话默着了的时候，他便要抱过她来，小心的问："你想到什么了，告诉我！丽嘉，爱的！"

她呢，她太满足了，这意外的爱情的陶醉将她降伏了。她将她的爱人，看成一个巨人一样，有了他，精神便有了保障。她现在不再想用一些惊人的诗句去招领一班无用的她的臣仆般的朋友，她也不想做

---

① 此处初刊本"他真奇怪他自己，怎么却会在他已经将一切都疲倦过后的一种中年人的气质上，才来尝这最甜蜜的一段"，全集本删去。

一些动人的、虚荣的动作。她只爱他，敬重他，一切均为他倾倒了。她不愿离开他。因为没有他，思想便没有主宰，生活便无意义了。她常常在他的怀抱里那末反复的喊道："爱我，韦护，永远的爱我！"

饭也搬来房里用了。那年轻的听差，谨慎的一天几次扣他们的门，他们都不讨厌他，他在早晨为他们跑好远去买一包精致的点心，和各样的糖果。他们便可以少吃一点饭，因为饭吃多了，使人难过，还常常使人有一种愚蠢的感觉。而那些用最好看的纸包裹着的糖片，也便将那时时要接吻的口齿弄香了。晚上呢，他又到一个熟识的水果铺，捧一包上好的橘子、苹果、葡萄之类的东西给他们带回来。他没有一句怨言，没有一次不好看的神色，因为爱人们都是大方的，不计较小钱的，他们没有一次要过那找头。房东呢，他不管这些事，他只觉得他亲戚的这种行为使人不解，他很想得一个机会问问他们的关系，这女人到底是一个什么样的人①，是不是他们就这么不正式的同居到底。而房东太太则不免有点不满意这一对，她觉得那女人太无耻了。她时时在她丈夫前骄矜着，然而她却有比丈夫还高兴的地方，就是她亲戚多给了她不少钱，仅仅为了有限的一点伙食。

丽嘉吃得太少了，因为点心水果吃得太多，又因为爱情使她觉得太饱胀了。韦护担忧她，怕她消瘦，时时问他爱吃什么。她只说："到你不将你的嘴唇给我了的时候，我或者可以想出什么是我最爱吃的。现在呢，我一样也不爱，一样也不讨厌。"韦护却吃得比较多，他常常想，"若是都能这样有胃口，我一定会很健康起来的，像从前一样。"

一到晚餐的时候，他们都要喝一点果子酒。丽嘉不很能喝，有时蹶不过，喝一大口，却不能全吞下去，好些都溢出嘴外来了。于是韦护便爱惜的在那红唇上将那红色的酒吮干。到底不知这是爱情的酒，还是果子酒，常常这么醉得晕过去似的两人默着，红着脸，沉沉的对望，常常一顿饭使人吃惊的要用两个钟头之久。

---

① 初刊本作"到底这女人是一个卖笑的，还是受了他的骗"。

夜晚来了，丽嘉喜欢将三盏灯都捻亮。三盏都是红色的，一盏吊在房中央，是中国宫廷里用的八角的有流苏的纱灯，一盏是小小的纸罩的台灯，放在写字桌上，也可以放在床头，上下左右，均可转动，是日本式的玲珑的东西，另外一盏，是韦护来上海不久在鲁意斯摩拍卖行买来的，又不贵，又好，他们俩都喜欢的架灯，有紫檀木的雕龙架柱，一个仿古山水画的绸罩，因为是旧东西，龙尾上又缺了一小块，所以反觉得甚是别致。房子一为这三盏灯照着时，便更觉得热闹，更使人兴奋。墙上裱糊的褐色花纸，也就变成使人欢喜的一种紫褐色了。而且在灯光之下，他们都从眼里将可爱的人看出更可爱的地方，他们总是常常舍不得睡去。

不时又有一些钢琴的声音从邻居传来，纵使是不成段落的弹奏，他们也倾耳的听着，以为这便是爱情的合奏了。

一到夜静的时候，他们便将那两盏灯关掉，只剩一盏架灯在沙发的头前。沙发是长的，丽嘉靠在上面，有时有点冷，韦护便将那幅软毯披在她身上。他呢，他枕着她。他从她手上取一张诗稿，用一种愉快的心情去读他往日写下的悲凄的诗。灯光正落在那纸上，落在他的柔软的、微微棕黄的发上。他读完一首，她便给他一个吻，或者让他吻一下。诗并不是了不得的好，但那是他爱情的自白，所以他们会常为里面的一些句子动心，常常要打断，要停下来，因此倒更感到现在真美好，真充实。

韦护又常常为她口译点诗，那些他极喜欢，他觉得比他自己写的好，而是两人都要了解的好诗。她也极愿意安安静静的听他解释之后再来读，她觉得他读起外国诗来比他读自己的诗还好听。她说她也爱那些，只是她不会写。她说珊珊写了不少好诗，只是没有他的好。有时她的腿压麻了，韦护便抱着她，她便将她飞蓬了乱发的头在他胸前揉着。他要俯曲着头，才能吻着她似羞的娇嗔的脸儿，他极自然的将她当一个小孩般的抱起来摇着。

早晨，一让阳光透过纱帘，照到房里时，韦护便先醒了。他没有想他应到办事处去,只痴痴的望着那拂在她手臂上的黑发,和黑发下的白的、腻人的项脖,一种醉人的暖香从那每一个毛孔分泌出来,还有一点像乳的气味。他希望她多睡一点,她睡熟的样子更美,更使他在身体上有一种快乐的痛苦滋生。但是,只要他轻微的转动一下,她便惊醒了。她撒娇的喊着:"爱!韦护!爱!你抱我呀!"于是她张开了眼。他们紧紧的拥着,又狂乱的接吻。他们为他们这幸福的一天的开始赞颂起来,在枕头上,她的眼睛显得更大,他有几次强逼的要吻她的眼珠,使她的泪水都流出来了,她还是没有生他的气。

现在,她不一定要他走出外面才肯起床了,她还是穿一件男人的小坎肩,她喜欢这样子,她还喜欢游泳衣,可惜她不会泅水。她说一有机会,她要学会的。

于是,一切又照旧了,不厌的重复。

直到有一天,是一个星期之后了,他们两人闲谈到珊珊的时候,丽嘉才想起她已经将她朋友弃置了这么久。她对韦护说她要去看看她。韦护也想到他应该去理发,正担忧怕将她一人放在房子里,所以也就赞成了。不过他们还是为了舍不得分开,又延迟到第二天。

二

他们在弄口分手了,丽嘉坐在洋车上,车夫飞也似的跑去,一会儿便望不清她的影子了。她带着一种久别重逢的亲昵的眼光去望到已经零落黯淡的景色,早已是初冬时分了,但她却只感受到一种喜气。她望着车夫的背,仿佛也是一个很可爱的背。她看到他快快掉换着的腿,她想,为什么他要这么高兴的快跑,他有什么希望在前面吗?唉,他不知道他却将我隔离韦护越远了。她一看见汽车过身,也要看一看坐在里面的人,她想知道是不是也像她和韦护一样那么抱着。若是只有一个人孤单的坐在上面,她便怜悯的直望到那车飞去。她暗自发笑的想,假使她再同他坐汽车,她一定不会单让他一人来吻的。

不久,她到了,她简直觉得太快了。她望见了那小楼,那亭子间的窗,她高兴的嚷着珊珊的名字,从门口一直到楼上。珊珊独自在念英文书。她几乎叫出来了,因为她觉得这房子有点阴惨,而珊珊孤寂的像一个修道女似的。她怜悯胜于友爱的将她抱着,她骂自己都忘记来看她了。珊珊也爱抚着她,说一点俏皮的埋怨。而她呢,她仿佛对于珊珊也发生了一种莫名其妙的感情了。她时时摸着她的手,告诉她一些她的幸福。她说她唯一感到缺憾的,便是没有珊珊在她的面前。她要她以后时常去看他们,去看韦护做的诗,那比他以前的《我的日记》好得多。又说韦护常常为她读一些外文诗,那些诗,她管保她是极喜欢的。珊珊答应了她。珊珊告诉她已经替她缝了一件镶了边的缎袍,是她所喜欢的紫绛色,因为天气冷起来了,她一定会忘记这件事的。她真欢喜,她觉得那紫绛色最配她那白颈项的。但是珊珊自己缝的却很坏,很不值钱,珊珊说钱不够了,只好先尽她,因为她正在恋爱中,应当穿得好一点。她反对这意见,但不好说出来,她觉得即使穿破一点,韦护还是爱她的。

她和珊珊去看浮生他们。浮生不在家,上课去了,雯便和她笑谑了好一会儿①。她不高兴的走了出去,要回去了,她要珊珊也同去。珊珊没有答应,说过一两天总会来的。在她们分手的时候,珊珊迟疑的说道:

"你们是太好了,只是——我看你还是要韦护明天到学校去上课吧,缺多了课,总是不好的,何况他还是教务主任。"

"我没有不要他去呀,他简直忘记了,不过我也忘记了。好,我会提醒他的,只是——唉,他若一到学校去,我便来找你,好不好?"

珊珊笑着答应了。

她很担心韦护先到家在等她,她又怕她回去后见不到韦护。她觉得时光像停住了一样老不得到家。她走进里口时,没有在走廊上看见

---

① 此处初刊本"不怕她是怎样的充得很脸老,却还得佩服一个做了母亲的女人说起猥亵的话时,是使人可怕",全集本删去。

等她的人,她几乎没有力气走进屋子去了。她在楼梯上遇见那女主人,那女人望着她笑起来说:

"没有事,尽管客堂里坐坐,不要客气,我们是亲戚呢。"

她脸都红了,她喏喏的回答了她,就跑进房来了。

房子里还留有一股很浓厚的烟气,她疑心是韦护回来过,叫听差来问,听差说是来过两个客,坐了快一个钟头才走,留了一张条子,交给韦先生的,现在就给小姐吧,他们说非要给韦先生不可。

丽嘉很奇怪,她说:

"知道了。"

她等听差走后,才打开那条子,纸是韦护抽屉里的稿纸,那上面写着:

韦护[①]:

  我们本来不应该在这正唱贺歌的时候来责备你。只是你却太荒疏了,不像一个'韦护'。现在呢,学校正有点事,明天希望你要到才好,五点钟有个教务会议。谨此恭贺你[②](这是从你诗中抄下来的名称)。

溥,日,同留。

她真有点说不出的不平。她去看抽屉,抽屉里都翻乱了。她很伤心,对于这些强暴者起着莫大的忿怒。她想不出一个可以惩罚他们的方略。他们对韦护太残忍了,她可以从这条纸上看出。她非常替韦护难过,于是她把纸条撕碎,放在字纸篓的下层,这样韦护便可以不看见,便可以不难过了。她把抽屉整理好,把窗子都打开,让那些讨厌的烟气出去,他真恨那些抽烟的人。她想韦护能脱离那起人就好,但

---

① 初刊本作"德娃利斯"。
② 此处初刊本"并致意你的'安琪儿'",全集本删去。

是她又想道："唉，明天就催他去上课吧！"

韦护正在这时回来了，她投到他怀里去，几乎哭了出来，韦护没有了解这情绪，只连声问：

"回来好久了，丽嘉？都是我不好，我没有想到你回来得这么快，我只到大马路跑了一个转。你猜，这是什么？"他举起他进来时丢到椅上去的一个包。

她似笑似哭的倒在他怀里望了他一眼：

"我不知道。"

"我早上看见你的袜子尖上，破了一个小洞，所以去替你买了一双来，近处没有好看的，所以我跑到先施公司去买的，你看好不好？"

是一双肉红色的长统丝袜①。丽嘉很喜欢，只是码子大了，她穿外国袜子总难得合脚，大约外国女人的脚，没有像她那么小的，她也是从来就喜欢赤着脚在地上跑的天足呀。

有韦护在她面前，她将曾有过的一些不快又忘记了，他们还是很幸福的度过这天的其余的辰光。直到晚上韦护又拿起一本诗②的时候，她才想起白天发生过的事，她有两次想告诉他，却还是怕他烦恼，她不做声了，只绕着大圈子问：

"韦护，你还做诗吗？"

"不做了，我的生活已经全盘是诗了，还需要很笨的去做吗？而且我没有心去写了，心都在你身上。"

"韦护，你怎么不发表你的诗？"

"我不要那些不了解我的人，去读我的心境呢。从前以为写了只让自己一人看的，谁知它还有这么的幸运，得我爱来听它。现在只将它深藏在我们的爱情中，更不要别人来弄污它了。爱的，你不以这话为然吗？"

---

① 初刊本作"一双重价的肉红色的长统丝袜"。
② 初刊本作"一本普希金的诗"。

"韦护！唉，这些稿子，你都未曾给人看过罗？"

"没有呀，怎么呢，你那么望着？"

"没有，没有什么。"她又伏在他胸上了，为掩饰她的难过，她咕咕咕的笑起来，然而她在心上痛楚的叫道：

"没有吗？有呢！我们出去之后，来过比强盗还凶的人，你不知吗？我知道呢！他们检查你的一切！他们在你抽屉里将你不愿人看的诗不尊敬的读过！而且他们还嘲笑你呢！唉，我爱的人！"

接着，她便振作起精神来，同他讲了一段有趣的故事。他也讲了一个法国人的笑话，他还模仿那法国人的腔调和神态表演了一段。后来，她装着毫不介意的说：

"我想，韦护，你缺的课太多了吧，你都忘了你的工作呢。"

这不意的话，骇了他一跳，他真的忘记了，她不该提醒他的。他诧异自己怎么会这末久都没想到。他非常难过，难过他太怠工了，他惭愧得难以见人了。他抱着她说："假如没有这些事就好了。"

但是他马上改正了他的话：

"我要谢谢你才好，你喊醒了我。我应该出去做事了，你鼓励我吧，不然我没有离开你的勇气。明天上午，我要到另一个地方去，这比学校还要紧，以后我再告诉你吧。但是我会回来同你一道吃午饭，下午我到学校去，可以稍微迟一点，两点才走。只是，唉，你呢，你仍到珊珊那里玩去吧。"

他很纷扰的好久都不能睡着。他时时悄悄的吻她。她也没有睡着，但她不做声，装成睡得很好，像一个小哈巴狗蜷卧在他怀里。

三

韦护走了，而且带走了一切梦幻和甜蜜，只剩下一间空漠的卧室，一些呆板的用具，和那不幸的孤独的躺在床上的丽嘉。韦护放了几张风景画片在床头，给她玩。又有几张韦护过去的像片，有的穿着中国棉袍，有的穿着大皮衣帽在大雪地里拍的。照像都比现在年轻，可是在她看来只有现在才更可爱。但她很快的就厌倦了这些，仿佛一失掉韦护，便什么都不属于她了似的。她没有事可以排遣，她觉得睡得太多了。

太阳没有照到屋子，可以看见天是阴沉沉的一种脏的灰色，而且弄里太静了，听不到一点声音，静得使人怕。难道大地死去了吗？她几次神经质的跳起来，然而随即便又躺下了，她焦虑的盼着时间的逝去。

她想过她最近的幸福，这不是意料得到的。她以前没有想到韦护是这么好，给了她这许多不胜其动心消魂的爱情。正因为她享有了，她便要牢牢捉住这爱情，不能看着这爱情又飞走。但是现在呢，一切都死寂得可怕，她仿佛正预感着那失恋的来临。她想："也许有一日，韦护要这末将我弃置了跑掉的！唉，也许就在今天，他会回来吗？唉，我好像等了他一世纪似的！"

她哭了，她吻那些像片，又将那些丢到地上，那不是她爱的韦护，那是另外一个狠心的人在冷静的望着她。她哭了一会儿，被蒙着头，眼泪落在软枕上，落在白被单上，这是些多么熟稔了他们的亲密的可爱的东西呵！

因为夜来睡得不好，又思虑得太多了，人倦极，她含着泪睡着了。

这倒正好免掉了看见在脸上罩满了愁惨的阴云回来的韦护，他也忍受了一些别后的难堪，和一点不痛快的刺激。他看见她还没起床，微微有点诧异，他走拢去，才看见一手压在被面上，一手托住脸颊，那脸颊上还有许多泪痕。他捡起那些地上的像片，喃喃的说："为什么呢，恨我吗？不爱我了吗？"

他去吻她。他触着了些湿的冰人的发，那小嘴唇嘟着，还微微保留了一点动人怜爱的伤心样子。他想叫她，告诉她爱人已经回来了，但是他觉得她一定很疲倦了，才睡得这么熟，还是让她休息一下的好。

他轻轻将椅子拖在床边，望着她，坐在那里抽烟，想起那主事人①说的一顿话。

没有一点错，他第一次俯首了。他找不出理由反驳，虽说在心里觉得有许多委屈。而且他真不能离她太久了，离开她，他做不出一点事。从一切的地方，有时是纸上，有时是墨水瓶里，有时竟是从一个有须的人的脸上，都会想起而浮泛出她的娇媚来，他时时都听到她在耳边腻人的叫着他名字。他想，怎么才能将她和工作融合在一起呢，既然是不能不去做工的。

他守了她好久，她才醒来。看见韦护时，她又哭了。她勾着他的颈项，说道："我以为你不回来了呢！韦护！告诉我，你不至于丢开我吧。"

他竭力安慰她，他擦去那脸上的泪，几乎吻了她眼睛一百次，他吻一次说一次："看，你把我的眼睛哭坏了！"

她告诉他许久都没哭了，不知怎么今天变得那么弱，不觉的就流出了好多泪。翻开被窝看时，枕上竟留下碗大一块渍印，被单上也湿了许多小块。她答应他以后不再哭了，因为她相信韦护会永远爱她的。她像一个小孩似的没有穿好衣服便站在床上跳舞了，还是他强迫她才把衣穿好。他说今天天气特别变冷，他命听差去买了一些煤和柴来。

吃完饭已经到一点了。韦护只想还能延迟一会儿就好，好让丽嘉可以多快活一会儿，他不忍提起他吃过饭还要到学校去的事。这天丽嘉多吃了半碗饭。她说是因为哭了，小时也常是哭过后反能多吃饭。她要韦护也多吃，可是无论怎样他不能多吃，他反减饭了。他很忧愁那将来到的一刻，他不忍心又将她丢在家中哭泣，她太可爱了，天真无邪。他望着她，忍不住只想吻她，他不知说过多少次了："我爱的小嘉呀！总有一天我会把你吞掉的。"

饭还没吃完，珊珊来了。韦护感激的望着她，他没有想到她是来

---

① 初刊本作"大胖子外国人"。

看丽嘉的，他几乎以为她是为他来的了。

她替丽嘉带了许多要用的东西来。

韦护走的时候，向珊珊说：

"好，你的朋友还是交给你吧！"

丽嘉笑起来，一直追到楼梯边，她问：

"难道你不回来了吗？"

"对了，我不再来了，你相信吗？我的小嘉！"韦护大声笑着，故意骗她玩。

她也仍然笑着答应双关的话："我相信的！"

到楼下他又要听差去买了好些丽嘉最爱吃的点心和水果。丽嘉和珊珊这么度过了一个下午。她们将煤和柴堆在壁炉里烧起来，她们讲了好些小时在家乡烤火的事，和许多在火炉前正宜吃的东西。她将韦护写的诗给她看，告诉她韦护是没有给别人看过的。但是珊珊不高兴看。她又拿出一张外国女人的照片给珊珊看，珊珊也夸赞那女人的健壮的美，和那刚毅的眉峰。丽嘉告诉她说：

"这便是他们说韦护坏话的道理了。韦护告诉过我，他很爱依利亚，依利亚是这女人的名字，她也爱他，他们是在一个小剧团里认识的。她的气质使他吃惊。而他呢，到现在他还不明白到底伊利亚爱他什么。不久他们就同居了。然而是，幸福是不久的，他不能使她满足。他发现她常常跑到一个波兰人那里过上半夜。他同她住了三个月，后来太疲惫了，求她放了他，但是她不准。她向许多人都说这中国人骗了她。她骂他，又骂中国人。于是韦护便离开她了。但这女人真怪，韦护动身回国时，她又跑来同他一起，要一同来中国。她说中国女人会抢走他，而他也一定会爱中国女人而又会被爱的，她不能任这事发生。"

珊珊注视那像片好一会儿。

她又说："你说这应有被责备的理由吗？他们算恋爱还是问题呢。韦护也说他自己都怀疑，因为他那时没有痛苦，也没有欢愉，只有个女人罢了。他们白天各做各的事，距离得很远，晚上同一块儿吃饭和睡觉。星期日，两人到歌剧院，或是电影场打一个转。而且在离开她之后，他也没有什么难过。"

珊珊叹息着："你说那不好吗？我倒很爱这女人呢！"

"我也很爱她，她有些地方是我们学不到的！"

于是她们又都默着了，到上灯的时候，珊珊才回去。

还好，这次她没有等好久，韦护便回来了。韦护说他在路上看见珊珊，可是她没有看见他，他又说：

"丽嘉！你真好，你有这么一个好朋友，而我却没有。她真爱你呀！简直像个母亲了。"

"你嫉妒我吗？我相信她也爱你呢，因为她太爱我了。而且她不会，永不会丢弃我的。而你呢，韦护，你也能使我如此深信不疑吗？唉，未来的事，难说得很。"

"你这样不了解我，不相信我，真使我难过。"

"不要生气吧，我怄你的。我知道你比她还爱我，然而，我怕呢。"

于是他紧紧的抱了她，凭爱情发了许多誓言，他决不会丢弃她的。等她说了一打以上的相信，他才放手。他们的时间，总是在这么一点小事上，不知跑了多远。

四

韦护近来每天都出去办事，只有星期五下午和星期日才能留在丽嘉面前，然而他们却更相爱了。每到饭前，丽嘉便站在走廊上去等他，有时还走到弄外去，不管街口上有人没有人，隔好远便要跑起来欢呼，投到他怀里去。他呢，含蓄的笑着，紧紧的把她挟回来，常常都将她举得离了地面了。而且许多次，无论他的表亲在客堂也好，不在也好，他都抱起她跑上楼去，去到他们的小房里。她都叫起来了，却十分满足。他们要在这短的一瞬刻，来偿还他们分离后的不尽的苦痛。丽嘉不知有多少次希望他能留住，但她却不愿说出。偶尔他偷了懒，向学校请了假，这她便更高兴了，感激得了不得。她更爱他，她也更温柔。于是他本有一点负疚和不安的心情，也为她的欢悦消逝去了。他们极端珍惜不要让下午的时间有一忽儿是空跑掉了的。

房东太奇怪他们了。有一天，他以戚谊的资格直接来扣他们的门，韦护郑重的为他介绍：

"这是我的爱人！我的生命！你看，她不好吗，她给予我的简直太多了。"

他一个字的意义也不懂。他看见丽嘉很可爱的，大胆问起她的家世来。

丽嘉很讨厌这些问询，但她现在没有憎恨的心思，也没有揶揄的趣味，她对这洋行办事员稍稍敷衍了一下。

他又装做会意的样子，向韦护说：

"爱情呢我是懂得的，我也赞成。只是你们太好了，一切小说上戏本上还找不出像你们这么好的。然而俗话讲得好，'月圆必阙'——好，你们笑了，你们一定不信这些的。我就不讲它。不过，韦护，你却太使人奇怪了。你变得太快，若不是我天天都看见你，我一定不认得你了。不是你的相貌变了，是你的气质全不同了。我想凡你的朋友，都可以看得出。不是吗，小姐？"

"是的，恐怕有点变吧，那是因为他现在有了爱情的缘故。"丽嘉爱好的望着她爱人。

韦护却否认的说：

"嘉，你错了呢。你听我说！"他望着那房东，"我丝毫没有变，我仍然是我，不过我从前只将我的一面，虚伪的一面，给人看的。现在呢，我是赤裸的，毫无粉饰的了。这因为我早先虽有一个躯壳，然而却没有心，于是我便为一切其他的东西，过着机械的时日，我只是一个世故的人，为人所了解和欢迎的人。唉，就是说只是一个市侩呢。现在呢，我有了丽嘉，我为我们爱情的享受而生活，我忘记一切对人的机智了。于是我便被不了解和诧异了。然而这一丝一毫都是无足轻重的，因为这不能有害于我们的爱情。嘉，不是的吗？只要我们永远相爱！"

于是他们忘情的在人面前也接起吻来了。

这办事员被他们骇得只摇头，心里想：

"大约这便是所谓新人物吧！"

他走后，他们又笑起他来了，而且还笑自己。她说：

"我看你真白费力气同他那样声明，他一生也不会懂得你的。"

"为什么我不可以说呢，我恨不得要大声喊给全世界，给他们看看我们的幸福呢。"

"不过我不厌烦他，他没权力反对我们的爱情。"

"什么有权力呢？什么也没有权力！"

他们迟到很夜深才去睡，因为白天难堪的分离的记忆还遗留着，而明天的这难堪的重复，使他们时时恐怖的预感着。他们偎坐在火炉旁边，房子里的灯都捻熄了，只有熊熊的火光不定的闪着，脸儿更显得通红，眼光更充实了，他们不倦的讲着往昔的事。

她有许多姊妹，她从不困苦，但是她却孤独。她唯有在小说中、梦幻中得到安慰。她许多次幻觉着那不可言说的，又是并不能懂的福乐的来临。她现在才知道这福乐是什么。她后来离了家，读了一些书，又结识了许多朋友，似乎是应快乐了，然而还像缺少什么一样。也有人爱过她，但是她太轻视那些浅薄的忠荩，她骂那些人是阴谋者。她同男子接近过①，只觉得男人们容易支使，不反抗她，而她却从不曾在他们之中，有过一点深刻的交谊。她不相信他们，甚或觉得有揶揄之必要。女友呢，她同许多人好过，都爱她，服从她，照应她，然而都不真真了解她，她太容易厌倦她们的殷勤。她只对珊珊有相当的敬仰，她看到珊珊近来刻苦念书，越佩服她的毅力，但同时她非常怜悯她，希望她也能得到一个像韦护这么好的人就好。

韦护的故事太多了。他说了好多次同他表妹的事，那只是一种中

---

① 初刊本作"游戏过"。

国旧式才子气派的完成，他不能不找出那么一小点点的伤感。他没有一点冲动便眼看她被别人娶去，他只留下了近一百首的押韵的诗词。他和歌女露茜的事也告诉她了，那纯粹为的好奇。露茜则为的金钱。还有，便是依利亚，依利亚是一个奇怪的女子，办起事来，一点不马虎。她同许多人好过，但不久都把他们丢了。她同韦护决裂的时候，她大声嚷，几乎打他了。她说："你契丹人，你想跑掉吗，你不知道我爱你吗？你不喜欢那波兰人，他可以去他妈的。我也讨厌他呢。只是你不能干涉我。你应知道你不配。然而我是不能放弃你的，像你这样的契丹人，太使我爱了。"终竟他还是跑掉了，他说她是一个动人的家伙，却也是个怕人的家伙。

丽嘉爱听这些故事，觉得有味，又为他惋惜。他常常要在话中停止下来，他说：

"你为什么不早点来到我的命运里呢？你看，我在年轻的时候是那么浪费了青春。"她一定道：

"现在也不迟，我们的未来还长着呢。"

于是他也学语着：

"我们的未来还长着呢。"

他们就常常这么消磨一个晚上，到钟打一点、两点的时候，他看见她眼皮无力了，才将她抱上床去。

五

八点钟的时候，冬天这不算晏。韦护不能不从那使人留恋的被中起来。街上很冷，常常要飞一点小雨或小雪，办事处又没有火，他大衣也不能脱。他不时要打哈欠，他太缺少睡眠了。人人都笑他，误解他，显然是他和丽嘉的恋爱，他们是不理解和不同情的。他不去叱责他们，他知道他们没有别的，只有一副最切实用的简单头脑。但是他也忍耐着和挣扎着，他不能有弃置这些工作的念头。这是他的信仰。无论他的个性是更能成其为浪漫派诗人也好，狂热的个人主义也好，他的思想，是确定不移的。他不能离开这地方，他只能像一只蚂蚁似的往前爬去，倒在另一些蚂蚁的上面死了，又让后来的爬在他自己头上。他有几次都决计将那刊物的事委托给别人，因为已经延期好几期，但是他不肯放弃，他要在办事处抽时间来整理。他又在休息的时间编讲义。他是不怕劳苦的，劳苦之后，只要一回到家，一切便全变了，因为丽嘉在那里。他常常对丽嘉这么说，对别人也这么说，他之所以要工作，是因为有她的生活的热力在鼓动他。然而这话是不全靠得住的，人有一种惰性，而且比较起来，他常常眷恋着丽嘉这边，而潜意识里，还常常起着可怕的念头，便是丢了学校工作，成天留在我的爱面前。

　　同时也有许多人对他起着反感。原来就有一部分人不满意他的有礼貌的风度，说那是上层社会的绅士气派；有的人苛责他过去的历史；然而都不外乎嫉妒。现在呢，都找到了攻击的罅隙，说他的生活，他的行为，都足以代表他的人生观。说他是一个伪善者、投机者。仲清竟到学生前也说起他的坏话，公开他的住址，这本来是不公开的；他示意人们去参观，那像一个堕落的奢靡的销金窟。

　　于是当韦护和丽嘉饮着晚酒的时候，也有着不熟悉的叩门声。他们熠熠的审视丽嘉，却不能在她身上得着什么，也自以为得意的走了。

　　有两次有人当面嘲讽了他。他忿怒得直想去打那些侮辱了他的人，但是他什么动作也没有，他隐忍了，装出一种不自然的笑，仿佛要人知道他不愿也不必同那一些不足道的糊涂人分辩。这是因为他知道他的地位很孤单，很孤单。

　　他开始了一种恐怖的预感。他试着去多做点事，接连迟回了好几天，但结局也是失败。于是他不知所以的常常烦闷起来。他想起他们刚住在一块儿的时日，是多么快乐的时日，他忘记了他的工作，他常常违背一点她的禁止，多喝几杯酒，他常常感伤的抱着她喊道："我要我们离开这世界才好，我们去学鲁滨孙飘流在无人的岛上去吧！"

　　她呢，还天真的附和着他。

　　夜深了，她枕在他手臂上睡得很酣适。他望着她，更深的看出她的美,他们的生命的谐和。他痛苦的想那将要来到的恐怖。他能吗,能抱起丽嘉飞去吗?但是他不能离开丽嘉。他想起曾有过的挣扎,他愿从这女人手中跑掉,但是他痛苦,并没跑掉。只怪她,后来又找着他。然而他又打自己,为什么没有这见解?丽嘉对他太好了,给予他无上的快乐。他想了许多,总想不出一个好法子。他不能像从前与依利亚的情形,那时他没有觉得爱情和工作的冲突的。而丽嘉呢,起始的时候,就使他不敢接近,因为他不知觉间,便预感着这是不协调的。但是这能怪她吗?她没有一次有妨害他工作的动机。虽说她舍不得他,她怕那分离的痛苦,但是她不会要求他留在家里的。那么,这冲突并不在丽嘉或工作,只是在他自己,于是他反省自己了。他在自己身上看出两种个性和两重人格来!一种呢,是他从父母那里得来的,那一生潦倒落拓多感的父亲,和那热情、轻躁以至于自杀的母亲,使他们聪明的儿子在很早便有对一切生活的怀疑和空虚。因此他接近了艺术,他无聊赖的以流浪和极端感伤虚度了他的青春。若是他能继续舞弄文墨,他是有成就的。但是,那新的巨大的波涛,汹涌的将他卷入漩涡了,他经受了长时间的冲击,才找到了他的指南[①],他有了研究马克思列宁等人著作的趣味[②]。他跑到北京[③],跑到外国[④],他更坚定了自己的意志。他完全换了一个人。他耐苦,然而却是安心的锻炼了三年,他又回南方来。他用明确的头脑和简切的言语,和那永远像机器一般的有力,又永久的鼓着精神干起工作来,他得到无数的忠实的同志的信仰。但是,唉,他遇着丽嘉了!这热情的、有魔力的女人,只用一双眼便将他已死去的那部分,又喊醒了,并且发展得可怕。他现在是无力抵拒,只觉得自己精神的崩溃。他看清了自己,也看清了一切。但是他还是不能判断他自己,他太爱她了,他不准自己对她有一点不忠实。

---

① 初刊本作"指南针"。
② 初刊本作"他有了研究社会主义的趣味"。
③ 初刊本作"北方的寒国"。
④ 初刊本作"俄罗斯"。

他在万般无奈时,只有竭力忘去这些可怕的,完全是幻觉的憧憬。他狂乱的去吻她全身,这样他便又可完全浸润在爱情中,而不烦恼了。

他又请了几天假。丽嘉虽不纵容,也不反对,她以为这是她的幸福。他又预支了一些薪水,常常带她到电影院去,或是饮食馆去。他无节制的,又不思虑的度过了一些时候,像酗酒者般的醉在爱情中的一些难忘的快活时日。

六

丽嘉本很喜欢看电影,现在有韦护伴着,自然更乐意。她爱许多漂亮的明星,她爱那些能表现出热的和迷人的一些演员。韦护则说这些人都不如她,若是她能现身银幕,世间所有男子都会在他们的情人身上找出缺陷来。她常常把从电影上学来的许多可爱的动作拿来表演①。她也爱吃一点好吃的东西。她更喜欢在温暖的房子里,将身子烤得热热的,又跑在冷空气中呼吸,那凉飕的风,轻轻的打击着热的、嫩的、腻的脸颊,有说不出一种微痒的舒服。

韦护呢,只要他不去办事,不去上课,不和一些难合的人在一块儿,他都是快乐而骄傲的。慢慢的,他有点怕到那些地方去了,每去一次,便愈觉得人人都在冷淡他,怀疑他,竟至鄙视他了;而那难处置的问题便又来扰搅他。他未必非要把这些他的生命的甘露来弃置,他苦苦的避开这些。他想,让自然的命运来支配我以后的时日吧,现在,且顾现在。但是最后,有几次他再不能忍受他的被人歧视了,他仿佛觉得人人在他背后,说他的名字,摇头,噘嘴。他想自动辞脱一切职务,退身出来,离开这里,到无人认识的地方去插田也好,做小买卖也好,甚或当乞丐也好。他做出一种闲谈的样子,对丽嘉说:

"假使我们有一天不能不离开这里,被迫到乡下去生活的时候,你

---

① 初刊本作"她常常从电影上学来许多可爱的动作来戏弄他,他便更迷乱起来"。

觉得怎么样呢？"

她毫不思虑的率直的答道：

"那正好呢。那时候，你仍然穿你的蓝粗布短衣，我们第一次见面时，你穿的那件。你的头发长了起来，胡须也不剃了。你一定变得更好看，而且强壮。我呢，我也做一件蓝布衣穿，我最欢喜赤着脚在草地上走。我小时常那么顽皮的走过。我会做许多事。顶好我们有一间小的干净的茅屋，我们像乡下农人一样的生活起来。但是夜晚了，我们仍然可以在我们的小的摇摇不定的烛光下来读诗，那时你一定还可以做些更好的诗。"

他不免苦笑起来，还问她：

"若是连一间小茅屋也没有，要四处去讨呢？"

她对他斜望一眼，意思是说："你怎么说一些无意思的话。"但她仍然答应他了。她觉得即使是这样，也仍然有趣味，她笑着说道：

"那不更好吗？我可以不要你操一点心思①。什么地方都可以混一宵，或是那些小山羊的栏前，或是那稻草堆上。你大约不知道，那干的稻草的香气，躺在那上面，比这鹅绒还舒服呢。"

于是她躺在床上滚了起来，将那床看成稻草堆了。

他也常常为她的这无忧的气质鼓动了，他知道无论走到什么地方她不会丢弃他，而她一定比他更适宜那些新的环境。因为她单纯，她唯一的只知有爱情。只是他，他虽说幻想了许多，然而却不能得一个最后的决断。那是行不通的，他不能磨去他原来的信仰，他已不能真真的做到只有丽嘉而不过问其他的了。唉，若是在以前，当他惊服和骄恃自己的才情的时候，便遇着丽嘉，那是一无遗恨和阻隔的了。而现在呢，他在比他生命还坚实的意志里，渗入了一些别的东西，这是与他原来的个性不相调和的，也就是与丽嘉的爱情不相调和的。他怠

---

① 此处初刊本"我能在各种人面前相处各种方法去使他们破钞的"，全集本删去。

惰了，逸乐了，他对他的信仰，有了不可饶恕的不忠实；而他对丽嘉呢，也一样的不忠实了。他想，与其这么强做快乐去骗她，宁肯将一切均向她吐实。他又想，若是不能放弃工作而撇开她时，使她去尝试那失恋的苦，是毋宁自己死去，来让她哀哭的。那样她不会对爱情生怀疑，对韦护生怀疑，她仍然可以保存一颗完美的心。假如他走了，虽则仍是同样的失了他，然而，那情景，是多么不堪设想呵！她无论如何是承受不住的。他在自己感到无力能拔起自己的时候，便又要在丽嘉处找救援，他诚恳的问她：

"你不是很讨厌我信仰的主义①吗？为什么你又要爱我？"

她诚恳的答应他：

"那是你误解了。我固然有过一些言论，批评过一些马列主义者，那是我受了一点别的影响，我很幼稚，还有，就是你们有些同志太不使人爱了。你不知道，他们仿佛懂了一点新的学问②，能说几个异样的名词，他们就也变成只有名词了；而且那么糊涂的自大着。是的，我喜欢过一些现代青年③，但他们太荒谬和自私，我很失望。他们写信给我，寄到珊珊那里，满纸是任情的谩骂，以为我只该爱他们④。但是我却只爱你，韦护！而且敬重你！⑤"

他请她凭她的爱情说一点对于他的工作的态度，他希望她说一点她的不满意，她会强制他脱离那些，她是好胜的人，一定可以将他抢过来的。

但是她只诧异的说：

"你怀疑我吗？我没有一点什么意思呀！虽说我不能同你分离得太

---

① 初刊本作"康敏尼斯特"。
② 初刊本作"社会的学问"。
③ 初刊本作"无政府主义的青年"。
④ 初刊本作"他们以为我只该爱一个无政府主义者，甚或是虚无主义者"。
⑤ 此处初刊本"我还敬重一个人，便是孙九先生，他纯粹是一个理智的人，却并不是无感情的人。我只钦佩他，却永不会爱他。他好像是一个仁慈的老人似的。而你呢，你一切都完全！"，全集本删去。

久,然而那并不是我的爱情的矜夸。你不是也这么感到么?我并不希望你因我而弃置你的事业,我知道,你不像我呢。唉,韦护!我感觉到呢,你常常为我请假而你又不安呢。以后,我不准你再请假了。你知道我的意思么?"

她微微有点不高兴起来。

于是他去哄她,说:

"唉!我的嘉!怎么你会这么多心?你不知道我毫没有别的意思,只怕我的爱人会有一丝一忽在我身上感到不满吗?你看,你若还生我的气,我怎么好呢?"

他装得太好了,总容易骗过她。她还是快乐的,而他则真是一切都失败了。假使她要带起他走,那就好了。

因此他仍陷在苦恼中。

七

可是时间一天一天的紧迫起来了。学校快放假,他到底是辞了事,还是继续下去?而且,他知道不满意他的人太多了。若是他现在自愿退了出来,或是无通知之必要的就走了,那至少在一部分人看来,是值不得惋惜的,因为他太不忠实了。即使他有勇气,他愿减少这一不光荣的负疚,他以后就得到了安慰吗?是的,他是有丽嘉,他为爱而牺牲事业,那不为名为利的事业,他仍然可以骄傲而生存的。只是真的他们能跑到一个无人的岛上么,他们能恢复到简单的农人生活么?这不只是要生活简单,而是全靠他们有简单的精神。所以虽说他筹算过他最近可以得到的全部收入,足够两人跑到一个没有人认识的小县城里或乡下,可以无事的,靠极低的粮食,和爱情度过一年以上,但是无论他计算得若何周密,他自己也了然这只是想骗过自己,安慰自己,那样对丽嘉就无所抱愧了。实际他不能这么做,甚至连想到若是丽嘉能不爱他,能丢弃他,则他就可以被释放了,可以照旧努力工作了。

于是有一次，他将性子变得很无理，很粗野，为了一点小得可怜的事，他咒骂了她。她没有说一句话，只用怜悯的眼光望着他，最后她说：

"我触怒了你吗？我相信你不会介意的。那么，一定是有别的人或别的事使你烦恼了。那，韦护，你不可以告诉我吗？"

一些眼泪糊住了那双迷人的眼睛。而他，他忍不住大哭起来，跪在她膝前像一个忏悔的教徒。她又说：

"一定的，你有些什么，韦护！你说呀！"

他抱紧她的腰肢，一任他的眼泪涂污她的新衣，他神经质的哭道：

"是的，我有的，我有的……"

然而他清醒了，他用那男性特有的茹苦的忍耐，他不愿说出来，他改正道：

"是的，我有的这不可饶恕的坏脾气呵，我爱的，忘掉这可怕的记忆吧！我不是真的对你这么坏的！你能饶恕我么，我的爱嘉？"

"没有饶恕存在的，韦护！我只爱你！"

这一幕短短的悲喜剧，更证明了他的失望。他又开始振作，只是越振作，就越感到内心的冲突，就越痛苦。而这时，那最使他敬重的陈实同志，给了他一个警告的暗示。他离开家，在那冬天的无人迹的公园里，苦思了一个下午。他知道这是最后的一刻了，他不能再延缓。于是在一个长的激烈的争斗之后，那一些美的、爱情的、温柔的梦幻与希望、享受，均破灭了。而那曾有过一种意志的刻苦和前进，又在他全身汹涌着。他看见前途比血还耀目的灿烂，他走到他办事的地方[①]，他要到广东去。

他再回到丽嘉的面前时，他已有铁的意志的决断。唉，只这女人太可怜了，当她抚着他的瘦胸和那怦怦跳着的心时，她还无感觉的沉醉在爱情中。虽然，他也不免偶尔又起了犹疑，只是他认清了爱情不

---

① 此处初刊本"答应了他们的委派"，全集本删去。

可再延长，这不特害了他，于丽嘉也决不是有益的。他在第三天，选到了一个绝好的机会，便是珊珊也在这里的时候，他硬起心肠，向丽嘉作了一个最后的长久的深切的观望。然后他穿起大衣，说是要出外打一个转，他用力吻了她嘴唇，握着珊珊的手说：

"可感谢的，朋友！你且留在这儿吧，请一直等到我再回来。"

声音有点哽咽了，手微微抖颤着。珊珊也不觉的心里抖颤了一下，她骇得直着声音说：

"不，我不能等你的，你还是留着吧！"

但是他早已松脱手跑走了。

在楼下他伫立了一会儿，听到楼上没有一点声响，才阔步向外走去，眼泪不觉的流满脸上。呵！这不可再得的生命的甜蜜啊！

两个女人不安的坐在火炉边，那曾充满了欢乐的炉边。等了好久，夜来临了。丽嘉不快的像是自语的说：

"怎么还不回来呢？"

"我觉得他仿佛有点难过似的。为什么呢？"

"你也觉得吗？我常常都觉得呢。但是他没有向我说一句，他只反复说他爱我，唉，珊，你说他会永远爱我吗？我很怕呢。"

珊珊不知怎么回答才好，她竭力安慰了她朋友，说了一些别的故事。

然而十一点了，韦护还没有回来。丽嘉焦急起来，她要在夜暗中去寻找她的爱，却被珊珊阻住了。她说：

"若是你走了，他回来又怎办呢？"

于是她们又耐心的等到一点半，这时有人在楼下大门口按铃。丽嘉跳起来嚷道：

"一定是韦护！"

两人都走到走廊上去，丽嘉向着下面的黑暗的大门，大声的问，欢喜得声音都变得有点抖颤了：

"是谁？韦护吗？"

听差走出来开门,也同时问:"是谁?"

"送信来的,韦先生有一封信送给楼上的小姐。"

丽嘉骇得不知所措的望着珊珊,喃喃的喊着奇怪。

她冲跳到楼梯口时,听差给了她一封厚的信,她发昏似的跑回房里扯去那信封。

八

信这么写着:

丽嘉!准韦护再这么一次喊你的名字吧!唉!我这不可饶赦的人!现在呢,我在残酷的撞起这可怕的钟,像霹雳一般的喊给我爱听:韦护走了!永远的走了!永不再回!

唉!我心痛的爱人呵!你不会惊诧吗,当你看到这封信。我哀求你莫哭吧,韦护值不得你这么深爱呢。然而我希望你听我解释几句。

说我还爱你,这只是使你更其生恨的。因为我是这么无情的负心的丢弃你走了。唉!我的小嘉!你可以骂我的,而且你该咒骂我的。你说我骗了你,骗了你纯洁的爱吧!但是,韦护呢,韦护之自责是超过了宇宙间所有的诅咒的。但是无论怎样,他自己知道,他不能不承认他是永远爱他的小嘉的。

事实是这样,一切旁人对于韦护的恶意的批评,都成了定评了,韦护又有了流氓行为,又欺骗了女人。而你所最怕的,也便如斯之快的来摧残你那纯真的性灵了。不过韦护却感到他的小嘉是有对他的宽容,所以他要说一点他近来的莫大的苦闷:

我相信你是比其他一切人都能了解我的。当你听我述完我幼时的困苦,和我母亲的自杀之后,你抱着我,为我过去嘤嘤啜泣的时候,你便应知道我是得了一种怎么样的天秉啊!是一种完全神经质的、对一切都起着幻灭之感的人。若果在那时,我能得到一点爱，即使只有你所给我的百分之一，我一定也满足了我的梦想，我一定永远睡在爱情的怀中讴歌一世。可是你知道，我却在未得爱情以前，接受了另一种人生观念的铁律，这将我全盘变了。这我所同你讲过的我三年的冷静的劳苦生活可以为证！但能诅咒谁呢，我竟遇着了你，你喊醒了我曾有过的，和未敢梦想的一切热求。于是争斗开始了，一面站在我不可动摇的工作上，一面站在我生命的自然需要上。我苦斗了好些时，我留下了一束诗作为纪念。但是太不幸了，真是你的不幸，你为什么爱我呢？我一看到我是有希望你听我说一句话的时候，我便发狂似的觉得有倾倒在你面前之必要。于是爱情战胜了！这要感谢你，呵，多么甜蜜的时日呵！我们享有过的，只是太短促了。不久这争斗便又开始，而错误（若果有错误）也应有一部分归咎于你的。假如当我犹疑而希冀于你有决断的时候，只要你一种动作，我便可以完全是你的了。多么可惜呵，你没有看出我的怯懦来。你没有一丝一毫想从我工作上取得胜利。于是终究造成了我们的爱情的不可弥补的缺憾，这分离的惨剧！所以我要说，韦护终究是物质的，也可以说是市侩的，他将爱情亵渎了，他值不得丽嘉的深爱呵！

现在我走了！就在明天清晨我到广东去，也许不久还要转来，也许……总之，丽嘉！却永不会回到你的怀里了。

而你呢，你不必伤心！我再三说这是不值得的。你应该去找一条你应走的人生大道。而且，你是那么聪明，只要你稍微刻苦一点，一切在你都不是难题呵！我现在只有一点遗恨，我后悔没有在这三月之中给你一点俄文的基础，使你能去读我所读过的那些诗句。然而这也是多么可笑的遗憾呵！

一切都不必多说了，因为这只能给你以更多的纷扰。你可以忘去我的！而我呢，虽说是离你而走了，但即使当我死时[①]，我也

---

① 初刊本作"但即使是当枪弹打倒我时"。

可以感到充实，因为我是爱你的呵！

最后，我的那些书籍，我想送给你（我永不看了）。那些诗，还有我过去的日记，则均随你处置，焚去亦是幸事。房租已多交了三个月，最好你能继续住下去，因为这可以作为我想象你之根据，虽然我是希望我能忘掉你一点的。

好！不再说了！最后再喊你一次吧：我爱的丽嘉！而且准我再向你的眼，唇，一切……作一次最后的想象吧！

好……你爱的韦护给予你的唯一的信。

丽嘉几乎昏过去了。这可怕的字组成一些可怕的句，竟成了一切可怕的印象，她疯狂的叫道：

"这是不可能的！这是不可能的！我要追他去！我要追他去！"

她跳着冲去，却被珊珊挡住了。珊珊没有一点方法。她看了那信，她知道一切已不可挽回了。然而她却不能不守着她朋友，她希望有一点什么强暴的力，将这可怜的人麻醉去，免得看这惨剧，她抱着她朋友说道：

"镇静一点吧！强一点吧！既然他能离开你而生活，那你为什么一定要他伴着你呢？而且，他还说他是爱你呢！即使他以后忘掉你，但是他却那么热烈的爱过你呀，这是不可否认的事实。嘉！你平和点吧！我们再一同好好生活吧！韦护既然已经决心走了，我看找恐怕也找不回来了。我们还是来盘算我们自己的事！"

丽嘉失望的痛哭起来。一切韦护的声音和神态都分明的显现在她眼前，但是都多么的辽远了呵！她不听珊珊的劝告，固执在床上滚着，大声的沉痛的哭着，她不知喊了韦护多少声，不知是恨，还是爱的不断的叫着那使人伤心的名字。她还嚷着要去追他回来，即使再见一次也好，因为她想起了许多还未曾，又必须向他说的话。

可是这时天已在发亮了。市声轰起，她仿佛明晰的看见那海中远去的船，而韦护正以苍白的脸色，向着海的这方。于是她又哭起来。

她递过一双手去给抱着她的珊珊，无力的说：

"唉，什么爱情！一切都过去了！好，我现在一切都听凭你。我们好好做点事业出来吧，只是我要慢慢的来撑持呵！唉！我这颗迷乱的心！"

一九三〇年春上海（之一）*

一

电梯降到了最下层，在长甬道上，蓦然①响着庞杂的皮鞋声。七八个青年跨着兴奋的大步，向那高大的玻璃门②走出去，目光飞扬，互相给予会意的流盼，唇吻时时张③起，像还有许多不尽的新的意见，欲得一倾泻的机会。但是都少言的一直走到街上，是应该分路的地方了。

他们是刚刚出席一个青年的、属于文学团体的大会。

其中的一个又瘦又黑的，名字叫若泉，正信步向北走去。他脑里没有次序的浮泛起适才的一切情形，那些演说，那些激辩，那些红了的脸，那些和蔼的诚恳的笑，还有一些可笑的提议和固执的成见，……他不觉微笑了，他实在觉得那还是令人满意的。于是他脚步就更加轻松，一会儿便走到拥挤的大马路了。

"喂，哪儿去？"

从后面跑来一个人，抓着了他臂膀。

"哦，是你，肖云。"

---

* 初刊于《小说月报》1930 年第 21 卷第 9 号，署名丁玲。收入《丁玲全集》第 3 卷。
① 初刊本作"蓦然暴乱的"。
② 初刊本作"石门"。
③ 初刊本作"嚣张"。

他仿佛有点吃惊的样子。

"你有事吗?"

"没有。"

两人便掉转身，在人堆里溜着。不时悄声的说一些关于适才大会上的事。后来肖云邀他到一个饮茶的地方去，他拒绝了，说想回去，不过突然又说想去看一个朋友，问肖云去不去。肖云一知道那朋友是子彬，便摇头说：

"不去，不去，我近来都有点怕见他了，他太爱嘲笑人了，我劝你也莫去吧，他家里没有多大趣味。"

若泉还是同肖云分了手，跳上到静安寺去的电车，车身摆动得厉害，他一只手握住藤圈，任身体荡个不住，眼望着窗外整齐的建筑物，一切大会中的情形及子彬的飘飘然的仪容都纷乱的揉起又纷乱的消逝了。

二

子彬刚从大马路回来，在先施公司买了一件葱绿色的女旗袍料，预备他爱人做夹袍；又为自己买了几本稿纸和笔头，预备要在这年春季做一点惊人的成绩；他永远不断的有着颇大的野心，要给点证明给那些可怜的，常常为广告所蒙混的读者，再给那些时下的二三流滥竽作家以羞辱，那是些什么东西，即使在文字上[①]，也还应该再进大学好好念几年书；只是因了时尚，只知图利的商贾[②]，竟使这些人也俨然的做了作家，这常常使子彬气愤，而且他气愤的事从不见减少，实实在在他是一个很容易发气的人。

他是一个为一部分少年读者所爱戴的颇有一点名望的作家。在文

---

① 初刊本作"即使仅仅在文字上"。
② 初刊本作"只是为了时尚，为了只知图利的商贾"。

字上，很显现了一些聪明，也大致为人称许的。不过在一部分，站在另一种立场上的批评家们，却不免有所苛求，常常非议他作品内容的空虚，和缺乏社会观念。他因此不时有说不出理由的苦闷，也从不愿向人说，即使是他爱人，也并不知道他精神的秘密。

爱人是一个年轻活泼的女人，因为对于他的作品有着极端的爱好，同时对于他的历史，又极端的同情，所以一年前便同居在一块儿了。虽然两人的性格实在并不相同，但也从不龃龉的过下来了。子彬年龄稍长，而又异常爱她的娇憨。女人虽说好动，天真，以她的年龄和趣味，缺少为一个忧郁作家伴侣的条件，但是他爱她，体贴她，而她爱他，崇拜他，所以虽说常常为人议论不相称，而他们自己却很相得的生活这么久了。

在社会和时代的优容之下，既然得了一个比较不坏的地位，又能在少数知识分子[①]女人之中，拣选了一个容貌上，仪态上，艺术修养上都很过得去的年轻女人，那当然在经济条件上，也会有相当的机运。他们住在静安寺路一个很干净、安静的弄堂里的一个两层楼的单间，有一个卧房和一个客厅，还有一个小小的书房，他们用了一个女仆，自己烧饭，可以吃得比较好。有那么些读者，为他的文章所欺，以为他很穷。同情他[②]，实在他不特生活得很好，还常常去看电影，吃冰果子，买很贵的糖，而且有时更浪费的花钱。

这时两人在客厅里看衣料，若泉便由后门进来了。因为长久没有访问，两个主人都微微有点诧异，可能有两个星期没有来这里玩了，这在过去，真是少有的事。

美琳睁起两个大眼睛望着他：

"为什么这么久都不来看我们？"

"因为有事……"

---

① 初刊本作"智识阶级"。

② 初刊本作"不怕还有许多读者，还为他的文字所欺，同情着他的穷愁"。

他还想说下去,望着瘦了些的子彬,便停住了。他向子彬说:

"怎么你瘦了?"

子彬回答的是他对于朋友的感觉也一样。

美琳举起衣料叫着,要他说①好不好。

他在这里吃的晚饭。他觉得有许多话要向他要好的朋友说,但是总觉得不知怎么说起,他知道朋友的脾气。他抽了许多烟,觉得自己坐在这里太久了,时间耗费得无意义。他想走,但是子彬却问他:

"有多的稿子没有?"

"没有,好久不提笔了,像忘记了这回事一样。"

"那怎么成!现在北京有人要出副刊,问我们要稿,稿费大约是千字四元,我们或者还可多拿点。你可以去写点来,我寄去。我总觉得北方的读者显得亲切些。"

若泉望了望他,又望了望美琳,感慨似的说道:

"对于文字写作,我有时觉得完全放弃了也在所不惜。我们写,有一些人看,时间过去了,一点影响也没有。我们除了换得一笔稿费外,还找得到什么意义吗?纵说有些读者曾被某一段情节或文字感动过,但那读者是些什么样的人呢,是刚刚踏到青春期,最容易烦愁的一些小资产阶级的中等以上的学生们。他们觉得这文章正合他们的脾胃,说出了一些他们可以感到而不能体味的苦闷。或者这情节正是他们的理想,这里面描写的人物,他们觉得太可爱了,有一部分像他们自己,他们又相信这大概便是作者的化身。于是他们爱作者,写一些天真的崇拜的信;于是我们这些收信的人,不觉很感动,仿佛我们的艺术有了成效。我们用心为这些青年们回信。……可是结果呢,我现在明白了,我们只做了一桩害人的事,我们将这些青年拖到我们的旧路上来了。一些感伤主义,个人主义,没有出路的牢骚和悲哀!……他们的出路在哪里,只能一天一天更深的掉在自己的愤懑里,认不清社会与

---

① 初刊本作"要他肯定说"。

各种苦痛的关系，他们纵能将文字训练好，写一点文章和诗词，得几句老作家的赞赏，你说，这于他们有什么益？这于社会有什么益？所以，现在对于文章这东西，我个人是愿意放弃了，而对于我们的一些同行，我希望都能注意一点，变一点方向，虽说眼前难有希望产生成功的作品，不过或许有一点意义，在将来的文学历史上。"

他希望子彬回答他，即使是反对也好，他希望谈话能继续下去，他们辩驳，终于得一个结论①，不怕又使子彬生气，红脸。他们过去常常为一点小事，子彬要急得生气的。

可是子彬只平静的笑了一笑说：

"呵，你这又是一套时髦话了！他们现在在那里摇旗呐喊，高呼什么普罗文学，……普罗文学家是一批又一批的产生了。然而成绩呢？除了作为朋友们的批评家，一次两次不惮其烦的大吹特捧，影响又在哪里？问一问那些读者，是中国的普罗群众，还是他们自己？好，我们现在不讲这些吧，不管这时代属于哪一个，努力干下去，总不会有错的。"

"那不然……"

若泉的话被打断了。子彬向美琳做了一个手势说道：

"换衣去，我们看电影去。你好久不来了，不管你的思想怎么进步也好，我们还是去玩玩吧。现在身上还有几块钱，地方随你拣，卡尔登，大光明……都可以。"

他拣出报纸放在若泉的面前。

若泉只说他不去。

子彬有点要变脸的样子，生气的望着他，但随即便笑了起来，嘲讽似的：

"对了，电影你也不看了！"

美琳站在房门边愣着看他们，不知怎么好，她局促的问：

---

① 初刊本作"终于可以得一个结论的"。

"到底去不去?"

"为什么不去?"子彬显得发怒似的。

"若泉!你也去吧!"美琳用柔媚和恳求的眼光望着他。

他觉得使朋友这样生气,有点抱歉似的想点头。可是子彬冷冷的说道:

"不要他去,他是不去的!"

若泉真忍不住要生气,但他耐住了,装着若无其事的看报纸。

美琳打扮得花似的下楼来,三人同走到弄口。美琳傍着若泉很近,悄声的请他还是去。若泉斜眼望他朋友烦恼的脸色,觉得很无聊①,他大声的向他们说了"再会",便向东飞快的跑去了。

三

电影看得不算愉快,两人很少说话,各想各的心事。美琳不懂为什么子彬会那么生气,她觉得若泉的话很有理由。她爱子彬,她喜欢子彬的每一篇作品,每篇里面她都找得到一些顶美丽的句子和雅隽的风格。她佩服他的才分。但无论如何她不承认若泉的话有错,有使人生气的理由。她望望他,虽说他眼睛注视在银幕上,她还是觉得正有很大的烦闷在袭扰着他。她想:"唉,这真是不必的!何苦定要来看戏?"她用肘子去碰他,他握着她的手,悄声说:

"不是吗,今夜的影戏很好,美,我真爱你!"他仿佛又专心去看电影了。

是的,他很生气,说不出是谁得罪了他。只有若泉的话,不断的缠绕在他耳际,仿佛每句话都是向他来的,这真使他难过。果真他创作的结果是如若泉所说的一般吗?他不那末相信!那些批评者对于他的微言,只不过是一种嫉妒。若泉不知受了什么暗示,便认真起来。

---

① 初刊本作"一下觉得很无聊"。

他想到若泉那黑瘦的脸，慢慢的竟有点觉得不像，又想起过去刚同若泉认识时的情形，感慨的叹息起来：

"唉，远了，朋友！"

远了！若泉是跑到他不能理解的地步了。无论他将他朋友怎样设想、观察，即使觉得是极坏，甚至沦于罪恶，而朋友还是站在很稳固的地位，充实的，有把握的大踏步的向着时代踏去，他不会彷徨，他不能等什么了。

他去望美琳，看见美琳白嫩的脸上，显着恬静的光①，表示那从没有被烦愁所扰过的平和。他觉得她真可爱，但仿佛在这可爱中忽然起着些微的不满足。他望了她半天，对于她的无忧的态度不免有点嫉妒起来。他掉转头来微嘘着气。

是的，"远了！"这女人就从来不了解他。他们一向就是隔离得很远的，虽说他们很亲密的生活了一年多，而他却从不度量一下这距离，实在只证明他这聪明人的错误。

现在呢，这女人虽说外形还保留着她的淳朴的娇美，像无事般的看着电影，而她心中却也萦怀着若泉的话去了。

这些话与她素来所崇拜的人显着很大的矛盾。

他们回去得很迟，互相只说了极少②的话。都唯恐对方提到电影，自己答不上来，关于那情节，实在是很模糊，很模糊。

四

时间过去了，一天，一天，两个星期又过去了。若泉很忙，参加了好几个新的团体，被分派了一些工作③；同时他又觉得自己知识④的

---

① 初刊本作"还是显着很恬静的光"。
② 初刊本作"极少趣"。
③ 初刊本作"他又被分派了一些工作"。
④ 初刊本作"智识"。

贫弱,刻苦的读着许多书。人瘦了,脸上很深的刻划着坚强的纹路,但是精神却异常愉快,充满着生气,像到了春天一样。这天他正在一个类似住家的办公处里。那是一所异常破旧的旧式弄堂房子,内部很大,又空虚,下面住了一位同志和这同志的妻子(一个没有进过学校而思想透彻的女人),还有两个小孩,楼上便暂时做了某个机关。若泉正在看几份小报,在找那惯常用几个化名,其实是一个人的每天骂文坛上的劣种的文章。所谓文坛上的劣种,便是若泉近来认识,而且都在相近的目标上努力的人,在若泉当然都是相当尊敬和亲善的。然而骂人的把一部分成名作家归为世故者的投机,把另一部分没有成名的骂作投降在某种旗帜底下,做一名小兵,竭力奉承上司,竭力攻讦上司们所恶的。于是机会来了,杂志上可以常常见到这帮人的名字,终于他们也成了一个某翼的作家。还有另外一部分人,始终是流氓,是投机者,始终在培养他们的喽罗,和吹捧他们的靠山。他们在文艺界混了许久,骗得了一些钱,然而常常会和他们的靠山火并,又和敌人携手……若泉很讨厌这作者,虽说这人于文坛的掌故还熟习,但他的观点根本是错误的,行为也是极卑劣的。若泉常常想要从头至尾清清楚楚的做一篇文章,彻底推翻那一些欺人的论断,尤其是那错误、荒谬的文艺的理论。不过他没有时间,没有时间提笔,又没有忘记这桩事,所以每天总是匆忙的去翻一翻,看有没有新的文章发表。

这时楼梯上响着杂乱的声音,鱼贯进来三个人。第一个是每天必来的肖云。第二个是一个在工联会里有职务的超生,是楼下住的那女人的表兄。第三便是那女人了,她的名字叫秀英。

超生热烈的和他握手,他们又有好久不见了。他们的工作的不同,忙迫隔离了他们①,他们从相见后便建立了很亲切而又诚恳的友谊。他们自然的问了几句起居上的话,便很快的谈到最近某棉织厂罢工的事。

---

① 初刊本作"他们的工作的不同和忙迫,隔离了他们"。

若泉对于这方面极感兴趣，常常希望能从这知识阶级①运动跳到工人运动的区域里去，超生早就答应为他找机会。所以他们一见面总是大半谈的工人方面的事。后来，超生问道：

"你还在写文章吗？"

"没有。"他答着，仿佛有点惭愧似的，但又很骄傲，因为他的理由是："没有时间。"

超生告诉他，他们报纸上有一栏俱乐部，很需要一点文艺的东西，希望若泉能答应，或者由若泉去邀几个同志，不过他又表示担忧②，说若泉他们的艺术不行，工人们③看不懂。他要若泉顶好写得浅一点，短一点。他还发表了一点文艺大众化的理论，当然他是站在工人立场上的。

不久，他走了，他太忙，他说过几天还要来一次，讨论一下适才所提议的事。他要肖云也想一想，他要一个好的具体的办法。

房里只剩了若泉和肖云两人时，肖云从怀里抽出一份报纸递给他，并且说：

"真不知子彬为什么要这样？"

若泉吃了一惊④。近来他仿佛忘记了这朋友，但是那过去的，七八年的友谊，却不能不令他常常要关心到他。近来常常不难有机会听到一些关于子彬的微言，他虽说不能用感情做袒护，但他总是希望他朋友不会太固执，应该有点转变，一种思想上的诚实的转变。他看见肖云那神气，觉得很不安，他问道：

"怎么回事，关于子彬的？"他接过报纸来。

"你看看，自然会知道的。"

报纸是张副刊，用了大号字标题：

---

① 初刊本作"智识阶级"。
② 初刊本作"不过他又再三担忧"。
③ 初刊本作"他们"。
④ 初刊本作"若泉稍稍吃了一惊"。

《我们文坛的另一种运动者！》署名是一个字："辛"。

"这文章是子彬做的吗？"若泉问。

"不是他，还是谁！他在《流星》月刊上发表小说不都是署名'辛人'吗？那文章，什么人一看便知道，除了他没有人做得出。你看看这副刊，这是××的走狗李桢编的。他竟将稿子拿到这种地方去，这般无理的嘲讽人，真使我们做朋友的人为难了。也许他现在只觉得《流星》派的绅士是好人，是朋友，而我们却只是些可笑的，不过我总为他难过。"

若泉望了他一眼，才将文章看下去。

文章做得极调皮，是篇好文章，与作者的其他文章一样，像流水一样自自然然便跟着看下去了。文句练得好，又曲折，又短劲，只是还是老毛病，不像论文，不像批评，通篇只是一些轻松漂亮的空话而已，说是嘲讽，不错，可以说满篇都是嘲讽，然而这嘲讽是没有找到一个对象的。人名呢，所谓"文坛上另一种运动者"们是陆续举出了一些，还有一些其余的人。不过仿佛只是列举而已，并没有处在一个敌对的地位，作正面的攻击，或是站在客观的批评者的立场，下一句评判。虽说从文章上看得出作者已达到一部分痛快，发泄了一些个人的不平和牢骚，也可以使极少数的读者（一二人）起着不快之感，然而文章终究是无力的，不值得注意的，因为作者没有立场，没有目标，就是没有作用，仿佛朝天放枪，徒然出出气罢了。

若泉默了一会儿，他想到他朋友了，慢慢的向着肖云说：

"我觉得没有什么。"

肖云做了一个不愉快的样子叹着气：

"总之，这态度不对，好多人都在讲呢，我不能为他辩护一句话。""就让别人讲他好了，他自己不怕，你何必担心呢。"

"不是的。你不知道。他真何苦这样，我断定他自己这时也正说不出的后悔，他不是一个勇敢的战士，我知道他，所以我恨他，又为他难过，否则我便站在那攻击他的队伍里去了。"

若泉也点头：

"我何尝不知道他呢，他太聪明了，然而他是另一时代的人物，我们拉他不转来，我常常想着他难过。我想他近来一定很烦闷。今晚我们去看看他好吗？"

"去也枉然。只能谈一点饮食起居的话，或者便是娱乐的话。若说到正题，他不是冷着脸不答辩，便是避开正面的话锋，做侧面的嘲讽了。我总不想见他的面。"

"那有什么要紧呢？我们就说一点无聊的话，我只希望他能快乐一点就好，快乐使人有生活的勇气呢。我们还是今晚去看看他吧。你有空吗？"

肖云不乐意的答应了。

五

他们到子彬家的时候，已晚上八点了，可是子彬的客堂里还很热闹。除开他们夫妇外，还有三个穿西装的青年。子彬看见他们，稍稍有一点惊诧，但随即很高兴的将他们介绍给那三位青年。有两个是上海某艺术大学的学生，一个比较不漂亮点的是刚从北平来的学生，他们都是愿意献身文艺的未成名的少年诗人，所以听到若泉和肖云的名字时，便极欢欣的又谨慎的送过手来，说一些仰慕的话。

在子彬脸上找不到一丝不愉快的痕迹。他虽然瘦，但却不像从前的苍白，映着一层兴奋的红光。他精神异常好，极力使谈话不要停顿。他讲了许多关于北平的生活，又讲一些美国的建筑。他取出一二十张他的朋友从美国寄回来的画片。后来他又讲到日本的国画，说他一个朋友在日本卖画得了好多钱。

娘姨拿了许多糖和水果进来，子彬特别吃得多。他拿起一种有名的可可糖，极力称赞着，劝客人们多吃，而且说："美琳太喜欢这个了。不是吗，美琳？"他又望美琳。

肖云心中想：

"是的，她喜欢吃，那是你养成她的这种嗜好的。因为那是一种高贵的嗜好呵！若是她喜欢吃大饼油条，那恐怕你只有不高兴，而不会向人夸说了吧。"

美琳却反对①他：

"不喜欢，现在不喜欢了，我吃腻了，只有你的嗜好才不肯改。"

子彬微微蹙了一下眉，同客人说别的去了。

若泉觉得美琳比平日少说了许多话，只默默坐在那里观察人。他走过去搭讪着问道：

"近来看电影没有？"

"看的，看的真多，只是我很反感，因为得不到快乐。"她仿佛很气愤似的。

子彬望了她一眼，仍然装着若无其事的。

"为什么？为什么会不快乐？"若泉盯着她。

"不知道为什么，生活总没有兴趣……"她望了她丈夫一眼。

"找点事做吧，有事做就好了。"

肖云也奇怪的望美琳，从来就没有听见她说过不快乐的话。

"做什么事好呢？有时还想进学校去。"

"哈，美，你又说想进什么学校了，你以前不是很厌倦学生生活吗，在家里，天天要你念英文，又不肯，要你写文章，你也懒，还说什么做事？"子彬岔着说，而且故意说到别方面了。

美琳抱怨的斜②了他一眼，像自语似的：

"你喜欢，我不喜欢……"

到九点钟的时候，有个学生要告辞回住处了，他住在闸北近天通庵，晚了不方便。其余两个学生也只好告辞。有一个问了几次若泉的

---

① 初刊本作"反抗"。
② 初刊本作"横斜"。

住处，说以后好去拜访他，顺便领教。子彬殷勤的送他们出去。

但这两个客人却还不肯走。

子彬转身时，疲倦的望了他们两眼，颓然的倒下椅子去，自己摸了一下两颊，觉得发烧，他无力的拿起一个橘子来吃着。

"你的客真多！"肖云早就想说的一句话，这时才自然的迸出。

"对了！无法的事！我不能拒绝他们，他们常常妨害我的工作和精神。有好些人坐在这里好像是不预备走似的。我简直陪不过来。"

"那是因为'主贤客来勤'。"肖云几乎说出这句俗语来。不过他咽住了，他怕子彬多心，以为他有意识讥讽他。近来，他觉得在这位朋友前应比在其他地方需要留心些。

"为什么不可以拒绝呢，你可以的。我相信有许多也只是些无聊的晤会。"若泉很诚恳的说。

子彬不愿意承认，便不做声。

美琳觉得都是不必需的，不过她不说出，她只这么说：

"假使没有人来，我以为也会很难过。"

大家对她望了一眼，只有若泉答应她：

"当然，那是很寂寞的。不过我们可以另外想法，我们可以常常大家在一块儿，讨论点具体问题，或是读几本书，因为一个人读书没有趣味，又得不到多少印象和益处，还不是走马看花似的过去了。我们现在不是不要晤会，是要减少那些无聊的，而且还要多多和人接近。"

"……"美琳把一双大眼闪着，像沉思着什么似的，过一会儿正想说话——

"她不适宜于你所说的那些的！"子彬抢着下了这断语，他不愿意这成为一个讨论的目标，接着他又说到别的去了。

谈话到十点钟，越谈越不精彩，因为题目不能集中，大家都感觉得精神上隔了一座墙①，都不愿意发挥自己的意见，也不给别人发挥的

---

① 初刊本作"桥"。

机会。这是太明显了，一发挥，破裂便开始了。跟着，呵欠来了，都觉得倦，然而互相都不愿意这谈话停下来。纵然还是继续了下去，每人都更深的感到这脆弱的友谊是太没有保障，彼此更距离得远了，而且无法迁就。

最后还是若泉站了起来，取了一个决然的姿势，望了肖云一眼，肖云也同意了。他们没有表示有一点遗憾便告辞出来。子彬虽说很殷勤的送着，但不愿有一点挽留的意思。

一直送到后门外，若泉回头，像同小孩子说似的大声说：

"好，你们进去吧！"

美琳忽然锐声叫道：

"过几天请再来呀！"这声音有点发抖①，大家都感觉到。

"是的，会再来的！"若泉说了，肖云也跟着说。

六

但是子彬很生气，他骂着她：

"你疯了！这样大声叫！"

他从来没有这么厉声厉色的呵叱过她。这是第一次他露出了他的凶暴，不知道为什么他竟这样忍耐不住他对美琳所起的嫌厌之心。他也不知他恨她的到底是什么，只觉得一切都不如意，都说不出的不痛快。而美琳偏要作梗，像有意要使他爆发。她不特没有尽一点做爱人的责任，给他一点精神的安慰，和生活的勇气，——她是不会了解这生活的苦斗的——而且反更加添他的恼怒。照理他纵骂了她，也没有什么过分，不过他素来都太娇纵她，所以马上他便后悔了，虽说心里越加难过。他柔和的向她说道：

"不早了，上楼睡去吧。"

---

① 初刊本作"这声音很抖战"。

美琳不做声，顺从的上了楼。

子彬好言哄着她，又拿了两个顶大的苹果给她。她心里想："你老把我当小孩！"

不久，她睡了，乖乖的。他吻了她，他太爱她了。但他没有睡，他兴奋得很，他说还要做点事，一人逃到亭子间，他的小书房去了。

她并不能睡着，她在想她的一切。她是幸福的，她不否认，因为有他爱她。但是不知为什么她忽然感到不满足起来，她很诧异，过去那末久她都是糊糊涂涂的过着。以前她读他的小说，崇拜他，后来他爱她，她便也爱他了。他要求她同居，她自然答应了他。然而她该知道她一住在他这里，便失去了她在社会上的地位①。现在她一样一样想着，才觉得她除了他，自己一无所有了。过去呢，她读过许多古典主义浪漫主义的小说，她理想只要有爱情，便什么都可以捐弃。她自从爱了他，便真的离了一切而投在他怀里了，而且糊糊涂涂自以为是幸福的快乐的过了这末久。但现在不然了。她还要别的！她要在社会上占一个地位，她要同其他的人，许许多多的人发生关系。她不能只关在一间房子里，为一个人工作后之娱乐，虽然他们是相爱的！是的，她还是爱他，她肯定自己不至于有背弃他的一天，但是她仿佛觉得他无形的处处在压制她。他不准她有一点自由，比一个旧式的家庭还厉害。他哄她，逗她，给她以物质上的满足。但是在思想上他只要她爱他②，还要她爱他所爱的。她尽着想：为什么呢？他那末温柔，又那末专制。

她睡不着，她不能不想那关在亭子间里的人，他不是快乐的，她现在才知道。以前他到底真的快乐不快乐，她不很明了，疏忽过去了，只以为在笑，在唱赞美歌，在不断的告诉她满足，感谢她无上的赐予，那一定是快乐的；或是为了一点小事，他生气了，写了许多发牢骚的

---

① 初刊本作"便失去了她在社会上一切的地位"。
② 初刊本作"但是在思想上他只要她爱他的一种观念"。

文章，她很不安，不知所措，但一会儿他便好了。他说他忘记那些了，他脾气不好，以致使她难过，于是这小的不愉快，便像东风吹散了白云，毫不留痕迹的过去了。而现在呢，她已经觉到了，他常常很烦扰，虽说他装得仍是与从前一样，他常常把自己关在亭子间里，逃避她的晤面。一个人在里面做什么呢？总是很迟很迟才来睡，说写文章去了，她替他算，他近来的成绩，是很惭愧的。而且他饭也吃得太少，但他还不肯承认，他在她面前总说是吃得太多了。这一切到底是为了什么呢？他不信任她吗？他从没有同她讲一句关于这上面的话。而且他从没有对一个朋友说到他的苦闷，虽说文章还是特别多牢骚，而给远地的认识或不认识的朋友的信，也特别勤而且长，总是抑郁满纸，不过那是多么陈旧的一些牢骚呵！他几年来了，都是欢喜那么说法的。他决不是单为那些不快乐。那末，为什么呢？

她又想，她想到若泉了。若泉和她认识，是在她与子彬认识之前。以前他们很生疏，后来很熟识了，那是完全因为子彬和若泉友谊的关系，将①她视为一家人一样的亲切了起来。她从来就很随便，对他没有好感，也没有坏感。然而她在几次子彬和他冲突之后，她用她有限的一点理智，她判断全是子彬的有意固执。若泉很诚恳，很虚心，他说的并不是无理的。而子彬则完全是乖僻的，他嘲笑他，冷淡他，躲避他，这又是为什么呢？他们从前是多么忘形的亲热过。她看得出子彬很想弃掉这友人了。没有一次他同她说到过他，这不是从前的情形。没有一次他提议过，说是去看看若泉②，这也决不是从前的情形。而且不止对若泉，他对许多从前的朋友都有意疏远起来。为什么呢，他要这样？

她越想越不解，她几次预备到亭子间去，希望得一个明白的解释。但是她又想到，他不会向她说一句什么，除了安慰她，用好话哄她，

---

① 初刊本作"也间接的将"。
② 此处初刊本"当若泉好久未曾来时"，全集本删去。

轻轻拍着她要她睡，他不会吐露一句他的真真的烦闷的。他永远只把她当一个小孩看，像她所感觉到的。

钟敲过两点了，他还没有来，她更坠在深思里了，她等得有点心焦。

他在做什么呢？

他在头痛，发烧，还有点点咳嗽。他照例坐到写字桌时，要在一面小小的圆的镜子里照一照，看到自己又瘦了，心里就难过。从前常常要将镜子摔到墙角去，摔得①粉碎，但自从家里多了一个女人后，便只发恨的摔到抽屉里了，怕女人看见了会盘问，自己不好答复。这天仍然是这样，把镜子摔后还在心里发誓：

"以后再不照镜子了。"

坐下来，依习惯先抽一支"美丽"牌，青烟②袅袅往上飘，忽然又散了。他的心情也像青烟的无主，空空的轻飘飘的③，但又重重的压在心上。心沉闷得很。然而子彬却还挣扎着④，他不愿睡。他赌气似的要这末挨着，要在这夜写出一篇惊人的作品来。他屈指算，若是《创作》月报还延期半月，简直有两个月他没有与读者见面，而《流星》月刊他仿佛记得也没有什么稿子存在那里了。读者们太善忘了，批评者们也是万分⑤苛刻的。他很伤心这点，为什么这些人不能给有天才的人以一种并不过分的优容呢？不过他只好刻苦下去，怕别人误会他的创作力的贫弱。他是能干的，他写了不少，而且总比别人好，至少他自己相信，终有一天，他的伟大的作品，将震惊⑥这一时的文坛。不过现在生活太使他烦闷，他缺少思索的时间⑦，便是连极短的东西，也难得

---

① 初刊本作"轧个"。
② 初刊本作"烟丝"，后文不再另注。
③ 初刊本作"空空的，纷纷的，轻飘飘的"。
④ 初刊本作"然而子彬是虽说在如此的身体的苦痛之下，却还是挣扎着"。
⑤ 初刊本作"过分"。
⑥ 初刊本作"骇倒"。
⑦ 初刊本作"他缺少长的思索的时间"。

写完。

  他翻起几篇未完的旧稿，大致看了一遍，觉得都是些不忍弃置的好东西，但是现在，无论如何，他还不能续下去，他缺少那一贯的情绪。他又将这些稿子堆积在一边，留待以后心情比较闲暇时慢慢去补。他再拿过一本白纸来，不知为什么，总写不下去，后来他简直焦躁了。他希望是那样，而实际①却只是这样，他又决不相信阻碍着的便是他的才力。看看时间慢慢过去了，他的身体越支持不来，而心情越激奋了，他把稿子丢开，一人躺在椅子上生气，他恨起他的朋友来了！

  他的心本是平静的，创作正需要这平静的心，他禀性异常聪明②，他可以去想，想得很深又广，但他却受不了刺激；若泉来，总带些不快活来给他，使他有说不出的不安。他带了一些消息来，带了一些他不能理解的另一个社会③给他看，他惶惑了，他却憎恨着，这损伤了他的骄傲。而若泉的那种稳定，那种对生活的把握，使他见了很不舒服，发生一种不能分析的嫉妒。他鄙视若泉（从来他就不珍视他的创作），他骂他浅薄，骂他盲从。他故意使自己生起对于朋友的不敬，但是他不能忘记若泉，他无理的恨他，若泉越诚恳，越定心工作，他就越对于那刻苦更生厌恶，更不能忘。至于其他的一些类似若泉的人，或者比若泉更勤恳，更不动摇的人，他虽说也感着同样的不快，但是仿佛隔了好远，只是淡淡的，他数得出这些可嘲笑的人的名字，却不像若泉常常刻在他心上，使他难过。对于许多他不知名的一些真真在干着的人，他永远保持他的尊敬，不过像他所认识的这一群，他却永不能给他们以相信，他们都只是些糊涂浅薄的投机者呀！

  时间到了两点，他听到美琳在咳嗽，他也咳得更凶，他实在应该去睡了，但是想起近日美琳的一些无言的倔强，和今晚对于若泉的亲近，他觉得美琳也离他很远，他只是孤独的一人站在苦恼而又需要斗

---

① 初刊本作"情形"。
② 初刊本作"他禀着异常的聪明"。
③ 初刊本作"社会情形"。

争的地位。他赌气不睡，写了两封长信，是复给两个不认识的远地的读者的。在这时，他对他们觉得是比较亲切的。两封信内容都差不多，他写着这信时，觉得心里慢慢的轻松，所以到四点钟的时候，倦极的伏倒在书桌上，昏昏睡着了。

七

美琳说，"不知为什么，生活总没有起色？"真的，他们是毫不愉快，又无希望的生活到春浓了。这个时候是上海最显得有起色，忙碌得厉害的时候，许多大腹的商贾，为盘算的辛苦而瘪干了的吃血鬼们，都更振起精神在不稳定的金融风潮下去投机，去操纵，去增加对于劳苦群众无止境的剥削，涨满他们那不能计算的钱库。几十①种报纸满市喧腾的叫卖，大号字登载着各方战事的消息，都是些不可靠的矛盾的消息。一些漂亮的王孙小姐，都换了春季的美服，脸上放着红光，眼睛分外亮堂，满马路的游逛，到游戏场拥挤，还分散到四郊，到近的一些名胜区，为他们那享福的身体和不必忧愁的心情更找些愉快。这些娱乐更会使他们年轻美貌，更会使他们得到生活的满足②。而工人们呢，虽说逃过了严冷的寒冬，可是生活的压迫却同长日的春天一起来了，米粮涨价，房租加租，工作的时间也延长了，他们更辛苦，更努力，然而更消瘦③了；衰老的不是减工资，便是被开除；那些小孩们，从来就难于吃饱的小孩们，去补了那些缺，他们的年龄和体质都是不够法定的。他们太苦了，他们需要反抗，于是斗争开始了，罢工的消息，打杀工人的消息，每天新的消息不断的传着，于是许多革命的青年，学生，××党，都异常忙碌起来，他们同情他们，援助他们，在某种指挥之下，奔走，流汗，兴奋……春是深了，软的风，醉人的天

---

① 初刊本作"几百"。
② 初刊本作"更使他们对于他们的生活满足，而且肯定"。
③ 初刊本作"羸瘦"。

气!然而一切的罪恶,苦痛,挣扎和斗争都在这和煦的晴天之下活动。

美琳每天穿了新衫,绿的,红的,常常同子彬在外面玩,但是心里总不愉快,总不满足,她看满街的人,觉得谁都比她富有生存的意义。她并不想死,只想好好的活,活得高兴。现在她找不到一条好的路,她需要引导的人,她非常希望子彬能了解她这点,而且子彬也与她一样,那他们便可以商商量量同走上一条生活的大道。不过她每一观察子彬,她就难过,这个她所崇拜的人,现在在她看来成了一个不可解的人了。他仿佛与她相反,他糟蹋生活,然而又并不像出于衷心,他想得很多,却不说一句,他讨厌人,却又爱敷衍(从前并没有像现在这末在人面前感到苦痛的),发了牢骚,又恨自己。他有时更爱她,有时又极冷淡。种种的行为矛盾着,苦痛着自己,美琳有时也同他说一两句关于生活方面的话,不过这只证明了她的失望,因为他不答她,只无声的笑,笑得使美琳心痛,她感觉到那笑的苦味,她了解他又在烦恼了。有一天夜晚①,八点多钟的时候,家里没有客,他因为白天在外面跑了好久,人很倦。躺在床上看一本诗词②,美琳坐在床头的椅上,看一本新出的杂志,床头的小几上,放着红绸罩子的灯,泡了一壶茶,这在往日,是一个甜蜜的夜。这时子彬很无聊,一页一页的翻着书,不时斜着眼睛望美琳。美琳也时时望他,两人又都故意的不愿使眼光碰着,其实两人心里都希望对方会给一点安慰,都很可怜似的,不过他更感伤一点,她还有点焦躁,末后美琳实在忍不住了,她把杂志用力摔开说道:

"你不觉得吗,我们太沉默了,彬,我们说点话吧。"

"好……"子彬无力的答着,也把书向床里掼去。

然而沉默还是继续着,都不知说什么好。

五分钟过后,美琳才抖战的说道:

---

① 初刊本作"直到有一天夜晚"。
② 初刊本作"旧词"。

"我以为你近来太苦痛了。为什么呢？我很难过！"她用眼紧望着他。

"没有的事……"子彬照例露出虚伪笑容，不过只笑了一半，便侧过脸去，长长的叹了一声气。

美琳很感动的走拢来握着他的手，恳求的，焦急而又柔顺的叫道："告诉我，你所想的一切！你烦恼的一切！告诉我！"

子彬好久不做声，他被许多纷乱的不愉快的杂念缠绕住了，他很希望能倒在美琳怀里大哭一场，像小时在母亲怀里一样，于是一切的重大的苦恼都云似的消去，他将再从新活活泼泼的为她活着，将生活再慢慢的弄好。但是他明白，他咬紧牙齿想，的确的，那无用，这女人比他更脆弱，她受不起这激动的，他一定会骇着她。而且他即使大哭，把眼泪流尽了又有什么用呢？一切实际纠纷的冲突与苦闷，仍然存在着，仍然临迫着他。他除了死，除了离去这相熟的人间，他不能解脱这一切。于是他不做声，忍受着更大的苦痛，紧紧握着她的手，显出一副极丑的拘挛着的脸。

那样子真怕人，像一个熬受着惨刑的凶野的兽物，美琳不解的注视着他，终于锐声叫起来：

"为什么呢？你做出这末一副样子，是我鞭打了你吗？你说呀！唉，啊呀！我真忍耐不了！再不说，我就……"

她摇着他的头，望着他。他侧过脸来，眼泪流在颊上了，他挽着她的颈，把脸凑上去，断续的说：

"美，不要怕，爱我的人，听我慢慢的说吧！唉！我的美！唉！我的美！只要你莫丢弃我，就都好了。"

他紧紧偎着她，又说：

"唉！没有什么，……是的，我近来太难过，我说不出……我知道，总之，我身体太不行，一切都是因为我身体，我实在需要休养……"

后来他又说：

"我厌恶一切人，一切世俗纠纷，我只要爱情，你。我只想我们离开这里，离开一切熟识的，到一个孤岛上去，一个无人的乡村去，什么文章，什么名，都是狗屁！只有你，只有我们的爱情的生活，才是存在的呵！"

他又说，又说，说了好多。

于是美琳动摇了，将她对于生活的一种积极的求进展的心抛弃了。她为了他的爱，他的那些话，她可怜他，她要成全他，他是一个有天才的人，她爱他，她终于也哭了。她不知安慰了他多少，她要他相信，她永远是他的。而且为了他的身体和精神的休养，她希望他们暂时离开上海，他们旅行去，在山明水秀鸟语花香的环境之中，度过一个美丽的春天。他们省俭一点，在流星书店设法再卖一本书，也就够了，物质上稍微有点缺乏有什么要紧呢？他们计算，把没有收在集子中的零碎短篇再集拢来，有七八万字，也差不多了。这旅行并不难办，美琳想到那些自然的美景，又想到自己终日与子彬遨游其中，反觉得高兴了。子彬觉得能离开一下这都市也好，这里一切的新的刺激，他受不了。而且他身体也真的需要一次旅行，或是长久的乡居。于是在这夜，他们决定了，预备到西湖去，因为西湖比较近，而美琳还没有去过的。

这夜两人又比较快乐了，是近来没有过的幸福的一夜，因为对未来的时日，都朦胧的有一线希望。

八

第二天拿到了一部分稿费，买了许多东西，只等拿到其余的钱就动身。可是第三天便落起雨来了，一阵大，一阵小，天气阴得很，人心也阴了起来，盖满了灰色的云。美琳直睡了一天，时时抱怨。子彬也不高兴，又到书铺跑了一趟空，钱还要过几天才给。雨接连几天都潇潇的落着，没有晴的希望。两人在家里都无心做事，日子长得很，又无聊，先前子彬还为她重复讲一点西湖的景致，后来又厌烦了。等钱等得真心急。在第六天拿到全部稿费之后,子彬没有露出一线快乐的神气,只淡淡向美琳说:"怎么样呢,天还在下雨,我看再等两天动身吧。"

这决不能成理由,雨下得很小,而且西湖很近,若是真想去,可以马上动身。

美琳没有生气,也不惊诧,仿佛不动身,再挨下来倒很自然,既然去西湖并不是什么必需的要紧的事。这时日的拖延将两人的心都弄得怠惰起来,又都沉在各人过去痛苦着的思想中去了。子彬时时还听到一些使他难过的消息。许多朋友,许多熟悉的人,都忙着一些书房以外的事,都没有过问他,都忘记他了。这些消息最使他难过,他鄙视他们,他恨他们,但是他觉得不应该逃避,他要留在上海,看着他们,等着他们,而且他要努力,给他们看。假设他到西湖去,他能得个什么,暂时的安宁,暂时的与世隔绝,但是他能不能忘怀一切的得着安闲,还在不可知之间,而世界真的将他隔绝是容易的。朋友们听到这消息,一定总要嘲笑他,说他怕他们,怕这新的时代,他躲避了。后来大家便真忘了他,连他的名字都会生疏起来。再呢,那些崇拜他的人,那些年轻的学生,那些赞赏他的人,那些博学的有名的人物,都隔绝了消息,慢慢会将他所给予他们的一些好的印象,淡漠起来,模糊起来……这真是可怕的事。他不能像过去的一些隐逸之士能逃掉一切,他要许多,他不能失去他已有的这一些。他觉得到西湖去是件愚蠢的事。他唯恐美琳固执成见,他想即使美琳要去,也只好拂一次她的意,或是陪她去玩两三天,立刻便转来,要住下是办不到的。他看见美琳不像以前着急了,倒放一点心,后来是非再做一次正式商量不可了,只好向她说他的意见,理由是他有一篇文章要写,现在没有空,他觉得把行期再迟一个月也好。他说得娓婉,怕美琳不答应,至少也要鼓着小嘴生气的。他预备好许多温柔的,对一个可爱的娇纵女人必需说的话。他说完的时候,将头俯在她的椅背上,嘴唇离那白的颈项不很远,气息微微嘘着她。他软声的问:

"你以为怎样呢？我还是愿意随你，依你的意思。"

美琳只懒懒答应了一句，事情便通过了，毫无问题。以后应该安心照自己所希望的去努力进行①，既然自己是一个写文章的人，对自己极有把握，生来性格又不相宜于做别的争斗的②，而且留在上海，原意便是为要达到自己的野心，若还这末一个人关在小屋子发气，写点牢骚满纸的信，让时间过去了，别人越发随着时间向前迈进，而自己真的便只有永远和牢骚同住，终生在无聊的苦痛中，毫无成就可言，纵有绝世的聪明也无用。至于美琳，她是不甘再闲住了，她本能的需要活动，她要到人群中去，了解社会，为社会劳动，她生来便不是一个能幽居的女人。她已住得太久，做一个比她大八岁的沉郁的人的妻子，她觉得自己比过去安静了许多，已经懂得忧愁烦闷了，但是不能了解她丈夫，这生活对于她是不相宜的③。从春天她丈夫开始了新的苦痛，她就不安起来，不安于这太太的生活，爱人的生活。她常常想动，但是她缺少机会，缺少引路人，她不知应该怎么做才好，所以她烦恼，她明白这烦恼是不会博得子彬的同情的，于是更不快乐。前几天还想到西湖去，还比较好，慢慢拖下来，倒觉得别的许多人都忙着工作，而自己拿别人的钱陪一个人去玩，去消遣时日，仿佛是很不对，很应该羞惭的事。现在既然子彬不愿去了，当然很合适，不过子彬不能去的理由，是因为没有空，因为要写文章，而自己则无论去留与否，事实上都无关紧要，因为自己好像是一个没事可做的人，她更加觉得羞耻，她要自己去找事做，她想总该有把握找得到，但是她想她应该不同子彬商量，而且暂时瞒着他。

---

① 此处初刊本"这是说单对于子彬的一面"，全集本删去。
② 初刊本作"做别的争斗的勾当"。
③ 初刊本作"她已住得太久了，做一个比她大八岁的沉郁的人的妻子，她已经学得安静了许多，已经会忧愁烦闷了一些，虽说她还是不能到了解她丈夫的程度。不过这终究于她是不相宜的"。

九

出于意料之外的若泉接到一封短笺，是辗转经过好几个朋友的手转交来，在信面上大大署了美琳两个字的。若泉不胜诧异的打开它，满心疑惑到子彬身上，断定①他朋友又病倒了。他心里有点难过，他想起朋友的时候总是如此。可是信上只潦草的歪歪斜斜涂了不多几个字，像电报似的②：

星期日早上有空吧，千万请你到兆丰公园③来一下，有要事。我等你。美琳。

这不像是子彬有病的口气，然而是什么事呢，两人吵了？但从没有看见过他们有口角的事。若泉怀疑，这至少与子彬有关，因为他想美琳决不会有事找他，与她相熟了两年，还始终没有同她发生过一次友谊的交往④，他不十分知道她的历史，从没有特别注意过，只觉得她还天真，很娇，不是难看的一个年轻女人。他想到朋友，决定第二天早上跑那末远，到上海的极西边去。

七点钟的时候⑤，他拿了一把铜子，两角洋钱，拍了一下身上旧洋服的灰尘，便匆匆离了住处，他计算着到兆丰公园时，大约是七点四十分，美琳她们是起身很迟的人，不见得就会到，但他无妨去等她的。他有大半年不来这里了，趁这次机会来走走，呼吸点新鲜空气，也很好，他近来觉得他的肺部常常不舒服。

转乘了三次电车才到公园门首，他买了票，踏到门里去，一阵柔

---

① 初刊本作"他八分断定"。
② 初刊本作"像电报似的横着"。
③ 初刊本作"兆丰花园"，后文不再另注。
④ 初刊本作"还始终没有同她发生过一次比较友谊的关系"。
⑤ 初刊本作"七点钟的时候，他预备动身"。

软的风迎着吹来，带着一种春日的芳香。若泉挺着胸脯，兜开上衣，深深的吸了一口气，立刻觉得舒适起来，平日的紧张和劳顿，都无形的滑走了，人一到这绿茵的草地上，离开了尘嚣，沐浴①着春风，亲吻②着朝晖，便一概都松懈了，忘记了一切，解除了一切，任自己的身体纵横在自然中，散着四肢，享受这四周的宁静，直到忘我的境界。

园里人不多，几个西洋人和几部小儿车，疏疏朗朗的散在四方。四方都是绿阴阴的，参差着新旧的绿叶。大块的蓝天静静覆在上面，几团絮似的白云，耀着刺目的阳光，轻轻的袅着，变幻着。若泉踏着起伏不平的草地，走了好远③，他几乎忘记他是为什么才来这里了，只觉得舒适得很，这空气正于他相宜。在这时他听到近处背后草地上有窸窸窣窣的响声，他掉头望时，看见美琳站在他背后，穿一件白底灰条纹的单旗袍，罩一件大红的绒坎肩。他不觉说道：

"啊，我不知道你来了，啊，你真早啊！"

美琳脸上很平静，微微有点高兴和发红，她娇声的说："我等了你许久！"但立即便庄重④的说道：

"你不觉得无聊吗，我想同你谈谈，所以特地约了你来，我们找个地方去坐坐吧。"

于是他随着她朝东走，看见她的高跟黑漆皮鞋，一步一步的踏着，穿的肉色丝袜，脚非常薄，又小，显得瘦伶伶可怜。他不知道是她的脚特别小，还是脚一放在那匠心的鞋中才显得那末女性，那末可怜。他搭讪问道：

"子彬近来怎么样，身体好吗？"

她淡淡的回答：

"好，他在开始写文章了。"

---

① 初刊本作"披糜"。
② 初刊本作"亲炙"。
③ 初刊本作"若泉踏着起伏不平，波样的草地，懒然的走了好远"。
④ 初刊本作"尊重"。

他又继续问:

"你呢,也在写文章吧?"

"不。"

他看见她脸扭了一下,做了一个极不愿意的表情。

在一个树丛边的红漆长椅上坐了下来,左边有一大丛草本的绣球花,开得正茂盛,大朵大朵的,吐着清香,放着粉红的光。他不知怎么开口,还是关在闷葫芦里,不知她到底要谈什么,而且到底不知子彬近来怎么了,他们的关系如何。

她望着他茫然的脸笑了一下,然后说:

"你奇怪吧,当你接到信后,一直到这时?"

"没有,我不觉得奇怪。"

"那你知道我要你来这里的缘由了。"

他踌躇的答:

"不很知道。"

于是她又笑了一下说:

"我想你不会知道的,但是我必须告你,原因是我很久来都异常苦闷……"她停顿了一下,又望了他一下,他无言的低着头望草地。于是她再续下去,她说了很多,常常停顿,又有点害羞似的,不能说得直截痛快。他始终不做声,不望她,让她慢慢的说完。她把她近来所有的一些思想,一些希望,都零碎的说了一个大略,她觉得可以停止了,她要听他的意见,她结束着说道:

"你以为怎样呢,你不会觉得我是很可笑吧?我相信我是很幼稚的。"

若泉一会儿没有做声,望着那嫩腻的脸,微微含着尊严与谦卑的脸[①]。他没有料想这女人会这末坦率的在他面前公开她对于现实的不满,

---

① 初刊本作"微微含着尊严与谦卑的脸好久"。

和她的大胆的愿意向社会跨进的决心。他非常快乐，这意外的态度①，鼓舞了他。隔了好一会儿，他才伸过手去，同她热烈的握着，他说：

"美琳！你真好！我到现在才了解你！"

她快乐得脸也红了。

于是他们都更不隐饰的谈了一些近来所得的知识与感觉。他们都更高兴，尤其是美琳。她在这里能自由发挥，而他听她，又了解她，还帮助她。她看见光辉就在她前面。她急急的愿意知道她马上应怎样开始。他踌躇了一会儿，答应过两天再来看她，或者可以介绍她去见几个人，帮助她能够有工作②。

十

美琳回到家来，时时露着快乐的笑，她掩藏不住那喜悦，有几次她几乎要说出来了，她觉得应该告诉子彬，但是她又忍耐住了，她怕他会阻止她，破坏她。子彬没有觉察出，他在想一篇小说，在想一些非常调皮嘲讽的字句去描写这篇的主人公，一个中国的堂吉诃德先生。他要他的文章动人，文章的嘲讽动人，他想如果这篇文章不受什么意外的打击，就是说他不再受什么刺激，能够安安静静坐下来写两星期，那一个十万字的长篇，便将在这一九三〇年的夏季，惊人的出现了。谁不惊绝的叫着他的名字，这作者的名字。他暂时忘去苦恼他的一些事实，他要廓清他的脑府，那原来聪明的脑府，他使自己离开了众人，关在家里几天了。

可是美琳却不然，她在第三天下午便出席一个××文艺研究会了。到会的有五十几个人，一半是工人，另外一半是极少数的青年作家和好些活泼的学生。美琳从没有经历过这种生活，她觉得兴奋，用

① 初刊本作"这意外的同志所表示的态度"。
② 初刊本作"决定她的工作"。

极可亲的眼光遍望着这所有的人，只想同每个人都热烈的握手，做一次恳切的谈话。这里除若泉以外，都是不认识的人，但是她一点也不感觉拘束，她觉得很融洽，很了解，和他们都很亲近①。她除了对于自己那合体的虽不华贵却很美观的衣服微微感到歉仄外，便全是倾心的热忱了。这是一次大会，所以到的人很多，除了少数工人为时间限制不能来，几乎全体都到了。开始的时候，由主席临时推举一个穿香港布洋服的少年做政治的报告，大家都很肃静，美琳望着他，没有一动，她用心的吸进那些从没有听过的话语，简单的话语，然而却将世界的政治和经济的情形很有条理的概括了出来②，而且批判得真准确。这人很年轻，不是一个二十五岁以上的人，后来若泉告诉她，这年轻人是一个印刷工人，曾在大学念过两年书③。美琳说不出的惭愧，她觉得所有的人对于政治的认识和理解④都比她好，也比她能干。她听了其余许多人的工作报告之后，他们又讨论了许多关于社务的事。美琳都不知应怎样加入那争论之中去，因为她还不熟悉，而主席却常常用眼光望她，征求她的意见。这使她难过，她坚决相信，不久以后，她一定可以被训练得比较好些，不致这样完全不懂。最后他们讨论到××怎样行动的事。这里又有人站起来报告，是另外一个指导××××的团体的代表。于是决定，在"五一"那天，全体动员到大马路去，占领马路，×××，××，大家情绪都很紧张激昂。会完了，在分别的时候，大家都互相叮咛道：

"记着：后天，九点钟，到大马路去！"

美琳还留在那里一会儿，同适才的主席，便是那在工联会工作的超生，和若泉，还有其他两三个人谈了一会儿，他们对她都非常亲切和尊重，尤其是一个纱厂的女工特别向她表示好感。她向她说：

---

① 初刊本作"她和他们都是'同志'"。
② 初刊本作"然而却将世界的政治和经济的情形很明显的暴露了出来"。
③ 初刊本作"这年轻人是一个印刷工人呢，不过是也曾在大学念过两年书的"。
④ 初刊本作"她觉得所有的人对于政治的眼光"。

"我们呢是要革命，但是也想学一点我们能懂的文艺，你们文学家呢也需要革命，所以我们联合起来了。不过我们没有时间，恐怕弄不好，过几天我把写的一点东西给你看看吧，听超生说，你是个女文学家呢。我是刚刚学动笔，完全是超生给我的勇气，心里想得很多，就是写不出来。下星期一能抽空，我还想写一篇工厂通讯，若泉说他们要用呢。"

美琳说她也不会文学，还说她也想进工厂去。

于是那女工便描写着工厂里的各种苦痛，列举一些惨闻，她说如果美琳真的愿意，她可以想法，不过她担忧若果美琳进去，那劳顿和不洁的空气，将马上使她得病。超生也说，进去是容易，他希望这社里的一部分知识分子都要进厂去，去了解无产阶级，改变自己的情感，这样，将来才有真的普罗文艺产生。不过他也说恐怕美琳的身体不行。美琳则力辩她可以练好的。

因为美琳比较有空，她被派定了每天到机关去做两个钟头的工，他们留给她一个地址。还说以后工作时间怕还要加多，因为五月来了，工作要加紧，内部马上要扩大，有许多工人自愿参加进来，需要训练。她刚刚跨进来，便负了好重的担子，她想她应该好好努力。

十一

是五月一日了。

子彬从八点钟失了美琳的时候起便深深的不安，他问娘姨，娘姨也不知道。他想不出她是到什么地方去了，他开始发觉近来她常常不在家，而且没有告诉他她是到什么地方去，他并且想起她同他太说得少了。他等了好久，都不见回来，他生着很大的气，冲到书房去，他决定不想这女人的一切了，要继续他的文章，那已写好了一小部分的文章。他坐到桌边，心总不定得很，去翻抽屉，蓦然的却现出美琳留给他的一封信。他急急看下去，恨不得立即吞进去似的，信这样清清楚楚的写着：

> 子彬：我真不能再隐瞒你了。当你看到这信的时候，我大约已在大马路上了，这是受了团体的派定，到大马路做××运动去。我想你听了这消息，是不会怎样快乐的，但是我觉得我应该告诉你，而且向你解释，因为我原来是很爱你的，一直到现在还希望你不致对我有误解，所以我现在先做这样一个报告，千万望你想一想，我回来后，我们便可做一次很理性的谈话，我们应该互相很诚恳很深切的批判一下。我确实有许多话要向你说，一半是关于我自己，一半也是关于你的。现在不多说了。
>
> 美琳晨留

子彬呆了半天，气也叹不出一口。这不是他的希望，这太出他的意表了。他想起许多不快的消息，他想起许多熟悉的人，他想美琳……唉，这女人，多么温柔的啊，现在也弃掉他，随着大众跑去了。他呢，空有自负的心，空有自负的才能，但他不能跑去，他成了孤零零的了。他难过，想哭也哭不出，他幻想着这时的大马路，他看见许多恐怖和危险，他说不出的彷徨和不安，然而他却不希望美琳会转来，他不愿见她，她带了许多痛苦给他，还无止的加多，他不能忍受有这么一个人在同一个屋中呼吸。他发气将信扯碎了。他最后看见那只写了薄薄几张的稿纸本大张着口，他无言的，痛恨的却百般悼惜的用力将它关拢，使劲摔到抽屉里。接着，是一声长长的叹息。

一九三〇年六月

田　家　冲*

一

太阳刚刚走下对门的山，天为彩霞染着，对门山上的树丛，都变成深暗色了，浓重的，分明的刻划在那透明的，绯红的天上。幺妹，她今年刚刚十四岁，站在禾场上的一株桃树下，脸映得微红，和花瓣差不多。她望着快要消逝去的景色，她的心永远是，时时为快乐胀得饱饱的。这时她却为一声焦急的叹息骇着了，她急速的转过脸来，看见一个四十多岁的麻利妇人站在离她不远的一株杨柳树下，柔嫩的柳条不时拂着她的肩。幺妹不安的问道：

"妈！你又叹息了！为什么呢？"

妈随便的望了她一眼，仍然将眼睛望着远处，像自语的说：

"我担心呢。"

幺妹看到妈望着的地方，在稍远的田坎上，两个人影慢慢的走远去了，后面那个较高，较壮实的，她认得出是她爹。田坎只一线，非常窄，但纵横非常多而且美，近处的水田①，大块的睡着，映着微紫的颜色。于是她问：

"那前面走着是谁呢？他穿得有长的棉袍。"

"是大老爷家里的高升，没有事他是不会来的。我很怕，这是下种

---

* 初刊于《小说月报》1931年7月第22卷第7号。署名丁玲，收入《丁玲全集》第3卷。

① 初刊本作"近处的平的水田"。

的时候呵！"

幺妹不很相信她妈的忧虑，还是抱着愉快的心情去望那些美的田坎。这些美的田坎，都是她爹和她哥哥们的匠心完成的。她望着爹和高升慢慢走下冲下面去了。她想起高升的样子，斯文得像个少老爷，一双白瘦的手，他的无光的眼睛，常常很讨厌的望人，她不觉对她妈说：

"高升这人一点不惹人喜欢，可是你们总爱恭维他，爹一定又请他喝酒去了，姊姊告诉我过，说他是大老爷的当差，底下人，比我们还不如！"

"但是，你不懂，大老爷喜欢他，听他的话，他要害我们是很容易的，不过他人还好，肯受恭维，不像三喜，你姊姊好说别人坏话，你怎好拿来讲呢？"

"她并不好说人坏话，我觉得她只有点不喜欢大老爷家里的人罢了。"

时候更晚了①，凉风阵阵吹来，妈转身走回屋去，而且叫道：

"幺妹！到屋里去吧，外边很冷了。去看姊姊的饭怎样了，你应该帮她才是。"

幺妹向左边厨房跳着跑去。她觉得自己饿了②。小哥在厨房外小板凳上洗脚，一手拦着跑过来的幺妹，吆喝着。

"哪里去？"

她挣着："不要你管。我看饭。"

"饭摆好在堂屋上了，只等爹回来。"姊姊从厨房高声说。

"爹不回来吃饭了。"她退回身朝堂屋跑，"呵！姊姊！快些！不要等小哥。"

"这鬼丫头③！又不穿罩衫。"他望着她的绿布棉袄喊。他急速的

---

① 初刊本作"时候是更暮了"。
② 初刊本作"她开始觉得自己饿了"。
③ 初刊本作"你这鬼丫头"。

提起那强壮的腿，拿一块蓝布去擦它。一盏小美孚灯在饭桌上摆着。奶奶坐在灯边，灯光映着奶奶的白发。妈在大声告诉奶奶，说高升来过。奶奶咕哩咕噜着：

"高升这痨病小鬼头，我真看不上眼……老太爷当日几多好……假如又来麻烦，明天老大背我进城去，我会同老太太讲理。老大不肯背，我便走起去，路我还认得……我快有十五年没进城了。"

大哥笑着说：

"好，明天我就背奶奶进城，我们看他妈的半天戏吧，毛机匠昨天从城里来，说这一阵多热闹，一天好多班子唱戏，他娘的说是女学生们也唱呢，还脱光了衣服，他娘的冻死她们！"

"就不准你同毛机匠在一块儿，这家伙常进城去，丢了田不种，布不织，一定不是好家伙。毛老三却是好人，老老实实，本本分分，你怎么又不同他相交呢。"

"他昨天还来我们这冲里，我们只在冲口边说了一阵话，你说他老实，哼，不呢，他才有道理，以后，看吧，有讲究呢。他机匠哥哥哪里比得上他，机匠只有一副空机子呢。"

幺妹想起机匠家里的一副大的黑的织布机。

奶奶问妈妈道："老大是什么年生的，呵，属猴，今年二十二岁了呢，唉，应该讨个媳妇才是。"

"媳妇我不要的，我养不活。我们家里来不得吃闲饭的人了。"

小哥进来嚷道："有什么要紧，把幺妹嫁了，两相抵便成了。"

幺妹扑过去，要打他，他跳到桌子那边，得意的嚷着：

"偏偏要嫁了你！偏偏要嫁了你！不嫁姊姊。"

姊姊正在这时捧了一碗粥进来，她挡住了幺妹，她问道：

"老二！你说什么？"

小哥安静的无力的答道：

"我说幺妹。"

"他也说你。"

"不要理他，他不敢。"姊姊把粥放到桌子上，大家便开始晚餐了。姊姊是一个使一家人都害怕的人，可是都爱她，因为她爱一家人，她比什么人都勤劳，为一家老老小小甘心的操劳着。

晚饭很简单，只有两样菜，一碗绿的是油菜，一碗黑的是萝卜腌菜，可是都好吃。饭香得很，大家吃得香甜，尤其是大哥。那末可怕的将饭塞进肚皮去。姊姊吃得最少，只三小碗。奶奶牙齿不好了，爱喝粥，这是幺妹她们一家人都不肯吃的，因为硬饭才能饱肚。

饭还没吃完，爹便悄然走回来了。他坐到桌子边，喊小哥替他盛了一大碗饭。妈特别担心的问：

"有什么事吗？怎么你没有在外边吃晚饭？"

"高升还要赶夜路，他想明早便能到家。"

"有什么事吗？这样急。"

爹的绛色的脸上，微微露出一线不安的神色。他说道：

"说是明天要送三小姐下乡来住几天。是老爷吩咐的①。"

一家人都为这消息诧住了。这不是常有的事。妈想了一会儿说道：

"一定城里又要打仗了。"

幺妹想起好多年前的事，那时她还小，三小姐曾和两个姊姊一个嫂嫂来躲兵②，她是多么体面，多么温柔的一个姑娘。她同姊姊几多要好，又几多喜欢她，全乡的人，只要看见过她的人，都称赞着她的呵！她有一个好看的，可爱的面孔，和一条人人都羡慕的发辫。她悄悄去碰姊姊的肘子，悄悄的说：

"打仗并不坏呢。"

姊姊也露出快乐的颜色问着：

"明天一定来吗？"

"我没有听见毛机匠说又打仗呢。"大哥仿佛心里也在笑。

---

① 初刊本作"是老爷的命令"。
② 初刊本作"三小姐曾和两个姊姊一个嫂嫂来躲过兵"。

"仗已经打过了。"爹不说下去,添了第二碗饭。

"三小姐,快二十岁了吧。她一定长得更好看了,怎么赵家还不接过去,她一个人来住吗?"妈奇怪的问。

"一个人,可是,担子可重呢。老爷再三的要高升嘱咐我。唉,我真不懂得,这小姐是……"爹的脸色阴沉了。

"是什么呢?"人人都想听的答话。

"以后再说吧。"爹望着妈说,"唯愿不要在我们家里出岔子。老大,老二,不准向外人说起什么,懂得吗?记住!"

二

幺妹跟着姊姊走到池塘边,在一块大的石头上蹲下来,几个鸭子轻轻的游到那边去了。太阳晒在树顶上,从微微皱着的水里看见蓝色的天,天上又飞着淡淡的白云。姊姊从篮子里拿出许多要洗的衣服,幺妹望着她将水里的天空搅乱。今天她不做自己的事,随着姊姊跑了半天了。她觉得她有许多话要说,可是姊姊太忙,没有时间听。现在她觉得时机到了,她便望着姊姊的脸说:

"我实在快乐,是不是今夜我们家里多了一个人?"

俯着的姊姊[①],微微动了一下:"我也非常高兴,恐怕她不认得我们了。"

"我想不会不认得,你并没有变样,好些人都说你比从前好看了。说不定她忘记了我,她从前原来只是你的朋友。"

"什么朋友,不要说了,也许她不再理我们了,她是小姐,以前我们是小孩,胡闹,不过现在我也不想同一个小姐做朋友。"

幺妹不懂姊姊的话,她望着岸上的桃花,继续的说:

"我记得她白得很,又嫩,别人一赞她,她的脸就红了。大家都说

---

① 初刊本作"俯着的脸"。

这更好看。"

"是的,她很白嫩,城里的小姐们都是那样的。"

"可是你很好看。"幺妹望着姊姊的为太阳晒成微赤又微赭的整齐的面孔和两条圆的壮健的手臂。姊姊有很大的眼睛①,有严肃的神采。姊姊听了幺妹的赞美,只微笑的说:

"不要说蠢话了。"

木杵不住的敲着石上的衣服,两人暂时沉默着,远处隐隐传来继续的歌声:

　　……二月菜花香又黄
　　姐儿偷偷去看郎……

"唉,这是大哥的声音呢。"幺妹跳到堤岸上四处望,右手放在额头上,四处都露出嫩绿的新叶,在一些苍绿的树丛中。她不知为什么高兴起来,她大声说:

"他在冲子外边呢,他这末大声唱,他一定疯了。我去找他。"

她朝外边跳着跑去,在一条小路上,一边傍着低低的山,一边临着大块的田,山上的新草都在抽芽了。一根有刺的枝条,伸到路上来,绊住了她,她顺身坐在山坡边,弄着好些蔓延带刺的东西,不觉的唱道:

　　蔷薇花,朵朵红,
　　幺妹爱你……

"幺妹来呵?"妈在禾场上喊起来了。

她又跳着转去,她是从来很少规规矩矩走路的。

---

① 初刊本作"姐姐有很大的眼和眉"。

"到厢房去，拿一块腊肉，洗干净，要姊姊煨上。"妈坐在矮凳上在补爹的旧夹衣。

她心里几乎笑出声来了，因为她又想起今晚将要来的客。这客是那么美好，许多人都常常在口里赞扬着的。"唉，到底她好看到什么样子？大约是奶奶讲的故事中的田螺精吧，也许就像个狐狸精。她一定会迷人，她的头发一定更黑更光，那发辫……唉！"她捉着自己的短辫，难过的摸着。

"一个仙女似的小姐，她会吃这个吗？"她站在一张凳上去取那块又黑又脏的肉。"这一定是蠢事。"她跳下来，她又想："不知道她穿什么衣服，我记得她从前是穿绣花鞋的。"

幺妹引起了许多幻想①，这些幻想又紧紧贴着她日常生活和一些不伦不类的神怪故事上，她给她幻想中的主人公，涂上了一层奇怪的颜色，她自己觉得非常满意。姊姊更忙了，她要整理一间房间，为这来客预备的房。幺妹知道她住在她们一块，她更高兴了。夜间常常咳嗽的奶奶便移到哥哥们房里去了。不过姊姊说不一定，也许三小姐不愿意她们作伴，那末她们便也移到哥哥们房里去，或者到厢房去，睡在那些腌菜腌肉旁边。

等人等了一整天，天黑下来了。幺妹一人朝着冲口走去，想着家里的晚饭，想着爹的隐隐的忧愁，想着她幻想中的主人公。远近都没有一点声音。树影在暮色中慢慢模糊下去。她还是抱着微微有点焦躁和惆怅的心朝离家的路上走去。家里射出黄色的灯光，好远都还看得见。她不时转身去望，仿佛看见奶奶仍旧坐在灯旁边，爹在吸旱烟，妈在纳鞋底，也许在折衣裳……她又望前面，才知道她已走到田边②的小屋子后边了。她跳过一个缺口，小小的水声在她脚底下流，她站在那株大榆树底下，这树遮着土地屋，遮着一丛金银花和胭脂花，遮着

---

① 初刊本作"幺妹架起了许多幻想"。
② 初刊本作"土地"。

这小块的地，和一角田，现在又把她盖着了。围着这树和土地的，是大大小小很好看的田，有些田放了水，静静的流着，有些刚刚耕过，翻着，排着湿润的土块。幺妹瞪着眼睛四处望，她心想：

"为什么还不来呢？"

忽然她看见土地屋前一个黑影动了一下，她骇得几乎叫出来，跑了几步，便又立住大声喝道："是哪个？坐在那里的！"

那黑影又动了一下，才说道："是我，不要怕，老幺！是我呵！"

"呀！"她的心由紧张的急跳里松了下来，她笑着跑拢去："呀！是你呀！几乎把我骇死了！"她紧紧的挤到她哥哥的身边。

大哥没有说话，只抱着她的腰。她觉得她的心还有点跳，她悄悄望了背后一下，悄悄的说道：

"我以为土地公公出来了呢。"

"嘿，"大哥把手又搂紧了一点，"以后不准你乱跑了，你胆子太小。常常要妈替你收吓叫魂。"

于是她想起曾经有过的，她的妈和姊姊因为她发烧，说梦话，急得无法，两人在夜里打着灯笼，拿着她的衣服，到外边去，到她曾玩过的一些地方，去喊她的名字，还一路喊了转来。她听见这喊声从远到近，总是妈的惨惨的声音起头："幺妹回来了！幺妹回来没有？"姊姊就庄重的答："幺妹回来了！"于是两人又喊着："幺妹回来！……"这样闹过后，第二天她竟好了。她想来觉得好笑，她问道：

"为什么妈喜欢那样？"

"因为妈相信你吓掉了什么。妈是顶喜欢老幺的。"她想起自己是一家人最喜欢的，便更挤紧着那少年男人身边，望着他的脸，向他表示亲热，她抓他的手，凑拢去问道：

"你为什么一个人坐在这里？"

她觉得他的手松了，她又说：

"我要你回答！"

哥哥的眼睛望在很远的地方吧，他答道：

"没有什么,我觉得坐在这里很舒服。你回去,你跑来做什么?"

"不,我不回去,你不走,我也不走。"她也把眼睛望到远处,远处成一片黑色了。她自语般说:"我是来接三小姐的。爹讲她今晚一定来。"

静寂开始了,哥不再同她说什么,动也不动的坐着,她觉得有点惆怅,仿佛为她哥哥很难过。她不懂什么,但她觉得他一定被什么苦恼着了。她求助似的又去扳他,她叫着:"哥哥!"

仍旧保守着静寂①,等了好一会儿,她有点怕起来,心也像黑夜一样,慢慢的模糊,慢慢的空洞了,她实在不能忍耐的时候,她觉得他陡的又动了一下,她不觉叫道:

"为什么,说呀!"

他又平静了,"不为什么,你回去!"

"不,……"她还没有说完,她看见冲外边的山上,露出一个亮光来,有时亮光隐去,大约被树遮住了吧,不过一会儿又露了出来,闪闪灼灼的,她觉得她的幻想快实现了,她快乐的叫着:"哈,她来了。她的轿子一定就在那灯后面。"

哥哥没有理会她,口里打着唿哨,低低的吹着什么。

亮光慢慢的近了,已经下了山,没有什么东西可以遮住她了。

幺妹不安的喊着:"是的,她来了!我们回去!告妈去!"

但是她身边的人却还是很安静的吹着哨子。

她相信她已听见了什么声音,是在讲话吧,风送来的,假如这夜有月亮,她一定能看清人影了,她发疯的去拖他。

可是他只将身体靠得更适意些,他吼道:

"走!你回去!不准拖我!我要留在这里!"于是他继续吹下去。

她果真一人跳着跑回去了,因为灯光更近了,她确实听到走路的声音。

---

① 初刊本作"静寂仍旧保守着"。

一到禾场，她就喊起来：

"妈……"

"你这丫头跑到什么地方去了？"小哥从家里跳出来捉她。她仍旧喊道："妈！爹！她来了！三小姐来了！"

立刻都涌出屋来，她钻到妈身边去，妈握着她说："冰冷的手，你这东西！"

姊姊另外点了一盏灯走出来，三条黄狗随着人走到桂树下。幺妹看到他们已走到土地屋旁了，仿佛那矮矮的白墙在灯光中晃了一下。爹大声的喊着：

"是高升吗？"

"赵得胜①怎么样，你们等急了吧？"是高升的声音。爹便又说道：

"为什么才到？"

"唉……"

三条黄狗都汪汪的吠着，跑到前面迎接去了。幺妹紧紧挤到妈的膝下，不安的望着。妈一面叱着狗，一面也往前走。她看见高升走了进来，他提着灯笼走在前面。他后面走着一个小身架穿袍子的人。在这人的背后，便有赤脚扛着东西的大汉子。她不觉失望起来，拉着妈叫道："问他，问高升，她没有来！"

妈还没有做声，那小身架的人便快走了拢来，说道：

"是赵大妈吧，你人好吗？"

都为这声音吓着了，妈叫道：

"呀，是你，三小姐，怎么走来的？"

姊姊也走拢来，灯光照在三小姐的脸上，两个黑眼在闪，短发覆在她额上。她握住姊姊的手，笑起来了："呵！桂姊！"

幺妹不敢伸出头来，挤在妈背后，随着又走近去。好些人都在说

---

① 初刊本作"嘿！赵得胜！"。

话，听不清，她心里也乱得很，说不清。哈，这不是她所想象的，完全不是，她穿着男人的衣裳！

三

天亮了，鸡还在笼里叫。是什么人在堂屋里走，呵，是大哥在开门；爹也起来了，吃着烟①的是他吧。幺妹醒来半天了，悄悄的蜷在被窝里不做声。姊姊在穿衣服，又轻轻的溜下床去，她看见幺妹大张着眼，不觉笑了，低低的说："不准闹，懂得吧，我到厨房去了。"幺妹望了对门床上一眼，好像有一缕微细的呼吸从那里传出来。唉，过去的，全是梦，全是幻想，她哪里知道她是这末一个样子，一个更使她奇怪的样子。她一点不骄矜，不华贵，而且不美好。她不像一个小姐，或是一个女仙，但是她却有点迷人。幺妹觉得她太可爱了，比她想象中的更可爱，容易亲近。幺妹觉得妈也喜欢她，姊姊也喜欢她，而且爹也不像那末忧愁了。他很高兴同她讲着一些城里的事。大家都不受一点拘束，都忘记了她的小姐的身份，真像是熟朋友呢。

有人进房来了，拿了什么东西出去了，"是妈吧，不，好像是小哥。这家伙要讨骂了，他为什么跑进来，他应该知道他会吵醒人。她昨夜自己告诉我说疲倦得不能入睡。我听见她好久好久才睡熟；她翻身得真怕人，为什么呢？一定臭虫咬着她，这个日子又哪里有臭虫呢？……"

太阳出来了。这天又是好天气。幺妹探头往外望，忍不住便跳下了床，急急忙忙的穿衣服。正在要往外跑时，一个声音却止住了她：

"等我一块儿走，幺妹领我到厨房去洗脸。"

她回过身来看，三小姐已撩开帐，露出半截身子。她笑着说："我起身得太迟了。是不是？"她看着手上戴的一个什么东西。

---

① 初刊本作"吹着烟灰"。

"不，妈说你应该多睡一会儿，昨天坐了半天轿子，又走了二十里路，睡得太晏了，总是三更过后，你自己也说累得很。"

她跳下了床，她赤着脚的，唉，她真奇怪！

她们从穿堂走向厨房，哥哥们房里还有人在打鼾，幺妹偏过脸去瞧，哼，这该死的高升，还大张着嘴呢，样子真难看。姊姊已热好一大锅水，另一个锅里煮饭。她们看见她低着头在烟雾中捆草把；她的发显然还没理好，有点蓬松。三小姐四面望着，说道：

"告诉我，怎样做，我好帮你。"

"你不会的，这里脏得很，你转去吧，我要幺妹送水来。你昨夜睡得不够。"

"哪里，这里空气太好了。我觉得太舒服。"她从门边望着外边的田野，露出一副小孩的神气，向着姊姊踌躇的说道：

"我不想洗脸了，我要在外边去玩一会儿，好不好？你们什么时候吃早饭？"

姊姊笑着说道："当然好，幺妹你陪着她。"

她很快的便朝外跑，幺妹紧紧跟着她，她们跑到池塘边，跑到山坡边，跑到昨天来的路上，又跑到一些窄的田坎上，她贪婪的望着四周，用力的呼吸，望着幺妹的天真的脸叫道：

"你真有福呵！"

幺妹不懂这话的意义，傻笑起来。她握住她慢慢的向冲口走去，远处山上一片红的东西在太阳下映着，她柔声的说："唉，你们这里的花真多，我记得从前我来这里也是春天。唉，那一段的快乐生活时时使我怀念呢。现在我又到这里了，多么奇怪的事实！哈，幺妹，你那时真小，我常常抱你，六年，七年了！你们这里一点也没有变呵！"

她掉转身去望，只觉得这屋子有点旧了。当然在另一种看法上，这是这景色中一种最好的衬托，那显得古老的黑的瓦和壁，那茅草的偏屋，那低低的一段土墙，黄泥的，是一种干净耀目的颜色呵！大的树丛抱着它，不算险峻的山伸着温柔的四肢轻轻的抱着它。美的田野，像画幅似的伸在它的前面，这在她看来，是多么好的一个桃源仙境！

"叱，叱，"

幺妹看见她爹了，他站在犁耙上，正在转弯，她大声的喊着：

"喂！喂！"

爹将鞭向她们扬了一扬，又赶着牛艰难的走去，在一些不平的土块中颠簸着，土便在他踩着的耙下松散了。幺妹快乐的告诉她：

"那是我爹呵！"

两人停了下来，都望着那大牯牛引着那壮健的人。那人驱赶着牛，不住的喊"叱，叱"。

"唉！你有一个这末好的爹！你有这末好的一个家庭！"

幺妹想起一家人，真的更快乐了。

她们舍不得离开，站了好一会儿，还是幺妹说：

"我们找个坐处吧。"

于是她们向旁边走去，走到一株大榆树下，这就是昨夜幺妹在这里等她的地点呵。幺妹想起昨夜来，想起她的幻想，不觉出神的望她。她比昨夜看来，又美好一些，她确实有点白，不过她不应该把她那黑油油的发辫截去，她不该穿着这末一件蓝布的男人们的袍子。她的鞋子也不好……"呵，这地方我记得的，我们在这里玩过，好多次捉迷藏的时候，我躲在这里，那时真热闹。"她跳到土地屋前，端详着两个一尺多高的泥菩萨，笑着向幺妹说："她们还是同从前一样呢。"接着她又在墙上找，找了半天，有点失望的样子："什么人将这个抹去了，像刚刚才抹过一样，这不错[①]，我从前在这里写过字的。"

一个老鸦从树枝上飞走了，树枝轻轻摇摆了一下，幺妹笑着向她说：

"过两天这树便要落下一些钱来，你相信吗？"

"我相信的。"

[①] 初刊本作"我相信这不错"。

她们便坐在昨夜幺妹和大哥坐的地方,她忘情的望着远方,幺妹又望着她,带点爱好和神秘。

背后有声音传来,是湿的泥溅着水的声音,幺妹侧着头看了一下,轻轻的触了旁边的那人,轻轻的说道:

"看呵!这是他!他是我的大哥。"

完全不能认识了,那看牛的顽皮孩子就是这卷着袖子,赤着腿,健实的少年农人吗?好多次她骑过他的牛,和他骑在一块儿,她上去下来都要人抱,然而他只一纵便都解决了。她又想到过去,过去好多琐琐碎碎的游戏,她想起了那牛,她不觉问道:

"现在是哪个去管那牛呢?他还在管吗?"

"不,他大了,他帮爹种田,爹讲他比两头牛还得力。爹喜欢他。他实在比爹能干。小哥也能够在田里做事了。牛没有人管。多半是我带着牛去玩,可是妈不准我们跑远,妈说大哥小时候常常把牛带得太远,有几次被恶狗咬过。"

于是她们又去望他,他正弯着腰在修理一条田坎,他不知道旁边不远正有人。

幺妹喊起来。

他诧异的抬了一下头,可是又俯下去了,他不愿意答应她们,他答应不出来。

"呵,我认得他的,他的脸貌和神气都没有变,他只大了。为什么昨夜没有看见他,我确实没有看见他。"

"他昨夜……"

姊姊在屋口的桂树下大喊着。幺妹跳起来道:

"好,就回去①,吃早饭了。"

"我们同大哥一块儿走吧。"

"好,大哥,来呵!我们一块儿回去。"

---

① 初刊本作"快回去"。

大哥没有理她，还低着头。

她们走过去，站在一条刚刚修好，窄得怕人的田坎上，这时大哥才抬起头来，急急的说：

"不要来，留心摔着。"

"赵金龙！"

两手全是泥，脚陷在水中，他不做声的走到她们面前来。三小姐说道：

"你不认得我了。"

他望了她披着短发的脸①，还是没有做声，走到她们前面。湿的脚沿路留下一些泥印，白布的单裤卷得很高，黑布夹衣，裸露着两条臂膀，都是红的颜色。幺妹看见他不说话，有点不满，她骂他："呆子！"可是她又接说道："他实在都好。"

三小姐只笑了一笑。

接着他便走快了，没有等她们，一直朝厨房走去了。

吃饭的时候三小姐没有看见他们，后来才知道他们父子就坐在灶门前吃早餐的。因为他们都脏不过，怕小姐不喜欢，所以不进来，而且以后都不进来吃饭，她们说那两弟兄都粗野得怕人，不懂理。

高升走了。走时说过几天再来，小姐要什么吃的东西，或者穿的，他好带来。可是她没有说要什么，对他非常冷淡。她没有露一丝想家的样子。显然他又同爹讲了一些什么，当中午爹再回来时，爹又像隐隐的藏着什么似的，他恳求的对他的小女主人说：

"三小姐！你当然懂得好多。你只在这冲里玩玩，老幺侍候你。乡下也比不了从前，人心不古，哪里没有坏人！"

她坦然的答他：

"老赵！你放心！我懂得！高升这东西就不是一个好人，你不要听他。"

---

① 初刊本作"他望了她披着短发的脸一下"。

幺妹不懂得这些什么意思，也不求懂，她成天陪她玩就完了，妈说的不必做什么事了，唯一的事就是守着她。

事实使一家人没有什么不安，而且更快乐起来。她一点不拿身份，非常随便①，同他们一家人玩得像兄弟姊妹一般。她淘气得怕人，不准他们再在厨房吃饭，而且在吃饭的时候，总要讲点使人笑的故事。开头赵得胜还有点觉得不好，常常要做得恭敬点在这小姐面前，后来也就惯了。他望着她②，觉得还是同幺妹差不多大的小孩，虽说能说许多故事，许多道理，使人忘倦。她又常常帮他们做事，譬如打谷，垫鞋底，她都做得来，她举起那些大鞋底来笑，她也不讨厌奶奶，城里姑娘不讨厌一个乡下老太婆，真是少有的事。

"高升这东西有点鬼……"赵得胜终于这样想了。不过马上他又放弃了这想头，因为他觉得无须再怀疑什么，再想什么，她若能住下去，也是很自然很好的事。

四

天气像凑趣一样，一天好似一天。夜晚常常下一阵一阵的细雨，可是天一亮，又是大太阳了。风微微有点清凉，有点湿，有点嫩草的香气。还有那些山，那些树，那些田地，都分明的显着那青翠的颜色。天也更清澈，更透明，更蓝粉粉的了。人在这里，工作虽然劳苦，也是容易忘记忧愁的一种境地呀！这家比往年还平和一点的生活下来了③。第一，高升从城里来过一趟，带了些熏腊的鱼肉，他们托小姐的福，常常有点荤菜吃。菜园里小菜也多了些，幺妹和三小姐都能帮一点忙。第二，种多下地了，他们精神上没有拖累，天气又好，不会担心到那些天灾。而且，他们热闹了许多。他们可以找到一个人来听他

---

① 初刊本作"非常随便和可笑"。
② 初刊本作"他可爱的望着她"。
③ 初刊本作"这家是觉得比往年×××"。

们的家常，听他们一生的劳苦，听他们可怜的享乐。这人不但听了，还要答应他，还要追问下去，还要替他们解释，解释这劳苦而得不到酬报的原由，而且她给他们理想和希望，并说明理想实现的可能。她教导他们，鼓舞他们。可是他们仍然将她看做是一个可爱的小孩，因为她不会忘记常常特意淘点气使他们发笑，使他们忘记了她的身份，只想打她一下，或者摸她一下，甚至抱她一下。幺妹成天陪着她，时时摆出一副高兴的脸，家里所有的琐碎事都是她们做了。一早就同大家起床，三个男人背着一些沉重的东西出去了，姊姊烧饭，妈整理房间，她们便去开鸡笼，点着数，有七只，还有五只鸭，她们照管得很好，没有被黄鼠狼吃掉。她们又去看猪，都养得好，这都是不要本钱的①。牛有时牵出去了，有时还在栏里，她们爱看着它睡在地上吃草。她们还要到菜园里去采些要吃的蔬菜下来，她们不仅泼点做肥料的水，还要细心的去抓虫。幺妹告诉她做这许多工作，有时还指挥她，她们都没有觉得什么不相宜。她们一得闲，便跑到池塘边去搅水玩，或者跑到冲口边看插田。近来大哥总爱在离家最近的田里做活，有时就在屋外边。他们在做事的时候，时时都可以互相看见。她们喊他，他答应。他一唱歌，幺妹就接声了。幺妹还教她唱歌，她笑；她教幺妹唱，幺妹也笑。多么奇怪的歌词！幺妹又把这些教她大哥和小哥，两兄弟常常不怕羞的在做事的时候唱起来，有时是在走路的时候，有时是在洗脚的时候，多么雄壮和激动人的歌呀！

  他们都快乐，都兴奋，忘记了一切，不觉的她来到这里已经快十天了。这天她和幺妹牵着牛，到对门山上去吃草。她们两人躲在草地上，离牛不远，幺妹同她讲着野人婆婆的故事。幺妹不曾留心她这时有点异样，时时坐起来又躺下去。幺妹望她一下，可是她装做无事的说道：

  "说下去呀！后来怎样了呢？"

---

① 初刊本作"这都是不要本钱的家伙"。

于是幺妹又接下去,眼望着天,天上有几团白云在变幻。

后来她爬到一株树桠上去了,还向躺在草地上的幺妹说:

"我听得见,我喜欢你讲,我要晓得这结尾[①]。"

幺妹被太阳晒得有些疲倦,闭着眼答道:

"不是姊姊在树上用绳子将她摔死了吗?"

"呵!对了!对了!"

牛嚼着草,有几个蜜蜂飞来。幺妹把眼张了一张,老躺在地上不愿起来。她忽然向幺妹说道:

"我看见那边有一大丛映山红,你等着,我去采点来。"

一翻身幺妹坐了起来,她望着四处:

"哪里?我们一块儿去吧。那里没有。"

"有的,你没有看见,我跑拢去看。你就在这里等我,你看着牛,有没有我马上转来,然后我们转家去,姊姊一定在望我们了。"

幺妹迟疑了一下,牛仍在低着头扯草,她一翻身又躺下了:

"好,快去吧,有就喊我,我牵着牛来。"

她从树上溜下来,很快的喊着跑走了,她叫着说道:

"等着我,我马上就转来的。"

幺妹看她下山坡,转到一丛大树下,树完全遮住了,幺妹心里想:"那里不会有映山红的,她要空跑了,我们后山才有许多呢。"于是她把眼望天,云已经不知跑到什么地方去了,只剩一个广阔无涯的大海[②],罩在那上面。牛在拼命的扯那些嫩草,好一会儿她没有转来,幺妹耐心的等着。

可是时间去过了。幺妹听见大哥在喊她,她才开始有点急起来。她四处找三小姐,没有看见她影子,她试着喊她,也没有一点声音。她牵牛不知怎样好,边找边走回去,在屋外田里她遇见了大哥。

---

① 此处初刊本"幺妹果真还要续下去,不过一会儿就完了,她却还问道:'后来怎么样呢?'"共28个字在全集本中删去。

② 初刊本作"天海"。

"你看见她没有？"

"谁？我没有看见。"

"她骗我说去采映山红，就不来了，现在还不知在什么地方。"

大哥说道：

"我去找吧。"

可是他接着又笑了。他说她也许在家里，她特意骗着幺妹玩；他要幺妹回家去，他继续做他自己的事。

一到家，幺妹满屋搜了起来，仍然没有影子。姊姊和妈都说没有看见她转来，她们又骂她。大家都急惶惶的跑到屋外去，大声的喊，大哥大声告着她们：

"我讲的她在逗幺妹玩，我刚才看见她在后山上跑，不信，回去她一定先到家。"

大哥再三说他没有看错，她在树丛里乱跑得好笑。于是她们赶快走回去，果然她在厨房里洗脸，脸红红的，气喘嘘嘘的，望着她们傻笑，不说什么，幺妹跳拢去抱怨道：

"你为什么骗我？骇死我了，什么地方都找到，你没有听见我喊你吗？"

于是她大笑起来：

"我听见的，我看着你走回来的。我特意逗你玩玩。"

"你不该。你丢开我太久了。"

妈看见她手上被刺拉破两条口，还冒着血，赶快替她来捆。妈心疼的说道：

"你看你，太小孩气了。"

"我以后不乱跑了，好不好？"她妩媚[①]的望了妈，大家都笑了。果真她有好几天没有走到外边去。

可是到第四天，幺妹去扯猪食的时候又失掉了她。幺妹以为她到

[①] 初刊本作"婉媚"。

菜园去了，菜园里没有。妈坐在大门边太阳底下纳鞋底，没有看见她。姊姊在池塘边洗衣裳，也没有留心。奶奶说家里不会有，好久都没有听见一点声音了。幺妹走到她们常玩的地方，一些大树下，一些花丛中，什么地方都没有。她又沿着路朝外走，大哥骂她傻子。他们都没有看见她，她并没有走出去。幺妹又跑转家，家里还是没有。姊姊也同着她找。她们走到后山，许多新竹子都长得好高了，也没有看见她。于是她们又惶急了，将这事告诉爹了。爹更出乎意外的慌张，大声骂着她：

"打死你这不中用的东西！不是叮嘱过你吗？你怎能让她一个人走开？"

他大声吼着："回去不准做声，等在家里做你的事。到田里去，我看看就来！"他披上丢在田坎上的夹衣，拿起旱烟管，就走了。她们没法，只好静静的等着。

终于他们一块儿回来了。爹重重的罩着一层忧愁，一句话也没有说，又到田里去了。她自己一人笑着，说她走迷了路，找不回来，打了许多圈子。她特别和气，因为她知道她给了这家庭一些不安。幺妹为她受了抱怨，挨了骂不特不生她的气，还非常同情她。她对她父亲的不快，有点反感，使她对她有点抱歉。她悄悄问她：

"你到底到什么地方去了？以后你要出去，喊我陪你。远近二十里路，我都认得。"

"唉！我太倦了，你让我歇歇吧！以后我再不跑了，要他们放心，这值什么呢？有什么要紧！"

晚上，吃过晚饭（饭吃得不好，因为爹总不快乐，大约因为白天的事），爹把哥哥们喊去睡了，又喊幺妹去睡。幺妹有点不愿意，可是也只得躲在床上，好久都没有睡着。她听见三小姐在说话，在笑，笑得很寂寞，仿佛是说她走错路了的事。姊姊和妈哼哼唧唧的答应她。他们慢慢将话扯到别的好远的事去了。后来她听见爹在说了，声音极低，她听不清，只听见三小姐接着说道：

"那信不得。高升不是好人。你们看我,我有什么不好……"

幺妹想:"这是对的,她有什么不好?谁还讲她不好?"

爹又说,还是听不清。三小姐又抢着答道:

"大老爷你知道的,他成天躺在烟灯边,他知道什么,一切全听这起小人的话……"

"……"

"他们都是公子少爷,不干好事。他们这末看守我,城门边守人,不准我进城,不给我一个钱,这是他们的不对。我到这里这末久了,你们应该知道我,我是像他们讲的那末可怕吗?"

幺妹不懂[①],谁说她可怕,她的爹,她的哥们,她的底下人?为什么他们将她送下乡来?为什么高升要骇爹?他一定同爹讲了一些什么……

"……"爹又说了,后来的声音比较大一点,他说:

"总之,你应该知道你的危险,他们要你呢!而这干系,也太重了,我们一家人老老小小吃饭都靠在这上面,你是懂得的,只要你家里有一个主子喊我们滚,我们就死无葬身之地了!你看,我上有老娘,下有……"他说不下去了。

堂屋里没有一点声音,幺妹觉得鼻孔辣辣的。

好久才听见她答道:

"你们不能老靠着我家里,这是靠不住的,你们应该觉悟,你们应该想法,其实你们吃了亏呢。不过,好,你放心我,我决不跑远。其实在近处走走,没有什么要紧。"

后来他们又讲了些别的。幺妹无心再听,便睡着了。

---

① 初刊本作"事情使幺妹不懂了"。

五

现在幺妹更不肯离开她了，当然因为她爱她，也实在因为妈又再三的叮嘱。幺妹虽说成天跟着她，但一当她稍稍露出有点倦的时候，幺妹就觉得有些抱歉，有点对父亲起反感，只想让她跑远点玩去。有几次她向她说：

"我想你讨厌这地方了，这里真不好玩。"

"我喜欢这里，我实在不想城里①，实在都一样。不过……"

"今天引你到一个你没去过的地方吧。那里有好些鸟，有好些菌子，石缝边还长满兰花，一个山都香。好不好我们悄悄去？"

她拒绝了幺妹，笑道：

"不，你真好，幺妹，我不会忘记你的。你知道吗，爹知道了会骂你的，或者他会把我送到城去。我一到城，家里就会把我关起来。假如不是我威吓他们，我还不会下乡来呢。"

"为什么他们对你不好？"

"就因为他们要作恶。你不知道他们，他们真是些虎狼呢！只我母亲除外，可是她太懦弱，她没有办法，我非常可怜她……"

"虎狼，"幺妹心里想，"为什么将他们比做虎狼，虎狼是吃人的呀。"

"爹说你们家里阔得很，房子几多大②，哪里会有虎狼呢？住在里面的人，当然都异常和气，不会凶野的。"

她笑起来，拉着幺妹的手，笑着解释道：

"你还小，世界上的事你懂不多。你没有到过城里，你们虽然穷，可是你们一家人勤俭，靠天，靠运气，你们将就生活下来了。你没有离开过爱你的家，家里人都好，都本分，都安命，不怨天尤人，你自

---

① 初刊本作"我实在并不想城里"。
② 初刊本作"房子几多高几多大"。

然觉得很幸福了。你实在算幸福，因为你没有看见罪恶①，你不懂呢。你哪里晓得唯有虎狼才住在高大的房子里呢？"

幺妹想了半天，还是不很懂，后来她说道：

"姊姊也不喜欢你们一家人，常常无缘无故恨他们，但她说不出理由，妈常常骂她；奶奶也说她刻薄。奶奶说我们三代人了，都靠你们家里，你们老太爷对我们好过，我们应该知道恩典；不过近年来奶奶也有点叽叽咕咕了。去年夏天我们整整吃了两个月蚕豆和包谷，因为高升派人硬将谷子抢走了。爹气得什么似的。妈只哭，不过后来也好了，都做事去了，便忘记了这事。爹说这谷子本是你们家的，高升他们太狠了，不该不替我们留一点，我们都是好几十年的人了，我们从爷爷起，从来没坏过一点良心。我想那时一定你们也没有谷子吃，爹说去年的米都运走了，远处都没有收成。"

"唉，那不稀奇。这就是我告你为什么他们是虎狼的道理了。他们不仅抢走了你们的粮食，替我们家种田的多着呢，别人还是大块大块的包着的呢。他们四处②都抢了来，我们两排仓屋都塞满了，后来又大批的卖出去，那时米价涨到三倍了呢。你们哪里晓得。你爹太好了，那末驯良，不是活该③？实在你们这些乡下人太善良了，为什么安心啃蚕豆同包谷？"

"不，爹不会的。爹连高升都恭维，姊姊顶瞧不起他。高升派人来抢谷子，爹动也不敢动，当然是因为打不赢的缘故，实在谷子要那末多也没有用处。"

"怎么会打不赢，你们有那么多的人？从这里望过去，再走，再望过去，无止境的远，所有冒烟的地方，那些草屋里的，那些打谷场上

---

① 初刊本作"因为你还没有看见罪恶"。
② 初刊本作"他们四方四处"。
③ 此处初刊本"不走到这种地方，哪里会相信世界上有好人"共18字在全集本中删去。

的①,那些牛栏边的,所有的强壮有力的,都是你们的人呀!"

她还说了许多,又耐烦的解释,幺妹都听痴了,听得高兴了,跑去找哥哥们,要她再讲给他们听。他们都为她鼓动了,可是谁也不敢讲一个字。赵得胜看管儿子们很周到,常常对他们说道:

"不要听她的。她当然有道理。可是,她是一个小姐,她不知道艰难,她把事情看得不同,事情不容易呢,你们知道吗?从盘古开天辟地到现在多少万年了,人也才到这样儿,我们现在要把这世界打一个转,可能吗?我们祖宗都是这末活下来了,我们为什么要不安分?知道吗,我有娘,你们也有娘,而且你们还得讨亲,生儿子的。现在懂了吧,为什么他们家将她送到我们这里来。她在城里也这么煽惑着人。别人要抓她呢!高升说她厉害……不过,她是个好姑娘,她的德行几多好。她实在也有理,不过不准你们听她的!"

赵得胜的话,儿子们都觉得对,他们有个完好的家,他们将就过得去,为什么他们要不安分?假使他们家里有一个人稍微动一下,那家便要为这人而毁了。他们还不到那种起来的程度,那种时候还没有来。

可是她有点迷人,一家人都同她更亲近起来。妈总喜欢握着她的手腕说:

"为什么你不像那些人一样?都能像你,这世界就好了!"

她笑着拍妈,做出一副调笑而威吓的神气:

"你又忘记了!不准望别人,得靠自己!"

家里常常生活在一种兴奋里面,一种不知所以然的兴奋,因为大家现在都有了思虑,一种新的比较复杂的思虑。

她还常常讲点可笑的故事,还不忘记做得非常顽皮的惹他们快乐。他们太劳苦了,他们需要一点娱乐。从早到晚他们不敢懈怠一点,也不能懈怠,只觉得事情太多了,而时间总不够。她在这里,真是太好

---

① 此处初刊本"那些土炕里的",全集本删去。

的事，每个人都觉得她是最不可少的了。因此他们更爱她而保护得更周到，他们时时替她留心一切，都知道为什么要留心这些，都知道怎么保护她了，不过幺妹还是不很知道，她实在太小而且不留心了。大哥常常暗里监护着她，不让她走到外边去。他自己也好久没有出去了，从前是常常爱在黄昏时节在外边跑跑的。有一次，他看见一个人影在他们后山上的树丛中走着，大哥骂了几句娘，才走回来，他心里有点奇怪，为什么那后影有点像毛老三呢？他跑到这里来做什么？他回家来，看见姊姊一人坐在石磴上望天，身上穿一件白布单褂，外罩青布围裙，围裙上面用白线挑满了花。他仿佛想到什么，笑道：

"你这丫头，坐在这里想什么？还不做事去？"

姊姊掉转头来道：

"我刚刚才来呢。我应该歇一下了。爹昨夜还在场上领了鞋样来，说在月底要送十双纳好的底去，我们娘儿们还够赶呢。"

她又去望天。可是他笑道：

"哼，你刚刚才来，你到什么地方去了？你说呀！你这鬼！"

姊姊奇怪的、不懂的望了他一下，不愿理他，冲进屋了。

大哥以为他的猜想是对的，有所得的笑了。他嘱咐幺妹道：

"留心姊姊，不准她乱跑。"

"她从没有乱跑过呀。"

"不要多说，悄悄留心就是，有趣呀！"

幺妹真的常跟姊姊跑起来，不过一点也没有什么趣味。姊姊成天料理着三顿饭，一大篮衣，闲了便帮忙纳鞋底，三小姐也帮着她赶工。姊姊爱同三小姐说一些梦话，说她若是男人，早就丢开家一人走了。幺妹问她走到哪里去，她就笑：

"你不懂的，我也不知道。总之，我要轰轰烈烈做桩事大家看[1]。"

三小姐也望着她笑，说道：

---

[1] 初刊本作"我要轰轰烈烈做桩事出来大家看"。

"我相信你,你是能干的。你应该做呀!男人女人都一样。"

姊姊便摇头,说三小姐不懂,三小姐又说她不懂,两人争起来,幺妹真不懂了。常常总是姊姊输,三小姐说得她没有一句话说。可是姊姊最后还是摇头,心里像装满许多无办法的事。

姊姊实在是一个有思想的人,近来她的思想更加发展,连奶奶都觉得了,奶奶说她痴。

六

有一天,她们、幺妹和三小姐,不觉的走到离家稍远的地方,三小姐支吾着,想离开她一会儿,可是幺妹知道了,笑着说道:

"不行的,我总跟牢你。爹假如真发了气,我会挨打的。"

三小姐先不肯承认,后来尽哄着她,又央求她,说:

"是一个女同学[①],她就住在鱼肚坡,想我去玩玩,过几天她病好些了,可以来我们这里的。下次我可以带你去,今天你非等着我不可,我一定转来得非常快,我只看她一下就回来,我担心她的病呢。"

幺妹还想不准,心里不很痛快她,可是这人样子做得太可怜了:

"你是好人,依我一次吧,不然我心里很难过,你想,假如她病重呢?"

"告了爹再去,你不用瞒他的。"

"一定要瞒着他,他不会准我去,我非去一次不可,你答应我吧!我求你帮我忙,我喜欢你,你也喜欢我,这点儿事你都不答应吗?幺妹素来是好人呢。"

幺妹看着她,心软下来,她靠在树干上,眼望着远方,说道:

"随你便。早些回来呵!"

"好的,你莫动,就在这儿等我吧。"

---

① 初刊本作"真是一个女同学"。

于是她迅速的跳开去①。

幺妹一人在树林子里彳亍着，日子很无聊，很慢很长，她不免有点抱怨，为什么她将她一人丢在这里，而且为她担心。幸好她回来不算太迟，红着脸，流着汗跑到幺妹跟前便躺在地上，气喘得说不出一句话。幺妹骇了，问她，她只摇头，她说：

"没有什么，我跑快了一点，怕你等不得我回家去了。"

她并没有歇够，催着幺妹一同转家。她们都怕这事会被人知道。

接着她这样做了好几回。幺妹因为爱她，和她要好，永远为她守着秘密。

有一次，只剩幺妹一人在树林里的时候，天忽然阴沉起来，鹁鸪不住的叫着，远远的天边，闪电在闪，风呼呼叫着②，幺妹害怕了。她料她不会转来得这么快，她焦愁的望着灰色的天空，大片的乌云在乱跑，她也在林子里乱跑，这怎么得了，假如她不马上就转来。她四方望着，远近没有一个人，这林子在一个最僻静的山谷里，四围都是低低的山坡，隔家有一个山。她惶惑着，不敢回家，一定要等她③，她便坐在一个树根上，数着时间的过去。不久，一阵窸窸嗦嗦的响声，细雨落在那些树叶上，还不见有回来的希望。林子里有小的虫鸟在爬，天色阴沉怕人。幺妹走起来，没有用，雨慢慢的大了。她的衣服湿了，头发也湿了，她想到家里，想到一定又很慌张的情形，她不敢一人回去，也不愿一人回去，她非等她不可。于是她换了一个比较适当的地方。

远远有什么人在喊，风送了过来，又被风声打断了。她张耳注意的听，唉，是大哥，在山那边大声的喊着老幺。幺妹不敢答应，却有点难过起来，身上只觉得一阵一阵发冷。

还不见她回来。

---

① 初刊本作"逃了开去"。
② 初刊本作"风也微微叫着"。
③ 初刊本作"她决计一定要等到她"。

大哥的喊声近了，他翻过了山。幺妹看见他，但是不敢做声。大哥走了下来，衣服全湿了。他发气的喊着，骂着，走到离她不远，可是没有看见她，又折到别一方去。幺妹看见他只穿两件单裤，没有穿棕衣，也忘记戴笠帽，是刚刚从田里回去，便慌忙跑出来的样子，衣服湿透了，紧紧贴在身上，眼睛也为雨水蒙住，时时在用手去拭它。幺妹看见他这样子，说不出的不忍和难过，她不住的叫了起来：

"哥哥！不要跑了，我在这里。"

他一折转身，她就冲到他的怀里了，他骂了一句粗话，便诧异的问道：

"你一个人在这里吗？"

"是的，她去看一个女同学，那女同学病得要死，你莫讲，我答应她这事不让爹知道。"

"哼！我偏要去告，要爹打死你。"他恶狠狠的望着她。

她仍旧贴在他怀里，抖着声音叹息，后来她说道：

"好，打死算了，你回去吧，我在这里等她。"

他半天没有做声。好久，他才抱着妹妹走到一株最大的树底下，横着的大树干和浓密的枝叶遮着，这里没有什么大的雨点了。他们同坐在一根树根上，他靠着树身，她紧挨着他湿的身躯，她眼泪流出来了，他不耐的说道：

"哭什么？你这东西！我不怪你就是。"

她更嘤嘤的哭泣了，他便凶凶的道①：

"不准哭了，说吧，不准扯谎，这事怎么开头的？照直说，我不会告爹的。"

于是她都告诉了他，她再三说她不能不允她的理由。

他没有一句话，两人静静的坐着等她。树上还是不时滴下一些雨点来，林子外有着不大的雷声在颤响，幺妹这时有哥哥在身边，倒不

---

① 初刊本作"他便又凶凶的道"。

觉得什么了，不过她却为她哥哥的沉默和愁郁有点不安。她紧紧傍着他，她的衣服也湿了。

他们又听见有人在叫幺妹了，幺妹怕是姊姊或者是小哥，她紧躲在他身边，悄悄央告道：

"不要做声。"

"我去看看吧。"他站了起来。

她揪住他，不让他走。可是立即证明了，三小姐头上蒙着一件短衣，水淋淋的，从背后树林子转了出来，她又喊幺妹。

他们走去迎她，她微微露着诧异的望着这沉郁的男人。她搂着幺妹说：

"我担心你极了。不然我就不回来了。那张家小姐硬不肯放我走。你看，唉，你一定急死了，你看你的衣服已经湿到这样儿……我们回去吧。"

"雨更大了，怎么走？这里还好点……"幺妹望着哥哥。他们又坐到原来的地方。

她身上有好几处泥，两脚完全被泥染黄了。她一定跌倒过，因为包头的那件短衣①也有好些黄泥，手上也是。幺妹问她什么时候动身的，她便详细的述说着。大哥静静的望着她。幺妹觉得他有点可怕，后来他说道：

"好，你骗她吧，我知道你到什么地方去了。前两天我在村子外听到有人讲起了你，我不知道应当怎么办才好。你上了名字的呢。假使我爹晓得你这末，他一定搁了田不种，将你送到老爷家里去……"

"我不会回去的。我会设法脱离你们。"

"我相信你是对的。我不说话，可是你得留心。我们这里有好几个坏人，你不认识他们，他们容易认识你。"

"我知道。"她忽然跳了起来，说："你真好。我相信你很同情我

---

① 初刊本作"短褂"。

的，同情我们。以后你还会更了解更坚定起来，你是我们的呵！我早就料到了。你们一家人都好呵！"

他没有做声，望着她，像忍着什么似的。

雨小了①，他们慢慢走回去。大哥果断的望着幺妹说：

"回去了，不准乱说，懂得吧？"

"知道。"

她挽着他们兄妹跳着回去。在山坡上翻上又翻下。

七

现在她出外已成为半公开了。姊姊和妈都知道。她每次出门，她们要送她一段，叮咛一阵。幺妹不再一人担心的躲在林子里等她②，她穿着姊姊的短衣，用帕子裹着头，远看也相信是一个拣茅草的女人了。她笑着跑去了，她们便开始谈论她，谈论她的品貌和身材，谈论她的德行，这一个最使她们满意，最后便谈论到她的思想，她所发挥的一切。她教导她们的那一些，当然她们是信仰她的。怎么她一个小姐会知道那么多？知道他们种田人的苦处，世界上所有的种种苦痛？这世界不好，她们决不能苟安下去，她们已经苦得够长久了。这世界应该想个法，她在做那些事，为了大众；正因为她是这么，她们才越觉得她可敬。她们不反对她，替她想着比较安全的法子，替她瞒着爹。等她一回来了，她们便急急的想知道许多，她就告诉她们这天做的一些，她们是非常关心那些事的。

大哥也清清楚楚知道近来家中发生的变化，他知道这些女人们常常在讲一些什么，他也知道她的出外，和那些同谋者。但他不会告诉的。他比家中任何人都更爱她和同情她，而且向往着那些工作。他比

---

① 初刊本作"雨已经下了起来"。
② 初刊本作"幺妹不必再一人担心的躲在林子里等她"。

家里人稍稍知道得多点。毛老三曾经和他谈论过好多次，不过他怕爹，在爹的监视下，他不敢有一点动作。好多次他在田里做完生活的时候，便感觉着无聊。他对她有点惭愧，他觉得有许多话要向她吐出，可是缺乏机会，又缺乏勇气。

一个晚饭之后，他郁郁的离开了大家，一人走到屋外。月光铺满了山野，夜静静的躺着。他打着唿哨，忍着烦闷，来到土地屋前。一个多么亲切的所在呵！可是不久，他听到路上有人走近来了。他转头去望有两个人影，慢慢从他不远的身边走到前面去了，是姊姊和三小姐。只听见姊姊说道：

"先使狗莫叫。你转到后面，我不拴那小门，我不会睡的。路上留心些，早些回来……"

他被这稀奇的事骇住了，他用心听她们再说些什么，可是听不清，她们说话的声音太小了。

她们又走了好远，在冲口边分了手。姊姊转来，他想跳出来抓着她问，但她飞快的朝家里跑去。他望见冲外边的那人影，也在迅速的跑去。他便一下跳起来追去了①。他真为她担心，看看已走到离她不远了，她似乎已经听到后面的声音，她慢了下来。他随着她走，不知应该说什么。走了一段，她却向旁边一条小路上走去，站在那里，似乎要让他走到前面。于是他也站住，月亮底下，他看清她那躲在包头布下的一双眼睛。她也悄声叫了起来：

"呵！我当是谁，原来是你，你做什么来？"

"没有什么，我送你一段吧！"他嗫嚅的吐着不清的话。

"好，我们走吧。"她便在头里走着。

他们好久没有说话。后来他忍不住了，不安的问道：

"怎么弄到这时候呢？"

"对了，现在改了，白天都不得空，田里忙得很。"

---

① 初刊本作"他不觉的便一下跳起来追去了"。

"我担心你怕,你没有走过夜路。"

"不要紧,现在近些了,这都是些熟路。"

他们又走了一段,她忽然停下来,掉头望着他说:

"你也去,好不好?他们几次讲到你,你应该去。"

一种冲动来到他心里,他想答应,可是犹豫了一下,他答道:

"今夜不成,过两天再说吧,爹很讨厌的。"

"不要紧,再过一阵,他一定会明了的。你很有用。你还是去吧!"

他在想,她却说道:

"也好,你现在回去,不要你送了。"

他又踌躇起来,问道:

"你回来呢?"

"不要紧,或者有伴同一段路,我不要你再送了。"

她很快的便又走了。他站着望她,心里很难过,又失悔,他应该同去的。他站了好久才打转。

家里大门已经关了好久,想必都睡了。他不敢走回去,一直等到她转来后才一同去走那没有上拴的小门,听着姊姊在咳嗽。

他又这样的送了她两次。在第三次的路上,他向她这么说:

"我决定了,我不应该怕什么!"

"我早知道。"她笑着回头望了他一下。

在心上他觉得有个东西跳了一下,他说道:

"你快乐吗?"

她又笑了,她再望了一下,她说:

"为什么不呢?我当然快乐,想着幼小时的玩伴,居然又在一条线上,同挽着手向前走,那是多使人高兴的事。看呵!那末一个顽皮的孩子,现在也懂得人应当怎样生活了。你想想看,你想我的小时,你一定也觉得奇怪的,我那时大约很骄纵的吧!"

他半天不做声,好久才说:

"你从来就不拿大,我们那时也就只敢同你玩,不过你现在更好了,你做的事使人佩服。"

"不,你还不懂得,是因为我们现在更接近了,我们是'同志'。"

她又友好的望他,他很高兴,这"同志"两个字,给了他一些新的可尊敬的意义。

她又同他低声的谈了一些关于他们工作的话,解释了许多他怀疑的地方,他们走了好一段路,已经超过他们每次分手的地方了。她又站住同他说道:

"记住,明天吃过中饭的时候,你借故离开田里一会儿,到后面林子里去,你可以遇到找你的人。关于爹,你放心,我观察得清楚,他不成问题。"

他预感着一种快乐,说:

"我还是等你,就在这一带。"

"不,我恐怕今夜要稍微迟回来一点。有隔山住的张大炮同着,到冲口才分路。你明天还得起早,你回去睡吧。"

他听她的话,站住,望她走,她走了几步又回转来,笑着说道:

"我忘记庆祝了,我应该同你握一次手的。"

她握住他的一只强有力的大手摇着,她再说一次,"好,你回去睡吧!"他才真的很快的跑走了。

他快乐得了不得,觉得身上轻松了好些,想着明天饭后往林子里去的事。他真的没有等她,他走回家去。在路上,他看见不远有个人影蹿了过去,夜色很黑,他没有看清,也没有留心,他依着她的话,一到家就睡了。

可是她这夜没有回来。

八①

时间过去了,幺妹不再为爱她,教导她的人而哭了。她现在似乎大了许多,她懂得很多,她要做许多事,那些她能做而应该做的事。家里又重返到平静,生活入了轨道,新的轨道,他们不再做无益的惊慌,不悲悼,也不愤慨,事实使他们更深入的了解。他们看到了远一些的事,他们不再苟安了,他们更刻苦起来。现在是全家开会,讨论着一切②,还常常引一些别的人来,每次散的时候,赵得胜会附和着他的儿子说:

"好,看吧!到秋天再说。"

这家比从前更热闹,更有生气了,在这美丽的冲里,这属于别人的肥美的土地;不过,他们相信,这不会再长久了,因为新的局面马上就要展开在他们眼前了,这些属于他们自己创造出来的新局面。

一九三一年夏

---

① 全集本无此分节,此据初刊本。
② 初刊本作"现在是全家公开的讨论着一切"。

水[*]

一

家里的人，和一些仓促搬来的亲戚，静静的坐在黑下来了的堂屋里。有着一点点淡青色的月光照到茅屋的门前，是初八九里的月亮。小到五岁的老幺也在这里，把剃了不久的光头，靠在他妈刘二妈的怀里，宁静的张着小小的耳朵听着。他并不知道要听些什么，他不过学着其他的人，所有的人，那末听着就是的。远远似乎有狗叫。风在送一些使人不安的声音，不过是一些不确定的声音，或许就是风自己走过丛密的树梢吧。

"听呀，听见没有？你们听呀！"小小的声音从屋角发出。

"是有人在喊着什么吧？"

"是的，像是从东边渡口那里传来的。"

"见神见鬼的，老子什么也没有听见。"

"真像有点响声呢，不要做声，听吧！"

絮絮的语声没有停下去好久，刚刚有点使人听得不耐的时候，那老外婆，缺了牙，聋着耳朵的，头发脱光了的老外婆，战战的用着那干了的声音自语起来：

"唉，怎么得了！老天爷！算命的说我今年是个关口。水不要赶来

---

[*] 初刊于《北斗》1931年9—11月第1、2、3期，署名丁玲。收入《丁玲全集》第3卷。

就好。我一辈子经了多少灾难，都逃过了。这关口晓得怎么样。我并不怕死，我就怕这样死，子子孙孙这末一大群，我的尸骨不要紧，我怎么能放心他们……"

"大数一到，什么也管不了的，管他娘，管他子子孙孙……"

"你声音不好小点吗，你这没良心的杂种！你要让她听见了的！"

"叫她睡去。毛妹！你招呼你奶奶去睡在三姑妈床上。她今天一定累了。她走了不少路呢。"

"奶奶！奶奶！睡觉去！睡觉去！"

"你这丫头！我要坐在这里，我要等他们，他们要到什么时候才回来呢？"

"大妈！真的一点声音也没有了。他们不知在什么地方？你说怎么样？今夜不要紧吧？我们家里……唉……"

"鬼晓得这些事！现在求菩萨也没有用了！"

"菩萨，我不信他就这末和我们做对头，过一年涨一次水，真的只是菩萨做鬼，我们一定要将菩萨打下来，管他龙王也好，阎王也好，哪吒三太子还抽过龙王的筋呢。我们这些人，这些插田的人，这些受灾的人，还怕打不过一个菩萨吗？救什么堤，守什么夜，让他妈的水淹进来好了！我们只去打菩萨，那个和我们作对的人……"

"大福，你这小子懂什么！菩萨又看不见，你尽瞎说八道……"

"真是过一年涨一次水……"

"哼，你们看吧，今年可不比往年……"

这些坚实的妇人的声音，平素是不常说话的，没有这末好的机会集在一块儿。手脚忙着的这些妇人，现在都陆续的说起来，忘记了适才的寂静。

夹在这些纷乱的抢着说的语声之中，那几个被做母亲的人压住不准出去的稍大的男孩子，时时吐着瞧不起的忿忿的声音，和那咒语似的老外婆的自语：

"几十年了，我小的时候，龙儿那样大，七岁，我吃过树皮，吃过观音土，走过许多地方，跟着家里人，一大群，先是很多，后来一天天少了下来，饥荒，瘟疫，尸首四处八方的留着，哪个去葬呢，喂乌鸦，喂野狗，死得太多了。我的姊姊①，小的弟弟——吃着奶的弟弟死在她前头，伯妈死在她后头，跟着是满叔，我们那地方是叫满叔的，……我那时是七岁，命却不算小，我拖到了这里，做了好久的小叫化子，后来卖到张家做丫头，天天挨打也没有死。事情过去六十年，六十五年了，想起来就如同在眼前一样，我正是龙儿这样大，七岁，我有一条小辫子，像麻雀尾巴，那是我第一次看见水，水……后来是……"

龙儿不欢喜听外婆提他的名字，他听着那干着的声音断断续续的诉说，有点怕起来，有点觉得在同不祥的事要接近了，他轻轻的向哥哥们的身边移去。

张着耳朵听的老幺，带着轻微的瞌睡，又张着眼睛从模糊的一些人影上，望了这个又望那个，望到外婆的影子时，想起她那瘪着的嘴，那末艰难的一瘪一瘪，顽皮又在那聪明的小脑中爬，他只想笑，可是今夜不知为什么，沉沉的空气压着他，他总笑不出来。

"砰"的一下，不知什么人碰落了什么东西，大约是茶杯之类从桌上掉下来，在泥土上碰碎了。话在这时都停住，人心里骇了一跳，并没有人追究。不安的寂静又蹿了进来。

风真的送来了一些小的声音。

外婆还继续着她的话，那些像咒语似的东西。

"我不晓得怪谁才好，死了的老伴是结实的，儿子是结实的，我们都没有懒过，天老爷真不公平，日子不得完，饥饿也不得完，我是不要紧，算隔死不远，可是一代又一代，还不是一样。从前年纪轻的时候，还只望有那末一天，世界会翻一个身，也轮到我们穷人身上来。到老了才知道那是些傻想头，一辈子忠厚，一辈子傻。到明儿，我死

水

---
① 初刊本作"姐姐"。

了，世界还不知怎么呢！一定更苦，更苦……"

"讨厌死了，唠唠叨叨有什么用？更苦，更苦，苦到尽头就好翻身了，怕什么苦……"

这个有点尖锐，有点愤慨的声音被一阵陡起的狗的狂吠吞噬了下去。人的视线便都集中透过那青色的，暗灰色的夜，从大开着的门里，望着那笼罩在烟雾中，望不清，消失了轮廓的苍茫茫的远处。在那巍然立在屋前，池塘边，路边的大桂花树下，走出一个人影来，"叱，叱"的他吼了两声，在屋外的广漠的夜色里。于是停了吠声，用鼻子嗅着的两条狗，跟在影子的身后走进屋来。

"呵，是三爷。"

"怎么样了，从堤上来吧？"

"该会退了一点……"

"二哥呢？……"

"怎么灯也不点一个，就打算①天要坍下来，不想过日子了吗？"

"没有油了呀。还剩两支小蜡烛，就不留着急时候用吗？"

"到底怎么了？一些声音也没有听见，退了些吗？"

"退，瞎吹，人都到下头去了，下头打锣没有听见吗？汤家阙一带有点不稳当，那里堤松些。屎到了门口才来挖茅厕。见他娘的鬼！我不信救得了什么！管它什么汤家阙，李家阙，明儿看吧，一概成湖！"

"我们这里呢？……"

"三爷，底下还好吧，明天我们好回去吗？来的时候，忘记了那两只小猪呢。"

"有茶吧？说不定，汤家阙要是坏了，我们就不怕，水会往那里流，这里势子就松一口劲。不过，那边，那望不尽的一片田，实在冲了这里还好点，我们里边赶不上那边一半多。这才大家都去了。死到临头还分什么彼此！只是这里留的人也少了一点，我来叫人的，大福

---

① 初刊本作"打仗"。

二福都跟我去吧,只要有一个小孔冒水迟一点看见,就会完场的。真不是玩艺儿!"

"还有那只乌云盖雪的猫……"

"救了下头,那我们家就要完了呀,我们能够住在这里一辈子吗?"

"水要再大了,这里也靠不住呢。……"

"下半年怎么得了呢?……"

"眼前就得了吗?"

"枕头底下还有一个蝈蝈儿呀,我不该把它放在枕头底下的。水来了,它一定跑不了呀!……"

三爷的影子,从影子上也可以看见那壮大的胸脯和臂膀的,他立起来,站到门边,沉沉的说道:

"安静点吧,不要慌,事情来了急是不中用的。我们走吧,二毛三毛也去,小孩子眼尖,去帮着看看也好。幺表弟人不好就不要去。"

都是巴不得要去的,坐在家里听女人们叽叽咕咕真急死人,水要来也要看着它来,几个精灵的影子,跳动着,摸摸索索去找短裤。今年真是个凉快的夏天,露天打赤膊就有点不行。

"到底怎么样了,不看见总不放心……"

"看见了也放不了心呢,你去吧,什么也不看见①,模模糊糊一片望不见头的大水,吼着流来,又流去②。夜晚听着,任你心硬的人也有点怕。"

这个大汉子三爷,强壮的,充实的农民,平素天不怕,地不怕,绰号叫张飞的三爷,有使人信赖的胆量和身躯的人,也在一些女人们面前说怕,无形添重了人心里的负担。

"是什么时候了?我一定跟你们去。我不愿留在家里,今天家里有

---

① 初刊本作"什么也看见"。
② 初刊本作"吼着声音激流了来,又激流下去了"。

鬼。唉，真怕人呢！"

"放屁，不准你跟去，你有什么用，在家里管着龙儿同菊姊①，家里有鬼，外头才更有鬼呢。"

站起来的三姆，忿忿的坐下去，菊姊就走到她面前。

大福他们轻轻的跳到屋外。外面风凉，天上有朦朦的月亮，还有密密的星，天河斜斜的拖着。

"天河里也涨水的吧？……"

"那织女牛郎也要逃荒罗……"

"什么时候好回来？……"

"哪有一定，大约天亮吧。"

"我是不怕，我活了七十多岁了，看得真多，瘟疫跟着饥饿跑，死又跑在后面。我没有什么死不得，世界是这样。我们这样的人太好了，太好了②，死到阴间不知怎么样，总该公平一点吧……"

三爷带着几个孩子，快步的跑向桂花树的那边去了。两条黄狗跟在他们后面，跑了好远又跑了回来。

一些眼睛从黑暗里送他们远去，大家都不知想到什么地方去了。

龙儿悄悄的把手放在刚才大福坐的长凳上摸着，本来想喊他爸③一声，又想跟哥哥们跑去，都没有做到。现在看见他们走得不见了，他们一定走到那堤上了。他白天在堤上看见那黄色的滚滚大水，水上漂着些桌子，床，红漆的箱和柜，还有鸡有狗有人蹲在那屋橼上面，他不懂得大人们指点时心里的怜悯④，他只感着新鲜有趣，望着那些在急流之中漂去的东西，饭也不想吃。可是在现在的空气底下，压得很紧的，他虽说还在想那些有趣的发现，那小小的摇篮也在水面上漂着⑤，

---

① 初刊本作"姐"，后文不再另注。
② 初刊本作"太多了"。
③ 初刊本作"爹"，后文不再另注。
④ 初刊本作"他不懂得大人们指点着心的怜悯"。
⑤ 初刊本作"那小小的摇篮也在许多东西之中飘着的"。

却不能生出一点①快乐的心肠，转而有点黯黯的情绪，为那些在黑夜里也不能停下不漂的东西，担着很大的心事。

"我晓得，有钱的人不会怕水，这些东西只欺侮我们这些善良的人②。我在张家做丫头的时候也涨过水，那年不知有几多叫化子，全是逃荒的人，哼，那才不关财主们的事，少爷们照旧跑到魁星阁去吃酒，说是好景致呢，老爷在那年发了更大的财，谷价涨了六七倍，他还不卖③，眼看野外的尸身一天一天多起来……唉，讲起来都不信，有钱人的心像不是肉做的，天老爷的眼睛，我敬了一辈子神，连看我们一下也没有，神只养在有钱的人家吧……"

老鼠从里房跑了出来，又跑到对过那间去了，声音很响，碰着一些东西，把刚刚要睡的老么又骇醒来。

"有些事情是奇怪，这老鼠就有点灵，水还没有来，它就懂得搬家，家里忽然不见这东西，就一定有祸事，你们不信，你们听我说吧，从前……"

好说一点故事的大妈，无意中抓到了这个题材，不等别人问便开始她一半听来，一半加花的像是神话的东西。几个女孩用不安的心情听着，假使在平常，这一定是一个很热闹的谈话，但因为大家，虽说平常也欢喜听点闲话④，在这时，心里悬着大的黑暗的时候，却一点表示不出有听这些话的需要和趣味。所以故事说不到几句，便停下了。突然停下之后，屋子里更加重了空虚和不安的空气。

风远远的吹来，一直往屋子里飞，带来了潮湿的泥土气，又带来一些听不清，却实在有点嘈杂的人语声，远远的，模模糊糊一些男人们的说话。接着，隐隐约约在树叶之中，现出闪闪的火光，一群人，围着火把向堤那边走下去了，火光里晃动着那些宽阔的臂膀的粗影，

---

① 初刊本作"一点点"。
② 初刊本作"良善的狗"。
③ 初刊本作"他还舍不得卖"。
④ 初刊本作"虽说也是欢喜听点闲话的这些女人们"。

那些使她们熟悉的爱着的一些厚道的农人的臂膀。他们这时还保持着农人特有的镇静去防御那大灾难的到来,无论什么时候,他们都是他们妻儿最可信赖的人。她们那希望的寄托者随着火光走远去了①。

堤横在这屋子左边两三里的地方,所以一转身,那火把便看不见了,只听见远方有人在大声喊。黯澹的月光映在人的黯澹的脸上②,风在树丛里不断的飕飕杀杀的响。人心里布满了恐怖,巨大的黑暗平伸在脚前面,只等踏下去了。

狗在桂花树前边突然的大吠起来,不断的,一声比一声凶的吠着;一个,两个,四个影子,高高矮矮的现了出来。狗没有停止它的狂吠,屋里发出紧张的声音:

"什么人?"

"唉,可怜,可怜一点,是牛毛滩逃来的……"

朦朦的月光下③,认得出是两个妇人和两个小孩。

"呀,牛毛滩!牛毛滩,是前天夜里坏的事吧……"

"离五六十里远的地方呢……"

"那里比我们这里低些吧……"

"喂,进来吧④,你们那里是怎么坏的事?"

有些人走到屋门边,那两个牛毛滩的妇人走了进来,小孩累得一点力也没有了,蹲在门边。

"前天夜里,天墨黑⑤,下着小雨,我们什么也没有抢得,全淹了,屋都冲走了。我们那小屋算什么,抵不住一个浪。我们隔壁人家,连人带屋一块儿冲走的哪,只迟了一步,他们想抢一点东西哪。昨天一个人只吃得半碗稀饭,今天还没吃东西,……"

---

① 初刊本作"她们都将希望随着火光走了远去"。
② 初刊本作"黯澹的月光映在黯澹人的脸上"。
③ 初刊本作"朦胧的弱的月光下"。
④ 初刊本作"近来些吧"。
⑤ 初刊本作"魆黑"。

"好，我替你们找点来，大约还有点饭剩下的①。"

"你们的男人们呢？……"

"你们到哪里去呢？……"

"牛毛滩还在水里吗？"

"真是多谢，有一点点给孩子们，也就好了。男人留在牛毛滩上面……②"

有个女人把鼻子不住的缩着，像在哭。

"住的没有了，吃的没有了，穿的也没有了，连做工也没有地方了，还留在那里做什么？……"

"怎么能走呢，等水退呀，水把稻淹坏，把泥土泡涨，还得守着它呀，我们是靠在这上面，总不能不做这行事……"

"你们到哪里去呢？"

"先同她③回娘家去住两天，还有哥子在，今天听说到乌鸦山去的路断了，内河里水更大，淹得更怕人，我不知道要到哪里去才好，她不是这里人，她是我兄弟媳妇，我们是妯娌呀。男人还只想到我们是去乌鸦山呢……"

哭的那个女人更忍不住大声的抽咽起来，是个年轻的女人，在微弱的光下，看得出是个朴实的乡下女人④。

"明天想转去看看……"

"转到牛毛滩去吗？……"

"是的，只有再转去。只要这里不来水，转去还有路，……"

"这里也靠不住，我们的人都出去了。不晓得明天又是个什么世界呢？……"

"真的我们这里也靠不住吗？……"

---

① 初刊本作"好，我去替你们找点来，一定还有饭的。只怕找不出菜"。
② 初刊本作"真是多谢，不要菜，男人留在牛毛滩上面"。
③ 初刊本作"先是想同她"。
④ 初刊本作"也看得出是个具有乡下人朴实的女人"。

"那我们家里只好打算丢了①……"

"那我们到什么地方住②呢？……"

"路断了怎么得了呢？……"

"老板还只以为到乌鸦山去呢。"

一些哽着的，忍着哭的女人的声音都很尖锐的叫着，老外婆望着她们，不安的问：

"外面坏了吗？你们哭③一些什么？"

没有人理她。各人的心都被一条绳捆紧了，像吹涨了的气球，预感着自己的心要炸裂。她们望着远方，不敢祈求，也不敢设想，她们互相安慰，自己向自己安慰的说道：

"大概不要紧吧……"

就在这个时候，从堤那边传来了铜锣的声音，虽说是远远的传来，声音并不闹耳，可是听得出那是在惶急之中乱敲着的，在静夜里，风把它四散飘去，每一槌都重重的打在每一个人的心上，锣声，那惊人的颤响充满了辽阔的村落，村落里的人，畜，睡熟了的小鸟，还和那树林，都打着战跳起来了，整个宇宙像一条拉紧了的弦，触一下就要断了。

"我的天呀！你们听见吗！……"

屋里跳出一个人，他发疯的冲到屋外去了。

没有人还来辨别，都不自主的随在后面，不说话的时候比说话更可怕。

除了老外婆，人都涌到桂花树的外边。小孩叫着在人群中挤。狗也挤在那中间。

近些的地方也敲起大锣，人在那面叫着：

"到堤上去，带你们的锄头！要救住，男人们不准躲在家里，不准

---

① 初刊本作"那我们家里是只好打仗去了"。
② 初刊本作"住家"。
③ 初刊本作"动"。

赶先逃走，我们要救堤，……"

"带锄头去，带火把去……"

远近都有狗吠，鸡也叫起来了。堤那边有小火球在闪。风送来远方的叫声，一定有许多人在无次序的喊……

"求老天爷保护，保护呀，地藏王菩萨，龙王菩萨……我们这里水来不得的呀！水来不得的呀！……"

不知什么人跪下去了，哭着叫起来。

邻近的人家，也一堆一堆站在屋外边，同样的发着惊人的绝叫和哭声。

小孩们无主的哇的大哭起来。身边的狗响应着别方，无所顾忌的吠了又吠。

在远远近近惊惶的女人们的叫声之中，响起了更加猛烈[①]的锣，大的火把现出来了。嘎的声音拼命的在叫：

"伙计们！都来呀，到堤上去！"

"救住，救住我们的堤，我们的家在这，我们的妻儿……"

"快跑，快来呀，伙计！……"

"火把举高些……"

人群的团，火把的团，向堤边飞速的滚去。

另外的地方滚去另外的团，另外的火把，喊的声音从那里又滚开去。

沸腾了的旷野，还是吹着微微的风。月亮照在树梢上，照在草地上，照在那太阳底下会放映点绿油油的光辉的一片无涯的稻田，那些肥满的，在微风里嗫嗫软语的爱人的稻田。

喊的，哭的，不知所措[②]，失去力量的那些可怜的妇女，在喊了哭了之后，痴痴呆呆的噤住了，但一听到什么，那一阵比一阵紧的铜锣

---

① 初刊本作"剧烈"。
② 初刊本作"喊了的，哭了的，在不知所措"。

和叫喊，便又绝望的压着爆裂了的心痛，放声的喊，哭起来了。极端的恐怖和紧张，主宰了这可怜的一群，这充满了可怜无知的世界！

火把滚向堤边去了，锣声一点也没有停，女人也冲到屋外①，挂着眼泪，嘶起声音跑。

"三姆！你不能去的！……"

"妈呀！……"

"不要管我，我要去，我等②不得了！……"

"我也要去！……"

"妈呀！……"

"弟弟呀！……"

一群人跑着，疯狂的朝坡下跑去，头发披在肩上，后面跟着一群，留着焦急的喊声、哭声和在急乱中哄着小儿的声音。

隔壁家里又跟着跑去一些人，隔壁的隔壁家里也跑去许多……于是堤上响着男人们的喊叫和命令，锄锹在碎石上碰着，锣不住的敲着。旷野里那些田埂③边，全是女人的影子在动④，一些无人管的小孩在后面拖着。她们都向堤边奔去，有的带上短耙和短锄，吼叫着，歇斯底里的向堤边滚去。

天空还是宁静，淡青色的，初八九的月光，洒在茅屋上，星星眨着眼睛，天河斜挂着，微风穿过这凉快的夏夜。

老外婆，战战抖抖，摸到屋外，唇儿艰难⑤的动着，像无所感受的望到一切，她喃喃自语的说：

"算命的说我今年是个关口……"

---

① 初刊本作"火把都滚向堤边去了，可是锣声一点也没有停止，有些女人便也冲到屋外去"。
② 初刊本作"待"。
③ 初刊本作"田垣"。
④ 初刊本作"蠕动"。
⑤ 初刊本作"唇儿更艰难"。

二

飞速的伸着怕人的长脚的水,在夜晚看不清颜色,成了不见底的黑色巨流,响着雷样的吼声①,凶猛的冲了来。失去了理智,发狂的人群,吼着要把这宇宙也震碎的绝叫,从几十里,四方八面的火光中,成潮的涌到这铜锣捶得最紧最急的堤边来。无数的火把照耀着,数不清,看不清的人头在这里攒动,慌急的跑去又跑来。几十个人来回的运着土块和碎石,有些就近将脚边田里的湿泥,连肥沃的稻苗,大块的锄起,不断的掩在那新有的一个盆大的洞口上。黄色的水流,像山涧里的瀑布,从洞口上激冲下来。土块不住的倾上去,几十个锄头随着土块捶打,水有时一停住,人心里才松一口气,可是,在不远的地方,又发现了另一个小孔,水哗哗啦啦的流出来,转眼,孔又在放大,于是土又朝那里倾去,锄的声音也随着水流,随着土块转了地方。焦急填满了人心,有人骂起来了:

"他娘的屁!这堤就要不得!……"

有人在大声喊:

"骂你娘的,看是什么时候!只准一条心,死守住这条堤!我们不能放松一点呀!"

命令的声音在嘈杂里喊叫②:

"不准围在这一块!上面!下面!分些人去呀!留心看着!……"

"喊那些堂客们回去!喊她们快走③!跑来寻死!"

那些女人,拖着跑掉鞋的赤脚,披散了长发,歇斯底里的嘶着声音哭号,喊着上天的名字,喊着爹妈,喊着她们的丈夫,喊着她们的儿子,她们走到堤边,想挤进去,又被一些男人们的巨掌推开来:

---

① 初刊本作"吼着雷样的叫喊"。
② 初刊本作"命令的声音也在嘈杂的喊叫里喊叫着"。
③ 初刊本作"逃走"。

"妈的！你们来有什么用①！"

有些男人向着黑暗处，那些涌来的女人，送着惨痛的声音：

"大姐！桂儿的娘！赶快带着桂儿逃吧！不要管我！"

水还是朝着这不坚固的堤无情的冲来，人们还是不能舍掉这堤，时间已不准他们逃得脱了。除了死守着这堤，等水退，等水流慢下来，没有别的法子。锣尽管不住的敲，火把尽管照得更亮，人尽管密密层层的守着，新的小孔还是不断的发现。在这夜晚，在这无知的，无感觉的天空中，加重了黑暗，加重了彷徨，加重了兴奋。在那些不知道疲倦的强壮的农人身上②，加重了绝望，加重了彻天彻地的号叫，那使鬼神也不忍听，也要流出眼泪来的号叫。时间在这里停住，空间紧压了下来，甚至那些无人管的畜群，那些不能睡，拍翼四方飞走的禽鸟，都预感着将要开演的惨剧而发狂，不知所以的喧闹起来了！

围着这几十里的远处，渐渐高上去的地方，四方几百里地的人，也从深夜里惊醒起来，在黑暗里，呆呆的透视着这方，倾听着断断续续从风里送去的这方的惨叫。他们不住的走去走来，不住的叹气，心被不安和怜悯冻住。他们祈祷着上天，他们怕那水跨过了堤，淹死下面的人，跑到他们脚下来。他们经受不了，他们怕看这巨大的惨剧，他们希望在命运里得到饶赦，唉，这稀有的，这非人的灾祸，是怎样铸成的呵！

半圆的月亮，远远的要落下去了，像切开了的瓜，吐着怕人的红色，照着水，照着旷野，照着窸窸响的稻田，照着茅屋的墙垣，照着那些在死的边缘上挣扎着的人群，在这些上面，反映着黯澹的陈旧的血的颜色。

人还是在忙得手足无措的当儿，从下面，他们早就担了心事的汤家阙的那方，猛然响起了紧急的锣声，接着便是同样的号叫响应着这

---

① 初刊本作"妈的，你这些鬼婊子有什么用"。
② 初刊本作"加重了兴奋在那些不知道疲倦的强壮的农人身上"。

方。风一阵一阵的送来，加强起来的喧闹，送到这些麻木叫喊着的人群里了。人们不觉住了声来听，在惊诧之后又叫喊起来。

"唉！只怕那边还要危险呢！……"

又有人在大声喊：

"不要管！留心看着！不要放松！住不得手呀！"

"再燃几个火把！"

"喊那些堂客们滚开！"

下面的锣声好像更紧更急了起来。

拖着，拖着，那些有能耐的男人，不放松一点，紧张的，谨慎的填好一个小孔又一个小孔，抵死的守着这段堤，算是又挨过一段时间。天上换了一批星斗，月亮沉下去了。女人们还是越聚越多，像热锅上的蚂蚁，有些跑回家又跑了出来，在田野里跑着，喃喃着。有几个大半是丈夫不在堤上的，带着儿子，祖母们带着孙子①，四散的朝高处跑，磕磕撞撞，不平的路常常把她们绊倒。牵着小孩的摔倒了又爬起来，摸摸索索的再往前跑，她们哭得更厉害②。

突然，远处的锣声一下沉寂起来了，沉下去的锣声，同响起来的锣声一样的骇人一跳，有人喊着：

"你们听听呵！……"

只听见比什么还使人伤心，还使人害怕的惨厉的哭叫，虽然③刚刚只能使人听到，然而这里为自己在惶急之中的人，都猛然打起战来了。

"天呀！可不是汤家阙坏了！……"是个男人哭着声音喊。

好些火把从堤上伸向河里。

"低了下去了！低了下去了！好了！好了！"

于是旷野里传递着福音：

---

① 初刊本作"也有不多的几个大半是没有丈夫在堤上的，带着儿子，也有祖母们带着孙子"。

② 初刊本作"而她们哭得还更利害"。

③ 初刊本作"虽说远到"。

"低了下去了！低了下去了！好了！好了！"

人心在这时都松了一下，才叹出一口气来。然而却又为那渐渐减少，渐渐消灭了的远方的哭声而痛苦着。人人心里来回只有一个思想：

"唉，汤家阙，汤家阙，……"

小孔立刻少了下来，水势比较轻了一点。女人们的哭声和号叫，也像消去的浪潮，逐渐的低弱下来。而新的嘈杂的喧闹又普遍开去。她们记起了什么似的，喊着名字，四处寻找她们的亲人，远远近近的呼应着，可是什么也听不清。人在人里面挤着。有些男人退出来，在挤着的黑影里，寻找老婆。那些操作整夜没有停一下手脚，没有进一点饮食的人，突然感觉到疲倦，垂头的坐在堤边，为一种过分的软弱，又为一种侥幸而颤着。有的在百忙之中，忽然想起一件难过的事，拍着大腿，骂了起来：

"妈的！我说什么这样难过，是鬼把我的烟管抢去了！……"

在这些不定的嚷声之中，有个更大更坚实的声音在吼着骂：

"猪猡！你们闹什么！快活吗！死还在眼面前呢！妈的臭屁，这纸扎的堤！你们就不怕了吗①？……"

另外有声音在喊：

"伸火把再看看，水到底低了多少呀？……"

"没有多少，两尺，顶多三尺吧！……"

"不相干，再低也不相干，这全是窟窿的捞什子堤，终究保不住，迟早要被冲去的！各人还是赶紧逃命吧。……"

"逃命，那末容易！水比你跑得快多了！……"

"管他娘，好生看住，今晚总不会怕了的；喊那些堂客们带着小鬼们跑，坏了，让她们活着，守住，让她们回来……"

"上面的来头还大的很呢，这不是一两天可以退去的水，知道是什么鬼作怪……"

---

① 初刊本"你们就打仗不怕了么"。

"好吧，先喊她们滚……"

于是旷野又沸腾起来，新的不安，新的恐怖，新的号哭占据着。男人都发气的吼①，赶着那群无知，无理性的女人们跑，女人发狂的跳着，不知所以，拼命的嘶叫起来。

"妈的，你们这些堂客②，你们滚呀，留在这里送死！……"

"打着她走！……"

"啊哟！怎么得了呀，阿毛的爹呀！……"

"我的亲人呢，你在这里我是不走的呀！要死死在一块儿吧……"

"妈的，动不动就哭！……"

"告诉她们，她们先走，天亮了，我们再跑。就打算真的没有救了吗？明天会好好的筑起来，一处一处修好。不怕了，她们再回来。告诉她们，求她们，妈的，真要人命的女人！……"

"要你们走呀，堤明天会修得好的……"

那些被骂着的女人，一批一批的，在无可奈何之中，含着眼泪，含着一线希望，扶老携幼向着相反的方向跑去，带着哭和叫，带着骚扰③和不安，向原野的四方伸去，到一些高阜上，到一些远的山上，那些原来是睡在宁静中的，于是那里的一切，连小小的草儿都张着耳朵起来了，睒着眼睛去望天空，那无感觉，那似乎又为地下悲惨着的天空；望树叶，那萧萧响着的，那似乎在哭泣着的茂叶。接着，那些不知高低，惶急跑着的赤脚，在哭声之中，在小草上面④大踏步的踏过去了。昂不起头来的小草，便也叹息起来。

留下的，还是惶急和吵闹⑤。急怒的骂詈随着小孔在增加。一种男性在死的前面成为兽性的凶狂，比那要淹来的洪水更怕人的生长起来。

---

① 初刊本作"怒吼"。
② 初刊本作"臭堂客"。
③ 初刊本作"搔扰"。
④ 初刊本作"无情的在小草上面"。
⑤ 初刊本作"也还是不堪的惶急和吵闹"。

有一些为几阵汹涌着的水而失去了镇静，为远远近近的女人的号哭而心乱，而暴跳起来，振着全身的力，压制着抖战，咬着牙，吐着十几年被压迫，被剥削，而平时不敢出声的怨恨来。有一些还含着希望，鼓励着，督促着他们的同伴：

"不怕了！好了！这儿好了！留心那边！……"

"快天亮了！天亮了，县里会派人来修堤，那就不怕了！……"

"不准看着，都要动手呀。急，中什么用？拿出臂膀来呀！"

"不要怨天尤人，等好了咱们再算账；他妈，有他们赚的，年年的捐，左捐右捐，到他们的鸟那儿去了。可是，现在不要骂，把堤救住了再说……"

远远鸡在叫了，近处的鸡也叫，东方的云脚上，有一抹青色的东西，是快天亮了吧。

可是愤怒的人们忽略了，有几处地方崩溃得比较大了①，人都朝这里使劲，没有拿锄拿耙的便用喉咙帮忙，他们不知道他们自己所造成的空气怎样的使人心跳。

一处地方忽然被冲毁了一个缺口，他们来不及掩上，水滚滚的流进来，水流的声响，像山崩地裂震耳的随着水流冲进来。巨大的，像野兽嘶叫的声音吼起来：

"天呀！完场了呀！咱们活不成了……"

"快些，把土掩上去，不要②怕死！"

有些人发疯的，本能的四下跑去，大喊道：

"救命呀！救命呀！天老爷……"

有些人挑着土块，奔到缺口，把土倾上去，土又被水冲开，人也落在那当中。

缺口渐渐的大，田边渍了好深的水，人在水里用力朝外面跳，男

---

① 初刊本作"可是时间在这里忽略了，因为有几个地方奔溃得的比较大了起来"。

② 初刊本作"不准"。

人们也惨厉的^①叫起来：

"救命呀！呀！我的妈呀！我要死了咧……"

有人还在喊不准闹，还在喊救堤，可是人都不再听这些了，充满着的是绝望，是凄惨，是与死搏斗的挣扎，是在死的深渊②中发出求援的呼号。男人的声音和女人的声音混合着，他们忘记了一切，都只有一个意念，都要活，都要逃脱死。

天这时微微在发亮，慌乱的人影朦朦糊糊可以看见一点了。人像失去了知觉似的，不辨方向的乱跑。发亮的水朝这里冲来，挟着骇人的声响，猛然一下，像霹雳似的，土堤被冲溃了几十丈，水便像天上倾倒下来的卷来，几百个人，连叫一声也来不及便被卷走了。还有几千人在水的四周无歇止的锐声的叫。水更无情的朝着这些有人的地方，有畜的地方，有房屋的地方，带着死亡涌去。于是，慢慢的，声音消灭下来，水占领了这大片的原野，埋在那下面的，是无数的农人的辛勤和农人自己，还有他们的家属。

天慢慢的亮了。没有太阳，愁惨的天照着黄色的滔滔的大水，那一夜淹了汤家阙，又淹了一渡口的一片汪洋的大水，那吞灭了一切的怕人的大水，那还逗着野性，向周围的斜斜的山坡示威的大水。愁惨的天还照着稀稀残留下的几个可怜的人，无力的，颜色憔悴的皮肤，用着痴呆的眼光，向高处③爬去。

三

经过那末一个夜晚的一渡口，还④逃出了一些人，赵三爷和侄儿大福跟跟跄跄逃了出来，在一个路口遇着了，还遇着一群一群逃散了又

---

① 初刊本作"男人们也动人的惨厉的"。
② 初刊本作"唇吻"。
③ 初刊本作"向四方"。
④ 初刊本作"也还"。

集合的那些邻近茅棚里的人，有一些女人，也有一些小孩。大家看见了都抱头大哭，都为过分的悲痛和恐慌说不出一句话来。大家更觉得亲切了，都不愿分开，集在一团，慢慢的向长岭岗走去。这是失去了精神，失去了勇气，只剩饥饿的一群①。

水在他们后面，房屋②还半睡在水里，大树梢从水里伸出来映在太阳底下，摇摆着茂叶，还有一些人的声音从那里传出来，一些求援的声音。他们涉过几处溃有浅水的地方，一群人这末慢慢的走去。

沿路有一些人家，都走出来担心的絮絮叨叨的问。也有一些不说话，只沉重的将怜悯的眼光落在他们身上。他们走了一会，因为几个女人和孩子嚷着走不动，于是便停了下来，坐在一块有坟的乱岗上。唉，女人们真颓丧得异常难看了。

天空没有云，蓝粉粉的，无尽止的延展开去。下面是水，黄滚滚的，无穷尽的涌来。剩下的地方，剩下的人，拖着残留的生命，无力的爬着又爬着。

这坐在乱坟岗上的一群，约莫有三十个人，一半女人和小孩，一半是男人。他们坐了一会儿又向前走，沉默的时候比说话的时候多，女人们啜泣的时候更多，小孩不懂事的时时吵饿：

"妈呀！肚子饿！③……"

"要走到什么地方才有东西吃呢？……"

"我走不动了呀……"

叫娘的人，有些是没有了娘，被亲戚或隔壁姆姆带着的。又有一些离开了儿子的女人，都找不出一句话来安慰他们，那些男人哄着他们，抱着他们走④：

---

① 初刊本作"剩着饥饿的肚皮的一群"。
② 初刊本作"有的房屋"。
③ 初刊本作"肚子！饿！"。
④ 初刊本作"做娘的人，有些是没有了娘，被亲戚，或隔壁姆姆带着的那些亲戚，又有一些离开了儿子的女人，都找不出一句话来安慰她们，于是那些男人便哄着他们，又抱着他们走"。

"快到了！没有好远了！到了买馍馍给毛毛吃……"

吵饿的被哄住了，又有一些哭着要妈要爹的，这情景真使①一个强壮的人听着也伤心，这都是些失去了家，失去了亲人，从死亡里逃出的一些男人②。他们心痛，又得忍着，有几个还用希望鼓着大家的勇气：

"狗狗！妈妈在前边，妈妈替狗狗买粑粑去了。乖的狗狗不要哭……"

"张大哥！你抱抱王和尚吧，他妈抱不起他了……"

"唉，三爷！到了长岭岗又怎么办呢？你宽心些吧，我看见你家三姆早就带着龙儿走了的，她们一定朝她娘家去了，是朝太阳山那边去的。我不以为她完了，还好，过了一阵又会遇着她了③……"陈大嫂拖在她老板和赵三爷的后边，看见赵三爷那末一个强壮的农人一句话也不说，只悄悄不断的叹气和揩眼泪，不觉忘去了自己也失去家里人而安慰着别人起来了。

"唉，不会活的，她这几天总是见神见鬼，兆头就不好，奶奶成天说今年是个关口，唉，她七十多岁了，一生吃过多少苦，得这末一个结果！唉，龙儿……我们那末多一家人，就只剩得我和大福两个人了！"望着大福，三爷一双迟钝的眼里又挤出两颗眼泪来④。

活泼的大福，为大家消沉在悲感里的空气压着，说不出什么话来，想着爸和妈，想着弟弟妹妹家里一些人，只有用怜悯又要别人怜悯的眼光回答他的三爷。

亏着这里面有一个年轻的汉子王大保，和一个四十多岁，在三富庄做了二十年长工的李塌鼻，他们没有失去一点勇气，也没有失去理智，平时并不得人信仰，人们这时却都听信他们的话了⑤。

---

① 初刊本作"这些情景真情能使"。
② 初刊本作"何况这都是些失去了家，失去了亲人，从死的唇吻上逃去的一些男人"。
③ 初刊本作"我还不是以为他完了，还好，不知怎么过了一阵又遇着他了"。
④ 初刊本作"望着大福的三爷，在一双迟钝的眼里又挤出两颗眼泪来"。
⑤ 初刊本作"这时却自自然然都依着他们的话起来了"。

"哭有什么用,死的死了,哭得转来吗?不死的总得鼓着气想法,未必也死去吗?"

"不要哭,跟着我来,到了长岭岗愁他们不给我们吃。这几个,吃得起的,那里有三条街,一百多家铺子,三富庄,马鞍山的大户都有人在那里,有县里派来的镇长,有分局长,有兵警,有学堂。哼,老子们家破人亡,就留下这条命①,还得算算账呢!……哭什么,不要哭了,男子汉!日子长呢,哭成得个什么事……"

"住在长岭岗,吃在长岭岗,等老婆来,等儿子来,只要没有死,慢慢的他们也得逃来的。水总有天会退的。屋子冲走了,地总在啦,那屋子值个什么钱,值钱的是老子们自己,两条毛腿,两张臂膀。今年算完了,就苦一点,世上哪有饿死的人,明年再来,有的是力气,还怕什么……"

"别处我不晓得,三富庄我清楚,打开他们的仓,够我们一渡口的人吃几年呢。看他们就真的不拿出一点来,忍心让我们饿死。……"

"塌鼻!你莫吹,你有本领,不会连条不破的裤子都没有。你做了二十年长工,插田、种地,打杂,抬轿,没有饿死,算你的运气,还把你的东家当好人,你这猪猡!"

"×你的娘,怎的骂我,你才是猪猡,我做奴才,是没有法,混一碗饭,也是没法,你以为我是甘心的?别人不起来,我一个人有什么用?现在我们是一伙了,没有法,家被水冲了,又不是懒,又不是抢,为什么他们不给我们吃?他们拿了我们的捐,不修堤,去赌,去讨小老婆,让水毁了我们的家,死了我们多少人,他们能不给我们吃吗?又不是我们情愿这样,又不是我们装着这样。我们怕什么,逃水荒的人多得很,只要我们在一块儿,想法,不愁饿死的,你们放心,包在我塌鼻身上……"

"我们一定不要哭,快点走,到了长岭岗我们去找他们的局长,或

---

① 初刊本作"老子们就得留下这条命"。

是团上的人，有人问话，塌鼻你答应……"

慢慢的讲着一些以后的计划，大家心里都活动一些了。望见那长岭岗的炊烟的时候，是快吃午饭的时候了。他们又遇着从汤家阙逃来的一伙人。于是合在一块儿向前走。

长岭岗的镇外，挤满了一群群拖儿带女的家族，饥饿把他们都弄瘦了，有的靠在树根上①，有的蹲在石块上，望着一群新的逃来的人。

"你们从什么地方来的？……"

"从一渡口吗？先来过一些了……"

"呀！有个穿蓝布衣的女人吗？幺妹要在里面就好了！……"

"我的天呀，我的妈该会还活着！……"

"你们是哪里的，来了好久了吗？"

"唉，他们饿得真不像样了……"

"世上哪里没有饿死的人②，以后你看吧……"

他们再往前进，朝镇里走去。

越走，越看见那些与他们同运命的人越多了③。从脸上的颜色可以辨别来到的新旧，来得越久的，就越憔悴。

展在眼面前的情形，使大家心里预感着失望，可是空肚子里为一种火燃烧着，他们只得鼓着力往前走。

"喂，你们往哪里去？"憔悴了的群里有人在问。

"到镇上去，找镇长，局长也好，先给我们一些吃的，我们是昨夜晚上遇难的。"

"他管你吗？我们的人都不准上街，他们比防土匪还怕我们呢！"

"真的吗？那我们怎么得了呢？……"

小孩吵着，女人们又哭起来了。

街两头站了许多刚从县城里调来的荷枪的兵士，还有一些镇上团

---

① 此处初刊本"疲乏的"，全集本删去。
② 初刊本作"鼻！世上哪里没有饿死的人"。
③ 初刊本作"越走越看见那些黄瘦的人，那些与他们同运命的人越多了"。

防临时加的团丁。

墙上贴了碗大的字的告示。认得字的人便解释着给其他人听：说是已经上呈文到县里去了，不久就有好消息来，要这些人安分的等着，如有不逞之徒，想趁机捣乱，就杀头不赦……

他们没有法，只好留在镇外，走到几家人家去敲门，讨一些东西吃，但是门总喊不开。也有一些茅棚，这里总又住满了人，还是他们拿出了一点粗粉的荞麦粑粑来，和着水，大家贪馋的一下就吞光了。一些庵观，神庙里也住满了人。他们找不到可以住宿的地方，只好和其他的许多人一样，一团团的守在几棵大树下。接着，一批，一批的又来了，三个五个一群，十个八个一群，几十几十的一群都来了。有的遇着家里的人了，有的遇着了亲戚，邻近的人，欢喜和着悲哀，笑和着哭……

太阳从东边上来，从西边下去，时间在痛苦、挣扎、饥饿、惶惶无希望里爬去了①，水还霸占着所有的低凹的地方，有些人与畜的尸身，漂着，漂着，又沉下去了。有些比较高的地方，成了岛屿，稀微的烟从那里冒出，还留有待救的人。附近的农民，有的给冲走了，有的没有工做，坐了用树干做成的小船②，划到低的岛屿上去，带出那些声音都叫嘶了，在死的边缘脸色变苍白了的人。这些被救出的人，成群的走向长岭岗，也有些走到另外的村子去。总之，无论他们走到哪里，便带去了不安，那些稍稍有些积蓄的人家，收藏好了他们的家财，装出贫穷的样子，用恐惧不安的眼光来观察这些善良的人群。

淹灭了一渡口、汤家阙的水，又③扩大了它的地盘，沿堤崩溃了许多地方。长岭岗上，其他的许多村镇，都不断的增加了流离失所、饥饿的群，日夜沸腾着叫号和啜泣。哭着亲人，哭着命运又喊着饿的声

---

① 初刊本作"爬去又爬去了"。
② 初刊本作"附近的农民，都冲去了，没有工作，便驾了用树干做成的小船"。
③ 初刊本作"又示着威"。

音①,不安更增加了。到县城去的路已经断了,但用帆船却又带来了一些军火,并没有带救济来。装满了的帆船又向着县城驶去,装的是长岭岗上几家大店铺的老板和家眷。马鞍山,三富庄……的人也全去了。逃来的人有些走到别处去,别处的又转到这里来,处处都是一样,一样的无希望。

被骇着的,带着不安躲到城里去的长岭岗上的一些人,到了城里,才知道城里也是充满着不安,不过这里从省里领来了更多的军火,又有厚的城墙围着,也就放心多了。城外的附近乡下,麇集得更多的灾民。那城里的比长岭岗更有钱的人,坐了小火轮,怀里扎上珠宝,逃到省里去。留下些绅董,慈善家,在进行着一些打电报的事,等赈济的米粮来。他们设了一两个粥厂,先到的人还可以领到一碗薄粥,后来的就得不到什么了。于是打架的事,因为不平而挨枪托和刺刀打的人实在不少。

长岭岗上的王大保带了几个汉子和几个女人几个小孩悄悄的也跑到县城里去了。临走的时候和他们约好,那边一有办法,便带信来叫他们也去。李塌鼻和赵三爷,陈大叔,张大哥还留在这里,等城里的信。

农民们的忍耐精神,和着施舍来的糠,野地的果子,树叶,支持着他们的肚皮,一天一天的挨了过去。弥漫着的还是无底的恐慌和饥饿②。

虽说是在悲痛里,饥饿里,然而到底是一群,大的一群,他们互相了解,亲切,所以除了那些可以挨延着生命的东西以外,还有一种强厚的,互相给予的对于生命进展的鼓舞,形成了希望,这新的力量,跟着群众的增加而日益雄厚了。

"你们吵什么呀,不怕的③,等着吧,真的不想办法,让我们这多

---

① 此处初刊本"同时日增加了阔度和巨度",全集本删去。
② 初刊本作"巨大的饥饿"。
③ 初刊本作"怕的"。

人饿死吗？"

慢慢的他们有了组织了。一个小村举出一个头目①来，头目聚在一块儿，商量着一些事，到镇上去，镇上跟来了好些人，也带过一些苞谷粉，带了一些安慰来：

"这都是没法的事，天灾……"

"镇里只有这一点，不是不想法，人太多了，分不过来……"

"镇长亲身上县里替你们请米粮去了，你们应该安心的等着……"

"这水太大了，别处比我们这里还大，几百年没有的事，真是菩萨发气……"

"现在替你们带了这些苞谷粉来，出大价钱买的呢，以后这些还会大涨价。……"

"你们放心，县长也是爱民的，总有办法来的。镇长太太前天夜里还替你们上城隍庙烧香来呢。"

"县里，省里都在募捐，说还要募到京里去，外国人那里也要募捐，……"

"募捐是什么？"

"募捐就是化缘呀……"

"……"

果真发生了效力，多量的安慰的话，和少量的苞谷粉，把这些生命养活着，而且梦想起来了。

"京里，京官们才真阔呢，他们拔一根毫毛，我们都要肥起来了。……"

"外国人是些什么人呢，也化缘去，大约都是好人吧。……"

"镇长总算好，县里的知事，大约也是清官吧，为民父母，不爱百姓是不好的呢。……"

"说别处的水还大，真是天灾，唉，没有见过，连听也没有听过的

---

① 初刊本作"头脑"，后文不再另注。

大水……"

也有一些不平的叫声，塌鼻和一些别处的年轻人①常常在群众中讲着这些话：

"说镇长好，知事好，他们为什么不把他们的仓打开，分给我们一点呢？……"

"募捐，等他们募捐，等他娘的屁，老子们要饿死了！……"

"烧她的鬼夜香，烧到她的野老公怀里去了；那堂客，老子看见过的，颠着屁股，花狐狸精似的，县里的一个三等土娼，哪个不知道！"

"土娼还不懂，你这猪猡，是卖×②的，听说要一吊钱一夜呢。……"

"呸！要命！……"

"动不动天灾，菩萨发气，就真是菩萨发气，可不该发我们的气！为什么他们那些拿了钱不管事，刮尽了地皮，成年打仗杀人的人不倒霉呢？……"

群众又动③了，可是那些头目压着，这些做头目的人，多半是家里好些④，认得字，在本乡就是做着头目的角色。他们常常骂他们：

"妈的，你们这群饿不死的王八！你们嚼些什么，想不安分吗，骂他们，……你们要连累大家的！假如他们不管了，我们才真不得了！……"

"不要听这起王八龟子的话，他要害你们的！再敢这末胡说八道，捆起来送上镇去！……"

头目们虽说这末骂了他们，却不敢捆他们。饥饿的群里，相信着塌鼻们的话，却又愿意依赖着头目。镇长们，不好；有钱的，也不好，实在他们是不好，可是怎么样呢？难道真的造起反来吗，那是杀头的

---

① 初刊本作"年青农人"。
② 初刊本作"卖屄"。
③ 初刊本作"动摇"。
④ 初刊本作"多半是家里原本好些"。

罪呀!

过了一阵,镇长在许多焦急和希望的怀念中,从县里回到镇上来了。没有带米粮来,也没有再带军火。群众又鼓噪起来,压也压不下去,不安胀遍了原野①。吵的声音,骂的声音,抱怨的声音,叹息的声音,有许多人暴跳得发狂了,饥饿和绝望填满了人心,于是头目们又到镇上去。镇长颜色惨白,不是为了没有米,是为了没有请下军火来,才使他这末不安的。镇长说:

"喊那起流氓安静些,我自然得②想法呀,要闹是没有用的。县里请米请什么都没有③,城外面挤满了灾民。别处的捐谷又没有到,难道我情愿你们挨饿吗?你们回去,明天再来,我有办法。要嚷④可不行,哼,要闹就只好给卫生丸他们尝……"

办法是这个样子,可以让几个头目带一批人出去,到很远的地方,那些没有水,而有米粮的地方,那里有许多大财主,大善人,去好些人都吃不穷的地方,留在那里,等水退了,等到可以做活了再回来。

于是好些头目活动起来。群众走到他们面前,做出可怜的神气,软着声音说:

"我跟着你,随你到那儿去,唉……"

"好的!你肯安分吗?你有几口人?出去不比在本乡,得听我的话!……"

"哼!你是什么地方人,我怎么不认识你!你当是耍吗,我带起人出去,是担着身家性命的危险呢!我还要找保的,你们想走就走?……"

"这个不公平!我们就该死在这里吗?……"

"这末多的人,总不能全走呀!……"

---

① 初刊本作"压也压不下去的不安,胀遍了原野"。
② 初刊本作"我自然得替你们"。
③ 初刊本作"县里请米请什么都没有用"。
④ 初刊本作"闹"。

于是陆续有几个领了证书的头目，带了五六十人一批，或七八十人一批，坐船走了。陈大嫂夫妇被带走了，他们同他们的那头目，总算有点远亲。塌鼻没有人要，骂这长工是坏蛋。赵三爷，大福，和以后遇着了的二妈和老幺，这残余的一家人，也很想能出去混混，却碰了大钉子。这些穷人①真不懂世情。

别的地方，各处乡村以及县里也是这样办，邻县也是这样办。可是灾民太多了，送出去的不过百分之一。这些似乎是到了一些好地方去了，一些可以羡慕的地方去了。剩下的呢，用空肚皮装着幻想和欺骗，等着巨大的捐款，米粮和钱财，会从远方送来。这可惊的大的无数的饥饿的群！

四

时间慢慢的爬走，水也慢慢的在有些地方悄悄退去了，露出好些一片一片的潮湿的泥滩②。四处狼藉着没有漂走的，或是漂来的糜烂了的尸体，腐蚀了的人的、畜的肢体上，叮满了苍蝇，成群的乌鸦在盘旋③，热的太阳照着。夏天的和风，吹去吹来，带着从死人身上发出来的各种气息，向四方飘送。瘟疫④在水的后面，在饥饿的后面追赶着人们。

人们还留在那些地方，从各处聚拢来的，一天一天增多的人，又不觉的在减少，因为死神在这里停住了。先是一些吃奶的，含着瘪了的奶头，在枯了的母亲的怀内死去了。接着一些老的侥幸从水里逃出来的，也慢慢死去。而女人们，没有了力⑤，流着仅有的泪哼着哭着。

---

① 初刊本作"穷农人"。
② 初刊本作"露出好些大的潮湿的泥潭来。这里全是无边被蹂躏后惊人的凄惨"。
③ 初刊本作"不断的又有成群的乌鸦在盘旋"。
④ 初刊本作"于是瘟疫"。
⑤ 此处初刊本"脏着脸面和身体"，全集本删去。

余下来的一些家属，一天一天的零落①起来。一些男人，那些肌肉消失了的②男人，有着坚强忍耐的求生的欲望的人，同饥饿斗争，同瘟疫斗争，同女人的眼泪斗争，同一切凄凉的使人心伤的情景斗争。他们还留着一线希望，这希望使他们一天一天的瘦起来，然而却一天一天的清醒③起来了。

在太阳地里，在蓝的天空下，在被人蚕食着没有了绿叶的大树下，在不能使人充饥的大石上，常常聚满了大群大群的怕人的人。破的衫裤在肮脏突出的骨骼上挂着，头发好长，黑的脸上露出饥饿的像兽的大眼睛。他们曾经被一些告示，被一些甜蜜的话，被一些希望，被一些和着糠的树叶安慰过的。现在呢，他们了解了，了解的是没有希望。假若他们还要在这里待着，那待在那后面的，便是不绝的死亡！他们在无处可用他们的劳苦的时候，他们便在这些地方，在一些饿得半死的人旁边，吐着他们的不平。

这时又从城里来过了一些人，镇长杀鸡杀鸭的款待着。是一些来调查的人，是一些参观的人，还有一些搽脂抹粉的太太们在当中。他们用好奇而有点怯的眼光在人群中探视。他们发出同情的惊诧的叹息④。他们从怀里掏出一个黑的小匣子向着他们不知做些什么。他们向他们解释，要将这使人害怕的水灾的情形，照在相片上，拿到外边去，好募一些捐来。可是这些应该使人欢喜的话，已经失了作用。在这群农人的，受了许多欺骗的心中，已经填满了坚决的自信，不再在这些寄生于他们的人们身上，露出乞怜的颜色，和被骗起的欢容了。

从城里又传来了些更不好的消息，别的地方也有一样的消息传来，便是那些不为饥饿和瘟疫逼死的一些人，有一些又被枪托和刺刀大批

---

① 初刊本作"破碎"。
② 初刊本作"那些肌肉从强壮里消失了的"。
③ 初刊本作"清白"。
④ 初刊本作"他们先给他们一些装出而又无用的同情的惊诧的叹息"。

大批的赶到不知什么地方①去了。那里本来就是烟火弥漫的地方，就是大屠场，这些饿着的，不死于水的人，便在炮火之下牺牲了。从这里逃出来的人，带回更大的恐慌，超过了水，超过了饥饿，人们在战抖里发狂了，许多消极的怨天尤人的诅咒慢慢变成了②有力的话语。

现在在长岭岗上，极目所见的，是饥饿的群连着饥饿的群。在人群的头上浮动着男人们的嘈杂的嗄声，和女人们无力的强嘶出来的锐叫，无次序的传递着：

"一定要死了，路在哪里呢？……"

"不要做梦了。决没有人来救我们的，活着像猪一样的活着，死去像猪一样的死去吧。……"

"什么募捐，傻子等去吧！哼，他妈的屁，到手的肥肉还肯放手吗？还不是赈③在他们的腰包里去了……"

"你们，×你的娘的这群饿不死的王八蛋，饿死了同他们有什么相干……"

"真是，不如一块儿死了干净，好免掉许多手脚呀……"

在大树的枝桠上，有个黑脸，裸着半身的农民，他大着声音吼着：

"乱吵一些什么鬼？杂种们！想法子呀！不准闹！听我来讲！……"

大家的头都转到这一方了。人群里有人在喊：

"是呀！我们要想法子呀！听他说……"

"张大哥呢，你应该替我们想想法呀……"

"我也要说呢，我一辈子怄的气会把我的肚皮炸破呢④！……"

"不准吵，吵些什么！让他先说。你姓什么？……"

对面树上爬上了一些张着饥饿和忿怒的眼睛的人。那裸着半身的

---

① 初刊本作"不知叫着什么名字的地方"。
② 初刊本作"便又变成了"。
③ 初刊本作"胀"。
④ 初刊本作"我一辈子呕的气筒直会把我的空肚皮炸破呢"。

汉子便又大声说：

"现在明白了吧，杂种！我们，鼓起眼睛看去，凡是看得见的地方，再走再看去，只要是有田的地方，只要有土地，就全有我们在。告诉你，就全有我们胼手胝足，挨冻挨饿的在。老子走过好几省，年轻的时候，抬过轿，吃过粮，看得多了，处处的老鸦一般黑，哪里种田人有好日子过？水要淹死你，旱要干死你，土地是我们的命呀！好容易这年的谷子收了，他妈的衙门里的人来了；老子一股儿种了他妈的三斗六升田，喝稀饭还不够，哪里容得他们左捐右捐；再不是，东家老板来了，他们一动也不动，不出种谷，不出肥料，坐在高房子里拿一半现成的还不够，还要恃凶来讹诈，哼，你敢哼一声吗，有牢给你坐的！你坐了牢，你的娘，你的老婆也是死呀！哼！老子现在是明白了，饿鬼，告诉你们吧，老子们不好生想个长久的法子，终归是要饿死的。还要留下些儿子们孙子们跟着饿死呢！……"

"是呀！哼，他讲得不错！……"

"二姊，真是这样呢，唉，我们太可怜了……"

原野沸腾了起来，都喊着：

"我们得打算打算才好！……"

对面的树上有一个人喊起来：

"为什么不打算呢，讲什么空话，眼前比什么还要紧呢。我们的人死去又死去，我们的肚子空着，我们吃死人也不够呀！我们的皮肉是硬的，我们的心总还是人的，我们总不能吃活人呀！……"

"呸，×你的娘，你去吃活人吧！……"

"吃活人，有什么稀奇？"那裸身的人又说："我们①不就在被人吃着？你想想，他们坐在衙门里拿捐款的人，坐在高房子里收谷子的人，他们吃的什么？吃的我们力气和精血呀！真是杂种！老子们被人吃得这样瘦了，把娘老子也吃了去，还糊涂，还把别人当好人，等别人来

---

① 初刊本作"老子们"。

施恩,还打算有人来救我们?哼!等着吧,把肠子饿了出来,你看有不有米会送来?告诉你,我们的人这末多,饿死几千几万不算什么,还愁不剩下一些来再做奴隶吗!……"

"啊呀!真是怕人得很!我们被人吃得怕人呀……"

"怕什么人?起来!跟它拼,全不过是死呀……"

"对呀!全不过是死呀……"

然而,这时镇上已骇疯了,家家都紧紧的把门关上。从街的两头,冲出一些带枪背刀的兵士。他们赶散着人,大声的呼叱:

"你们这些饿鬼!吵什么!敢再闹,老子们把点颜色给你们看才知道,老子又没有开米行,堆在那里;镇长法子也想尽了呀!又不比往年,今年涨水的地方,你们怎么会知道,大得很呢。以为就只是你们吗?你们这几个值什么!……"

赶散了的人们在兵士走后又聚了起来,而且更嘈杂的嘶着声音不断的在叫。

镇上又派人到县城去请示办法,到底应该怎么样来解决这些叫化和流氓呢?县里不管他们的事,只留下大批的军火,在县城的四周守着,不准他们进来,常常有枪的响声。他们是照着省城的办法办的。

所有地方的那些在死亡线上挣扎的人,谁说得定不会一天比一天更明白更团结起来呢?

到了晚上,等那些兵士全退入了镇上去后,在月亮底下,他们更多的聚在一处了。那裸身的汉子爬上一棵大树,大声的吼着:

"傻子们,不要再上当,再听他们的话了。他们今天说想法,明天说想法,到底法子在什么地方?说募捐,说赈济,他妈,日子这末久了,募到他们的口袋里去了!他们没有开米行,哪个见过的?那些米行的米呢,他们藏起来了,他们要有好价钱才肯卖呢!我们的东家老板,他们的谷子不是装满了仓吗,怎么不拿点出来给我们吃,从他们的祖宗就都是靠我们过活的呢!……"

"他们仓里多得很,别处我不晓得,三富庄我是清楚的,只要他们肯打开，够我们大家好久吃呢。……"塌鼻也吼了起来。

"肯打开，你做梦！他们锁得紧紧的呢，他们恨不得再加上铁墙，恨不得能悄悄运起走呢。莫说三富庄，什么地方没有好些在那里，可是我们只有树叶吃！告诉你们①，要我们自己动手去打开呢！放在那里不去吃，却要饿死，真是孬种②，现在，起来呀！起来！……"

"起来！走，他妈的，拼一拼吧，左不过是一死！现存的放在那里，为什么不抢呢！……"

"起来！走呀！……"

"到什么地方去！猪猡，乱吵些什么！好好再商量呀……"

"伙计，有道理，你再说呀！……"

"蠢东西！真是孬种！你们要抢些什么！老子是不抢的，老子们不是叫化，不是流氓，是老老实实安分的农民。现在被水冲了，留在这里挨饿，等了他妈的这末久的救济，一批一批的死去了，明儿我们都会死去，比狗不如！告诉你，起来是要起来的，可是不是抢，是拿回我们的心血。告诉你，只要是谷子，都是我们的血汗换来的。我们只要我们自己的东西，那是我们自己的呀！……"

"是的，那是我们的呀！……"

"走，去拿回我们自己的东西！……"

"到三富庄去，那里有我几十年的血汗……"

"李老板家里去吧，我们几代人都做他们的牛马的……"

"猪猡，又乱起来了，不准吵！我们不能乱来。我们要在一块儿。我们要一条心！听他说呀，他比我们有道理呀！他说的都不错呀！伙计，你有本领，你再说！"

"对的，我们都听你的话，我们要怎么样呢？……"

"孬种！怕什么，老子们有这末多，还怕个什么，大家一条心，把

---

① 初刊本作"告诉你们，杂种"。
② 初刊本作"杂种"，后文不再另注。

这条命交给大家，走，去干，老子们就成了。我告诉你们……"

这嘶着的沉痛的声音带着雄厚的力从近处传到远处，把一些饿着的心都鼓动起来了。他的每一句话语，都唤醒了他们，是他们意识到而还没有找到恰当的字眼说出来的话语。他们在这个时候，甘心听他的指挥，他们是一条心，把这条命交给大家，充满在他们心上的，是无限的光明。

于是天将朦朦亮的时候，这队人，这队饥饿的奴隶，男人走在前面，女人也跟着跑，咆哮着①，比水还凶猛的，朝镇上扑过去。

一九三一年夏

---

① 初刊本作"吼着生命的奔放"。

一颗未出膛的枪弹*

"说瞎话咧！娃娃，甭怕，说老实话，咱是一个孤老太婆，还能害你[①]？"

一个瘪嘴[②]老太婆，稀疏的几根白发从黑色的罩头布里披散在额上，穿一件破烂的棉衣，靠在树枝做的手杖上，亲热的望着站在她前面的张皇失措的孩子；这是一个褴褛得连帽子也没有戴的孩子。她又翕动着那没有牙齿的嘴，笑着说："你是……嗯，咱知道……"[③]

这孩子大约有十三岁，骨碌碌转着两个灵活的眼睛，迟疑的望着老太婆，她显得很和气很诚实[④]。他远远的望着无际的原野上，没有一个人影，连树影也找不到一点。太阳已经下山了，一抹一抹的暮烟轻轻的从地平线上升起，模糊了[⑤]远去的、无尽止的大道，这大道将他的希望载得很远，而且也在模糊起来。他回过来打量着老太婆，再一次重复他的话：

"真的一点也不知道么？"

---

*　初刊于《解放》周刊1937年4月24日创刊号，原题《一颗没有出镗的枪弹》，署名丁玲。收入《丁玲全集》第4卷。

① 初刊本作"你还扯谎！娃娃，尽管说老实话，我是一个孤老太婆，不会害你的"。

② 初刊本作"呡着嘴的"。

③ 初刊本作"你是……"。

④ 初刊本作"和气而又诚实"。

⑤ 初刊本作"模糊了伸展了"。

"不，咱没听见过枪响，也没看见有什么人①，还是春上红军②走过这里，那些同志真好③，住了三天④，唱歌给我们听，讲故事⑤。咱们杀了三只羊，硬给了我们八块洋钱，银的，耀眼睛呢！后来东北军跟着来了⑥，那就不能讲，唉……"她摇着头，把注视在空中的眼光又回到小孩的脸上。"还是跟咱回去吧，天黑了，你往哪儿走⑦，万一落到别人手上，哼……"

一步一拐她就向前边走去，有一只羊毛毡做的长统袜筒笼着那双小脚。

小孩仍旧凝视着四围的暮色，却不能不跟着她走，而且用甜的语声问起来：

"好老人家⑧，你家里一共有几口人？"

"一个儿子，帮别人放羊去了，媳妇孙女都在前年死了。前年死的人真多，全是一个样子病，知道是什么邪气？"

"好老人家⑨，你到什么地方去来？"

"我有一个侄女生产，去看了来，她那里不能住，来回二十多里地，把咱走坏了。⑩"

"让我扶着你吧。"小孩跑到前边扶着她，亲热的仰着脖子从披散着的长发中又打量她。"村上有多少人家呢？"

"不多，七八户，都是种地的苦人，你怕有人害你么？不会的。到

---

① 初刊本作"不，我就从来也没有听见过枪声"。
② 初刊本作"你们的队伍"。
③ 初刊本作"那些伙子才真好"。
④ 初刊本作"我们相处了三天"。
⑤ 初刊本作"讲日本人的故事"。
⑥ 初刊本作"后来别的队伍也跟着来了"。
⑦ 初刊本作"你能往哪方走"。
⑧ 此处初刊本"我到你家里住得下吗"，全集本删去。
⑨ 此处初刊本"你能走路吗"，全集本删去。
⑩ 初刊本作"走不动嘛！我有一个侄女儿生产，去看了来，他那里又不能住，来回二十多里地。"

底你是怎样跑到这里来的？告诉我，你这个小红军！"她狡猾的眒着无光的老眼，却又很亲热的用那已不能表示感情的眼光抚摩着这流落的孩子。

"甭说那些吧。"他也笑了，又轻声的告诉她，"回到村子里，就说是捡来的一个孩子算了。老人家，我真的替你做孙子吧，我会烧饭，会砍柴。你有牲口么？我会喂牲口……"

牲口，小孩子回忆起那匹枣骝色的马来了，多好的一匹马，它全身一个颜色，只有鼻子当中一条白，他常常去摸它的鼻子，望着它，它也望着他，轻轻的喷着气，用鼻尖去触他，多乖的一匹马！他喂了它半年了，它是从草地得来的，是政治委员的，团长那匹白马也没有它好。他想起它来了，他看见那披拂在颈上的长毛，和垂地的长尾，还有那……他觉得有一双懂事的、爱着他的马眼在望着他，于是泪水不觉一下就涌上了眼睑。"我喂过牲口的！我喂过牲口的！"他固执的、重复的说了又说。

"呵，你是个喂牲口的，你的牲口和主人跑到什么地方去了？你却落到这里！"

慢慢的两个人来到一个沟口了。沟里错错落落有几个窑门，还有两个土围的院子，他牵着她在一个斜路上走下去，不敢做声，只张着眼四方搜索着。沟已经黑起来了，有两个窑洞里露出① 微明的灯光，一匹驴子还在石磨边打圈，却没有人。他们走过两个窑洞前，从门隙处飘出一阵阵的烟，小孩子躲在她的身后，在一个窑门前停下了。她开了锁，先把他让了进去。窑里黑魆魆的，他不敢动，听着她摸了进去，在找东西。她把灯点上了，是一盏油灯，一点小小火星从那里发出来。

"不要怕，娃娃！"她哑着声音，"去烧火，我们煮点小米稀饭，你也饿了吧？"

---

① 初刊本作"已露出"。

两个人坐在灶前，灶里的火光不断的舔①在他们脸上，锅里有热气喷出来了，她时时抚摩着他。他呢，他暖和了，他感到很饥饿②，他知道今天晚上，可以有一个暖热的炕，他很满意；因为疲倦，一个将要到来的睡眠很厉害的袭着他了③。

陕北的冬天，在夜里，常起着一阵阵的西北风。孤冷的月亮在薄云中飞逝，把黯淡的水似的光辉，涂抹着无际的荒原。但这埋在一片黄土中的一个黑洞里，正有一个甜美的梦在拥抱这流落的孩子：他这时正回到他的队伍里，同司号员或宣传队员在玩着，或是让团长扭他的耳朵而且亲昵的骂着："你这捶子，吃了饭为什么不长呢？"也许他正牵着枣骝色的牡马，用肩头去抵那含了嚼口的下唇。那个龌龊褴褛的孤老太婆，也远离了口外的霜风，沉沉的酣睡在他的旁边④。

"我是瓦窑堡人。"村上的人常常有趣的向孩子重述着这句话，谁也明白这是假话。尤其是几个年轻的妇女，拈着一块鞋片走到他面前，摸着他冻裂口的小手，问他："你到底是哪搭人，你说的话咱解不下⑤嘛！瓦窑堡的？你娃娃哄人咧！"

孩子跟在后边到远处去割草，大捆的压着，连人也捆在了里边似的走回来。四野全无人影，蒙着尘土的沙路上，也寻不到多的杂乱的马蹄和人脚的迹印，依着日出日落，他辨得出方向。他热情的望着东南方，那里有他的朋友，他的亲爱的人，那个他生长在里边的四方飘行着的他的家。他们，大的队伍到底走得离他多远了呢？他懊恼自己，想着那最后一些时日，他们几个马伕和几个特务员跟着几个首长在一个山凹子里躲飞机，他藏在一个小洞里，倾听着炸弹的不断的爆炸，

---

① 初刊本作"舐"。
② 此处初刊本"算还忍得住"，全集本删去。
③ 初刊本作"而且他知道在今天晚上，可以有一个暖热的炕，他满足着一个将要到来的睡眠，因为疲倦已很利害的袭着他了"。
④ 初刊本作"一样的也远离了口外的霜风，而沉在酣睡里的，是偎着他的那个枯瘦的、龌龊褴褛的孤老太婆。"
⑤ 懂不了的意思。

他回忆到他所遭遇的许多次危险。后来，安静了，他从洞中爬出来，然而只剩他一人了。他大声的叫过，他向着他以为对的路上狂奔，却始终没遇到一个人；孤独的窜走了一个下午，夜晚冷得睡不着，第二天，又走到黄昏，才遇着了老太婆。他的运气是好的，这村子上人人都喜欢他，优待他，大概都猜他是掉了队的红军，却并没有什么可担心的事。但运气又太坏了，为什么他们走了，他会不知道呢？他要回去，他在那里过惯了，只有那一种生活才能养活他，他苦苦的想着他们回来了①，或是他能找到另外几个掉队的人。晚上他又去汲水，也没有一点消息。广漠的原野上，他凝视着，似乎有声音传来，是熟悉的那点名的号声吧。

隔壁窑里那个后生，有两个活泼的黑眼和一张大嘴，几次拍着他的肩膀，要他唱歌。他起始就觉得有一种想跟他亲热的欲望，后来才看出他长得很像他们的军长。他只看到过军长几次，有一次是在行军的路上，军长在那里休息，他牵马走过去吃水。军长笑着问过他："你这个小马伕是什么地方人？怎样来当红军的？"他记得他的答复是："你怎样来当红军的，我也就是那样。"军长更笑了："我问你，为什么要打倒日本帝国主义？"他又听到军长低声对他旁边坐的人说："要好好教育，这些小鬼都不错呢。"那时他几乎跳了起来，望着军长的诚恳的脸，只想扑过去。从那时他就更爱他②。现在这后生长得跟军长一个样，这就更使他想着那些走远了去的人群。

有人送了包谷做的馍来，有人送来一碗酸菜。一双羊毛袜子穿在脚上了，一顶破毡帽也盖在头上。他的有着红五星的帽子仍揣在怀里，不敢拿出来。大家都高兴的来盘问着，都显着一个愿望，愿望他能说出一点真情③的话，那些关于红军的情形。

"红军好嘛！今年春上咱哥哥到过苏区的，说那里的日子过得好，

---

① 初刊本作"会回来"。
② 初刊本作"从那时他就非常的爱着他"。
③ 初刊本作"真实"。

红军都帮忙老百姓耕田咧！"

"这么一个娃娃，也当红军，你娘你老子知道么？"

"同志！是不是？大家都管着这么叫的。同志！你放心，尽管说吧，咱都是一家人！"

天真的、热情的笑浮上了孩子的脸。像这样的从老百姓那里送来的言语和颜色，他是常常受到的，不过没有想到一个人孤独的留在村上却来得更亲热①。他暂时忘去了忧愁，他一连串解释着红军是一个什么军队，重复着他从小组会上或是演讲里面学得的一些话，熟练的背着许多术语。

"红军是革命的军队，是为着大多数工人农民谋利益的……我们红军当前的任务，就是为解放中华民族而奋斗，要打倒日本帝国主义，因为日本快要灭亡中国了，一切不愿做亡国奴的人都要参加红军去打日本……"

他看见那些围着他的脸，都兴奋的望着他，露出无限的羡慕；他就更高兴。老太婆也扁着嘴笑说道：

"咱一看就看出了这娃娃不是②咱们这里的人，你们看他那张嘴多么灵呀！"

他接着就述说一些打仗的经验，他并不夸张，而事实却被他描写得使人难信，他只好又补充着：

"那因为我们有教育，别的士兵③是为了两块钱一月的饷，而我们是为了阶级和国家的利益，红军没有一个怕死的；谁肯为了两块钱不要命呢？④"

他又唱了许多歌给他们听，小孩子们都跟着学。妇女们抹着额前的刘海，露出白的牙齿笑。但到了晚上，人都走空了，他却沉默了。

---

① 初刊本作"不过没有想到的是孤独留在这村上也有同样的情形"。
② 初刊本作"不同"。
③ 初刊本作"白军的兵士"。
④ 初刊本作"白军谁肯为了两块钱不要命呢！"。

他又想起了队伍，想起了他喂过的马，而且有一丝恐怖，万一这里的人，有谁走了水，他将怎样呢？

老太婆似乎窥出了他的心事，把他按在炕上被子里，狡猾的笑道："如果有什么坏人来了，你不好装病就这么躺下么？放一百二十个心，这里全是好人！"

村子上的人①，也这么安慰他："红军又会来的，那时你就可以回去，我们大家都跟你去，好不好呢？"

"我是瓦窑堡人！"这句话总还是时时流露在一些亲昵的嘲笑中，他也只好回以一个不好意思的笑。

有一夜跟着狂乱的狗吠声中，院子里响起了庞杂的声音，马夹在里面嘶叫，人的脚步声和喊声一齐涌了进来，分不清有多少人马，这孤零的小村顿时沸腾了②。

"蹲下去，不要响，我先去看看。"老婆子按着身旁的孩子，站起身往窑门走去。

烧着火的孩子，心在剧烈的跳："难道真的自己人来了么？"他坐到地下去，将头靠着壁，屏住气听着外边③。

"砰！"窑门却在枪托的猛推之中打开了，淡淡的一点天光照出一群杂乱的人影。

"妈啦巴子……"冲进来的人把老太婆撞到地上。"什么狗×的拦路……"他一边骂，一边走到灶边来了。"哼，锅里预备着咱老子们的晚饭吧。"

孩子从暗处悄悄看了他一下，他认得那帽子的样子，那帽徽是不

---

① 初刊本作"看得出他忐忑心的人"。
② 初刊本作"登时沸腾了死似的这孤另的小村"。
③ 初刊本作"他坐在地下去，将头靠着壁，那落在脸上的火光便拖到放有柴片的地上，一闪一闪"。

同的①。他更紧缩了他的心，恨不得这墙壁会陷进去，或是他生了翅膀，飞开去，不管是什么地方都好，只要离开这新来的人群。

跟着又进来几个，隔壁窑里边，有孩子们哭到院子里去了。

发抖的老太婆挣着爬了起来，摇摆着头，走到灶前孩子身旁，痉挛的摸索着。无光的老眼，逡巡着那些陌生的人，一句话也不敢响。

粮食篓子翻倒了，有人捉了两只鸡进来，院子里仍奔跑着一些脚步。是妇女的声音吧："不得好死的……"

"鬼老婆子，烧火呀！"

这里的人，又跑到隔壁，那边的又跑来了，刺刀弄得吱吱响，枪托子时时碰着门板或是别的东西。风时时从开着的门口吹进来，带着恐惧的气息，空气里充满了惊慌，重重的压住这村庄，月儿完全躲在云后边去了。

一阵骚乱之后，喂饱了的人和马都比较安静了，四处狼藉着碗筷和吃不完的草料。好些人已经躺在炕上，吸着搜索来的鸦片；有的围坐在屋子当中，那里烧了一堆木柴，喝茶，唱着淫靡的小调。

"妈啦巴子，明天该会不开差吧，这几天走死了，越追越远，那些红鬼的腿究竟是怎么生的？"

"还是慢点走的好，就怕他打后边来，这种亏我们吃过太多了②。"

"明天一定会驻下来，后续部队还离三十多里地，我们这里才一连人，唉，咱老子这半年真被这起赤匪治透了。就是这么跑来跑去③，这种鬼地方人又少，粮又缺，冷末冷得来，真是他妈④！"

在眼光扫到老太婆脸上，她这时还瑟缩的坐在地下，掩护她身后的孩子。"呸"，一口痰吐到她身上。

---

① 初刊本作"那帽徽是不同着他的"。
② 初刊本作"这种亏我是吃过的"。
③ 此处初刊本"他又不打"，全集本删去。
④ 此处初刊本"隔壁那小娘，依我看，作他一下也好，等到了晚上，我不相信……"，全集本删去。

"这老死鬼干么老挨在那儿。张大胜,你走去搜她,看那里,准藏有娘儿们。"

老婆子一动,露出了①躲在那里的孩子。

"是的,有人,没错,一个大姑娘。"

三个人扑过来了。

"老爷!饶了咱吧,咱只这一个孙子,他病咧!"她被拖到一边,头发披散在脸上。

孩子被抓到火跟前。那个张大胜打了他一个耳光,为什么他是个小子呢!

"管他,妈啦巴子②!"另外一双火似的眼睛逼拢来,揪着他,开始撕他的衣服。

老太婆骇得叫起来:"天呀!天杀的呀!"

"他妈的!老子有手枪先崩了你这畜生!"这是孩子大声的嚷叫,他因为愤怒,倒一点也懂不得惧怕了,镇静的瞪着两颗眼睛,那里燃烧着火焰③,踢④了一脚出去,竟将那家伙打倒了,抽腿便朝外跑,却一下又被一只大掌擒住了!

"什么地方来的这野种!"一拳落在他身上,"招,你姓什么,干什么的?你们听他口音,他不是这里人⑤!"孩子不响,用力睁着两个眼睛,咬紧牙齿。

"天老爷呀!他们要杀咱的孙子呀!可怜咱就这一个孙子,咱要靠他送终的……"爬起来的老太婆又被摔倒在地上,她就嚎哭起来。

这时门突然开了,门口直立着一个人,屋子里顿时安静了,全立了起来,张大胜敬礼之后说:

---

① 初刊本作"却更露出了"。
② 初刊本作"管他妈拉巴子,只要你有地方,我今晚总得来一趟"。
③ 初刊本作"那里燃烧着凶的火焰"。
④ 初刊本作"伸"。
⑤ 初刊本作"招来,你姓什么,干什么的"。

"报告连长，一个混账小奸细。"

连长走了进来，审视着孩子，默然的坐在矮凳上。

消息立即传播开了："呵呀！在审问奸细呀！"窑外边密密层层挤了许多人。

"咱的孙子嘛！可怜咱就这一个种，不信问问看，谁都知道的……"

几个老百姓战战兢兢的在被盘问，壮着胆子答应："是她的孙子……"

"一定要搜他，连长！"是谁看到连长有释放那孩子的意思了，这样说。同时门外也有别的兵士在反对："一个小孩子，什么奸细！"

连长又凝视了半天那直射过来的眼睛，下了①一道命令："搜他！"

一把小洋刀、两张纸票子从口袋里翻了出来。裤带上扎了一顶黑帽子，这些东西兴奋了屋子里所有的人，几十只眼睛都集中在连长的手上，连长翻弄着这些物品。纸票上印的有两个人头，一个是列宁，另一个是马克思，反面有一排字："中华苏维埃人民共和国国家银行"。帽子上闪着一颗光辉的红色五星。孩子看见了这徽帜，心里更加光亮了，热烈的投过去崇高的感情，静静的等待判决。

"妈啦巴子，这么小也做土匪！"站在连长身旁的人这么说了。

"招来吧！"连长问他。

"没有什么招的，任你们杀了吧！红军不是土匪，我们从来没有骚扰过老百姓，我们四处受人欢迎，我们对东北军是好的②，我们争取你们和我们一道打日本③，有一天你们会明白过来的！"

"这小土匪真顽强，红军就是这么凶悍的！"

他的顽强虽说激怒了一些人的心，同时也得了许多尊敬，这是从那沉默的空气里感染得到的。

---

① 初刊本作"便下了"。
② 初刊本作"还不打国中兵"。
③ 初刊本作"只反抗日本"。

连长仍是冷冷的看着他,又冷冷的问道:

"你怕死不怕?"

这问话似乎羞辱了他,不耐烦的昂了一下头,急促的答道:"怕死不当红军!"

围拢来看的人一层一层的在增加,多少人在捏一把汗,多少心在担忧,多少眼睛变成怯弱的,露出乞怜的光去望着连长。连长却深藏着自己的情感,只淡淡的说道:

"那末给你一颗枪弹吧!"

老太婆又嚎哭起来了。多半的眼皮沉重的垂下了。有的便走开去。但没有人,就是那些凶狠的家伙也没有请示,是不是要立刻执行。

"不,"孩子却镇静的说了,"连长!还是留着一颗枪弹吧,留着去打日本!你可以用刀杀我!"

忍不住了的连长,从许多人之中跑出来用力拥抱着这孩子,他大声喊道:

"还有人要杀他么?大家的良心在哪里?日本人占了我们的家乡,杀了我们的父母妻子,我们不去报仇,却老在这里杀中国人。看这个小红军,我们配拿什么来比他!他是红军,我们叫他赤匪的。谁还要杀他么,先杀了我吧……"声音慢慢的由嘶哑而哽住了。

人都涌到了一块儿来,孩子觉得有热的、水似的东西滴落在他手上,在他衣襟上。他的眼也慢慢模糊了,在雾似的里面,隔着一层毛玻璃,那红色的五星浮漾着,渐渐的高去,而他也被举起来了!

一九三七年四月十四日

新 的 信 念*

一

走过几排疏疏的树林,在平原那端,静静的躺着西柳村。沿村的堤上有一排杨柳,叶子都脱落了,在冬天的劲风里,枝条乱舞着。柳树下边一溜粉墙,映在没有融化的残雪中,更显出一层病态的灰白,加重了严寒肃杀的感觉①。独立在村口上亭子似的高楼,披着陈旧黧黑的衣裳,像个老人在傍晚时分,寂寞的悲悯的望着远方。

时间的确已经傍晚了,将要沉入暮霭里去的村子,却没有升起多少晚烟。

一小队一小队的乌鸦,飞过来,在村顶上打了一个圈,投入山坡上的枣树林里。那些在林子里找到宿处的小鸟们,遭受了新来者的震撼,便瑟缩的颤声叫着了。

然而惊扰了它们的,还是那从山上走下来的一个拖着沉重脚步的巨大人影。他每将那只元青布的老棉鞋踏上草丛,凝在草上的薄冰,便在脚底下碎裂,沙沙的低声嘶着。有着美丽羽毛的野鸡,惊惶的向树丛中跳去了。

---

* 初刊于《文艺战线》1939年第1卷第4期,原题作《泪眼模糊中之信念》,署名丁玲。收入《丁玲全集》第4卷。
① 初刊本作"村外边的堤上杨柳,在冬天的劲风里,乱舞着脱落了叶子的枝条,在那下边伸展的一溜粉墙,映在不化的残余的雪中,也只显出一层病态的灰白,加重了严寒肃杀的感觉"。

陈新汉像一个被绑赴刑场的囚徒，用力支持着欲倒下来的身子，无光的眼，呆呆的望着空际，一瞬也不敢瞬，深恐看见什么骇人的东西似的，越临近山脚，他的脚步也就更加迟钝了。

原来村子并非完全静止，恰像一个病人刚刚苏醒过来，发出一些困乏的呻吟。天色已经很晚了，那传来一声声的敲打，是什么呢？好像是锄头触着冻结的地层。而且那些女人的声音，分不清是号叫还是哭泣，正如深夜在荒山上徘徊的饿狼，一群群的悲哀的嚎着。紧缩的恐怖之感，压到身上来。

陈新汉清晰的听到了这些声音，不禁浑身打战①，站在那里呆住了。重振起勇气，还为一种烦躁的希望所牵引，他又朝山下的村子走去，村子已笼②在青色的雾中，依稀还能辨出一些屋脊来。

昏冥中有两个人影走出村子，他们无声的一前一后，在抬着一个什么东西。当陈新汉认出那横在当中抬着的也是一个人体，他似乎被谁打了一下，脚步越踌躇，心又燃起一股焦急。

他走在离他们不远的地方，守候着他们，留心着他们的一举一动。

两个人赌气似的铲着旁边的浮土，用力的、迅速的往坑中抛去，渐渐填平了它；又打紧那些土，土又更堆高起来，直到像一个馒头；又拍了最后几下，两个人很熟悉的踅转身朝来的路上回去，互相不需要一句话，只仿佛在走的当儿，不知是谁露出一声悠长的叹息。

"告诉我！那个，那个埋在土坑里的是，是哪个？"陈新汉一把抓住他们，听得出那声音的喘息，像一匹生病的母牛。

"是张老爹。我们在他孙子屋里找出来的，大约被摔了一下。"其中一个回答了。

另一个继续说："孙媳妇赤条条的躺在他身边，血把她凝在地上好紧。你看，那不就是她，她已经安安稳稳睡在那儿了。就是那右边的

---

① 初刊本作"不禁浑身打了一个战斗"。
② 初刊本作"盖"。

一个。"

　　松开手,陈新汉跟在他们后边。有一句话梗在喉管里,他不敢说出来,但那年轻的一个却打破了这暂时的沉默。

　　"这几天你逃到什么地方去了,陈大叔?快回去吧。你兄弟早回来了。"

　　"是二官吧?他什么时候回来的?"他已不听别人的回答了。他脚上来了新的力量,步子已经跨大,头抬着,眼里显出一幕一幕的场景,那些场景虽说简单,却大大感动了自己。

　　这时他们已走进村子,黑暗里看不清有什么大的变动,忧惧变成了希冀,陈新汉兴奋的迈过那掘坟人,向着家跑去了①。

　　五天前他离开了家。刚刚天明的时候,他听到村子外边忽然响起一排枪声,他一跳就翻起身,这时他老婆也站在地上了,他的十五岁的大女儿金姑骇青了脸闯到房里来,大家都明白是什么事,他说②:"跑吧!到姥姥家去,往后山走!"

　　"爹爹呀!要死,咱们也死在一块儿呀!"

　　"我的羊皮坎肩呢?"

　　"别顾东西吧,鬼子要来了呢……"

　　一手拖着小脚的老婆,一手拖③住年轻漂亮的女儿。实际她这时只仓皇的跑着,她的脸被煤灰和尘土涂得很难看。他们在人堆中很快就抢上山坡了。可是老婆又哭起来,他们的二女儿和儿子,不知逃出来没有,而且陈新汉还有一个五十七岁的娘。于是他摆脱了她们,让她们跟着人群跑,自己又倒回村子来。别人都拉他:"不要转去,逃命呀!"可是他一点也不懂得惧怕,因为他只想救出他娘来。他不断的在涌上来的人堆中搜寻,而且叫喊。

---

① 初刊本作"向着家跑似的走去了"。
② 初刊本作"他的十五岁的大女儿金姑骇青了脸闯到房里来。他一看,就说"。
③ 初刊本作"挟"。

二官媳妇抱着周岁的娃儿,踉踉跄跄也奔上来了。

"娘呢?看见娘没有?"

"以前看见的,娘比我先走,她牵着银姑和同官的。我们逃到什么地方去呢?"

"到姥姥家去,快走呀!"

他不能跟着她跑,还是跑了回去。村子里乱到一塌糊涂,枪弹在头上乱飞,一片喊救声,村子外边烧起来,浓的白色的烟一团团向村子里滚来。家里的确没有人,只一些鸡在院子中钻着叫来叫去。他几乎就在子弹的呼啸中、人的喊叫中又逃了出来。他清清楚楚听到马蹄的声音,他无暇去看。他的后边,就像天在崩,地在塌,压得有些人呼吸都来不及似的,只听到一些短促的锐叫,和打噎似的声音①。

一路上他谁也没有找到,看见几个同村的人,他们交换着一些询问,互相都不能给予满意的回答。

有两个坐在山头的老媪,喊天喊娘的哭叫,走上去一看,又不是他的娘。也有跑不动的孩子,却不是他的同官。现在连老婆和女儿也找不到了。他以为能碰见二官媳妇也好,连她的踪影也看不见。他歇下来等了一会儿,陆续来了不少逃难的人,在这里面仍然没有一个他的亲属。

"来了一团人呢!"

"庄稼人被砍了呀!……"

"这一下,咱们西柳村就这末毁了么……"

"我老早就说要来的呀!……"

"可不是,老少男女全都遭了殃……"

"这……这劫数……"

杂在大家一群里,互相感染了许多惊惶,他离开他们又自个儿走。他到了四十里地外的张家湾。这湾里只住有二三十户人家,从有历史

---

① 初刊本作"和打噎似的一些就停住了的声音"。

以来，就僻静得很，平常没有什么过往人，同外边很少联系，差不多过着原始人的生活，他老婆的父母住在这里的。

那天夜晚，等着了他的老婆和金姑，以后就没人来了。第二天他出去找了一天，只听见一些关于村子里的坏消息。第三天他带了两个口信给他的兄弟们。第四天回信来了，报告他们不久就会回城去的，别的还是什么都不知道。第五天他再出去时，下午好消息来了，游击队克复了西柳村，已经有人开始回去了。他便也走回去看看究竟。但他怕，他不敢想那些亲属的结局，他却又忍不住要回去。他怀着鬼胎似的，不安的回去了。

现在他已经较为快乐了，他还没有看见什么不祥的事，这或许是不会有了。而那两个掘墓人也忘记告诉他：就在这天上午，他们曾经掩埋了一个名叫同官的孩子，他的唯一的儿子。

二

"让我跟你们去拿吧。"金姑扎紧了腰带，昂头冲着她的二叔，陈佐汉也不顾他妈投过来的憎恨的眼光。

作为第二个儿子的陈佐汉，有着他父亲的性格，果敢、严厉。当他将两条浓眉一蹙，紧闭着嘴唇的时候，兄弟们便交换一个眼色，静默着，母亲便瑟缩无声的走到厨房，或是间壁，悄悄听着①。但他并不常常发怒，对孩子们更是娇惯着，使得女人们常常不高兴。

"你不要去，留在家里吧，外边又飞雪了。"他拍了拍金姑的薄棉衣。

"不，我去，我不蹲在家里。"摇晃着身体，鼓着嘴，骨碌两颗眼珠，望了望她妈和婶母，闪着希求的光停在叔父的脸上。

---

① 初刊本作"安心的倾听着"。

叔父在笑，那意思是"这孩子……"

"你敢去，兵荒马乱的，这样大姑娘，不要脸的东西。……"她娘的脾气变得乖僻难于亲近，骂起她来了。

"陪着你娘吧。"望也不望女儿一眼，陈新汉在头里出去了。

"金姑，你烧火吧，多热些水，想着，也许三叔会找得到奶奶和妹妹的。你还想要什么东西吗？"

金姑不答应，扯着头上的包头布，走到外边去了。

"到哪里去？"她娘厉声问。

"我去拿煤，也不许么？"金姑也大声回答她。

叔父又笑了，但随即做了一个不屑的面孔，环顾一下屋内，板着脸也走出去了。

盘脚坐在炕头的陈新汉老婆，烦躁的搜索着，她想找一个可以发泄怒气①的东西，一个新的怀想忽然在头脑中生长了。她坚定了她的揣想，她的心为新的愤怒啃咬着，她有一种要咬人的欲望，但她压抑住自己，缓声问：

"二婶子，你不是说你那天逃出来时，还看见过奶奶带着同官和银姑么？"

偎着娃儿蜷在炕另一头的二婶，近来很怕同她说话，只得和气的答应：

"是的，我看见过的，我要出门的时候。"

"你什么时候碰着金姑她爹的呢？"

"半路上。"

"哼！"

谈话停顿②了一下，她又问：

"你过去到过他七大大家里么？"

---

① 初刊本作"怨气"。
② 初刊本作"休息"。

"没有,我跟着一群人乱跑,不知怎么就跑到他那地方了,要不是七大大在外边东看西看的,唉!"二婶回忆起那时的狼狈情形,要不是遇着七大大,她将如何得了呢!

"唔!那倒太巧了啊!我说二婶,咱们是一家人,有什么话不好说,金姑她爹送你们上那儿去,也是应该的,你们何必串着骗咱呢!"

"大嫂!你别这样说吧,现在家弄到这个样,省点事,安静点①!"

"家弄到这样子,又没有坏到你头上,你们母子不是有人送你们到没事的地方去了吗?就可怜我,啊,我的同官,我的儿,你死得好苦呀!……"于是她捶着炕,放任着眼泪,填满了胸中的怒气,一方面向外边奔流,一方面又不知从哪里加来了,她咬着牙接下去又骂:

"这一屋全是鬼,没良心的,没廉耻的……"她不断找出一些话去侮辱二婶,她希望激起她的怒气。

二婶觉得太委屈了,嘤嘤的在被子里哭,受了惊骇的娃儿,也哇哇的哭了。

"娘,怎么啦!"提着一袋煤走回来的金姑,被弄得糊里糊涂。

听见了女儿的声音,更伤心起来,她现在只有一个女儿了,她的小女儿比金姑更可爱,她是多么的活泼、温驯,她从来就不反抗她。她连同官的尸体也没有看见过,只到他小坟上去过两次,她能想象那样子么,他是被……是不是像一个被宰的②小羊,一些绿的、白的、红的东西从被割开的肚子里爆出来。她一想到这里,就感觉到肚子上难受,好像自己的肠子脱离开腹壁那末难忍的痛楚。

"娘!你别哭!二婶!你,你这是干么啦?"可是她自己却止不住也哼哼唧唧哭起来了。

雪引着黑暗,黑暗压着雪块,厚重的无底的矮矮的云层慢慢降下

---

① 初刊本作"大嫂!你别这样瞎说吧,现在家里弄到这样子,省点事安静点吧"。
② 初刊本作"被宰后"。

来，风猛力的打着窗纸，从缝隙中卷进来，房子由昏冥转入黑暗。人的感情也由烦躁愤懑，而转入深沉的悲哀。哭声已经减低，只余一些伤痛的呻吟。二婶把由疲倦而睡去了的娃儿，轻轻移开，自己摸摸索索爬了起来，她意识着她们将要误事了。

金姑只要有人在房子里活动，她便也推开忧闷。火在灶孔里毕毕剥剥的烧着，炕上增了一股热气。从锅里冒出的水蒸气，模糊了围绕着灶边的人影。她们又说着，交换着一些梦想，期待着那可怜的白发奶奶和那天真的小姑娘。

三

北风卷着无声的雪片，在无边的原野上，在远近的高岗上，肆虐的横扫过去，一点不给人以怜惜。刺骨的寒冷与吞噬人的黑暗主宰了夜的宇宙。那些被蹂躏过的土地，缺少墙垣，缺少篷盖，人们都蜷伏着①。狗更夹紧了尾巴，躬②在乱砖堆里，即使看见什么影子，也只无力的合下眼皮。陈新汉一家人在新的希望下，度过大半个夜晚了。只有金姑还站在地下，不时向灶里加火，向锅里加水。她时时问着："二叔，你说奶奶还会来么？"

"不会回来了！这样冷的夜晚，纵是找到了，三叔也不会让她回来的。孩子，你睡去吧。"陈佐汉靠在炕头，抽了半夜的烟了。

"你不睡，我也不睡。你看我娘睡得多好。"

"唔，她熬煎得成这个样子了③。"

但金姑对于他的同情，并不重视④，她只将村上新发生的一些事，噜噜苏苏问着。她又同二叔谈到奶奶，他们都希望奶奶这时不会来。

---

① 初刊本作"人们都像狗似的蜷伏着"。
② 初刊本作"躲"。
③ 初刊本作"唔，她很作孽的"。
④ 初刊本作"慷慨"。

因为天气太冷了①。

可是有时从狂啸的风中似乎听到一些哭叫，一些哀号，金姑便呆住了，惊恐的望着叔父，用手势止住叔父的动作，意思就是说："你听！"叔父也屏住气，注意的用耳朵在看不见的远处探索。连假寐在炕上的父亲也坐起来了。可是，什么又都没有。他们在微弱的油灯下，等到天上现了鱼肚白，才肯定把希望推后一天。不久，屋子内就同外边一样静寂了。

黯淡的白天来了，无底的黑暗的空间，慢慢转成半透明的灰白，雪片从天的深处，更密更快的团团的翻飞着下来。没有鸟儿叫，没有鸡叫，也没有狗叫，雪掩盖了破乱，掩盖了褴褛，凝结在地上的牲口粪不见了，凝结在院子里的禽兽的毛骨不见了。凝结在土地上的人的血也被遮住了。只剩下白墙上的黑字，"铲除共产主义，拥护东亚共荣②！"压着那被洗刷得模糊了的"驱逐日本帝国主义出中国！"那黑字也被雪水淋洗得狼藉了，像满挂着鼻涕眼泪的苦脸。

这时原野上只有一个生物在蠕动，但不久又倒下了。雪盖在上面，如果它不再爬起来，本能的移动，是不会被人发现的。渐渐这生物移近了村子，认得出是个人形的东西。然而村子里没有一个人影，它便又倒在路旁了。直到要起来驱逐一只围绕着它的狗。它无力的摆动着它的手，挣着佝偻的腰，倾斜的，惊恐的，往一个熟悉的家跑去。狗已经不认识这个人形的东西了，无力的却又恋恋不舍的紧随着它。一个单纯的思想把它引到陈新汉的院子里来了，然而它却瓦解了似的瘫在地上，看见了两只黄的，含着欲望的眼睛在它上面，它没有力量推开它，也没有力量让过一边去，只呻吟了一声，便垂下那褶皱的枯了的眼皮。这时从那墙的缺口出现了另一条狗，"唔……唔……"哼了两

---

① 此处"因为天气太冷了"为全集版后加。
② 初刊本作"打倒蒋介石，铲除共产党"。

声，这条狗便跳过去，示威似的吠了起来。那躺在地上的生物便又呻吟了。

"爹！外边有声音！"骇醒了的金姑叫起来了。

"狗打架。"

"这声音怪讨厌的，我去赶它走。"

金姑溜下炕，拾了一块煤，她出现在门口时，两只狗都敌意的向她吠。她将煤掷去，狗让过一边，又吠起来了。

"连只狗也不肯饶的……"她娘在被子里叽咕着。

"院子里有东西呢，二叔呀！"

金姑走到这东西旁边，狗更露出了愤愤之声。金姑一边驱赶走拢来的狗，一边拿脚去踢那东西，它微微张开眼哼了一声。于是，金姑被骇昏了的叫声，这声音不是人的声音，像劈竹子一般。

一阵骚乱之后，这失去知觉的东西已经换了干燥的棉衣，躺在热炕上了。拖着蓬乱的几缕头发，投过来空洞呆呆的眼珠，二婶用米汤灌她，金姑投在妈妈脚边哭泣，娃儿再也不认识每天都要抱他的，用瘪嘴吻他的奶奶了[①]，他远远躲在炕的一角，不敢出声。陈新汉已经去找一个熟识的医生去了。他老婆又在无节制的淌着泪，她想起无踪迹的女儿，她要她呢！

"娘！你还认识我们么？"隔一会儿，陈佐汉总要重复着这句问话。

老太婆不能给他一个满意的答复，连一个表情也没有。

他守着她，望着那更老去的脸，像一块烂木头，嵌着鱼一样的眼睛。他的仇恨燃烧起来，焦灼了他的心，他一字一句的说着，向着那木然的脸投去："娘！你尽管安心的去吧！你的儿子会替你报仇！要替你，替这个村子，替山西，替中国报仇，拼上我这条命！我要用日本

[①] 此处初刊本"他为一种气压所逼"，全集版删去。

鬼子的血，洗干净我们的土地，我要日本鬼子的血……①"

像咒语似的，慢慢老太婆在炕上动了，嘴一缩一缩的，过了许久，她恐怖的叫了一声："日本鬼子！"她恢复了知觉，环望她的儿媳、孙子，她说不出话，也流不出眼泪，像一个被宰后的鸭子，痉挛的扑着翅膀转侧着，缩着颈项，孩子般的哭了。

"奶奶！奶奶！奶奶！"屋子里虽说仍罩满了悲戚，同时却萌芽出一点点温暖和希望。

四

由于一种求生的力，老太婆的健康恢复的很快，几天之后她坐在院子里晒太阳，家里的女人们陪着她，她接下去说："那姑娘叫，喊，两条腿像打鼓似的，雪白的肚子直动……"

"奶奶，你别讲了，我怕！"金姑把脸藏在手里。

"三个鬼子就同时上去了。"她很高兴吓住了她的孙女似的。"那姑娘叫不出声音来，脸变成了紫色，嗯……嗯……像只母牛般哼着。生儿子也没有那么难受。她拿眼睛望我，我就喊她②：'咬断你的舌根，用力咬。'我以为她死了好些。"

"奶奶呀！奶奶呀！"媳妇们的脸也青了。

她却接下去③："她真的死了。她不是自己咬死的。她的下身睡在一滩血上，那血不比生一个孩子少。胸脯上也有血，流到腰上，流到肩膀上，他们咬掉了她的小奶头。那奶头不比你的大呀！"她像一个巫婆似的用两个魔眼镇住在她孙女的脸上。"小脸蛋也被咬破了，像一个

---

① 初刊本作"娘！你尽管安心的死去吧！你的儿子，这条命，就交给了复仇。这条命，是落在日本鬼子的血上的。我要替你替这个村子，替山西，替中国交上我这条命。我要日本人的血，来洗干净我们的土地，来作为肥料，我要日本鬼子的血……！"。
② 初刊本作"我就命令她"。
③ 初刊本作"她却满意的接下去"。

被虫蚀了的苹果。还斜着两个眼珠子望着我呢！"

老太婆变了，她不爱她的家人么？为什么她老是骇她们，她们一叹息，一哭，她就生气的叫："你们哭吧，你们只有这些不值钱的尿，你们等着吧，日本鬼子还要来的呀！……"如果她看见她们脸红了，愤怒舐着她们，她就满意她所煽起的火焰。

开始，当她看见她的儿子时，她便停住了。她怕儿子们探索的眼光，而且她觉得羞耻，痛苦使她不能说下去。

她描绘了她孙女儿的死，那十三岁的姑娘，也充了"慰劳品"，骇得半死被压在"皇军"身下，不断的叫着娘和奶奶，她只"慰劳"了两个便被扔在墙角了。可她还活了一天，在她灰色的脸上，还看得见①有眼泪。当她离开那里到"敬老会"去时，她已经被拖走了，那时她还没有咽完最后一口气。她说多半是喂了狗。

同官的死，她也亲眼看见的，她详细的述说，不怕媳妇受不住那痛苦。她说同官是个好孩子，他不顺从，在刺刀下还拼命的挣，跳着要逃走，鬼子刺了他，他一声也没有哭，他死得很勇敢。

她看得太多了，她一生看见过的罪恶也没有这十天来的多。邻舍跑来问长问短，她忠实的告诉他们，那些他们所关心的父母老婆儿女是怎样牺牲在屠刀下，又是怎样活着，受那没完的罪。

这不爱饶舌的老太婆，在她说话中感到一丝安慰，在这里她得着同情，同感，觉得她的仇恨也在别人身上生长，因此她忘了畏葸。在起首的时候，还有些唠唠叨叨，跟着便流泪了，她审查②那些人的脸色，懂得什么词句更能激动人心。

她把自己的耻辱也告诉别人，她在敬老会里什么事都干过，她替他们洗衣服，缝小日本旗，她挨过鞭子，每逢一说到这里，她总得勒上她的衣袖，解开她领际的衣襟，那里有一条条鞭痕③，而且她还给人

---

① 初刊本作"还不时看得见"。
② 初刊本作"看着"。
③ 初刊本作"斑痕"。

"睡"了①。

她出去了,满村子巡视,指点着那些遭劫的地方,一群群人跟在她后边,她厉声的问着:"你们会忘记么?"

于是,每天她都出去,要是街上人少,她就闯到别人家里去,指手画脚的讲,听的人总是忘记了自己要做的事,感染了她的感情,也跟着说起来了②。

儿子、媳妇们便讨论这事了。

"我们家出了疯子呀!你看她饭也不想吃,头发也不梳,现在简直就不蹲在家里了!"大媳妇总要抢先说。

"奶奶真变了,你看她说起同官银姑来,一点眼泪也没有,我真不懂,她现在安的什么心。"二婶用眼睛扫了一下她丈夫。丈夫只蹙紧眉毛,沉入在深思里。

陈新汉回忆起前一天当老婆子在人丛中宣讲时,他走过去听。老婆子正讲她自己的事,他感觉自己几乎要疯狂起来,作为儿子的血,在浑身激流着,他不知道是应该喊几句好呢,还是跑去抱着他娘好,或者还是跑开。他被噤住了在那里发抖,而这时,做娘的却看见了儿子,她停止了述说,呆呆望着他,听的人也回过头来,却没有人笑他。他感到从来没过的伤心,走过去,伸出他的手,他说:"我一定要为你报仇!"老太婆满脸喜悦,也伸出了自己的手,但忽然又缩回去,像一只打败了的鸡,缩着自己,呜咽的钻入人丛,跑了。这时,谁也不出声,垂着头,被什么压着似的移动沉重的脚走开了,他一人留在空空的街上,心里空空洞洞,又像有什么东西塞着。

"我看,这一家全要疯的。"他媳妇又嗔恨的吵起来:"你为什么不开腔呢?有了事,你总是那末死样活气的。"

---

① 此处初刊本从"有一个中国老头子也睡了她"到"他咕咕的说'你别恨我吧!'",共53字在全集版中删去。
② 此处初刊本"全村子都知道她了,尤其是孩子们,他们常常来叫她",全集版删去。

"我说，要我说什么呢，我明白她心里痛苦。"

"谁的心里好受呢？"

陈新汉不愿再开口了，免得又同老婆抬杠，他把眼睛去看兄弟。

兄弟是同意他的。他问她们，是不是应该拿一根绳捆着那个老太婆不准她出去？是不是她在外边妨害了别人？他以为只能要金姑跟着她，照顾她，免得发生什么意外。

五

她第三个儿子回来了，这是她最小的，和最爱的儿子。陈立汉哭了，他摸着他母亲的白发，断断续续的说：

"娘，我对不起你。若是那天我在家，你是不会落在日本鬼子手里的。娘，上了队伍，就由不得自己啊！"

"嗯，不上队伍怎样成？"她看看她儿子，二十来岁的小伙子，穿着短衣，腰间插了一杆驳壳枪，她露出满意的颜色，"现在是枪杆子的世界，三官，告诉我，你杀了多少日本兵？"

她不需要在儿子跟前诉苦，那有什么用处呢。她倒是喜欢听那些打日本的故事，觉得可以有些安慰。

"你不怕听这些事么，好，我告诉你。"

立刻一道光辉显现在陈立汉的脸上，他变了一下站着的姿势，开始说起来了。他们曾经攻进西柳村，一次杀了二十几个鬼子；后来又攻东柳村、杏村[①]，三羊村是攻进去了又退出来，现在又住在里边了。他们记不清到底杀了多少人，他们获得了很多战利品，枪、子弹和一些吃的东西。他说他们中的一个顶有名的英雄，张大全，一个人背着一挺轻机关枪，枪上盖件棉衣，跑到城里去了一趟，因为人多，没有下手；出城后，遇着十几个该死的日本兵，他打他们一个落花流水。

---

① 初刊本作"后来又攻东柳村、李村"。

他又讲到有一次曾经捉到一个日本兵，几个老百姓抬着他走，那日本兵真胖，不知怎么半路上给他跑掉了，七八个人在后边追也没追上。

老太婆把这些故事装入肚，便急不可待的去找人倾诉，而且更放肆起来。大儿子在农民会①，队上又把二儿子调走，三官三天只有两夜在家睡觉，她一点也不怕三官，一个夜晚，她看见有两辆大车停在院子里，便问她的儿子道：

"这车是我们的么？"

"是我们的，是我们运输队的。"

"管什么运猪运狗的，只要是我们的，我就该做得主吧，我要到王家村去，明天。"

全家人都翻起眼来看她。

"什么，没有空，要运粮食，我不管，我要去，要去看我兄弟媳妇。"她武断的结束这谈话。

终于，第二天，金姑随着她搭运粮的车顺道到王家村去了。

在王家村找着了她兄弟媳妇②，她宣说那些残酷的事实，她又看见了眼泪，看见了一些听了她的话后心中所起的战抖。可是，她跟着就来抚摸那些受了伤的灵魂，她又把那些兴奋人、鼓励人的故事，就是刚从儿子处听来的那些，渲染出来，于是人们又笑了。她便在这时劝大家都上队伍去，只要别人一迟疑，她就吼起来了："你这孱头，你怕死！好！你等着日本鬼子来宰你吧，我看见宰这样烂棉花一样的人呢。"

的确有许多人听了她的话，上队伍去了；有时她领了一些回家来，把这些人交给她儿子："带去！这些人都要跟你一样，他们要枪呵！"

她从王家村回来以后，变得更不安于家，也不安于西柳村，她又带着金姑到另外一个村子去。没有顺便的车，她便走去。她常常向金

---

① 此处初刊本"他去经常种籽的事去了"，全集版删去。
② 初刊本作"在王家村找着了她兄弟和弟媳"。

姑喊:"你为什么不说话呢?"

金姑老早就是站在奶奶一边的,她爱她,每天温习她所给予的感情。每当奶奶沉默着与她奔波着的时候,她便注视着她,用完全了解她的眼光。奶奶也总将她揽入怀里,紧紧抱着她,长长的舒吐着气。金姑便感到温暖,又感到伤心的那种幸福的心情。

实际上金姑也是她的赞助者,她与人私下谈话时,也用了她奶奶的一些语言,她腼腆的学着那些话。

对于儿子的爱,也全变了。以前,许久以前,她将他们当一个温驯的小猫,后来,她望他们快些长大,希望他们分担她的苦痛,那些从社会上家庭中被压抑下来的东西。儿子们长大了,一个个都像熊一样的苗实,鹰一样的矫健,他们一点也不理她①,她只能伤心的悄悄爱着他们,唯恐失去了他们。后来,儿子们更大了,她有了负累,性情变得粗暴,他们实在太不体谅母亲了,她有时恨他们,但她更需要他们的爱,她变得更脆弱,他们的一举一动,他们的声、影都能使她的心变得软融融的,她更怕他们了。可是现在她没有那末怕他们了,她不专心于儿子们对她的颜色,那已成为次要的事;但,她不爱他们了么?鄙视②他们么?一点也不,她更尊崇他们,当儿子们同她谈着打日本鬼子的时候,她就越爱他们,她非常满意自己对于他们一生养育的辛劳。

媳妇们也渐渐减少了对她的侧目,苦痛的回忆,未来的希企,使她们一天天接近和融洽。当只剩她们几个在一道时,她们总是拿这些做唯一的谈话材料。过去一些家庭间常有的小冲突,现在没有了,并且在差不多的思想中建立了新的感情。一家人,倒有了从未有过的亲热和体贴。这是老太婆、也是大家从来没有想到过的。

---

① 初刊本作"他们一点也不理解她"。
② 初刊本作"卑视"。

六

儿子们带了一个不平常的消息回来：有人要来找她谈话了。这一定是老太婆的行为引起的。青年的金姑担心的握着奶奶的手，奶奶安慰她。

"孙女儿！不要怕。你想还有人比鬼子更凶的给我罪受么？世界上最难受的事也尝过了，就是下地狱也不怕了，还怕什么？"

大媳妇还气愤的说："关别人什么事？难道谈话也不许么！又没有说中国人不好，日本人好，真是，关他们屁事。"

但是为什么要来找她，儿子也说不清，只说会里边有人找到他，问是否他的母亲，又问地址，便留下那么一个消息，他也摸不清，不过他说是不会成问题的。

消息总有一点使人不安，她一生中从来就没有过什么人来拜访。但这一夜并没有妨碍她的睡眠，她不大在乎这些。

第二天果真来了两个妇女，一个穿件同她一式的短衣，另一个穿一身军装，头发都剪了，都很年轻。老太婆不客气的把她们请到屋子里。她们先谈了。

"唉！妈妈！您不认识我，我可老早就认识您了，我听到您两次演讲呢。"

"演讲"这名词她不懂，她不高兴的"唔"了一声。

"我听您讲话，真忍不住要哭。妈妈，听说您到过日本鬼子那里，您说的都是您亲眼看见的罗？"

老太婆的颜色变和气了，她想："呵！原来是打听消息的。"

滔滔不绝的，老太婆述说起来了。

她们耐心的听着，等到有了空隙才插上去："唉，妈妈，怎么我们跟您一个心思呢，我们也恨死了鬼子，只想多邀些人去当兵，好替同胞①报仇,只是我们没你会说话。妈妈,你加入我们的会吧。我们这会就是讲这些道理给别人听,还做一些打日本鬼子的事……"

老太婆不等听完便喊她的孙女儿:"金姑,她们是来邀我们入会的,你说好不好呢?"但她并不听回答,转头向客人说道:"我不懂那些,你们要我,我就入,我也不怕你们骗我,我三个儿子有两个上了游击队,一个入了农会,我再入一个会也没有什么,横竖我吃不了亏。不过,我入了,我的孙女儿也得入。"

立即,她们对她表示欢迎,并且也欢迎那两个媳妇加入。

这个妇女会自从有了老太婆,组织马上扩大了,她天天四处邀人,别人看见她也在里边,一邀便答应了。于是她们开始做很多工作。

更为高兴的老太婆,在精神与体力上都似乎年轻了一些。

一天,她们要开一个大会,庆祝游击队三个月来的胜利,同时又是三八妇女节。要邀集好几个村的群众来开。

这天,老太婆领着西柳村几十个妇女去开会。有些抱着孩子,有些牵着孩子,她们已经不是老谈孩子,她们欢喜谈自己所负担的工作。一大帮子人一道走,也不觉得困乏②。

会场里已经到了不少人,她的儿子们也全来了。还有很多认识的,她们老远就招呼她。一种新的感觉稍稍使她有一阵不安,似乎是羞惭,实际还是得意。一会儿,精神也就安定了③。

人慢慢在增多,老太婆看见他们像潮水一样涌来,心又为喜悦所扰,呵,原来她们有这末多的人啊!

开会了,有人在上边演讲。老太婆注意的听,没有一句废话,谁能够听了这些话不被感动,忍得住不管国家事情吗?

---

① 初刊本作"中国人"。
② 初刊本作"这些人大部分是缠了足的,但因为有一大帮子人,也就不大觉得困乏"。
③ 初刊本作"一会儿后,当她忙着别的去了的时候,便忘记了"。

后来他们要她上台,她听到这样的邀请,说不出的羞愧和为难[①],但马上勇气来了。她颤巍巍的在一阵掌声中走上主席台[②]。站在高处朝底下望,只看见密密杂杂的一些人头,挤到了远处的墙根,那些脸全仰望她。她感觉有些昏眩,她想,我该说什么呢?她又从自己开始了:

"我是一个被日本鬼子糟蹋了的老婆子,你们看……"她勒起袖子,听到台下传来一阵怜惜的声音,"你们就怕了么,这算得了什么……"她残酷的描写她受辱的情形,一点不顾惜自己的颜面,不顾惜自己的痛苦,也不顾人家心伤,她巡回望着那些人的脸,全是一些苦脸呀!于是她叫着:"你们别怜惜我吧,请你们怜惜你们自己,保护你们自己。你们今天以为只有我可怜,可是,要是你们自己今天不起来堵住鬼子,唉!天呀!我不要看你们同我一样受苦呀!……我到底老了,受受苦也不怎么样,死了,也就算了。可是,我看你们,你们都年轻呀!你们应该过日子呀!你们一点人道也没有享受过,难道你们是为了受罪,为了给鬼子欺侮才投生的么?……"

千百个声音痛苦的响应她:"我们要活,我们不是为了给鬼子欺侮才活着的呀!"

她负载了那千百个声音的痛楚,感到被什么压住了似的。她只有一个思想,她愿意为了这些人的生命幸福而牺牲自己。她大叫起来了:

"我爱你们,像爱我的儿子一样,我愿意为你们去死;但鬼子并不是只要我一个,他还要你们,要很多很多的地方。就是有一万个我,也救不了你们,你们只有自己救自己,你们要活,就得想法活呀!……我的儿子,以前连出门我也舍不得,现在可都上了游击队呀!在游击队里说不定有一天会被打死的,但不上就死得更快呀!只要你们活着,把鬼子赶跑,大家享福,我就死个把儿子也上算。他虽死了,我会记得他的,你们也会记得他的,他是为了大家呀!……"

---

① 初刊本作"说不出的羞愧"。
② 初刊本作"她颤巍巍的在一阵鼓掌声中走上那临时为主席台的戏台"。

她的话像一个开了闸①的泉源，脑子也不懂得停顿。她的激昂慢慢的衰弱下来，她站不稳，嗓子嘶哑了，叫不出声音来。可是台下不断的鼓掌，他们要听她说话。

人头的海随着声音的波涛摆动着，像大海上的巨浪，最后，老太婆用尽力气叫出了六个字：

"我们要干到底！"

于是更大的声音，像暴风雨中潮水打在岸上似的回答她。

她倒在来扶她的人肩上，凝视着台下热烈的骚动。她亲切的感觉了什么是伟大，她慢慢的将目光从人头上往上移，在广漠的空间，无底的蓝天上，她看见了崩溃，看见了光明，虽说眼泪模糊了她的视线，然而这光明，确是在她的信念中坚强的树立起来了。

一九三九年春天，于延安马列学院

---

① 初刊本作"流开了"。

我在霞村的时候*

因为政治部太嘈杂,莫俞同志决定要把我送到邻村去暂住,实际我的身体已经复原了,不过既然有安静的地方暂时休养,趁这机会整理一下近三月来的笔记,觉得也很好,我便答应他到霞村去住两个星期,那里离政治部有三十里路。

同去的还有一位宣传科的女同志①,她大约有些工作,她不是个好说话的人,所以一路显得很寂寞。加上她是一个"改组派"的脚,我的精神又不大好,我们上午就出发,太阳快下山了,才到达目的地。

远远看这村子,也同其他村子差不多。但我知道,这村子里还有一个未被毁去的建筑得很美丽的天主教堂和一个小小的松林,我就将住在靠山的松林里,从这里可以直望到教堂。现在已经看到靠山的几排整齐的窑洞和窑洞上的绿色的树林,我觉得很满意这村子②。

从③我的女伴口里,我认为这村子是很热闹的;但当我们走进村口时,却连一个小孩子,一只狗也没有碰到,只是几片枯叶轻轻地被

---

* 初刊于《中国文化》1941年第3卷第1期,署名丁玲。收入《丁玲全集》第4卷。
① 此处初刊本"我没有骑马去",全集本删去。
② 初刊本作"我就将住在靠山的松林里,这地方就直望到教堂的。虽说我还没有看见教堂,但我已经看到那山边的几排整齐的窑洞,以及窑洞上边的一大块绿色的树叶,和绕在村子外边的大路上的柳林,我意识到我很满意这村子的"。
③ 此处初刊本从"可以说已经到了"到"知不知道他们已经替我们捎到没有",共69字在全集本中删去。

风卷起，飞不多远又坠下来了。

"这里从先是小学堂，自从去年鬼子来后就毁了，你看那边台阶，那是一个很大的教室呢。"阿桂（我的女伴）告诉我，她显得有些激动，不像白天那样沉默了。她接着又指着一个空空的大院子："一年半前这里可热闹呢，同志们①天天晚饭后就在这里打球。"

她又急起来了："怎么今天这里没有人呢？我们是先到村公所去，还是到山上去呢？咱们的行李也不知道捎到什么地方去了，总得先闹清才好②。"

村公所大门墙上，贴了很多白纸条，上面写着"××会办事处""××会霞村分会""……"③。但我们到了里边，却静悄悄的找不到一个人，几张横七竖八的桌子空空的摆在那里。我们正奇怪，匆匆的跑来一个人，他看了一看我，似乎想问什么，接着又把话咽下去了，还想往外跑，但被我们叫住了④。

他只好连连的答应我们："我们的人嘛，都到村西口去了。行李？嗯，是有行李，老早就抬到山上了，是刘二妈家里。"他一边说一边也打量着我们⑤。

我们知道了他是农救会的人，便要求他陪同我们一道上山去，并且要他把我写给这边一个同志的条子送去。

他答应替我们送条子，却不肯陪我们，而且显得有点不耐烦的样子，把我们丢下独自跑走了。

街上也是静悄悄的，有几家在关门，有几家门还开着，里边黑漆

---

① 初刊本作"那些军官们"。
② 初刊本作"还是到山上去呢？我说先问清总是好的。唉，行李也不知捎到什么地方去了，我到不要紧，就怕你冷"。
③ 初刊本作"村公所的大门墙上，贴了很多白纸条，上面写着农民救国会办事处，妇女救国会霞村分会，民众武装自卫会……"。
④ 初刊本作"似乎想问什么，却又把话咽下去了，还想不停的往外跑，但被我们把他留下了"。
⑤ 初刊本作"于是他站住了打量着我们"。

漆的,我们也没有找到人①。幸好阿桂对这村子还熟,她引导着我走上山,这时已经黑下来了,冬天的阳光是下去得快的。

山不高,沿着山脚上去,错错落落有很多石砌的窑洞②,也常有人站在空坪上眺望着。阿桂明知没有到,但一碰着人便要问:

"刘二妈的家是这样走的么?""刘二妈的家还有多远?""请你告诉我怎样到刘二妈的家里?"或是问:"你看见有行李送到刘二妈家去过么?刘二妈在家么?"

回答总是使我们满意的,这些满意的回答一直把我们送到最远的、最高的刘家院子里,两只小狗最先走出来欢迎我们。

接着有人出来问了。一听说是我,便又出来了两个人,他们掌着灯把我们送进一个院子,到了一个靠东的窑洞里。这窑洞里面很空,靠窗的炕上堆得有我的铺盖卷和一口小皮箱,还有阿桂的一条被子。

他们里面有认识阿桂的,拉着她的手问长问短的,后来索性把阿桂拉出去了。我一个人留在这屋子里,只好整理铺盖③。我刚要躺下去,她们又涌进来了。有一个青年媳妇托着一缸面条,阿桂、刘二妈和另外一个小姑娘拿着碗、筷和一碟子葱同辣椒,小姑娘又捧来一盆烧得红红的火。

她们殷勤的督促着我吃面,也摸我的两手、两臂。刘二妈和那媳妇也都坐上炕来了。她们露出一种神秘的神气,又接着谈讲着她们适才所谈到的一个问题。我先还以为她们所诧异的是我,慢慢我觉得不是这样的,她们只热心于一点,那就是她们谈话的内容。我只无头无尾的听见几句,也弄不清④,尤其是刘二妈说话之中,常常要把声音压

---

① 初刊本作"里边却又是黑漆漆的,我们想走上前去问,却又不知如何问起"。
② 此处初刊本"也有土窑洞,洞外边常有些空地,大树,石碾子",全集本删去。
③ 初刊本作"她们里面有认识阿桂的,拉着她的手问长问短,后来她们便都出去了,把我一个人留在这屋子里。我只好整理着铺盖,心里有些闷"。
④ 初刊本作"我不愿做出太好打听的样子,所以也不问她们,但只无头无尾的听见几句,却也弄不清"。

低,像怕什么人听见似的那么耳语着。阿桂已经完全变了,她仿佛满能干的,很爱说话,而且也能听人说话的样子,她表现出很能把握住别人说话的中心意思。另外两人不大说什么,不时也补充一两句,却那么聚精会神的听着,深怕遗漏去一个字似的。

忽然院子里发生一阵嘈杂的声音,不知有多少人在同时说话,也不知道闯进了多少人来。刘二妈几人慌慌张张的都爬下炕去往外跑,我也莫名其妙的跟着跑到外边去看。这时院子里实在完全黑了,有两个纸糊的红灯笼在人丛中摇晃,我挤到人堆里去瞧,什么也看不见,他们也是无所谓的在挤着而已,他们都想说什么,都又不说,只听见一些极简单的对话,而这些对话只有更把人弄糊涂的:

"玉娃,你也来了么?"

"看见没有?"

"看见了,我有些怕。"

"怕什么,不也是人么,更标致了呢。"

我开始以为是谁家要娶新娘子了,他们回答我不是的;我又以为是俘虏兵到了,却还不是的。我跟着人走到中间的窑门口,却见窑里挤得满满的是人,而且烟雾沉沉的看不清,我只好又退出来。人似乎也在慢慢的退去了,院子里空旷了许多。

我不能睡去,便在灯底下整理着小箱子,翻着那些练习簿、相片,又削着几支铅笔。我显得有些疲乏,却又感觉着一种新的生活要到来以前的那种昂奋。我分配着我的时间,我要从明天起遵守规定下来的生活秩序,这时却有一个男人嗓子在门外响起了:

"还没有睡么? ××同志。"

还没有等到我答应,这人便进来了,是一个二十岁左右的[①]、还文雅的乡下人。

"莫主任的信我老早就看到了,这地方还比较安静,凡事放心,都

---

① 初刊本作"是一个二十岁的"。

有我，要什么尽管问刘二妈①。莫主任说你要在这里住两个星期，行，要是住得还好，欢迎你多住一阵。我就住在邻院，下边的那几个窑，有事就叫这里的人找我。"

他不肯上炕来坐，地下又没有凳子，我便也跳下炕去：

"呵，你就是马同志，我给你的一个条子收到了么？请坐下来谈谈吧。"

我知道他在这村子上负点责，是一个未毕业的初中学生。

"他们告诉我，你写了很多书，可惜我们这里没有买，我都没有见到。"他望了望炕上开着口的小箱子。

我们话题一转到这里的学习情形时，他便又说："等你休息几天后，我们一定请你做一个报告；群众的也好，训练班的也好，总之，你一定得帮助我们，我们这里最难的工作便是'文化娱乐'。"

像这样的青年人我在前方看了很多很多，当刚刚接触他们的时候常常感到惊讶，觉得这些同自己有一点距离的青年们实在变得很快②，我又把话拉回来。

"刚才，他们发生了什么事么？"

"刘大妈的女儿贞贞回来了。想不到她才了不起呢。"即刻我感到在他的眼睛里面多了一样东西，那里面放射着愉快的、热情的光辉。

我正要问下去时，他却又加上说明了："她是从日本人那里回来的，她已经在那里干了一年多了。"

"呵！"我不禁也惊叫起来了。

他打算再告诉我一些什么时，外边有人在叫他了，他只好对我说明天他一定叫贞贞来找我。而且他还提起我注意似的，说贞贞那里"材料"一定很多的。

---

① 初刊本作"莫主任的信我老早就看到了，这地方还比较安静，一切事情我都交托刘二妈，你要什么尽管问她"。
② 此处初刊本"不过一多了，也就失去了追求了解他们的热心了"，全集本删去。

很晚阿桂才回来睡,她躺到床上老是翻来覆去的睡不着,不住的唉声叹气。我虽说已经疲倦到极点了,仍希望她能告诉我一些关于今晚上的事情。

"不,××同志!我不能说,我真难受,我明天告诉你吧,呵!我们女人真作孽呀!"于是她把被蒙着头,动也不动,也再没有叹息,我不知道她什么时候才睡着的。

第二天一早我到屋外去散步,不觉得就走到村子底下去了。我走进了一家杂货铺,一方面是休息,一方面买了他们很多枣子,是打算送给刘二妈家里煮稀饭吃的。那杂货铺老板听我说住在刘二妈家里,便挤着那双小眼睛,有趣的低声问我道:

"她那侄女儿你看见了么?听说病得连鼻子也没有了,那是给鬼子糟蹋的呀。"他又转过脸去朝站在里边门口的他的老婆说:"亏她有脸面回家来,真是她爹刘福生的报应。"

"那娃儿向来就风风雪雪的,你没有看见她早前就在街上浪来浪去,她不是同夏大宝打得火热么?要不是夏大宝穷,她不老早就嫁给他了么?"那老婆子拉着衣角走了出来。

"谣言可多呢,"他转过脸来抢着又说。这次他的眼睛已不再眨动了,却做出一副正经的样子:"听说起码一百个男人总'睡'过,哼,还做了日本官太太,这种缺德的婆娘,是不该让她回来的。"

我忍住了气,因为不愿同他吵,就走出来了。我并没有再看他,但我感觉到他又眯着①那小眼睛很得意的望着我的背影。

走到天主堂转角的地方,又听到有两个打水的妇人在谈着,一个说:

"还找过陆神父,一定要做姑姑,陆神父问她理由,她不说,只哭,知道那里边闹的什么把戏,现在呢,弄得比破鞋还不如……"

---

① 初刊本作"又眨着"。

另一个便又说:"昨天他们告诉我,说走起路来一跛一跛的,唉,怎么好意思见人!"

"有人告诉我,说她手上还戴的有金戒指,是鬼子送的呢!"

"说是还到大同去过,很远的,见过一些世面,鬼子话也会说呢……"

这散步于我是不愉快的,我便走回家来了。这时阿桂已不在家,我就独自坐在窑洞里读一本小册子。

我把眼睛从书上抬起来,看见靠墙立着两个粮食篓子①,那大约很有历史的吧,它的颜色同墙壁一般黑,我把一块活动的窗户纸掀开,看见一片灰色的天(已经不是昨天来时的天气了)和一片扫得很干净的土地,从那地的尽头,伸出几株枯枝的树,疏疏朗朗的划在那死寂的铅色的天上。

院子里没有什么人走动。

我又把小箱子打开,取出纸笔来写了两封信。怎么阿桂还没回来呢?我忘记她是有工作的,而且我以为她将与我住下去似的了。

冬天的日子本来是很短的,但这时我却以为它比夏天的还长呢。

后来我看见那小姑娘出来了,于是跳下炕到门外去招呼她,她只望着我笑了一笑,便跑到另外一个窑洞里去了。我在院子里走了两个圈,看见一只苍鹰飞到教堂的树林子里边去了。那院子里有很多大树。

我又在院子里走起来,走到靠右边的尽头,我听见有哭泣的声音,是一个女人,而且在压抑住自己,时时都在擤鼻涕。

我努力的排遣自己,思索着这次来的目的和计划,我一定要好好休养,而且按着自己规定的时间去生活。于是我又回到房子里来了,既然不能睡,而写笔记又是多么无聊呵!

幸好不久刘二妈来看我了,她一进来,那小姑娘跟着也来了,后来那媳妇也来了。她们都坐到我的炕上,围着一个小火盆。那小姑娘

---

① 初刊本作"我把眼睛从书上抬起来,就看见站在最里边的两个粮食篓子"。

便察看着那小方炕桌上的我的用具。

"那时谁也顾不到谁，"刘二妈述说着一年半前鬼子打到霞村来的事，"咱们住在山上的还好点，跑得快，村底下的人家有好些都没有跑走，也是命定下的，早不早迟不迟，这天咱们家的贞贞却跑到天主堂去了，后来才知道她是找那个外国神父要做姑姑去的，为的也是风声不好，她爹正在替她讲亲事，是西柳村一家米铺的小老板，年纪快三十了，填房，家道厚实，咱们都说好，就只贞贞自己不愿意，她向着她爹哭过。别的事她爹都能依她，就只这件事老头子不让，咱们老大又没儿，总企望把女儿许个好人家。谁知道贞贞却赌气跑到天主堂去了，就那一忽儿，落在火坑了哪，您说做娘老子的怎不伤心……"

"哭的是她的娘么？"

"就是她娘。"

"你的侄女儿呢？"

"侄女儿么，到底是年轻人，昨天回来哭了一场，今天又欢天喜地到会上去了，才十八岁呢。"

"听说做过日本人太太，真的么？"

"这就难说了，咱也摸不清，谣言自然是多得很，病是已经弄上身了，到那种地方，还保得住干净么？小老板的那头亲事，还不吹了，谁还肯要鬼子用过的女人！的的确确是有病，昨天晚上她自己也说了。她这一跑，真变了，她说起鬼子来就像说到家常便饭似的，才十八岁呢，已经一点也不害臊了。"

"夏大宝今天还来过呢，娘！"那媳妇悄声的说着，用探问的眼睛望着二妈。

"夏大宝是谁呢？"

"是村底下磨房里的一个小伙计，早先小的时候同咱们贞贞同过一年学，两个要好得很，可是他家穷，连咱们家也不如，他正经也不敢怎样的，偏偏咱们贞贞痴心痴意，总要去缠着他，一来又怪了他；要去做姑姑也还不是为了他？自从贞贞给日本鬼弄去后，他倒常来看看咱们老大两口子。起先咱们大爹一见他就气，有时骂他，他也不说什么，骂走了第二次又来，倒是一个有良心的孩子，现在自卫队当一个小排长呢。他今天又来了，好像向咱们大妈求亲来着呢，只听见她哭，后来他也哭着走了。"

"他知不知道你侄女儿的情形呢？"

"怎会不知道？这村子里就没有人不清楚，全比咱们自己还清楚呢。"

"娘，人都说夏大宝是个傻孩子①呢。"

"嗯，这孩子总算有良心，咱是愿意这头亲事的。自从鬼子来后，谁还再是有钱的人呢？看老大两口子的口气，也是答应的。唉，要不是这孩子，谁肯来要呢？莫说有病，名声就实在够受了。"

"就是那个穿深蓝色短棉袄，戴一顶古铜色翻边毡帽的。"小姑娘闪着好奇的眼光，似乎也很了解这回事。

在我记忆里出现了这样一个人影：今天清晨我出外散步的时候，看见了这么一个年轻的小伙子，有着一副很机灵也很忠厚的面孔，他站在我们院子外边，却又并不打算走进来的样子；约莫当我回家时，又看他从后边的松林里走出来。我只以为是这院子里人或邻院的人，我那时并没有很注意他，现在想起来，倒觉得的确是一个短小精悍、很不坏的年轻人②。

我的休养计划怕不能完成了，为什么我的思绪这样的乱？我并不着急于要见什么人，但我幻想中的故事是不断的增加着。

阿桂现出一副很明白我的神气，望着我笑了一下便走出去了。

我明白了她的意思，于是来回在炕上忙碌了一番；觉得我们的铺、灯、火都明亮了许多。我刚把茶缸子搁在火上的时候，果然阿桂已经回到门口了，我听见她后边还跟得有人。

---

① 初刊本作"傻子"。
② 初刊本作"孩子"。

"有客人来了，××同志！"阿桂还没有说完，便听见另外一个声音噗哧一笑："嘻……"

在房门口我握住了这并不熟识的人的手了。她的手滚烫，使我不能不略微吃惊。她跟着阿桂爬上炕去时，在她的背上，长长的垂着一条发辫①。

这间使我感到非常沉闷的窑洞，在这新来者的眼里，即很新鲜似的，她用满有兴致的眼光环绕的探视着。她身子稍稍向后仰的坐在我的对面，两手分开撑住她坐的铺盖上，并不打算说什么话似的，最后把眼光安详的落在我的脸上了。阴影把她的眼睛画得很长，下巴很尖。虽在很浓厚的阴影之下的眼睛，那眼珠却被灯光和火光照得很明亮，就像两扇在夏天的野外屋宇里洞开的窗子，是那么坦白，没有尘垢。

我也不知道如何来开始我们的谈话，怎么能不碰着她的伤口，不会损害到她的自尊心。我便先从缸子里倒了一杯已经热了的茶。

"你是南方人吧？我猜你是的，你不像咱们省里的人。"倒是贞贞先说了。

"你见过很多南方人么？"我想最好随她高兴说什么我就跟着说什么。

"不，"她摇着头，仍旧盯着我瞧，"我只见过几个，总是有些不同。我喜欢你们那里人，南方的女人都能念很多很多的书，不像咱们，我愿意跟你学，你教我好么？"

我答应她之后忽的她又说了："日本的女人也都会念很多很多书，那些鬼子兵都藏得有几封写得漂亮的信：有的是他们的婆姨来的，有的是相好来的，也有不认识的姑娘们写信给他们，还夹上一张照片，写了好些肉麻的话②，也不知道她们是不是真心，总哄得那些鬼子当宝贝似的揣在怀里。"

---

① 初刊本作"沉沉的垂着一条长辫"。
② 此处初刊本"真怪，怎么她们那末喜欢打仗，喜欢当兵的人"，全集本删去。

"听说你会说日本话，是么？"

在她脸上轻微的闪露了一下羞赧的颜色，接着又很坦然的说下去："时间太久了，跑来跑去一年多，多少就会了一点，懂得他们说话很有用处。"

"你跟着他们跑了很多地方么？"

"不是老跟着一个队伍跑的，人家总以为我做了鬼子官太太，享富贵荣华，实际我跑回来过两次，连现在这回是第三次了。后来我是被派去的，也是没有办法，我在那里熟，工作重要，一时又找不到别的人。现在他们不再派我去了，要替我治病。也好，我也挂牵我的爹娘，回来看看他们。可是娘真没有办法，没有儿女是哭，有了儿女还是哭①。"

"你一定吃了很多的苦吧。"

"她吃的苦真是想也想不到，"阿桂露出一副难受的样子，像要哭似的，"做了女人真倒霉，贞贞你再说吧。"她更挤拢去，紧靠她身边。

"苦么，"贞贞像回忆着一件辽远的事一样，"现在也说不清，有些是当时难受，于今想来也没有什么；有些是当时倒也马马虎虎的过去了，回想起来却实在伤心呢，一年多，日子也就过去了。这次一路回来，好些人都奇怪的望着我。就说这村子的人吧，都把我当一个外路人，有亲热我的，也有逃避我的。再说家里几个人吧，还不都一样，谁都偷偷的瞧我，没有人把我当原来的贞贞看了。我变了么，想来想去，我一点也没有变，要说，也就心变硬一点罢了。人在那种地方住过，不硬一点心肠还行么，也是因为没有办法，逼得那么做的哪！"

一点有病的样子也没有，她的脸色红润，声音清晰，不显得拘束，也不觉得粗野。她并不含一点夸张，也使人感觉不到她有什么牢骚，或是悲凉的意味，我忍不住要问到她的病了。

"人大约总是这样，哪怕到了更坏的地方，还不是只得这样，硬着

---

① 初刊本作"没有女儿是哭，有了女儿还是哭"。

头皮挺着腰肢过下去,难道死了不成?后来我同咱们自己人有了联系,就更不怕了。我看见日本鬼子吃败仗,游击队四处活动,人心一天天好起来,我想我吃点苦,也划得来,我总得找活路,还要活得有意思,除非万不得已。所以他们说要替我治病,我想也好,治了总好些①。这几天病倒不觉得什么了,路过张家驿时,住了两天,他们替我打了两次药针,又给了一些药我吃。只有今年秋天的时候,那才厉害,人家说我肚子里面烂了,又赶上有一个消息要立刻送回来,找不到一个能代替的人,那晚上摸黑我一个人来回走了三十里,走一步,痛一步,只想坐着不走了。要是别的不关紧要的事,我一定不走回去了,可是这不行哪,唉,又怕被鬼子认出来,又怕误了时间,后来整整睡了一个星期,才又拖着起了身。一条命要死好像也不大容易,你说是么?"

她并没有等我的答复,却又继续说下去了。

有的时候,她停顿下来,在这时间,她也望望我们,也许是在我们脸上找点反应,也许她只是思索着别的。看得出阿桂比贞贞显得更难受,阿桂大半的时候沉默着,有时说几句话,她说的话总只为的传达出她的无限的同情,但她沉默时,却更显得她为贞贞的话所震慑住了,她的灵魂被压抑,她感受了贞贞过去所受的那些苦难。

我以为那说话的人丝毫没有想到要博得别人的同情,纵是别人正为她分担了那些罪过②,她似乎也没有感觉到,同时也正因为如此,就使人觉得更可同情了。如果她说起她这段历史的时候,并不是像现在这样,心平气和,甚至使你以为她是在说旁人那样,那是宁肯听她哭一场,哪怕你自己也陪着她哭,都是觉得好受些的。

后来阿桂倒哭了,贞贞反来劝她。我本有许多话准备同贞贞说的,也说不出口了,我愿意保持住我的沉默。当她走后,我强制自己在灯下读了一个钟头的书,连睡得那么邻近的阿桂,也不看她一眼,或问

---

① 初刊本作"难道死了不成?现在呢,我再也不那么想了,我说替我治病,我想也好,治了总好些"。

② 初刊本作"罪行"。

她一句，哪怕她老是翻来覆去的睡不着，一声一声的叹息着。

以后贞贞每天都来我这里闲谈，她不只是说她自己，也常常很好奇的问我许多那些不属于她的生活中的事。有时我的话说得很远，她便显得很吃力的听着，却是非常要听的。我们也一同走到村底下去，年轻人都对她很好；自然都是那些活动分子。但像杂货店老板那一类的人，总是铁青着脸孔，冷冷的望着我们，他们嫌厌她，卑视她，而且连我也当着不是同类的人的样子看待了。尤其那一些妇女们，因为有了她才发生对自己的崇敬，才看出自己的圣洁来，因为自己没有被敌人强奸而骄傲了。

阿桂走了之后，我们的关系就更密切了，谁都不能缺少谁似的，一忽儿不见就会彼此挂念①。我喜欢那种有热情的，有血肉的，有快乐、有忧愁、又有明朗的性格的人；而她就正是这样。我们的闲谈常常占去了很多时间，我总以为那些谈天，于我的学习和修养，就是非常有帮助的。可是日子一天天过去，贞贞对我并不完全坦白的事，竟被我发觉了；但我绝不会对她有一丝怨恨，而且我将永远不去触她这秘密，每个人一定有着某些最不愿告诉人的东西深埋在心中，这是指属于私人感情的事，既与旁人毫无关系，也不会关系于她个人的道德。

到了我快走的那几天，贞贞忽然显得很烦躁，并没有什么事，也不像打算要同我谈什么的，却很频繁的到我屋里来，总是心神不宁的，坐立不安的，一会儿又走了。我知道她这几天吃得很少，甚至常常不吃东西。我问过她的病，我清楚她现在所担受的烦扰，决不只是肉体上的。她来了，有时还说几句毫无次序的话②；有时似乎要求我说一点什么，做出一副要听的神气。但我也看得出她在想一些别的，那些不愿让人知道的，她是正在掩饰着这种心情，装出无所谓的样子。

---

① 初刊本作"一忽儿不见就会使人惊诧的"。
② 初刊本作"我问过她的病状，但我也清楚她现在所担受的烦扰，绝不只是肉体上的。但我也不愿问她，看着她来，说几句毫无次序的话"。

有两次，我看见那显得很精悍的年轻小伙子从贞贞母亲的窑中出来，我曾把他给我的印象和贞贞一道比较，我以为我非常同情他，尤其当现在的贞贞被很多人糟蹋过，染上了不名誉的、难医的病症的时候，他还能耐心的来看她，向她的父母提出要求，他不嫌弃她，不怕别人笑骂。他一定觉得她这时更需要他，他明白一个男子在这样的时候对他相好的女人所应有的气概和责任。而贞贞呢，虽说在短短的时间中，找不出她有很多的伤感和怨恨，她从没有表示过她希望有一个男子来要她，或者就说是抚慰吧；但我也以为因为她是受过伤的，正因为她受伤太重，所以才养成她现在的强硬，她就有了一种无所求于人的样子。可是如果有些爱抚①，非一般同情可比的怜惜，去温暖她的灵魂是好②的。我喜欢她能哭一次，找到一个可以哭的地方去哭一次。我希望我有机会吃到这家人的喜酒，至少我也愿意听到一个喜讯再离开。

"然而贞贞在想着一些什么呢？这是不会拖延好久，也不应成为问题的。"我这样想着，也就不多去思索了。

刘二妈，她的小媳妇、小姑娘也来过我房了，估计她们的目的，无非想来报告些什么，有时也说一两句。但我总不给她们说话的机会，我以为凡是属于我朋友的事，如若朋友不告诉我，我又不直接问她，却在旁人那里去打听，是有损害于我的朋友和我自己，也是有损害于我们的友谊的。

就在那天黄昏，院子里又热闹起来了，人都聚集在那里走来走去，邻舍的人全来了，他们交头接耳，有的显得悲戚，也有的满感兴趣的样子。天气很冷，他们好奇的心却很热，他们在严寒底下耸着肩，弓着腰，拢着手，他们吹着气，在院子中你看我，我看你，好像在探索

---

① 初刊本作"或者就说是抚慰吧；但她应该有些温暖才好，她是受过伤的，正因为她受伤太重，所以才养成她现在的强硬，她似乎是无所求于人的样子，但我总以为如果有些爱抚"。

② 初刊本作"必须"。

着很有趣的事似的。

开始我听见刘大妈的房子里有吵闹的声音，接着刘大妈哭了。后来还有男人哭的声音，我想是贞贞的父亲吧。接着又有摔碗的声音，我忍不住，分开看热闹的人冲进去了。

"你来的很好，你劝劝咱们贞贞吧。"刘二妈把我扯到里边去。

贞贞把脸藏在一头纷乱的长发里，望得见两颗狰狰的眼睛从里边望着众人。我走到她旁边便站住了。她似乎并没有感觉我的到来，或者也把我当作一个毫不足介意的敌人之一罢了。她的样子完全变了，几乎使我不能在她的身上回想起一点点那些曾属于她的洒脱、明朗、愉快，她像一个被困的野兽，她像一个复仇的女神，她憎恨着谁呢，为什么要做出那么一副残酷的样子？

"你就这样的狠心，全不为娘老子着想，你全不想想这一年多来我为你受的罪……"刘大妈在炕上一边捶着一边骂，她的眼泪像雨点一样，有的落①在炕上，有的落在地上，还有的就顺着脸往下流。

有好几个女人围着她，扯着她，她们不准她下炕来。我以为一个人当失去了自尊心，一任她的性情疯狂下去的时候，真是可怕。我想告诉她，你这样哭是没有用的，同时我也明白在这时是无论什么话都不会有效的。

老头子显得很衰老的样子，他垂着两手，叹着气。夏大宝坐在他旁边，用无可奈何的眼光望着两个老人。

"你总得说一句呀，你就不可怜可怜你的娘么？……"

"路走到尽头总要转弯的，水流到尽头也要转弯的，你就没有一点弯转么？何苦来呢？……"

一些女人们就这样劝贞贞。

我看出这事是不会如大家所希望的了。贞贞早已表示不要任何人可怜她，她也不可怜任何人。她是早已决定，没有转弯的，要说赌气，

---

① 初刊本作"打"。

就算赌气吧。她现在是咬紧了牙关要坚持下去的神情。

她们听了我的劝告,让贞贞到我的房里边去休息,一切问题到晚上再谈。于是我便领着贞贞出来了。可是她并没有到我的房中去,她向后山上跑了。

"这娃儿心事大呢!……"

"哼,瞧不起咱乡下人了……"

"这种破铜烂铁,还搭臭架子,活该夏大宝倒霉……"

聚集在院子中的人们纷纷议论着,看看已经没有什么好看的了,便也散去了。

我在院子中踌躇了一会儿,便决计到后山去。山上有些坟堆,坟周围都是松树,坟前边有些断了的石碑,一个人影也没有,连落叶的声音都没有。我从这边穿到那边,我叫着贞贞的名字,似乎有点回声,来安慰一下我的寂寞,但随即更显得万山的沉静。天边的红霞已经退尽了,四周围浮上一层寂静的、烟似的轻雾,绵延在远近的山的腰边。我焦急,我颓然坐在一块碑上,我盘旋着一个问题:再上山去呢,还是在这里等她呢?我希望我能替她分担些痛苦。

我看见一个影子从底下上来了,很快我便认出就是夏大宝[①]。我不做声,希望他没有看见我,让他直到上面去吧。但是他却在朝我走来。

"你找了么?我到现在还没有看见她。"我不得不向他打个招呼。

他走到我面前,就在枯草地上坐下去。他沉默着,眼望着远方。

我微微有些局促。他的确还很年轻呢,他有两条细细的长眉,他的眼很大,现在却显得很呆板,他的小小的嘴紧闭着,也许在从前是很有趣的,但现在只充满着烦恼,压抑住痛苦的样子,他的鼻是很忠厚的,然而却有什么用?

"不要难受,也许明天就好了,今天晚上我定要劝她。"我只好安慰他。

---

① 初刊本作"那个小伙子"。

"明天，明天，……她永远都会恨我的，我知道她恨我……"他的声音稍稍的有点儿哑，是一个沉郁的低音。

"不，她从没有向我表示过对人有什么恨。"我搜索着我的记忆，我并没有撒谎。

"她不会对你说的，她不会对任何人说的，她到死都不饶恕我的①。"

"为什么她要恨你呢？"

"当然啰……"忽的他把脸朝着我，注视着我，"你说，我那时不过是一个穷小子，我能拐着她逃跑么？是不是我的罪？是么？"

他并没有等到我的答复就又说下去了，几乎是自语："是我不好，还能说是我对么，难道不是我害了她么？假如我能像她那样有胆子，她是不会……

"她的性格我懂得，她永远都要恨我的。你说，我应该怎样？她愿意我怎样？我如何能使她快乐？我这命是不值什么的，我在她面前也还有点用处么？你能告诉我么？我简直不知我应该怎样才好，唉，这日子真难受呀！还不如让鬼子抓去……"他不断的喃喃下去。

当我邀他一道回家去的时候，他站起来同我走了几步，却又停住了，他说他听见山上有声音。我只好鼓励他上山去，我直望到他的影子没入更厚的松林中去，才踏上回去的路，天色已经快要全黑了。

这天晚上我虽然睡得很迟，却没有得着什么消息，不知道他们怎样过的。

等不到吃早饭，我把行李都收拾好了。马同志答应今天来替我搬家。我准备回政治部去，并且回到延安去②；因为敌人又要大举"扫荡"了，我的身体不准许我再留在这里，莫主任说无论如何要先把这些伤

---

① 初刊本作"她一定到死都不饶恕我的"。
② 初刊本作"我已准备回政治部去，并且回到××去"。

病员送走。我的心却有些空荡荡的，坚持着不回去么？身体又累着别人；回去么？何时再来呢？我正坐在我的铺上沉思着的时候，我觉得有人悄悄的走进我的窑洞。

她一耸身跳上炕来坐在我的对面了，我看见贞贞脸上稍稍的有点浮肿，我去握着那只伸在火上的手，那种特别使我感觉刺激的烫热又使我不安了，我意识到她有着不轻的病症。

"贞贞！我要走了，我们不知何时再能相会，我希望，你能听你娘……"

"我就是来告诉你的，"她一下就打断了我的话，"我明天也要动身了。我恨不得早一天离开这家。"

"真的么？"

"真的！"在她的脸上那种特有的明朗又显出来了。"他们叫我回……去治病。"

"呵！"我想我们也许要同道的，"你娘知道了么？"

"不，还不知道，只说治病，病好了再回来，她一定肯放我走的，在家里不是也没有好处么？"

我觉得她今天显得稀有的平静。我想起头天晚上夏大宝说的话了。我冒昧的便问她道：

"你的婚姻问题解决了么？"

"解决，不就是那末么？"

"是听娘的话么？"我还不敢说出我对她的希望，我不愿想着那年轻人所给我的印象，我希望那年轻人有快乐的一天。

"听她们的话，我为什么要听她们的话，她们听过我的话么？"

"那末，你果真是和她们赌气么？"

"……"

"那末，……你真的恨夏大宝么？"

她半天没有回答我，后来她说了，说得更为平静的："恨他，我也说不上。我觉得我已经是一个有病的人了，我的确被很多鬼子糟蹋过，到底是多少,我也记不清了,总之,是一个不干净的人了。既然已经有了缺憾,就不想再有福气,我觉得活在不认识的人面前,忙忙碌碌的,比活在家里,比活在有亲人的地方好些。这次他们既然答应送我到延安①去治病,那我就想留在那里学习,听说那里是大地方,学校多;什么人都可以学习的。大家扯在一堆并不会怎样好,那就还是分开,各奔各的前程。我这样打算是为了我自己;也为了旁人,所以我并不觉得有什么对不住人的地方,也没有什么高兴的地方。而且我想,到了延安,还另有一番新的气象。我还可以再重新作一个人,人也不一定就只是爹娘的,或自己的②。别人说我年轻,见识短,脾气别扭,我也不辩,有些事情哪能让人人都知道呢?"

我觉得非常惊诧,新的东西又在她身上表现出来了。我觉得她的话的确值得我们研究③,我当时只能说出我赞成她的打算的话。

我走的时候,她的家属在那里④送我,只有她到公所里去了,也再没有看见夏大宝。我心里并没有难受,我仿佛看见了她的光明的前途,明天我将又见着她的,定会见着她的,而且还有好一阵时日我们不会分开了。果然,一走出她家的门,马同志便告诉了我关于她的决定,证实了她早上告诉我的话很快便会实现了。

一九四〇年

---

① 初刊本作"××"。
② 此处"而且我想,到了延安,还另有一番新的气象。我还可以再重新作一个人,人也不一定就只是爹娘的,或自己的"为全集本后加。
③ 初刊本作"我觉得她的确值得我研究"。
④ 初刊本作"她的家属全在那里"。

在医院中*

一

十二月里的末尾，下过了第一场雪，小河大河都结了冰，风从收获了的山岗上吹来，刮着牲口圈篷顶上的苇秆，呜呜的叫着，又迈步到沟底下去了。草丛里藏着的野雉，刷刷的整着翅子，钻进那些石缝或是土窟洞里去。白天的阳光，照射在那些夜晚冻了的牛马粪堆上，散发出一股难闻的气味。几个无力的苍蝇在那里打旋。黄昏很快的就罩下来了，苍茫的，凉幽幽的从远远的山岗上，从刚刚可以看见的天际边，无声的，四面八方的靠近来，鸟鹊打着寒战，狗也夹紧了尾巴。人们都回到他们的家，那唯一的藏身的窑洞里去了。

那天，正是这时候，一个穿灰色棉军服的年轻女子，跟在一个披一件羊皮大衣的汉子后面，从沟底下的路上走来。这女子的身段很灵巧，穿着男子的衣服，就像一个未成年的孩子似的，她有意的做出一副高兴的神气，睁着两颗圆的黑的小眼，欣喜的探照荒凉的四周。

"我是没有什么工作经验的，将来麻烦你的时候一定很多，总请你帮忙才好啦！李科长！你是老革命，鄂豫皖来的吧？"

她现在很惯于用这种声调了，她以为不管到什么机关去，总得先同这些事务工作人员相熟。在学校的时候，每逢到厨房打水，到收发

---

* 初刊于《谷雨》1941 年第 1 期创刊号，初名《在医院中时》，署名丁玲。1942 年《文艺阵地》第 7 卷第 1 期转载时改名《在医院中》。收入《丁玲全集》第 4 卷。

科取信，上灯油，拿炭，她总是拿出这末一副讨好的声音，可是并不显得卑屈，只见其轻松。

走在前边的李管理科长，有着一般的管理科长不疾不徐的风度，俨然将军似的披着一件老羊皮大衣。他们在有的时候显得很笨，有时却很聪明。他们会使用军队里最粗野的骂人术语，当勤务员犯了错误的时候；他们也会很微妙的送一点鸡，鸡蛋，南瓜子给秘书长①，或者主任。这并不要紧，因为只由于他的群众工作好，不会有其他什么嫌疑的。

他们从那边山腰转到这边山腰，在沟里边一望，曾闪过白衣的人影，于是那年轻女子大大的嘘了一口气，像特意要安慰自己说："多么幽静的养病的所在②啊！"

她不敢把太愉快的理想安置得太多，却也不敢把生活想得太坏，失望和颓丧都是她所怕的，所以不管遇着怎样的环境，她都好好的替它做一个宽容的恰当的解释。仅仅在这一下午，她就总是这末一副恍恍惚惚，却又装得很定心的样子。

跟在管理科长的后边，走进一个院子，而且走进一个窑洞；这就是她要住下来的。这简直与她的希望相反，这间窑决不会很小，决不会有充足的阳光，一定还很潮湿。当她一置身在空阔的窑中时，便感觉得在身体的四周，有一种怕人的冷气袭来，薄弱的，黄昏的阳光照在那黑的土墙上，浮着一层凄惨的寂寞的光，人就像处在一个幽暗的，却是半透明的那末一个世界，与现世脱离了似的。

她看见她的小皮箱和铺盖卷已经孤零零的放在那冷地上。

这李科长是一个好心的管理科长，他动手替她把那四根柴柱支着的铺整理起来了。

"你的被这样薄！"他抖着那薄饼似的被子时不禁忍不住的叫起来

---

① 初刊本作"××给秘书长，总务处长，或者主任"。
② 初刊本作"处所"。

了。在队伍里像这样薄的被子也不多见的。

她回顾了这大窑，心也不觉的有些忐忑，但她是不愿向人要东西的，她说："我不大怕冷。"

在她的铺的对面，已经有一个铺得很好的铺，他告诉她那是住着一个姓张的医生的老婆，是一个看护。于是她的安静的，清洁的，有条理的独居的生活的梦想又破灭了。但她却勉强的安慰自己："住在这样大的一间窑里，是应该有个伴的。"

那位管理科长不知怎样一搞，床却垮在地下了。他便匆匆的走了，大约是找斧子去的吧。

这年轻女子便蹲在地上将这解体的床铺再支起来，她找寻可以使用的工具，看见靠窗户放有一张旧的白木桌。假如不靠着什么那桌子是站不住的，桌子旁边随便的躺着两张凳子。这新办不久的医院里的家具，也似乎是从四方搜罗来的残废者啊！

用什么方法可以打发走这目前的无聊的时光呢，那管理科长又没有来？她只好踱到院子里去。院子里的一个粪堆和一个草堆连接起来了，没有插足的地方①。两个女人跪在草堆里，浑身都是草屑，一个掌着铡刀，一个把着草束，专心的铡着，而且播弄那些切碎了的草。

她站在她们旁边，看了一会儿，和气的问道："老乡！吃过了没有？"

"没做啦！②"于是她们停住了手的动作，好奇的，呆呆的打量她，一个女人就说了："呵！又是来养娃娃的呵！"她一头剪短了的头发乱蓬得像个孵蛋的母鸡③，从那头杂乱得像茅草的发中，露出一块破布片似的苍白的脸，和两个大而无神的眼睛④。

"不，我不是来养娃娃的。是来接娃娃的。"在没有结过婚的女

---

① 初刊本作"简直没有插足的地方"。
② 初刊本作"没吃嘛"。
③ 初刊本作"××像个孵蛋的母鸡尾巴"。
④ 此处初刊本"有着鱼的表情"，全集本删去。

子一听到什么养娃娃的话,如同吃了一个苍蝇似的心里涌起了欲吐的嫌厌。

在朝东那面的三个窑里,已经透出微弱的淡黄色的灯光。有初生婴儿的啼哭。这是她曾熟悉过的一种多么挟着温柔和安慰的小小生命的呼唤呵。这呱呱的声音带了无限的新鲜来到她胸怀,她不禁微微张开了嘴,舒展了眉头,向那有着灯光的屋子里,投去一缕甜适的爱抚:"明天,明天我要开始了!"

再绕到外边时,暮色更低的压下来了。沟底下的树丛成了模糊的一片。远远的半山中,穿着一条灰色的带子,晚霞在那里飘荡。虽说没有多大的风,空气却刺骨的寒冷。她只好走回来,惊奇的跑回已经有了灯光的自己的住处。管理科长什么时候走回来的呢?她的铺也许弄妥当了。她到屋里时,只见一个穿黑衣的女同志端坐在那已有的铺上,就着一盏麻油灯整理着一双鞋面,那麻油灯放在两张重叠起来的凳上。

"你是新来的医生,陆萍么?"当她问她的时候,就像一个天天见惯了的人似的那末坦直和自然,随便的投来一瞥,又去弄她的鞋面去了,还继续哼着一个不知名的小调。

她一点也没有注意从这新来的陆萍那里送来了如何的高兴。她只用平淡的节省的字眼在回答她。她好像一个老旅行者,在她的床的对面,多睡一个人或少睡一个人或更换一个人都是一样,没有什么可以引起波动的。她把鞋面翻看了一回之后,便把铺摊开了;却又不睡,只坐在被子里,靠着墙,唱着一个陕北小调。

陆萍又把那几根柴柱拿来敲敲打打,怎末也安置不好,她只好把铺开在地上,决心熬过这一夜。她坐在被子里,无所谓的把那个张医生的老婆打量起来。

她不是很美丽吗?她有一个端正的头型,黑发不多也不少,五官都很端正,脖项和肩胛也很适衬,也许是宜于移在画布上去的线条,可是她仿佛没有感情,既不温柔,也不凶暴,既不显得聪明,又不见得愚蠢,她答应她一些话语,也述说过,也反问过她,可是你无法窥测出她是喜悦呢,还是厌憎。

忽然那看护像被什么针刺了似的,陡的从被子里跳出来,一直冲了出去。陆萍听见她推开了间壁老百姓的门,一边说着些什么,带着高兴的走了进去,那曾因她跑走时鼓起一阵风的被子,大半拖在地上。

现在又只剩陆萍一个人。被子老裹不严,灯因为没有油只剩一点点凄惨的光。老鼠出来了,先是在对面床底下,后来竟跳到她的被子上来了。她蜷卧在被子里,不敢脱衣裳,寒冷不容易使人睡着。她不能不想到许多事,仅仅这一下午所碰到的就够她去消磨这深夜的时候了。她竭力安慰自己,鼓励自己,骂自己,又替自己建筑着新的希望的楼阁,努力使自己在这楼阁中睡去,可是窑对面牛棚里的牛,不断的嚼着草根,还常常用蹄子踢着什么。她再张开眼时,房子里已经漆黑,灯不知在什么时候已经熄灭,老鼠更勇敢的迈过她的头。

很久之后,才听到间壁的窑门又开了。医生的老婆风云叱咤的一路走回来,门大声的响着,碰倒了一张凳子,又踩住了自己的被子,于是她大声的骂"狗×的,×他奶奶的管理员,给这末一滴儿油,一点便黑了,真他妈拉格×!"她连串的熟悉的骂那些极其粗鲁的话,她向那些粗人学的很好①,不过即使她这末骂着的时候,也看不出她有多大的憎恨,或是显得猥亵。

陆萍一声也不响,她从嘴唇的动弹中,辨别出她适才一定吃过什么很满意的东西了。那看护摸上床之后,头一着枕,便响起很匀称的鼾声。

---

① 初刊本作"她从那些大兵们学的很好"。

二

陆萍是上海一个产科学校毕业的学生，是依照她父亲的意思①。才进去两年，她自己感到她不适宜于做一个产科医生，她对于文学书籍更感到兴趣，她有时甚至讨厌一切医生，但在产校仍整整住了四年。八一三的炮火把她投进了战争，她到伤兵医院去服务，耐心的为他们洗换，替他们写信给家里，常常为了一点点的需索奔走。她像一个母亲一个情人似的看护着他们。他们也把她当着一个母亲一个情人似的依靠着。他们伤好了，她为他们愉快。可是他们走了，有的向她说了声再会，也有来一封道谢的信，可是也就不会再有消息。她悄悄的拿回那寂寞的感情，再投到②新来的伤兵身上。这样的流动生活，几乎消磨了一整年，她受了很多的苦，辗转的跑到延安，做了抗大的学生。她自己感觉到在内在的什么地方有些改变，她用心啃着从未接触过的一些书籍，学着在很多人面前发言。她仿佛看见了自己的将来，一定是以一个活跃的政治工作者的面目出现。她很年轻，才二十岁，自恃着聪明，她满意这生活，和这生活的道路。她不会浪费她的时间，和没有报酬的感情。在抗大住了一年，她成了一个共产党员。这时政治处的主任找她谈话，为了党的需要，她必须脱离学习到离延安四十里地的一个刚开办的医院去工作，而且说医务工作应该成为她终身对党的贡献的事业。她声辩过，说她的性格不合，她可以从事更重要的或更不重要的，甚至她流泪了。但这些理由不能够动摇那主任的决心，不能推翻决议，除了服从没有旁的办法。支部书记来找她谈话，小组长成天盯着她谈。她讨厌那一套，那些理由她全懂。事实是她要割断这一年来她所憧憬的光明前途，重回到旧有的生活。她很明白，她决不会成为一个了不起的医生，她不过是一个很普通的助产婆，有没有

---

① 初刊本作"父亲的理想"。
② 初刊本作"再投挪到"。

都没有什么关系。她是一个富于幻想的人，而且有能耐去打开她生活的局面。她打扫了心情，用愉快的调子去迎接该到来的生活，伊里奇不说过吗？"不愉快只是生活的耻辱"，于是她到医院来了。

院长是一个四川人，种田的出身，后来参加了革命，在军队里工作很久，对医务完全是外行。他以一种对女同志并不需要尊敬和客气的态度接见陆萍，像看一张买草料的收据那样懒洋洋的神气读了她的介绍信，又盯着她瞪了一眼："唔，很好！留在这里吧。"他很忙，不能同她多谈。对面屋子里住的有指导员，她可以去找他。于是他不再望她了，端坐在那里，并不动手做别事。

指导员黄守荣同志，一副八路军里青年队队长的神气，很谨慎，很爱说话，衣服穿得很整齐，表现一股很朴直很幼稚的热情，有点羞涩，却又企图装得大方。

他告诉她这里的困难，第一，没有钱；第二，刚搬来，群众工作还不好，动员难；第三，医生太少，而且几个负责些的都是外边刚来的，不好对付。

把过去历史，做过连指导员的事也同她说了。他是多么想回到连上去呵。

从指导员房里出来之后，一个下午还遇了几个有关系的同事。那化验室的林莎，在用一种怎样敌意的眼睛来望她。林莎有一对细的弯的长眼，笑起来的时候眯成一条半圆形的线，两角往下垂，眼皮微微肿起，露出细细的引逗人的光辉，好似在等着什么爱抚，好似在问人："你看，我还不够漂亮么？"可是她对刚来的陆萍，眼睛只显出一种不屑的神气："哼！什么地方来的这产婆，看那寒酸样子！"她的脸有很多的变化，有时像一朵微笑的花，有时像深夜的寒星。她的步法非常停当，用很慢的调子说话，这种沉重又显得柔媚，又显得傲慢[①]。

陆萍只憨憨的对她笑，心里想："我怕你什么呢，你用什么来向我

---

① 初刊本作"野蛮"。

骄傲？我会让你认识我。"她既然有了这样的信心，她就要做到。

又碰到一个在抗大的同学，张芳子，她在这里做文化教员。这个常常喜欢在人面前唱歌的人，本来就未引起过她的好感。这是一个最会糊糊涂涂的懒惰的打发去每一个日子的人。她有着很温柔的性格，不管伸来怎样的臂膀，她都不忍心拒绝，可是她却很少朋友。这并不由于她有什么孤僻的性格，只不过因为她像一个没有骨头的人，烂棉花似的没有弹性，不能把别人的兴趣绊住。陆萍刚看见她时，还涌起一阵欢喜，可是再看看她那庸俗平板的脸孔时，心就像沉在海底似的那末平稳，那末凉。

她去拜访了产科主任王梭华医生，他有一位浑身都是教会女人气味的太太——她是小儿科医生。她总用着白种人看有色人种的眼光来看一切，像一个受惩的仙子下临凡世，又显得慈悲，又显得委屈。只有她丈夫给了陆萍最好的印象，这是一个有绅士风度的中年男子，面孔红润，声音响亮，时时保持住一种事务上的心满意足。虽说她看得出他只不过是一种资产阶级所惯有的虚伪的应付，然而却有精神，对工作热情。她并不喜欢这种人，也不需要这种人做朋友，可是在工作上她乐意和这人合作。她不敢在那里坐很久，那位冷冷的坐在侧边的夫人总使她害怕，即使在她和气和做得很明朗的气氛之下，她也感到有一种说不出的压抑。

不管这种种的现象，曾给予她多少不安和彷徨，然而在睡过一夜之后，她都把它像衫袖上的尘土抖掉了。她理性的批判了那一切。她非常有元气的跳了起来，她自己觉得她有太多的精力，她能担当一切。她说，让新的生活好好的开始吧。

三

每天早饭一吃过，只要没有特别的事故，她可以不等主任医生，就轮流到五间产科病室去察看。这儿大半是陕北妇女①，和很少的几个××，××或××的学生。她们都很欢迎她，每个人都用担心的，谨慎的眼睛来望她，亲热的喊着她的名字，琐碎的提出许多关于病症的问题，有时还在她面前发着小小的脾气，女人的爱娇。每个人的希望都寄托在她的身上。这样的情形在刚开始，也许可以给人一些兴奋和安慰。可是日子长了，天天是这样，而且她们并不听她的话。她们好像很怕生病，却不爱干净，常常使用没有消毒过的纸，不让看护洗濯，生产还不到三天就悄悄爬起来自己去上厕所，甚至她们还很顽固。实际她们都是做了母亲的人，却要别人把她们当着小孩子看待，每天重复着那些叮咛的话，有时也得假装生气。但房子里仍旧很脏，做勤务工作的看护没有受过教育，把什么东西都塞在屋角里。洗衣员几天不来，院子里四处都看得见用过的棉花和纱布，养育着几个不死的苍蝇。她没办法，只好戴上口罩，用毛巾缠着头，拿一把大扫帚去扫院子。一些病员，老百姓，连看护在内都围着看她。不一会儿，她们又把院子弄成原来的样子了。谁也不会感觉到有什么抱歉。

除了这位张医生的老婆之外，还有一位不知是哪个机关的总务处长的老婆也在这里。她们都是产科室的看护，学了三个月看护知识，可以认几十个字，记得十几个中国药名。她们对看护工作既没有兴趣，也没有认识。可是她们不能不工作。新的恐惶在增加②着。从外面来了一批又一批的女学生，离婚的案件经常被提出。自然这里面也不缺少真正有觉悟，愿意刻苦一点，向着独立做人的方向走的妇女，不过大半仍是又惊惶，又懵懂。这两位夫人，尤其是那位已经二十六七岁的总务处长的夫人摆着十足的架子，穿着自制的中山装，在稀疏的黄发上束上一根处女带，自以为漂亮，骄傲的凸出肚皮在院子中摆来摆去。她们毫无服务的精神，又懒又脏，只有时对于鞋袜的缝补，衣服的浆

---

① 此处初刊本"长征来的四川女同志"，全集本删去。
② 初刊本作"压迫"。

洗才表示兴趣。她不得不催促她们，催促不成就只好代替；为了不放心，她得守着她们消毒，替孩子们洗换，做棉花球，卷纱布。为了不愿病人产妇多受苦痛，便自己去替几个开刀了的，发炎的换药。这种成为习惯的道德心，虽不时髦，为许多人看不起，而她却在很小的时候，就已经养成。

一到下午，她就变得愉快些，这是说当没有产妇临产而比较空闲的时候。她去参加一些会议，提出她在头天夜晚草拟的一些意见书。她有足够的热情，和很少的世故。她陈述着，辩论着，倾吐着她成天所见到的一些不合理的事。她不懂得观察别人的颜色，把很多人不敢讲的，不愿讲的都讲出来了。她得到过一些拥护，常常有些医生，有些看护来看她，找她谈话；尤其是病员，病员们也听说她常常为了他们的生活管理，和医疗的改善与很多人发生冲突，他们都很同情她；但她已经成为医院里小小的怪人；被大多数人用异样的眼睛看着。

其实她的意见已被大家承认是好的，也决不是完全行不通，不过太新奇了，对于已成为惯例的生活就太显得不平凡。但作为反对她的主要理由便是没有人力和物力。

而她呢，她不管，只要有人一走进产科室，她便会指点着："你看，家具是这样的坏。这根唯一的注射针已经弯了，医生和院长都说要学着使用弯针；橡皮手套破了不讲它，不容易补，可是多用两三斤炭不是不可以的①。这房子这样冷，怎能适合于产妇和落生婴儿……"她带着人去巡视病房，要让人知道没有受过职业训练的看护是不行的。她形容这些病员的生活，简直像受罪。她替她们要求清洁被袱，暖和的住室，滋补的营养，有次序的生活，她替他们要图画、书报，要有不拘形式的座谈会，和小型的娱乐晚会……

听的人都很有兴趣的听她讲述，然而除了笑一笑以外再没有什

---

① 初刊本作"多用两三斤炭是可以的"。

么①。

然而也决不是毫无支持,她有了两个朋友。她和黎涯在很融洽的第一次的接谈中便结下了坚固的友谊。这位在外科室做助手的同属于南方的姑娘,显得比她结实、单纯、老练。她们两人谈过去,现在,将来,尤其是将来。她们织着同样的美丽的幻想,她们评鉴着在医院的一切人。她们奇怪为什么有那末多的想法都会一样,她们也不去思索,便又谈下去了。

除了黎涯之外,还有一位常常写点短篇小说或短剧的外科医生郑鹏。他在手术室里是位最沉默的医生,不准谁多动一动,有着一副令人可怕的严肃的面孔,他吝啬到连两三个字一句的话也不说,总是用手代替说话。可是谈起闲天来便漫无止境了,而且是很长于描绘的。

每当她工作疲劳之后,或者感觉到在某些事上,在某些环境里受着一些无名的压迫的时候,总不免有些说不出的抑郁,可是只要这两位朋友一来,她可以任情的在他们面前抒发,她可以稍稍把话说得尖刻一点,过分一点,她不会担心他们不了解她,歪曲她,指摘她,悄悄去告发她。她的烦恼便消失了,而且他们计划着,想着如何把环境弄好,把工作做得更实际些。两个朋友都说她,说她太热情,说热情没有通过理智便没有价值。

她们也谈医院里的一些小新闻,譬如林莎到底会爱谁呢?是院长,还是外科主任,还是另外的什么人。她们都讨厌医院里关于这新闻太多或太坏的传说,简直有故意破坏院长威信的嫌疑,她们常常为院长和林莎辩护,然而在心里,三个人同样讨厌那善于周旋的女人,而对院长也毫不能引起尊敬。尤其是陆萍,对林莎几乎有着不可解释的提防。

医院里还传播着指导员老婆打了张芳子耳光的事。老婆到卫生部去告状,张芳子便被调到兵站上的医务所去了。大家猜测她在那里也

---

① 初刊本作"然而除了笑一笑以外再没有什么有用处的东西"。

住不长,她会重演这些事件。

医院里大家都很忙,成天嚷着技术上的学习,常常开会,可是为什么大家又很闲呢,互相传播着谁又和谁在谈恋爱了,谁是党员,谁不是,为什么不是呢,有问题,那就有嫌疑!……

现在也有人在说陆萍的闲话了,已经不是关于那些建议的事。她对于医院的制度,设施,谈得很多;起先有人说她放大炮,说她热心,说她爱出风头,慢慢成了老生常谈,不大为人所注意。纵使她的话还有反响,也不能成为不可饶赦,不足以引起诽谤。可是现在为了什么呢,她竟常常被别人在背后指点,甚至躺在床上的病人,也听到一些风声,暗地用研究的眼光来望她。

但敏感的陆萍却一点没有得到暗示,她仍在兴致很浓厚的去照顾着那些产妇,那些婴儿,为着她们一点点的需索,去同管理员,总务处,秘书长,甚至院长去争执。在寒风里,她束紧一件短棉衣,从这个山头跑到那个山头,脸都冻肿了,脚后跟常常裂口,她从没有埋怨过。尤其是夜晚,大半数的夜晚她得不到整晚的睡眠,有时老早就有一个产妇等着在夜晚生,有时半夜被人叫醒,那两位看护的胆子小,黑夜里不敢一人走路,她只好在那可以冻死人的深夜里到厨房去打水。接产室虽然烧了一盆炭火,而套着橡皮手套的手,常常冰得发僵,她心里又急,又不敢露出来;只要不是难产,她就一个人做了,因为主任医生住得很远,她不愿意在这样的寒夜里去惊醒他。

她不特对她本身的工作,抱着服务的热忱,而且她很愿意在其他的技术上得到更多的经验,所以只要逢到郑鹏施行手术的时候,恰巧她没有工作,她便一定去见习。她以为外科在战争时期是最需要的。假如万不得已一定要她做医务工作,做一个外科医生比做产婆好得多,那末她可以到前方去,到枪林弹雨里奔波忙碌,她总是爱飞,总不满于现状。最近听说郑鹏有个大开刀,她准备着如何可以使自己不失去这一个机会。

四

　　记挂着头天晚上黎涯送来的消息，等不到天亮她就醒了。五更天特别冷，被子薄，常常会冷醒的，一醒就不能再睡着。窗户纸透过一层薄光，把窑洞里的物件都照得很清楚。她用羡慕的眼光去看对面床上的张医生的老婆。她总像一个在白天玩得太疲倦了的孩子似的那末整夜喷着平匀的呼吸。她同她一样也有着最年轻的年龄，工作相当累，可是只有一觉好睡。她记得从前睡也容易醒，却醒的迷迷糊糊，翻过身，挡不着瞌睡一下就又睡着了。然而现在睡不着，也很好。她凝视着淡白的窗纸而去想许多事，许多毫不重要的事，平日没有时间想这些，而想起这些事的时候，却是一种如何的享受啊！她想着南方的长着绿草的原野，想着那些溪流，村落，各种不知名的大树。想着家里的庭院，想着母亲和弟弟妹妹，家里屋顶上的炊烟还有么？屋还有么？人到何处去了？想着幼小时的伴侣，那些年轻人跑出来没有呢？听说有些人到了游击队……她梦想到有一天她回到那地方，呼吸那带着野花、草木气息的空气，被故乡的老人们拥抱着；她总希望还能看见母亲。她离家快三年了，她刚强了许多，但在什么秘密的地方，却仍需要母亲的爱抚啊！……

　　窗户外无声的飘着雪片，把昨天扫开的路又盖上了。催明的雄鸡，远近的啼着，一阵阵的号音，隐隐约约传来。她又想着一个问题："手术室不装煤炉怎么行呢？"她恼怨着院长，他只懂得艰苦艰苦，却不懂医治护理工作必须有的最低的条件。她又恨外科主任，为什么她不坚持[1]着一定要装煤炉子！而且郑鹏也应该说话，这是他们的责任，一次两次要不到，再要一次呀！她非常不安宁，于是爬了起来。她轻轻的生火，点燃灯，写着恳求的信给院长。她给黎涯也写了一个条子，叫她去做鼓动工作，她自己上午是不能离开产科病室的。她把这一切

---

[1] 初刊本作"固执"。

做完后，天大亮了，她得紧张起来，希望今天下午不会再有临产的妇人，她满心希望不要失去这次见习手术的好机会①。

黎涯没有来，也没有回信，她忙着准备下午手术室里所需要的一切。假如临时缺少了一件东西，影响到病人生命时，这责任应该由她一个人负担。她得整理整个屋子，把一切用具都消毒；依次序放着，以便动用时的方便。她又分配两个看护的工作，叮咛她们应该注意的地方，一点也不敢懈怠的。

郑鹏也来检查了一次。

"陆萍的信你看看好么？"黎涯把早晨收到的纸条给他，"我想无论如何今天不可能，也来不及，我并没有听她的话。不过假如太冷，我以为可以缓几天再动手术；这要你斟酌。"

郑鹏把纸条折好后还了她，没有说什么，皱了皱眉头，又去审视准备好了的那些刀、钳子、剪子。那些精致的金属的小家具，凛然的放着寒光，然而在他却是多么熟悉和亲切。他把这一切巡视一遍之后，向黎涯点了点头，意思是说："很好。"他们在这种时候，只是一种工作上的关系，他下命令，她服从，他不准她有一点作为朋友时的顽皮的。最后，在走出去时，他才说："两点钟把一切都弄好。多生一盆火。病人等不及我们去安置火炉。"

一吃过午饭，陆萍跑着转过这边山头来②。

黎涯也传染上了那种沉默和严肃，只向她说病人不能等到装置火炉再开刀。她看见手术室里已经有几个人，她陡的被一种气氛压着，便无言的去穿好消毒的衣帽。

病人肋下的肚腹间有一小块铁，这是两月前中的炸弹，这样的弹片曾经在他身上取出过十二块，只有这一块难取，取过一次③，没有找到。这是第二次了，因为最近给他增加了营养所以他显得不算无力，

---

① 初刊本作"她带着欢喜的希企要去看开刀呵！"。
② 初刊本作"陆萍便逃也似的转过这边山头来"。
③ 初刊本作"曾经取过一次"。

能自己走到手术室来，并且打算把盲肠也割去。不过他坐上手术台时脸色变苍白了，他用一种恐怖而带着厌倦的眼光望着这群穿白衣的人，颤抖着问道："几个钟头？"

"快得很。"是谁答应他。但陆萍心里明白医生向病人常常是不说真话的。

郑鹏为着工作轻便，里面只穿一件羊毛衫；黎涯也没有穿棉衣，大家都用一种侍候神的那末虔诚和谨慎。病人躺在那里了，他们替他用药水洗着。陆萍看见原来的一个伤口，一寸长的一条线，郑鹏对她做了一个手势，她明白要她帮着看护滴药。哥罗芳的气味她马上呼吸到了，但那不要紧，她只能嗅到一点，而数着数的病人，很快就数不出声音来了。

她看见郑鹏非常熟练的去划着，剪着，翻开着，紧忙的用纱布去拭干流着的血，不断的换着使用的家具，黎涯一点也不紊乱的送上每一件。刀口剪了一寸半，红的、绿的东西都由医生轻轻的从那里托了出来，又把钳子伸进去，他在找着，找着那藏得很深的一块铁。

房子里烧了三盆木炭火，却仍然很冷。陆萍时常担心把肚子露在外边而上了蒙药的病人。她一点不敢疏忽自己的职守，她时时注意着他的呼吸和反应。

医生又按着，又听，又翻开很多的东西，盘结在一起，微微的蒸气从那翻开的刀口望外冒，时间过去快半点钟了，陆萍用担心的神色去望郑鹏，可是他没有理会她，他把刀口再往上拖长些，重新在靠近肋骨的地方去找[①]。病人脸色更苍白，她很怕他冷，而她自己却感到有些头晕了。

房门关得很严密，又烧着三盆熊熊的炭火。陆萍望着时钟焦急起来了。已经三刻钟了，他们有七个人，这末关在一间不通风的屋子里，如何能受呢？

---

① 此处初刊本"而血仍在有的时候流出，他仍得拭干它"，全集本删去。

终究那块铁被他用一根最小的钳子夹了出来，有一粒米大，铁片周围的肉有一点点地方化了脓。于是他又开始割盲肠。陆萍实在头晕得厉害，但仍然支持着，可是黎涯却忽然靠在床上不动了①。她在这间屋子里待的很久②，炭气把她熏坏了。

　　"扶到院子里去。"郑鹏向两个看护命令着。另外两个医生马上接替了黎涯的工作。陆萍看见黎涯死人似的被人架出去③，泪水涌满了眼睛④，只想跟着出去看，可是她明白她在管着另一个人的生命，她不能走。

　　郑鹏动作更快，但等不到他完毕，陆萍也支持不住的呻吟着。"扶她到门口，把门开一点缝。"

　　陆萍躺倒在门口，清醒了一些，她挥手喊道：

　　"进去！进去！人少了不行的⑤。"

　　她一人在门口往外爬，想到黎涯那里去。两个走回来的看护，把她拉了一下又放下了。

　　她没有动，雪片飞到她脸上。她发抖，牙齿碰着牙齿，头里边好像有东西猛力往外撞。不知道睡了好久，她听到很多人走到她身边，她意识到是把病人抬回去。她想天已经不早了，应该回去睡，但又想去看黎涯，假如黎涯有什么好歹，啊！她是那末的年轻呀！

　　冷风已经把她吹醒了，但仍被一种激动和虚弱主宰着。她飘飘摇摇在雪地上奔跑，风在她周围叫，黄昏压了下来，她满挂着泪水和雪水，她哭喊着："就这末牺牲了么？她的妈妈一点也不知道呵！……"

　　她没有找到黎涯，却跑回自己的窑。她已经完全清楚，她需要静静的睡眠，可是被一种不知是什么东西压迫着，忍不住要哭要叫。

---

① 初刊本作"可是在这时候黎涯却忽然靠在床上不动了"。
② 初刊本作"登得最久"。
③ 初刊本作"被人抬着拖出去"。
④ 此处初刊本"她不知道她还会不会活"，全集本删去。
⑤ 初刊本作"他一个人不行的"。

病人都挤在她屋子里，做着各种的猜测，有三四床被子压着她，她仍在里面发抖。

到十一点，郑鹏带了镇静剂来看她。郑鹏一样也头晕得厉害，但他却支持到把手术弄完。他到无人的雪地山坡上坐了一个钟头，使自己清醒，然后才走回来，吃了些热开水。他去看黎涯，黎涯已经很好的睡了。他又吃了点东西，便带着药片来看她。

陆萍觉得有朋友在身边，更感到软弱，她不住的嘤嘤的哭了起来，她只希望能见到她母亲，倒在母亲的怀里痛哭才好。

郑鹏服侍她把药吃后才回去，她是什么时候睡着了的呢，谁也不知道。第二天，黎涯走过来看她的时候，她还没有起来。她对黎涯说，似乎什么兴趣都没有了，只想就这末躺着不动。

五

陆萍像害了病似的几天没有出来，医院里的流言却四处飞。这些话并不相同。有的说她和郑鹏在恋爱①，她那夜就发疯了，现在还在害相思病。有的说组织不准他们恋爱，因为郑鹏是非党员，历史不明。……

陆萍自己无法听这些，她只觉得自己脑筋混乱。现实生活使她感到太可怕。她想为什么那晚有很多人在她身旁走过，却没有一个人援助她。她想院长为节省几十块钱，宁肯把病人，医生，看护来冒险。她回省她日常的生活，到底于革命有什么用？她踌躇着，她问她自己，是不是我对革命有了动摇呢。

旧有的神经衰弱症又来缠着她了，她每晚都失眠。

支部里有人在批评她，小资产阶级意识，知识分子的英雄主义、自由主义等等的帽子都往她头上戴，总归就是说党性不强。

---

① 此处初刊本"有的说郑鹏不爱她"，全集本删去。

院长把她叫去说了一顿。

病员们也对她冷淡了，说她浪漫。

是的，应该斗争呀！她该同谁斗争呢？同所有人吗？要是她不同他们斗争，便应该让开，便不应该在这里使人感到麻烦。那末，她该到什么地方去？她拼命的想站起来，四处走走，她寻找着刚来的这股心情①。她成天锁紧了眉毛在窑洞里冥想②。

郑鹏黎涯两人也奇怪为什么她一下就衰弱下去。他们常常来同她谈天，替她减少些烦闷，而谴责却更多了。甚至连指导员也相信了那些谣传而正式的责问她，为恋爱而妨害工作是不行的。

这样的谈话，虽使她感到惊讶与被侮辱，却又把她激怒起来，她寻仇似的四处找着缝隙来进攻，她指责一切。她每天苦苦寻思，如何能攻倒别人，她永远相信，真理是在自己这边的。

现在她似乎为另一种力量支持着，只要有空便到很多病房去，搜集许多意见，她要控告他们。她到了第六号病房，那里住有一个没有脚的害疟疾病的人。他没有等她说话，就招呼她坐，用一种家里人的亲切来接待她。

"同志！我来医院两个多星期了，听到些别人说你的事，那天就想和你谈谈，你来得正好，你不必同我客气，我得靠着才能接待你。我的双脚都没有了。"

"为什么呢？"

"因为医务工作不好，没有人才，冤冤枉枉就把双脚锯了。"

"这是什么时候的事？"

"三年了。那时许多夜只想自杀。"

陆萍不懂得如何安慰他，便说："我实在待不下去了。我们这医院像个什么东西！"

---

① 此处初刊本"然而一切更顺眼了"，全集本删去
② 初刊本作"她只能成天锁紧了眉毛在窑洞里冥想"。

"同志，现在，现在已算好的了①。来看，我身上虱子很少。早前我为这双脚住医院，几乎把我整个人都喂了虱子呢②。你说院长不好，可是你知道他过去是什么人，是不识字的庄稼人呀③！指导员不过是个看牛娃娃，他在军队里长大的，他能懂得多少？是的，他们都不行，要换人；换谁，我告诉你，他们上边的人也就是这一套。你的知识比他们强，你比他们更能负责，可是油盐柴米，全是事务，你能做么？这个作风要改，对，可是那末容易么④？……你是一个好人，有好的气质，你一来我从你脸上就看出来了。可是你没有策略，你太年轻，不要急，慢慢来，有什么事尽管来谈谈，告告状也好，总有一点用处⑤。"他呵呵的笑着，望着发愣的她。

"你是谁？你怎么什么都清楚。我要早认识你就好了。"

"谁都清楚的，你去问问伙夫吧。谁告诉我这些话的呢？谁把你的事告诉我的呢？这些人都明白的，你应该多同他们谈谈才好。眼睛不要老看在那几个人身上，否则你会被消磨下去的。在一种剧烈的自我的斗争环境里，是不容易支持下去的。"

她觉得这简直是个怪人，便不离开。他像同一个小弟妹们似的向她述说着许多往事⑥，一些看来太残酷的斗争。他解释着，鼓励着，耐心的教育着。她知道他过去是一个学生，到苏联去过，现在因为残废了就编一些通俗读本给战士们读。她为他流泪，而他却似乎对本身的荣枯没有什么感觉似的⑦。……

---

① 初刊本作"现在已经算享福了"。
② 此处初刊本"我知道的，什么事都得慢慢来"，全集本删去。
③ 此处初刊本"现在总算不错了吧"，全集本删去。
④ 此处初刊本从"你别看我破破烂烂"到"环境和条件"共41个字在全集本中删去。
⑤ 此处初刊本"但也没有什么了不起的用处"，全集本删去。
⑥ 初刊本作"他像同一个久别的小弟妹们似的向她述说着许多往事"。
⑦ 此处初刊本"他的精神是非常健康着的呵"，全集本删去。

没有过几天，卫生部来人找她谈话了。她并没去控告①。但经过几次说明和调查，她幸运的是被了解着的。她要求再去学习的事被准许了。她离开医院的时候，还没有开始化冰，然而风刮在脸上已不刺人。她真真的用迎接春天的心情离开这里。虽说黎涯和郑鹏都使她留恋，她却只把那个没有双脚的人的谈话转赠给他们。

新的生活虽要开始，然而还有新的荆棘。人是要经过千锤百炼而不消溶才能真真有用。人是在艰苦中成长。

一九四〇年

---

① 此处初刊本"而是被控告了"，全集本删去。

夜*

一

羊群已经赶进了院子,赵家的大姑娘还坐在她自己的窑门口纳鞋帮,不时扭转她的头,垂在两边肩上的银丝耳环,便很厉害的摇晃。羊群拥挤着朝栏里冲去,几只没有出外的小羊跳蹦着,被撞在一边,叫起来了。

聚集在这边窑里炕上的几个选举委员会的委员,陆续从窗口跳了出来①。他们刚结束会议,然而却还在叮咛些什么,纳着鞋帮的清子便又扭过头来,露出一掬粘腻的、分不清是否含着轻蔑的笑容。

被很多问题弄得疲乏了的委员们,望了望天色,蓝色的炊烟已经从窑顶上的烟囱里吐出来,为风吹往四方;他们决定赶到前边的庄子去吃饭,因为这晚上还要布置第二天的选举大会②。然而已经三四天没有回家的指导员却意外的被准许回家。区委委员③曾为他向大家说了一阵畜牧是很重要的等等的话,说他的唯一的牛就在这两天要产仔④,而他的老婆是一个只能烧烧三顿饭,四十多岁了的女人。

招待员从扫着石磨的老婆身边赶了出来:"已经派好了饭呢,怎的

---

* 初刊于《解放日报》1941年6月10、11日,署名晓菡。收入《丁玲全集》第4卷。
① 初刊本作"几个选举委员会的委员便陆续从窗口跳了出来"。
② 初刊本作"第二天的第一形成村的选举大会"。
③ 初刊本作"区党委的副书记"。
④ 初刊本作"生产"。

又走了呢？家里婆姨烧的饭香些么？"他抓住年轻的代理乡长的手，乡长在年下刚娶了一个才十六岁、长得很漂亮的妻子，因此，常常会被别人善意的拿来取笑。

站在大门口看对山盛开的桃花的是那发育得很好的清子。长而黑的发辫上扎着粉红的绒绳，从黑坎肩的两边伸出条纹花布袖子的臂膀，高高的举着，撑在门柱上边，十六岁的姑娘，长得这样高大，什么不够法定的年龄，是应该嫁人了的啊！

在桥头上分了手，大家都朝南走，只有何华明独自往北向着回家的路上。他还看见那倚在门边的粗大姑娘，无言的眺望着辽远的地方。一个很奇异的感觉，来到他心上，把他适才在会议上弄得很糊涂了的许多问题全赶走了。他似乎很高兴，跨着轻快的步子，吹起口哨来；然而却又忽然停住，他几乎说出声音来的那么自语了：

"这妇女就是落后，连一个多月的冬学都动员不去的，活该是地主的女儿，他妈的，他赵培基有钱，把女儿当宝贝养到这样大还不嫁人……"

他有意的摇了一下头，让那留着的短发拂着他的耳壳，接着便把它抹到后脑去，像抹着一层看不见的烦人的思绪，于是他也眺望起四周来。天已经快黑了。在远远的两山之间，停着厚重的靛青色的云块，那上边有几缕淡黄色的水波似的光，很迅速的在看不见的情形中变幻着，山的颜色和轮廓也模糊成一片，只给人一种沉郁之感，而人又会多想起一些什么来的。明亮①的西边山上，人跟在牛的后边，在松软的田地里走来走去；也有背着犁，把牛从山坡上赶回家去的。只有作为指导员的他已让土地荒芜②。二十天来，为着这乡下的什么选举，回家的次数就更少，简直没有上过一次山。相反的，就是当他每次回家之后听到的抱怨和唠叨也就更多。

---

① 初刊本作"比较明亮"。
② 初刊作"只有作为指导员的他还让土地荒芜"。

其实每当他看见别人在田地里辛劳着的时候，他就要想着自己那几块等着他去耕种的土地，而且意识到①在最近无论怎样都还不能离开的工作，总有说不出的一种痛楚。假如有什么人关切的问着他，他便把话拉开去，他在人面前说笑，谈问题，做报告，而且在村民选举大会的时候，还被人拉出来跳秧歌舞，唱郿鄠②，他有被全乡人所最熟稔和欢迎的嗓子，然而他不愿同人说到他的荒着的田地，他只盼望着这选举工作一结束，他便好上山去。那土地，那泥土的气息，那强烈的阳光，那伴他的牛在呼唤着他，同他的生命都不能分离开来的。

转到后沟的时候，已经全黑下来了，靠着几十年的来来去去和习惯了在黑处的视觉，他仍旧走得很快；思绪也很快的转着，他是有很久的历史，很多可纪念的事同这条凶险、幽僻的深沟一道写着的。当他还小的时候，他在这里为了追一条麂子跑到丛林的地带去而遇见过豹。他曾离开过这里，挟着一个小包卷去入赘在老婆的家中，那时他才二十岁；她虽说已经三十二岁了，可是即使现在他也不能在回忆中搜出一个难看的印象；不久，他又牵了驮着老婆的小驴回来了。什么地方埋葬过他的一岁的儿子，什么地方安睡着他四岁女儿的尸体，无论在怎样的深夜他都能看见；而且有一年多他们在这沟里只能在夜晚才动作，那个小队长不就是被打死在那棵大榆树边的么？那时他正在赤卫队。他自从做了指导员以来常常弄得很晚才回家，而这些过去的印象带着一些甜蜜、辛酸和兴奋来抚慰他。他实在被很多艰深的政治问题弄得很辛苦，而村乡上的工作也的确繁难③，因此他对于这孤独的夜行，虽不能说养成为一种爱好，但实在是并不讨厌。

两边全是很高的山，越走树林越多，汩汩的响着的水流，有时在左，有时在右。在被山遮成很窄的一条天上，有些冷静的星星眨着眼

---

① 初刊本作"一意识到"。
② 初刊本作"迷胡"。
③ 初刊本作"×××来抚慰着这个被很多艰深的政治问题和工作的繁难弄的头晕了的他"。

望他。微微的南风，在身后斜吹过来，带着①一些熟悉的却也分不清是什么的香味。远远的狗在叫了，有两颗黄色的灯光在暗处②。他的小村是贫穷的，几乎是这乡里最穷的小村，然而他爱它，只要他看见那堆在张家窑外边的柴堆，也就是村子最外边的一堆柴，他就格外有一种亲切的感觉。他并且常常以为骄傲，那就是在这只有二十户人家的村子里，却有二十八个共产党员③。

当他走上那宽坦的斜坡路，就走得更快了，他奇怪为什么这半天他几乎完全把他的牛忘记了。他焦急的要立刻弄明白这个问题：生过了呢，还是没有？平安无事呢，还是坏了？他平日闲空时曾幻想过有一条小牛，同它母亲一模一样，喜欢跳跃④。他急急的跑到家，走向关牛的地方⑤。

二

第二次从牛栏回来后，老婆已经把炕收拾好，而她自己并不打算睡，仍坐在灶门前。她凝视着他，忍着什么，不说话。但他却看出，在她脸上的每条皱纹里都埋伏得有风暴。习惯使他明白，除了披上衣，赶快出门是不能避免的。然而时间已经晚了，加上他的牛……他不能出去，他嫌恶的看着她已开始露顶的前脑，他希望省去一场风波，只好不理她，而且在他躺下去时，说："唉，实在熬！"他这样说，为的表示他不愿吵架，让女人会因为他疲乏而饶了他。

然而有一滴什么东西落在地下了，女人在哭，先是一颗两颗的，后来眼泪便在脸上开了许多条河流不断的流着。微弱的麻油灯，照在

---

① 初刊本作"总带着"。
② 初刊本作"有一两颗黄色的灯光在暗处"。
③ 初刊本作"却有二十八个更亲密的同志，共产党的党员"。
④ 初刊本作"曾幻想过的一条小牛，同她母亲一模一样却是喜欢跳跃的那影子倒完全没有了"。
⑤ 初刊本作"朝着关牛的地方奔去"。

那满是灰尘的黄发上,那托着腮颊的一只瘦手在灯下也显出怕人的苍白,她轻轻的埋怨着自己,而且诅咒:

"你是该死的了,你的命就是这样坏呀!活该有这么一个老汉,吃不上穿不上是你的命嘛……"

他不愿说什么,心里又惦着牛,便把身子朝窑外躺着。他心里想:"这老怪物,简直不是个'物质基础',牛还会养仔,她是个什么东西,一个不会下蛋了的母鸡。"什么是"物质基础"呢,他不懂,但他明白那意思就是说那老东西已经不会再生娃的了,这是从副书记那里听来的新名词。

他们两人都极希望再有个孩子。他需要一个帮手,她一想到她没有一个靠山就伤心,可是他们却更不和气;她骂他不挣钱,不顾家,他骂她落后,拖尾巴。自从他做了这乡的指导员以后,他们便更难以和好,像有着解不开的仇恨。

以前他们也吵架的,但最近她更觉得难过了,因为他越来越沉默,好像他的脾气变得好了,而她的更坏,其实是他离去的更远,她毫不能把握住他。她要的是安适的生活,而他到底要什么呢?她不懂,这简直是荒唐。更其令她伤心的是,是她明白她老了,而他年轻,她不能满足他,引不起他丝毫的兴趣。

她哭得更厉害,捶打着什么,大声咒骂;她希望能激怒他。而他却平静的躺着,用着最大的力量压住自己的嫌厌,一个坏念头不觉的又来了:

"把几块地给了她,咱也不要人烧饭,做个光身汉,这窑,这锅灶,这碗碗盏盏全给她,我拿一副铺盖、三两件衣服,横竖没娃,她有土地、家具,她可以抚养个儿子,咱就……"仿佛感觉到一种独身的轻松,翻了一个身,一只暖烘烘的猫正睡在他侧边,被他一打,弓着身子走了一步又躺下了。这猫已养了三年,是只灰色的猫,他并不喜欢别的猫,却很喜欢这只灰猫,每当他受苦回家后,它便偎在他身边,他躺在热炕上摸着它,等老婆把饭烧好了拿上来。

老婆还在生气,他担心她失错把她旁边孵豆芽的缸打破,他是很欢喜吃豆芽的。但他却不愿说话,他又翻过身去,脚又触到炕角上的篓子,那里边罩了一窝新生的小鸡,因为被惊,便啾啾的叫了起来。

"知道我身体不成,总是难活,连一点忙都不帮,草也是我铡的,牛要生仔,也不管……"她好像已经站了起来。他怕她跑过来,便一溜下炕,往院子里去了,他心里却还在赌气的说:"牛,小牛都给你。"

半个月亮倒挂在那面山顶上边,照得院子有半边亮。一只狗躺在院当中,看见他便站起来走过一边去。他信脚又到了牛栏边,槽里还剩下很多草。牛躺在暗处,轻轻的喷着鼻子。"妈的,为什么还不生呢!"便焦急的想起明天的会。

他刚要离开牛栏的时候,一个人影横过来,轻声的问着:"你的牛生仔了没有?"这人一手托着草筐,一手撑在牛栏的门上,挡住他出来的路。

"是你,侯桂英。"他嘎声的说了,心不觉的跳得快了起来。

侯桂英是他间壁的青联主任的妻子,丈夫才十八岁,而二十三岁了的她却总不欢喜,她曾提出过离婚,她是妇联会的委员,现在被提为参议会的候选人。

这是第三次还是第四次了,当他晚上起来喂牲口时,她也跟着来喂,而且总跟过来说几句话,即使白天见了,她也总是眯着她那单眼皮的长眼笑。他讨厌她,恨她,有时就恨不得抓过来把她撕开,把她压碎。

月亮光落在她剪了的发上,落在敞开的脖子上,牙齿轻轻的咬着嘴唇。她望着他,他也呆立在那里。

"你……"

他感到一个可怕的东西在自己身上生长出来了,他几乎要去做一件吓人的事,他可以什么都不怕的,但忽然另一个东西压住了他,他截断了她说道:

"不行的,侯桂英,你快要做议员了,咱们都是干部,要受批评的。"于是推开了她,头也不回的走进自己的窑里去。老婆已经坐到炕上,好像还在流眼泪。

"唉!"他长长的叹了一口气,躺在炕上。

像经过了一件大事后那样有着应有的镇静,像想着别人的事件似的想着适才的事,他觉得很满意。于是他喊他的老婆:"睡吧,牛还没有养仔呢,怕要到明天。"

老婆看见他说话了,便停止了哭泣,吹熄了灯。

"这老家伙终是不成的,好,就让她烧烧饭吧,闹离婚影响① 不好。"

然而院子里的鸡叫了。老婆已脱了衣服,躺在他侧边,她唠叨着:"明天还要出去么?什么开不完的会……"

"牛又要侍候了②……"但他已经没有很多时间来想牛的事,他需要睡眠,他合着眼,努力去找瞌睡,却只见一些会场,一些群众,而且听到什么"宣传工作不够罗,农村落后呀,妇女工作等于零……"等等的话。他一想到这里,就免不了烦躁,如何能把农村弄好呢,这里没有做工作的人呀。他自己是个什么呢?他什么也不懂,他没有住过学,不识字,他连儿子都没有一个,而现在他做了乡指导员,他明天还要报告开会意义③……

窗户纸在慢慢变白,隔壁已经有人起身了;何华明却刚刚沉入在半睡眠状态中,黄瘦的老婆已经睡熟了,有一颗眼泪嵌在那凹下去了的眼角上。猫睡在更侧边沉沉的打着鼾。映在曙光里的这窑洞倒也显得很温暖很恬适。

天渐渐的大亮了。

一九四一年

---

① 初刊本作"印象"。
② 初刊本作"牛是又怕侍候不成了"。
③ 此处初刊本"第一,要发扬民主才能抗战胜利;第二,三三制就是……",全集本删去。

杜　晚　香*

一枝红杏

　　春天来了，春风带着黄沙，在塬上飞驰；干燥的空气把仅有的一点水蒸气吸干了，地上裂开了缝，人们望着老天叹气。可是草却不声不响地从这个缝隙、那个缝隙钻了出来，一小片一小片地染绿了大地。树芽也慢慢伸长，灰色的、土色的山沟沟里，不断地传出汩汩的流水声音，一条细细的溪水寂寞地低低吟诵。那条间或走过一小群一小群牛羊的陡峭的山路，迤迤逦逦，高高低低。从路边乱石垒的短墙里，伸出一枝盛开的耀眼的红杏，惹得沟这边，沟那边，上坡下沟的人们，投过欣喜的眼光。呵！这就是春天，压不住，冻不垮，干不死的春天。万物总是这样倔强地迎着阳光抬起头来，挺起身躯，显示出它们生命的力量。

　　杜家八岁的那个晚香闺女，在后母嫌厌的眼光、厉声的呵叱声和突然降临的耳光拳头中，已经挨过了三年，居然能担负许多家务劳动了，她也就在劳动里边享受着劳动的乐趣。她能下到半里地的深沟里挑上大半担水，把她父亲的这副担子完全接了过来，每天中午她又担着小小饭食担儿爬到三里高的塬上送给刨地的父亲。父亲是爱她的，却只能暗暗地用同情的眼光默默望着这可爱的闺女。可是晚香这个小

---

* 初刊于《人民文学》1979年第7期，署名丁玲，同期登有《〈杜晚香〉附记》。收入《丁玲全集》第4卷。

女子,并不注意这些,只尽情享受着寥廓的蓝天,和蓝天上飞逝的白云。这塬可大咧,一直望到天尽头,满个高塬平展展,零零星星有些同她父亲差不多的穷汉们,弯着腰在这儿在那儿侍弄地块,还有散散落落几十只、十几只绵羊在一些没有开垦过的地边找草吃。多舒坦呵!小小眼睛,一双像古画上的丹凤眼那末一双单眼皮的长长的眼睛向四方搜罗。几只大鹰漫天盘旋,一会儿在头顶,一会儿又不见了,它们飞到哪里去了呢?是不是找妈妈去了?妈妈总有一天要回来的。妈妈的眼睛多柔和,妈妈的手多温暖,妈妈的话语多亲切,睡在妈妈的怀里是多么的香甜呵!晚香三年没有妈妈了,白天想念她,半夜梦见她,她什么时候回来呵!晚香从来就相信自己的想法,妈妈有事去外婆家了,妈妈总有一天会回来的。一到了海阔天空的塬上,这些想法就像大鹰一样,自由飞翔。天真的幼小的心灵是多么的舒畅呵!

晚香就是这样,像一枝红杏,不管风残雨暴,黄沙遍野,她总是在那乱石墙后,争先恐后地怒放出来,以她的鲜艳,唤醒这荒凉的山沟,给受苦人以安慰,而且鼓舞着他们去作向往光明的遐想。

做媳妇

一年过去又一年,五年了,晚香满了十三岁,由后母做主许配给对门塬那边什么地方一个姓李的家里做媳妇。那天她背了一个很小很小的包袱,里边放一件旧裙子,一条旧单裤,一双旧鞋,一个缺齿的木梳,一块手心那么大的小镜子,跟着父亲走出了家门。正是冬天,山沟里的人家都关着门,只有村头那家的老爷爷站在门口等着他们过去,还对她说了一句:"香女呵!去到李家,听人家的话,规规矩矩做人家的事,不要惹人生气才是呵!"就这样一个人,一句话,的确使得心硬的晚香眼角疼了一阵,她把这话,把这老人的声音相貌永远刻在脑子里了,尽管她后来一直也没有见到过他。这就是她生活了十三年的偏僻的穷山沟对她唯一的送别。

塬上纷纷下开了雪,父亲一句话也不说,只在前边默默地走。他舍不得这小闺女到人家去做媳妇,也想到自己对不住她死去了的娘,他没有按照她的心愿好好看承这闺女。可是他觉得一切事情都不如他的愿望,他没有一点办法呵!就让她凭命去吧。

路不近,晚香吃力地在寒冷的塬上,迎着朔风,踏着雪地上的爹的脚印朝前走,她懂得她就要踏入另一个世界了。她对新的生活,没有幻想,可是她也不怕。她觉得自己已经不小了,能经受住一切。她也看见过做媳妇的人。她能劳动,她能吃苦,她就能不管闯到什么陌生的环境里都能对付。她是一棵在风霜里面生长的小树,她是一枝早春的红杏,反正她是一个失去了母亲的孤女,公公婆婆,大姑小叔也无非是另一个后母。

李家是一个人口众多的人家,老两口有四个儿子和四个孙子,晚香是他们小儿子的媳妇。虽说是穷人家,可比晚香家过得宽裕多了。他们有二十来亩地,自种自吃。他们替小儿子和新来的儿媳妇在他们的房子里砌了一盘小炕。晚香有生以来第一次铺了一床新擀的羊毛毡,她摸着那短毛的硬毡,觉得非常暖和。三个嫂嫂看见她瘦弱的身体都叹气:"这毛丫头能干什么?五十块大洋还不如买头毛驴。"

晚香不多说话,看着周围的事物,听着家人的议论,心里有数。婆婆领着她,教她做着家里各种各样的活儿。晚香安详地从容不迫地担水,烧火,刷锅做饭,喂鸡喂猪。不久就同几个嫂嫂一样值班上灶。轮班到她的日子,她站在小板凳上一样把全家十几人的饭食做得停停当当,一样能担着满担水、米汤和饭食上坡、下沟,她在地里学着耩、耪、犁、刈,她总能悄悄地赶上旁人。公公是一个好把式,也挑剔不出她什么毛病。嫂嫂们都是尖嘴薄舌,也说不出她什么。晚香就在这个小山沟又扎下根来,勤勤恳恳,为这一大家子人长年不息地劳累着。

这个新的小山沟如今就是她全部的世界,外边的惊天动地,改天换地,并没有震动过这偏僻的山沟。公公有时也把在村上听到的一星半点的消息带回家来,但这些新闻对于一个蒙昧的小女子,也无非像塬上的风，沟里的水，吹过去，淌下来那样平平常常。但，风越吹越大，水越流越响，而且临到了每个偏僻的大小山沟。这李家沟也不由自己地卷进去了。这沟里没有地主，没有富农，少数地块是自己的，大片大片的是租种别村的。现在忽然来了解放军、共产党、工作队，忽然地亩这块那块都归种地的人了。晚香家里按人口也分进了不少地。公公婆婆成天咧开着嘴，老两口天天爬到塬上，走过这个地块，又走过那个地块，看了这片庄稼又看那片庄稼，绿油油，黄灿灿，这是什么世界呵！有这样的好事！晚香一时半刻是不能深刻体会老人们的心意的，可是全家分到土地的喜悦，感染着她，她也兴致勃勃地忙碌着。不久，解放军扩军了，只听人人说什么抗美援朝。抗美援朝，晚香还来不及懂得这个新名词，李家的小儿子就报名参军了。两个老人说这是应该的，我们家有四个儿子。于是不久，晚香的丈夫李桂就披红戴花辞别了这高塬深沟。这是一九五一年的事，那时晚香十七岁了。

"妈妈"回来了

就在这个时候，又来了土改复查工作队。工作队里有个中年妇女，这个女同志落脚晚香家里，睡在晚香那小炕上。她白天跟着她们爬坡种地、烧饭、喂猪，晚上教村里妇女识字。没有一个妇女能比晚香更上心的，她看中了这个十七岁的小媳妇，夜夜同她谈半宵。晚香听得心里着实喜欢，她打开了心中的窗户，她看得远了，想得高了。她觉得能为更多的人做事比为一家人做事更高兴。这个女同志又再三劝说，公公婆婆只得答应让晚香去县上住了三个月的训练班。她回来时变得更为稳定和坚强，外表看起来却又比小时更温顺谦和，总是带着微微的含蓄的笑容，好像对一切人一切事，对生活怀着甜甜的心意，人们都会自然地望着她，诧异地猜想她到底遇着什么高兴的事咧。

的确是的，晚香好像又回到了妈妈怀里似的，现在有人关心她了，照顾她了，对她满怀着希望。她像一个在妈妈面前学步的孩子，走一步，望一步，感到周围都在注视着她，替她使力，鼓舞着她。她不再是一个孤儿，一个孤零零，只知道劳动，随时都要避免恶声的叱责和狠毒的打骂的可怜人了。现在是温暖的春风吹遍了原野，白云在蓝天浮游，山间小路好似康庄大道。晚香白天跟在兄嫂们后边耩耪犁刈，挑着担儿爬上爬下，晚上走家串户，学着那些工作队的人们，宣传党和政府的各项政策。她懂的，就现身说法，她还不懂的，就把听来的，生吞活剥地逐条念一遍。她当了妇女组长，又当了妇女主任，这个村才二十来户人家，她得把全村的一半人的心意摸透。随后她被吸收参加了共产党。她有了真正的妈妈，她就在这个村里，慢慢地成长，她生活在这里，就像鱼在水里一样，自由，安适。没有一个人小看她，也没有一个人不服她。

一九五四年，那个参加抗美援朝的志愿军回来了，天天晚上向村里的大伯小叔，哥哥弟弟，讲述一些闻所未闻的战斗故事，大家把他看成非凡的人。晚香知道他是"同志"，她的心几乎跳出来了。她不再把他看成只是过日子的伙伴，而是能终身依靠的两个有着共同理想、共同言语的神圣关系的人。李桂没住几天，便到四川上学去了，学文化，学政治，学军事。党要培养这批从朝鲜回来的勇敢而忠诚的战士，使他们几年后成为一批有实战经验的初级军事干部。

杜晚香仍旧留在这个闭塞的小山沟。她为他们一大家子人辛勤地劳动着，她又为这个山村的妇女工作而奔波。年复一年，她是否就在这条山沟里，随着它的建设和发展，缓缓地按部就班地走向社会主义、共产主义社会呢？

飞向北大荒

一九五八年的春天，李家沟全村人都在谈论一件新鲜事：李桂从四川的军事学校集体转业到东北的什么北大荒去了。小小的村里各种猜测都有，那是什么地方啊！远在几千里的边城，那是古时候犯罪的人充军流放的地方，就是受苦的地方。李桂这孩子是咋搞的，抗美援朝，打过仗，受过苦，是有功的人，怎么却转业到那里去呢？这事大约不好。从李桂的信上来看，也看不出什么头绪，只说是支援边疆建设，叫媳妇也去。这能去吗？北大荒，北大荒，究竟在哪里呢？听说那里是极冷极冷的地方，六月还下雪，冬天冻死人，风都会把人卷走，说摸鼻子，鼻子就掉，摸耳朵，耳朵也就下来。嫂嫂们用同情的眼光望着晚香，那是不能去的。公公婆婆也说，媳妇要是再走，儿子就更不容易回家了，还是向上级要求，转业就转回老家吧。村里党支部同志也说，不一定去，去那里当家属，没意思，不如留在村上做工作。晚香默默地含着微笑，听着这各种各样的议论和劝说，最后才说："妈，爸，还是让我去看看，好歹我能告诉你们真情况。李桂能去的地方，我有什么不能去？李桂是集体转业，那就不止他一个人，而是有许许多多的人。那么多人能住的地方，我有什么不能住？去建设边疆么，建设就是工作，我不会吃现成饭。村上的工作，能做的人也多，有我没我是一个样。我看，我是去定了。"

公公婆婆，众人看她意志坚定，只得同意她。她仍旧背着一个小包袱，里面放几件换洗衣服，梳头洗脸零用东西，几个玉米饼子，还有李桂寄来的钱，离别了在这里生长二十多年的故乡。公公陪她走几十里路到天水车站，嘱咐她到了地方千万详详细细写信回来。

火车隆隆地奔驰向东。不断的远山，一层一层向后飞逝。车两边的道路，原野，无尽地一片一片地移近来，又急速地流过去。天怎么这样蓝，白云一团一团地聚在空中，可是又随着转动的蓝天袅袅地不见了，一忽又是一团一团新的白云涌上来。晚香过去常常在塬上看到寥廓的天空，也极目天地的尽头，可是现在却是走不完，看不完的变化多景的山川河流，田野树林，风是这样软，一阵一阵从车窗口吹进来，微微飘动她额前的短发，轻拂着她绯红的脸颊。

太阳红彤彤地浮在西边天上，火车在转向北方时，那漫天火一样的红光直照到车窗里边，透明而又好似罩在一层轻雾里边。那个射着金光的火球，慢慢沉下去了。天像张着的一个大网，紫色的雾上升了，两边又呈现出暗青色，黄昏了，夜正在降临。

火车走过了一个小站，又一个小站，一座大城市又一座大城市。无数的人群，牵着孩子，扶着老人，背着大包小包，跑到站台，拥进车厢，坐在刚腾空出来的座位上。可是在车站上又有了一列长长的队伍，在歌唱伟大的祖国的乐曲声中走过检票的地方。刺目的灯光，在站台照耀着，火车又开动了，远远近近，遮遮掩掩的繁星，又比繁星还亮的闪闪的灯光，更是一大团一大团的掠过。呵！祖国，祖国呵！您是这样的辽阔，这样的雄伟，这样的神秘和迷人呵！杜晚香从一个小山沟被抛到这末一个新的连做梦也想不到的宇宙里来了。她紧张得顾不上多看，来不及细想，好像精疲力竭，却又神情振奋，两个眼睛瞪得大大的，好像有使不完的力量。她就这样坐在车上，吃一点带的玉米饼，喝一点白开水。她随着人流，出站进站，下车上车，三天三夜过去，同车旅客告诉她，北大荒到了。呵！北大荒到了。

这是什么地方

火车停在道轨上，车站和站台两边的雪地里，排满了各种各样的红色的，绿色的，蓝色的，黑色的，叫不出名字来的像房子那样大、比房子还要大的机器。机器上面覆盖着绿色的，黄色的，灰色的雨布，雨布上存留着厚厚一层积雪。到处都围着一圈一圈的人，穿大衣的，穿棉衣的，大皮帽下面露出闪光的眼睛，张着大嘴笑呵呵，他们彼此都像很熟识，只听这个人问："你是哪个农场的？"那个说："呵！看呵！这几台洛阳东方红是给我们场的！"远处又在喊："喂，这是什么机器，哪国造呵？我们要国产的。"还有人说："你哪天回场，赶着把豆种和拖拉机零件都运走，家里等着咧……"远远近近一群一群的人，喊着号子，扛着抬着什么东西往汽车上装。大包小包装满了汽车，出厂不久的解放牌，大轮上绕着防滑铁链，一队一队开走了。站外的汽车停车场真说不来有多宽有多大，汽车就像大匣子似的，密密麻麻，全是十个轱辘的大卡车，一打问，啊呀，都是农场的，是哪个农场的？却说不清，这里农场可多咧。站在坡坡上一望，路就像蜘蛛网似的从这里向四面八方延伸出去，这末多条路，通到哪里去呢？通到农场嘛！街道不多，铺子也不算多，可是路宽着咧，路两边都挖有排水沟，沟边栽着小白桦树，整整齐齐，都是新栽的。街道上的人像赶会一样，拥挤得很。这里的人真怪，买东西都拣着那几样东西买：热水瓶，饭盒，防蚊帽，花毛巾……买的卖的都像老熟人一样。常常听见售货员亲切地问："春麦播上了吗？新到的防蚊油，广州来的，顶有效。"买的也问："依兰镰刀有了么？雨季麦收，我们要得多咧。"

最热闹的地方，是卖豆浆油条的小铺。从火车上下来的，从汽车上下来的，住招待所的，都爱来这里喝一碗热豆浆，吃两根刚出锅的炸油条。这里也是交换新闻的好地方。新闻也就是一个方面的——农场。"听说你们那里来了转业军官，上甘岭战斗的英雄呀！""听说部长又来了，到××农场去了！"

"来了！到我们场去的！部长一来，不到场部，不进办公室，还是当年开垦南泥湾的那股劲头，坐着小吉普先到地头，看整地质量，麦播质量，又一头扎进驾驶棚，亲自试车，检查机车、农具的保养质量，和拖拉机手、农具手们说说笑笑，热乎着呢！"

"我刚到农场，思想不稳定，不知怎样让部长知道了。他找到我住的马架子，和我谈道：'你们当年打过仗，有过功，现在在这里屯垦戍边，向地球开战，同大自然搏斗，搞共产主义社会，这是豪迈的事业，要有豪情壮志，要干一辈子！子孙万代都会怀念你们，感谢你们！'我听部长的话，把爱人、小孩都接来了，就在这里扎根落户干一辈子了，哈哈！"

"去年麦收时，连月阴雨，队里人、机、畜齐上阵，我们队一个转业排长，却拿上镰刀，坐在道边树荫下看书。一会儿过来一个老汉，手拿镰刀，脚穿解放鞋，裤腿卷起，看见了问他：'为什么在这里看书,不下地?'他答道:'谁乐意干,谁干吧,我不去!'老汉停步,问:'这是龙口夺麦,大家都去,你为什么不去?'他回答说:'就是不乐意!'老汉发火了,猛地喊道:'你不去,我关你禁闭!'他说:'你管不了我,你算老几!'老汉笑道:'我是王震,管得了你吗?'排长吓一跳,拿起镰刀就跑,满心惭愧,到地里见人便说部长怎么怎么……这天他创纪录割了三亩五分地!"

  杜晚香听到这些,也跟着笑,把这些最初的印象,刻在心的深处了。豆浆铺里的顾客走了一批,又换来一批,从早晨四点到晚上八点。怎么早晨四点就有人?原来北大荒天亮得早,再往后三点就天亮了,天一亮就有人动弹,谁能等到太阳老高才起炕!现在这里的早晨是一天的最好时辰。四点,往后是三点两点,东边天上就微微露出一线、一片透明的白光。微风带着融雪时使人舒适的清凉,带着苏醒了的树林泛出来的陈酒似的香味扑入鼻孔,沁入心中。白光慢慢变成绯色了,天空上的星星没有了,远远近近传来小鸟的啾唧,一线金红色的边,在云后边涌上来了,层层云朵都镶上了窄窄的透亮的金色的边。人们心里不禁说:"太阳要出来了",于是万物都显露出无限生机,沸腾的生活又开始了。

  杜晚香被接待在招待所了。招待所住得满满的,房间,过道,饭厅,院子,人来人往,大家很容易不约而同地问道:"你是哪个农场的?你分配在哪里?做什么工作?……你们农场房建怎么样?还住帐篷吗?……"

  杜晚香的房间里还住有两个女同志和一个小男孩。一个十八九岁的女同志是学生样子,动作敏捷,说话伶俐,头扬得高高的,看人只从眼角微微一瞟。她听到隔壁房间有人说北大荒狼多,便动了动嘴唇,露出一列白牙,嗤嗤笑道:"狼,狼算个什么,家常便饭。那熊瞎子才真闯咧,看到拖拉机过来,也不让开,用两个大爪子,扑住车灯,和拖拉机对劲呢……"原来她是一个拖拉机手,来农场一年,开了多少荒,自己都算不清了。杜晚香真佩服她,觉得是一个高不可攀的人。

另一个是转业海军的妻子，带一个半岁多的男孩，这是一个多么热情而温柔的女性呵！她亲切仔细地问杜晚香的家乡、来历，鼓励她说："北大荒，没有什么吓人的。多住几天就惯了。我是南方人，在大城市里长大，说生活，我们那里吃的，穿的，享受的，样样都好，刚听说要来这里，我也想过，到那样冷的地方去干什么。刚来时，正是阳历二月底，冰天雪地，朔风刺骨，住无住处，吃的高粱米黄豆，一切都得从头做起，平地起家，说不苦，也实在有些过不惯。嘿，忙了一阵子，真怪，我们都喜欢这里了，我们决心在这里安家落户，像部长说的，开创事业。享现成的，吃别人碗里的残汤剩水，实在没有什么味道。我现在是要把这孩子送到他姥姥家，过两年这里有了幼儿园时再接回来。一个人呀，只有对党，对革命，对穷苦百姓，充满无限的热爱，就没有什么困难不能克服，就没有什么事情不愿为之尽力，就才能懂得什么叫真正的生活和幸福……"这个越说越激动的女性看了看晚香，感到自己说得太多太远了，才遗憾似的慢慢说道："像你这样的人，受过苦，会劳动，是党员，又有一个志愿军战士的丈夫，你一定会喜欢这个地方，一定能过得很好的。我真希望你能生活得好，工作得好啊！"

她的曾经是海军战士的丈夫，长得堂堂仪表，浓眉俊眼，谦虚和蔼，也走到房间里来，彬彬有礼地招呼杜晚香，幸福地抱起他们的儿子，挽着爱人到外边去散步。这是些什么人呵！这到底是什么地方？

这就是家

接待站的人，按地址把杜晚香交给一位司机，搭乘他的大卡车去××农场。同车的，还有两家的家属，都是拖儿带女，另有三个办事的干部。这天天气明朗，地还是硬硬的，斑斑点点未化完的雪，东一片西一片，仍然积在大道上，车轮辗过去，咔咔发响。太阳照在远山上，照在路两边的地里，有的地方反射出一道道刺目的白光，在凸出的地面，在阳坡边全是沾泥带水的黑色土壤。从黄土高原来的人，看到这无尽的，随着汽车行走的蒸发出湿气，渗出油腻的黑色大地，实在稀罕可爱。同车的人告诉她："黑龙江人常说，这里的土插根筷子都会发芽咧。"

一路上远处有山，近处是原，村庄很少，人烟很稀，汽车就在只能遇到汽车的大道上驰骋，景物好像很单调，可是谁也舍不得把眼光从四周收回，把一丝一点的发现都当做奇迹互相指点。

一阵微风吹过，只见从地平线上漫过来一片轻雾，雾迅速地重起来，厚起来，像一层层灰色的棉絮罩在头上，人们正在怀疑，彼此用惊奇的眼光询问，可是忽然看见小小的白羽毛，像吹落的花瓣那样飞了下来，先还零零落落，跟着就一团一团地飞舞，司机棚里的小孩欢喜得叫了起来，大人们也笑道："怎么，说下就下，可不真的下起雪来了。"汽车加快速度，在飞舞的花片中前进。花片越来越大，一朵朵一簇簇的，却又是轻盈地横飞过来，无声地落在衣衫上，落在头巾帽子上，沾在眼睫上，眉毛上；消了，又聚上来，擦干了，又沾上来。空中已经望不见什么了，只有重重叠叠，一层又一层地扯碎了的棉花团，整个世界都被裹进桃花，梨花，或者绣球花里了。车开不快了，一步一步摸索着前进。司机同志在这满天飞雪的春寒中，浑身冒着热汗呢。不远了，农场就在前边，快点到达吧。

不久，就听见花雾中传来人声，车子停了，一个人，一群人走了出来，牵人的，扶人的，抱小孩的，拿东西的，都亲切地问道："路上还好走吧。我们真担心事咧。快进屋，暖和暖和。"

这里是农场的汽车站，人群里有没有李桂呢？李桂来接没有？没有，没有。杜晚香随着被人们拥进一间大屋，屋中燃烧着一个汽油桶做的大火炉，炉筒子就有房梁粗，满室暖融融的。屋子里没有什么陈设，只有一张白木桌子，几条板凳，有些人围在刚下车的家属们周围，问寒问暖，连说："一路辛苦了，先到场部招待所待几天，好好休息。有什么需要，有什么困难，尽管说。这就到了家嘛。"这些人杜晚香一个也不认识,却像来到一个亲戚家被热情招待着,又像回到久别的家里一样。样样生疏,样样又如此熟稔。她也就像在家乡一样习惯地照顾着别人。有人拿开水来了,她接过来一碗一碗地倒着,捧到别人面前。看见地上有些泥块,烟头,便从屋角拿起一把笤帚扫了起来。旁人先还有点客气,慢慢也就不觉得她是一个新来乍到,从好几千里远方来的客人,倒好像她也是一个住久了的主人似的。那个同车来的干部,一路来很欣赏杜晚香的那种安详自若,从容愉快的神情,他对她说:"这就是家,我们都在这里兴家立业。我们刚来时,连长带着我们一连人,说是到农场去,汽车走了两天,第二天傍晚,汽车停在一块靠山的荒地上,连长说:'下车吧!到家了,到家了。'家在哪里呢?一片原始森林,一片荒草地,哪里有家呢?我们迟疑地你望着我,我望着你,不动弹。连长说:'都下车吧。都到家了,还不下来。'又说:'快下车,砍木头,割草,割条子,盖个窝棚,要不今晚就要露营了。'连长首先跳下车,我们一个一个也都下车了。忙忙乱乱,就这样安下家来。哼,现在可不一样了。你明天看看场部吧,电灯电话,高楼大厦咧。回想当初真够意思。"

家属生活

离场部三十多里路的第十三生产队,是一个新建队。李桂是这个队的一名拖拉机手,虽是新手,但他谨慎,勤奋,有问题找老师,一面工作一面学习,在这都是初来乍到的人群里,谁都在做着没有学习过的新鲜事儿,因此他很忙。妻子来了,他很高兴。他从集体宿舍搬了出来,在一间刚盖好的干打垒的草房里安了家,一切整修过日子的事,都交给晚香,心里很满意,在他家乡整整辛勤劳累了十一年的媳妇,该安安闲闲过几天舒服日子,他的工资很够他们过的。

杜晚香忙了几天,把一个家安下来了。从生活看来是安定的。但人的心境,被沿路的新鲜事物所激起的波浪却平静不下来。她觉得有许多东西涌上心头，塞满脑子，她想找一个人谈谈，想找一些事做做，可是李桂很少回家，回家后也只同她谈谈家常，漫不经心地说："先住下，慢慢再谈工作。再说，你能干什么呢？无非是地里活，锄草耪地，可这里是机械化，大型农场，一切用机器，我看把家务活做好也不坏嘛。"

五月正是这里播种的大忙季节，红色的拖拉机群，在耙好的大块大块的地面上走过去，走到好远好远，远到快看不见的地边，才轰轰轰地掉头转回来。杜晚香在宿舍前边一排刚栽的杨树跟前，一站半天。她不是一个会表达自己思想的人，她才从小山沟里出来，觉得这里人人都比自己能干。连李桂现在也成了一个很高很大的角色。他出过国，在朝鲜打过美国鬼子，他学习了几年，增长了许多知识，现在又是一名拖拉机手，操纵着那末大的，几十匹马力的大车，从早到晚，从晚到早地在这无垠的平展展的黑色海洋里驰骋。他同一些司机们，同队上的其他的人有说有笑，而回到家里，就只是等着她端饭，吃罢饭就又走了，去找别的人谈，笑，或者是打扑克下象棋，他同她没有话说，正像她公公对她婆婆一样。其实，他过去对她也是这样，她也从没有感到什么不适合，也没有别的要求，可是现在她却想："他老远叫我来干什么呢？就是替他做饭，收拾房子，陪他过日子吗？"她尽管这样想，可是并没有反感，有时还不觉得产生出对他的尊敬和爱慕，她只是对自己的无能，悄悄地怀着一种清怨，这怨一天天生长，实在忍不住了，她便去找队长："队长，你安排点工作给我做吧。我实在闲得难受。"队长是一个老转业军人，同来自五湖四海的家属们打过交道，很懂得家属们刚来这里生活的不习惯，总是尽量为她们想办法，动脑筋，做细致的思想工作。可是对于现在这个急于要求工作的人，还不很了解，也还没有领会到她的充满了新鲜，和要求参加劳动的热情，他只说："你要工作么，那很好嘛，我们这样一个新建队，事事都要人，处处有工作，你看着办嘛，有什么事，就做什么事，能干什么，就干什么。唉，要把你编在班组里，还真不知道往哪里编才合适咧……"

晚香没有说什么。可是这个新凑合起来，还只有三十多户的家属区，却一天天变样了。原来无人管的一个极脏的厕所忽然变得干净了，天天有人打扫，地面撒了一层石灰，大家不再犯愁进厕所了。家家门前也光光亮亮，没有煤核、垃圾、烟头。开始谁也没有注意，也没有人打问，只以为是很自然的事。有些人家孩子多，买粮、买油常常感到不方便，看见晚香没孩子，就托她捎东西，看看孩子。慢慢找她帮忙的人多了起来，先还说声谢谢，往后也就习以为常了。有的人见她好使唤，连自己能做的事也要找她，见她在做鞋子，就请她替孩子也做一双；看见她补衣服，也把丈夫的衣服拿来请她补补。还有向她借点粮票，或借几角钱的，却又不记得还。晚香对这些从不计较。反正这家属区有了这样一个人，人人都称心。队长也顾不上管她们，生活从表面上看起来就像一潭平静的湖水，悠然自得地过下去。李桂觉得妻子不再吵着要工作，也以为她很安心地在过日子。活了多少年，就几乎劳累了多少年的一个孤女子，现在也该像一只经历了巨风恶浪的小船，找到了一个避风的小港湾，安安稳稳地过几天太平生活了。

欢乐的夏天

七月的北大荒，天色清明，微风徐来，袭人衣襟。茂密的草丛上，厚厚地盖着五颜六色的花朵，泛出迷人的香气。粉红色的波斯菊，鲜红的野百合花，亭亭玉立的金针花，大朵大朵的野芍药，还有许许多多叫不出名字的花，正如丝绒锦绣，装饰着这无边大地。蜜蜂、蝴蝶、蜻蜓闪着五彩缤纷的翅膀飞翔。野鸡野鸭、鹭鸶、水鸟，在低湿的水沼处欢跳，麂子、獐子在高坡上奔窜。原来北大荒的主人们，那些黑熊、野猪、狼、狐……不甘心退处边远地带，留恋着这巍巍群山，莽莽草原，还时常偷跑到庄稼地里找寻食物，侵袭新主人。表面上看来非常平静的沃野①，一切生物都在这里为着自己的生长和生存而战斗。

　　被包围在这美丽的天地之间的农场景色，就更是壮观，玉米绿了，麦子黄了，油漆过的鲜红鲜红的拖拉机、联合收割机，宛如舰艇，驰骋在金黄色的海洋里，劈开麦浪，滚滚前进。它们走过一线，便露出了一片黑色的土地，而金字塔似的草垛，疏疏朗朗一堆堆排列在土地之上，太阳照射在上边，闪着耀眼的金光。汽车一部接着一部在大路上飞驰。场院里，人声鼎沸。高音喇叭播送着雄壮的进行曲和小调，一会儿是男低音，一会儿是女高音，各个民族的醉人的旋律，在劳动者之间飘荡。人们好像一会儿站在高山之巅昂首环顾；一会儿浮游在汹涌的海洋，追波逐浪；一会儿又仿佛漫步于小桥流水之间，低回婉转，但最令人注意的，仍然是场院指挥部的召唤，或是关于生产数量与质量进度的报告。

　　杜晚香带领着一群家属，一会儿在吞云吐雾的扬场机旁喂麦粒，一会儿又在小山似的麦堆周围举着大扫帚，轻轻地扫着。什么时候见过这样多的麦子？这群穿得花花绿绿的年轻妇女，一会儿又排成雁翎队在晒麦场上，齐头并进翻晒麦粒。这时杜晚香觉得整个宇宙是这样的庄严，这样的美丽。她年轻了，她抬头环望，洋溢在同伴们脸上的是热情豪迈，歌声与劳动糅合在一起；她低头细看，脚下是颗颗珍珠，在她们的赤脚上滚来滚去。那热乎乎、圆滚滚的麦粒，戏耍似的痒酥酥地刺着脚心。她踩了过去，又踩着回来；翻了这片，又翻那片。她好像回到了幼年，才七八岁，只想跳跃和呼叫。可这是幸福的幼年，同当年挑着半担水，独自爬上高塬，又独自走回家来，整天提心吊胆的幼年是多么的有了天渊之别！她不觉地放肆地把幼年时代的山歌，放声唱了起来。歌声吸引着人群，人们侧耳聆听着这来自西北高原上的牧歌，高亢清朗，油然产生了广阔的情怀和无尽的遐想。人们惊异地望着这个经常只默默微笑着的小女子，更多的人响应她的颤动的歌

---

① 初刊本作"泽国"。

声，情不自禁地也唱起自己熟悉的乡歌来了。整个场院在纯朴的音乐旋律中旋转着，歌声与笑脸四处浮动与飘扬。多么活跃的生命，多么幸福的人生呵！

杜晚香在充满愉快的劳动中，没有疲劳的感觉，没有饥饿的感觉。大家休息了，她不休息，大家吃饭，她也不停下手脚。在场院参加劳动的工人、家属的工资，有计时的，有计件的，而她的工资，是既不计时，又不计件。全场院的人都用惊奇的眼光望着这个个儿不高，身子不壮，沉静的，总是微微笑着的小女子；奇怪她为什么有那末多使不完的劲，奇怪在她长得平平常常的脸上总有那末一股引得人家不得不去注意的一种崇高的、尊严而又纯洁的光辉。

平凡不平凡

冬天来了，北风呼啸，一阵烟儿泡（北大荒特有的暴风雪）卷起遍地雪沙，漫天飞洒，一时天昏地暗，不辨东西南北，人们即使付出全身精力，也难站得稳身体，北大荒的严寒是不会对任何人让步的。但北大荒人却能骄傲地享受着胜利者的幸福。在零下卅度，胡子眉毛沾满了雪花，眼睫毛凝成了两排细细的冰棍，可是汗水依然打湿了额上的短发，而又冻在额上。衬衣被汗水湿透了，罩在外边的毛衣或绒衣后背上是厚厚的一层雪白的霜花。上山伐木、野外刈草，取石开渠，这些都是只有被挑选出来的年轻棒小伙子，才能争得的鏖战权利；可是已经为自己闯开了劳动闸门的杜晚香，也像小伙子一样，勇敢地投入到这一些汹涌的劳动波涛，踏千层浪，攀万仞峰。就这样冬去夏来，年复一年，杜晚香在平凡的岗位上，做出了不平凡的成绩。她总是从容不迫，沉静地跨越过去，远远地走在同伴们的头前。心服她的，越来越服；不服她的，那就努力追赶吧。杜晚香在激流中勇进，在勇进中振奋起无穷力量。她总是在她遇到的各种各式的人和事物中，显出她宽大的胸怀；她只是悄悄地为这个人、为那个人做些她认为应该做的小事。可是一到年终评比，也总是像泉水一样，从这里那里冒出来数不清的颂扬。说起来事情很平常，但一思量，人人都会觉得这是一般人不容易做到的。于是不管她自己怎样谦虚，她总是被全体一致地推选出来。她是队的，然后又是农场的，全垦区的标兵了。看起来杜晚香像开顺风船似的青云直上，实际同长江大河一样有暗流险滩。杜晚香也常常在一些意想不到的事情上遇到麻烦，她也就从这里锻炼成长的。她原是一个温和的人，从来不同人吵嘴打架，闹意见，可是家属队伍也不是好领导的。有一次，她遇上一个偷公家东西的人，她上去好言好语劝阻，谁知那个人反而大耍威风，骂她多管闲事。她气得直发抖，红着脸，拉着那只偷东西的手，沉重而严厉地呵叱道："怎么能这样呢？这是公家的东西，谁也不能拿，快放回去！"她的正气压倒了对手，那人软了下来，灰溜溜地走了。在低标准那年，农场粮食供应标准降低了，李桂的父母又从乡下迁来，他们还生了一个女孩，生活一时困难些。秋收以后，许多人到收割了的地里去捡点粮食，这年因为雨水多，机器收割不干净，地块不大，能捡得不少，李桂的父亲跟着去捡点。后来一些职工也利用休息时间去捡，到晚边，大包小包、麻布口袋都背回自己家里去。杜晚香也跟着去，她眼快手勤，捡得比别人多，可是她却把捡来的黄豆、麦粒，一麻袋一麻袋地扛到场院去了。于是有人指着她瘦伶伶的背影笑她傻，有人背地骂她讨好出风头。家庭里也闹开了矛盾。婆婆不做饭了，说哪有婆婆做饭给媳妇吃的？公公不吃饭了，说省给小的吃。李桂站在父母一边，唠唠叨叨说："公家撂下的粮食，大家捡一点回家，算不了什么，你自己不去捡也行，何必辛辛苦苦捡来交公，背后惹人埋怨……"杜晚香不顾别人笑骂，好言好语说服家庭，照旧去捡，捡了交到场院。她说："这是国家的粮食。我们是国营农场的工人，要看到六亿人口呵！我们农场职工的口粮标准，已经比哪里都要高。"眼睛大了，身子瘦了的杜晚香硬是影响了许多人，连小学校的学生也组织起来为国家去捡粮。

有一年，农场里来了许多大城市的知识青年，大都是中学毕业生，懂得许多名词，会说会道，能歌能舞，好不天真活泼，十三队来了二十多个这样天之骄子的姑娘，杜晚香被分配给她们当组长，带领她们劳动、学习，照顾她们的生活。姑娘们一听介绍，好不惊异呵！什么，这个土里土气、一点也不起眼的小个儿女子也是共产党员，全垦区的标兵？真看不出！唉，还有一个不坏的名字咧，也不知道谁给取的！

这群多变的女孩子，开头高高兴兴地玩了几天，后来有的想家了，有的哼着不知道何人编的歌，什么"谁的青春谁不爱惜……"

她们开始几天，也还喜欢过她们的组长，觉得她诚恳严肃、和蔼可亲、工作细致，可是慢慢地，老看着她的打过补丁的蓝布衣服，和那不时兴的发式不顺眼。唉，真是毫无风趣！杜晚香耐心地向她们讲农场的建场事迹，讲王震部长、讲老红军场长……凡是她听到的，感动过她的，教育了她的那些有伟大人格的人们的往事。有的人爱听，决心振作起来，学习老红军。可也有人嫌她啰嗦，噘嘴望着她冷笑："哼！一个半文盲，土包子，家属妇女，跟我们上什么政治课？让你带领劳动，就算客气了，也不拿镜子照照？"

但杜晚香好像不懂得她们的轻视，只是无微不至地，信心百倍，始终如一，兴致勃勃地照顾她们，引导她们，她打心眼里爱这群姑娘，她们是遵照毛主席的指示，离开了温暖的家庭，放弃了城市的优裕生活，到艰苦的边疆来学习劳动的，是一群有着雄心壮志的幼苗，她应该以爱毛主席、爱党的一颗热心去照顾她们，她觉得自己也还要向她们学习咧。因此该体贴她们的时候，她像一个妈妈，该严格的时候，她像一个老师。她了解她们，宽得是地方，严得是时候。慢慢地，这群女孩感到离不开她，有困难的时候要找她，欢喜的时候，也忘不了她，探亲回来，总要把爸爸妈妈捎来的纪念品塞给杜姐，原来那几个看不起她的人，也认识到自己的不是，慢慢转变了对她的态度。

有一次杜晚香带她们去十里外的树林里背柴。早晨出去时，小沟里的水还结着薄冰，可回来时，冰化了，水有六七寸深，却有丈把宽。

走到沟边，前面的一个姑娘停步了，叫道："杜姐！水太凉了，怎么办？"杜晚香毫不迟疑地脱下了自己的水靴。可是跟上来的第二个又叫了起来，晚香一蹲身，说道："上来吧，我背你。"晚香来回背了几趟，最后一个小姑娘没有等她，脱了鞋，咬着嘴唇、趟着冰水走了过去，过了沟，却因为脚冻得疼，忍不住，哭起来了。晚香即刻陪她坐在地上，把她的双脚放在自己怀里，用棉衣和胸前的温暖焐着，还替她揉着双腿。姑娘们围了上来，才发现杜晚香那双冻得发紫了的双脚，不禁惊叫起来："杜姐！杜姐呀！"这天晚上，大家躺在炕上，许久睡不着。一个姑娘说："我看我们谁也做不到，我是真服了。"另一个说："我们这些中学生，光说漂亮话，什么向工农兵学习，思想革命化，可是行动呢？……哼！"又一个补充道："我看呀，我们里边说不定还有人利用工农同志们忠厚，占了人家便宜，还说人家是傻瓜咧。"另一个纠正道："不要把杜姐看扁了，杜姐才不傻，傻还能当标兵？杜姐才是名副其实的共产党的好党员，我们就是该向她学习。"

根深叶茂

宏伟的文化宫的二楼工会办公室，从一九六四年一月起，杜晚香每天来这里上班，她是工会的女工干事了。工会主席是抗日战争时期的老同志，几个干事、秘书都是解放战争胜利后来农场的转业军官，最年轻的一个女会计，也是抗美援朝时期志愿军文工团的小团员。杜晚香对他们都很尊敬，把他们看成自己的老师；他们对她也真心爱护，都愿意帮助她工作，辅导她看文件、小册子，替她起草工作计划，整理学习心得，还有各种各样的发言稿……因为杜晚香经常被邀请出席一些模范工作者的座谈会，要到生产队去讲经验，讲学习毛主席著作的体会，有时又要参加垦区、省的劳模经验交流会议。此外，还要会见来采访的记者，接待来参观的领导同志。荣誉像春风和流水一样迎面扑来，温柔滋润。但杜晚香却没有醉倒，她跑出大楼，短时间内跑遍场部的直属机关、企业和附近的生产队，以后又跑到那些边远队，住几天，和职工家属一同劳动，和干部群众谈话，开座谈会。她把了解到的，看到的，学习着整理成材料，提出问题。她坚持到夜校学文化，两年来，一同学习的人，都奇怪她进步的速度。同一个办公室的那些干事、秘书，原来以为她只不过是一个受党提拔的普通妇女干部，现在才感到不仅如此。她的与日俱进，十分令人注目。到底是什么原因使得她那样一天比一天更具有一种伟大高尚的纯粹的情操呢？

杜晚香又要讲学习心得了。周围几个同志又忙了起来，他们十分热心，乐意帮助她把这次的发言写得更好，更生动。他们和她谈话，翻阅报纸、杂志、文件，翻阅马列著作和毛主席著作，把发言稿写得完美通顺、清楚。杜晚香读着这些讲稿，觉得十分好，只是她感到一种曾经有过的痛苦又要来打扰她了，这不能再重复了。过去在台上，在几千人瞩目中，在念完讲稿后的鼓掌声中，她曾经常常感到一种不安，一种空虚。讲稿的确写得很好，里面引用的有报纸社论，有学习毛主席著作的体会，有先进人物的经验，可是杜晚香总觉得那些漂亮话不是她自己讲的。而是她在讲别人的话，她好像在骗人。她不能继续这样。她可以不当标兵，不讲演，名字不在报纸上出现，而一定要老实。她尽管现在不会写文章，但她可以、而且应该讲自己的真心话。她是怎样想的，就怎样讲嘛。于是她决定重新起草，自己去想，理出线索，用自己理解的字词，说自己的心里话。她先写了一个提纲，讲给工会的几个同志们听，讲给夜校的老师听，请他们提意见，然后就在职工大会上，第一次照着自己准备的，用自己的语言来讲，这是一九六五年年底的时候。

那天夜晚，明镜似的天空，闪耀着繁密的星辰，没有一丝风，文化宫前广场上的柏树林，覆盖着一层厚厚的白雪，显得挺拔庄严，远远近近的马路上，浮漾着、反射着淡淡的白色微光。夜是寒冷而宁静。可是从文化宫里却闪耀出辉煌灿烂的灯光，还不时传出欢腾的笑声和掌声，原来是杜晚香在文化宫，在楼上楼下都挤满了人的、暖融融的大礼堂里向全场职工汇报自己的工作和思想。

她从她的幼年讲起，那穷僻的小山沟，那世世代代勤劳苦干、受尽剥削压迫，而又蒙昧无知的人们的艰难岁月；在这样落后的受折磨的痛苦生涯中，她是多么幻想过另一个世界，另一种生活，和另一种人与人的关系呵！听的人都跟着杜晚香走进了阴暗而沉重的时代，走进了劳苦人民的心灵。他们回想到自己、回想到被狂风暴雨侵袭鞭打过的祖祖辈辈，回想到祖辈们的坚强的生的意志和斗争的毅力。尽管旧中国的头上曾经压着三座大山，但劳动人民显示了力量，杜晚香就是从无限的干旱的高塬上挤出来，冒出来的一株小草，是在风沙里傲然生长出来的一株红杏。

杜晚香的汇报，转到了革命胜利以后带来的新的光辉天地。于是一阵春风吹进文化宫的礼堂，人们被一种崭新的生活所鼓舞，广阔的、五彩绚丽的波涛，随着杜晚香的朴素言辞滚滚而来，祖国！人民的祖国！你是多么富饶，多么广袤！你蔚蓝的明朗的天空，你新鲜柔嫩的草原，你参差栉比的村庄，你浓荫护盖的绿色林带，你温柔多姿的河流，你雄伟的古城和繁花似锦的新都……一切一切，祖国的一切都拥抱着人们的心，每个人的心都如醉如痴，沉浸在幸福中，而又汹涌澎湃，只想驾狂风，乘巨浪，飞越高山大流，去斩蛟擒龙。

什么地方是最可爱的地方？是北大荒！什么事业是最崇高的事业？是开垦建设北大荒！什么人是最使人景仰的人？是开天辟地、艰苦卓绝、坚韧不拔、从斗争中取得胜利、从斗争中享受乐趣的北大荒人。他们远离家乡，为祖国开垦草泽荒原，为祖国守住北大门，保卫边疆，建设边疆。他们同传统的意识感情决裂，豪情满怀，建设现代化的社会主义农业基地，把自己锻炼为有高尚品德的新型劳动者。他们生产财富，创立文化。这里是祖国的边疆，却又紧紧联系着祖国的心脏。人们听到这里，从心中涌出一股热流，只想高呼："党呵！英明而伟大的党呵！你给人世间的是光明！是希望！是温暖！是幸福！我们将永远为你、为共产主义事业战斗，我们是属于你的！"

杜晚香最后说道:"我是一个普通人,做着人人都做的平凡的事。我能懂得一点道理,我能有今天,都是因为你们,辛勤劳动的同志们和有理想的人们启发我,鼓励我。我们全体又都受到党的教育和党的培养。我只希望永远在党的领导下,实事求是,老老实实按党的要求,为共产主义事业奋斗终身。"

杜晚香讲完了,站在台前,谦虚地望着满礼堂的人微笑着。楼上楼下却依然鸦雀无声,人们还在等着,等着这宛如淙淙流水、袅袅琴音般的讲话继续下去。他们从她的讲话中看到了、听到了、感触到了自己还没有看到、没有听到、没有感触到的东西,或者看到过、听到过、感触到过却又忽略了的现实生活和一些有意义的、发人深思的人和事。杜晚香没有引经据典,但经典著作中的某些名言哲理,都融合在她的朴素的讲话里了,就像庄稼吸收阳光雨露那样,一些好人、好事、好话都能浸润在她的心灵里边,血液里边,使她根深叶茂,使她能抵抗一切病毒。杜晚香没有慷慨激昂,有的只是亲切细致。不管她怎样令人景仰信服,但她始终是那末平易近人,心怀坦白,朴实坚强,毫不虚夸,始终是一个蕴藏着火一样热情的,为大家所熟悉的杜晚香。

这时党委书记走近她的身边,紧紧地握住她的手,欣喜而又诚挚地说道:"晚香同志,你确实给我上了很好的一课,我,我代表大家谢谢你。"

猛然,礼堂里轰地响起了春雷似的掌声。从沉思中醒过来的广大职工,如同在深夜发现了一团火光似的,心中涌起了无限的希望,他们完完全全肯定了杜晚香,她不愧是我们的排头兵,我们一定要向她学习,和她共同前进。

一九六五年始作,一九七七年重作。

附记:一九六六年的春天,我以东北垦区一位女标兵为模特儿写了《杜晚香》。那时我只能把它珍藏在自己的帆布箱里,留到它得以问世的那一天。

一九六六年下半年起，林彪伙同"四人帮"利用"文化大革命"制造混乱，在乱中篡党夺权。我在农场的一间小屋，反复被查抄了几十次。我的所有长短稿件、日记、笔记、资料、片纸只字，全都不翼而飞，《杜晚香》也自然消失无踪。

粉碎"四人帮"以后，在全国大治声中，报纸上曾多次报道黑龙江垦区许多机械化农场，响应党中央的号召，为国家提供更多的农畜产品，为我国农业的新发展而奋斗，读了令人感奋。十余年的垦区生活重回脑际，益加怀念，于是我搁下正在续写的一个长篇，提笔重写《杜晚香》，仍以当年使我得过许多教益的这位标兵为模特儿，虽然时隔多年，但这位标兵的精神形象在我脑中是永远不会忘掉的。我只希望能描写出她的朴素的、扎实的、高贵的品质，哪怕只能神似一二分也就满意了。

一九七八年八月